存在之谜

陆文龙 著

中国文史出版社

图书在版编目（CIP）数据

存在之谜 / 陆文龙著. -- 北京： 中国文史出版社，
2022.10

ISBN 978-7-5205-3827-5

Ⅰ.①存… Ⅱ.①陆… Ⅲ.①随笔－作品集－中国－
当代 Ⅳ.①I267.1

中国版本图书馆CIP数据核字(2022)第186005号

责任编辑：卜伟欣

出版发行：中国文史出版社
社　　　址：北京市海淀区西八里庄路69号院　　邮编：100142
电　　　话：010—81136606　81136602　81136603（发行部）
传　　　真：010—81136655
印　　　装：北京温林源印刷有限公司
经　　　销：全国新华书店
开　　　本：16开
印　　　张：28.5
字　　　数：395千
版　　　次：2023年3月北京第1版
印　　　次：2023年3月第1次印刷
定　　　价：78.00元

谨以此书献给

亲爱的母亲刘树兰女士

已故但永存心中的祖母霍永坡女士

先父陆守常先生

满怀爱、尊重和感恩

坚强而又达观的母亲——刘树兰女士

自序：人是一个谜

好多朋友说，你写了那么多东西，没整理一下吗？该出本书啦。我感念他们的关注。其实，我也早有此想法。

课间、周末时间，回头看看，翻一下手机记事本，从2016年到现在，整整写了五六百篇（首）诗文。整理起来着实要费一番功夫。

再读自己曾经写下的文字，岁月的流痕、情感的心迹、敏感的心弦又一次次被拨动。

我热爱教育。受先父的影响，自小就跟着他在学校里玩耍，并渐渐长大。

上了初中后，经过三个春秋，历酷暑严寒，发奋苦读，我考上师范。毕业后从事中小学基础教育工作，后再到大学从事高等教育，近40年首蓿生涯。

我热爱孩子。孩子是天真无邪的，单纯若一张白纸、鲜艳如一朵鲜花，安静、活泼，富有朝气。

成人比不了孩子，孩子们的心灵多么丰富。他们是称得上"成人之父"（蒙台梭利语）的。

如果说人的9岁之前，是孩子教育的"黄金时期"，9岁至15岁就是"白银时期"了。从15岁到17岁，也许是"红铜时期"也说不准。

昆德拉说，人的一生注定扎根于前10年中，这是最为金贵的儿童少年时期，是教育的最佳时期。

瑞典诗人特朗斯特朗姆也说过，人的一生，最重要的在前10年——人的童年。

感恩祖母、父亲和母亲，陪伴我并带给我一个美好且难忘的童年，那么自由自在，玩泥巴、爬树、弹玻璃球，在河里和小伙伴戏水，在夜晚的打谷场上捉迷藏。无比的欢乐，那么难忘！

感恩先父让我爱上文学，爱上书画，也爱上读书。我自知愚钝，但内心敏感。是先父让我自6岁时便诵读古诗，领略到生活里的诗情画意，知道人的情感可以用文字来表达、来抒发。

我8岁起习练书法，先从描红开始，然后临帖；10岁始学习武术，虽无系统，但习得一招半式，感受到武术动作的节奏和韵律美，从而也深深地爱上了搏击，以及运动。

我读书和思考的习惯，不会终止，生命不息，读和思不停。它们业已成为我的一种生活方式，我以此"检视"人生。

我把写作当作回顾和反思，是一个练习。我对女儿说过，人聪不聪明并不是最重要的，最主要的还是要有学习力，人一旦具备了学习力，就有了内驱，就会主动、积极地去思考，去探索，去研究。

我时常回想起小学和中学时教我语文的王长胜、庄连科、薄政奎和黄秋涛老师等人，以及读师范时的张万泉老师，他们常常在课堂上读我的作文给同学们听，给我以莫大的鼓励。

犹忆铜山师范负责校团委工作的姚杰老师，发起成立《原野》文学社，同时举办第一届全校作文大赛。我的散文《小船》荣获一等奖。后来举办的首届书法大赛，我的作品也获得了一等奖。

当时，听着广播里播放我的散文《小船》，心里美极了。看到我的那幅获奖的临柳公权的《玄秘塔碑》书法作品，张贴在教学楼前面的大墙上，真是喜不自禁。

人是需要文史哲、诗书画来陶冶情操的，人有一颗灵魂，人的高贵或卑贱，其实不在外表抑或权势地位，而在灵魂。

早在1839年8月16日，陀思妥耶夫斯基在致哥哥的信中就宣称："人是一个奥秘，应该破解它。哪怕为此付出一生的代价，也不要说枉费时间。我探索这个奥秘，因为我想成为人。"

泰戈尔也说："一个人是一个谜，人是不可知的。人独自在自己的奥秘中流连，没有旅伴。"

这些年，经事愈多，我愈发关注起人心和人性来，我是赞成人的善恶双性论的。就是说，人的身上同时存在着善和恶。

但是我又相信，人本身的知识论层面的良知和良能（笛卡尔语），在伦理学意义上的良心，在自由意志（康德语）的支配和引领下，不是先想着"应该成为怎样的人"，而是"应该采取怎样的行为"，人心向善，进而从道德走向崇高美德。

做有精气神，有灵魂的人，将是我毕生的追求。不蝇营狗苟，不自欺欺人，不做行尸走肉，而是真实、诚挚、积极和果敢向上。

我相信在天有灵，感恩故去的祖母的养育，以及先父的教导！感恩安康健在的经受大苦大难的母亲！

2023-02-09　于东海牛山书院

目 录

第四辑：哲思的启迪　　| 187

第五辑：读书的意义

第九辑：存在之谜 | 407

第一辑：人生的足迹

未经审视的人生不值得一过。

——苏格拉底

我曾经回望/我曾经展望/我从未一眼
见到如此多且好的事物……/我何以能对/
我的人生/不心存感激呢？

——尼采

我的9次求职经历

爱而不狂，妒而不乱，悔而不痛，怒而仍平。你变换你的工作，而又坚持你的计划。你虽复得，却没有失掉过什么。你爱收获，可绝不为了匮乏，你求利息，可没有吝啬。

——奥古斯丁《忏悔录》

引：跳槽

依我的经历，对于跳槽，我自然有话可说。为什么跳槽？往哪里跳？怎样去跳？跳了以后还跳不跳？跳，再往哪里跳？又怎样去跳？跳了以后呢……

20年前，苏北地区的教师正拿着百分之五十六的工资。就这点钱还不能及时发放。而我作为某校的校长，还要借个体老板的钱去发给教职工，有些尴尬。

其时，粤地沿海公民办学校对全国教师伸出橄榄枝。我的心动了。我几乎每天都要看《中国教育报》上面的招聘启事，有心仪的还在笔记本上抄录下来。

接着就是投递简历。招聘学校大多要求个人简历要用手抄写。我充分发挥书法特长，以行楷书写简历。间以证明自身资历的资格证书、校长任职（培训）证书、高级（学科）教师证书、普通话等级证书和各种荣誉证书等。

简历寄出去了，接着就是期盼，等着电话响。想着要到热烈美丽的南国去工作和生活，阳光、沙滩、海浪、杧果树、芭蕉叶、荔枝果，心里就涌起一阵阵激动的热浪。

自2000年至2008年，这8年间，我走了5所学校。佛山高明、青岛黄岛、汕头潮阳、深圳宝安、连云港桃花涧，这几个地标，无不留于记忆深处。

回想一下北上南下、东求西索的历程，我的初心何在？为何跳槽？我是在寻求自我。从小学教育到中学教育，再到如今的高等教育，我都经历了，有体悟了。

人生无憾。倘若至今仍从事基础教育，我心不甘，因为还有一座山峰没有登攀，我欣赏不到峰巅的壮阔美丽。这边风景独好，又能移步换景。

也许真正领略教育的真谛需要按心灵地图去索骥。从一个人的呱呱坠地，到牙牙学语，再到懵懂好奇，然后是茫然无措，直到受益于指点迷津，柳暗花明。学习和探索做人求知的过程是有一定规律可循的。

从一名普通教师到一所学校的管理者，再到研究者。我既参与实践的体试，也注重理论上的研琢。以实践去对照考证理论，用理论去指导研判实践。过程比结果重要，我也乐在其中。

在跳槽中我自以为傲的几个亮点：一、凡接到面试通知，几乎一面一试即过，时间上空间上都随个人意志为转移，无有耽搁和失误；二、面试的内容和方式方法，大致都能预测出来，有充分准备；三、于岗位职位上，于人际关系上等较为顺意、顺利和顺心。

2020.11.26

（一）

2000年左右，应该说是苏北教师最为难堪之时，尤是乡镇教师，30天辛苦下来，月底只能领到一半薪水。

到后来，连这一半的钱，乡财政也一拖再拖。我当时还做着一校之长，面对如此窘境，尴尬之极，还到一个体小老板家担保借钱给老师们发工资。

此时，正值东南沿海大开放之际，2002年12月28日第九届全国人民代表大会常务委员会第31次会议通过了《民办教育促进法》。

中国人向来以聪明和勤劳著称，而且善于跟风。不多时，神州大地上民办学校如雨后春笋接二连三地冒出来了。

"世界那么大，我想去外面看看。"我从什么时候开始呢，有种想到外面去看看的冲动。究竟是什么引起我想辞去公职到外面应聘想法的呢？

现在想想，应该是这三个字"不甘心"。不甘心被困于这县城这乡下。从校长到借调到政府机关工作，再怎么优越的条件和待遇也磨灭不了我想到外面去闯荡一下的想法。

有人说当初借调于乡镇政府工作，倘若有关系，就可以正式调过来，到现在已是一官半职了。

是的，教师改行从政的很多，县实验小学的曾经的同事中就有六七位已经于部委办局领导岗位上。就是没改行从政的，也大多被教育局"挖"去。

县实小教师俨然成为县局乃至县政府的人才储备库了。这也是对的。因为我们前后分配到实小的那几批人都是中学里学习成绩优异、表现突出的，时代佼佼者。

刘晋是很好的一位兄长，也是我师范学长，当时在县政府办工作，他说看我的文笔还不错，还曾想过请调我来帮着弄材料呢。真是多谢兄台的赏识。

再说我们1979年中学毕业的那批人，可以说是百里挑一，因为一个有着20个班、千把人的同年级学生中，中考能考上中师的也不过五六个人。就是中考落榜者，上了高中，好多都考上了重点大学。

所以说，我们考上中师的、出类拔萃的这一批人，为基础教育的发展做出了巨大的贡献和牺牲。尤其是为县城和乡镇的基础教育的发展，打下了扎实的根基。

话说，我们正值而立之年，还算能抓住青春的尾巴，想"愤青"一把，到外面闯一闯。其时，《法网柔情》《流氓大亨》等电视剧的热播，使我对港台有了初步的感性认识。

2018.12.21

（二）

翻阅《中国教育报》，有关教育方面的招聘启事有很多，尤其是广东省的，像广州、汕头、东莞和珠海等城市，公办的、民办的、公办民营的、民办公管的等各式各样学校，都在大张旗鼓地招聘教师。

甚至，当地教育局还拿出教研室主任等管理类岗位面向社会招聘。

我从未去过广东，对那里的印象停留在香港电影和电视剧里，粤语、靓仔、靓妹、大排档、夜市等。

我注意到一则招聘启事，是离广州不远的佛山的高明市。市教育局办的一所学校，当时叫广州某高校附属外国语学校。

不知道当时我为什么没有选择其他学校，可能是被学校的"东家"——"广州某高校"这个高大上的名头吸引的吧。

也许沿海开放的风吹来海外的新鲜、先进甚而先锋的信息和资讯以及多元文化理念吧，光看那招聘启事里的文字，就感觉生动和鲜活，与内地的呆板和僵化大有不同。

当时我不过才30岁出头，正是而立之时，年轻的心被激活了，被鼓荡得恨不得一下子飞到南方去。

想象着"训导处""导育处"等而非内地称呼"政教处""德育处"，就感觉好比青春靓仔对着"老学究"。

我按照招聘启事的要求准备好简历。对于职称证书、荣誉证书，还有教干培训证书等"硬件"特别郑重仔细地备好复印件，然后投递出去。

我应聘的是管理岗位。因为还想在学校管理方面继续做些研究和探讨，尤对办学和管理理念等诸多层面，较为感兴趣。

若居管理岗位，处于职能部门，对于整个学校的文化、内涵以及外延等必有所顾及。且能促以大局观之，可谓高屋建瓴。

2018.12.22

（三）

时隔不久，广东来电话，校长亲自打的，要我去上班。任职导育处主任。我说不是面试吗？他说：您来就是面试。

后来知道，这位校长曾经担任过武汉某重点学校校长，被广州某高校附属外国语学校聘用的。我想，三人行必有我师，被聘用的机遇就是学习的机会。

就这样，我一直在佛山市高明市待了一年多，我和这所学校董事会的领导，经常在一起喝茶、饮酒和交流。

每周五下午，我和校长、教务主任和校办主任在校办公楼前大广场上看着老师们把学生们带上车。接下来就是静候广东省内各地频繁传来平安佳音。

在广东工作，很开心，因为受到尊重和重视，每天有规划和目标。离开家，平时无俗务缠身，可以安心做事。

但是，究竟一日三餐，民以食为天，这句话之所以历经沧桑而颠扑不破、念念不忘，因为不久我就有了体会。

高明这边一天三顿大米，我可真受不了。偶尔有小馒头也是巧克力拌牛奶或糖精做好的。

该如何是好？好在董事会和食堂师傅很照顾我，专门弄不拌巧克力和糖精的白馒头。小馒头一口就吞下去了。

中层干部住得都不错，单人单间，阳台，厨卫。电器配备到位。总之条件不错，环境也好。

学生们来自广东省内各地，尤以佛山地区居多。孩子们中既能讲粤语，又能讲客家话的居多。

那些时候下午课外活动时，我就和孩子们在一起玩耍。和他们一起哼唱粤语歌，向他们学粤语。比如《真的爱你》《海阔天空》等。

阳光、海水、椰风，沿海特有的海洋性潮湿气候，凉凉的、湿湿的。高大的榕树枝叶繁茂，密不透风。杧果树上结出了一串串青嫩的杧果。

一天下来，晚饭后冲个凉是生活必修课。然后督促配合生活老师把下晚自修的孩子交接到宿舍后，我们管理层几个人就会出去宵夜。

2018.12.24

（四）

这是一所依托广州某高校教育资源办的学校，校园文化器物层还算有一些，可是其他就几乎是空白。更遑论学校文化了，一切都是从无从零从空白开始。

记得来工作的第一天，高明市教育局局长亲自驾车带我们在市区里外游览。他不过有30多岁，很健谈。给我印象最深的是很随和，不似有的领导尽端着一副架子。

导育的重点当然放在从基本的"爱校尊师助学"等方面来切入、展开。记得当时利用广播、板报、班会等渠道或形式来建设校园文化。

我向来以为，读书声、歌唱声、喝彩声等，应该是校园里的主旋律。死气沉沉的不是学校，那是看管所。

每到课间或师生休息休闲时刻，我会让广播室选播《班得瑞》等轻音乐。南国空气里多了一份缥缈婉约的艺术感受。

就这样过了一个学期。第二学期开学前几天，我从连云港踏上了开往广州的火车。出门时还得穿着羽绒服。

30多个小时后，刚下火车，就有一股热浪涌来。火一样的气温。脱，脱，脱得只剩一层衬衫了。马上和当地人混淆于一起。

到花都客运站再坐上班车辗转两个多小时到高明。芭蕉、鱼塘、张开晾晒着的网。一幅幅南国风土人情图，次第展开。

既熟悉又陌生的情境，时而兴奋时而平静的心情，或许还有些沮丧和失落，复杂的情绪交融在一起。

我几乎每天都要阅读《中国教育报》，读、学和思。当然招聘启事一栏是必关注的。我觉得并且认定了它是我了解和通往外面世界的窗口以及桥梁。

2018.12.24

（五）

可能是从小接触传统文化受其熏陶厚实的缘故吧，我始终以为给孩子们以传统文化的学习，打个底子，很重要，内化素养，外化举止，甚至会影响人的一生。

当然，传统文化的内核，仁义礼智信诚廉等又会使人过于重情重义，想多走路又前瞻后顾，迈不开腿。

想念家人，时间愈久，思之愈重。加上甜腻的菜品，潮湿黏人的气候，终于让我下了决心，打算离开。

走之前，学校董事阿明和阿亮兄弟俩在高明市区的一个酒楼里为我饯行。真有些不好意思，没有再陪伴学校的成长甚而壮大。

"陆主任，欢迎您随时回来！"阿明和阿亮两位董事兄弟举起杯。

当时号称民办教育航母的南洋教育集团引起了我的注意。它的招聘启事照例也刊在《中国教育报》上。我投了简历。

很快，接到青岛南洋学校的人事处打来的电话，通知我去面试。

到青岛、转黄岛。在美丽的金沙滩边，海浪涛声不断，海边隔了一条宽大马路的山上，山顶上竖立着一个大风车。这就是青岛南洋学校。

当时，我一直关注管理岗位，可是南洋学校没有按照招聘启事上的岗位安排，原来它用人的制度是从基层做起，然后培养和发现人才的。对于企业来讲，当然利多于弊，或者说一本万利。

首先是培养了人的忠诚度，再就是降低了风险，不会出现"空降"人才会生"二心"，有一天突生变心飞掉，企管会措手不及。还有，开出的工资都不会高多少，不会因为升职而给你加多少薪。

当然，这种用人制度明显弊端就是封闭和保守。里面的人才出不去，外面的进不来。后来还慢慢发现了一些其他问题。

刚到南洋学校的第一天，到校门口海边散步，后来回校又到操场上转转。进得跑道边的厕所里，刚入门，就有一股异味，然后看到好多排泄物。我很讨厌旱厕，也许天生联想力太强。我讨厌秽物。

忍着恶心，从厕所出来，又看到不算高大但很是辉煌华丽的校舍。欧式的建筑风格我很喜欢。尤是大风车，屹立最高点，俯瞰校园、黄海海面。

从操场走上山坡，是一个宣传栏，赫然入目的是任靖玺董事长致全集团20多所连锁学校教职工的一封信。

我关注了任董事长提到的"精细化"管理理念，还有他诚恳的"求提意见建议"态度，以及他留下的地址和电话。

"精细化"？异味？排泄物？目不忍睹，这还是"精细化"吗？回到房间后，我想想那异味，实在气不过，很快写了一封《致任董事长的一封信》。

2018.12.24

（六）

当时面试评委是小学部几位领导和语文学科骨干。记得我在介绍自己的时候，在黑板上用楷书写出名字，然后随意地带出了《岳飞传》和《双枪将陆文龙》。

评委们都会意地笑了。气氛变得轻松活跃起来。然后进入说课环节。

任教高年级语文的两位评委随机提出几个问题，我一一应答。他们点头致意。后来成为同事，他们还会提到我面试的细节，然后会心地相视而笑。

就这样，我被录用了。任职语文教师兼班主任。那两年，和几位同事相处亲密，深情厚谊，至今历历在目。

不久，任董事长回了信，首先表示致谢。对我提供的情况和发现的问题会给予调查和处理的。最后还留下了他的私人电话，欢迎继续提出意见和建议。

一边是欧式富丽堂皇建筑，一边是角落里肮脏不堪秽物，巨大的反差，说明了硬件较为到位，是真的"硬"，人浮于事，软件是真的"软"。

我在语文教学中除了遵循贯彻落实"双基"目标原则外，结合个人体会，着重在基础知识和基本技能之中的读和写方面，读，读经典、读名著；写，写好字、写日记、学写作等。

每天早读前，把《三字经》和《弟子规》抄几句在黑板边上，带学生诵读。

感谢赵晓岚老师，在我后来转岗导育处后，她接了这个班，同时把这项工作也接住了，坚持继续做下去，她做得漂亮极了，比我好。

3年后，她带领和指导这班学生在全校晚会上诵读完整的《三字经》和《弟子规》。获得全场喝彩。

在这所学校工作，可能大多数人跟我一样，是看好学校的地理位置，特别是环境漂亮。

美丽的金沙滩，沙细如粉，颗粒圆润，在阳光下泛金耀彩。"亚洲第一滩"，果然名不虚传。

2018.12.24

（七）

一年很快过去了。可能是爱好观察、思考的习惯使然吧，加之数年管理学校的体悟，发现的问题越来越多。

一是学校收费高，但给教职工的待遇低，不成比例。二是家长期望值与学校管理水平好多地方是不相一致的，或者说，达不到家长所要求的。三是管理理念"精细化"好比一朵花，可是纸做的，不鲜活，因为源头是枯竭的。四是教职工不认可。归属感决定员工能否积极、全身心投入工作，是重要的不可或缺的因素。家长过高的期望和要求，不断地给教职员工施压，好比孙悟空头上的紧箍。

无理的、有理的投诉，造成员工身心疲累，苦不堪言。总校领导层主政者忙着应承集团的各种学习，各种各样时髦的洋名词，中看中听不中用的管理理念，在校园上空满天飞。

大放厥词，侃侃而谈，头头是道者有之。都弄块白板，再捏支色笔，对上报告，对下施道。

没有多少人去做到落实如何才叫"精细化"。

不知道工作第几天，人事处跟入职新人开会，有一位山东籍教师信誓旦旦地说，我离家前跟老婆讲，在这干不好工作，就从学校前面黄海跳下去！不知道，他后来是怎么说服自己没跳黄海的。

种种困惑纷至沓来，特别是学生累，老师更是累。学生大多来自经济条件优裕的家庭，家长们大多经商，无有过多时间去陪伴和管束孩子，所以就送到寄宿制学校来了。

为了应对家长们对高收费的质疑，中学部拼命抓分数，小学部神经质般去排课。搞些所谓的分层走班上课，再弄些各种文体爱好班。每天学生学习和活动时间排得满满的。

整天陷于事务中，师生都不能自拔。小学部主持者是位"女强人"，性格倔强，个性特强。说话语速快，走路风风火火。

但是，好多时候，疑心病重，主要精力，我感觉她用在"防人"上了。至于学生成长和发展、教师如何培养和发展，她根本无暇顾及。头脑里就一锅粥。

三个女人一台戏。小学部几位主要负责人，主任和教务主任以及德育主任，都是女人。三人就扮着角，天天唱戏走台呗。

第二年，总校长找我谈话，要我协助主任做好导育工作。职位是主任助理。走马上任后，我说，应该让孩子们回到教育的原点，花里胡哨的东西少搞甚至不搞。

把更多的休闲时光还给孩子们。应该给班主任松绑。其实，"放养"孩子是无为而治，不教之教，对施教者的认知、管理等水平要求更高。教育是一门艺术，是活的，不是死的。

2018.12.24

（八）

我和导育处谷主任配合非常好，她是一位富有涵养，也有思想的人。她也是靠实干提拔上来的"老人"，是南洋学校的老员工了。

谷主任给我印象最深的是，她是体育教师出身，但说话做事却文静而又恬淡，当然，有些时候是直率而又耿介的。体育老师的坦荡豪爽的性情一览无余。

我喜爱运动，喜爱和体育老师在一起，因为他们大多豪爽直率、简单干净。谷主任跟我说，提了副主任了，薪水却没涨，想不通呵。我陪着她到操场上走了几圈。迎着海风吹，再听听海浪声。

后来再没听她说起。倒是别人跟我重提她曾想不通这件事。

我和谷主任有张合影照片，直到今天还一直保存着。当时是在学生做完课间操后，在花岗岩砌就的露台上，我请一位同事为我俩拍的。

海内存知己，天涯若比邻。来自全国各地的同事们能有缘相聚一起，是一种福分呵。蓝天、白云、大海、风车、绿树、红花，景美人亦美。

同事英泰、何斌、晓玲、秀梅、秀秀和岚岚等，大风车下的小酒馆是我们经常一聚相酌的好去处。或是从黄岛集市上跟渔民买些刚捕捞上来的海鲜，回房间里煮了，然后蘸上调料大快朵颐。

第3年，闻听南洋教育集团在连云港开办分校，我就向领导申请能否调到老家连云港去工作。但是迟迟不见回复。

这时，小学部接连发生人事变动，"女强人"走了，先后又来了几位主持工作的。有的是集团派下来锻炼的，有的是总校长孙书才推荐的什么山东省名校长，后来听说是孙的同学。

人事变动如走马灯，人心也被晃得恍恍的。如此这般，心里慢慢有了"出走"的念头。

而且最重要的一点是，我隐隐有些预感，感觉这所金玉其外、高大上的学校其实已病入膏肓。里面已腐朽衰败了，外面还硬撑着，偶尔唬唬人。

香港的诗友适时又邀我去港小聚，不由令我忆起椰子树，芭蕉叶，婉约动人的粤语歌曲的优美旋律来。重回南国，再回首，温习曾有的梦。

《中国教育报》的一则招聘启事引起了我的关注。汕头潮阳市一所大型学校对全国招聘管理干部。汕头在哪，我对照地图找到了它的方位。我投了简历。

2018.12.25

（九）

美丽的海滨城市，辉煌的高大上品牌学校，就如沙滩上建起的高楼巨厦，飓风来袭，倾颓是一瞬间的事。

两年后，南洋学校倒了，号称中国最大的民办教育航母沉陷了。我们在教师节上的集体签名被荣耀地印制在《中国教育报》醒目位置上已然成为永久的历史，不再重演。

后来，与英泰、秀秀、瑶瑶等在深圳重聚，都不由感慨万分，为南洋教育集团唏嘘。据说任董事长被限制出境。他对手下几人可不薄，说董事会几人各分得上亿元。然后作鸟兽散。

2003年暑期，我接到汕头面试通知。这所学校规模宏大，从幼儿园到小学再到初中高中，十五年一贯制。在校生上万人。不比南洋学校小。

胡校长是四川人，身材中等，面目清秀，笑容可掬，言语直率朴实。当时还有中学部张校长和小学部负责人阚校长。

这次面试实际上采用的是谈话方式。没有他人，所以无谓分组。总校长先询问些个人情况，然后就管理中出现的若干问题情境，该如何应对，我一一阐述作答。

张校长和小学部阚校长也提出了几个问题，我也作出分析，提出应对的策略及措施。

当天晚上，我们就去酒楼聚餐，然后去唱歌。

不夸张地说，一校之长是学校之魂。校长的作风能决定和影响到学校的办学走向和特色。胡校长是学中文出身，本是川地某重点中学的校长。他平时言语不是太多，就是开会讲话，还是跟中层干部培训学习，也无高大上的词句，更别说时髦唬人的洋名词了。

南洋学校的做派，事后想想，无非是举办者把西方的和东方的拌在一起弄个杂烩，唬一下人。尤其是一群甘心从基层做起，不叫怨不喊累的"南洋奴"。堂皇名词叫"南洋人"。

唬老师唬家长唬社会，无非是吸引生源，狂攫钱财。南洋教育集团济南国际学校，是集团大厦开始塌陷的一角，从幼儿园开始收纳的一次性资金10多万元，叫教育集纳金，以用于集团扩张，甚至其他与教育无关的项目。

孩子高考后，家长拿不到钱的开始着急上访，于是济南市政府门前被围堵得水泄不通。资金链断了。北京总部开始料理后事。航母上的一架架战机滑落海底。

汕头学校举办者，不收所谓集纳金，反而对学生加大奖学金力度，肯花钱在办学上。所以，一直运转良好。学校发展成良性循环。

这所学校给我最好和最大的印象就是和谐向上。领导班子团结好。平时各司其职，各部门正常运转，各人做好分工。每周一次学习和交流。胡校长听取各人汇报后，就问题和大家一起交流沟通商议。

周末最多的是班子一起聚餐然后去唱个歌。胡校长最喜欢唱歌，唱得也好。我们几人私下里曾说，他唱得这么声情并茂，情感丰沛，一定是有故事的人。

我也喜欢喝酒和唱歌，到了周末，自然欢喜。6个中老年男人结伴入酒楼，复又进歌厅，倒也有些声势。

2018.12.25

（十）

我和老涂兄弟都是负责学部德育工作的，他比我入职早，对于本校管理理念等比我了解得多，我经常跟他请教。

工作日，每天从早上学生晨起到夜里学生就寝都和他能"遇"到一起。有不少地方他都会有意无意地"提示"一下。

我们很默契，相视一笑就会心的好兄弟。没有过多的言语，也不需要过多的言语。

若到休息时间无个人什么安排，我和他会弄个小火锅，再搞一盘花生米，凉拌黄瓜，买些肉食和生菜什么的，两人在宿舍，边看电视边对酌。

后来，我们电话里还聊到这些，老涂说，凉拌黄瓜以前不常吃。蒜苗涮火锅更是头一次呵。我俩哈哈笑起来。

手握电话机，我仿佛又见到了来自湖北荆门的心无芥蒂、待人坦诚的好同事好兄弟。

但主任是小学部分管教学工作的兄长，也很厚道。他本是湖北某县教育局教研室主任。虽说他没有督促做好学生日常行为习惯规范的职责，但是几乎每天晚上也要跟来生活区一起巡视。

我们也很谈得来。他说话慢，做事稳，跟他学习"情绪控制"，还有"语言艺术"。在实际管理工作中，你理念掌握再多，再先进，不实用也白搭。

小学部几十个班，班主任大多是女的。寄宿制学校班主任工作时间长，压力大，从学生早上睁开眼到夜里上床合上眼，才能松口气。

胡校长也提示过，女教师这个群体每月还都有个特殊情况，在开展管理工作时也要考虑。我以为很有道理。

马斯洛的需求理论，实用的就在这里。人的生理和安全需求是最基本需求。管人用人，首先考虑人是"人"。要人性化。

2018.12.25

（十一）

很清晰地记得，这次求职应聘面试时，小学部阚校长还专门问我一个问题：你对"干部"什么看法？我不假思索答道：干部就是服务。

有的人以为做了干部就是对人耀武扬威、发号施令，动辄颐指气使，或是吹胡子瞪眼，真是色厉内荏呵。

我曾遇一女领导干部，她本无管理才干，被一大领导"举贤不避亲"硬拽上来的。我曾有几次跟她请示几件事，她一件也不答应。

有一次，我就某件事先跟大领导请示汇报完了，得到首肯了。接下来遇见她，我故意"请示"她，说起这事，她照例不答应。

这位不知管理为何物的女干部心中的"领导干部"就是：只要来请示就不要轻易答应。亦即，下属请示，一律NO，不能YES。

话说回但主任，他告诉我班主任有些嗓门大，性子急，有个别还拍过桌子。她急我不急。还真有道理。因为接下来我就也遇到了。

"你是干部，应该格局境界比普通群众大和高得多。"胡校长也在学习会上这样强调。

民办学校的教职员工来自五湖四海，全国各地，甚至海外地区也有，出生和受教育的背景不尽相同。因此，管理者面对的工作对象也各具情态。

本来，管理就是一门科学，更是一门艺术，既遵循一定的原则，也要讲究一些策略。民办校的管理又不同于公办校的管理，我继续观察、调研和思考。

民办校的管理者，说开了，也和被管理者不无二样，同样是一名打工者。就是校长也无异，不过是在给董事会打工。后来到了深圳任职校长，体会尤深。

汕头新世界中英文学校校风正、学风浓。首先是潮阳这座千年古县，历史悠久，有深厚的文化底蕴，民风淳朴，佛教文化、人文文化，非常兴盛。

潮阳历史上就有数家书院。潮汕人本就有重视祖训的文化渊源，敬老慈幼以睦宗族，尊师重道以培书香。

中国科学院院士、科学家、历史学家和艺术家等名人有许多出自潮汕一带。

基于此，生源背景远远好于其他民办校。中学部学风不亚于苏北县重点高中。家庭众望光宗耀祖，为家乡争光；学校重金嘉奖披红挂彩，所以学生学习动力很大。

2018.12.25

（十二）

一转眼，一年很快就过去了。来来去去，我慢慢习惯了南方的气候。这边的饮食也较高明要丰富得多，尤是面食，口味上还接近于北方。可能跟潮汕这边风土人情有些关系。

当然，汕头湿冷，除了煲汤的习惯，当地人还开发出一些独具特色的菜系来。

记得有几次和老但去吃狗肉火锅，味道独特，带皮的狗肉。经年累月过去了，还常常回味起来，口齿生津。

工作环境很好，待遇也不错，吃住全包，如果就这样做下去，也无不可。可是，总觉得少些什么，还得要多做些事情才好。

于是，照例关注《中国教育报》。深圳市一个教育集团有六校五园，面向全国招聘管理干部和骨干教师。其中有校长岗位。先整理一份简历寄去了。

过了不长时间，来电告知初审通过，要我去面试。一个周末，我到了深圳宝安。

集团李总亲自在他办公室接待我。一番寒暄，然后就一个具有中小学十二年一贯制学校的管理、发展等问题问询我。后又要我拟出一学期的工作计划、重点活动方案等。

第二天，集团王督学接见面谈，以及和集团各部门负责人见面。晚上，和李总就任职前后的一些事宜交换了一下意见。

8月底，我交接完汕头学校的工作来到深圳。当天下午，李总亲自驾车，载我到学校去就职上岗。

到校后，几位中层干部早已在等候。李总简要地介绍了一下。我和大家分别致意问候。

然后，到外面酒楼用餐。

目前配置好的中层干部有教务副主任、德育主任和校长办主任。前两位是女的。后来，李总要我推荐一位教学主任。我感觉这还不错，毕竟可以自己选配个人。

搭起的班子很重要，就如汕头的新世界学校，班子团结好，都心往一起想，没有二心，向心力有了，战斗力会特强。

这事当然是好事，因为班子当然是自己搭建的好。你看大的方面，大领导还用熟悉的人呢。我以为李总对人还是蛮信赖的。用人不疑，疑人不用呵。

但是，谁愿意抛家舍口地到这么远的广东来工作呢？我在脑子里过滤筛选信息，这个人选，是谁呢？

电话邀约老家苏北的传宝兄，他素质全面，业务能力强，是学校管理和教学方面的骨干。无奈他因孩子须照顾走不开。

又想起老兄弟刘英泰，南洋学校的兄弟。我想问他一下。他为人朴实、厚道，做事踏实。既然当初他能从东北到青岛，兴许也能再到南方来。

2018.12.26

（十三）

民办校的校长和董事会的关系，有好多时候叫"拎不清"，有时就处于不尴不尬的状态。有些微妙。

"董事会领导下的校长负责制"，校长负责，怎么负责？负什么责？对董事会负责？对学生负责？对教职工负责？

责是有了，权呢？利呢？责权利都有了，统一了，才好弄。光有责，无权无利，怎么弄？或者少权少利。谈不上自主权。聪明的、大气的董事会让校长参与股份，能分个红，可能要好一些。

这班子人员都跟你搭配好了，青菜还是萝卜，甚或烂茄子，你都得接受。有的办学董事会就玩心眼儿，叫你校长和下边不能太亲密太团结。要是铁板一块，把董事会放哪去？说话还能有人听？

这就叫"掺沙子"吗？故意让你去磨合，至于怎么磨，磨得怎么样，等着瞧呗。中国人向来喜欢窝里斗，造成内耗，旁观者坐山观虎斗。

现在的中层里，几位都算是"老人"了，都比我先。校长办主任张某更是老滋老味，常常摆出老资格，甚至有时还有意无意跟你玩个心眼儿。

后来了解到，张主任是这所学校另一个董事聘来的，建校初就来的。确实算"老人"了。难怪他要常常摆谱。

德育主任是个东北女子，从班主任岗位做上来的，李总较赏识她。此女也能干，风风火火。但就一点不好，嘴巴刁钻，你说她一句，她有几十句等着你。

她从来不甘居下风，对于他人的意见或建议，都一律"推挡"过去，从不去轻易接受。跟打太极拳一样，绵里藏针，话里有话，以退为进。

教学副主任老实肯干，心眼儿正，属贤妻良母型，也很虚心，少语，不善表达。苦于无进步，得不到上头的认可和赏识。我后来跟李总建议过，提拔她为正职，未获采纳。出外打过工的都晓得，有的老板喜闻好话巧话，口吐莲花者，自然容易博得欢心；口舌笨拙的，多脚踏实地，不会揣摩人家心思，在老板眼里就是干活的料。

校长是董事会派来的不错，但是毕竟不是"董事"，说白了，你也是打工的。我理你，当你是校长；不理你，拉倒，你能把我怎么样？何况，我比你还来得早！

我跟李总提议的教学主任人选他同意了。叫我通知英泰来见见。尽快，坐飞机来吧，票给报销。我很高兴，连忙给英泰兄打电话。

后来，才知道，李总让另一所学校校长也推荐了一位教学主任，两校主任互换。我们只有接受。好在我这边来的成主任为人诚恳，积极肯干，工作上也有创造性。

2018.12.27

我的如歌岁月

（一）

三月的夜晚，思乡正好。边酌边思边忆，有些恍惚。犹忆前些日子，耳边萦绕一首歌叫《当那枫叶红》。

"走在归乡的路上，激情震荡在我胸膛，想到你的深深情，热泪难禁脸上挂。去年别离我曾对你说，我们会再聚首。

"当那枫叶红菊花黄的时候，如今那树林的枫叶红了，如今那山上的菊花开了，我欲归去、归去、归去，回到你的怀抱里。

"我知道你不曾把我忘了，我知道你等我暮暮朝朝，随着秋风，我奔向归途。"

小哥费玉清的这首歌让我想起张欣兄，当年就是他用录放机播放出来的。

彼时，20世纪80年代，我们都20岁出头，青春年少，热血方刚，都参加工作不久，对爱情、友情以及未来的憧憬都无比美好，有无限的向往。

张兄沉稳持重，是为兄长。我听到《当那枫叶红》，也是共鸣，也萌生感动。青年人的心是相通的，因为这首歌我看到了他的激情和感性。

我们当时十几个人住在大教室里，没办法，单身汉光棍男要带头积极配合学校规划建设工作。十几张床，十几条光棍，集中在一起，也真够热闹的。

我就知道张兄的仁厚、重情，他的骨子里有股侠义。因其间，我们有会聚以及畅叙，《当那枫叶红》唱出了有情有义人的心声。

我们苏北人把饮酒叫喝酒，南方人叫吃酒。什么来历，我不知道。我只知道，苏北人喝酒就是喝，跟"吃"关系不大，不似南方注重下酒菜。

今晚我又捏了几小把馓子，看到它，就想起克学兄。当年在他家闲聊，到了晚饭时分，他说别走了兄弟，喝两杯，说着就起身拿来瓶酒。

当天我印象最深的就是馓子，酒是大概兄弟俩干掉一瓶。菜不菜的真的不十分讲究，有点盐味油烟气就行，重要的是要那个感觉，留一半清醒留一半醉吧。如果真的是喝酒，用老咸菜下酒也成，因为喝酒非吃酒。

记得是个冬天吧，裹着个军大衣，在朋友房间听《走过咖啡屋》。听到大半夜了，还不知归。其时公鸡叫两遍了吧，不似现在几乎听不到鸡叫了，我还不想走。兄弟培健拿出一瓶酒，旋即又于家院腌菜缸里拽出几根长长的雪里蕻来。

记得师范毕业上班到单位报到的第一天，培健还专门带瓶酒和一只烧鸡来为我庆贺。傍晚放学了，教室里空荡荡的，学生们都回了。

我们兄弟俩在教室里就摆开了阵势，就着烧鸡喝着白酒，在教室里，感觉挺好玩的。弄个烧鸡就酒算是很奢侈的，毕竟那时工资都不高。

2020.04.10

（二）

当年的东海县实验小学前身叫东方红小学，作为重点学校，无疑是担当教科研指导、实践和实验等教育教学改革重任的前沿阵地。

实小和县教育局几乎一墙之隔，离得很近。学校一有风吹和草动，局里就知道了。或者说，打个比方，这边一淌汗，那边汗毛就竖起来了。

那几年，在这所重点学校里，还真发生了不少事。忘不了那座大礼堂、礼堂前的旗杆，旗杆下的深井，中心路西边的单身汉小"家院"。

流逝的是岁月，留下的是感恩、怀念还有一声叹息。因为好人很多，好人多是贵人。怀念使时光倒流，回忆人和事，让人充满了深情和感动。

好人层出不穷，坏人比比皆是。我遇到很多很多好人，同样也碰上几个坏人。季羡林先生说，坏人永远改不好的。我同意他这句话。

我是全县第一个开设作文辅导班的。那天早上，这张招生简章贴于实小门廊柱上，就像一颗炸弹，引信已经被点燃，校园里炸开了。大部分人采取沉默，有小人立刻向局里报告了。后来在我因个人问题受挫时，就有人落井下石，把办班作为一条罪状。

头天晚上写招生简章时还问了我弟，我弟说你再想想。他性格多随先父，沉稳亦多虑。我没讲话，有时他人的规劝反而更坚定和推动我要做下去的决心。

说来心里也有愧，愧对了几位好心人，辜负了有心重用我的领导，什么时候都忘不了感恩和感激。当时被学校选派到北京学习"作文指导"。局里有意让实验小学牵头，进行作文改革试点。

出了这件事后，局里教研室从其他学校选调换了重点培养对象，后来这个重点培养对象成了实小的校长，他那几年是努力配合做好作文改革实验的，也是功不可没。

我不后悔，做任何事都没后悔过。三分天注定，七分靠打拼。我听从我内心的声音。我的"天"就是我内心里的"道"。

我为什么要办这个作文辅导班？出于名还是利？是生活太平静了，想折腾折腾？现在想想，如此成因都有。不过最多的可能还是"名"和"利"。

我爱好文学和写作，一方面是受先父的影响，另一方面从中学直至师范，凡教授过我语文的老师无不给以肯定和鼓励，是我在文学这条路上砥砺前行的动力。

当我在师范里获得作文大赛一等奖，看到教学楼对面墙上书法作品张贴于头奖一列时，感到没辜负先父，没辜负恩师。

我这里的"名"是想"名副其实"，不断地打碎自己又不断地塑造和肯定自己。我热爱写作，通过文字触碰灵魂。同时也热爱孩子，热爱教他们作文。

要说"利"，对于我来说就是生存和生活，不是别的。没想过什么发财不发财，只是当时的情境逼迫我：一家5口人挤在4小间破草房子里，面临着随时倒塌的危险。

2020.04.11

（三）

有妈的孩子像个宝，没爹的孩子呢？直到读完初三考上师范的第一个学期，父亲的呵护戛然而止。1982年冬天，他走了，天塌了。

犹忆老家4间破草房，先父在时，虽没倒塌过，一年也要修缮多少次。苏北常见的一种土垛草缮的房子，风吹日晒加雨淋，还有虫子拱，顶上的草很快就霉烂成一个个大洞。

春秋季节还好，最怕夏天，暴风雨一来，屋顶草被掀翻，接着大雨滂沱，屋内水灌如注。一家人赶紧大盆小碗往外接水、舀水。

就这样，当时也不去多想重新翻建房屋，毕业工作那年我才19岁，人情世故都懂不了多少，如何会有建房子的办法？光想想都愁人。

父亲走后，如今已故的大哥文利和家里人都劝说我们搬回去。我动心了，在哪住呢？盖房，怎么盖？在哪盖？我看到那块宅基地，头皮就发麻了。

所谓宅基地，其实已成一个"池塘"，这个"池塘"是邻人建房取土形成的，后来请二哥文成专门拉了好几吨沙土才填平。

北方人叫建房，南方人叫造屋。都是大事，有些人家一辈子也就办这一件大事后，再给儿子说个媳妇，就算完成一生所有的"大事"了。

当时工作后住实验小学单位宿舍，还好，不去多想这些烦心事。本该老辈操心的，我才19岁，哪会去弄这个？那"地皮"撂就撂那儿吧。

直到有一天，母亲说草屋前面碍事了：陇海铁路东海县站货场要扩建需要征用土地，按规划家院占去一多半，村里重新规划出一片宅基地要我们搬迁。

那几天，每天晚饭后一回到学校，躺在宿舍床上，辗转反侧，难以入眠，总想搬迁不要是真的，我不会建房，不敢去想。

后来，一直到1991年，工作6年了。其间，我几乎每个星期要去小陆庄文利大哥家几次，偶尔带两个小菜，大嫂再炒两个，和大哥边喝边叙。

先父生前很是疼爱和看好文利大哥，他们经常在一起商议事情。先父是看着他长大的，他也很尊重先父。先父走了，他作为家族里的长兄就自然担当起来。

大哥告诉我，建这个平房其实也不算太复杂。先下石头做基础，地结实的，挖两叉深下石头就行。我家这样的，要弄圈梁，就是要买钢筋捆扎好放基础上，抗震防塌陷。

然后，"老灰"几天，就是混凝土凝固好了要等上几天。记得那十几天吧，头顶着太阳，一下班我就过去拎了水桶去往地基上浇水。

记得我的大娘也就是大伯母，是文利哥的母亲，在太阳下戴个草帽用草锅烧水给瓦匠喝，二舅家表弟相成和表妹婿联合也都过来帮忙。

住在后排的二伯母和弟弟文军也常过来照看着。还有相邻的家里大姐和外甥红星、明星也时常照应着。他们的关切让我很是暖心。

就像小学生第一次学写作文，战战兢兢，我也是，平生头次建房，这么大的一件事。先父生前不过请邻人乡亲垒个土坯房，我却建了瓦房。

建房钱从哪里来？除了平时省吃俭用积攒的，其次就是引起不小震动的在工作单位实验小学办作文辅导班挣的，当时每个学员收150元，两批大约100人。

2020.04.12

（四）

办作文辅导班是在暑期，炎炎夏日，天气热，睡眠少，压力大，白天讲授作文常识和方法，辅之以练习。当场批改讲评，晚上还要备课。

心力、体力和精力，付出很大，身体承受力可能就有些透支。想想平时没有得罪过什么人，为什么就会被人"盯"上，告我的状呢？我对人好，别人怎么对我这样不好呢？

记得那天下午，庄心强老师扛着一台落地扇进校门，可能刚修理好的。正好我刚讲完课，出来透口气。只感到脚底下发飘，头有些重。

庄心强老师见到我，马上停住脚步说：小陆呵，你中暑了！他是看我直冒虚汗，脸色苍白。他话音未落，旋即返身到门口小商店买来雪糕递给我，说：快吃！你中暑了！快吃！

后来我从外地回来还专门邀约庄老师喝过一次酒。再后来我去了南方，就联系少了。再再后来，听说他病故了，我心里很是难过。

庄心强老师性情耿直，待人诚恳，真是个大好人，当然他也是爱憎分明的。还有乐观开朗，老少无欺的刘振威老师，他是我先父的师范同学。

刘大爷为人非常正直，也很友善和气。记得他住院做胃切除手术，我只要没课，就会到病房去看护。苏北人敬称长于父亲的为大爷，称年小的为叔或小爷。

晚上，我也去和刘大爷的儿子刘东还有刘军，一起轮流陪护。犹记得刘大爷术后醒过来，还是用那慈父般的眼神看着我，说："文龙呵，我没事，你回吧，不要耽误上课。"

还有年长的老前辈，纪春凤老师、邵景玺老师、刘士迪老师、李士兰老师、宋仰明校长、郑棠校长等，宽厚仁义，待人和善，尤对青年教师呵护有加。

当时还比较年轻的张岚嵘校长、许太刚主任、沈国庆主任，还有李庆厚主任等校领导，刘金星老师、刘素梅老师、陈孝珍老师、王军老师等对青年人也都很好，能帮则帮，能带则带。

林子大什么鸟都有。也有个别坏人，属不淑之人。季羡林先生就专门论述过"坏人"这类品种的特性。他是利用鲁迅的话给坏人作个界定的。鲁迅说，干损人利己的事还可以理解，损人又不利己的事千万干不得。季老给坏人的界定是，干损人利己的事是坏人，而干损人又不利己的事，则是坏人之尤者。

中央党史研究室前副主任李新在《流逝的岁月：李新回忆录》"续前言"里，谈到"原前言说有些事和人现在不宜说或不宜直说、多说，甚至要等到死后才发表。但现在一想，那样不对，必须当这些人还活着的时候，我就应直接真姓真名地说到他，他如果认为不合事实，就可以起来辩正；如果等他死后我才写到他，别人会认为我是捏造。尤是他的亲属会说我写的不合事实，则别人会相信其亲属而不相信我写的……"我也是这个态度，凡熟悉当事人的，明眼人一看就知道是谁。可以让他来辩正。身正不怕影子斜，不做亏心事，不怕鬼敲门。我想努力还原历史以真相。"白纸黑字，当今和后世的读者总可以从中求得比较接近于真实的东西"。

还原历史真相，追述彼时情境里的人和事，看能有多少能经得起历史的考验。历史是一面镜子，真实的，也是直观的，它不虚妄，更不会虚假，永远真实地存在着。

胡适四十著有《四十自述》。当代学者龚鹏程四十也自述。就连冯友兰也写《回头望》。我已知天命。天命即道，道存于心。

所谓得道多助，我相信好人多，好人会永远站在好人这边的。

2020.04.14

（五）

我能知悉坏人干坏事，就是好人在助我，他们路见不平。再说坏人惴惴惶惶不可终日，他早晚也会露出马脚的。

比如当时教务处的张某生主任，此人体胖，架着眼镜，很斯文的样子。我刚进校时还跟他聊起先父，他说可能是同学，我即尊称张大爷。

就是这位张大爷在我正谈着恋爱处对象时，跑到女方家长跟前污蔑我说：这个小陆白天教书，晚上跳舞，还穿喇叭裤，家里又穷，你闺女要跟他就受罪了。

也是一老辈在旁边闻言愤愤不平，转告了我。我当天就找到这位张大爷责问：我平时尊敬尊重于您，您不该这样呵！人该成人之美，您为何这般损人？

张某生的脸上紫一阵青一阵，他被我责问得一下子木讷了。他没想到我能找上门，还有就是他没想到他刚"喷"我的污言秽语，我就很快知道了。

另外，就是坏人不知道自己坏。季羡林以九秩之年，最后确定这个世界上是有坏人的。"积将近九十年的经验，我深知世界上确实是有坏人的。"（季羡林

《坏人》）

我近日翻阅了有关季羡林的近20本著作。尤是他的儿子季承写的《我和父亲季羡林》，才一步步走进这位国学大师的内心世界，从前对他的嫌恶一点点地冰释。

季老能和家人重又团聚，亲密无间，也是他能识破坏人后的迷途知返。那个女坏人李玉洁口蜜腹剑，妄想霸占季老财产，挑拨季老和家人关系，诸多阴谋暗算，最后都被季老和家人"粉碎"。

季羡林终于从一个女坏人的魔爪里挣脱出来，虽然珍贵的藏画被她偷了不少，但也避免了更大的房产和钱财等重大损失。

前文的张某生就是这样的坏人，他并不知道自己有多坏。他是损人利己的，因为他跑去献殷勤打我小报告的对象是校长的妹妹。

遭到我的责问，张就图谋报复了。在学校大礼堂里召开的全校教学检查专题会上，说我备课怎么怎么的，对我揶揄挖苦了一番。

"根据我的观察，坏人，同一切有毒的动植物一样，是并不知道自己是坏人的，是毒物的。"季羡林写的《坏人》这篇文章，我最少读了3遍。

"鲁迅翻译的《小约翰》里讲到一个有毒的蘑菇听人说它有毒，它说：这是人话。毒蘑菇、苍蝇、蚊子、臭虫等，都不认为自己有毒。

"说它们有毒，它们大概也会认为：这是人话。可是被群众公推为坏人的人，他们难道能说：说他们是坏人的都是人话吗？如果这是'人话'的话，那么他们自己又是什么呢？"

后来听说张某生调回老家了，不知坏人能不能改好。季羡林还说，根据他的观察，他还发现，坏人是不会改好的。他观察的几个"坏人"就偏偏不变。

季老在"文革"里被人拿自行车链条抽打过。"文革"后，有些坏人还是一点没变。他说，简直怀疑，天地间是否有一种可以称为"坏人基因"的东西？

可惜没有一个生物学家或生理学家提出过这种理论。只能凭空臆断。但愿有一个坏人能改变一下，改恶从善，堵住他的嘴。

看样子，我也要给"坏人"个说法，叫作狗改不了吃屎。那么，这狗会不会也和那毒蘑菇似的，怼我：你这是人话！

2020.04.15

（六）

一定有些什么是我所不能了解的

不然草木怎么都会循序生长

而候鸟都能飞回故乡

一定有些什么是我所无能为力的

不然日与夜怎么交替得那样快

所有的时刻都已错过

忧伤蚀我心怀

一定有些什么

在叶落之后是我所必须放弃的

是十六岁时的那本日记

还是我藏了一生的

那些美丽的如山百合般的秘密

席慕蓉的《如歌的行板》表达着人在生命成长中的无奈和理想在命运、生活面前的脆弱。其实，连只有一次的生命也无比的脆弱，甚至在沉重的现实面前不堪一击。

青葱岁月，如歌的行板。或铿锵激昂、奋勇前行的战歌；或缠绵悱恻、柔情蜜意的情歌；或青春热血、朝气蓬勃、欢快明朗的校园欢歌。

抑或拔剑四顾心茫然，愁肠百结生凄凉的孤独和彷徨，悲怆低沉之歌。人生本就荒谬，青春何不荒唐？有谁不曾这样？

当年，由青春年少的师范学子到手执教鞭、登三尺讲台的意欲有为之教师，我们意气风发，充满了对美好的憧憬和向往。

当然，也渴望和向往着那个年代琼瑶的那种情深深雨濛濛的纯真的爱情。可是，愿望和现实往往背道而行、差强人意。

甚而远远胜过《窗外》的凄美和荒凉，对纯真爱情的追求和渴望往往酿成了一幕幕的悲欢离合的人生舞台剧。

对于过往，虽是一去不复返，也如一位兄长所说的"不堪回首"，但不堪也须回首。毕竟发生过，存在着。它真实，就在那里。

犹记那日黄昏，从家里吃过晚饭后返回实小宿舍。路过县公安局门口。听里面人声喧嚷，伴着急促的脚步声，随后就是一连串令人心惊胆战的枪声。

2020.04.18

（七）

公安局大门紧靠马路，行人纷纷簇拥过来，扒着门缝往里张望。又是一阵匆促的脚步声，接着一连串跟燃放爆竹一样脆生生的枪声。

"是犯人跑了，抓逃犯的！"人们听了，神情变得更加紧张而又好奇。

我回到学校。刚进单身宿舍院落，就见当时负责学校安保工作的孟老师跟几个人在讲公安局内发生的事件：张某某老师杀人后又自杀。

我有些发愣。张老师下午还在这院子里边踱着步边抽着烟，有一句没一句地跟我说：你那字还练吗？我说偶尔写写。他说好，坚持。

然后就出了院门。后来才知道他是到一位关系要好的沈老师家作告别的，还帮着搭手搬了一下家具，接着就直奔公安局去了。

张老师能写会画，刚从乡下调到县城，在实小做专职美术教师。不久，就被县工商局邀请去为县城主干街道两边商铺门面作美术设计。

潇洒的书体，美观而又新潮的画面，给人一种赏心悦目的视觉盛宴。常看到，顾客如梭，穿行流连徜徉于那几排商铺之间，喜笑颜开，指指点点。

张老师很开心，那些日子，常见他左手夹烟卷，右手握笔杆。或画几笔吐几个烟圈；或吐几个烟圈再画几笔。

黑色呢子中长大衣，衣领竖起，或再围上大围巾。一绕一甩，动作利索洒脱。当时张老师可谓是事业爱情双丰收。

张老师谈的女友虽然肤色微黑，但五官端正，模样俊俏，身材又好，整体看来性感妩媚。我们几个单身汉背地里跟张老师称她：你的黑牡丹！

有时听见张老师和黑牡丹在房间里说笑，我就故意敲两下墙：喂，小声点哦，我都听见喽！就听见黑牡丹在那边吃吃笑。

2020.04.19

（八）

我和张老师的交往并不多。一是因为他较我年长不少，可能话题焦点不多；第二呢，他是教美术的，我是教语文的，共同活动几乎没有；还有一点就是我的朋友多些，课外业余时间大部分在校外活动。所以和他私下里的交集并不多。

当年实小的年龄相仿的单身汉还真不少，二十几个吧，我们常常在课余时间聚在一起谈天说地吹吹牛皮的。大家无拘无束，海阔天空，任思绪飞扬，毕竟青春无敌呵。

真是难以忘怀的美好时光，在实小的岁月里，见证了多少欢笑和欣喜，又有多少沧桑和磨砺。抑或多少团聚，多少离散，俱已随风而去。

周国平在为阿兰·德波顿的《哲学的慰藉》作序《哲学不只是慰藉》里写道："蒙田是我的老朋友了，现在从本书中重温他的一些言论，倍感亲切。作者引用了蒙田谈论性事的片断。评论道：'他把人们私下都经历过而极少听到的事勇敢地说出来……他的勇气基于他的信念：凡是能发生在人身的事就没有不人道的。'……再看蒙田的警句：'登上至高无上的御座，仍只能坐在屁股上。''国王与哲学家皆拉屎，贵妇人亦然。'很显然，在蒙田眼里，性事、屁股、拉屎等哪里是什么缺陷啊，恰好是最正常的人性现象，因此我们完全应该以最正常的心态去面对。"

哲学研究者、作家周国平老师前些年著有《岁月与性情——我的心灵自传》曾经引起所谓自曝隐私的非议。一时间，周国平老师处于舆论旋涡的中心。

他说："一个人对于人性有了足够的理解，他看人包括看自己的眼光就会变得既深刻又宽容，在这样的眼光下，一切隐私都可以还原成普遍的人性现象，一切个人经历都可以转化成心灵的财富。我倒真觉得蒙田是一个慰藉，但不是对我的缺陷的慰藉，而是对我的智慧的慰藉。"

周国平老师的话语对我也是个慰藉，不是对我的缺陷的慰藉，而是对我的回头望回头看，对过往前半生经历的人和事的认知智慧的慰藉。

那天傍晚，张老师决意丢掉尘世上的一切，全因了那一场他用心呵护的情事，他的心碎了一地。那时，无人告诉他应该怎么办，他也从没告诉过人。

2020.04.23

（九）

没有谁能知道张老师那天的心情是有多么的愤怒和委屈。他应该感受到了莫大的欺骗和伤害。深爱的人，原来不只是黑牡丹，而是不再纯洁的受过玷污的丑牡丹。

他感到被侮辱、被戏弄。从乡下来到城里，本想改变一下人生的命运，没想到这样"被改变"。尤是他曾经深爱过的姑娘，辜负了他，背叛了他。

没有谁能完完整整描述出那一天发生在公安局大院里的这起案件发生的经过。

2020.04.24

（十）

我尽量如实地记述过往岁月中经历的人和事，如有引起不安或不太舒服的心理感觉，在此说声抱歉。无论悲苦欢喜，还是平淡如常，皆为人生一场戏。

尤是青春年少，正值芳华，或血气方刚，豪情万丈；或踌躇满志，壮怀激烈。唯青春期心理以及爱的教育多有欠缺，真是大孩子带小孩子，大手牵小手。

我亲眼见到也深有体会家庭发生变故对一个人的冲击，它可以塑造或改变一个人的成长轨迹。爱情也是，抑或激情。它同样可以使人奋进或沉沦。

当时有一位同事，失恋了，我陪着他，安慰他。几乎每晚都要和他喝上一两杯白酒。他也学会了抽烟，还会悠悠地吐出几个烟圈。

很快，他走出了失恋带来的阴霾。我带他弹吉他唱歌，他爱上了音乐，偶尔弄琴，弹弹吉他，还唱上几句。同时喜欢上了写作，吟诗作文。

我还建议他旅游，建议他更为注重一下着装打扮等。他很聪明，他假期就出去旅游了，还爱上了摄影。一回来见我，他眉飞色舞，喜笑颜开。我真心为他高兴。

有了这些爱好，生活一下子变得快乐而又充实。真是失之东隅，收之桑榆。后来，我离开实小，他几年后也借调到新单位。等再见到他，满以为兄弟晤面能豪情壮怀，同我喝上两杯呢。

谁知他只是说说话，偶尔笑笑，言语间多有闪忽之意味。也许他又有什么心事？看破世事红尘了吗？！一场恋爱，成也"萧何"，败也"萧何"。

大家都有故事，我也概莫能外。其时琼瑶的《情深深雨濛濛》，抑或《月朦胧鸟朦胧》，正热映着。我也先后经历着，轻柔而浪漫，间或凄美。甚而暴风骤雨，如《窗外》。

2020.04.24

（十一）

年轻人，青年人，老夫还"聊作少年狂"呢，何况青春年少！每个人都有选择爱和被爱的权利，尤是"单身狗"。

曾记得，还是好人多。我说的好人，就是与人为善，与青年人为友的前辈。比如住在实小的教育局的孙科长，我称他孙叔，因为他家两位公子和我年龄相仿。

从孙叔的目光里能读出对青年人的慈爱、包容和鼓励。虽为官，但无一丝官架子，常常主动跟我打招呼。前两年，我遇见孙叔的孩子，特意请他捎去我对孙叔的问候。

还有王士彦大爷，也在教育局上班，当时住在实小。为人正直，见不平事常能仗义执言。他对青年人也很慈爱和厚待，从不因资历和年龄倚老卖老，端架子摆谱。

平易近人、善待他人，尤其是对年轻人的成长和进步真诚关心的前辈还有很多。像前文提到的刘大爷、纪老师、邵老师和宋校长等，都是让青年人感受到关怀，如沐春风，经年难忘。

而能分配到实小的师范毕业生大多多才多艺，琴棋书画，诗词赋章，文武双全，样样在行。我们缘定聚在一起。那些年真是充实而又快乐。

张欣兄沉稳淡定，或诵诗习书，或研讨语教。蒋焱兄高大帅气，酷爱摄影，常用镜头发现和捕捉美的瞬间。我的首次诗书展，就是请他在城南火车站帮我拍的照片，以展览之用。

谢千里兄临池不辍，还赠我毛毡。曹杰兄弹拨吉他，偶尔习书。张德玉兄待人热心真诚，常于课余引吭高歌，或民族或美声。

德玉兄重情重义。我于县城最东南的张湾乡上班，他特意要他老父做好饭叫我去吃。当时夏天，炎炎夏日，伯父放下农活，在家做好饭，就匆匆到学校找我。至今已逾30年了，其时情景，还仿如昨日，历久难忘。朴实、重情的一家人，没有什么豪言壮语，更无矫情的花言巧语，实实在在的为人处世。

刘晋兄不多言语，整天研讨数学，但偶尔也会跟你冷幽默一下，他是凡事能沉得住气，外冷内热的人。我们当时都在一个小院子里居住。

我和曹杰兄是师范同学，在实小正好又住一个宿舍。我见过他的父母，也都很实在的人，朴实厚道，热心诚恳。曹兄也是性情中人，豪爽直率。

那年铜山师范姚杰老师从徐州过来，曹兄特意弄了几个菜。那年我学会了吃他做的凉拌香菜。本来我不太爱吃香菜（也叫芫荽）的。

至今还保存着那张已有些发黄的照片。记得当时我们青年人一起合唱《让世界充满爱》的情景，是1990年的庆元旦文艺晚会吧。现在端详一下，照片里人物的着装和情貌竟有些古朴之风呢。

毕竟岁月经久，旧时光被一只看不见的手带走。但是其间那些真真切切发生的人和事却永久地留存，虽如一阵潮汐拂去了足印上的沙砾。

"花落流年度，春去佳期误。"（张可久《殿前欢·离思》）对于那个年代，最最后悔的事情，就是没能好好地多读些书，白白抛掉、虚度了大好光阴。

如今，我看年轻人，也唤"小鲜肉"，看那朝气，感受那活力，愈觉喜欢。想从前，正如孙叔王叔等看我们，目光里满是慈爱、温暖和鼓励。

2020.04.29

（十二）

人是什么？人是谁？人为什么活着？

"如果我不为自己，谁来为我；如果我只为自己，我又是谁；如果不是现在，那在何时。"（犹太拉比）

"应该活在活着的人中间"（《蒙田随笔集》第3卷第8章）。是的，这个"活着"不单指有呼吸的，还有虽无呼吸但是有生命的，比如经典典籍，名言警句。

而有的人虽然"活着"，其实他（她）早已死了，二三十岁就死了，七八十岁才埋，其间可能置办了不少家产财富，但他（她）的灵魂早已空了，无异于一具行尸走肉。

我愈老愈知自己学识瘠茫，想知道的不知道的东西太多太多。梁漱溟先生研究"人生和人心"就研究了一辈子。我很想探讨一下"人心和人性"。

家庭发生变故后，我自16岁即算步入了社会，遇上了许多许多的好人和贵人。父亲走了，可是先父的同学以及好友，有很多给予了热心的慰藉和帮助。

父执的莫大关怀使我相信人心和人性之善。比如我终生难忘的一件事，就是我父亲故去的第一个春节，他生前的同学，倪以松大爷和大娘到我家探望。

那天晚上，我早早睡了。朦朦胧胧中，我听见有人进家里来，母亲接待的。第二天早上，母亲说是倪大爷和大娘来的，送来了不少年货。

这是我一辈子都忘不了的事情。好人，就是与人为善，在力所能及的情况下能帮人就帮人，当然就是不帮你也不能对人生怨，但别人帮了，无论帮大与帮小，一定要知道感恩。

有感恩心的人也一定会常常遇上贵人。我于12年前来到昆山，两手空空。是南京师范大学李乐群教授被登云返聘后，我有幸与她共事，是她对我伸出了援助之手。

我很普通平常，和大家一样，既有刚强的一面，又很柔弱，极其善良。好人看好和欣赏我这两点。

对于人性呢，孟子有性善说，荀子有性恶说。

我不似其各执一端，我是想取二者于中间。就是说人性既有善同时也有恶。在此方面，要举例证应该不费力气的。

我遇上的一些坏人，大多是干损人利己的坏事的。他（她）有了一份，本该感恩，可是没有，反而盯上你的那一份，要占为己有。这个人性是因为贪欲的坏心眼儿就成恶了。

我不参与任何经济活动，我只想过个平淡生活，不求什么大富大贵，也就谈不上大起大落。读读书，思考和写作，会会友，访问和走动。

金钱是个好东西，无它人就无法生存。可它更是个坏东西，多少人在它面前心目被迷蒙，失去了定力。变得面目全非，变得面目狰狞，变得不近人情。

有人本来是好人，好端端的一个人，然后遇上不良之人，搅起了不良之欲，被挑唆起来，助虎为伥。最后就自觉不自觉地情愿不情愿地半推半就，迁就和纵容，被裹挟着做了帮凶，去帮坑害他人。

恩格斯曾指出："人来源于动物界这一事实已经决定人永远不能摆脱兽性，所以问题永远只能是摆脱得多些或少些，在于兽性或人性的程度上的差异。"（《反杜林论·第一篇·哲学》）

关于人性善还是恶的问题以后还会专述，我看到的某些人，兽性多于人性，或者就看不出有什么人性。他（她）的目光和神情就如森林里的兽，终日放射血红的光线，寻觅下口的目标。

在他（她）那里没有人心和人性，只讲兽性，只讲丛林法则。可以伪装，可以奸诈，也可以赤裸裸地侵占和掠夺。

我为人人，人人为我。如果只为己，必将被孤立。达则兼济天下，穷则独善其身。我自知无法达到古人云"立德立功立言"之三不朽，但可作毕生之追求。

2020.04.29

（十三）

35年首蓿生涯，看似平淡如常，实则蕴含着无比深远的意义。我不后悔当初的选择，我感到幸福。为什么幸福，就是那真实得又如童话般纯净的感觉。

我于县实验小学带了两届学生，首届感情最好，印象最深，我几乎能记住所有孩子的姓名。他们小时候、童年时的模样一直印在我的脑海里，简直呼之欲出。

我们成了要好的朋友。年龄最大的王同学只比我小几岁，如今我们常常约上同学一起到她家去包个饺子聚个餐，畅叙一番。

我也常常邀约他们一起欢聚，多时坐满能容20人大桌。其实，吃个饭是小事，能在一起相互看看，晤个面，叙个旧，找找从前时光里的美好回忆，岂不快哉。

我们无话不谈。时光如电，岁月流年，如今他们也已步入中年。无论是来自政府机关，还是街衢商贩，我看他们都一样，跟父母看待孩子，一样的疼爱。

他们尊我为恩师，我真是愧不敢当。不过再怎么自谦，不能说假话，有一点是隐瞒不住的，那就是对他们的爱，经年不减，毕竟是自己的首届学生呵。

所以，师生常常团聚。浓浓师生情谊，纯净透明得如甘泉水一样，滋润着心田。这种感觉不就是幸福吗？是任何时候任何事情不能替代的。

季羡林是语言学家，他发现世界上所有语言中，只有汉文里把"恩"和"师"紧密地嵌在一起，成为一个不可分割的名词。这只能解释为国人最懂得报师恩，为其他民族所望尘莫及的。

犹记得，23年前，我是80年代分配至实小那两批青年中最后一个告别单身生活的。那天，细雨绵绵，我邀请几位学生伴我去迎亲。至今忆来，还心生感动和温暖。

那天通往乡下的道路泥泞不堪，客人们都说喜话：风调雨顺呵。但是好事多磨，路不是太好走。记得刘春的一双战斗鞋都被泥水弄得面目全非，想一想我都心疼。魏礼静和几位同学帮忙张罗到很晚。

我不是宿命论者，但是一些事情的发生又不能完全用科学去解释清楚。这个世界应该由看见的和看不见的共同组成的。我相信，人与人之间的相遇是"缘"这根红线在牵连着的。

有几位实小好兄弟，我一致敬称为"兄"，他们大多比我年长。那几年都先后成家。后来了一批青年，小我几岁，我们很快又玩到了一起。

孟凡华兄沉稳静气，但言语举止幽默灵动。我喜闻他大段大段地背诵古诗词，这国学的底子够扎实。还有王泰成、王斌、王正斌和张德玉，以及在教育局上班的李广文等，我们常常在休息日到离学校不远的汽车站附近不大的小饭馆里坐下来喝上两杯。

那时候冬夜的冷才叫冷，但青春似火，心头暖和。我也常候着堂弟文军夜里下班。其时，街道上阒静无人，我们轻声叩开菜市街小商铺，买上几瓶罐头，带上瓶酒，然后到我宿舍里小酌。

都说青春无悔，其实也有"悔"的。犹记得，当年在实小，有一天课间，回宿舍取资料，忽闻抓小偷，循声见到顾老师从家里尾追一青年。青年背一大包，细一端详，床单里鼓鼓囊囊包裹着什么东西。

我二话不说上去撂倒这青年，原来床单里包裹着电视机。这青年是小偷！是他翻过顾老师家院墙，撬门进屋，用床单包裹好电视机背到肩上想溜之。

顾老师也是年轻的女教师，是张老师的媳妇，结婚时间不长，家具电器都是新的。顾老师是课间回来取东西，正巧撞上了。她当时应该是花容失色的，因为她"抓小偷"的嗓音又亮又尖，还有些变调了。

我扭住这小偷，送往派出所，派出所离学校也不远。那时东海还没有"110"，就是有了，也不一定会怎么快。所以，好事做到底，我就一直把小偷送到派出所。

现在想想，有些后怕，一是万一小偷身上带把刀子，他弄刀扎你，那一定很危险；二是他将来放出来后会寻我报复，这都说不好，可是我还是这样做了。当时哪能想那么多，容你去想吗？我只听到顾老师都有些变调的尖利的呼救声，直刺耳膜，血直往上涌，只想着赶快冲上去。

2020.05.02

（十四）

《我的如歌岁月》絮絮叨叨，如一团麻绳，扯呵扯，从过去扯到现在，又扯回过去。它并非什么回忆录，它只是人生逆旅中的一小片光羽。

我的平凡但又不平常的工作和生活情感历程，涅槃的再生，全凭心力和意志的抗争和抵御。诗歌和艺术救赎了我，海德格尔所说的"诗意地栖居"，使我找到了心灵的家园。

海德格尔说，只有一个上帝能够救我们，那就是诗歌。20世纪80年代偶然于同学家中初识《诗歌报》，一发而不可收。

两次想出家一次想自杀，的确是诗歌救赎了我。而哲学则改变并塑造着我的生活方式，我的宗教信仰，我关注自己，也关注他人。

"岁月不居，时节如流，五十之年，忽焉已至。"（孔融《论盛孝章书》）时光飞逝，人事浮沉，我见证了多少人心和人性光辉的折射。

在地处县城中心位置的这块实小的热土，抑或冷境上，反映着其时人心和人性的一个象征或者缩影。至善或者至恶，都会各自镌刻出永不磨灭的烙印。

无论在什么时候到什么地方，我相信人心还会向善。性恶者终不得人心，最终会落得失道者寡助，众人唾之，人神共愤之的可悲下场。

"耐岁耐寒存苦节，故于冷境发枯荄。"（唐·李愬《梅花吟》）我时时于文字中行走，经历了一次次破茧，思的境地愈发通明，神性的昭示愈发的清晰。

出生于1920年4月的文化老人欧阳文彬，今年步入了期颐之年。她说："人生虽无大灾大难，但总在风浪颠簸中，读书明理，给了自己坚强的信念。"

我读书，我思考，我向内心发问，我向世间探寻，我找到了心灵栖居之地。是物质上的平民，但是精神上的贵族，全在于灵魂上的健全和完善。文学、哲学和艺术，文学和艺术是我于这纷繁喧嚣尘世之上展飞的双翼，而哲学则是我得以克服冷酷存在的生活方式。

经年愈久，诗性的智慧与哲学的理性汇融得愈为圆满。诗歌永远是开启神性智慧的钥匙，而哲思也会于诗的内外蕴含和彰显。诗与思，语言永远是存在的家。于语言中，塑造诗意自我，面向思与再思，达到和解共融。面对纷繁复杂的苦难、幸福和快乐，抑或痛苦与焦虑，去希冀去追求。

发展心理学家埃里克·埃里克森的研究指出："40岁到64岁是一个特殊年龄段，这时候的人会变得既富创造力又身经百战，而且渴望追求人生的意义。"

我听从内心来自神明的指应。修辞立其诚，忠实于世，也忠实于事。于静默但又嘶嘶有声的文学中发出不俗的反响。

2020.05.03

第二辑：生活的心迹

莫听穿林打叶声，何妨吟啸且徐行。竹杖芒鞋轻胜马，谁怕？一蓑烟雨任平生。

料峭春风吹酒醒，微冷，山头斜照却相迎。回首向来萧瑟处，归去，也无风雨也无晴。

——苏轼《定风波·莫听穿林打叶声》

你永远也无法了解，为了让自己对生活发生兴趣，我们付出了多大的努力。

——纪德《人间食粮》

家事

父亲走了30年了，可是他离开的情景却恍如昨日。那时我刚刚考入师范，我16岁，妹妹13岁，弟弟12岁。站在县医院南边的篮球场上，我张开怀抱紧紧拥着他们，望着满天的繁星，泪水模糊了双眼……

父亲走了，留下来一家老小，一柜子书，4间土坯房，几垄田地，再无他物，可以说是家徒四壁。

这以后，多少次，在蒙蒙细雨中，在母亲的泪眼中，在祖母的令人心碎的叮咛里，我离开家，登上西去的列车……

1985年，我从铜山师范毕业了，回乡任教，上班了。我开始用劳动所得减轻母亲的负担，共同撑起这个家。我感到很是欣慰。

我们吃着粗茶淡饭，穿着朴素的衣裳。我白天和那些可爱的孩子们在一起，晚上回到温暖的家里，一边备课改作业，一边辅导妹妹和弟弟温习功课，充实而快乐。

1991年，我省吃俭用，以微薄的薪水，一分一毛地积攒，花费1万多元钱在老家城东边小陆庄建起了4间平房。这是我人生历程中第一次建屋。之前，真是愁啊，不知该怎么办？好在有叔伯兄弟们的帮助和指点，总算建起来了。

房屋建好后，原打算搬回去住，后因为祖母年迈身体不好，弟弟又进了城西边玻璃厂，往返不便，所以也就暂时把房子闲置在那儿。

1995年，我又用省吃俭用的工资、办辅导班和卖学习资料以及四处推销挂历等年货挣的钱，还有未婚妻珍珍的工资，在搁置好久的宅基地上建了我人生第二幢房子。那时我应该是东海县第一个开办作文辅导班的。

很叫我感动的是，未婚妻珍珍把工资拿出来给我买建材，这才可以在肉联厂前面村里早就分配好的宅基地上建起了4间房屋，家院也围上了。

那年的建材特别贵，每方红砖涨至70元，沙子每车（小车头）就150元，水泥和钢筋的价格也是翻一番，都是有史以来最高的。建房造价非常高。建房前光填因被人取土留下的池塘就花了整整500元。我咬紧牙关，心疼得很，要知道这都是平时我从牙缝里抠省下来的。

要知道20世纪90年代月工资才几百元啊。不过那时"钱"真的"值钱"，当"钱"用。当时又是请来亲戚永州舅爹帮拉的山土，他是亲眼见到亲手感触到我为建3次房子付出的心血。

还有最难忘的老屋改建。因为年久失修，草屋就要倾倒，祖母年迈，每逢雨季，漏雨厉害，要一盆一盆往外舀水。我和祖母、母亲，我们轮流整夜整夜舀水。我决定拆旧建新。没有钱，先贷款吧，就建起了4间一层半的房子。

1996年起，我和未婚妻珍珍就掉进了还贷高息的旋涡里，不能自拔，整天愁云惨雾，生活极尽简朴，领了工资就去还贷，手头几乎不剩钱，只好买些萝卜切丝来拌盐吃。在学校里我们还种了些茄子和辣椒，带小麦换些煎饼。

"吃得菜根，百事可做"，当时用这句话来安慰自己。我有一双皮鞋，缝缝补补，已有10个年头了。后来大略合计一下，那几年光利息就贴进去6000多元，近7000元。妹妹常常深有感触地说："哥真不容易！"也是啊，没有了父亲，家里主要事情都要我去考虑。为妹妹和弟弟到县城学校插班上学不知往学校跑了多少趟，求多少人，说多少好话。妹说这话时，眼圈红红的。1992年她出嫁时，我用积攒的1000元办了喜宴。

1997年，我为自己操办了婚事，用我10年前买的木料做了一套家具，花了600元把旧沙发重新包了一包。此外，买电料，买油漆，买涂料，请人装窗帘，粉刷布置房间，一切从简。同年，我又用收来的礼金为弟弟操办了婚事。

所以钱啊，很重要，是个好东西。但是，钱，又不是最重要的。人们常说的一句话是什么？钱买不来亲情，买不来真感情。

诚然，如鲁迅所说，"一要生存，二要温饱，三要发展"。这都要靠钱，没钱就盖不起房子，盖不起房子就不好讨媳妇，没媳妇还能有一家子人吗？

1995年冬天，祖母腹痛难忍（胆囊坏死），须住院手术。看着满头银发的奶奶被推进手术室，我强忍住泪水，不断安慰母亲、妹妹和弟弟。我是故作镇定，其实比他们更是担心和焦虑，捏着一把汗，暗中祈祷她老人家渡过这一难关。

手术持续了近5个钟头，中途还打电话叫来一位女专家。她从手术室出来换鞋时，我连忙上前询问，她说，老人家不知能不能渡过这一难关。周围的空气立即加剧紧张起来……

手术总算做完了，我赶快急步进去，只见祖母在手术台上转脸望着我，神态镇静，我惊喜得心扑扑跳，要到嗓子眼儿，鼻子也酸起来，眼睛又湿润了。我们连抬带抱，七手八脚，一路小心又小心地回到房间里。

祖母很是坚强，近乎倔强，平时不轻易吃药打针，这一次住院手术，我们连哄带劝的，我还请来专家张治中医生连同护士一起做她的思想工作。亲情的感召和医护人员的精心治疗，使年迈的祖母承受住了这样大的手术。

那半个月里，我和未婚妻、母亲、妹和弟轮换着给祖母喂药、喂饭、翻身、擦澡、梳头、捶腰、揉肩，买来便盆端屎端尿，搀扶她下床练习行走，陪她说笑，用热水袋给她焐脚。

所有的病友，所有的病友的亲友，所有看到的人，都受到触动，从他们的眼神，我感觉到他们灵魂深处的情弦在颤鸣，他们投过来的目光透着真爱，饱含羡慕、钦佩和赞赏。护士小苏专门送来了鲜花，这个可爱的女孩子说，你们家亲情浓浓的，真叫人感动。尽管是冬天，可病房里温暖如春。

"重资财，薄父母，不成人子。"（《朱子家训》）祖母病时，我心中只想到祖母平安。住院费共花了6000元，花完了我当时准备结婚的全部积蓄，可是我毫不心疼。看到祖母转危为安，我感到莫大的幸福！

平安是福。想着老祖母，一辈子在酸涩的苦水里泡过来，造就了她的坚强和达观。她的慈爱、她的善良，影响着我们这些后辈，同时也形成了不成文的家风。

母亲受到祖母的影响，耳濡目染，也很要强。生活的重负，使她过早地憔悴衰老，身体瘦削单薄，因为过于劳累和贫困，经常饥一顿饱一顿的，营养不良，她的肠胃受到了损伤。

为了维持一家老小的生活开销，她在"105矿"砸过石子，在水泥厂扛过水泥包，在铁路货场缝过麻包，在外贸公司拣过蚕茧，在果园挖树坑、刮树皮、捉虫子，在建筑工地替人油漆门窗，给人家做家务，打短工……她还曾经一口气把祖母背上了医院的四楼急诊室里……她还曾经和妹妹一起把须急诊的邻居用平板车拉着跑送到医院……

"老吾老以及人之老"（孟子语），"香九龄，能温席。孝于亲，所当执。融四岁，能让梨。弟于长，宜先知"。（《三字经》）8岁伊始，父亲就教我们背诵《三字经》《千字文》《弟子规》《增广贤文》《朱子家训》等蒙学课本以及唐诗宋词，那些优美的文字早就耳熟能详。我们感受着诗文中那美好的意境，也懂得了如何做人，对真善美的追求执着坚定。我们学会明礼诚信而非粗鲁欺诈，对人仁义友爱而非叵测不端。

行文至此，我想到"羊有跪乳之恩，鸦有反哺之义。孝顺还生孝顺子，忤逆还生忤逆儿。不信但看檐前水，点点滴滴在旧窝池"（《增广贤文》）。有些忤逆子，向老的索取，把老的累得腰弯背驼不算，把老的榨干后，就一脚踢开，有饭不给吃，有衣不给穿，有病不给医。动辄打骂，还说出不是人话的"话"：养你个老东西不如养老母猪划算！

有的年老者感到莫大的失望和忧伤，哪能忍受如此羞辱，一气之下，含愤自尽！这些令人不齿的行为，也给自己的儿女做了榜样，轮回报应，悲剧又会重演，不同的是角色调换。做人子，当铭记！

父亲走后，我们更加学会了坚强和忍耐，学会了宽容和感激。父亲传授的古诗美文时时熏陶着我们，点点滴滴地渗透到日常行为中。妹妹快人快语，乐于助人；弟弟老实诚恳，与人为善，一家人相偎相依，相互呵护。

还记得每次放假从徐州回来，半夜里下了火车，匆匆往家赶。一路走一路揣紧学校里发的没舍得吃的月饼糖果。近了草屋，又闻到那熟悉而又亲切的稻麦草香味，心收得又紧了。轻轻敲拍木门，唤一声"奶"，眼泪差点出来。祖母从床上摸索起来，嘴里疼爱地嘟囔着：乖回来了！乖回来了！紧接着踮着小脚跟跟跄跄地来开门。

如今，祖母走了，母亲坚强健康地活着，她不认得多少字，也不会讲什么生活哲学大道理，但是我永远记得，一如过往艰难的岁月一路走来，她和我时常相互鼓励的一句话，我先开头：车到山前必有路，她答：船到桥头自然直。

无论何时，我们对于母亲都永远心存感恩，永远尊重和敬爱，我们要恪尽儿女的孝道，让她尽享天伦之乐，安度晚年。

我以为，做人子，要多读书，读书可以识礼仪，读书可以益心智，读书可以明是非，读书可以辨善恶，读书可以知荣辱，读书可以宽心境，读书可以内自省，"惟德学，惟才艺。不如人，当自砺"（《弟子规》）。

作为长子，我没有辜负先父对我的教导，尊老敬老，爱幼扶幼，我已尽到了应尽的责任和义务。不忘初心，还要砥砺前行，铭记历史赋予的荣誉、责任和使命。

2022.04.14

借钱

人到中年，已活过半，我总共有4次向别人借钱。前两次是为房子，第三次是为孩子。

我不轻易找别人借钱，不是我很有钱。我有一些钱，是因为1985年参加工作，19岁就站上了讲台，拿了工资，有一份稳定的收入，接着举办书法培训班，后来还应该是老家县城第一个办作文辅导班的。就这样连续几年开了书法和作文辅导班。

当时县教育局一个老头拎着包到处找辅导班收费。他探头探脑地进得屋里数了下人数，开口就叫我交20元，那时20元已经不少了，相当于现在的几百元了吧。我没说什么，打小我就老实得一塌糊涂，基本上别人说什么我就听什么。老头收了钱后，摸出笔，画拉几下，把我名字写好，然后递给我一张《办学许可证》。

每年这老头都找我，照旧拎着个包，探头探脑的。

就这样，举办了几年暑期培训班，加上省吃俭用的工资收入，我于1991年建起了人生当中第一幢房屋，1995年又建起了人生当中第二幢房屋。

此时，有人到县教育局把我告了，说我不务正业，利用公家资源谋个人利益。有好几位好心的长辈事后告诉我，本来想调我到教育局教研室的，可是我却办起了作文辅导班。我记得当时还问我弟，办这个班行不，弟摇摇头。没听他的话，果然吃了亏，先后有几个人到处说我的坏话。要命的是，我居然把招生广告贴在了学校的门口。校内办班果然效应非常明显，报名人数激增，眼看都要冲到百人了。学校是所名校，而我非名人，现在跟着也出名了。有人看着我抄写的红纸黑字的招生广告，嫉恨得牙齿咬得吱吱响。

连续办暑期培训班有三四年吧，每次收几十人，每人100元到200元，总共挣了不到2万元，这个数字在当时不算小啊，因为万元户也没多少人呵。

记得有一年暑假，我正上着课，就感到头晕得厉害，心里犯恶心，浑身大汗淋漓，当时还不知道自己是中暑了。同事庄心强老师正好从学校门外肩上扛着电风扇进来，他一见我这样子，二话没说，就到门外买支冰棒叫我吃。我也没客气，接过来就吃，果然，心里好受多了。庄老师快人快语，为人耿直，有正义感。在我离开县实小后的一个冬夜，我还和庄老师以及别的朋友一起约好去喝酒。那天下着大雪，我高兴得又有些喝高了，还是庄兄和朋友开车送我回家的。后来听说他不幸离世了，我很难过。英年早逝，让人扼腕，真是常常怀念，他的音容笑貌还历历在目。真是像人们所说的那样，好人不长寿，坏人活千年吗？

还有刘金星老师，诚恳厚道，班里有学生要报名，他还鼓励支持，亲自帮我代收学费，令我很是感动。还有国庆兄，常常做好饭叫我过去吃。还有王军、张欣、王兵、正斌、蒋焱、千里、刘晋、曹杰、凡华、德玉、克学、义刚等，我们相处甚是和睦，写字、画画、打球、唱歌、跳舞、喝酒，到西双湖划船、游泳、拍照，开开心心，快快乐乐。

我们年龄相仿，大约都在六七十年代出生。当时大多单身，我们相处相知相和，校园里不时传来我们的笛声、琴声和歌声，还有欢声笑语。

同事、同学和朋友大多只见我开朗、豪爽和健谈的一面，很少看我不开心，我也表现得很坚强，再有困难，我也很少跟他们去讲。

直到现在还记得我有两次从父母手里接过"大钱"，一次是父亲到师范看我，1982年10月，他给我25元。我当时根本不知道这是我见他的最后一面。这钱我舍不得用，学期结束了，还有10多元。

再有一次，是2005年吧，我辞职从南方回来，复习考研。后来母亲见我有些困窘，就说家里一部分农田被占用赔款，你妹和你弟，他们都给了，你也拿一点吧。这两三年，他们每年都有，你家一次没拿。母亲就给了我2000元。

我不喜欢借钱，更不习惯从别人手里拿钱，后来我又把2000元还给了母亲。我很要强，跟母亲一样，都是给父亲早走逼的，要强才有活路。

当时老旧破烂的草屋年久失修，几十年的草房呵，屋漏偏遭连夜雨呵，眼看屋顶茅草要被掀掉刮走，墙要倒塌，没办法，得拆旧建新啊。可是挣的加上积攒的2万多元已经建了两处房子，手头所剩无几，怎么办？

当时我已被借调到乡镇政府上班，就托一同事村干担保，在信用社贷款2万元。这就是我借的人生第一笔钱。

第二次借钱是在2009年到昆山来上班的第二年，当时眼看房价噌噌直往上涨，加之从老家出来漂已经快10年了，还没有给家人一个很好的交代，旁观者说，也该安定一些了吧。这不，瞅好了挨近任教的高校有一个楼盘在售卖。那买一套吧，可没钱交首付。当天傍晚下班后就在学校三楼阳台上向家乡方向打起了电话。差不多用了一周时间，凑齐了12万元，交了首付。

2018年7月，为女儿报书法高考集训缴学费，因银行系统问题，有张卡出现了点问题，一时没周转齐费用。孩子事情不能耽搁，我连忙电话跟同学德栋请援，德栋二话没说，10分钟内微信转来5万元。第三天我把钱就还了他。

3次借钱，有3次不同的体会和感受。第一次，是难，还款难。因为工作的变故，以前在政府机关工作还能有些补贴或者奖金，比如冬春搞计生，秋夏抓农忙，都有辛苦费补贴发放，而现在回到教育岗位上，穷教师，每月那点干瘪的薪资用于平常日用花销和偿付为盖房借贷的利息等，月月光，所以入不敷出。

有一天，信用社干部冒着瓢泼大雨来我工作的学校找我索要还款，当时真是又尴尬又着急，后来实在无奈，只有把我建的闲置多年的第一处房子卖掉才还了这贷款。

第二次呢，是险。昆山是上海的后花园，好多上海人在上海买不起房，就寻思到这边买房，加之昆山日新月异的变化，又是全国园林式城市，适宜人居，房价直线上升。不过当时也没想那么多，反正头脑里就想着要买房，决心已定，亲朋好友也积极伸出援手，所以赶在又一波涨价潮来袭之前搞定。现在房价已经翻了几个跟头了。

2018年7月借钱较为轻松些，当时心里急，但是不焦虑，因为有钱，只是当时银行卡有点问题，没取出来。问谁借钱呢，我就坐在杭州东站售票处外面的台阶上在手机里翻看通讯录。问谁借呢？先在头脑里筛选一下，先选最近来往密切的，经济条件较好的，暂时不急着用钱的。不过，有一点很重要，那就是对我比较了解，首先了解我的经济状况和职业情况。再就是人品，当然能来往密切就说明彼此还是比较了解的。这就好了，他们知道我能及时还上钱，所以，接下来就是我来选人的问题了。

不借给你钱，你可不能怪人家，因为人家有借与不借的权利和自由。再说了，我还没有那种拿钱不当钱的朋友，就是有拿钱不当钱的朋友，人家也没有一定就要借给你的责任和义务。比如马云，比如李连杰有钱吧，还有最近网上炒得热火朝天的家里有16位管家的曹德旺，身家130亿元，那跟你又有什么关系。人家弄个基金会，往里先扔俩钱儿，然后引得别人也扔，或者再多请几个管家，那是得名得利得人呵。

谁也没有一定要借钱给你的说法，你是谁啊？你能给人家带来什么好处？所以，人一定要有感恩的心。哪怕递到你手里一块钱，一分钱，都要满怀感恩之心。这不是"熬鸡汤"，因为看多了看透了人性使然。赵朴初曾经说过：父母的家永远是孩子的家，孩子的家从来不是父母的家；生孩子是任务，养孩子是义务，靠孩子是错误。

话再说回借钱，别听有的人在那里大言他一天能来多少钱，一年又能挣多少钱，别看有的人穿华服开豪车，趾高气扬不可一世的样子，他是朋友也好同学也好战友也好，你一开口说：嗨，您有钱，可否借点儿兄弟们用两个？大多是不行。

倒是那平时不大多语的心有仗义的人，在关键时刻能伸出援手。他也没有多少钱，可是他有同情心，他有怜悯心。发声出大言的，穿戴出行气派的，要么虚张声势，要么为富不仁。他也是有心之人，只不过是虚荣心，是鄙吝之心。

如上是3次借"大钱"的经历概述，也有两次应急生活所需的借钱，虽说是金额数目不大，但"小钱"不"小"，所谓一文钱难倒英雄汉。一次是约莫在1995年吧，当时母亲被一机动车碰了，司机系权贵之嫡亲，百般推卸己责，我愤而起诉之，国华兄弟借600元支付律师费。因为当时政府拖欠教师工资，我每月只领到40%的工资，才几百元。2005年，英泰兄弟汇千元借资于我解生活窘境。大钱不忘，"小钱"更不能忘。没有谁应当去帮助你。

每个人都是独立的个体。这世上，不要以为父母就理所当然应当一直帮助你，不单是"借"，更何况给你，作为兄弟姐妹也是。对他们都要满怀感恩之心。

2011年3月31日晚，上海浦东机场，从日本留学回来的汪某连捅母亲9刀，就因为向母亲索要学费，母亲表示比较困难，他就掏出水果刀刺向亲生母亲。要知道，母亲在他留学日本这5年里，省吃俭用，加上向亲戚朋友借的钱，总共有150万元之多花在他的身上。他每年伸手接的钱有30万元，这些都是带着母亲体温的钱，血汗钱！可是他认为是理所应当的。

这是利用亲情伤害亲情的典型案例。有志青年大有作为，不但应当知道感恩，而且应当铭记于心，时刻提醒自己不是你的就不是你的，我要努力，甚至要加倍还给人家。这个"人家"当然首先应该包括"家人"！

汪某理应对母亲满怀感恩之心，把母亲施予他学费每年30万元之巨作为励志机会，发奋图强，有所作为的。可惜，他忘恩负义，恩将仇报，翻脸弒母，真是让人为之愤怒！

似乎扯远了些。关于借钱，我再多说两句吧。其实借钱，不是什么坏事，相反，能借到钱，倒是很幸运的事，或者说要感到幸福才对，因为人家能借你，说明对你的认可、肯定和信任。借钱用在正途上，更是好事，因为有目标，壮志气，展愿景。

人们常说"撒手人寰"，就是说，人当初一来到世上，婴儿时，手是紧攥着的，可是等到离开这个尘世的时候，手是摊开的。有些人开导自己和他人，会通俗地讲，钱财乃身外之物，生不带来，死不带去，虽是老生常谈，但千古不谬。

2022.04.14

石板桥·槐花

远的却愈来愈清晰，近的反而有时模糊不清，也许到了一定的年龄都会出现这种情景。

那一座石板桥，在雨丝里泛着微微的光亮，从北岸到南岸，从中年到童年……

正值夏季，小溪两岸野蔷薇花开得欢，一朵朵争芳斗妍。我有时和小伙伴捋了嫩茎在嘴里咂汁。堤岸边还间杂以一棵棵野枣树，米粒似的花散发着一缕缕清香。手指甲大的小野枣怯生生瑟缩在叶丛里。小溪清澈见底，溪水有些冷冽，赤脚在里面走，感觉一丝丝清爽。偶尔可见小鱼小泥鳅，摇摆着游走。

从北堤边沿上得岸来，可见一片片瓜地，地上爬满了西瓜、香瓜的藤蔓，翠绿的西瓜滚圆滚圆，在曲折的秧里幽幽地躺着。

在瓜地南边，有两棵老柿树，是我和小玩伴经常攀爬嬉戏的处所，斑驳黝黑的树皮证明了它们的沧桑。从苍茫久远的岁月里，老柿树以顽强的生命力，诞生出满树鲜活的枝叶和花蕾。秋的时节，柿子树上挂满了小小的红灯笼。满树的红，映着瓜地，映着老井，映着石板桥。

我有时看乡亲摘了西瓜或香瓜，在老井里打上水，然后放在里面浸泡，冷冽的井水冒着丝丝凉气。

跨过石板桥到得南岸，一条土路通向姑祖母的土坯房，土路两边种了些玉米。那时我的个头差不多刚到它们的腰部，和玉米缨子齐肩。

姑祖母读过私塾，时常见她展卷阅读，后来知晓她读的是四书五经之类的经典。她终生未嫁，独居。白天去外面拾捡些废旧物品变卖，晚上于煤油灯下读书。有时见得姑祖母于室外土圩墙边种些蓖麻，蓖麻长得高大，花开成串，盛夏时节，果籽累累。到了秋天，姑祖母采了蓖麻籽去换来食用油，用来炒菜或做咸稀饭用。父亲常在假期把我送到姑祖母那里，后来知是让我给她老人家添些热闹，不会那么冷清。

我喜欢吃她炒的茄子，有时放上点肉丝，大米干饭拌和茄丝菜汁，应是童年最值得回忆的美味了。

因为家庭出身问题，姑祖母被错划为四类分子，她被押送到会场批斗过。难以想象戴着高帽的她受到如此凌辱时会是什么心情。

年纪愈长，姑祖母的腰愈佝偻着。她的肩被跨在背上的簸箕紧勒着，但她脸上始终带着微笑，淡淡的，就跟屋后高大的槐树上的槐花一样。

屋后有一条东西向大路，路的两旁矗立着多棵高大的槐树，黝黑的树皮凹凸不平，春天一到，一串串乳白间以嫩红的槐花垂挂着，平常但又灿烂。

记得多年后的父亲，也是在异乡的槐花斑驳树影里很快走远，他的高大的身影消失在徐州大庙李井村那条土路的尽头。而这条大路往西是我和小伙伴们夏日戏耍的大河，我们常常能在岸边石头缝里摸得青虾和小蟹。石头表面长有湿滑的青苔。

大路往前走，通往和堂村。听说在和小陆庄交界处埋葬着陆姓老祖宗，他是从苏州南门外一路奔波到这苏北的，当时兄弟几人现已无从考证。

2019.07.31

生活的真相

也许，一个人身处斗室，方才剥下伪装，扔掉假扮，袒露真实和自然。而生活的真相，对于每个人来说，又是不一样的扮相。言人人殊，殊人有殊相。

"世上只有一种英雄主义，就是在认清生活真相之后依然热爱生活。"我欣赏罗曼·罗兰笔下的米开朗琪罗·博那罗蒂，这位意大利文艺复兴时期伟大的画家、雕塑家、建筑师和诗人，文艺复兴时期雕塑艺术最高峰的代表，他留下的艺术杰作400多年来一直使观众蔚然惊叹。忧愁是他的乐趣，苦难是他的依托。千般欢乐也不比一番苦恼更有价值，他使我们离永恒更近。

活着就是承受痛苦，而要生存下去，就是找到承受痛苦的意义。一个人知道自己为什么而活，就可以忍受任何一种生活。

"人生没有目的，只有过程，所谓的终极目的是虚无的。人的情况和树相同，它愈想伸向高处和明亮处，它的根愈要向下，向泥土，向黑暗处，向深处，向恶。"（尼采语）

米开朗琪罗一生曾写过很多诗歌，约有300首流传下来，这些诗歌大多是在他去世后才得以收集出版的，反映了他的个性和情感，并表明他确实是一个有天赋的诗人。我们看《灵与肉》这首诗：

> 我的眼睛不论远近，
> 都能看到你的倩影。
> 可是夫人啊，我止步不能前进，
> 只能垂下手臂不出一声。
> 我有健全的理智和纯正的心灵，
> 它们自由自在，透过我的眼睛，
> 飞往你光辉之境。
> 纵然一片痴心，
> 血肉之躯却无权和你接近。
> 天使还在飞翔时，
> 我们无法前去追寻，
> 凝眸看她已是莫大的光荣。
> 哎！要是你在天上好比人世，
> 让我整个躯体都变成一只眼睛，
> 使我身上每部分都能得到你的恩宠。

再看《艺术家的工作》这首诗：

夫人，什么是某些人长期劳作的结晶？
为什么用粗石雕成的形象，
比它创造者的寿命更长，
而曾几何时，艺术家却化为灰烬？
什么事都有它的成因，
艺术战胜自然，显得更加辉煌。
我致力于雕塑，对此心里雪亮：
艺术超越时间和死亡，万古长青，
因此我能使我们俩永垂不朽，
努力使你的脸和我追求的一模一样，
不管用的是石块，还是色彩。
过了千百年之后，
人们看到的是你的美丽和我的忧伤，
——我没有辜负对你的热爱。

米开朗琪罗一生遭遇很多挫折，承受了许多许多的痛苦，但是对文学和艺术的追求却永不言放弃。他始终坚信自己是最出色的，历史会记住他的英名，尽管与世俗格格不入。

"千万不要忘记。我们飞翔得越高，我们在那些不能飞翔的人眼中的形象越是渺小。"（尼采语）

很遗憾未来是不可预测的，我们无法预测此刻承受的心酸痛苦是否值得，但也很幸运未来是不可预测的，正是因为如此，未来才充满了无限可能。

"那杀不死我的，使我更加坚强。"重温尼采的格言，我也会联想起我自己：半生过活，遭遇过冷漠、傲慢以及忘恩负义，陷入过阴谋、诡计，被假象迷惑，被背后捅刀子，但我相信，所有的承受伤害是为了不再被伤害。

我逐渐看清了一些真相和热情的人、纷扰的事。

2019.10.17

坐火车

我似乎很喜欢坐火车，愿意享受那个过程，对于有无目的地，我又兴趣不大。

我好像情愿火车不要停下来，一直开着，一直在路上。也许每经过一处，都能让我有新的发现，不似某些人总躲在某处，在故纸堆里寻找灵感。我为自己能发现了这个发现，深感欣慰。

以前觉得飞机是有钱人坐的，现在发觉大多是有闲人坐的，因为要到大江南北，因为要游山玩水。

可是，我又发现，那些人大多是"上车睡觉，下车尿尿，到景点拍照"，毫无游览技术含量。我想起国人的"到此一游"，到处留下墨宝或刀痕，真是耻辱。

好了，坐火车，尤是绿皮火车，不是高铁，更不是动车。我喜欢在车厢连接处站着，N年前，我曾经"金鸡独立"，这个姿势保持了30个小时，从东海县到深圳。那是春运期间，人挤人。中国南北人口大流动，有上亿人次。那时没有网上售票，提前买票要人工排队。

我在车厢连接处站到卧铺车厢熄灯。我知道那里有我一张床，我想睡觉有地方，心就不慌。

我在车厢连接处，先发个短信或打个电话报平安，然后，点上一支烟，看下微信朋友圈里的信息或心仪的照片，再就是把带上车的书拿过来读，直到列车服务员过来问我从哪里来，要到哪里去，是否有卧铺（住处）。

我特别享受这时候的闲暇。古希腊人很重视闲暇，亚里士多德把"闲暇"称为"手边儿的时间"。其实，闲暇更是一种生活状态，它还是一种生活态度。闲暇更是一种技能和方法，有些人貌似闲暇，却无时无刻不被琐事俗事缠身。利用站在火车车厢连接处的"手边儿的时间"，静静读几行文字，在我是一种特别的小确幸。

"人是生而自由的，但却无往不在枷锁之中。自以为是其他一切的主人的人，反而比其他一切更是奴隶。"这是卢梭的名著《社会契约论》的第一卷第一章的第一句话。我只做我自己的主人，就在这个时间，这列车上，我什么也不去想，除了关心书籍，微信朋友圈，还有对面上下铺是抠脚大汉抑或貌美姑娘。

2019.10.30

以貌取猫

我最后决定，过年后，也就是冬季过后春天来临，正是春暖花开时，要流放几只猫。还真是费尽思量，不知道到那时，我会不会改变主意，自己否定、推翻自己。8只猫，4条狗，院里够热闹的。这些猫狗都归老妈管。

其实，问题还不在于这些小畜多，问题出在老妈身上，她曾经喂过猪。她把它们统统当作猪去喂了，这是个关键问题。

我曾经不止一次提醒过：它们不是猪，不要当猪猪喂，喂半饱就行了，不必全饱。老妈每天三顿照喂不可，每顿几乎都能叫它们打着饱嗝舒展懒腰。

猫口多了，伙食自然是个大问题，猫以食为天嘛，老妈就到邻近饭店里弄来残羹剩饭。只要她一进院门，狗也叫，猫也跳，竖着尾巴喵喵呜呜就冲过来了。累急了，烦躁了，老妈也抱怨：不喂了，不管了，谁要管谁管，可是话音还未落，猫都冲着她去，跟着她，几乎寸步不离。

其实，每只猫有每只猫的来历，这8只里，就有母子、母女、兄弟和姐妹，弄不巧，还有表亲。所以，秋阳里，它们就偎依成一团取暖，我给它们拍合家欢。

可是我还是心疼我老妈，她也说：卖吧。我说卖谁？怎么卖？大了野了，现在都不好抓。怎么办？弄几个小笼子，装起来去卖？我见过许多猫贩子。我想想心也不忍，让它们落在猫贩子手里，剥皮斩肉，不行，绝对不行！放到野外吧，对，只能这样。现在不行，秋季过后就入冬了，冬天里它们会冻死的，还是春天好，夏季也跟着就来了，有蚂蚱、蚱蜢、蝈蝈、蛐蛐和青蛙，它们可以捉了去吃。而且它们还获得了自由，最大限度，无限度的自由。

可是流放谁呢？这成了最大的问题，我仔细地精心地开始酝酿、筛选和判断。这些小畜，亮点自然在皮毛，还有五官。我决定以貌取猫，也以貌舍猫。

于是，我把它们写进了《宿命论》这本书，明年春天开始发行。

2019.11.01

小城生活

相对于北方来说，我情愿选择在南方生活，那里契合了我的细腻和敏感的性格需求。而相比于都市的嘈杂与喧嚣，我更愿意在昆山这座江南小城生活。

每每由北方坐火车转道苏州地铁站，身处疏朗有序的客流中，安闲而自在。这里黛瓦白墙，小桥流水，空气里弥漫着一种淡淡的花草树木的清香。后来，通了高铁，由其他城市直达鹿城，心头更是熨帖、舒适。

我没有野心，谈不上什么远大抱负，只想过平平常常的生活，不要什么大起大落，就像这水边的一丛丛棕榈，春夏秋冬，貌不惊人，四季无声。

我喜欢这种氛围，到处是绿色的坡地，飘浮着湿润的水汽，蝴蝶和蜜蜂在小小花蕊里逡巡飞舞。在这个小城市，传统的古典诗意与现代化的建筑设计并行不悖，乌篷船、大风车、高速列车、地铁各行其道，旗袍与西装，昆曲与流行乐相映成趣。

长三角的中心，风有意思地吹来吹去，不像是北方的强悍，而是柔中带刚。

我喜欢这座小城，小里有大，她不声张，既委婉美丽，又无比大方。

2022.04.20

佛在心中

前几天，从网上买了3种小蒜。我爱吃小蒜，主要是因为它开胃。打小我就爱生吃葱啊蒜啊什么的。哦，生姜不爱吃。看祖母在世时吃生姜，咯吱咯吱的，津津有味的样子，我嘴里顿时辣嗖嗖的。

我爱吃大葱，大概受着老妈的影响，常见老妈早晨临出工前和傍晚收工后，拿张煎饼，弄根老咸菜往饼里一卷，然后信步走进菜园将几根绿葱叶往饼里夹。

鲜蒜头我是最爱吃的，上面的皮，白白的，辣里带着甜，甜里渗着辣，味道特鲜。蒜瓣那是一口一个，跟吃花生米似的。

有回从东海回昆山，就在火车上，吃烤牌（山东南部、江苏北部一带的一种面食，因形状类似古时大臣上朝时手里拿的笏板，故名，也叫朝牌）就鲜蒜头，周围人侧目呵。嗯哪，这是山东人！瞧，怎吃大蒜！他们猜测着，认为俺是山东人。

不错，20世纪上半叶，东海县，包括徐州市，都属山东省的，只是后来被归划到江苏省的，我们和山东临沂接壤啊，如今，我们仍然保留着山东人大部分的风俗习惯。

其实，要说有味，还数野小蒜有味，浙江人叫它小野葱，是有点儿葱味，虽然个头比大蒜小不少，但是那股味儿却不输大蒜。

吃小蒜对身体好处很多，首先是健脾胃。小野蒜泡鸡蛋或是与鸡蛋掺和面粉做成鸡蛋饼，清香扑鼻，再就着玉米粥或大米小米什么粥，那个滋味哦，还得了。不过我还是最喜用盐腌渍了吃，辛辣刺激，让人胃口大开；其次是可补充维生素和胡萝卜素等；再次是因味道刺鼻，可避蚊蝇叮咬。

这最后一条是我加的，因为我发现在苏北生吃葱蒜，没多少人在意，因为大家都生吃，而在苏南，江南啊，就有人介意啦，也是，人家不这般吃啊。我也理解，假如我没吃别人吃了，我突然闻见，也确实有点那个。

于是，我又从网上买了DUNK男士香水。小蒜一定要吃，谁也甭想拦我。

这不，我分别从安徽安庆大别山区、徐州农家小店和湖北武汉等地买了小蒜苗和小蒜头。货到了，打开一看，妈唷，怎细，跟细韭毛似的，怎么择拣？愁人。

带叶子蒜头足足有6斤，叶子都干了蔫了黄了，分成了6捆，一捆有几百根，要一根一根择理。蒜头还好，大大小小，挤作一团团，白白嫩嫩的，跟一个个光腚娃娃似的讨人喜，光看着，口里就生津。

我搬了小凳子坐着，面前摆好快递纸箱，里面是小蒜，然后是大盆小盆。我先挑出一根小蒜，然后捏住脖颈，先把尾上黄叶掐掉，接着揪住最外层枯叶往头部猛一拉再一掀，整个枯叶带动茎秆连同蒜头上皮，都扯下来了。接着再把蒜头上的须须掐掉，最后放进盆里，用水泡着。

就这样干着干着，觉得烦了。看着这几捆有些杂乱的细毛毛，就想这甚时能理好，不如送垃圾桶，多省事，分分秒秒的事。又想起老妈说过，眼是孬种手是好汉。小时跟老妈去收麦割稻，或是到地里锄草，望着长长的地头，心里有些急，脸上显得沮丧，老妈就边干边说这句话。

理吧、择吧。慢慢地，盆里干净一些耐看的小蒜增加了，快递箱里的减少了，心慢慢静了，定力增加了，焦虑减少了。以平常心待之，因是平常事，哪怕是择小蒜，也如此，心不能焦躁不能乱。

我不禁又想起祖母，她老人家洗菜啊拔草啊是极有耐心的，每每需要换水，她举起菜盆都能等到滴完最后一滴水，哪像人家，扑通倒完，了事。祖母当年住的房屋前的小菜园里是见不到杂草的，她经常坐蹲地上，像拔鸡毛一样对付个别不长记性的草。

祖母出身大户人家，却一生朴实。她平时多素食，喜过简洁的生活，虽着粗布衣衫，却始终浆洗整洁。她言语无多，但开口说话可是字字珠玑，警句格言一样，因她老人家这辈子颇多磨难坎坷，历尽沧桑，可谓参透了生活真味。

佛说，以平常心处事，包括待人接物，是言适义。祖母安静时候多，其实是心静心定，虽然参透人事，但是沉静于心，不骄不躁。

佛在祖母心里，佛在平常心待平常事里，佛在心中，心安即家，定心即佛。

2022.04.30

我的饥饿史

写下这个题目，突然感觉耳赤。

父母辈，祖父母辈，有资格谈"饥饿"，吾辈可否？树皮什么味？草根什么味？你不知道？那你没资格谈什么饥什么饿！要谈吗？不吐不为快吗？好吧，那就说说，当年怎么饥啦又怎么饿啦？

我的饥饿感觉常常在半夜汹涌而至，饿得能从半夜醒来，这滋味够受的。白天一日三餐都吃不饱，又没有点心副食品补充，自然就早早饿醒啦！

童年的记忆，是从收完后的红薯地开始的，那时我提着比自个儿高的笆箕去拣地瓜根吃，或者，到生产队育种坑里找"地瓜母"吃。所谓地瓜母啥玩意儿？就是栽在挖好的地窖里的地瓜，待其长出芽然后成秧苗的地瓜种母。

家长有不成文的规定，必须吃完两碗地瓜，才能卷起煎饼吃。煎饼这玩意儿真不是玩意儿，嚼得腮帮子疼，腮腺肌算是练出来了。

付同学一顿要吃20个包子，每个包子个儿等于今日杭州小笼包的两个大。付同学大个儿魁梧，山东汉子，自然需要补充营养。以一斑而窥全貌，也可见当时正处于青春期的我们的饥饿状态。

后于清明节到徐州淮海纪念塔凭吊先烈，晕车难受至极，半死不活的样子，就想躺下睡觉。付同学掐我手上虎口，不见好，遂又厉声嗔我道：吃东西，有鸡蛋大饼。当时我就站了起来，马上觉得天旋地转。但还是感觉有了精神，为此还是要致谢付同学。

工作后，为攒钱建房和补贴老家之用，每月的22元到35元工资都悉数存好。单位食堂供应不够充饥，加之喜欢健身，所以经常饥肠辘辘，常于半夜敲同事窗户索要馒头吃。曾有同事张兄在白天宰了两只大公鸡，先煮至半熟后又架在木柴上烧烤。张兄不仅拉得一手好二胡，还有木工技能呢，所以烤鸡烧的都是他做木工活剩下的刨花。

我和同学吴兄大大地打了牙祭。两只光溜溜的鸡在熊熊烈火之上"宁死不屈"，光是吱吱呀呀地滴油，愣是没吐一个字。烧烤光棍鸡外加馒头片，无疑是当时最好的最难忘的大餐。

再说回到师范。1982年，那时师范学校门外盛开油菜花，金黄色的，大片的，可我们心思不在这，饥饿不产生诗人，我们的注意力很快就集中到那几块萝卜大葱地上，连辣得嗓子眼儿冒火的朝天小尖椒也没逃过我们的手掌。

记得月白风高的某个夜晚，我和王同学埋伏在操场边上的草丛里，紧贴地面。少顷，某同学和某同学分别挟大葱和萝卜逼近跟前，借着夜色，我们断喝一声：干什么的？唰唰唰，叭叭叭，大葱和萝卜向我们齐飞，我们忙不迭捡起，走人，边走边往嘴里填。到角落处，学校礼堂前，水塔处，我和王同学直被辣得龇牙咧嘴，大喘粗气。

参加工作后，同事家院里墙上的丝瓜、方瓜、冬瓜等瓜瓜，时不时被我们摘下充饥，抑或下酒佐餐。

喝酒不论菜，其实要提到一位乡邻，吾家屋后的孙伯，曾于夏日正午，见他赤膊袒腹，汗如雨下，右手持一尺见长大葱，左手把盏，一口大葱，夸哧夸哧，又咕噜一口一仰脖子，酒盅见底。

那时我小，比桌子高不了多少，但孙伯豪迈的印象始终挥之不去，至今，每每煮酒论英雄，孙伯形象不由浮现于前，于是我也一棵大葱（没有酱酱哦），加上顶多十几粒花生豆，三两酒下肚没问题。

对酒的认知，另外表述吧，请谅。

我至今对小时候扛起小耙子到麦地里耙麦穗，或是拾麦穗捡黄豆的事还印象深刻。我们几个小孩子有时就在地头挖个坑，拾点柴火堆在下面，把麦穗或豆荚放在上头，嚓一下划着火柴，立刻就烟雾袅袅，火苗升腾。一会儿工夫，空气中漾起一阵喷香的味道，小伙伴们开始大快朵颐，直吃得满是黑包公脸，遂互相取笑起来。

烧烤青蛙和蚂蚱是当时的美食，可惜我无胃口消受。另外，河鱼河鲜我也不喜吃，和老妈一样，偏就服得了海里的东西，甚是喜爱。当时我对方瓜、冬瓜、丝瓜、芹菜、香菜都一律排斥，再饿也不接受它们，如今还好，慢慢接纳了。

那时老妈的花手帕每每亮出来都让我们惊喜，它时常会变出米锅巴、小肉片、小苹果和小枣等。

10岁开始，老妈就给我弄了个小锄头，地瓜垄上，她锄大面我锄小面。一开始我总是把地瓜苗苗连带杂草一同锄掉，经老妈不断纠正指导，我的技能水平渐渐提高。

我最讨厌的是在雨后的农田里锄地，锄两下走几步，应该叫挪几步，脚上烂泥成大饼子，鞋子被包住，成了沉重的大靴子。没办法，只好弄石头把鞋上烂泥一块一块刮掉，再刮锄上的团泥。晌午就吃点干煎饼，喝点冷开水。

秋老虎天气的时候，到玉米地掰玉米、砍秸子是件很痛苦的事，很憋闷，热得身上起了一层痱子。不过，苦中作乐的是，歇息时可以挑拣出甜玉米秆来咂汁吃，任凭嘴角被扎破也在所不惜，边咂边琢磨体味"津津有味"成语的含义。

我还记起在师范读书时，第一年过元旦，学校发了几粒牛肉干和糖块，我没舍得吃，而是等放寒假带回来给祖母和弟弟妹妹吃，一路上心情喜悦，手时不时摸捏口袋，看看我心目中世界上最美的美食还在不在。

2022.04.21

木的旅行

如果带着一大袋圆木段过火车站安检，人家会怎么想呢？我又想，为什么要想到人家会怎么想呢？

这袋圆木段，还很新鲜，香味浓酽。这是产自老家院里香樟树上的。这棵香樟树已然是绿巨人了，有十几米高了。我站在二楼顶上，看绿得发亮的叶子在眼前晃，有时捏住一片，跟采片云朵一样。

这棵香樟树快20岁了，当初，栽下时也不过跟一棵小葱似的高。听挖小树苗给我的人说，是他开车到苏州跑运输时采来种子回来种出来的。记得当时我是带回七八棵小树苗的，栽了一小排。

第一个冬季来临，简易的塑料布罩起的小棚里，还是冻死了几棵，就这样，唯独存活了这棵，全家人为它浇水，让它晒太阳，剪去它枯死的小枝叶，周围再插些木杆做护栏。春天里，小树萌出新芽，接着展苞，最后是伸开。夏季里，雨水充沛，枝叶欢喜，杆茎攒足了劲，往粗实里长。很快，香樟树高过了半人，再高过头顶，有一次仰头看到鹧鸪在繁茂枝叶丛深处做窝。等小鸟长大了，飞走了，这才有机会给它瘦瘦身。香樟已有贵妇人的雍容风姿，可是还要把影响其"身段"效果的枝枝叶叶去掉一些。

我把锯下的较为粗实的枝干，又用切割机切短，差不多有二三十小段木头。院子里飘起淡淡的樟木特有的清新的香气。

我想把它们带到昆山去，然后学着邻居老伯把香樟木切薄而短小，放到木地板下或房间某个角落。

"到国外的人都把家乡土带上一把呢。"我对着老妈说，老妈似乎懂了我的心意，点点头。

这几十段木头我最终选择了走快递运到家，因为若是我亲自拎着到车站，那必须有N次换手，N次歇脚，太累了。

它们这次也算是踏上了去苏州旅行的路途。

2018.11.14

蔬菜颂

（一）

前天我炒了一盘青辣椒，光是辣椒，就着煎饼或者馒头吃的，饼或馒头剩最后一口塞进嘴巴，还没等咽下去，我又夹起一个辣椒。嘴巴和喉咙都火辣辣的，我不住地咂嘴，还是火辣得逼着吸凉气，只好又弄口饼或馒头，往复循环下来，一盘子辣椒所剩寥寥了。

我以为，真正辣的辣椒才能称得上叫作辣椒，在辣椒家族里，朝天椒应属最为厉害的那种。我喜欢用朝天椒、小尖椒蘸着盐吃，辣嗖嗖的过瘾。

至于长着辣椒样子，顶着辣椒名字，却不行辣椒之实的那种青辣椒，不辣，反而有股青涩的甜丝味，是我很不喜欢的，那真是败了胃口扫了兴致。

这也好意思叫作辣椒？真是枉为一世辣椒，欺名盗世，名不符实，罪该万斩。最可笑的是还有什么灯笼椒、菜椒，纯为变态，欲辣还休，后来干脆离经叛道，改弦易辙了，和西红柿私奔然后杂交，与茄子亲热，然后乘黑夜遁，这就是部分辣椒干的事。

真的辣椒朴实地长在土里，自始至终就一心想着辣，自己是个辣椒，边想边长边辣。我妈妈见我对辣得让人合不上嘴的辣椒情有独钟，就特地弄来这种品种，她种了不少，所以现在我家冰箱里有一些是我妈种的辣椒，我特意带到苏州来的。

提到辣椒，我会想起爱上辣椒的初衷，有些迫不得已而为之的意思。小时候，哪有什么菜吃，甭提肉了，就是蔬菜，本应长得旺盛的夏季，也都长势萎靡，蔫头耷脑的。

那天正午，我奶端上来一盘韭菜炒辣椒，韭菜细小如汗毛，相比较，辣椒占了多半盘。天热，干旱少雨，辣椒一定是狠着心长辣憋着气长辣。我当时不过六七岁，想吃韭菜，却夹住了辣椒，真是见识了那般辣味。

上师范时，我常和同学下了晚自习后潜到李井村民家菜园里，拔大葱拽辣椒，连奔带跳闪到宿舍后，用大葱蘸上面酱，或用小尖椒蘸酱，3个二两重的馒头狼吞虎咽就下肚了。

2019.09.30

（二）

在德国，大蒜可谓人们津津乐道的长寿武器，德国人吃大蒜的一天是这样的：早上吃大蒜面包，中午有蒜头通心粉，晚上有蒜头牛排、蒜头炸鱼，再来点大蒜酒，就连饭后的蛋糕、冰激凌也有大蒜风味。根据统计，德国人吃大蒜的年消耗量在8000吨以上。走在德国的街头，你可以发现有许多大蒜餐馆和大蒜专卖店。世界上最古老的"大蒜节"在德国的达姆施特市举办，每年一届，迄今已经有了100多年的历史。节日期间，从用的到看的，从吃的到穿的，通通带有大蒜特色，吸引了全世界成千上万的大蒜美食家。大蒜节组织者还挑选美貌少女作为"大蒜皇后"，连她戴的"桂冠"也是用大蒜编制成的，而这位"皇后"的任务，就是在全德国巡回宣传吃大蒜的好处。世界上首家"大蒜研究所"也诞生在德国，该研究所的哥特林博士表示，大蒜中含有400多种有益身体健康的物质，如果想活到90岁，平常所吃的食物中一定要有大蒜。

嗜蒜如命的可不止德国人，欧洲人有个笑话：想知道一个人是不是法国人？那就闻闻他身上有没有大蒜味吧，这足以体现大蒜在法国人生活中的重要性。大蒜是法国家庭用来养生的"补药"，法国人最常用来对抗感冒的食谱是大蒜鸡汤，做法是将鸡肉与洋葱、大蒜同煮，大火煮20分钟，转小火煲一个小时，再加入少量盐和胡椒调味即可。当地人认为，大蒜鸡汤对肝脏、血液循环等都大有裨益。此外，法国人还用大蒜泡酒治高血压与皮肤病。

人类食用大蒜历史悠久，早在4500年前，古巴比伦国王就喜欢吃蒜，曾下令臣民向王宫进献大蒜，以满足其饮食之乐。我们中国人吃大蒜的年代相对较晚，大约是汉朝张骞出使西域后才引进的。

大蒜既可调味，又能防病健身，常被人们称誉为"抗生素"，我国《本草纲目》里有记载，大蒜"其气熏烈，能通五脏，祛寒湿，辟邪恶"。现代科学也证实了大蒜强大的营养功效，它除了含有蛋白质、维生素E、维生素C、钙、铁、硒之外，还含有17种氨基酸，尤其是大蒜素，是一种广谱抗菌物质，效力堪比抗菌剂，科学家都盛赞它是"庄稼地里长出来的青霉素"！大蒜不仅有青霉素的抗菌功效，还有化栓、抗癌、降糖、降脂的功效。国家级名老中医、北京中医药大学教授史载祥说："一瓣瓣的大蒜都是一颗颗救命良药，我第一个证实了，大蒜素有扩张冠脉的作用，堪称血管清道夫。"

前国民党爱国将领、中国台湾地区中国民众党总裁、前中华两岸文化交流协会名誉理事长王忠泉，119岁时，看着还像70岁！一次访问大陆时他大谈特谈自己的长寿秘诀，那就是吃大蒜。此外，王老先生是湖南人，口味重，又是无辣不成菜，每餐都要吃辣的。老人还非常喜欢喝酒，几乎每天都要喝酒，且都是高度数的高粱酒，尤其是金门高粱酒，有时一整天都是醉醺醺的。他喝酒就有一个特点，就是把大蒜捣碎后泡在酒里一起喝掉。

2022.04.19

（三）

大白菜是印象中最深的了，小时候常见常吃的蔬菜，最暖心最心仪的蔬菜。

上初三的那一年，尤其是秋冬季节，苏北气温低，出门一张嘴打个呵欠就是白蒙蒙的雾气。母亲起早用大白菜炒粉丝给我和表哥吃。表哥当时在我家里寄读。弄一张煎饼卷包上白菜粉丝，再喝上两碗地瓜玉米粥，热气从脚心就往上涌了。父亲边吃饭边看书，眼睛几乎不离书页，我和表哥不敢弄出大声，尽量屏声静气。

那时候没有塑料大棚，白菜是长在露天的，等到气温降低的霜降时节，用草绳把它捆绑扎紧，一片片绿酽酽的叶子就这样贴得紧紧的。

草绳捆绑过的大白菜长得密实，吃起来也津津有味，这全仗着那根绳子的收束作用呵。

也许人也应该这样，该收心的时候也要收心，有根"绳子"捆扎一下，不至于太过散漫。

2019.10.25

（四）

丝瓜、方瓜、芹菜、芫荽（香菜）等，提到它们我就感到羞报：我究竟能有什么理由不喜欢它们呢？

大前年碰见以前的一位老领导，他依然红光满面，酒量不减，快70岁的人了，脸上肤色还是白里透着红，没见什么老年斑、抬头纹之类的"老年符号"。我忙向他请教养生保健"秘诀"，他还是跟以前开会时讲话的语气一样，一字一顿，斩钉截铁："芹——菜——要——多——吃！"每个字都是从他嘴里蹦出来的，口气坚定，目光如炬。

芹菜要多吃，跟获得武功秘籍了一样，我口中念念有词，重复多遍。

不久前我还见凉拌芹菜叶子在北方某名高校食堂菜谱上，卖5元一份呢，我欣然要了一份，就着馒头把它干掉了，苦涩的汁液在齿尖流淌，突然觉得也没有那么难接受。

记得在老家一小学工作时，同事、室友，也是我的师范同窗曹兄，他喜欢凉拌香菜。跟他对酌时，这道菜必不可少，久而久之，我也就慢慢习惯了芫荽的浓郁的涩香味道。

2019.10.25

再见阿亮

前几天，再见到阿亮，是在他的"喜耕田农庄"，放眼望去，他家农田里风力发电机大扇叶，转啊转，四围里更显得安静和优美。空气新鲜得跟过滤了一样，没有杂质，反而浓郁着一缕缕青草叶的香气。

拥有这近千亩的农庄，阿亮很低调，我与他在登云学院附近喝过几次酒，从没听到他怎么提起过这些。他沉着、含蓄，颇有大庄主的气度。

饭前，阿亮引领我们参观了花房。已经被包出去了，阿亮说。只见偌大的田地都被翻耕出来，地垄整齐，纵横有形。

再看养鸡场，喧腾热闹，千羽雄鸡，体健膘壮。"这都是地跑鸡呢，你看地上寸草不生。"阿亮笑着指给我们看。

鸡场对面，是一片迎风自然生长的草场，几只大大小小自由自在的羊，正悠闲地啃食着青草，茂盛的草地，差些淹没了它们的身影。

不远处，一排排塑料大棚，在阳光下耀眼，里面种的是草莓。到了春节前后，这东西可是名贵得很，甚至能卖到百元一颗呢，阿亮轻描淡写地说了一句。

远处的几座蒙古包，也想去看看，可是柴火锅炖鹅炖鸡都好了，酒也斟好了，朋友们在催促开喝呢，下回再体验，留点念想吧。

再见阿亮，感觉他比原来要胖些了，精气神还是那样好。他的喜耕田农庄经营也渐臻佳境。他是线下线上同时运作的，所谓酒香不怕巷子深嘛。

预约好的人们从上海、苏州等地纷至沓来，或拓展或休闲，信步农庄，体验田园，原生态采摘，生态美食。阿亮和他的伙伴们应接不暇。

阿亮不仅仅具有商业眼光，还兼有难能可贵的独到的人文情怀。他选择的农庄在巴城镇零零八村道武神潭村，2019年9月24日，武神潭村（大闸蟹）入选第九批全国"一村一品"示范村镇名单。这里美食美景，名闻遐迩，名满天下。不仅风光秀美，武神潭村还英杰辈出，诸如元代文学家顾阿瑛，现代教育家和社会活动家朱福元等都是此地人，可谓地灵人杰。而提起航天英雄费俊龙，更是家喻户晓，妇孺皆知。真是不来不知道，一说惊一跳。

阿亮平时不多话，只是爱笑，他要用这农庄做篇大文章呢。他心里有梦想，一如风力发电的叶片，借着风，自由翱翔。

2021.07.12

闻香识木

前几天，帮老妈劈锯杂木，准备柴火。她说等伤腿好了，烧锅弄老咸菜。

我把散落在院子外头的杂木，一根一根抱过来，其中不少我很熟悉，有的是我曾拿来做秋千架的，有的是做过栅栏的。

院子里飘起各种木头的气味，戴口罩也能闻到，我最喜欢的还是樟木的清香和松木的沉郁香气，至于梨木硬，榆木㔉，可谓各具情态。最不争气的是杨树，木质渣，刚碰上锯子就散碎掉了。

我想起闻香识女人，这樟木清香暗袭，像极了品位雅致的女人，表面貌不惊人，其实有一个隽逸的灵魂。

是的，不光是樟木，比如松木和梨木等，好多木头是有灵魂的。清馨旷远的香气，让我想到洒脱俊逸的书生和雅致高洁的侠士。

有些树木没有香气，唯有腐朽与破败，它们不比樟和松，即使生命不再，也还留得清气在人间。就是榆木的犟硬，起码也表明了一种人生态度。

至于杨木之流，表面上妖娆，风光无限，实则俗不可耐，灵魂空洞，多经不起推敲，即便触发火点，也是乌烟瘴气一团。

2022.01.29

洒满阳光的窗台

前两天，参加全国大学生英语四六级和英语应用能力B级考试登云学院考点的监考工作。我与同事布置完考场后下楼，她说从南边走，有阳光，我们就沿着洒满阳光的台阶往下走。

此刻阳光真好，我们在阳光里一直走到操场上，阳光披满了全身。同事说喜欢在有阳光的房间里待着，我说是的，我也是。我喜欢家里那个洒满阳光的窗台，摊开一本书，旁边有两只猫咪，小花和小黑，一只在打盹，一只在思考。

同事笑着看向我，她的目光明亮，跟这阳光一样。她是个好人，心地柔软又善良，我知道，心善之人眼神既不尖也不硬。

我喜欢洒满阳光的窗台，不忍离开，常常感到，这就是幸福，能在阳光里静静地享着温暖，一种不可多得的满足感油然而生。

世界上有好多东西可望不可即，比如阳光，比如奢望。

2021.12.19

阿兰

阿兰是我从前的一位同事，那时，我们都在青岛的一所学校工作。

学校大门正对着黄海。我喜爱这片大海，那里有亚洲最长的金沙滩。

阿兰外表端庄、秀气，心地温柔、善良。

我带的一个班级，后来阿兰接过来，她继续教学生背古诗文经典，我对她充满钦佩和感激。

我们当时在一个年级组，就跟一家人一样，工作之余，常常到校园一隅山坡上的大风车菜馆去聚餐，有时还会从当地渔民那里买来海鲜到家里煮，英泰兄就招待过大家，海蛎海螺一煮一大锅。

阿兰平时话不多，看起来有些冷，但跟她接触多了，就知道她待人诚挚，真心热情。她很有灵气，课上得好，学生都喜欢她，凡有过接触的，都被她的雅致艺术气质所吸引。

阿兰如今在天津，也好，她离承德又近了一些，可以常回老家看看。她比我晚离开青岛。我到北师大进修访学，曾经顺道去看望过她，说起来已经过去好几年了。直到现在，我还会常常忍不住想起她，想起她清秀的面容，朗朗的笑声，还有想知道她现在过得好不好。

2021.12.22

小花和小黑

小花和小黑是我从学校里抱回来的两只小猫，一只斑纹花，一只锅底黑。

两只猫咪，一个妈生的，还没满月，我就抱养了，兄妹俩，我都收留了。

偶尔见到猫妈妈，因学校实施垃圾分类，它几天没有东西吃，有好心的同学丢点小点心给它，也上顿不接下顿。我有时候也会买猫粮去喂，但它似乎又吃不惯，只是偶尔吃些，它好像还是更喜欢去吃人类的残羹剩饭，大概是生活习性使然。

两只猫咪都是中华田园猫的品种吧，与国人的感情似乎比什么英国短毛猫、泰国暹罗猫和印度孟买猫、孟加拉猫等要更贴近些。

我还是更喜欢田园猫，觉得它们更像猫。做猫就要有做猫的样子，外国的洋猫跟洋人一样，人高马大的，不好玩。

你看，小花这个头儿，小巧玲珑，灵动多姿，因为和其他几个兄妹都缺少奶水喝，所以，它的瘦弱的小身体更显得楚楚可怜。

小黑更可怜，饿得不行。我见它的时候，它被猫妈直接丢在一边，正惊恐万分地乱抓乱叫。它与小花等兄弟姐妹们格格不入。它一身的尘土，我用抹布擦了3遍。

我又从网上购来了奶瓶奶嘴，到超市买来牛奶，用温开水稀释了，然后把它们放置腿上，左手抓握瘦弱的身体，右手喂它们吮吸奶水。

渐渐地，它们长大了，由乳臭未干、手掌般大的猫仔猫妹，到毛顺光滑、活泼壮健的"小伙、姑娘"。当然，我和家人也看出了它们还是有所不同，除了性别和毛发，最大差别是性格和心理了，小黑好似非常缺爱的那种，它从不跟你商量就会跳到你腿上，百般地蹭，贴着你的手，你的腕，你的胳膊。与小黑黏人、温情脉脉、缠绻缠绵、有些文艺范儿不同，小花常望向窗外，目光里流露出好奇和讶异。它是一位哲学家，它吃东西不和小黑去争去抢，不紧不慢，比较优雅。它会思考，它不多讲话，只是观察，观察。

小黑看人和物，目光多迷离，除非有吃的，眼里放光，它就是个吃货，吃饱了就瞅空黏人，声调也变得低沉轻淡温柔。

2021.11.30

一条街

今晚，我走过一条街，老城区的一条街，东海县利民东路。

扬州大饼、铁锅烩面、过桥米线、麻辣烫、铁板鱿鱼、黄焖鸡米饭，橙汁果茶……霓虹灯闪亮，店铺比以前多了，人却稀少了，偶尔擦肩而过的俊男靓女，涂着较为浓重的妆容。

灯光闪烁，我忽然有些迷离，有些恍惚，想起一个人和一些人。似曾相识的味道在空气里飘逸。他们在哪里呢？景还在，可物是人非了。不确定的灯光里，似乎飘闪过几个身影。忽清晰忽模糊。

一家店铺里传来"一律两元，赶快抢购！一律两元，赶快抢购"的吆喝声，声音从话筒里传出来，单调而又枯燥。

这是陈旧而又崭新、古老而又年轻的一条街，是自在但又怅然若失的一个回忆。

2021.10.13

指甲

不知从什么时候开始，女人们留起了长长的指甲，还涂上了指甲油，纤纤素指，好比玉葱，再添点颜色"看看"，饶有风情。

手形好的，还能出个好价钱，被商家看好，拍个广告，赚上一笔，美其名曰"手模"。同样的，"脚模"也应运而生。

从卫生角度来看，我不赞同留长指甲，毕竟藏污纳垢。不过现在青年人懒得自己做饭了，要么点外卖，要么下饭店，或者啃老蹭饭，手好像都不怎么用到了。但是，试想一下，女孩子不蒸馒头不揉面，总要切菜吧？调拌个凉菜，要下手吧？用一次性手套也无不可，但总之没有那么方便吧。

有的男人留长指甲，更恶心，尤是留小指指甲，挖鼻孔、掏耳朵，还有用来剔牙的，无所不用其极，个别人又偏偏爱在饭桌上"演示"一番。

饭桌上的礼仪，真是要讲究一下，比如剔牙，有人无所掩饰，用指甲、用筷头、用牙签，刮挑剔，让人大倒胃口；加以掩饰的，用手拿餐巾纸挡一下，还好，但也是不够讲究。我以为，如果觉得牙缝十分堵塞，可以到洗手间去处理，毕竟私密一些。

至于用自己筷子夹菜给别人吃，更是陋习，留有自己口水和唾沫的筷头，连同菜都到了他人碗里，有没有"新冠"都还不知道，想一想，都让人恶心。我没有洁癖，也不算十分讲究之人，但是这些都属餐桌基本礼仪，还懂得一些。现在提倡用公筷，我就很是赞同。

好多饭店都给客人摆上两双筷子，其实就是提醒和倡导使用公筷的，一开始肯定都不习惯，万事总是开头难嘛，但最起码可以阻止个别不自觉的人，把自家筷头到处乱插，满盘菜都拨拉一遍，全是他口水。一双筷子显文明，一双筷子是素养。

有人对此不以为然，斥之为瞎讲究，假干净。还有人诉委屈：你嫌弃我。这都是无端之指责。卫生卫生，保卫生命，愚昧陋习，孰重孰轻？

另外，有人说，家人之间就不要那么讲究了吧，我要说更应注意。病毒不长眼，防范要细心。因为爱，出于爱，把最好的留给最在乎的呵，公筷公勺，不是最干净的吗？

2021.08.15

人字拖

我喜欢上穿人字拖，大概是到南方工作时，20年前，我在广东那边，见到男男女女几乎一年四季都穿人字拖。

我是看一眼就喜欢上的，人字拖线条简洁、明快，少男少女穿上它，更显精神饱满，青春四溢。

每每到了夏天，我就找出人字拖穿上。其实，人字拖不仅仅线条简洁，顾名思义一撇一捺，成"人"字，看起来活力灵动，不呆板。

爱美的女生，美到牙齿，美到指甲，能显美的地方尽力去显，能露尽量去露。于是，套上牙箍，手上足上都涂上指甲油。人字拖挂在纤纤玉足上，总是给人以想象，鲜艳的指甲，衬托冰肌玉肤，传递着一种暗示，一个隐喻。

民国大才子、北大怪杰辜鸿铭，有怪脾气和不拘一格的爱好，据说他要闻妻妾的小脚，写文章才会有灵感。这二寸金莲，辜鸿铭痴迷呵。不知道，他要活在当下，还喜欢这松了裹脚布的大脚吗？人字拖，毕露毕现的玉足，他还会把玩于掌心吗？

2021.07.23

为"脏乱差"正名

有一天，我把桌上和床上及地上的一些堆放零乱的书，都整理好，整齐地放到刚买来的书架上。看着书架上僵持着的书，我感觉思维有些停滞，跟正在哒哒哒烧红了枪管的机关枪，一下卡了壳，不顺溜了似的。

随手翻开的书页被合上了，就像敞开的心扉闭上了，思想意识流被阻碍得跌宕起伏，拐了几个弯，不见了影踪。

过于干净整洁的处所，是没有灵魂的，空有躯壳，一副少有温度少有感情的皮囊，像一副公事公办的嘴脸。有人就要把家里收拾得跟宾馆酒店一样，做到窗明几净，一尘不染，沙发被人刚坐过，就要掸几掸，擦又擦，令人想起日本人近乎变态的洁癖，但他们至今没有什么大师，而印度又脏又乱，可是却诞生了多少位大师。

不是说脏乱差是产生大师的必要条件，但也起码有着一定的影响。过于追求洁净的人，思维一定不是舒展流畅的。记得看过一个统计报告，图书管理员最适合患有强迫症的人去当，如今垃圾分类也是。今年春天，在《读者》上读到一篇文章《秩序强迫症》，讲一个人摆放家具，都要用尺子丈量好离墙的距离，家具之间的距离，不能差之毫厘。这个强迫症，应同卡夫卡咀嚼食物要反复咀嚼七七四十九遍是不一样的。据说尼采也是这样。强迫症是心生焦虑，而大师们则是要唤醒灵魂。

适度的脏和乱，有什么不好呢？它们一定会是差吗？而真和善，又是美的所在吗？过度的"真"才是假，泛滥的善必会滋生恶。

极受欢迎的英国经济学家蒂姆·哈福德说过，如果我们只受秩序驱使，错过的是更广阔的天地，这个世界的杂乱无章、无法测量、不协调、即兴、缺憾、不连贯、粗糙、凌乱、随意、模棱两可、暧昧不明、麻烦、变化多端，甚至肮脏，也是这个世界的一部分。

2021.07.10

吃饭

昆山这边晚饭早，请客开席平时都在5点半，再早还有4点半的，夏天天长，但也在6点钟，或者提前。而苏北东海那边晚饭平时在6点半左右，夏天天长，至7点钟，来早的人就先掼蛋（一种扑克牌游戏）。

昆山这边吃饭前少有掼蛋，而东海人说，饭前不掼蛋，等于没吃饭。所以，凑够4人都要掼几把。

前天打快车，到饭店吃饭，司机本地人，他说的话还是蛮有道理的，算是消除了我心里的疑问。他说，昆山这边之所以晚饭早，因为通常晚饭后还有几场活动要安排。晚饭时，一般谈谈正事，普遍交流沟通下。饭后，第二场，去KTV唱唱歌，放松下，喊一嗓子，通通气，醒醒酒，这成为大多数人的固定节目。再接下来，大家或一起，或分散活动，去宵夜，到烧烤店，撸个串，再整点白的，或几瓶啤酒，搞上一气。

而东海这边，基本上饭后就散了，彼此还戏谑道：各回各家，各找各妈。当然不乏也有去KTV的，也有去捏个脚的，但是不多，至于，再宵夜就更少了，只限于个别青年人，他们玩个通宵达旦是家常便饭，活力大，恢复快，第二天补上一觉，第三天再接着干，一点问题没有。

各地晚饭时间不同，应是由气候、环境和文化等因素影响使然，而餐饮文化又是风土人情的组成部分，各地的餐饮文化习俗又决定着意义的外延，决定着活动的内容、形式以及频率等。

笔者曾于广东某地工作过，那里榕树茂盛，杧果飘香，空气中弥漫着潮湿的雾气，有一丝丝暧昧的意味。至零点，一天的燥热方才消散，夜生活也宣告开始。

至于饭后到KTV去唱歌，我是喜去的，一是我喜欢唱歌，一亮嗓子就开心。唱歌是令人身心愉悦之事，小时受母亲影响，她是天生一副好嗓子，爱唱歌。另外，喝了酒，去喊一嗓子，去去酒劲，醒醒酒，效果也蛮好，毕竟唱歌要用气，气力足了，才能很好地发出声音来。因此，我在唱歌，也是在运动。

2021.07.05

醉酒

每次醉酒，要难受好几天，总是跟自己说，下次一定要少喝。我没有决心说不喝，这种话我说不出口。

要自己不喝酒，跟要命一样。酒是最靠谱儿的朋友，我怎么能离开它，不能。一代枭雄曹操都感慨：何以解忧？唯有杜康。

饮酒醉，醉为丑。我也见过人醉酒，男女都有，也觉得不太好看。可是他（她）也不是故意的呵。

都知道醉了不好受，平常人喝多了醉了，叫酗酒；可是名人呢，叫逸事、佳话。国人这有色眼镜戴得，不要不要的。

中国是饮酒的大国，国人的酒文化已经存在几千年了，商周时期就有了酒曲。酒是粮食精，国人边饮酒边吃饭，离不开酒。

我迷蒙着眼睛，又读到了《诗经》，且看这最为古老的诗歌总集，它的《国风》中的一首诗就记载了周朝时期饮酒的心情："彼黍离离，彼稷之穗。行迈靡靡，中心如醉。知我者，谓我心忧；不知我者，谓我何求。悠悠苍天，此何人哉？"（《诗经·国风·王风·黍离》）

这是先秦时期的语言，翻译成今天的话就是：看那黍子一行行，高粱穗儿也在长。走上旧地脚步缓，如同喝醉酒一样。能够理解我的人，说我是心中忧愁；不能理解我的人，问我把什么寻求。高高在上苍天啊，何人害我离家走？

是啊，醉酒的男人往往有故事呢，酒鬼除外，因为酒鬼是酒精中毒，酒精成瘾，而诗人、艺术家等大都情感浪漫，但重情重义，虽在行为习惯上往往放浪不羁，不拘小节。

女人醉酒，恐怕故事更多，酒不醉人人自醉。每每见女子梨花带雨，又醉眼蒙眬，就让人感觉楚楚可怜，心生疼惜。

2021.06.21

天道·孝道·人道

今年春节，我独自回苏北陪老妈过年，因为不想她孤单。爱自己的亲人家人，将心比心，要感同身受，这没有什么可犹豫的。

我的妹妹也是很善良的一个人，她对亲人家人的爱，也是出于本心本念的。她的心眼儿很实，没有那么多弯弯绕，每次老妈身体有恙，都是她第一时间陪在床头，侍奉左右。

当初年逾八旬的祖母临终前卧床一月，我和老妈，还有未婚妻珍珍，轮流护理，端屎端尿，帮她用开塞露解大便，帮她翻身，帮她擦拭，帮她换衣，从未有过嫌弃，因为是亲人。

想到20世纪90年代时，祖母70多岁，做胆囊切除术，我把自己存的准备结婚用的6000多元钱都拿出来。手术历经3个多小时，换了两位主刀，但有惊无险，很成功。

当时，我母亲，我和未过门的媳妇珍珍，我的妹妹和弟弟，都在手术室外焦急地等待。我不断地安慰他们不要紧的，我奶很坚强，手术一定很成功的，其实，我内心比他们还焦虑。

手术室大门哐的一声，终于打开了！我猛地冲进去，只见祖母看着我们，目光还跟平常一样的慈祥和柔和，我们都放心了。医生见我高兴就问我几百元一瓶的高蛋白用吧？我说用。

后来，在护理祖母的日子里，随着她的逐渐康复，我们都有说有笑。祖母有一天突然放了个很响的屁，这是要有大便的信号，有大便了，说明上下通气了，我高兴得眼泪都出来了。

现在想想，有的人成了家，把关爱和关注力，几乎全放到了自己儿女身上，爱儿女所爱，急儿女所急，至于老父老母，大家庭，原生家庭的亲人，则顾之不及。有的人甚至要把对亲人的爱和感恩，建立在一定条件上，说你们当初对我爱得还不太够，然后，他就有些委屈自己，要怎么怎么，他才能对你们去好去爱云云，家长和兄弟姐妹竭尽所能帮他助他，他会选择性遗忘，对某件事引起其不快的却始终耿耿于怀。有果必有因，他就缺乏反思，如果他能反思，多扪心自问，可能才会学会感恩。

有个人曾经问我："你多在外，老妈行动不便时怎么办？想过这问题吗？"我立刻回答："我带着。"这个问题问都不用问！凡有这问题的人存心不良、存心不善！因为，不该是问题的，对于他来说成了个问题了。言为心声，他对这个不该有疑问的，该去很好地做，去履行完成的义务以及责任，他心存疑虑，从而纠结。听话听音，他的潜意识是他"在老妈行动不便时"，不知该不该去照顾。那他应该再反问一下自己：我的孩子们在我行动不便时，他们要怎么做呢？要不要照顾我呢？

所以，我们敬佩那些到哪里上学还要把老妈带上照顾的真正的孝子。他（她）的孝完全是发自内心的，是本心本念。羊有跪乳之恩，鸦有反哺之义，这是《增广贤文》里的一句话。它提醒和告诫我们禽与兽都能懂得感恩，作为万物之灵的高级动物，人不能比它们不懂得感恩，若不然，就真的叫作禽兽不如了。

我以为，天地间万物都是有一个"道"的，康德的"头顶的星空和心中的道德律"，朱熹的天理天道等说的都是这个，举头三尺有神明，人在做，天在看，百善孝为先，莫不在循一个"道"字和"理"字。作为万物之灵万物之尺度的"人"，就理应循着这"人道"。

2021.03.22

葱和蒜

有一次，几人喝酒，有一个女孩子说，她能生吃大葱和大蒜，我不禁多看她几眼，对她刮目相看。她说完笑了，自自然然。

感觉跟她的距离一下子近了，简直就是一家人。我没觉得她生分。一个女孩子，能勇敢地生吃葱和蒜，在南方少见。

当然，我说这事是在苏南，要在苏北，会见惯不怪的，那里空气里都流溢着葱蒜味，女孩子吃个葱蒜，也是习以为常的。

不过，现在生吃葱蒜的这人还真少，不似从前。北方的年轻人，生吃的亦少了，可能因为味道重，还是交际重要。

记得有一期《扬子晚报》报道，一个北方的书画家随儿女到南京定居，他平时爱吃大葱和生蒜。我说的大葱是指大的粗的那种，不是小的、细的。南方人用小葱烧汤、做面，增添鲜味香气，也可去腥膻味；北方人则用大粗葱，要那浓烈的豪气，冲天盖地。大蒜呢，开胃舒肠、上下通气。

这位书画家开始朋友很多，因为人随和，书画也好，可后来身边人愈来愈少，原来他身上和口里的葱蒜味过于浓烈了，把人都熏跑了。

这当然是一件真事，后来传为笑谈。不过，我能理解。我是爱吃生葱生蒜之人，但是谁吃了被我闻到，也会感到有些呛鼻。呛鼻归呛鼻，依然照吃不误。记得有一年在火车上，从苏北带了烤牌和鲜蒜。鲜蒜更好生吃，不少人与我有同感。我咬一口烤牌，吃一瓣蒜，再咬一口，再吃一瓣。一个香，一个鲜；一个绵，一个辣，绝配。我就这样沉浸着，大快朵颐。

猛抬眼，四下里是人们惊愕的脸，那一双双眼神，那表情。"山东人？""是的，一定是山东人！""哇，好厉害！"

说的没错，吾乃山东人，连云港于20世纪50年代还隶属山东，尤是我的家乡东海县，与山东临沂接壤，至今仍保留着山东老乡的生活习俗，比如煎饼卷大葱、大蒜拌豆腐等。

2021.03.01

粗茶和淡饭

早上，我把生吃剩下的青萝卜和豆芽在锅里炒了。青萝卜头部生吃了，头部颜色浓，水多，尾部大约1/4，发白。

豆芽须长了，在冰箱里还坚持长，冷也不怕。记得小时候吃的豆芽，长得不长，身材跟我们一样，头大腿短小，都是缺少营养造成的，受了不少的委屈。

油花炸出的香味，使我想起母亲的话，她说，奶奶炒菜为什么不够香，只因为炸油时间不够长，油还没炸开，菜就下锅了，油香被菜盖住了。其实，我奶倒多少油，倒没倒油，只有她自己知道，她炒的菜没有我妈妈炒的菜好吃，我是知道的，吃奶奶炒的菜，一张煎饼吃不完。吃我妈炒的菜，我要吃掉两张。

上初三那会儿，学习特紧张，天蒙蒙亮，母亲就把饭做好，把菜炒好，表哥和我就呼噜呼噜喝稀饭，然后用煎饼卷起用白菜萝卜炒的菜，有时会有粉丝，都香喷喷的，好下饭。到了冬天，炭炉子就在桌子跟前，暖烘烘的。我们喝下两碗热稀饭，吃上两张裹满菜的煎饼，顿觉浑身上下热乎乎的，走路也带劲。

母亲是我炒菜的入门老师。她说，油炸出香味了，菜也就香了。她说得对。其实，蔬菜本身也多少含有"油"，要耐下性子等它的体内的"油"出来，比如辣椒，比如茄子等，你就是暂时不放油，就光干煸，也能闻到油香味。蔬菜有肉也有血的，都是有灵性有血性的生命。再比如白菜，是苏北人、北方人最靠谱的暖心可意的"亲人"。

我时常请亲友到饭馆去，我乐意主动，乐在其中；亲友邀我，兴奋劲不若前者。如果今天在饭馆吃过了，明天就害怕听邀约吃饭的电话，一是酒不要连续喝最好，二是饭馆的菜多数油大。最好饭馆里吃过后，次日弄点粗茶和淡饭，朴素一下，让胃肠里清爽清爽。整天大油大荤，吃不消，负担重。

还是粗茶和淡饭让人有安全感。这些天生的植物，白菜、土豆、茄子、黄瓜和辣椒等，清一色的朴实素净，看一眼，就能回归到简单的心。

2021.01.14

婚姻的状况

维特根斯坦说，人们在屋内透过窗户向外看，有时候往往看不懂和不理解行人的奇怪动作，他不知道，行人正处于暴风雨的肆虐中。

人们的婚姻不亦如此吗？外人看来华丽无比、无懈可击，实则千疮百孔，不堪一击；他人看来千疮百孔，危机重重，实则坚如磐石，休想撼动！

有两人表面上彬彬有礼、相敬如宾，实则上心怀鬼胎、各藏猫腻。还有两人，整日吵闹，一片喧嚣，可是一遇难事，则齐心协力，如同一人！

他人的婚姻到底是啥个状况？你能看个明白吗？纯粹雾里看花。婚姻单纯是两个人的爱情结果，当然，也有例外，因为有人的婚姻要借助外力方才稳定。

两个同样是所谓优秀的人结合，不一定是优质的婚姻。出发点都是美好的，但往往事与愿违，除非有一方自甘堕落，甘做人梯，从最为卑微处做起。

有人说，一个好女人是一所好学校，好女人用枕边春风去熏染和陶冶男人的品格以及情操；不好的女人呢，可能还达不到多么坏的程度，但她的危害，在男人的行为举止上尽然显现。

那么，一个男人呢？我的大男子思想是被家庭变故改造的，16岁就要成个真正男人，要学会独立，挺起腰杆，撑起这个家。

和我一样，有人的大男子主义只是"大男子"，不是看轻女性，更非蔑视女性，相反，因为"大男子"思想，反而更呵护和疼爱"小女子"了。

反之，"小男人"怕老婆，其实骨子里是鄙视和隐忍。母老虎式的女人婆，什么都要强人所难，要强出头，"小男人"忍气吞声，但心里掖藏着一把刀。

男人和女人究竟应当怎样呢，我要说各自保持本色就好，男人活着像个男人，女人是个女人，不是别的。这样来说，婚姻中的男女互补，谁也就离不开谁了。

希腊神话里有一个英雄叫伊阿宋，他曾经表示，最好人类有别的方法生孩子，这样男人就不需要女人了，就可以摆脱女人了。还有一位古希腊诗人叫希波纳克斯，他在一首诗里写道："女人只能带给男人两天快活，第一天是娶她时，第二天是葬她时。"

其实，男人本没有理由看低女人，凡蔑视女人的都是先从试图喜欢女人开始的，比如尼采的那句著名的话：你去女人那里吗？别忘了带着鞭子。

是莎乐美逼着他这样说的，尼采疯狂地爱她，可她没有接受，尼采就真的疯了，而叔本华和拜伦都是因为与母亲相处不融洽而蔑视女人的。

所以说，男人对女人多是热爱、恋慕，甚而崇拜，嫉恨的毕竟少数，比如老子说："谷神不死，是谓玄牝。玄牝之门，是谓天地根。"在老子看来，女性接近于"道"。歌德在《浮士德》里，吟咏"永恒的女性，引导我们走"，唯有女性才能够引导我们走向永恒的境界，与老子的观点几乎不谋而合。

自从日本研制出橡胶女娃和愈来愈逼真的机器人后，全球不少男人睁大了眼睛，这个东西好，美丽、温柔、听话。男人大多喜欢温顺。

其实，在有些人看来，征服也不失为乐趣，男和女斗，女和男争。婚姻中的男女，斗智斗勇、乐此不疲，谁有钱谁有话语权，比经济收入，争家庭地位。

但是，人终究是个人，是有感情的。君子不器，人终究不是工具。有的人是，大多人不是，有文化的婚姻不是，有文化的家庭不是，凡是有书香的不是。

2020.12.25

剔牙

我发觉南方人喜欢剔牙。当然说喜欢，可能有点夸张，毕竟没有哪一个人无缘无故往牙缝里塞牙签，但是，南方人常把牙签放嘴里，是个事实。

周星驰是无厘头的，昨天在网上看一张照片，他端着高脚杯，在肉摊前小酌。记得他嘴巴里衔着牙签，乜视着你。

南方人可能牙齿稀些，我说的是牙缝较北方人大些，也许是生来就吃大米的缘故，大米是软糯的。而北方人，吃大饼、煎饼，尤是煎饼，经咬耐嚼，一般人对付不了。

北方人吃煎饼习惯了，弄棵大葱，再夹根老咸菜，条件好些的，抓几根馓子，或是虾皮，包起来，裹着吃，真是香得很。

记得有一年到山东临沂，一早下了车，进了早点铺，挨木桌坐上木凳子。桌上，刚烙出的煎饼喷喷香，水煮豆腐冒着热气，几个碗里盛着辣椒酱、豆瓣酱，还有蒜泥等。

南方人拿着煎饼，无所适从，一脸无辜的神情惹人爱怜。怎么下口呵？撕着吃吗，然后就一小块一小块小心地撕扯，再试探着放进嘴里。这是吃纸吗？

所以，北方人牙齿用得猛，咬合力强，大饼、煎饼和烤牌，一气喂养出来的，个个性子直爽，咧嘴一笑，两排整齐严密而又闪亮的牙齿展示给你看。

2020.12.05

心安

我以为一个人，不论做什么，重要的是图个心安。心安很关键，心安了，心静了，心宁了，会慢慢感受到平淡的真实，真正的快乐和触手可及的幸福。

"安"字上面这个"宀"读"mián"，是一个房子的形状，象形的，房子里跪坐的，像一个人两只手交叉着，跪坐的人形，那是个女子，整字会意一个女人安然坐在房中。上古时代，猛兽居多，女子只有待在家里才没有危险，所以，安的本意就是无危险，也表示放心。

"安"的金文字形也是室中有一女，可见"安"字是个会意字。小篆"安"的形体也类似于甲骨文和金文字形，变化不大，可见，家有"女子便是安"。

有女在家为安，反映了原始社会时期，人们基本的生存需求。在社会生产力逐步发展，物质生活逐渐丰富的时候，人们也开始有了精神需求、情感的需求，人们对平安的理解逐渐由物质丰富为安，转而为精神上的安宁、安定、平和，这就是心安。有家的地方心就安，心安的地方就是家，许多封建时代的文人墨客将此奉为圭臬，其中较为有代表性的人物就是唐代大诗人白居易，且看他的《初出城留别》：

> 朝从紫禁归，暮出青门去。
> 勿言城东陌，便是江南路。
> 扬鞭簇车马，挥手辞亲故。
> 我生本无乡，心安是归处。

早上从紫禁城归来，傍晚从长安城东出门。不再谈城东的小路曲折等事，此行要去的地方是江南。车马备齐扬起鞭儿上路了，挥挥手向亲人和故乡告别。我生来就没有固定的处所，只要是心坦然的地方就是我的归宿。

白居易还写过一首诗叫《种桃杏》，表达了相同的意思：

无论海角与天涯，大抵心安即是家。

路远谁能念乡曲，年深兼欲忘京华。

忠州且作三年计，种杏栽桃拟待花。

无论身处天涯海角，只要内心平静就能安然地把所在地当作家乡。忠州离家路远，谁还能唱得出家乡的小曲儿？年事渐高，贬谪外地也已多年，我渐渐忘记了京城的繁华与热闹。还是想开点儿好，我想在忠州种下杏树、桃树，以3年为期，期待它们能开花结果。

白乐天就是白乐天，豁达乐观，纯属乐天派。他是随遇而安。心安即是归处，心安即是家。家不止是身体疲惫得以恢复的疗养所，更是安放精神和灵魂的栖息地。

白居易的"我生本无乡，心安是归处"深深影响了宋代大文豪苏东坡，他在《定风波·南海归赠王定国侍人寓娘》中写道：

常美人间琢玉郎，天应乞与点酥娘。尽道清歌传皓齿，风起，雪飞炎海变清凉。

万里归来颜愈少，微笑，笑时犹带岭梅香。试问岭南应不好，却道，此心安处是吾乡。

苏轼因"乌台诗案"而被迫害，其好友王巩（字定国）遭牵连，被贬谪到地处岭南荒僻之地的宾州（今广西宾阳）。王定国受贬时，其歌妓柔奴毅然随行。

公元1083年（元丰六年），王巩北归，与苏轼会面，柔奴（别名寓娘）劝苏轼酒。苏轼问及广南风土，柔奴答以"此心安处，便是吾乡"。苏轼听后，大受感动，作此词以赞。

其实，苏轼被贬时，也有侍女、后纳为姜的王朝云侍奉左右，不离不弃，他们的爱情故事也感动了许多人。王朝云是什么人呢？她当时也只是一个小小歌伎。可为什么大文豪对她情有独钟呢？原来苏轼与王朝云不只是简单的夫妻关系，苏轼还视王朝云为红颜知己，为她写的诗词最多，因为她很聪颖灵秀，最懂苏轼。

苏轼有一首脍炙人口的诗《饮湖上初晴后雨》：

水光潋滟晴方好，山色空蒙雨亦奇。

欲把西湖比西子，淡妆浓抹总相宜。

这首诗表面上是写西湖之美，将西湖比作西施，实际上却是写他初遇王朝云之时的感受，称赞她清纯美丽，如出水芙蓉，天然去雕饰。王朝云其时年仅12岁，而苏轼是40岁。

王朝云跟随苏轼的岁月，多半处于苏轼仕途不得意之时，他们时常辗转于苏轼被贬的地方。俗话说，患难见真情，王朝云对苏轼的不离不弃，苏轼都看在眼里，非常感动。

说王朝云最懂苏轼，有一个小故事：苏被贬黄州的时期，有一天，他结束了公务回家吃饭时，指着自己的肚子问那些侍妾们："你们有谁能说说我这肚子里装有什么东西？"

一侍女答："是文章。"苏摇头，另一侍女又答："是见识。"苏东坡还是摇头，在旁伺候苏轼的王朝云便笑着回答："先生这一肚子里装的都是不合时宜。"苏东坡听见了便笑道："知我者，唯有朝云也。"

当时苏东坡的仕途的确挺坎坷，因他性情豪放、个性强，所以连续被贬，这个不合时宜说的就是他的才华没有得到该有的用处，王朝云的回答，的确是说出了苏的心声啊！

苏轼也愈加珍视身边的这个女子，他们时常苦中作乐，在穷乡僻壤的贬谪之地，一个作词作曲，一个倾情演绎，苏轼的那些失意也好，豪情壮志也好，都在王朝云的唱词里。

王朝云与苏轼相知之深，可谓一举手、一投足都可知道对方的用意。苏轼诗词中哪怕是轻描淡写地涉及往事，也会引起王朝云的感伤，最典型的莫过于那首《蝶恋花·春景》：

花褪残红青杏小。燕子飞时，绿水人家绕。枝上柳绵吹又少。天涯何处无芳草？

墙里秋千墙外道。墙外行人，墙里佳人笑。笑渐不闻声渐悄。多情却被无情恼。

苏轼被贬到黄州之后，她常常唱这首词，为他排乏解闷，可每当唱到"枝上柳绵吹又少"时，她却内心怅惘，哭出声来。东坡问原因，她回答："我总是没法唱完这句'天涯何处无芳草'。"苏轼假装笑道："我刚刚在悲秋，而你已经开始伤春了。"

后来王朝云去世，苏轼"终生不复听此词"，因为在古人看来，芳草是柳绵所化，所以柳绵吹遍天涯，而绵绵细柳恰似王朝云对他的恋情。

苏轼被贬惠州的时候，这对忘年的恋人度过了在一起的最后一段时光。苏轼曾写诗说："日啖荔枝三百颗，不辞长作岭南人。"这种达观的背后，是他们不得不生存在这湿热恶劣的环境中的无奈。王朝云不适应这样的环境，竟一病不起，苏轼为她遍寻良药也无济于事，最终她离开了人世，徒留风烛残年的苏轼在这人世间，苦苦思念。他再也难以觅到王朝云这样的红颜知音。

一个人最珍贵的感情，不是来自在你飞黄腾达的时候，在你身旁前呼后拥的人，而是在你身处逆境仍能对你不离不弃的人。王朝云对苏轼即是这样，这才是为人称道的爱情。

我今早就想啊，一个人做到心安了，心安理得了，自以为做的事情合乎道理，心里很坦然，心安了，理得了，得道了。我还想到心安理得有一个近义词：问心无愧。这个问心无愧，就主要指道家理念，指随性而为，反躬自问，有没有对不起他人、愧对自己的地方。

2021.03.05

金钱和人生

国人至今一见面就问：吃了吗？他（她）是饿怕了。20世纪的那个年代，有多少人饿死呵，树皮、草根，还有吃人肉的，骇人听闻。

现在一见面除了问吃了吗，然后就谈钱。我以为他（她）是穷怕了。穷骨头，骨子里头穷，有危机感，即使本来有再多钱，也无安全感。他（她）会攀比，有竞争心，要争上游。

其实，再"多"也是"少"，再"有"也是"无"，他（她）不知能否理解老子的"无"就是"有"，"无中生有"，真正的"有"，恰恰在那巨大的无边无际的"空"里，"空"存于"有"，"空"胜于"有"，因为钱再多也有花完的时候，它是存在的，也是虚无的。它是固定的，也是流动的。它是善的，也是恶的。是好的，也是坏的。

一个人不能光为钱活着，钱是重要，但不是最重要的。光看重钱的人，最终一定会为钱所困、所累、所拘役，他会失去最宝贵的东西，就是自由。

壁立千仞，无欲则刚。一天到晚，身心若为钱财所役，能自由吗？身陷看不见的无形的囹圄，能自由吗？不能。

其实，见见面，拉拉家常，叙叙感情，这才是"天伦之乐事"（李白《春夜宴桃花园序》："会桃花之芳园，序天伦之乐事。"），而非只吹嘘自己"五子登科"里的"三子"，即票子、房子、车子。

对金钱概念的理解，因人而异，各人有各人的理解，这一点不可强求，也强求不了，因为各人有各人的想法。想法带来看法，想法不同，看法也自然不同。

有人理解金钱可以带来享受和幸福，快乐和满足，但这种状态维持不了多久。他（她）不久会痛苦，痛苦是因为不满足。叔本华早就给人生有了定义：得到了就满足，然后空虚和无聊；追求的得不到，就焦虑和痛苦。人生就如钟摆，在两者之间徘徊。

你看有人有钱就快乐，得到就快乐，得到才快乐，失去了就不快乐，无钱更不快乐，把一生都交给、献给了金钱。金钱必须是我的，属于我忠于我；我是金钱的，我属于它、忠于它。人和钱比亲兄弟还亲，谁也不能把他们分开。

相反，有人理解金钱是灾难，过多占有金钱，人是要受苦的。和女人一样，金钱也是祸水，捐赠和散发出去，就是把祸水泼出去了，完成了对自身的救赎。

在西方的基督教文化里，人类有七宗罪，分别是：暴食、贪婪、懒惰、愤怒、骄傲、淫欲和嫉妒。贪婪排在第二位，其实，排在第一位的暴食也是贪婪所致。所以，贪婪实居人类恶行之首位。

卢梭在《忏悔录》里说："一个人所拥有的金钱是获得自由的手段，而我们急切地追求的金钱却是我们受奴役的工具。因此，我对自己所有的金钱抓得很紧，而对没到手的却无所谓。""真正的幸福是不能用语言描绘的，它只能用心体会，感受越深就越无法描述，因为真正的幸福不是一系列事实的积累，而是一种状态的持续。"卢梭用心用情去感受了人生，尽管伤痕累累，甚而头破血流，但最终血泪浇灌出了苦涩但芬芳的花朵。

2020.10.23

沙县小吃

于这苏北的秋夜，我走进店里。沙县小吃，政府支持的店，连锁餐饮，舌尖上的记忆。店里有三五个人，不多，老板娘不算白皙，但五官端正。吃什么？馄饨。什么味？原味……老鸭汤的。大碗还是小碗？哦，只有一样。

边等馄饨，边看微信朋友圈，看看又有谁在看，谁在点赞。我的流动的心绪，扑朔迷离的情感，于这苏北小城，如门内门外的灯火，明亮又混沌成一片。

想起年轻时的冬天，裹着军大衣，于这凛冽的街头，来一碗馄饨的场景。挑着担子过来的馄饨摊主满口应答，好嘞。香菜要不？如今，摊子不见了，店多了。灯火处，记忆如同这光亮，斑驳陆离。物是人非？物亦非。今人是？人亦非。此情留待梦里追吧。

2020.10.07

坐月子

我昨天把一个头天煮熟的鸡蛋，剥了壳，放在碗里。我不想冷吃，怕会对肠胃不好，毕竟年龄偏大了，还是小心点为好。我弄来热开水，往鸡蛋上面倒，然后瞥见我刚买回的馓子。把馓子泡了吃，岂不正好？此时，肚子咕咕咕地叫，已经下午三四点了吧，午饭还没吃。

馓子放进水里，很快泡得满了碗。先吃馓子，好久没吃泡馓子了，平时都咯嘣咯嘣干吃。眼前这泡馓子软糯糯的，香喷喷的。吃煮鸡蛋和泡馓子，这是啥待遇呵。让我想起过往，苏北妇女刚生完小孩，是不要下床的，这叫坐月子。月子里通常会吃煮鸡蛋和红糖馓子，额上包一方巾。老辈们叮嘱不能吃生冷食物，当然，也不能用冷水，否则会落下毛病。

后来，我在哪里看到说是西方人不用坐月子，生完小孩第二天就该干吗干吗去，是否因为西方妇人大多人高马大，身体较国人壮实，抵御能力比较强呢?

想想也不奇怪，她们平时以肉类为食，不忌生冷，而且西方人非常爱运动，恢复体力也快，所以即使不坐月子调养身体，也不会有什么太大的问题。

所以西方妇人大多不需要坐什么月子，遇有国人女性朋友，她们自然好生羡慕，有人床前床后专门伺候着，真是幸福呵。同是生回孩子，这待遇可大不相同呢。

要说因生孩子而带来的待遇，在苏联，为了鼓励妇女生育，凡能生7到9个的，都要授予"英雄母亲"等荣誉勋章。苏联时期还曾经设立过"英雄母亲"和"光荣母亲"勋章（共分三级）。

2007年，俄罗斯总统普京将11位普通妇女请到克里姆林宫，授予她们"祖国服务"勋章，以表彰她们"养育儿女，继承发扬家庭传统"，听说其中就有一位连续生了14个孩子的母亲。

2020.09.18

东海美人

东海，不是连云港东南的海，若是，我就会添上几个字了，东海美人鱼。东海，是东海县，我的出生地，我的家乡。

每次回到家乡，见到街道上走过的年轻美丽的姑娘，我的眼睛就为之一亮，心胸瞬间宽敞起来，她们引起我的无限遐思和无穷妙想，呵，原来生活如此可爱，真是充满了希望。

周国平先生在中学时暗恋过班级的一位同学，迷恋得不行，后来到了大学，发现校园里多了那么些年轻靓丽的姑娘，他说，眼前为之一亮，感到生活真是美好可爱极了。

妖娆和风骚，此为一个女子不可或缺的特质，这是富有情趣的外在表现，苏北东海的女子多有此种特质，其他地方见得不多。

走的地方多一些，我当然会有一番比较，跟东西南北的菜品一样，美人也是各具风味和风情。饮食男女，食色性也，凡具情趣之人必会发现生活情趣之所在。

北方女人高大、秀挺，五官分明，性情泼辣，举止落落大方，雷厉风行。而南方女子则多小巧，但眉目流丽，真是巧笑倩兮，美目盼兮，性情温婉，举手投足之间风情无限。东海女子，恰是集中了北南两种女子之特质，眉目分明，五官秀丽，身材婀娜，玉立亭亭，尤为引人的是，谈笑间，透出一种妩媚和妖娆的风情。

何以为然？东海女子会打扮，朋友们都会这样去笑谈、解释。打扮是一个方面，毕竟是沿海城市，流行风离得近刮得快。东海县，北依齐鲁大地，南毗吴越丽水，天时地利人和占尽。东海人聪明，学什么会什么，学什么像什么。东海美人，恰是统合了北南东西美丽风情之所在，集于一身。

当然，无论哪里，都有美人，亦有丑女。秀丽、聪颖和灵动的女子，读来如一首诗，隽永，让人回味无穷；朴实的又清新如田埂上的荠菜花，自然馨香生动。丑女哪里都有，但又不可以貌取人，因有失偏颇，人再丑，心好心亮也是靓。怕只怕从里到外，从上到下，都丑得不堪。至于东施效颦的女子，更是做作，忸怩，搔首弄姿，让人恶心，直倒胃口。

2020.09.15

臭虫的臭

苏北的菜园里，在秋季时分，辣椒茎秆上经常会发现有一种小臭虫，也叫放屁虫，区区体形，略比成人指甲大。

我有时会想，这臭虫是否知道自己放的屁屁是臭的？它一定知道臭，还臭得无比。它是知己知彼，不然怎么保护自己？你不惹我，你不跨界，我怎会用屁屁喷你？你惹我犯我，我喷！

我以为，这臭虫是善良的，是正义的，是聪慧的，它要好过毒蘑菇，因为臭虫知道自己的臭，人不犯我，我不犯人，人若犯我，我必喷人。

毒蘑菇不知自己有毒，它以为我只是一朵天生比普通蘑菇漂亮些的蘑菇呢，只是长得鲜艳而已。季羡林先生说，坏人也跟这毒蘑菇一样，不知道自己的坏，抑或是坏人永远不承认自己是坏人。

当然，也不能把人类界定的丑美臭香和好坏等是非标准判断强加于虫。人类界定的丑，实则动物界为美；人类界定的臭，而动物界却"闻"之若素，或者干脆趋之若鹜，因为"臭味相投"。

所以说，臭虫类说不定以"臭"为"香"呢。臭虫一定都珍惜自己的臭，因为"臭"是它捍卫和维护尊严的强大武器。

所以，我要说，不论站在哪个立场，跟毒蘑菇的"邪恶"比起来，这放屁虫是善良的，是正义的，它多么勇敢，多么有担当。它能做到爱憎分明，以区区身体，卑微的生命，去对抗邪恶和强大，多么的不容易呵。

2020.09.05

受虐心

我从东海回昆山，又带上老妈种的辣椒。老妈种的椒子杠杠嘀，咬上一口，包你鼻孔里都丝丝往外冒冷气。我享受这滋味。

今早，我做辣椒炒鸡蛋，切辣椒时，籽籽都蹦出来，跟蹦火星一样，辣嗖嗖的。我留了几个铁青色脸的辣椒没切，好直接蘸盐吃。

我还曾经用干大椒炒鲜大椒，喝白酒，佐以大葱蘸辣椒酱，这是不是辣上加辣啊，就像火上又浇油，烧得更猛些吧，火更旺了。

一盘辣椒鸡蛋干掉大半，陪着的是3个馒头下肚。两个辣椒蘸盐，我都是先从屁屁那头开始，直捣青龙。一口子，一口"火星"。饭后，一身汗水，酣畅淋漓，牙缝里都蹿出火，真是过瘾。一颗受虐心得到满足，要的就是这回味，不单一不孤寂不平淡，除了咸，还有辣和酸。

人们是不是都有甘愿受虐的心呵，我感觉我们都有。前些天，在张浦和朋友喝酒，念起亡友，兄弟们哭一阵笑一阵，纷纷谈起他的人，他的诗和发生于他身上常人看来不可思议的事。

有些人常常喝酒不大留量，慢慢把自己灌醉，我是其中之一，这也是受虐心在作怪吧。其实就是在折腾，折腾出苦来，苦后知甘，甘中带苦，这杂陈的滋味绵延不绝，令我沉浸。

2020.08.18

火车站

一提起火车站这3个字，就跟"喧嚷""吵闹""拥挤""偷盗"等带些灰色、黑色的词语联系到一起，不由得顺带联想起呛人的劣质烟草味、刺鼻的脚臭和汗水味。

也许恋爱中的人会先想到"相约""离别"，异乡人则会有"归心似箭""荣归故里""合家团圆"等感觉。谁知道呢？

反正，我对火车站有一种特别的感觉。相对于汽车站，我喜欢火车站，不是因为汽车站小，其实有的也不小，更不要说破不破了，好看不好看了。火车站再小再破再不像个样子，人家也是个火车站，不是别的。我想我找到原因了，火车站多么像连接过去和未来的彩虹桥啊，充满了神秘和向往。

我不大喜欢坐汽车，觉得无安全感。以前晕车厉害，坐上去再下来，跟得病似的，天旋地转，只想躺下不起来，所以对它无甚好感，对汽车站也就不感冒，除非必须要坐才去。

我坐火车从某地到某地，不大喜欢中途转车，有一次中间停驻了一下，那也是坐车时间最长的一次。那是20世纪90年代，我到鄂尔多斯跟台湾诗人涂静怡等会见，庆祝《秋水诗刊》生日。从连云港东海县火车站上车后，10多个小时后到达大同，当晚在大同候车室垫张报纸，将就和衣睡下，准备凌晨3点转乘开往呼和浩特的火车。不料还是睡过头了，没赶上，只好天亮后改签再坐上车，到了呼市，就急忙购票上车往鄂尔多斯赶。等到了鄂尔多斯市某酒店，才知他们已按计划到成吉思汗陵墓那里了。我又急忙跳上汽车，往那边赶去。

已经是第四天了，终于见到了世界各地的诗人们。大家饮酒赋诗诵词，载歌载舞。篝火正旺，噼啦作响。为了这次聚会，我坐了72个小时火车，行程2000多千米。这是坐火车时间最长的一次。

然而这还不是我坐火车最特别的一次，我还记得有一年过完春节返回广东上班，那时好像还没有"铁路12306"哦，买票都是直接到售票窗口或是托亲告友求帮忙抢张票，真是紧张，连"无座"都无了。熟人送我挤上车后，我就在车厢连接处被人挤得笔直，像一棵树干竖在那。等后来，下半夜，人都半躺半坐了，我就换左右腿轮流着立着，这不就是金鸡独立吗？

要说"最巧"的一次，是在东莞火车站。我从深圳宝安区赶到东莞，乘车回东海县，也是春运期，人挤人。当时带了3个大包裹，要挤上车实在困难。此时，一中年汉子过来问是否要"帮忙"，我说行，他说50块，我只好点头应他，心想尼玛真黑。

等到一路拼杀上得车来，隔着人头，我递他一张百元大钞，他接过去，遂从口袋掏出50元递我。适时，见一熟悉面孔，原来东海一老乡也在这个卧铺车厢，我们相视一笑，这么巧。

待安顿好后，和老乡聊了起来，提到刚才花了50块钱才把行李弄上来，她说这么多。我说，他心太黑，我没让他讨到便宜，给他的100元是假钞。这假钞是我买东西时被人骗的，还没来得及上交银行。她乐了，旋即问我：找你的50元呢？我把50元给她看，她更乐了：这也是假钞！

2018.05.05

惊扰

我们在日常生活中免不了会受到惊扰，不管是有意引发的，还是无意中倏然袭来的，该来的就会来，也许之前毫无征兆，但它还是来了。

正如我们把"抑郁"称为"抑郁君"一样，亲切地和它称兄道弟，我们对"惊扰君"呢，更要报以同情或同理心的态度，端正心态，握住它的双手，不要闪躲，可以凝视它的双目，也许能够看穿它的真正的来意与心思。倘若心慌和害怕，正中了"惊扰君"的下怀，它会半掩着嘴巴不住地窃笑。

树欲静而风不止，"惊扰君"就是风，人来疯，可能还来势汹汹，有些得志太猖狂的小人做派和心态。但有时也不能全怪它，它行事还大致公正，因为它几乎对每一个人都是一样的，不存在偏重或偏轻。

对惊扰不必忧惧，不妨睡一觉，过后就好了。尼采曾经提出忠告："当你情绪低落，对一切感到厌烦，做什么都提不起劲时，该怎么做才能提振精神呢？什么方法都比不上饱餐一顿，好好地睡一觉来得有用，而且要睡得比平常久一点。当你醒来时，就会发现自己焕然一新，充满活力。"

尼采的话语是那么亲和朴实，一改往日大话连篇、超人的狂语。

当然，任何事物皆非空穴来风，不是来路不明的，不是无源之水，无本之木，所谓无风不起浪。有心之人，事先对于"惊扰君"的光顾还是多少能觉察出端倪的。

2019.09.29

初见黎里

偶然的时间，听到"黎里"这两个字，感觉有一种宁静，又有一种神秘。

"黎里"，发音也悠扬婉转，好比美妙鸟鸣，清脆动听。

初秋的一个午后，我来到黎里，从较为繁华的闹市口步行不远，就来到了雕栏石砌的古道河边，恍惚间有些似穿越，从现代一晃眼又回到了宋元明清的情境里。

黎里的民居有着鲜明的江南特色，保存至今的，大都是明清建筑，大门沿着街面，朝向河道，都是下店上宅或前店后坊的布局。

来黎里之前，我的脑海里已有勾勒的白描线条，白墙黛瓦、小桥流水、舟楫游弋……同质化的江南小镇景色，客居江南数载，见惯了千篇一律的河湖莲荷，欸乃舟桨，落日夕照，渔歌唱晚，我的审美视感逐渐变得迟钝甚而麻木了。

走进古镇，还是觉得有点异样。这里给人的第一感觉就是安静，没有摩肩接踵的人流，游客们也都很安闲自在。轻飏的柳丝拂在水面上漾起一朵朵涟漪。

古镇里保留有很多的老建筑，古色古香，各具特色。古镇上的老弄子也很多，据说有100多条，可以算是古镇之最，几乎每条弄子都有自己的名字，也算民间一大特色吧。

值得一提的是，黎里的弄堂与江浙其他地方有很大不同，黎里的弄堂有明暗之分，曲直变换，幽深但又景致尽揽，真是设计巧妙。

明弄堂布置得曲曲折折，虽然是在白日里，但是你也不知道弄堂的那头是什么，或者通向哪里。站在弄堂的入口往里看去，只能看到墙壁，陡添几分神秘。暗弄堂幽暗深邃，壁龛里的灯散着微弱的光芒。弄堂内是有一定的坡度的，所以行走的时候一定要小心脚下。千年的风情，走到哪，都有难以言喻的雅致。

黎里古镇又名黎川、梨花里，地处江浙沪交界，属于苏州吴江区，东与上海接壤，南与浙江嘉兴为邻。早在春秋时，属于越国领地，自吴越槜（音zuì）李之战后成了吴越的分界地。

自宋人南渡后，这里逐渐开始兴盛，由大村落发展至江南有名的集镇。黎里古镇自明代起，商品经济日益发达，沿市河两岸街市密集，店铺鳞次栉比。商家为了方便生意，招揽顾客，沿河筑起了座座廊棚，绵延数百米，这也成了黎里古镇一道特色风景。

顺着沿河而建的细长廊棚，可以观水观桥，赏花赏月。廊棚是黎里古镇的特色之一，廊棚下冬暖夏凉，又可遮风避雨。坐于廊棚之下，发呆赏景，真是一种不错的体验呵。另外，沐着一丝丝凉爽的秋风，浴着一缕缕慵懒的阳光，分享着小桥流水的那份悠闲和安逸，徜徉于青石板小路，或于潺缓的河流上驾船摇曳，实在是一种享受。

傍河而建的柳亚子先生故居是吸引游人观览的重要特色景点。柳亚子先生是"南社"的创始人之一，是参加过辛亥革命的前辈，做过孙中山的秘书，毛泽东主席恭敬地称其为先生，还专门写诗送他。

现在的柳亚子先生故居已经办成一个陈列馆，介绍柳亚子先生的生平和"南社"的革命运动，内容翔实。更让旅游者高兴的是，这个陈列馆是免费对外开放的。人们可以在这里了解到柳亚子先生及其志同道合之亲友乡邻、同窗知己，尤是黎里人兴办"南社"，从事革命的光辉历程。

黎里古镇有句老话叫"出门就是两座桥、三步上下两座桥"，各种不同建筑样式的桥随处可见，站在河边看桥是风景，站在桥上看河也是风景，看到河水流向远方，看到河边鳞次栉比的屋顶，看到古镇上人们的生活，看到夕阳西下，一抹余晖映于桥水之上，古桥的剪影就如宁静的处子，美丽动人，这都是风景。进登桥、云梯桥、道南桥、清风桥……一桥一个芳名，一桥一段故事，一桥一首隽永的诗词。

袁枚是清代性灵派诗人、文学家，与黎里有着颇深的缘分。他经常往来于黎里，踏亲访友，与郭麐、徐达源、袁棠、陈燮等人切磋诗文，谈论美食之道，并留下了不少的诗词，最脍炙人口的包括这首《黎里行》：

> 吴江三十里，地号梨花村。
> 我似捕鱼翁，来问桃源津。
> 花草有静态，鸟雀亦驯驯。
> 从无夜吠犬，门不设司阍。
> 长廊三里复，无须垫角巾。
> 家家棹小舟，目不识车轮。
> ……

夕阳晚照里，暮霭梦幻般落在这水，这桥，这树，这安宁的古镇村落上，令人惆怅。我恍然觉得这里是我前世今生都逃不掉的情缘，因了那份念想，更多的是骨子里的对静好岁月的怀恋和流连。

我收拾起之前失望甚而失落的心绪，对黎里这座特有韵味的江南古镇从此诗意盈心，美好纯净而素朴的情致萦绕在梦里……

2019.08.21

昆山

昆山，我把它当转梯、当跳板，我可以轻松自如地到上海、到浙江、到苏州、到无锡、到南通，来去自由，自由来去。

所以，我喜欢这不大不小的城市。说不大，它发展有外延，经济指标连续数年占据全国县级市之首；说不小，是指它有文化内涵，百戏之祖昆曲渊源深厚。

我个人不大习惯旷大的城市，比如省城的大而无用，想抽支烟买个火机都要走上大半天，我觉得生活太不方便。

去北上广旅游或短期学习实践考察还可以，若要我长年累月地住在那，我会感觉不着天不着地的，空旷旷的不踏实，繁华得不真实。

说老实话，我这半生回顾起来，没见过什么大的世面，虽然书是读了几本，但那只是书。在现实面前，我有时会认输，因为不经世故，因为抱残守缺，因为不思进取。

但是我又很是欣喜，于这鹿城（因春秋时吴王曾在昆山豢鹿狩猎，故得名）美丽富饶的新时代水乡，移步换景，看正在建设中的地铁，它将贯通苏州和上海，让美好的想象瞬间近在咫尺。

左手是繁华，右手是静好，我喜欢这样。身在福中我知福，我很知足。看小桥流水，听渔歌唱晚，一艘渡船在水面上不慌不忙地驶过，一波波涟漪轻轻荡漾开去。

这水乡，小家碧玉一样，温柔而又恬静，但举手投足间，又透出利落和大方。她的一双美目顾盼流连，看沪上、看苏杭，她有一颗安静和包容可又不大安分的心呵。

2020.08.18

向猪学习

看到这个题目，有人会笑，会不以为然。他们看不起猪，认为自己远远胜过猪，比汶川大地震里的"猪坚强"还要强。持有这个观点的人一定不少，人界看不起动物界，以为自己高人一等，何况跟动物界去比？笑话，自古人界统治动物界，就不在一个层次，怎么比？

人界能人很多，所以想法不少。那动物界呢？人界见同伴遇难有的争先恐后逃避，可动物界呢，齐心协力相助，怎么解释呵？夫妻本是同林鸟，大难临头各自飞，这里跟鸟类比，不觉得降低自己"人"的身份？

我以为二师兄强过沙和尚，沙和尚老好人一个，有点像孔子老人家说的"乡愿"，他谁都说好，不得罪，实际上危害很大，因为他失去原则，让好人承受委屈，纵容和迁就坏人作恶。他善恶不明。

二师兄呢，除了懒一些，他很真实，心里想啥说啥，可以说朴实、憨厚。他也重情义，虽说好色，但不花心，高老庄的高翠兰是他心中的永远的惦念和牵挂。

二师兄爱憎分明，唐僧也比不过他。这个表面看上去一本正经的出家人凭着会念紧箍咒语，压制、打击和陷害英雄，善恶不分，明知自己花心，所以拼命闭目念经。他是虚伪的化身，最为心口不一。

二师兄不丢人，也不怕人。记得曾有几个视频在网上疯传，猪勇救同伴的故事。猪猪见同伴被屠夫捆绑在案板上，一下子猛冲过来，疯了一样用力拱屠夫的屁屁，左冲右突，硬是从刀下救下了同伴。

其实，不光是猪，还有好多动物的表现也很不一般。有一次，我亲眼见到一只母猫护崽，硬是把一只大它数倍的狗追撵得嗷嗷直叫，落荒而逃。

相反，有些男人或女人，或抛妻弃子，或离家出逃，为了自己的所谓幸福，置骨肉至亲于不顾，哪怕是嗷嗷待哺的婴儿，也打动不了他（她）的铁石心肠。

我感觉人界在退化，而动物界在进化，现实中有不少事例可以证明。据报道，有一次非洲大旱，多日无雨。动物保护协会开去运水车，数千头野牛的表现真叫人类汗颜。野牛们早已饥渴难耐，但是并没有表现出人类常有的你冲我撞的纷乱景象，只见它们不慌不忙，文明礼让，先后有序，很安静、很镇定、很从容。

还有爱侣遇难，天鹅长伴不忍飞；狗的玩伴过马路被车撞亡，狗狗悲泣不忍离。狗的近亲叫作狼，一个家族系列的，人收养的狼崽子长大后非常忠诚和感恩。

所以，有些口语要改，猪狗不如要改成不如猪狗；成语也要改，狼心狗肺要改成人心人肺（实则上已有人心叵测）；俗语也要改，"夫妻本是同林鸟，大难临头各自飞"要改成"夫妻不比同林鸟，大难临头各自逃"。

2020.08.14

情趣男女

"情趣"二字，情字在前，先有情，后有趣。只有一个人富有感情，对万物保持一颗好奇心，有一颗善于去发现的心，对美好的缔造才能够惊喜和神奇。

无论男女，饮食男女、钱财男女，基本的生理生存需求本无可厚非，但是人类生活毕竟不能完全等同于畜牲，只知吃喝和交配，牲畜还有皮闹和嬉玩呢。

富有情趣的女子，慈爱智慧的眼神会散发神秘而又迷人的光芒；而俗不可耐的女人，则是满目物质，放射出贪婪而又险恶的目光。

富有情趣的女子能把平淡的日子过得风生水起，而拜金女只天天想着钱，仅有的那一点点情趣早就被欲望吞噬了。

具有情趣的男子，他不要多少钱，可是能把日子过得比有钱人好玩得多，因为他能发现和欣赏生活中的美，懂得和品味生活里的趣。他的情感是真诚的。

具有情趣的男子，比土豪们豪气，比土财主洋气。他能花光口袋里所有的钱，因为他知道"千金散尽还复来"。他的情感是炽热的，他的内心里烧着一把火。

土豪有钱，可往往缺少情趣，因为他的时间和精力都被俗务所占满。他不满足，多有无奈和痛苦。所以，人们对其处境有句隐喻：穷得只剩下钱了。

情，激情，激动；情动，心动。无有激情的男人抑或女人，是一潭死水，是一尊会呼吸的蜡像。无有人情，遑论激情？两者核心为人性。失去了人性，唯有兽性。

人性里赤子之心最难得。实际也易有，只要保持对美好事物的敏感、热爱和追求就行。成人世界，有些只遵守丛林法则，在他们眼里和心中，唯有物竞天择和弱肉强食。

在这千城一面的混凝土世界里，我不光在一派灯红酒绿的繁华处，感觉到无尽的焦虑和忧郁，还于清新的早晨，听到了悦耳的歌声，看到了花一般的美丽面容，具有了诗一样的美妙感受。

2020.08.13

情趣女子

我欣赏和喜欢富有情趣的女子，她不一定要多么漂亮、妩媚，更不说多么妖娆，这都不重要，所谓一个真正美丽女子不因美丽而可爱，是因为可爱而美丽。

一个女子智商很高，那叫聪明，还不能叫聪慧。秀外慧中，说女子情商也要丰富，那才叫人钦服。情商的丰富是富于情趣的保证，这是不可或缺的前提条件。

光有爱好和技能还不叫情趣，一个女子，会唱，能跳；能写，会画；口吐莲花，口才好，能讲；妙笔生花，文章好，擅写；心灵手巧，炒菜好，会吃；等等，这些都不能说明女子有情趣。说她是才女也行，但不一定有情趣。当一个男人苦苦思考人生的意义何在时，富有情趣的女子正在津津有味地享受着人生。

一个于这世界上和生活里饶有情趣的女子，她不光是不木讷，不呆若木鸡，而是富有朝气和蓬勃生机。她走到哪里，都能让人如沐春风。

她聪慧而不刁蛮，她自信而不骄傲，她楚楚动人，但绝非单调而空洞的性感。我以为，如此这般的情趣女子，要取决于她是否有善良而丰富的内心，以及阳光开朗和乐观、积极向上的品质。

情趣女子对世界、对生活以及爱的态度，值得回味。他们对这个世界的态度是既抓住，又放手。她能举重若轻，这就很要紧，更要命的是她还能举轻若重。世界很大，大到她的眼里装不下；世界很小，小得就装在心里头。

情趣女子把生活视作艺术，她或许收入并不多，但她会花钱，会用钱，挣得辛苦些，但花得很妥帖，感觉好舒服。她品味着自己双手创造出来的小小幸福、不失尊严和体面的生活。

情趣女子懂得爱，能领悟真爱。对待爱，她既胆大，敢爱；更是心细，会爱。她能做到对情感的真心付出，全身心去爱。因她知道有舍才会有得。她也会把握时机，因为若是给自己处处设防，就会错过一道道风景。

2021.06.12

水晶女子

我在《水饺店》里写到家乡苏北东海的女子，偶尔数笔，轻描淡写。东海女子除了会妆扮，更主要是会着装，紧跟时代潮流，什么时髦穿什么。

连云港几个县和市区里头，数东海女子最会妆扮，沿海的风，东海女子最先跟。当然，紧跟潮流，或者引领潮流，再怎么妆扮都需要钱。东海女子不差钱。

东海水晶甲天下，这里有世界上最大的国际水晶城，几乎囊括了世界上、全球的水晶品种。东海人曾经挖钻掘地百米，横纵贯通，不输煤矿工人，围追堵截，直至擒得水晶王。这里的地下水晶，以质地密硬度高等著称，堪称世界之最。记得小时候到田里干活，锄头刚一着地，就能锄出个带发丝的水晶，或者"绿幽灵"。

所谓发晶，就是天然水晶体里，有一根根头发丝样的金线，特别漂亮。绿幽灵呢，在浑然天成的透明晶体里，有云雾、水草等不规则绿色幻影，带有神秘感。

国际水晶城很大，占地500亩，相当于40个足球场那么大，世界上最大的水晶城非其莫属，所以敢称"国际水晶城"。论水晶质地、品种、数量等，名副其实的全球最好、最丰富、最多。

水晶城里布局结构设计颇为复杂，一般人会迷失方向，因为好多地方相似相通，无明显标向，所以，你走在东和走在西没有区别，走在二层和走在一层也没有什么差异。

有些人说，水晶城的"水"深，我想有可能是说市场行情风云变幻莫测；还有就是同行竞争，大家都心照不宣，彼此互通又相防；再有就是水晶珠宝类有价亦无价，无价又有价，谁也不好去怎么论价。

在水晶城里，同样让人辨不识方向、探不到水深、难以捉摸的还有"水晶女子"，她们一样的装扮俏艳，一样的顾盼流连，一样的睥睨一切。她的周遭，是一样的晶光闪闪，或手链，或挂坠，或大小雕件。

水晶文化本属艺术类范畴，而水晶女子呢，艺术了吗？有的妆容精致，一张口却满嘴粗言俚语；有的着装洋气，但一举手一投足却又是乡野气息浓郁，少了份高雅内涵。这些水晶女子没有"水晶心"，她们的心比海深，因为浑浊了。污染了的一颗心不是谈透明不透明了，而是良知顿失，失去了良心。铜臭味盖过了脂粉味，一张张本是秀丽的脸蛋，顿时变得丑陋不堪。

当然，也还不是绝对，除了这些粗俗之辈，也不乏才貌双全、善良贤淑、达己达人、可人迷人的女子，只是可遇不可求。

我去过南方，尤是吴越之地，遇水乡女子，方可晓得什么是温淑贤慧、婉约婀娜，那般女子水一样的可人心意，有底蕴、有内涵，虽多为小家碧玉，眉目秀丽，看起来弱不禁风，但遇事敢于担当，顾大局识大体，其胸襟、气节和风度丝毫不输于大家闺秀。

2020.08.02

靠谱

女人会埋怨：男人说话要算数，老母猪都能上树，这大多是"你说过两天来看我，一等就是一年多"（邓丽君演唱的歌曲《你怎么说》），有此遭际的怨女说出来的。

邓丽君的歌词道出了有爱爱不得，终被爱所弃的一种无奈、忧伤和愤懑的心绪。其实，女人想着征服男人，而男人却一心想征服天下。本来想的点就不契合，当然会有一些不和谐。自知征服不了天下的男人，就想先征服下女人吧，于是有了痴心男。

爱情是匪夷所思的，谁也把握不住有什么规律，痴心男往往看上的又不是重情女，于是痴心男就怨：这天下女人说话要算数，老母猪也能上树。

也不知道谁说话算话，谁靠谱谁不靠谱，悲欢离合就有了，应了纳兰性德的那几句词："人生若只如初见，何事秋风悲画扇。等闲变却故人心，却道故人心易变。"（《木兰词·拟古决绝词柬友》）

如今移居江南，我会不自觉地比较起苏南人和苏北人。一开始可能受背景因素影响，对苏南人有些抵触，感觉不好接近，有的对你热情是热情，但总感觉少了点什么。他们比苏北人多了含蓄，少了爽直；多了细柔，少了粗犷；多了心思，少了大意。苏南人心思确实细腻超过苏北人，就如同江南多细风细雨一样。

随着结识的苏南人愈来愈多，我也逐渐变得客观一些，慢慢觉得他们也有些爽直，粗犷，大大咧咧，但隐隐还是感觉少了什么。

苏南人讲话语调轻，出声小，不似苏北人声调高亢，情绪激昂；苏南人肢体语言少，不似苏北人肢体语言多，幅度还大；苏北人喜欢拍着胸脯说话：这事包在我身上，完了一杯酒干到底，苏南人只是呡口茶，不动声色，像静流水深；苏北人说话痛快，办事也利落，苏南人很少讲话，可一旦说了，基本上靠谱。

当然，任何事情没有绝对，苏南人也有大块吃肉大口喝酒的，苏北人也有滴酒不沾的，也有苏南人说话铿锵，动作生猛、举止大方的。这其实不奇怪，一多半的苏南人祖籍本是苏北。

再提下这两边的生意人。但凡生意人都是在江湖上漂的，江河湖海，都想先试试深浅。苏北水头大、浪急；苏南水波小，但比较深。

我不做生意，两边都看着，以前是苏北人，如今算半个苏南人。我尽量处些靠谱的朋友，两边都处。生意人不一定不靠谱，不做生意的也不一定就靠谱。不论苏南人抑或苏北人，不管生意人还是什么人，只要意气相投，讲话办事靠谱，都可以相处。至于男女，我更喜欢和兄弟多往来，因为兄弟都比较痛快。女人还是若即若离好，最好保持距离。

2020.07.19

对一爿花店的遐想

除了带来美和享受，我不知道一爿花店还有什么？也许这就够了，对于它来说，不需要承载太多的功能。

我从来没有拥有一爿花店的奢想，从来没有，只是喜欢流连在一个创意独特、生机盎然的花店里，就像喜欢艺术的人流连在一幅画前。

对于花和草，我不论贵贱，只要顺其自然，我喜爱自然而然的东西，包括自然而然的爱，自然而然的人，自然而然的事。

我所居住的城西，有个花店就开在农贸市场里头，邻里就是杀鸡宰鹅的，真是大煞风景。每次去买菜经过她店的门口，闻那些花草好像都带了血腥味儿。

我喜爱的花店只在我心里，它门面素雅，藤萝葳蕤，蔓延舒展，店不阔大，但错落有致，花草不多，但品种齐全，四围幽静，但又生机一片，花和草，树和木，尽为悦己者容。

这是美的事业，要有美的知音和结合，除了要有花艺展示，指导、传授插花创意设计外，同时，还可间以诗艺、书道和画事等辅助，艺术相通，同道同源，相辅相成，相得益彰。

我不懂商业，但我知道人的需求是多元的，尤为爱美懂美识美之人，具有美学素养的、有较高生活层次追求的，他们究竟是真正热爱生活的。

我从事着教育工作，这是缔造心灵美的工程，其意义似乎与培育观赏美的花店颇多相似，这恐怕也是我对花店情有独钟的一个原因吧。

2020.07.10

家乡的味道

上次读到一篇文章《城市的味道》，其实，早就想到过这个题材。我虽然不能算个资深吃货，但也喜爱美食，不过我爱的美食，归不到"山珍海味"里去。

海味当然是有的，但归不到珍里面去，再常见不过的马鲛鱼，炖个萝卜，对我来说就是人间至味，爆炒花甲、水煮香螺等之类，也是本人所爱。和我妈妈一样，我独喜海味，厌河鲜。妹和弟海里河里通吃，好胃口，真福气。

一说起家乡的味道，我就会想起烤牌和煎饼的香味来，尤是刚出炉的烤牌，香喷喷脆，弄根大葱夹在中间，卷成筒状，一咬一口，香里带辣和甜，胃口为之大开，不用其他佐料，最多再来块老咸菜疙瘩或腌好的萝卜缨子。

小时候，没有烤牌，光有煎饼。煎饼也难得，每顿饭要先把煮地瓜或地瓜干吃完，再吃张煎饼。煎饼也是地瓜面或玉米面做成糊子烙成的。

拿上一张煎饼，弄上一根老咸菜，再到菜园里薅一棵小大葱。说是小大葱，是说大葱长得很小，不是现在说的小葱那个品种。那时少有长得很大的大葱，因为地无化肥追，地劲小，葱长不大。至于韭菜，就跟黄毛似的。

我喜欢吃葱叶，可能因为一开始是图省事，葱白上有泥，要洗。而葱叶一揪一掐一捋就能行，而且辣里有丝丝甜。到市场上，葱叶长葱白短的哪种，我会立刻过去买上一大把。

"北方人爱吃大蒜，尤其喜欢生啃大蒜。隐匿在街头巷尾的小餐馆里，一头头圆润白嫩的大蒜，白衣微解，粉瓣微张，躺在一张张油腻肮脏的饭桌上，对于食蒜者，那是比年轻貌美、胸大肤白的服务员小妹，更有吸引力的诱惑。然而这在南方人看来几乎是个无法完成的任务，他们根本不知道大蒜是如何生啃的。"

刚在网上读到的这段话。对于我来说，甭说吃到大蒜，光听到这两个字，也口里生津。

迁居到南方后，一段时间不靠蒜，总觉得食而无味，胃口懒散，提不起精神。后来终于吃起来了，才一扫颓气。

记得有一次在从东海县到昆山的火车上，我一边啃着烤牌，一边一口一个蒜瓣，像吃花生米一样。四围里乘客都吃惊地看我，"山东人""一定是"。我沉浸在美食的享受中，自得其乐：甭管哪里人，过瘾啊！是啊，20世纪50年代，我们东海县隶属山东省，至今保留山东人的口味和部分习俗。

在南方，吃了大蒜，公交车上，南方人多是掩鼻。不过，有的是半遮半掩。遇上掩鼻的，我总感觉对不起人家，尤是娇女美眉，好似强吻人家一样，所以往往屏住呼吸，扭过头去，向窗外看。

2018.08.07

老妈学哲学

看到我剪下的枝条上挂坠着小石榴，老妈只咂了一下嘴："小石榴也剪了！"嗔怪完，也就不再说什么了。

要搁以前，就不是剪下石榴，哪怕动动枝条，她都会表现出很生气的样子，那我又要准备好一堆"理论"和她"理论"一番。

老家院里种植了石榴树、腊梅树、香椿树、李子树、香樟树、桃树、木瓜树、枣树、兰花树和樱桃树等，大约有十二三种，都是我逐年春天从市场上买的树苗栽培后长起来的。

老妈这一辈子对土地感情极深，对土地上生长出来的万物也格外珍惜。她种东西喜欢"见缝插针"，比如我原先栽的梨树下，她一定要弄两排豆角架，小竹子插在地上，横竖紧密捆绑扎实，结果豆角是收获了一些，可是梨树也被豆角"活生生""缠"死了。

我懂得不多，但我很用心去学习，经常向果农讨教，了解到剪枝的意义、剪枝的方法，还有嫁接的技术等。老妈并不懂这些，她这些年只种庄稼和蔬菜，而且随着"自留地""拾边田"的减少，她越来越"见缝插针"，种东西一味追求多和密。

我跟她打比方说，园林工人移栽树木，树冠多要修剪，甚至只保留主干，这样才易成活。为什么呢？因为根系转移到新地方，搬家后对环境还要有适应过程，"苏醒"后再扎根，把根须往土里钻进去延伸，汲取水分和养料。

这叫有舍才有得，大树冠不把大部分修剪掉，移个地方，树会死掉的。我剪枝也一样，剪一枝，会长出两枝三枝四枝呀。

种菜也是啊，太密了不好，风吹不进，雨水浇不匀淋不透。不要贪多和密，要以少胜多，留出株距行距，闪出空隙，让风吹进来。让虫儿站不住脚，不能立足，让菜蔬顺畅呼吸。

小树苗会长高扩散，不能现在光看它一点点高。你栽在哪里，要想象它长大的样子，这地方够吗，这又叫从长计议，或叫高瞻远瞩。

这一点，老妈懂。早些年，父亲走得早，弟弟妹妹都没成年，我刚上班，和她撑起一片天。每每遇到困难时，我说，车到山前必有路，老妈望向我，目光坚定：船到桥头自然直，娘儿俩就这样相互打气。

2018.08.12

快和慢

记得以前在河南商丘出差时，听当地的一位中年教师讲养生之道：慢吃快排。我想他说得在理，汲取营养要细嚼慢咽，排除废料要快刀斩乱麻。

每每如厕，感觉轻松舒畅时，就慨叹，能如此，乃人生之一大快事呵。我想到有的人连这样都不能，那该有多么难受呢。

"走到了粪缸旁，他嫌缸沿脏，就抬脚踩上去蹲在上面。我爹年纪大了，屎也跟着老了，出来不容易，那时候我们全家人都会听到他在村口嗷嗷叫着。"（余华《活着》）

能吃能喝能拉，身体健康的一大标志，还真是福气呵。不过，经济条件改善了，如今基本生活得到保障了，人们就开始琢磨其他了。

还回到快和慢。现在谈恋爱快呵，爱情快餐，合则谈，一言不合就分手，结得快，离得也快。以前恋爱谈得慢呵，木心说，一生只够爱一个人。现在谈得快，分得也快。结得快，离得也快。以前结得慢，基本上不离。当然，不排除有不少家庭里癞蛤蟆支床腿——硬撑，死要面子活受罪，明明没有感情了，还顾忌着装，然后两人都不闲着，不亏了自己。这样也好，算是看开地活着，毕竟人生苦短。

"从前的日色变得慢。车、马、邮件都慢。从前的锁也好看，钥匙精美有样子，你锁了，人家就懂了。"（木心《从前慢》）如今是快，小偷巴不得天黑得早。他的开锁技术也在提高。从前一把钥匙开一把锁，如今，万能钥匙就是万能，能开一万把锁，快准狠。时代在前进，技术在革新，快慢在人心。

2020.01.20

味道

前几天，同事在微信群里说，做个小广告呵，有陕西产的苹果，纯天然，口味佳。然后，他又补充一句，甜又脆，令我一个激灵，这个"脆"字！

我的耳边就响起咯吱咯吱的脆响，口里生津起来，甜分分的，眼前出现一苹果园，我和儿时小伙伴们割草间歇，挨个苹果树寻落单的小苹果，摘下来，用手抹擦下，就迫不及待地塞到嘴里，咯吱一声，咬下一大块果肉，那味道那感觉，又甜又脆。

母亲有时也会在傍晚从生产队收工后，用一小手帕或方巾，包着几个小苹果，带回来给我们充个饥。小苹果就是脆生生的。

味道是有记忆的吧？味道仿佛是一个开关，能打开尘封的往事。味道又是闸门，倏地一下，过往的情景如洪水一般倾泻而下。

烟草味：父亲身上浓烈的味道。

洋碱味：母亲身上的确良花衣上散发出浓酽的味道（洋碱，也即肥皂，小时候常听大人们叫洋火，洋车，洋烟等。属方言土语呵）。

泥土味：小时坐的课桌凳都是土垒的，四周墙壁也是土砌的，又是夯实的，空气里总是弥散着特有的泥土味道，我们整天浸润其中，身上都是这种味道。有好多同学光着小脚，脚丫上尽是泥，泥跟泥又不同，干泥土味和湿泥土味掺杂在一起，五味杂陈。

地瓜味：小时候常吃的地瓜煎饼，是甜甜的味道。前些时候，我的一位恩师汪老师，提到30年前吃过至今难忘的地瓜煎饼，我非常理解她的心情。急人所急，何况老师如父母，于我有恩情。回到老家后，我百般打听，终买得地瓜煎饼，连忙寄给她。老师第二天上午就接到了，她喜不自胜地说，午饭就是它啦！

有一次买了一袋苹果带到家里，刚放妥，我就迫不及待地撕开封口取了一个，第一个就带两三处小虫窝，原生态，有小虫咬，说明没怎么打药。冲洗后咬一口，果然水多汁甜，嘎嘣嘎嘣脆。不错，是小时候的味道！

听到同事的小苹果广告，之所以立即响应，除了"脆"字叫我心动外，还有产地"陕西"二字也是打动我的触因。西北地区皇天后土，土质好，海拔高，昼夜温差大，光照时间长，如此生长条件下，苹果肉质脆密，口感浓郁。

其实，这脆而甜郁的苹果味道，是小时候的味道，令我想起美好的童年，还有淳朴的民风，那是物质匮乏但是内心充实、知足而又快乐的年代。

2017.12.16

感应

我带母亲到中医院做左腿骨科检查，做了核磁共振，经过半小时的等待，检查结果出来了，原来是左侧膝关节退变伴内外侧半月板损伤，关节腔有些积液以及局部骨髓水肿。医生说，关节炎，然后开了两服药。

母亲长舒了一口气，神情轻松了许多。我自然也是放松下来，不过，本来我就想她应该无甚大碍。

我的左膝前些日子也无由地又酸涩又疼痛，尤是下楼时，生硬得很，好像膝里进了沙子和水。右边伤腿还有些趔趄。后来电话里母亲就述说她腿疼，说有个门诊所医生说可能是骨刺。我说我左腿也疼哪，奇了怪，之前一直好好的。母亲说还以为是什么什么，尽往坏处想。也不怪她，从苦难里走出来的人，心很大也很小。这下好了，放心了。

去年弟弟身体出现小恙，等待检查结果出来的那两天，我做什么都感觉没精神，明明是有太阳的晴天，我却感觉天色阴暗沉沉的。后来知是虚惊一场，方才如释重负。兄弟手足，连筋带肉的，非他人所能体会个中情义之意味，他人也永远代替不了。

2020.01.12

婚姻

"别高估婚姻，好好爱自己。唐代诗人李冶在《八至》里写：至近至远东西，至深至浅清溪。至高至明日月，至亲至疏夫妻。"

我偶尔在百度上搜寻资料，一下子读到这段话，眼前一亮，觉得它说得不无道理。婚姻到底是个什么东西？它就不是个东西。世界上最亲密，也最疏远的，是人间的夫妻。夫妻本是同林鸟，大难临头各自飞。好也婚姻，不好也婚姻。

"千万不要满脑子都是爱情、浪漫、灵魂伴侣，婚姻在本质上，就是一种长时间的利益交换、一桩生意，要用一辈子的时间苦心经营。"

记得好像是休谟说过吧，婚姻不是爱情的坟墓云云。这一点其实不用强调，愈刻意愈扯淡。

爱情不是把自己交给对方，全盘托出，而是要懂得保守自我。婚姻更是，切不要在婚姻中迷失了自我，从思想、情感，到整个身心。

2022.01.29

观念

从学院向南的大门出来后，径自左转往东，电瓶车向东行进约莫200米后，遇十字路口，趑转往南过马路。大概有六七年吧，我几乎每天都这样。

这天，电瓶车向东行进到路口，遇一"交警蜀黍"，他说你逆向行驶，回去。正巧我心情好，也就没跟他理论计较。

我掉转车头，趑转往西，过学院门口，再往西，约莫两分钟后，遇人行道，观红绿灯。绿灯行，过马路后左转，再一路向东。后来，我一出学院大门，究竟左转还是右转，这个问题就立刻涌上脑际。我还是选择了右转。听人劝，吃饱饭。掂量了以后，觉得右转后行驶的路线通畅得多。

以前左转，往东行驶与往西行驶确实容易冲撞，人家是靠右行，你是靠左行呢！

其实，靠左行也"可行"。世界上可是有77个国家和地区是靠左行的，比如我国的香港、澳门特别行政区，英国及英联邦国家（澳大利亚、新西兰、新加坡等国家，加拿大除外），日本、印度、印度尼西亚、马来西亚等，汽车都靠左边行驶的。

感谢校门口马路左边值勤的那位警察叔叔，他改变了我的行驶路线，也更新了我的"方向观念"。

2019.11.17

过年关键词

童年：盼。儿时巴望过年，能吃顿猪肉，至于新衣服，倒不感兴趣，压岁钱不敢去多想。

少年：玩。过年了，大人忙了，不似平时盯得紧，孩子们可以好好疯一把，藏奔奔（捉迷藏），放刺花（手持的小烟花），或是到放鞭炮人家里去捡熄火没炸的小鞭玩。

青年：远。想逃，青春叛逆心易动。到过年了，又长一岁，不服气，更不安分，心比天高，总想弄出个不同凡响，跟他人不一样。依赖大人，又讨厌他们，渴望远方，又很迷茫。少年不识愁滋味，爱上层楼。好多问题没有答案，剪不断，理还乱。

中年：烦。过年了，诸种人情事务要去应付、打点，烦烦烦；三大叔四大舅七大姑八大姨，一家不去一家怨。若否，心里过不去，年也过不安。

如今：吃剩饭。过完年了，天天吃剩饭，下顿重复上顿。

未来可期：冒险。不知有生之年，还能去远方去冒险吗？去结识至交，去伴游知心。不说不知道，一说吓一跳，可能年龄愈大，胆子愈小了。说得到，能做得到吗？先是要敢想，然后敢说。心大了，胆子应该再野一些呵，才算没白活！

2022.02.01

第三辑：情感的慰藉

君自故乡来，应知故乡事。

来日绮窗前，寒梅著花未？

——王维《杂诗三首·其二》

记忆的味道

　　有人感叹说，人的经历，可谓五味杂陈，酸甜苦辣咸，只是个中滋味，各人有异罢了。

　　我想说的不是这个，我想说的是人生阶段的记忆，而记忆是带有味道的。有人说，过去的苦，经年以后，却慢慢品出甜来。我同意，那些记忆深处的味道，有时不经意地袭过，有的带着温暖，有的带着甘甜，有的夹杂着酸涩，有的散发着淡淡的伤感。

　　闭目静思，一种"千帆归尽"，曾经沧海的沧桑感自心头涌起，与李叔同的"悲欣交集"和佩索阿的"每天早晨都在悲欣交集中醒来"竟然不谋而合。

　　那个夏季，空气中弥漫着洋槐树花的香味。蝉声大噪。父亲到师范来看我。望着他渐渐远去，我不知道，这是他留给我的最后的背影。

　　那年我16岁，斑驳的树影，馥郁的花香，此起彼伏的蝉声，都烙刻于记忆深处。

　　我自记事起，就随父亲到他教书的学校里玩耍。他是民办教师，1968年因全国闹饥荒，师范解散而肄业，但他后来凭着勤奋靠自学拿到了徐州师范的大专毕业证书。

　　父亲从小学一直教到中学。他能写出好文章，还会琴棋书画。我家四围土墙上都被他写上字画上画。我那时喜爱泥土的味道，嗜好抠墙上的沙土吃，但我从来不动他写在墙壁上的书画。

　　在村小上小学，我坐的是泥凳子。还有泥课桌，一排一排的。教室里飘溢着清新的泥土味，还有香橡皮的清香味，女生发丝上洋皂味，男生身上的汗酸味。

　　等我上中学后，有一位远房表妹会经常在我家里温习功课，她叫霞，比我晚一届。她的身上飘着淡淡的花露水香味。她腼腆而羞涩地笑，透着纯真和善良。她很聪慧，作文写得好。

　　夏天，表妹帮我家干农活，她能吃苦，裤脚挽得高高的，在稻田地里小跑着送秧苗。她的脸上汗水涔涔，黑里透着红晕。那一片水田映着她来往穿梭的苗条生动的倒影。

后来我考上了师范，再后来，听说她初中还没读完就下了学堂。她谈了男朋友，后来感情出现了问题。她很伤心，喝了农药，走了，才20岁出点头。

每次从徐州放假回家，到东海站下了火车，沿站台往家的方向步行，一路上闻着家乡熟悉的泥土味，花草树木的清香味，内心欢喜，又有一种小小的慰藉。到了屋后，打谷场上刚收下的麦秸或稻秆都散发着特有的香气。

我奶踮着小脚，忙不迭地叫乖乖，回来了。我看着她满头银丝，心里一酸，但又高兴起来，马上又能吃上她烙的又脆又香的面饼了。她的手巧，别人家烙不出来。

要中考之前，妈妈往往都要起个大早，做饭给我和表哥吃。她舍得在炒菜时放油，炒出的白菜粉丝特别香，很下饭。除了过年时能有鱼和肉解解馋，这时候的白菜粉丝就是最美味的了。

2021.05.04

两公分的爱情

我的20世纪的一次恋爱里，女孩说我一米七，她家人嫌我不够高，我笑笑，心里可能骂了几句什么。我继承了父亲的坏牙和白发，遗传了母亲的反应迟钝、拙笨，父亲的身高、聪明和母亲的黑发以及一口好牙，我身上好像都没有。

年代久远，已经忘得差不多了，但是前些年，我还见到她，推着自行车，从马路北边走到马路南边。她好像还很年轻，似乎没什么变化，要知道快30年了。她依然传统，穿戴整齐，不苟言笑。她的短发直直的，始终不乱不卷。我年轻时的头发是卷的，自来卷。

那时我是个文艺青年，经常弹吉他唱歌，下了班，去跳舞，从迪斯科到霹雳舞，都会跳。交谊舞跳得少，怕踩女的脚。

还说那女子。刚见面时，她看起来就有些傲，可能因为身高，她一米六八，还有全家都吃供应粮，是城里人。

我在意，又装作不在乎。我不怎么会表达，后来爱上写诗就更为糟糕。

我不仅反应迟钝，还口齿不清。记得很小时候，有五六岁，那些大人们，多是亲戚邻居，带着不怀好意的坏笑，逗我学话，把"斗私批修"说成"兜事皮球"。现在讲课多了，好了一些，但还是不太爱讲话，而且是愈来愈不爱说话。

她说你要再高两公分就好了，我忘了当时怎么应答了，也许什么也没讲。我能讲什么？你说。

表面上就因为这两公分，我的短命的爱情结束在20世纪的某一天。不过，真的爱情，还是有的，甭说个头不高了，就是工资不"高"，也照样能收获真爱。我知道，我与她，两条轨上的，永远没有交会点。这个差异，可能不止两厘米。

2022.03.20

非常时期的爱情

现在谈个情说个爱好像很容易，因为好联系，大家都有手机，动一下手指，就有了彼此互动的消息。

20世纪的"爱情"可就不是那么容易了。当然，我这里说的爱情，是指谈情说爱，至于爱得怎么样，爱最终还在不在，不是我要表达的意思。

记得有个女孩对我有好感，就给我写信。我呢，接到信，一边开心地读，一边不忘用笔圈画出错别字，还找出病句子修修改改。

就这样，老是给人家纠正错别字，自己还乐此不疲，语文老师的习惯呵，完蛋了，她慢慢地就不再写给我了。

早先，电话多是公用的，乡下是带摇把的，打个电话要经过邮局人中转。弄不好，路上电话线断了，几天都不通，通了有时还串号。你看那时打个电话还很难呢。拿起电话，听到表示接通的嘟嘟嘟的长音，那才叫惊喜。想她了，又见不到她，心急，这时候能听到电话接通的声音，就好比中了大奖。

至于情书，已经是过往的事了，时下似已不流行了，大家都有手机，也不稀罕，召之即来，挥之即去，一来二往，哪有什么神秘感。

没有神秘，就谈不上惊喜。手机带来的好似什么都透明，想要知道什么，撤揍手指就能办到，真是"想来张口，衣来伸手"。

就想起木心的《从前慢》：

记得早先少年时
大家诚诚恳恳
说一句是一句
清早上火车站
长街黑暗无行人
卖豆浆的小店冒着热气
从前的日色变得慢
车，马，邮件都慢
一生只够爱一个人
从前的锁也好看
钥匙精美有样子
你锁了
人家就懂了

那时候生活节奏慢，如此的慢，一封信兜兜转转要走好几天，收信的寄信的，两头的那份期盼，透着无奈的期许，伤感的甜蜜，真的不是能用言语来表达的。虽然不是古代战乱期间的"家书抵万金"，最少也是望穿秋水南飞雁。彼时邮差，就指望着他做使者和桥梁，鸿雁传书，一线系牵。

正因为种种不容易，所以就难以忘记，也就会格外珍惜。如今身处新世纪，我还会常常想起那些陈年旧事，那些相处过的好姑娘。

那些好姑娘，她们都是好样的，善良、痴心、羞涩，最少和我在一起时，是重情达义的。这些经历都是生命中难得的机遇和奇迹，是我的生活里亮丽的一抹抹色彩。

2022.03.20

怀念一个人

至深的怀念，也许都藏在心里，就跟饱含泪水的花蕾一样。远去不是别离，你告诉我，你还在这里，亲爱的奶奶。

春天里，我们都应该喜气洋洋，看万物欣欣向荣的景象。你的温婉和安静，如同和煦的春风，唤醒了万物沉睡的灵魂。

重要的节日你从不会缺席，只要心里铭记，可爱的永远可爱，时间也会善待。

2022.02.15

山楂片

昨晚到超市见到山楂片，我想到我奶，她爱吃。她在的时候，我会常常买来，放她枕头边。还有冰糖，她会放进嘴里慢慢含化。

我奶奶平常不大吃药，身体不适的时候，都是采用食疗或睡眠疗法，当然这两个词是时髦叫法，我奶奶不会说，只管去做。她是实践家。

她会常常梳头，温开水泡脚。上床萝卜下床姜，她经历过"大跃进"闹饥荒，肠胃不好，有时会吃点生的花生米，或者在煤球炉子上烤几瓣蒜吃。

晚年时，她牙齿掉了不少，我去问询医生，想帮她装副假牙，医生检查后，说她的牙床不适合装。就这样，她会用汤匙刮点萝卜丝吃。

我有些遗憾。当然，遗憾事还有不少。她83岁那年不小心摔倒，跌坏了髋骨。医生说年龄大了不好做手术。我现在后悔，当时还是应该做一下，说不准，她能再晚几年走。

我对我奶感情深，当面对我妈讲过，毕竟我是我奶带大的。从生下来就没奶水吃，我奶奶用米水一口一口喂我。然后，驮着我抱着我搂着我，一把屎一把尿地养大。

我妈给我身体和发肤，而我发现，今天在我身上仅存的一点智慧，都是我奶奶教的。她在世时说过的一些话，时间愈久愈是清晰，年代愈长愈是感觉到一种力量。

"要忍。""忍，巴出头。"我奶时常跟我说。从小到大，有了委屈跟她倾诉，她总是这样安慰我。我开始听，后来不服，她还是照旧那么说，还是这样安慰我。是的，要学会忍耐、隐忍。

"忍"不是软弱，不是怯懦，而是韬光养晦，是蓄势待发，这是一种生存智慧，是谋求发展，突破的策略，于国家是方针大计，于个人是境界大局。能变通方有大格局。

"知人知面不知心"，我奶奶有时会就某个人或某件事来告诫我们。对这人心和人性，如何去知？去识？察其言，观其行，不能为漂亮话和甜言蜜语所动，要视其行为。

孔子曰：巧言令色，鲜矣仁。意思就是花言巧语，满脸堆笑的人，很少有仁爱之心。我见过这样的人，陆大哥长陆大哥短，甜甜叫着，等他（她）发达了，人就不见了。我奶也见过，这种人，她一眼就能识破，干脆就不多给她（他）机会，要么嗤之以鼻，要么置之不理。她是爱憎分明的。

我妈就不行，三言两语就被迷惑了，所以她常常是非不分。我们说她吃过几次亏了也不长个记性。这是她判断力和洞察力的问题，对人对事无有洞见。

我奶奶不识字，更不会书写，但她的智慧，来自她的洞察和识见，"人吃点亏不算什么，吃亏是福"等金句现在犹闻于耳，是我历世阅事察人的宝典。

我奶奶是我的苏格拉底，她有自己的辩证的养生之道，宁可信自己不全信医。她遇事善思，有自己的认知和识见。她目光如炬，你是真实的还是虚假的，是诚挚的抑或伪善的，都躲不过她的双眼。

那年正月十五的晚上，她走了。我的二姨叔，我奶奶的亲侄，他见我流泪，遂喃喃自语感慨道：不是亲的呢，没有血缘关系的这一家人。闻言，我才想起先父是我奶收养的。是的，她本不是我的亲奶。

2021.01.30

我爱向日葵

我有一位大姐，叫涂静怡，她在中国台湾，是个诗人。在鄂尔多斯和大理，我们两次相见。

经过她的推荐和鼓励，我在《秋水诗刊》上发表了不少诗歌。她也帮助了不少大陆的诗友，是位好大姐。

她是个孤儿，吃百家饭长大。她很感性，情感很是细腻。她热爱和敬重恩师，是他领着她走进了诗歌王国。

我感受着她身上的酒神精神，她的洒脱、坦荡，对困顿生活的追问和不屈不挠的抗争，都化作诗歌那抑扬顿挫的节奏。

我敬重的大姐还有一位，张岚荣大姐，我与她相识多年，她的气度、才能和风采，尤是精神，一直让我敬佩。她的恢弘的气度，"那干练坚决，百折不回的气概"（鲁迅语），丰富的才能，尤是正直、积极有为的精神，让人赞叹。

张大姐抓拍的向日葵，拍出了向日葵的风采，更是抓住了向日葵坚定、专注的不松懈、不怯馁的进取精神，简直就跟她的人一样，不论生活里是响晴薄日，还是阴霾密布，她都不改初衷，凝视和向往着一个方向，那是光明和希望。

每每想起两位大姐，我的心里就很温暖，身上陡添力量，这是一种昂扬、奋进的力量，不屈不挠、无所畏惧的勇敢力量！

2021.10.17

旅行的隐喻

不知从什么时候开始，我热爱旅行。从A地到B地，或者再到C地，个中情趣，不言而喻。作为教师，因为有寒、暑假这两个整头整脑的时间，可以尽情挥霍一下。只是新冠肺炎疫情的影响，让一些出行的计划泡了汤。

我也不是很沮丧，毕竟旅行并非真正目的，它只是一个过程。在享受过程的过程中间，结果也就并不重要了。

其实，旅行就一定要旅和行吗？木心写巴黎写东京怎样怎样，让人感到亲切和生动，其实，他一个地方都没去过。

旅行不带心，是没有灵魂的出行。旅行，带着一个灵魂去梦想，去想象，不一定非要出门，照样能够体会到身临其境般的乐趣。

李白说："天地者，万物之逆旅也；光阴者，百代之过客也。"（《春夜宴桃李园序》）天地是万事万物的旅舍，时光是古往今来的过客，我们没有一天不在旅行。佩索阿也说："旅行？活着就是旅行。我从一天去到另一天，一如从一个车站去到另一个车站，乘坐我身体或命运的火车。将头探出窗户，看街道，看广场，看人们的脸和姿态，这些总是相同，又总是不同，如同风景。"

2021.10.07

写一封情书

我的文字，很多人想读，又不敢读，是他人心里存有却又不敢说的秘密。他们读了，说呵呵，我也是这么想的，可是不敢说，这个姓陆的说了，胆子肥呵，比我肥。

人人有私心，人人有秘密，也即私密，谁的心里没有个小九九呵。九月九的酒，看跟谁喝，心里有数的。

我以为感受这文字的力量，通过语言的传达，意义的递进，情感上会有升华，可惜，认认真真地写上一封情书的人，已不多了。

所谓情书，并非狭义上的理解，有情有义的文字，即为情书，这是广义上的外延。爱是没有边界的，爱为无限。

给世界写一封情书，给人类写一封情书，给动物，给大树，给鲜花，给溪流，给高山，给皑皑白雪，给窗前细雨写一封情书吧……

给自己写一封情书，不带含糊地写一封，告诉自己，有多久没好好看看自己，察觉自己的心，感受自己的情，帮自己拭去脸上的泪滴，告诉自己，自己是有多么地爱自己，因为忙碌，而忽视自己，请自己原谅自己，今后日子还长，还请自己要小心照料自己。

给心仪的人写一封，给心动的时刻写一封，给拂过心底的那一丝丝甜蜜的忧愁写一封，给思念写一封，给泪水写一封，给辉煌写一封，给梦写一封。

我的文字，和我的人一样，普普通通，与其他人相比，没有殊异，只是内在有温度，是滚烫的泪滴，是晶莹的泪花，掷地有声。

2021.09.24

感同身受

这个世界上有真正的感同身受吗？王源在唱完《世界上没有真正的感同身受》后，他问观众："大家看舞台上亮吗？"观众答："亮。"王源说："但我看你们其实很黑。我觉得可能每个人都会有别人真的不能够对你感同身受的时候，这种无助感，这种孤立感，我觉得是我这首歌的核心思想。"

王源接受采访时说："世上没有真的感同身受，面对其实只有一个人，一个人在夜里哭着，哭到头痛直到睡着……"（《世界上没有真正的感同身受》）这歌词内容大概是新时代青年的心理和情绪的写照。

这也不是自怨自艾，或者顾影自怜。某位心理学家说，青年人在快速变化的时代与社会中，在某一阶段确实要经历孤独、无助、迷茫和困顿等心理历程。如果身边人能通过他们的情绪给予理解、抚慰，而不只是直奔主题要结果，他们就会得到支持、陪伴、滋养与修复。在心理学上，这种支持性的关心被称为共情。

曾轶可临时给王源写了一首歌《男孩别哭》。她说：他那种在掉眼泪的感觉，作为一个哥哥姐姐什么的，你会觉得他很惹人怜爱，就是希望这个男孩别哭，而且想告诉他，会有人感同身受，你会找到同类，会有人替你保管你的秘密。歌手萨顶顶也说：他错了，世上有感同身受的，只是他还没有感觉到。可能他还小，我觉得应该多给他一些爱，再成长一下，他一定会发现，这个世上有感同身受。萨顶顶这番话不无道理，王源毕竟才19岁。

而且王源13岁出道，15岁时已拥有千万粉丝，他肯定有高处不胜寒的心理感受，思想压力是巨大的。一个人，就是一件物品，一旦被高高捧起，就要想方设法保持稳定和牢固，不然，一失足成千古恨。摔个粉身碎骨是最终结果。王源现在19岁，他会到29岁，39岁，49岁，不出意外，会一直延续下去，从青涩到逐渐成熟。

其实，我个人以为，无论他人再怎么同情、共情，在哪里跌倒，要靠自己从哪里爬起来，自我疗愈非常重要，你的感同身受还是要同内心自我达成和解。

前些日子，我跟个别朋友说，你不了解我，所以你就不理解我，《诗经》里有句话，"知我者谓我心忧，不知我者谓我何求"，理解人的话都不用多讲，你只管"共情"，在你满心情愿的前提下，去关心他，去抚慰他，然后找到心上的一个感情触点，让他接纳你，而不是排斥，甚至是反感。因为你常常口头上说：呵，你怎么老是这个样子？你就喜欢怎么怎么的。这几句话不但入不了他的耳，更进不了他的心。

你把自我抽离出来了，竭力撇清和他的关系，遑论共情？你还是你，他就是他，感情上没有交流和互通，没有融为一体，心与心没有互汇，因为缺乏共鸣。

2021.09.05

我与你在这座城市里相遇

我喜爱初秋的雨季，绵绵软软的雨水，打湿了异乡人的梦。

遇见你，直把他乡作故乡，没有一点点意外，一切都在适宜里。

也许你也是一样的心意吧，我猜度着，不敢妄言。不过是你勇敢，让我在人群里多看了几眼。

我不是说笑，我以为沉默比说笑好，文字比歌唱好，我不喜欢过于喧嚣。

你的直白，让我大开眼界。这秋天的雨季，清亮了异乡人的双瞳。我欲语还休。

2022.04.07

湿漉漉的江南

我喜欢这叫四周都变得湿漉漉的小雨。细雨霏霏，心意绵绵。我很喜欢，又有点淡淡的莫名的伤感。

湿漉漉的树叶，湿漉漉的花朵，湿漉漉的心事，湿漉漉的记忆，这一座湿漉漉的城市，一艘渡轮鸣着汽笛，曳着一缕缕白烟，行驶过湿漉漉的水面。

愈往南走，心愈软，湿漉漉的南方，湿漉漉的心。北方多是干爽爽的，是较硬的，干硬的泥，板实的土，浓酽的大碗茶，烈性的酒。

我的爱人，她是湿漉漉的江南。我的绵密的心思，如同细小的雨脚落在湖面，湿漉漉的爱，似水缠绵，自心底氤氲。我一边欢喜，一边沉浸于美好抑或美丽的回忆。

2021.05.16

爱情的多少种可能

今天出门前，一切都是个谜。早上醒来一睁眼，陌生的自我，崭新的一天。

我出门会遇见谁？喝酒时遇见谁？唱歌呢？回来路上呢？在电影院呢？在异地他乡呢？在远方呢？仅有诗是不够的，灵魂上需要伴侣，结伴而行。

有人戏谑说，出门遇见鬼。其实，如今有的人还不如鬼。他活得人不人，鬼不鬼的，活得最不像自己，行尸走肉一般，不就是鬼吗。

《聊斋志异》里，那些女妖女鬼多可爱。当然跟人一样，妖魔鬼怪，也要分好坏，有恶的就有善的，也有善恶兼具的。人有时也善恶难分，善恶难辨。

周国平先生在《论哲学》里，谈道："……还有若干哲学家则颇得女人的青睐。首创女校和沙龙的阿斯帕西娅是西方自由女性的先驱，极有口才，据说她曾与苏格拉底同居并授以雄辩术，后来则成了伯里克利的伴侣。

"一代名妓拉依斯，各城邦如争荷马一样争为其出生地，身价极高，但她却甘愿无偿惠顾第欧根尼。另一名妓弗里妮，平时隐居在家，出门遮上面纱，轻易不让人睹其非凡美貌，却因倾心于柏拉图派哲学家克塞诺克拉特之清名，竟主动到他家求宿。

"伊壁鸠鲁的情妇兼学生李昂馨，也是一位多才多艺的妓女。在当时的雅典，这些风尘女子是妇女中最有文化和情趣的佼佼者，见识远在一般市民之上，遂能慧眼识哲人。"

萨特和波伏娃，法国哲学史上的一对怪咖，他们相爱相杀，用思想和行为诠释了爱情、情爱和性爱的更宽泛更深层的含义。他们都活出了自己。

世人多傲气，以为自己高人一等，其实，照照镜子，就可以看出来自己究竟比他人美有几分，到底美在哪里。没有镜子，自己撒泡尿也行。

小人多俗气，以为他人多好色，自己多清纯，其实虚伪不堪，伪君子一个。诗人和哲学家童言无忌，童心未泯，好色而不淫。爱是大爱，大爱之美，美美与共。

转眼又一天，又要出门去。当窗理云鬓，对镜贴花黄。士为知己者死，女为悦己者容。但愿时时能遇良士与佳人。

2021.06.07

以为爱情

在19世纪40年代，英国探险家、皇家自然协会会员布鲁克，逃离了虚伪、傲慢和丑陋的维多利亚时代社会的束缚，去探索婆罗洲的野生动物。

布鲁克爱上了这个热带天堂，与海盗和苏丹的敌人战斗，从而赢得了沙拉越王的王冠，在那里他统治着一个比英国还大的丛林王国。但这并非他留下来的真正原因。

一个美好的女子就是心爱的祖国。布鲁克最终因为法蒂玛，而留在了这个煤炭和香料等自然资源极为丰富的丛林王国。诚然，他看中的还是和印尼女子法蒂玛的爱情。

法蒂玛很聪慧，她不会跟布鲁克提要求。凡是提要求的，最后都没有好结果。我以为，一个真正聪慧的女子，你只管付出爱，看准的看好的人终究不会让人失望。

其实，相对于女子来说，男子更渴望被关爱和爱抚，因为人生逆旅，征途漫漫，身心俱疲。男子就是一个长不大的孩子，他有魔性，但更兼人性和神性。

而女人，把乳汁送进婴儿口里时，她是有着丰厚的人性的，是善良和多情的。可是，人又是多变的。人嘛，泰戈尔不也说过吗，本就是人性、魔性和神性集于一身的。

歌德创造的"浮士德"，可不就是三性的化身吗，既有贪欲不满足，又发奋进取；既爱着又恨着；既有亲密，也有疏离。一边是祝福，一边又是诅咒。爱情亦是吧，浮士德式的爱。

女人和男人的区别，我也说不清。女人人性多还是魔性神性少？我不知道，天下最毒妇人心，似乎又颠覆了女人即天使的说法。要真是这样，女人真可怕。

可是，虎毒不食子。也有食的，不过毕竟少之又少。一个美好不过的女子，世上难求。她不仅对子女施以无微不至的母爱，对爱人、对家人和对朋友，也有母爱般的关怀。

N年前，当我从教育岗位被借调到某政府机关任职时，正是形单影只。我遇到了一个兄弟，尊为三哥，他于工作之余和我一起唱郭富城的《我是不是该安静地走开》。此时，外面雨雪霏霏，让人不禁浮想联翩。

有家不一定有爱，但小时候没有母亲一定不是完整的家，更谈不上有爱。三哥年幼时就没见过母亲，他是父亲和兄嫂带大的。有些人因为了解而分开，因为理解而亲密无间。我和三哥属于后一种。他喜唱电影《洪湖赤卫队》里韩英唱给妈妈的歌。从没见过妈妈的他，是在隔空思念吗？

我想，我和三哥一样，也想能有美好女子心心相印，不是母亲，胜似母爱，因为一个男子再怎么刚强，他在母亲跟前还永远是个孩子。而一个优质的女人，则为母爱的化身。

所以，美好的女子在爱情里对倾心钟情的人会施以母爱。当然，最有福的，是其亲身所体验的，一边是征服，一边是归属。男人的爱情心理永远不会成熟。

曾经的我，现在的我，还有将来的我，一直都以为活在爱情里，回眸一笑，以为是；注目凝视，以为是；嘘寒问暖，体贴温存，被拨动了心弦，更以为是。

如今，历经沧海，我以为，真正的爱情可遇不可求。也不要去求。她应该是自然而然，水到渠成的结果。而对于有品位的男人来说，一个美好的女子给予的真实的爱，就是心安归处。

2021.06.17

童心和梦想

一个无趣的朋友，谈不上什么品位，说咱们都老了，老头子了，你以为你还年轻啊？这句话太不好玩了，一下子惊醒梦中人。

什么玩意儿，真是的，我还想做梦，梦里好好玩，我还想玩，玩什么都行，玩火也行。我可不想像他，不温不火的，就是一只木鸡。

我不想做木鸡，更不做瘟鸡，要么就打足公鸡血，干就完了。鸡生苦短，要抓紧干。所以，不但做公鸡，还要做公鸡中的战斗鸡！

要向人家苏大人看齐——"老夫聊发少年狂，左牵黄，右擎苍，锦帽貂裘，千骑卷平冈。为报倾城随太守，亲射虎，看孙郎。"（苏轼《江城子·密州出猎》）你看苏东坡这个志气和气势，谁人能比？

童心不能泯灭。"夫童心者，真心也。若以童心为不可，是以真心为不可也。夫童心者，绝假纯真，最初一念之本心也。若失却童心，便失却真心；失却真心，便失却真人。"（明·李贽《童心说》）

童心，实质上是真心，如果认为不该有童心，就是以为不该有真心。所谓童心，其实是人在最初未受外界任何干扰时一颗毫无造作、绝对真诚的本心。

如果失掉童心，便是失掉真心；失去真心，也就失去了做一个真人的资格。而人一旦不以真诚为本，就永远丧失了本来应该具备的完整的人格。

童心不泯，痴心不改，活在梦想里，读一本书，想一个人，好好爱一生，画一幅画，做一个梦，有滋有味一辈子。人就该如此啊。

走在山沟里，还要不忘抬头看看星星。不要光想着赶路，忽略了四下的风景。结识有趣的人，做好玩的事，多交往一些灵魂有趣的朋友，也不枉此一生。

2021.04.12

表哥的爱情

我更加理解表哥了。他说我前表嫂比他小一轮，整整12岁。我还好，对此没有大惊小怪，但也有些感慨，当然，不是突兀的。

表哥不能喝酒，但是我常常邀约他出来。他今晚喝了不少，平时最多一两白酒，今晚差不多喝了3两，明显超量了。但表哥没乱，一直很稳。

在表哥面前，我不敢说我重感情，小巫见大巫。表哥真是个情种，30年了，他还没忘记她，这个女人，他心上的痛，他一生最钟爱的一个人。

前些时候，表哥女儿给他介绍了一个对象，30多岁，说是气质不错。表哥给我看了照片，果然不错，白皙秀气。表哥这时又说，我前表嫂跟他说过，老来还在一起。

看得出来，表哥心里有些乱，不知该答应这个还是该等待那个。前表嫂算不算迷途知返，我不懂，我不太了解他们的二人世界，反正表哥总是把她挂在嘴上。

我经历过爱情，但相比表哥，只能算是个门外汉。表哥的爱情，真是波澜壮阔。他们的爱开始时，表哥20岁出头，前表嫂正是花信年华。也许任性和冲动是分不开的，都是魔性。表哥的憨厚、朴实和木讷，断送了他。经济大潮席卷走了前表嫂，她在迷雾里走失，而表哥徒劳地在雾障前坚守。

知人知面，能知心吗？表哥一天到晚在画画。他教孩子们画画，自己也画，画山画水画小草，画猫画狗画小鸟，也画人画妖。他能画出人心吗？

表哥见我，总是絮絮叨叨，有说不完的话。其实，他大多是自己说给自己听的，我知道。这样他感觉心里好受些，我则尽心尽力倾听。

真是放不下的表哥，放不下的爱情。表哥的绘画语言是细腻的笔触，敏感的线条，表面上不算明快的色彩，而在这平静的外表下，表哥的心境里一定是起起伏伏，翻滚着一片片壮丽的波澜。

表哥还在等待，等他的爱。终究是他的爱，谁也不能替代。曾经的童话，永远是个童话。她还鲜活着，活在传说里，活在表哥的心里，心里有一块专门供养她的地方。

2021.04.09

喝酒·看电影和约会

我突然想到，今晚喝酒，明晚看电影，都是我特别喜爱干的两件事情，而约会，我对自己没了信心，发觉它没有前两项更有吸引力了。

有人说，把喝酒或看电影都放进约会里，就是说，对酌或共饮不也是约会吗？至于看电影，最好私密些，就两个人，真的更像是约会。

其实，约会不光是指异性之间，同性也是。当然，我不是说的同志，你别想歪了，我也不好那一口。我是个大老爷们儿，我还是喜欢窈窕淑女。

当然，喜欢是喜欢，还是多放在心里，至于出去什么"月上柳梢头，人约黄昏后"，就好久不去想了，心上好似升起一道屏障，或者说对自己的保护意识加强了。

怕自己失望吗？约会其实虽然能引发好奇心和新鲜感，但也会产生失落感，因为约会终究是两个人的事，它是一场爱情发生的前奏。

在意大利诗人卢克莱修看来，"爱情是扰乱灵魂'安宁'最猛烈的毒药。"

对于爱情，卢克莱修还给出了解药："与从爱情中抽身相比，避免落入爱情陷阱则容易很多。首先，睁开眼看清楚，一定要反复回忆所爱的那个她真实拥有的'生理和心理缺点'。切记，要不断地并且永远地重复：她就是唯一？没有她，我们还不是活下来了？"卢克莱修最终没有活下来，他没有说到做到，在爱情的"极端"里被毁掉了。

"爱的快乐转瞬即逝，爱的伤痛终生难忘。"伏尔泰的侄孙克拉里斯·德·弗洛里安所写的情歌小调，曾在18世纪风靡一时。

崇尚心身自由的古希腊人认为，爱情不仅仅是外界的异化，从本质上看，它本身就是无穷尽的，是一种无限的恶，并且极度傲慢，因此，爱情违背了古希腊智慧中的一条共同信仰：拒绝一切极端。这就是爱情的"坏秘密"，所以飞蛾扑火般的人们这样地渴求爱情。一个普通男人，只要能让女人感受到源源不断的幸福，便可轻而易举地证明自己存在的意义。

对一场不确定、未知的爱情的想象，使人们刻意避开了哲学思考的痛苦，这想象力制造的浪漫气息，带来了鲜花、气球和诗歌，以及肉体感官等短暂的快乐。也许这快乐是短暂的，而留下的伤痛却是终生的。

其实，只有哲学思考才使人得以获得长久的幸福，而爱情的美妙，是混杂了他人意愿的快乐，并非自给自足，把幸福押在别人的任性上，或者将幸福随便托付给某个外界因素，那将没有人能拥有一份持久的幸福。

再回过头来，看看"约会"，充满想象力的"爱情谎言"，它远远不如喝酒和看电影那样实实在在。

2021.03.27

三月的悲欣交集

三月的风柔似羽，三月的风锐如刀。春天是个浪漫的季节，"春天是个流泪的季节"（汪国真语），这三月啊，这吹的风。

上周六中午，参加完师范同学王兄家公子婚宴后，几位同学又相约到殡仪馆去吊唁不幸于头晚离世的另一位同窗至交王勇兄弟。

王勇的女儿去年成婚，我们也到场恭贺了。二孩今年刚毕业，在南京工作。作为孝子，他在跪拜守灵。亲友不多时，他就偶尔起立活动一下，或退到其父棺椁旁看看手机。

几个时辰之内，一喜一悲，真是李叔同先生所说的"悲欣交集"啊，我也想起葡萄牙诗人和作家费尔南多·佩索阿的诗句"每天早晨都在悲欣交集中醒来……"

佩索阿是一名普通的会计师，也是人类心灵的"测量员"，在诗歌里，他一共创造了72副面具。通过这些诗歌，他几乎丈量出了人性的每一个裂隙，心灵的每一处皱褶。

正如我平常尽力用平淡的文字，叙述这不平凡的人生，从没有人叫我这么去做，我出自内心，就像自然地呼吸。佩索阿也是，一边整理单调枯燥的数据，一边却在不屈不挠地写诗。

关于佩索阿，读过他的《我渴望》，让我真渴望有一天能与他不期而遇，然后成为至交好友，和他一起交流，交换着对生活的思考。"我渴望——默默无闻，因默默无闻而享有宁静，因宁静而成为我自己——让这些填满我的日子，我的渴望不会比这个更多。"

生活看似风平浪静，实则波云诡谲，本来该浓墨重彩的，却又轻描淡写了。我和佩索阿一样，看得透，却又有时看不清，和别尔嘉耶夫一样，读不懂弄不懂，无论一本书，抑或一个人心，及一个人性。

也是三月的一个夜晚，我妹来电话，说母亲遇车祸，大腿骨折，我的心咯噔一下，腿也就痛着，阴阴的冷，冷冽彻骨。前年弟弟后背切除疥疮，送检化验那几天，我的心也惴惴不安的，后背仿佛也透着一丝丝寒意。

都能感同身受吗？不是，有些人就不。他能不动声色，他（她）的血仿佛冷的，说的话冷，看人的眼神也是一种冷，大概心也是冷的吧，正如这三月的风，柔韧的硬，阴阴的冷。

2021.03.20

我很丑但我很温柔

我家有一只蓝猫，名唤花卷，朋友送的。说心里话，起初看到人家发来的照片，觉得丑，不是很喜欢，但又不想辜负人家的好意，就接受了。说心里话，我喜欢纯色的猫咪，比如黑猫、白猫，蓝猫如果一身蓝也好看。可花卷不是，身上蓝白相间，三瓣唇上独有白毛，有点像戏剧里的丑角。不同的是，它有一张圆乎乎的脸，一双圆溜溜的大眼睛扑闪扑闪。

这也算是它的一个亮点吧。当然，它长得丑，那是一定的了。不过，它一定不知道自己丑，不然，怎么那么自信满满，对主人那么百般温柔缱绻？

家人们都比较喜欢它，长得丑，再若凶悍刁蛮，不温柔，那一定没救了。它很温柔，知道怎么讨人喜欢，有两下子。

它是有眼色的，会察言观色，会识人，比如我要没在家，它会选择去亲热老妈，晚上到老妈被子上打呼噜。见我回来了，它舍了老妈奔我来。可是有时我会带着一身酒味回来，它不太想亲近我，又不情愿地回到老妈那里。

小女和她妈妈在家，它自是更为欢喜，一会儿蹭蹭这个，一会儿摩挲那个，有时去捉它，它嘟嘟囔囔地跳着跑开了，留个顽皮的仓惶的背影逗你。

它的一双眼睛会盯着你的眼睛，水灵灵的，清澈透明，我好几次把它当成同类的眼睛了：嗨，姑娘，你想说什么？说呵，说。

花卷是女生，有灵气。这个丑丫头现在到门口会叫几声，算是打招呼，叫你开门呢。昨天，我突然发现，它能跳起来，从外头把门把手往下按了，门竟然被它打开了。

2021.03.10

粉色江南

鹿城的马鞍山西路上，两边种植了许多李子树，时值初春，粉红色的花朵开满了一树又一树，像粉红色的云，一朵又一朵，一簇又一簇，甜蜜又有些暧昧不明，这感觉有点像细雨里的相思。春风拂动，清香扑鼻，引人欲醉。

这细雨润如酥的时节，能有如云如梦的李子花，也算是一种恰到好处的点缀。江南好，总有让人有些出其不意的惊喜。

其实，每个人都有一个心中的江南，各不相同。有人到江南，说有钱挣，过去人说"宁往北走一千，不往南挪一砖"，现在正相反，全因南方发展快、发展好。有人到江南，是为了情。追爱的人，值得尊重和共情。问世上情为何物？怎一个痴字了得。而我又是奔什么来的？是景，是冲着这江南景致来的。

这小桥，这流水；这湖光潋滟，渔歌唱晚。"江南好，风景旧曾谙。日出江花红胜火，春来江水绿如蓝。能不忆江南？"（白居易《忆江南》）

而且本来，陆家的祖籍就在苏州南门，自明朝至民国时期，陆陆续续自苏州南门迁徙到苏北的。我是算叶未落先寻根吧？这里有"家族"的符号。

其实，对于内心丰富的人，哪里是故乡？哪里又是家？"竹门松菊何年梦，且认他乡作故乡。"（陈寅恪《忆故居》）故乡是心里柔软而又伤痛的地方，心安即是家。

这江南，来了就有亲有友，何不安哉？似水流年，随遇而安。李白云："但使主人能醉客，不知何处是他乡。"（《客中行》）他乡即故乡，和梦里一样。

2021.03.01

再见

每个人应该都有某个记忆瞬间的闪回吧？美好的，抑或引起伤痛或不快的。

其实，过去的上一秒，已然成为回忆，即使伤痛或不快，也会化为带有一丝苦涩的甜蜜。

戴望舒在雨巷，遇上的是丁香一样的姑娘，而我呢，雾里看花，见到的是穿碎花衣裙，提着红水桶的女孩。那是曾经的一个苏南的清晨，她是一个早点摊的女孩。朦朦胧胧的岚雾中，她清秀可人的眉目至今还藏于记忆的深处。

生活是一场旅行。佩索阿说："旅行？活着就是旅行。我从一天去到另一天，一如从一个车站去到另一个车站，乘坐我身体或命运的火车。将头探出窗户，看街道，看广场，看人们的脸和姿态，这些总是相同，又总是不同，如同风景。"

我又引用了佩索阿的经典语句，向他致敬。假如有一天，在路边小酒馆里遇见他，我会和他好好聊聊关于"旅行"的话题。

旅行有终点吧？终点可是起点？我不敢确定。我只知道，带着灵魂的旅行没有止境。

那次邂逅就是在离无锡火车站不远处。车站，我向来引以为个人情感生活里的一个重要见证，它是相聚，也是分离；有欢笑，也有泪滴。

"即使你踏遍每一条道路，你也无法发现灵魂的边际：这就是它的奥义。"（赫拉克利特语）

要不要说再见呢？当你来到某一个驿站，现身于生活中的某一个时间节点，你对着心动的恋人，那一刻或许成为永恒。

2021.10.13

思念

秋雨绵绵，飘洒在心里，湿漉漉的一片。望向窗外，邻人种植的几条丝瓜略显老态，披挂着雨丝轻轻飘曳。

纷乱的雨声夹带着风，如同缺失韵脚的潮，一阵一阵的窸窣，间或几声叩击瓦片的清脆。

有雨声悄然入梦。恍惚里，我翻了几次身。我抑制不了的思念，像一束火苗在心里点燃。

也许此刻对你的思念，就是我的天性使然。思念你的痛，思念你的伤，思念你的，或许也有对我的思念。

"我一生中做起来最费力的事就是控制我的天性，让它为我最宏大的计划服务，但我也仅仅是偶尔的时候能成功地克制。"（《加缪手记之三》）

这个秋天，有几次想着你的双眼，眸子里阳光一样的明艳。秋风乍起，唯觉一丝丝冷寒里的温暖。

人是否都有矛盾的心理？是近还是远，是聚还是散，想要热闹还是冷清？喜爱享受孤独，还是陪伴？

"对一位已经成熟的男人，只有幸福的爱情能延长他的青春。其他的事只会加速他的衰老。"（《加缪手记之三》）

与加缪相同，我渴望爱和被爱，但又需要拥有自己的独立空间。"我不能与别人一起长久的生活，我需要一点孤独，永恒的一部分。"（《加缪手记之三》）

"确实，在那个节骨眼上，我需要你给予我的归属感……这就是为什么我会遭受你的谎言给我带来的痛苦，同时也为你的离去感到痛心……"（《加缪手记之三》）

"但这些都会过去。更多的一点悲观和不幸这时又重新流露出来，我会重新做回自我。"（《加缪手记之三》）

我在撕裂着自我，又在重组。但我就是我，这一点我心里比谁都清楚。这样也好，更多的说不清楚，我就保持沉默。

2021.10.13

爱情的形而上

弗洛姆在《爱的艺术》里说，我爱她，因为我需要她；我需要她，因为我爱她。这真是截然不同的两种境界。前者是自私的爱，而无私的、专注的爱则体现于后者。

好女人值得用一生一世去爱她，呵护她。我有时会想为了爱人，我可以放弃名誉、财富和所谓的尊严，只要她健康、快乐，开开心心。

花蝴蝶一般的交际女人，甚而心机女，真让人产生好奇，会去猜度她们对待爱情会有怎样的态度。从前，我的一位朋友说，这种女人跟穷人谈钱，跟富人谈感情。此言真是一针见血。

其实，爱情，首先是一种人性的体现，间以繁衍子嗣。两情相悦，潜意识情感激活，带动了心灵的升华。

所以，我常常带着肉体的一种冲动，人本身就是人性和兽性的组合体。性欲是爱情的原生本能，食色性也。性爱的美学于月好花圆时，雨露相合里得到显现。

曾经沧海，历数情劫。对爱情的理解因人而异，千人千面，万人万言。休谟说，爱情就是两人搭伙居家过日子，无其浪漫可言。有人说，爱情是一出戏，有悲欢，有离合，有的笑有的哭，你方唱罢我登场。

还有人又说，爱情是一场游戏一场梦，半梦半醒时，不知身在梦里抑或梦外。这场游戏永远没有固定规则，更谈不上谁负谁胜，因为没有赢家。

灵与肉的双相契合当然是爱情的最佳状态。只注重灵魂的共鸣是柏拉图式的爱情，专注于精神上的恋爱练习，是爱情的形而上。

2020.07.28

家草

"家花没有野花香"，人们习惯把女人比作花，此说法流行了多少年，人们都是习惯成了自然。我要说，还是叫"草"吧。我在随笔《姑娘如草》里，就把姑娘比作草。花，只开一季，花期屈指可数；草就不同了，虽普通，但生命力旺盛。"离离原上草，一岁一枯荣。野火烧不尽，春风吹又生。"（白居易《赋得古原草送别》）看，多旺啊。所以，无论这个花那个花，都是希望你们如"草"旺，比"草"都好。

诸位看官，你们不妨都回头看看，家里都是什么"草"呵？茅草抑或芳草呵？若有空闲，若有时间，再有情趣，不妨试试，重新审视一下"家草"。

对于家草，我相信当初的时候人人都想是芳草的。那么，当初看上眼，如今又发现看走眼了，为什么呢。

看走眼的往往会有两种，一种是以为是芳草，结果愈来愈发觉是茅草。茅草疯长不讲情理，实在看不下去就剪，结果剪不断理还乱。此情此景颇为沮丧不堪。另一种呢，就让人欣喜。起初以为就是个"草"，结果后来发现是不可多得的芳草。恭贺你了，你很幸运，毕竟十步之内无有芳草。芳草很少，不可多得。

小时候，跟老妈去水田里拔草。我不识稗草，老妈称其为稻油子，长在稻苗空垄里还好说，拔掉就是，可是夹杂在稻苗里的就不好区分了，因其外形和稻秧极其相似。老妈教我，稗草"胳肢窝不长毛"，稻子有毛。这办法果然灵验，我一分一个准。

这稗草不但比稻子长得旺，长得还好看，茎叶都青嫩碧绿，有一种琥珀色，阳光下油亮油亮的，比较诱迫人的喜爱。只可惜，它不"实在"。金秋时节，稻子自豪但又谦虚地低垂着结满累累果实的头颅时，这稗草还不知廉耻地混迹其中，迎风卖弄她的轻浮。

2021.02.24

乖

有一次，我要老妈帮我扶梯子，我修剪树木。大约爬登了6米多高，我攀上了一个树杈，一根旁逸斜出的枝干，是我要修剪的目标。

这根比碗口还粗的枝干，被我用手锯锯了一半。我感到有些不得劲，要下来换口气，再战。

我小心试探脚下，我乖呵！梯子晃了一下，老妈又叫了一声，我乖！好久没听她这么说了，心里咯噔热乎了一下。老妈性子刚，这次能轻唤我，我心里不由得也软软的，一种童年的母爱感受油然而生。

15年前，我在连云港桃花涧游学，每个周末都回东海。那一天，我下了火车，天上飘着蒙蒙细雨。我顺着铁轨从站台一直往西走，过了货场，爬过一堵墙，就到了我家院子门口。

奶奶彼时还健在。她听我在墙头上喊搬梯子，连忙踮着小脚过来，手忙脚乱，好不容易把简易木梯拖过来。

我乖呵，我乖呵，奶奶轻呵两声。我慢慢试探着从木梯上下来，奶奶的两只手死死抓住木梯两边。

我落到地上，把木梯从奶奶手里接过来，用力拖到旁边。这时，奶奶用一只手摩挲着另一只手，粗糙的手背上划出的一道口子，血迹清晰可见。

2021.02.22

夏日花语

我从来对于花草有着与生俱来的同情心。感知一朵花、一叶草，抑或一片叶，我都会怜之惜之。这不是矫情，是发自内心。

想想小时候，我观花草树木，怦然心动。都是有生命的，谁比谁高贵？再小再卑微，也是一条命。我爱她们。

人生一世，草木一秋，多么短暂而又永恒。夏日之绚烂，秋天之静美，壮烈的情怀，谁能堪比？那伟岸挺拔的、逶迤盘旋的、向上拔节的，抑或铁了心，一步一个脚印，咬住岩壁不松口的卑微而又伟大的生命，怎么不令人惊叹！我看见绿色的烈火在燃烧，从壁间，到案头，到架上，再燃到触手也不可及的地方。我的心上，它的纤纤素手描摹着翠色欲滴的画轴。

这些我都爱，说不尽的爱。我爱着花，也爱着草，爱着那片绿，这是无有粉饰，无有矫情，真真切切的，生命的原色。

2020.07.04

爱与道

爱能度人，道不远人。我想爱亦为一种道，大爱则大道，小爱则小道，不大不小的爱，不轻不重的爱，则为暧昧的中庸之道。

假若我爱你，我的心动了，心驰则神往，亦魂不守舍。如果终日如此，则爱能伤人，道也就远离了。

口头上的爱，谈不上"道"，因它是空洞的、虚幻的，正如彩虹一般的美丽，但是荒诞的虚无，只会一时蒙蔽世人的双目。

践行于生活中的爱，是真爱，格外物于内心，自得良知和良能，道亦存焉，真爱里方有正道。

皮之不存，毛将附焉？爱之不真，道能存焉？爱于生活点滴处，真爱发乎内心，为爱心动之人，神采俱佳。

爱能化育，好比春风细雨，沐浴体面，滋润心田；又如三月艳阳，普照万物生长。"道"于其中，恰如其分。

2020.05.23

父与女

我这辈子碌碌无为，可以说无所作为，一事无成。但还有什么能比得上让我最值得骄傲和开心的事呢：有了一个女儿。

女儿，让我这一生都不再单调和枯燥，生命的历程变得愈发生机盎然，活力蓬勃。这是平凡但又神奇的事情。

父亲与女儿，人世上最为奇妙的感情，它介于爱情和亲情之间。谁有女儿，谁会同意我这句话。女儿是父亲上辈子的情人，这话说得一点也不假。

父与女，互为阅读的情感大书。女儿读出了父亲的严厉、和蔼和慈爱，以及沧桑、温厚和宽广；父亲读到了女儿的温馨、疼爱和体谅，以及成长历程中时不时的无助和迷茫。

有些人有了儿子，欢天喜地，有了女儿，就垂头丧气，沮丧无比，这真是目光短浅，小人识见。女儿更是前世修来的福分。

诗人余光中说每次开门迎接女儿的男友，总是充满敌意。大概作为父亲都带着挑战的目光看向女儿的男友：这个陌生的小子会不会像我一样的对女儿疼爱呢？

这真是个问题。从男孩第一次怯生生地上门，再到轻车熟路地大大方方如若无人地进出，然后谈婚论嫁，父亲从不安到不舍，再到放心和放手，问题似乎得到了解决。可是，在女儿的婚礼上，不敢保证不哭得稀里哗啦的。我就亲眼见到西装革履的父亲全然顾不得风度，径自抹泪。

我也会自然泪目吧，都是感同身受。20多年养育和抚养的"小情人"，如今交与他人，自有万般不舍。彼时，应是最幸福的时光，也是最难舍最难忘的一天。

难怪痞子作家王朔写了《致女儿书》，万千柔情，却不去参加女儿婚礼，让冯小刚代他行家长礼呢。痞子心应是疏朗随意的，本可应付自如，但偏偏却又不愿冒这个险，拿自己情感一试。

2020.06.06

半生为诗：追念诗人许卫球

天堂就是：花树、虫鱼，瘦身的庭院与河山，摘掉引导牌，你遁入的迷宫。就是这散漫的门窗，一推开就是惊奇。

天堂有小有大，随你建造。你我各有天堂，坐怀山林或城市。天堂是一处手工的秘境，被毁无数后，才知是天堂。

——《许卫球自选诗N首之天堂》

我能说什么呢？我不知道该从哪里说起。中午吃饭时，看着你的同学、学生和亲友们，大家围坐在一起，叙语里夹杂着追思，我的泪水汪在眼里。

你走得突然，留亲密的人以恍惚，更是遗下好多的谜。为什么要这样？微信朋友圈的音讯就定格于2020年4月14日的那个夜晚。

我知道你于尘世中的幸福，是那些亲友、知心、知己和你的诗歌，在无声的静默里吟诵着欢畅和快乐的诗歌。那是纯净的心才有的一种歌唱。

你没有面具，我们多少都有，在你面前，多少人要羞惭。你的善良，来自心地的赤诚，对人，对事，对这个世界。

你特立独行，你孤标傲世，你敏感而又渴望得到尊重和理解，你不流俗众，更不论趋炎附势，从不让步和低头。所以，你很孤独和困顿。

你是诗人，你的《天堂》此时成为现实和梦境的桥梁，我相信，你是走进了一个梦里，没有孤独、困顿和冷清的梦。

记得那次，那个夜晚，我们应友人之邀，出去宵夜，回来过马路的时候，一辆由南向北的公交车停下了，司机在窗玻璃后露出璀璨的笑脸。此时，我看你，也是一脸灿烂的笑靥。我们从容走过人行横道。那笑容留在了记忆深处，人性中的善良于那个浓郁的夜里完全彰显。

相信你并没有走远。不日，你将安于黄泥山公墓，与登云为邻。你的忧郁，惶惑抑或不解，甚而不安，不知可随轻风逝去？

太湖水流尽昼夜，登云河清映樟柳。你的踽踽独行，于这个春天留下了最后的身影，貌似卑微，实则高贵，看去平凡，但出淤泥而不染。

你的半生，诗矣，歌矣，皆为清高和正直的人格的象征和缩影。你的孤独、困顿，尤为不争，皆是对这俗世的挣扎和无言的抗争。

我不知道还能再说什么，似乎一切都是多余的。你用最后的生命，于这世上大写了"人"字。人心和人性，于你生前和身后都在不同时间和不同地方在不同程度地彰显和发扬。

2020.05.17

候车

我个人不讨厌候车，我想说喜欢。昨天有人说我有强迫症。我有些顾虑，想说喜欢，不容易。

婉约悠扬的小提琴声，从候车室里传出来。这是座海滨城市，是我的家乡，广场上不多的绿树的叶片微微泛着光亮。

我坐下来，在广场的一隅，点一支烟，看看时间，希望愈长愈好，真的，坐上一天，我都愿意。

天色渐晚，我又看看时间，有些不太相信，从一座城市到另一座城市，时代提供了很多方便。我又点上一支烟。

远足的人，拖拉着皮箱，哗啦哗啦，一路声响。我忽然感觉孤单，好似也成了一个异乡人，突然地，漫无目的地徘徊、徜徉。

夕阳掠过头顶，落到广场对面的楼上。小提琴声悠悠，水波一样，随风飘远了。我揉了揉有些酸涩的眼睛，咂下嘴唇，再点上最后一支烟。

2021.04.08

从微小的事物爱起

我曾经回望，我曾经展望，

我从未一眼见到如此多且好的事物

……我何以能对

我的人生

不心存感激呢？

——尼采《瞧，这个人》

工业文明和科学技术的进步和发展带来了生活的便捷，但是用心良苦打造的"生活圈"带来了快节奏，表面的繁忙折射出内在的急功近利和急于求成。人类似乎每天都处在"再不然……就来不及……"状态下的"生活圈"里。

过去的等待，是内心的平静，抑或思念的安然；现在的等待，是心里的焦虑，抑或不耐的烦躁和不安。

《焦躁不安中的华丽》，写了19世纪末八九十年代，丰满、迷离、跌宕的奥匈首都维也纳，表面繁荣、一派盛世的景象，可是新旧思想、势力和行为却无时不在相互冲击和碰撞。

维也纳一家开明派的大报《日报》在头版给帝都做了诊断："焦躁不安是世纪之病。表面上，是一派繁华景象。但人被这光怪陆离的景象弄得眩晕，只生活在表面，再也不从内心中寻求慰藉。人不再思考，也毫无信仰。"

当下，人人都渴望成为"英雄"，若是见我正仔细地耐心地端详着一朵花，他们说，怪人，是个怪人，岂不正是应了陈奕迅的一句歌词：若你喜欢怪人，其实我很美。

松浦弥太郎说，任何事物都当作重要的朋友对待，对一支圆珠笔，一个包，一本书，都是如此。对自己身边的东西，都要当作自己重要的朋友认真对待。

我为这句话感动，时常想起，以一颗敏感的心去觉察善良、诚恳和不忍。也许眼中含泪，是最为心痛的情归。

记得孟子说过："亲亲而仁民，仁民而爱物。"上天呈现于眼前的都是礼物，以感恩的心，对它们看待。

"是以圣人常善救人，故无弃人；常善救物，故无弃物。"老子早就教会我们去如何度世，好多时候，是我们不够直达心扉。

"我来，因为我爱；我爱，是因为你的存在。"我在关于云南的一首诗中写道。爱你，因为心里独有。

珍惜目前，珍惜当下。微小的、举足轻重的、不起眼的，都在爱中。

从微小的事物爱起，发自内心。

2018.07.24

祖母的生活哲学

（一）

尼采在《漂泊者及其影子》里告诉世人："在你觉得对自我及周围的一切都充满厌恶的时候，应该用什么样的方式来缓和自己的情绪呢？赌一把？信仰宗教？找心理医师做治疗？注入维生素？去旅行？还是喝个烂醉？不，完全不必如此兴师动众。吃顿美食，好好睡一个觉，这就足够了。一觉醒来，你就会重新充满力量，整个世界也更加亲切了。"

好好睡一觉。祖母在世的时候就常常这样做的。直到她83岁耄耋之年无疾而终。她一般很少吃药，打针更是少而又少。偶尔身体不舒服时，就吃饱饭了，往床上一躺，睡一觉。

平时，她几乎不出院门，待自己做饭、吃饭后，就是洗洗涮涮，或是拍拍打打，或是梳梳挠挠，或是缝缝补补，或是叠叠折折，或是劈劈砍砍，剪剪剥剥。

直至离世前有一个月，因不慎摔倒卧床不起，生活不能自理，那么些年，祖母都是自立自主、自我料理日常起居的。她说不上来生命在于运动这样的话来，但是她一直在践行着。

经常见到祖母扫完地后，到门外拿条毛巾在自己身上甩打，要么再辅以手掌拍打。现在想来，她这个动作不光是拍去灰尘的，还有着活动筋骨疏通脉络的作用呢。有意无意中，她的还较连贯的组合动作，把经脉打得更通了，因为前面做家务，忽立忽坐做饭用餐洗刷，忽弯腰肢扫地擦拭，已做足热身预备。

虽是系列动作，可是祖母却是在平心静气中完成的。看不出她有一丝一毫的急躁来。

最温馨的画面，是见祖母坐于门内梳头。她一直留长发，在我印象里，原来乌黑的，父亲走了的第二天早上，我发现她头发全白了。

祖母梳头也同样慢条斯理的，从头顶到发梢，一下一下的。见她梳理长发，总感觉她像是在梳理往事。旧时光如瀑一样散落。

喜欢祖母烙的大饼。外焦里软、香味脆甜。她是先发好面，然后在大草锅里手工贴的。差不多一次三四块。她会控制好火候，这点应该最为重要。上下两面什么时候翻一翻，她也胸有成竹的。那时，拿上一块刚出锅的大饼，再弄上一棵大葱，真是香辣可口呢！

祖母没有上过学，没有文化，她不懂"未雨绸缪"这个成语，可是却时时做到了"未雨绸缪"。比如家里原来到麦收季节，母亲需要把口袋带到地里，祖母很快就能抱出叠折整齐的口袋来。有破损处也都被她一针一线地缝好了。

祖母常常把修剪下来的树枝一截一截地斩断。粗的细的她都会使用不同的工具对付。我常备些工具。大小长短手锯、钢锯、斧头和剁刀等。

祖母把粗细不一的树枝树棍摊起来晾晒，烧锅备用。草锅贴饼或炒菜，都带着木柴的清香味。她是就地取材，是最早的"农家菜"原生态"大厨"呵。

蓝色的秋千陪同女儿度过了快乐的童年和少年时光。秋千是我全手工"打造"的。木材加金属。最主要的是多亏祖母保护好的木材，她把锯下的榆树都细心地把皮剥下来，然后放在荫凉处自然晾干的。她说这样不会烂。果然，木材晾干后，见不到腐烂。榆木木纹看起来细密结实。我是用电钻打孔才能穿上金属螺纹连接杆的。

祖母走了以后，还有一个感觉最大的变化，就是院子里的草长起来了。她在的时候，很少见到长得高的草。因为祖母足够耐心，她能像薅拔鸡毛一样去薅这些草。一根一根地揪。

以前常见祖母把水盆在手里斜举着小半天不放下。她是在倒水，要倒掉最后一滴水。其实，这不可能，但是她恁是要举个半天。我想，她的心一定静极了，不起一丝波澜。世界与她无关。她就是想倾倒掉这最后一滴水。不为别的。

2022.04.24

（二）

简单、清淡和朴素，应该是祖母日常生活的关键词。大约从她70多岁做了胆囊切除手术后，鱼肉等荤菜她就很少去吃了。

她喜欢吃些清淡的菜，比如白菜、萝卜、青菜和豆腐之类。有时担心她缺少营养，我会时不时在超市买些水饺来给她煮着吃。汤圆她喜欢，但不多吃。

从没见过祖母说吃多了撑得慌了这类话，她多是吃个七八分饱的。少食多餐，我想她是这样想的。平常，我会买些冰糖和山楂片或糕来给她做零食吃，也算是佐餐吧。

药疗自然比不上食疗。祖母常常吃点生花生米，她说对胃好。我常常会把祖母洗好晾干的萝卜拿了吃，而她呢，有时会拿汤匙一下一下地刮萝卜丝吃。

头凉足暖。祖母几乎每天都用温水泡脚，她说脚暖身上才暖。我是偎着祖母睡长大的，她暖我就暖，她受凉我心不甘。到了冬天，几乎每晚，我都要到她卧室，把手伸到她被窝里试一下，问她俺奶呵冷不冷？不冷呵，她总是轻言慢语地答我。

从没听见祖母大声说话，更不高调呵斥人，偶尔有鸡从栏网洞里钻出来，她踮个小脚追赶急了，会低低地骂上两句。偶尔一次，她追不动了，就弄根棍棒甩出去，砸晕了鸡。有一两次，好像只有一次，一只鸡被失手砸死了。我们回家来，她说鸡被砸死了，语气还是淡淡的。

我们都觉得可惜，她说，它该死。在我记忆里，好像很少见祖母流眼泪。她也不多说话，要说也很简洁一两句，比如"上床萝卜下床姜""忍一忍都会过去啦"。

其实，祖母大多时间也在"说话"，她在跟自己说话，她在跟内心对话。有了电视后，她也不多看，大多时间半坐在床上，闭目养神。

祖母不轻易流泪，因为大半生历经磨难，艰辛卓绝，性格被磨砺得坚强。但她很有同情心，村里人无不说她好。曾经周围邻居好几家小孩她都帮人家看护着，尤其是曾经农忙时节，她见人家忙不过来，往往会丢下手头自家活儿去帮助人家。

祖母人是好，可她又不是"乡愿"。遇上个别心术不正心怀不端之人，她多是不主动搭理。

祖母生死观看得很淡。"它该死"，来的来了去的去了，没什么好说的。她不轻易流泪，一面是坚强的性格使然，另一面应是她参透人生、凛然不惊的淡泊和达观吧。

祖母身体有轻微不适，就躺到床上休息。她不轻易吃药，更不打针，她只是睡上一觉，这也是她多年来的养生之道。

也许，我们不一样，不一样，每个人都有不同的境遇，正如叔本华"悲观主义"却"不悲观"一样，我又读到了尼采的一段"心灵箴言"："天气的好与坏、失去朋友、疾病、诽谤、信札未至、脚扭伤、逛商店、相反的论据、读书、做梦、欺诈等，在眼前或过后不久即证明它们全是'不可或缺'的事物，对于我们全都具有深刻的意义和功利！"

尼采要做超人，上帝死了，天地间只有强人、超人。可是到头来，还是拗不过命运的安排。

祖母不信命，也信命。生命的最后几年，有时会头晕跌倒。她有些生气，对自己埋怨：到头喽？要死啦。她也渴望生，对亲人充满了留恋。

这一次，她知道自己逃不过了，不回避，终于摔了一跤，髋骨骨折，亲人不忍手术，她也静静地不作抗争。临走的那天下午，直到傍晚时分，元宵节夜晚，祖母还是流下了最后一滴眼泪，直到她的侄儿我的叔赶到，她微闭着的眼角边流下了一滴泪。她听到了声音，听到了她留恋的，尤其她牵挂的。

我的达观的祖母、智慧的祖母说，这就是宿命，没有什么可抱怨的。同样，也无任何悲观。李叔同说，悲欣交集，而已。

2018.05.30

爱情、信仰和生命

曾经在《南方人物周刊》公众号上读到，高原，窦唯的第二任妻子，内地资深女摄影师，曾在年轻的时候失恋，把自己关在屋里十几天。她爸爸实在看不下去了，也不多说，就开车带她出去转，路上只说了一句话：生命中不光有爱情，还有比爱情更重要更美好的东西呢。

我很感动，为了她老爹的这句话，为了高原有这样好的老爹。

前些时候看到报道，一对恋人，弄一根鞋带绑住双方的指头，然后投河。还有双方抱着跳崖的，一起喝农药的，同时在密室里烧炭的，等等。还有单方行动的，一方为另一方殉情，或者说为那该死的爱情。N年前，在我老家连云港市东海县西双湖，就有一个市高考状元，清华大学高才生，投湖殉情。湖边留下的一双鞋，像两个惊叹号，带给人们震惊和思考：爱情和生命，到底哪个更重要？

"生命诚可贵，爱情价更高。若为自由故，二者皆可抛。"这首耳熟能详的著名诗歌《自由与爱情》出自匈牙利诗人裴多菲。裴多菲是一个勇于追求爱情的人。1846年9月，裴多菲在舞会上结识了一位漂亮的女郎——森德莱·尤丽娅，两人一见钟情，但他们的恋情遭到了女方家长的强烈反对。

面对阻力，裴多菲对尤丽娅的爱更加炽热，这同时激发了诗人的创作灵感，在半年的时间里他就创作出了《致尤丽娅》《我是一个怀有爱情的人》等情诗，这些情诗深深打动了尤丽娅，她最终冲破了父亲与家庭的桎梏，一年后嫁给了裴多菲。

不幸的是，裴多菲在爱情与自由之间毅然地选择了"自由"。1849年他参与了与俄奥联军的浴血奋战，年仅26岁的裴多菲下落不明，留下了22岁的妻子和一岁半的儿子。诗人像他诗歌中写的那样，为了"自由"而献身在了战场。

裴多菲选择的"自由"是国家存亡。国难当头，作出这样的选择无可非议，所谓"国家兴亡，匹夫有责"。

可是在和平年代，能有多少"阿诗玛"式的爱，为他站成望夫石啊？多少快餐式的"爱情"，要么试情试婚要么闪婚闪离。当然，真正的爱情和婚姻是神圣的，需要一定的仪式感。闪婚闪离的"游戏之爱"不可取。

另一种"爱"也十分可怕，那就是爱得"死去活来"，非你不嫁，非我不娶。任何美好的东西如果"爱"之过深，而无其他成分成因来加以调节和稀释，最后就会走上极端和变态。

平平淡淡才是真，爱得糊里又糊涂，也许雾里看花才最美，不即不离刚刚好。人生若只如初见，多少美好的向往就停在了半路上。

但是，豪放、活得真实的维吾尔族人看得开：人生嘛，除了生和死，其他都是塔玛霞尔！"塔玛霞尔"，可以译成漫游、散步、玩耍、休息等，"是一种自然而然的怡乐心情和生活态度，一种略带游戏的精神。"王蒙在《这边风景》里写道。

2018.11.19

城市的灯火

从北后街葡萄园酒店到前进路市民广场，灯光愈是明亮，感觉愈是迷惘。

这城市的灯火，一盏一盏竞相空洞地亮着。城市属于谁的？城市不属于谁，谁又属于城市呢？

街道交错纵横着，任由着车流，像一叶叶的孤舟，来来往往地穿梭。

夜深时分，行人很少。冬的季节，这江南的气候，寒意里又复杂着一丝丝温煦，无疑这能慰藉着人心。但总感觉这一切都不比乡村的麦场，草垛挨挨挤挤地偎依得紧密，柔软滑腻的秸秆真实地传递出暖意，一种贴心的温情。

这城市的灯火，也许照映着一个个孤独的灵魂，流浪漂泊的旅人最能体会个中的意味。无土的城市，何处扎根下去，迷茫的面孔，像风里游荡的浮萍。

鲜活生气的乡村田地，忠实笃厚是这田园的主旋律，无有虚妄和矫饰，一垄垄的禾苗，是今生今世的最亲的依靠。

城市的灯火，投射出空旷和虚无，"颓废的风，吹着天空连着地上的灯海"。我无由地忧伤和感动，为这一切的人和事。由近而远的风，带走了这座城市的灵魂。

2019.12.19

第一次听见你说不舍

前几天，出差借机回老家探望母亲。听说我要回去看她，她自然心生欢喜。我说可以回去好好陪你过两天，她忙不迭地说，好，好，好呵。

挂断电话，只觉眼睛涩涩的，心一下子到了老家，偎在母亲身边。

母亲带大我们兄弟姐妹3人不容易。父亲走得早，我们都还小，当时都十几岁，靠着几亩薄田，怎么能够养活一家老小？那时祖母还在，但也渐渐年迈。

母亲在农忙时要拼命干，付出很大的体力，因为就她一个人干，当时没有壮劳力去帮她，风雨里、烈日下，泥泞或滚烫的田埂上农田里留下了母亲多少双深深浅浅的脚印。

穷则思变。母亲当然不会想到这句话，她文化水平低，小学一年级都没读完。她只想着一家老小要吃要喝要穿衣要上学，先要活命。她像男劳力一样去火车货场扛大包，去外贸公司分拣蚕茧，去装修公司接粉刷油漆的粗笨活，去"105矿"把石英石一块一块敲碎，熔炼结晶，去果园打药施肥，挨棵果树捉虫子。

母亲用她孱弱的身体不断承受变换角色带来的磨难体验，装卸工、分拣工、油漆工、农技员、农民等。她就像连轴转的机器，又像拉磨的驴。

我有时会和母亲提起最困难时，我和她常常用来互相鼓励的话。我说，车到山前必有路。她答，船到桥头自然直。然后母子俩相视会意，个中意味，有酸楚，有不甘。

如今，我和弟妹们都大了，都已人到中年。母亲老了，已逾七旬，长年的辛苦劳累，她的身体不是很好，尤其是肠胃，因为吃饭不规律，有时会有溃疡炎症发作。

我们仨，我、妹和弟弟，对母亲不时照顾呵护，家里其他人也不忘惦记和关心，或陪护或看医，不敢有一点儿耽误。

要强的母亲，我常常对她产生错感，那就是有时觉得她还没有老，还是那股劲儿，边干农活边唱民歌的，留着短发穿着白衬衣的母亲。

她年轻时的影像有时会跳出来，蒙太奇一样。当然，我更多的印象，是和母亲共同撑起这个家时，她的有些卑微但又坚定的神情，打着补丁的衣衫，身上的伤痕，指尖上缠着的胶布。

她老了，我知道。母亲不会老，只是奢想罢了。但在她眼里，我始终还是个孩子。我常怼她：我都人到中年了呢，她轻叹一声以作答。

那天，她说你走时带些我做的酱豆。我说，好，明晚走，明天装。她愣了一下，嗫嚅着：要走啊，明天就要走呵。

一刹那，我觉得她老了。母亲真的老了，她的言语里，尤是语气，能听出来，她是不舍我走。母亲第一次很明显地流露出这个心迹。

我一下子想起十几年前，女儿有五六岁的样子，我照例收拾完行李要回南方去。爸爸，别走，她站在门口，泪汪汪的样子。

以前不是这样的，每次回来，她接过小礼物，欢天喜地，和家前屋后小伙伴们疯玩呢，早已忘了我。

这一次，她说爸爸别走。她长大了，女儿一天天长大了。她慢慢也懂得了人世间的聚散离合，尤是体悟到依依不舍。

2022.04.07

玉兰

（一）

窗口正对面的玉兰花开了。于黛瓦灰墙之间，闪亮了人们的眼。今天我差不多看了六七八九遍。我发觉展开的花朵愈来愈多，一朵连着一朵，竞相开放呢。

循往日的经验，玉兰花的花期可不太长，约莫一两个星期吧，开得旺，落得也快。一树的花，跟商议好似的，要旺一起旺。

真是一树的明艳，亮洁的花瓣纤尘不染，玉砌冰雕般的，不经意看去，是满眼的倒置的灯盏。

"酒盏酌来须满满，花枝看即落纷纷。莫言三十是年少，百岁三分已一分。"白居易的《花下自劝酒》，莫非也是观着这娇美的玉兰时所吟的吗？

玉兰，我想起年少时的邻家女子就叫这个名字。她和男友是从外地到这城郊来租住的，到东海来做水晶雕刻。

玉兰爱笑，笑起来粲然，喜和人说笑，彼时，有亚萍、小霞和小莲等常在一起玩耍，整天乐乐呵呵的。我偶尔一起叙谈。

我弟性格好，爱说笑，讨人喜，自是人缘特好。他们都爱到家里找我弟弟一同说笑，或打打牌，或做个手工什么的。

前些年见过亚萍和小霞，还有小莲。玉兰，好久不见了，听说搬到县城东边住了。大约20年前，看到她一次，是在和朋友吃饭时遇见，在邻桌。还是粲粲地笑，妆扮不甚丽艳，但朴素大方，清水出芙蓉，天然去雕饰，自然的美为最美，心无邪，举端庄。

心地善良，心怀敞亮，心无愧怍的女子自然眉清目明，举止安然大方，玉兰恬淡的神情自生一份优雅和怡静，如一树玉兰花，空灵净心，令人神清气爽，正如王阳明观花，对花吟曰："君未看花时，花与君同寂；君来看花日，花色一时明。"

此花，彼时，那人，于这玉兰，统合为一了，令人心安。人若心不安，再好的风景又与我何干？

2020.02.26

（二）

挂满了一树的小小玉色灯盏，如今，风吹雨催，早已花开烂漫，真是别样的璀璨。

这非常的日子里，多是阴霾的天气，我这宅的状态，好像切断了和外界的联系，而这一树树的灯盏，则像极了让人欣喜的希冀。

"翠条多力引风长，点破银花玉雪香。韵友自知人意好，隔帘轻解白霓裳。"（沈周《题玉兰》）沈高士的这般情致，真是美好至极。

玉兰这名字，是明代姑苏人沈周给的，唐人唤它木兰，宋人唤它迎春。沈周系吴门画派领袖之一，与文徵明、唐寅和仇英并称"明四家"。他出生诗书之家，其一生也如这玉兰花，高风亮节。

沈周终年家居读书，吟诗作画，优游林泉，追求精神上的自由，不为世俗所牵扯拖累，因之不事权贵，不依傍权势。

正如这高踞枝头的玉兰，清高而又隐遁，等待着清风，随时要向高远的深处腾升，寒浃肌肤，清入肺腑，因凭栏楣上。

"仰而茫然，俯而恍然；呀而莫禁，晒而莫收；神与物融，人观两奇，盖天将致我于太素之乡，殆不可以笔画追状，文字敷说。"

看这玉兰，想到沈周，谁叫他先唤它玉兰的？想到沈周，再看这玉兰，竟物我两忘，不知不觉心荡神怡起来。

"对房两株令眼明"，每每目光与之交会，就顿觉神清气爽。无论我在平地上还是移步高楼，这玉兰始终是心中的一个灵境。

2020.03.09

苏北的那棵香樟

江南最多映入眼帘的是成群的香樟，绿色的云彩一样，葳蕤的枝枝叶叶散发着一股股清香。其实，香樟与我早于15年前就有了奇妙的情缘，那时我于连云港市桃花涧的一所学校教书，有一位山民跑大货车，他在无锡采得许多香樟树种子，种于屋后地里。

春天的淅淅沥沥小雨里，他带我看了地里冒出的一排绿树苗，葱茏的，很是可爱。他挖了大约有七八棵给我，我小心地包好坐火车带回了东海县。

我在自家院里精心地挑选了一块地方，栽下这几棵树苗，在其四周还特意用木棒围了一圈，以利于保护其生长。

春夏天，至初秋，小香樟树苗还生机蓬勃，待入深秋，直至寒冬，本是绿意盎然的枝叶就卷曲枯萎了。我暗自担心。

翌年春天，我把树苗枯了的枝叶都剪掉，然后反复浇水，浇透。不久，看它们从小主干上生出嫩芽来，心生欢喜。

大约3年下来，只有一棵存活下来了，挺拔的翠绿的小小枝干竟蕴藏着如此顽强的生命力，令我惊叹神奇。如今，它已长成十几米高的大树了，一树的翠绿，盎然的，风一来，翻涌起一波波的绿浪，惹来一群群的鸟雀争先恐后地钻来钻去捉迷藏，尽情嬉戏。

不几年，我突然发现在它的不远地方，冒出一棵小树苗，原来是它掉落的种子在地里萌了芽长出来的。

小家伙也很顽强，几次被寒风吹枯了枝叶，我几次修剪，只保留主干，翌年春天它就在期待中萌出芽长了新叶子。

2022.04.21

冬之江南

我想不必讶呵，这冬之江南，没有秋日的萧瑟，或者接踵而来的冷清，满目的绿意未见有多少的减轻，只是添了些淡然和疏落而已。

这江南的冬，如同多日未见的老友，既亲切，而又有些陌生，毕竟是江南的冬呵。

绿的，变得有些浓重；青的，增加了许多的沧桑和深厚，至于其他五彩和斑斓，则是巧笑倩兮的浓抹和淡妆。

江南，最先涌入映满眼帘的是成群成群的香樟，绿色云彩一般，葳蕤的枝枝叶叶散发着一股股清香。各种各样的鸟儿，忙得起起落落。或于枝叶间嬉戏打闹，捉个迷藏，或倏然疾飞，展翅追逐，还有的于花花草草间吟诗弄赋，谈情说爱。

深绿的水面，水波不惊，几只野鸭悠然地游荡。残荷或亭亭傲立于水面上，或曲然侧卧与倒影相映成趣。

"春江水暖鸭先知"，冬之江南，最为敏感最牵动触觉神经的自然是水了。

"江南殊气候，冬雨作春寒。冰雪期方远，蕉意始阑。"（苏辙《寒雨》）苏辙的这番描述道出了江南冬意的特别，我感同身受。

白居易在《早冬》里也写出了江南的冬日含有春意，"十月江南天气好，可怜冬景似春华。霜轻未杀萋萋草，日暖初干漠漠沙……"

"身处严冬，我心中依然有个永不颓败的夏天。"（加缪语）其实，季节的变换不仅仅是应景物的变化，更为重要的是心里情状的游移或飘忽，甚为微妙。

2019.12.02

大娘

大娘走了，以88岁高龄辞世。

大娘走了，可是她又明显地活着，因为她的美好高尚的德行永葆于人们心中。她的温和的笑容从我记事时起就永远定格在我的脑海里，她的善良、温厚、热心和不计小节都给人们留下许许多多温暖而又美好的回忆。

大娘一共生育7个子女，4男3女。20世纪五六十年代，缺粮少衣，大娘含辛茹苦，拼命劳作，几亩薄地，收成又不好，可是大娘却从无抱怨和放弃，对生活的热爱，对儿女的抚养，她只是用自己的方式去表达，去尽责。

个中甘苦，大娘从不过多地表现在面上，她坚定而又执着。如今，四世同堂，儿孙绕膝，尽享天伦之乐。大娘带着幸福和无憾走了。

儿女尽孝乃天经地义，家族的伦理文化一直得以潜移默化，大娘以她的言行作为身教影响着一代又一代。记得姑奶年迈体衰，生活几乎不能自理的那几年，都是大娘（有时汉兰大嫂也去的）在跟前照顾侍候的，从不怠慢，不嫌脏不怕累。

大娘性格直率开朗，达观积极向上，在我记忆里，好像从没有看到她愁眉不展、消极沮丧过，相反，大娘总是以微笑开始她的谈吐，间或有爽朗的大笑。

大娘是爱整洁，也闲不住的人，总是把家里屋外收拾停当，朴素的着装总是浆洗得很干净。

那年炎炎烈日下，大娘头戴一顶草帽连续烧了几大锅热水，然后慢慢凉下来，招待帮我家建房的瓦匠们。大娘用粗糙的手往炉膛里添柴加火。她站起来又坐下，再站起来再坐下，身上的衣衫都被汗水湿透粘在了皮肤上。

大娘对我好，关心我呵护我。在她的跟前，我感受着那种温暖。童年的记忆里，大娘的笑容最灿烂，最深刻。

我常想起老井、石板桥、柿子树，一条两边堤岸上开满野蔷薇花、野枣花的河沟，大娘的身影，隐约其中。

我的童年记忆就是从东海县牛山村开始的，记忆里的大娘都是一见我就喊我

"乖乖呵文龙来了"。大娘多年来一直生活于此，最后终老于此。

原想今年暑期过来探望大娘，没想到她会离开，子欲孝而亲不待，尽孝要趁早呵。大娘，请原谅龙儿没能及时来看您。

大娘，好些时候，睁眼闭眼面前都是您的笑容，鲜活而又生动，还是那么灿烂，那么温暖。您的爽朗的笑声回响在风中，流传到很远很远。

2018.05.01

爱情之解构

人类什么时候开始有了爱情？从亚当和夏娃偷尝禁果吗？爱情是文明的产物吗？

爱字打头，先生爱意，随之生爱慕之心，带来愉悦心情，心情无限无比的快乐。

动物有爱情吗？人一开始就是动物进化来的，要繁衍后代，必要先行交配，这就是性爱。不过，先有性，性是有了，不知后来还有爱否。

爱情和情爱有什么不同？性爱和情爱呢？"在天愿作比翼鸟，在地愿为连理枝"，国人含蓄，话不明说，拿动、植物去比拟。地老天荒，海枯石烂，除了拿动物、植物去衬托垫底，表明心迹，还于时间上空间上，也不留余地，如"日月同在，生死相依"。

世上的爱情，也许就是成人之间的一种游戏，是成人版的过家家，没有一种爱情是被宣告了成功抑或失败的。

没有谁能先知先觉，判断一个爱情的走向，貌似完美的轰轰烈烈之爱情，事实上最后都分崩离析，各奔东西。

在科技日益进步的今天，快节奏，紧事务，爱情也伴以功利化，一夜情、闪婚等，爱情如同加速度列车，快是很快，但会容易倾覆。

在《单身社会》里，艾里克·克里南伯格披露了在20世纪50年代，美国人口中只有22%的人单身生活，而今天，超过一半的美国人正处于单身，而其中，3100万人独自生活。

克里南伯格以他前瞻性的研究为基础，探索了单身社会的崛起，以及这一现象给我们的社会文化、经济、政治所带来的巨大影响。

尽管传统思想一直告诫我们，独自生活将导致孤独和与世隔绝，克里南伯格却向我们揭示了，绝大多数单身者正热忱地投身社会与社交生活中。他们比同龄已婚人士更热衷于外出就餐、锻炼身体、参与艺术及音乐课程、公众活动、演讲以及公益活动。甚至有证据表明，比起与配偶居住的已婚人士，独自生活的人们身心更为健康，而他们都市公寓的生活方式，相较郊区独栋家庭住宅，也更为绿色环保。

克里南伯格专业地分析了这些独居人士所面临的挑战和机遇：年轻的专业人士，需要支付高额的公寓租金，以换取自由和隐私。

三四十岁的单身人士，不愿为了不尽如人意的伴侣而牺牲自己的事业或生活方式，勉强或委屈自己不是他们万不得已的选项。

离婚人士不再信任婚姻是幸福与稳定的基础，那些宁愿独居也不愿与朋友或者孩子共同居住的老年人不断增多。

根据针对300多名不同年龄和阶层的男女所作的深度访谈，克里南伯格得出了一个出乎意料的结论：在如今这个媒体无处不在、人与人高度紧密相连的社会中，独自生活令我们更好地了解自己，以及更懂得享受伴侣的陪伴。

爱情的不确定性，不可逆性等，确实让人好多时候摸不着头脑，找不到北，所以一些人情愿单着，或者让自己的情感空间，给予多元化的选择，以求得变化中的稳定。

2021.08.25

高山流水竹林风：追念教育家陆守常先生

每年春节，陆守常先生不是带孩子们到大街闹市口去看热闹，而是带他们去登高，先是到牛山（那时在县城正南方有座小山形似牛状，故县城所在地获名牛山镇。后因开采取石，牛山逐渐减小，牛形已遭毁坏），再后来就去县城东南的房山，带点零食，到得山顶，要诵读几首诗呢。

"野蛮其体魄，文明其精神"，这是鲁迅自日本留学归来后得出的感悟。陆守常先生没去过日本，但是他一直重视子女们的锻炼，还请邻居教授太极剑，几个孩子，人人手握小木剑，每天早上，都在磷肥厂河边跟着李师傅一招一式地比画，成为一道引人注目的风景线。

陆守常先生常常带子女和学生参加农业劳动，那时收种主要靠人工，不像现在机械化。参加农业劳动，当时觉得累些苦些，可是过后细细回想起来，那情景很是温馨，最主要是觉得颇有一番滋味在心头。

我们学会了插秧、施肥、打药，能分清水稻与稗草。通过农业劳动，一面学到了知识，另一面，也是重要的一点，就是具有了勤劳和不怕吃苦不畏艰难的精神。

陆守常先生衣着朴素，但是穿戴整洁，虽然有的衣服打了几个补丁，可是举止从容镇定，不卑不亢，连补丁都跟着散发出不俗的光芒。

现在想来，那是一种雅致的气质，淡泊以明志，宁静以致远，率直朴拙，清俊通脱，不求名利，不滞于物，令人不由得联想起"竹林七贤"的魏晋名士风度。

陆守常先生是先父，我是他的长子。与父亲生前的高足心宜兄、政会兄和蒋勇兄等相逢聚会，叙谈其间，言语动情。从3位仁兄身上能够读出淳朴率直、清和散淡、超然洒脱的特质，由此，更怀念先父来。

父亲离去已有30多年了，但是他的音容笑貌还时时浮现在眼前。有时恍然如梦。我虽客居他乡，但居处旁边就有一条路叫思常路，它使我更是常常想起先父。

先父陆守常先生为人为学的品格和精神，以及教育理念和思想，时时闪耀出火花和光芒，在我处于黑暗和困境中给予我希望和力量。我会铭记：荣誉，责任和使命。

2017.12.07

爱上一座城

有句话，叫爱上一座城，因为一个人。我爱这座城，到底理由是什么？不可否认，没有理由即是理由。

我爱它，全因为它就是一座城，一座真实的城，云彩飘满城，绿色的云，紫色的云，红色的云，白色的云，蓝色的云。

我爱这里的花草树木，成片的树，连片的花，一幅幅彩画。

我爱这黑黝黝的土地。攥一把都能挤出油料来。真是肥沃得很。难怪植物这么茂盛，长得带劲呢。

"城"字，不能少了土，离土不成城。就如城不离人，离了人更不成城。

这是一片肥沃的土，一片热土。多少四海英雄，多少八路豪杰，齐聚于此，或同学少年，风华正茂，或书生意气，挥斥方遒。待来年，习得才技，职场事业发挥自如。这里有昆山大学城、杜克大学、清华科技园、登云学院，名校云集，人才济济。

昆山也称"鹿城"，春秋末年，巴城（今昆山西路的一个镇）属吴国管辖，位于都城姑苏的东部。吴王寿梦生性好猎，又在城西部卜庙一带圈出一片土地，建"西鹿城"作为王室豢鹿狩猎之所，昆山称"鹿城"就来源于此。

我喜欢鹿城，尤是城西，大学城所在地，花香、草香、木香，还有流淌荡漾于空气中的书香，馥郁醉人。在其他城市都被钢筋混凝土逐渐蚕食吞并的时候，美丽的鹿城，依然保留并敞开丰沃的土地，沐着风，栉着雨，自然而又生动。没有哪座城市能如此贴近人的呼吸，走进人的心里。鹿城能。其他还真没有。

人都想要乐业，可安居呢？鹿城就是人文生态，商机多多的所在。这里没有喧嚣，没有浮躁，更无大而不当，大而空旷得不着边际，它是那么的亲和、素净和安宁。

宋代诗人陈与义写道，"客子光阴诗卷里，杏花消息雨声中"（《怀天经智老因访之》），如此的闲适、淡泊和绵绵的思绪，大概只在这鹿城中才能觅到了。

2019.08.07

怀念父亲

父亲虽然陪伴我成长只有短短的16年时间，但是我觉得他的生命宽度够宽。他的性格，他的精神，他的品格，他的学识，都在深深地影响着我，也多多少少影响着凡是和他接触过的人。

在我的印象里，几乎没见父亲"愁"过，总是大声地说和笑。

他一米七多一点的个头儿算不上气宇轩昂，但是他的不显凌乱的发型，浓密的眉，高挺的鼻梁，给人一种凛然、儒雅而又俊逸的感觉。

记得我有八九岁吧，那天晚上，父亲头上顶套个书包，扮作古装戏剧里的人物，边歌边蹈，逗得我们哈哈大笑，乐不可支。

父亲的乐观大度深深地烙印在我的心中，无论我遇到什么样的困难和挑战，他的音容笑貌就会出现在眼前。他的声音我是真的听不到了，可是还有心语，反而愈来愈响。

从父亲书橱里珍藏的几件宝贝就看得出他爱好广泛：竹笛，碰铃，漫画，像章，棋谱等，可以知晓他热爱文化，热爱艺术，热爱生活。

上周我到学校阅览室，看到《连环画报》，经年的记忆闸门砰然开启。当初就多次偷偷翻阅父亲订阅的《连环画报》呢。

当然，当时家里最为值钱的就是书籍了，满橱子的书，我都看得眼花缭乱。那个年代，家里有藏书的恐怕也不多吧。

如今，我的房间里除了衣物就是书籍，几千册应该有了，我订阅的《文艺报》《文学报》《读者》《青年文摘》《三联生活周刊》和《南方人物周刊》等，都会有新书介绍，及时让我发现好书，能很快到书店和网站上购得。

前两天在《文学报》上读到作家潘向黎著的新书《梅边消息：潘向黎读古诗》的介绍，作为潘向黎的多年至交，小说家毕飞宇在做客思南读书会上与读者们分享了一些体会。他说，他读《梅边消息》一书，更多读到的是潘旭澜教授与潘向黎父女间的互动与友爱。

《梅边消息》开篇的代序《跟着父亲读古诗》中，潘向黎写到了总角之年跟着父亲吟诵古诗，成长之中，从不懂到可以跟父亲"辩驳"两句。在《杜甫埋伏在中年等我》一文中，潘向黎写道，少不更事的她对于父亲大加赞赏"着实好"的杜甫不以为意。那时相比于"无边落木萧萧下，不尽长江滚滚来"（《登高》），她更爱"黄四娘家花满蹊，千朵万朵压枝低"（《江畔独步寻花·其六》）。直到30多岁步入中年，有天读杜甫《赠卫八处士》，潘向黎只感到"如冰炭置肠，倒海翻江"，竟至流下泪来。

"却原来，杜甫的诗不动声色地埋伏在中年里等我，等我风尘仆仆地进入中年，等我懂得了人世的冷和暖，来到那一天。"潘向黎这样写道。

何尝不是这样，读到这里，我也泪水盈眶。"君自故乡来，应知故乡事"（王维《杂诗》），和母亲通电话，我先问候她，然后故作轻松平常地问她3只狗7只猫3尾小金鱼都怎么样了，石榴树香樟树李子树，又如何如何了。

王安石在《梅花》诗中写道：

墙角数枝梅，凌寒独自开。
遥知不是雪，为有暗香来。

我在这首诗中读出"冷"字的感觉，还有"孤""绝"以及"傲"。长大后，更能领略到梅的意志之坚强，虽孤独但不甘寂寞，更不消沉悲观，而是昂扬向上，傲霜斗雪，展露娇艳。

还有宋代梅尧臣的《陶者》：

陶尽门前土，屋上无片瓦。
十指不沾泥，鳞鳞居大厦。

这分明又是对贫富严重不均、社会各阶层不平等现象的揭示。

我们兄妹仨和几位亲戚以及邻居家的小伙伴们一直跟着父亲学习诵读这些古诗词，至今，我的文艺妹妹还会唱唱歌，写写歌词写写文章。从事经营水晶珠宝的弟弟儒雅细腻，他更多的是把文化因子融入到商业中，事业风生水起。

每到春节前，父亲的案头总是摆放邻人送来的红纸，是邻人请他写对联。父亲是临颜真卿和赵孟頫等诸体，但应邻人所求写对联，就不能太"书法"，需要再俗一点，所以他写得又上体又不上体，但是线条流畅，结构平稳，起承转合，点画呼应。

父亲刚直、善良。他叫我选临习的书体，我选了柳公权的，后来又习颜真卿的，虽未得其精髓，但对于性格和品质的养成大有裨益。

当时土房的墙上，四壁上，都被父亲用粉笔写上了诗文词句，这间"文化屋"虽低矮不够高大，但由内而外却是蓬荜生辉。

今年夏天，心宜哥，我父亲生前的学生，邀我一家和他家一起吃饭。他为人正直、和善，多学。他开办了一家律师事务所，专代理申诉调解等为乡亲排忧解难的事情。

心宜哥和大嫂，还有儿子儿媳及他们俩可爱的宝宝，以及我的两位同窗兄弟，满满的一大桌，济济一堂。我们一起举起杯，又一次想起父亲来……

2018.11.22

二舅

二舅走了。我对二舅的印象还停留在几个不断迭换的影像上，总是感到真实和虚幻，久远与眼前，忽清晰忽模糊。

那年那天，凌晨三四点钟吧，二舅就从东海县白塔机场旁的古庄村出发，拉着平板车，一步一步地量着。车上装满了大白菜、萝卜和大米，都是二舅家省下的口粮，是俭省下来接济我们家的。父亲走了，留下祖母和母亲，带着未成年的我们兄妹仨，二舅没少像这样帮助我们。

二舅年轻时是村里剧团主角，他身材高大，皮肤白皙，一举手一投足，洒脱利落，而又温文尔雅，说他玉树临风，是一点也不夸张的。记得那一次，稻谷场上搭起的舞台上，必必剥剥的马灯，光亮刺目，一个扮相英俊的后生，正演绎着梁祝的爱情故事。这位就是我二舅。

如今，他走了，给我的感觉却是，他好像挥一下水袖，从一段戏文故事里暂时隐退，过不久还会再回来。

耄耋之年，经历了近一个世纪的人世悲欢，二舅是无有遗憾地走了。我的有情有义，文武双全，十里八村人夸人赞的二舅，如今已然于那个世界里再次登上戏台，唱着忽铿锵，忽低沉，宛转悠扬的曲调。马灯嘶嘶地必必剥剥，烟雾缥缈，朦朦胧胧，一时间辨不清是戏里还是戏外。二舅的扮相或虚幻或真实，一切在眼前，一切又变得久远。

2019.11.19

朋友

我还记得小时候，七八岁的样子，斜跨在永久牌自行车大杠下，跟在父亲后面到处走。

一路上，看到父亲不断地和人家打着招呼，就越发地佩服和羡慕父亲能认识这么多人，有如此多的朋友。记得当时我啧啧咂唇望着父亲，他看向我笑笑。直到若干年后，父亲跟我说，打招呼的只是"熟人"哦，不是"朋友"呵。

不过，父亲为人随和，待人诚恳，他的朋友的确不少呢，而且，不论老少，都能叙谈叙谈。在我记忆里，伴随着父亲流连过的地方，如他曾工作过的村小学（联中），乡大院，村上老私塾先生家，县文化馆书画创作室，瓜贩子摊位前等地方，都曾留下他与人攀谈的身影。所以受父亲的影响，无论是亲戚，还是朋友，就是路人，哪怕素昧平生之人，在我心目中，也无高低贵贱之分。

要说"分"，也"分"，那就是从人品和素养等方面来分三六九等。为人子不孝，为亲者不慈，为友者不端，如此才是最"低贱"者，而孝顺、善良、仁义、重情、诚恳等，应为"最高贵"的。

不孝不仁不义，心态不端之人，早晚被人识破，遭人嗤之以鼻，这才是真正自轻自贱。如此类，不交亦好，或早断最好。

人生来不平等，但是有一点是平等的，那就是人格，社会分工的不同，并不能是增减人性和人格的理由。

我尊重所有的劳动者，所以我的朋友里有农民、教师、个体户、军人、政府官员、出租车司机等，有交无类。

马云游说"阿里巴巴"，被人视为痴人说梦，"中学英语教师，你不好好教书，还想咋的？"有几次他上门推销差点被当作骗子抓起来。他几乎每天都有被人家轰出门的经历。然而后来，马云和他的团队，初始创业，从无到有，从有到多，从多到富，从富到巨富。所以，还是那句话，"莫欺少年穷"。

在创业和奋斗中一起成长，一起流泪，一同欢笑的朋友，真情可贵，历久弥新。"朋友"的"朋"字，是两个"月"字组成的，意思就是月月见，常相见。时间上空间上若有条件，如果可行，最好常见常聚。

当然，朋友间能互相欣赏和吸引，才是友谊之桥牢固的保证，有一方突然发生了变化，大多是升迁了或是发达了（当然也不排除其他变化），他（她）的注意力亦随之转移，审美观、价值观呵，都随之变化了。朋友圈也变化了，现实中，他（她）联系你少了，不够主动了，最少不怎么跟你互动了。微信里，朋友圈显示成了"最近三天"，或是干脆成了一条直线。

现在好多人讲缘分，也许是的，顺其自然才是最自然，该来的会来，要走的就让它走吧，莫要强留，强留就会迁就，一味迁就，你就会失去自我。真正的朋友，应是"相见亦无事，不来忽忆君"，心里有你，永远留一席之地。

2018.10.02

高铁

东海县通高铁了，这个位于苏北陇海线上的小站通高铁了。

那天早上，我和小女到高铁站去乘车，这是高铁站建好后，第一次去。过了地下桥，转上徐海路往东走，本是我熟悉的景物，都消失了。崭新的宽阔的马路，两边是正在建设的配套设施，几个工人在整理绿化带。

这条路曾经很亲切，我小时候就一路玩一路走，到小陆庄去。小陆庄是个自然村，行政编制隶属于牛山村。据说小陆庄又要大部分搬迁，要知道从前的小陆庄因为省道和万花山工业区的建设就曾经搬迁过一次，真是搭上时代的列车，列车加速了，搬迁也加速了。

小时候常常攀爬的柿子树，早已淹没于记忆深处。柿子树往南，可以见到一口老井，老井再往南是一座石板桥，桥下溪水淙淙，溪水两边土坡上是摇曳生姿的野蔷薇花。如今这一切都不再了。每次穿过小陆庄中心水泥路，都有些怅然若失。再向东望，一爿爿工厂代替了碧绿嫩青的麦田。

高铁建好了。都说好，我也说好，可是，总感觉少了些什么，快好还是慢好，说不清楚。我喜欢木心先生的那首《从前慢》：

记得早先少年时
大家诚诚恳恳
说一句是一句
清早上火车站
长街黑暗无行人
卖豆浆的小店冒着热气
从前的日色变得慢
车，马，邮件都慢
一生只够爱一个人
从前的锁也好看
钥匙精美有样子
你锁了
　人家就懂了

2020.02.11

母亲的伟大与偏狭

（一）

亲人也是人，是人不是神，是神也有优缺点，何况为人。所以，既要看到亲人的长处，也要正视其不足，没办法，因为只有这样做，方为看法完整。

有一点可以肯定的是，正视亲人的不足之处，毫不影响热爱他（她）的感情，因为真实，反而加深了这个热爱，有血也有肉的热爱，有微笑有泪水的热爱。

从什么时候开始，记不起来了，就是突然想到母亲，对，是从母亲开始的，我看到和发现了她的缺点，之前没有，觉得家人亲人呵，说话做事都对的。

可是，后来，我开始对每一位亲友重新认知。当然，对自我的认知也早就开始了。自我认知是最难的，因为别尔嘉耶夫和泰戈尔等都认为人是一个奥秘。

而亲人，某些方面或多或少都有我们自身影子的投射，带有共同的生理、心理和性格，甚而行为习惯也一并传承下来，在父母和儿女身上体现最明显。

正所谓青出于蓝而胜于蓝，一棵树上开出的花结出的果子也不是一样的，应是百花齐放，百家争鸣，各具情态吧，因为虽是相同的先天基因，但是也受后天的风雨、阳光等条件各异的影响。

继续聊聊我母亲。我从小就感受着她的坚强和勤劳，从在生产队里春种秋收，到冬天挖河工，她不但从不偷懒，反而比一般男劳力还能拼。父亲文弱，在生产队果园里任技术员，补贴不多，家里主要靠她挣工分。后来父亲到村小学村联中任教，他自己拿的那点工资收入，仅够买买书、理理发、洗洗澡和人情来往用的，家里吃喝所需还是靠母亲在土地上拨拉来。

母亲善良、乐观，心眼儿好，从无害人坑人心，老少无欺，能帮人就帮人，这一点和我祖母一样。她吃苦耐劳，一个人能顶上两个人，活干不完不收工吃饭。

她的坚韧在我父亲走后，一个人带着我祖母和我妹妹弟弟过活上更加体现出来。有人劝她改嫁，年纪轻轻的，另找个人家，她不听，硬是把生活的重负扛起来。

有人说，熬一熬，文龙大了，等他上班就好了。她是看到曙光的。父亲走后第三年我就到学校任教了，上班了，拿到工资了。这之后，兄妹仨的婚事都不再让她多操心了，尤是几次建房，从财力到物力和人力，都没让她去操心。

在回忆祖母的《山楂片》一文里，我提到过母亲。相比祖母，母亲不够聪明，更遑论聪慧，我的有时反应迟钝就是传承她的基因。她好走神，会分心，但是她重感情，很感性，则是她的宝贵的品质。

舍不得我们兄妹仨，抛不下老祖母，或许就是母亲重情重义的一个体现。夫妻本是同林鸟，大难临头各自飞，她没飞，反而把我们拢得更紧，她是伟大的。

有的人家的子女，为某件事和父母翻了脸，还说断绝关系，真是混账透顶。

这个亲情关系，血浓于水，能说断绝就断绝吗？还说把什么什么还给父母，更是浑蛋话。你能还上吗，因为感情是无价的，是永远无法算清的。

这就要顺带聊一下感情和原则的话题了。我的性格随母亲多，比较感性重情。有人说我重情义轻原则，他说得没错。亲兄弟明算账，话讲得没错，可是又不全对，因为感情是无价的。

所以，有人说家庭不是讲理的地方，主要讲感情，兄弟姐妹如是，夫妻亦如是，如果哪个家庭整天算账，和交易所一样，还能有多少真情就不能不让人怀疑了。

2021.02.01

（二）

我也看到母亲的进步，她的进步是在年龄增加，阅历逐渐增多的条件下促成的。她没有知识，更谈不上文化。

我现在只要与她在一起，就会从时事新闻讲起。我跟她说读书看报上网，再经大脑过滤筛选，最后判断确定，不要什么都人云亦云，道听途说，什么都信。

有不少老年人，到了晚年，心理上会产生不安全感，会对人对事产生怀疑。如果对外人还好，可是偏偏对家人也这样，不然外头专骗老年人的骗子也无法得逞。家人说什么老年人都不信，外人一说，他（她）就信了。我母亲前几年尤甚，近年吃了几次亏渐渐好转。

现在我和她沟通愈来愈顺畅，她偶尔会执拗，做到这点已经很不容易了。我会一点一点地耐心地和她讲。她不看报，更不读书，说眼睛不好使，可是却把一本《圣经》，愣是一个字一个字抠着读完了。她的这种毅力和精神可嘉吧，也是受了人家的怂恿，信什么教是信仰的自由，无可非议。但是，人要有自己的主见。她若是有文化有思想，见多识广了，可能选择的余地就大了。

我父亲生前与她沟通不来。没有文化，聪明也行，她又不聪明，还小心眼儿，不自信，因为她自觉跟我父亲配不上，应该有过许多隐忍的痛苦和纠结。我小时候见过他们几次激烈的争吵。

每每这时，我父亲就会躲出去，不跟她多去理论，因为她不会说话，跟父亲讲不到一起。除了凶一些，她不知该说什么。除了不会讲话，她也不懂我父亲。

如今年逾七旬的母亲，脾气渐渐小了，但有时还是有些固执、执拗和保守，同时愈来愈胆怯和小气。有几次，她说不舒服，我正在外地出差，被迫取消计划，赶到她身边。等我们兄妹仨到齐了，她却什么事也没有。有一次她肠胃不舒服，我带她到县医院看，吃药挂水说不行，又到市医院检查，拍片喝贝参，也没查出问题。回来后，喝一瓶藿香正气水就好了。

母亲不似祖母大气和无畏。祖母生前常挂口头一句话：人呵生死在天。她就这么风轻云淡，什么都看开了，历经坎坷和沧桑，祖母就当"百代之过客"（李白语），没白来世上一趟。所以祖母一般不吃药，有不适就会采取食疗和适量运动等养生保健。她的方法也简单，诸如梳头、泡脚等。母亲不是，稍有不适，就叫我买药买药，而且最好是哪家药店的，不能随便换。

对于医生，这次夸王医生好，说治疗效果好，过些时候，又说不好，再换高医生，又说高医生好，再再，又说不好，还要换。几经折腾，她说都不好。

去年说膝盖不舒服，拍片了，挂水了，吃药了，说好得很，过些天，又说不好。我的右膝也痛，遂拍片诊疗，结果比她的问题还多一两项。

我说我比你年轻，这膝的毛病比你还重。人老腿先老，人到了一定年龄，哪能跟十八九岁比啊。好得彻底是不可能的，只能平时注意保健。一是保，就是保护，不能太用力；二是健，可以适量步行锻炼。

关于步行，我早就建议她多走路，甩开双手，快慢结合地走，她犟着说，骑自行车一样，就是不听，坚决不走，我拿她真没办法，除了替她着急，就是有些生气。

《扬子晚报》上面有个养生健身栏目，我有时读了会想到她。我特意带给她，她接过去，不当回事。我说你看不是我说的，是专家老师讲的。她不以为然，她信邻居的，信外人的，信路人的。她有时口头语是人家怎么怎么说的，人家怎么怎么样，我说不要光听人家的光看人家的，我们要自己动脑筋思考结合自身实际情况去做。

她是有不小自卑的，不够自信。父亲走后那几年，她是那么坚韧和不屈，我和她，母子俩经常相互鼓励，可是她的骨子里还是有自卑的。

车到山前必有路，船到桥头自然直，我们母子俩的座右铭，心中的委屈再大，娘儿俩你看看我，我看看你，然后先后说出这两句话来，于是就备感欣慰。

我不狂妄，但我自信，天生我材必有用。我有自己的思想，人无有思想，就不值得一过。活着，就要思索。我也是一步一步，见过经过多少个善和多少个恶，触发了无数的思考。

2021.02.02

（三）

我的综合能力和社会价值在母亲眼里，除了为家里盖了几处房子，做出这些贡献以外，其他对于她来说，是很含糊的。她的观察力和分析力直接影响着评判力。

她要通过他人对我的待遇来评判，比如见到人家买了礼品送我，送到家里，她见了，说送东西来了，对我就高看一眼，眼神就不一样了。

她要通过第三方来判断我的能力，这一方面是因为她的眼界和悟力所限，另一方面是因为她的愚昧和糊涂，没有接受过很好的启蒙教育，所以，她缺乏细致的体识和明晰的认知。

我说长兄当父，但是我不是父，我担当的已经不少。世界上没有什么应当不应当，就是亲生父母对儿女，也不是非要为你建房子买房子。他们没有这项义务，但是我做到了。

是的，我做到了。可是，时间久了，母亲就以为我是应当的，是她把我视为我父亲了，感情上是，所以义务和责任上也是。许多家庭里长子的遭际差不多亦如此吧。

母亲似乎有时习惯了我的付出，甚至有时麻木了，觉得我做什么都是应当的。后来，我想到，她除了把对父亲的感情加于我之外，觉得我的责任亦是。

我和一些朋友聊过，他们有的作为长子也遭遇过。就算不是长子，也遇过，比如，有位本家兄弟，他母亲说，你能干，你就应该多付出，谁叫你能干呢。

我这兄弟也无语，遇到这样的父母，你还能说什么，能干是桩罪呵。是的，长兄当父，长嫂如母，能者多劳，可是没有什么应当的。

我的母亲还好，再糊涂，大是大非上，她还没糊涂。我不要你太公正，只要你实事求是，就行了。母亲做到了，她毕竟是善良的，是忠厚的，不会说谎话。

但是，她还会犯糊涂，比如，她说，谁谁谁买东西来家里看她了，我说好的，我知道了，都是应该的，毕竟也是你的孩子呵，跟我一样的渊源关系。我几乎天天给你买呢。

她听了后撇撇嘴，是这样呵？我说可不是吗，都是你的儿女，我们都应该这样做啊。我又说，你再看呵，我是你大儿子，可是我为这个大家庭盖了几处房子，我做得怎么样呵？作为父亲，还不一定能做到这样。建房子，为妹和弟办婚事，我这长子做得还行吧？母亲也承认，因为这是事实，但是她又是那种"乡愿"，就是老想着一团和气，有时就是非不分，对"善"沉默，对"恶"迁就。

我的一位老师，在上海，师母是东海县人。她告诉我，她兄妹10人，老妈最为袒护小儿子，平时姐妹兄弟常买东西给她，她不以为然，不顺心还责骂，也就是偶尔买东西看她的小儿子反而最受她关注和疼爱。

天天孝顺不如偶尔孝顺，偶尔孝顺不如不孝顺，不孝的反而最受喜欢，也是令人无语了。事实就是如此。没有办法，会哭的孩子有奶吃。这句话说得有道理吧？

2021.02.05

（四）

有些人读了我写母亲的文字，心想还能这样写呵？母爱啊，伟大啊伟大，不能说不字。陆文龙呵，你写得有点那个扎眼，怎么心里不舒服。但是……

但是，好像又有些道理，有不少人心里忐忑，也会想自己的母亲到底是怎样的？引发出不少思考。其实，如此真正写出真实的母亲的，我不是第一人。

著名作家杨沫的儿子叫老鬼。你看，对于写母亲，我就想到了老鬼。老鬼原名马波，老鬼是插队时的外号，1947年生于河北省阜平县，1968年去内蒙古锡盟插队，不久被打成反革命，直至1980年彻底平反。1977年底，恢复高考，老鬼考入北京大学中文系。

1982年老鬼大学毕业后曾在文化艺术出版社任编辑，后调到《法治日报》社工作，1987年底，他的长篇小说《血色黄昏》出版发行，1989年他应邀赴美国布朗大学做访问学者。

《血色黄昏》里老鬼写到了他的母亲，他说："写自己母亲不可能做到100%的客观，但他尽力做到客观，决不犯'子不言父过'这类带有封建意识的毛病。"

"我童年的时候，也有母爱，就是比较少。"现在我回忆过去的时候，心里感到酸甜苦辣，十分复杂。但她晚年对我很好，她的母性又复苏了，所以我很矛盾，写不写她过去那些事呢？后来我想，人都是有好几个年龄段的，要写出一个真实的杨沫就不能回避任何一个年龄段。

这么写，很可能会招来一些批评和议论。但我想，写传记应当客观真实，不能美化拔高。对任何人，包括自己的母亲，也应该实事求是，说真话，尤其写传记，尽量全面客观，不能只说好不说坏。

老鬼还说："母亲晚年大彻大悟，非常坦白，自己的私心、自己的虚伪、自己的怯懦，她都承认，变得像孩子一样纯真，并表示要写本卢梭式的忏悔录。"

老鬼的话语，情真意切，毫不虚伪。20世纪90年代，我就读了老鬼的这些话。他给我的印象深，因为他不同于那些伪君子，满脸堆笑、满口甜言蜜语，心里坏点子成堆。

大家如果感兴趣，可以找一找《血色黄昏》和《我的母亲杨沫》来读一读。杨沫，人前是响当当公众人物，写《青春之歌》的著名作家，人后却是一位不合格的母亲。

这才是真实的杨沫，一位真实的母亲。我的母亲虽然没有杨沫般波澜壮阔的革命经历，但她的遭际也不同于常人。我与她于万般困窘时相扶相依，共同撑起了这个家。

也许是文化背景不同，也许是我跟母亲性格太为相像，我们经常会有些抵牾。但是，有一点可以肯定的是，我常常借出差的机会，于周末和节假日陪她。还是感情使然，毕竟她是我历经磨难和沧桑的母亲，我热爱她，我想念她，离家的时候，心情都是不舍，到了车上，几乎都是强压着哽咽给她打电话。

至今，理解我的人有很多，不理解的也不少。但是，我不会太在意，因为人心叵测，人性复杂。我不是天才，但我自觉心有天道。我的思想和文字是跨时代的，是经得起检验的。

2021.02.06

（五）

我的文笔是我的文笔，不是他人的，因为我的思想终究是我的，别人读了，说很触动，有张力，有的蛮惊心的，还肉跳吧。

我尽力客观地、实事求是地、写人心和人性，这是永恒的话题。只要世界上存在着人类，就存在着人心和人性。它是叵测的，它是复杂的，它是矛盾的，它们又是统一的。

我是讲出了实话。有人说心里也早就这么想的，只是不敢讲不好讲。有人说，你的笔触似鲁迅，我说惭愧，还比不上。鲁迅有几百种骂法，我一种都没有。

我不会骂人。如果说会说几句脏话，也是先跟母亲学会的，她好骂人。有一次，她用恶毒的语言骂我，我说你不能这样骂我啊，我是你的儿子呵。从此后，没再骂过。

其实，我的母亲的伟大与偏狭，好多为人母都存在着。对于母亲，国人认知能有多少？母亲这个角色，真的很重要。为人女，为人妇，直至为人母，你准备好了吗？没有。

在笔者的《女人：家门的风范》里，我以为女人不单单担负着传宗接代和繁衍子嗣的重任，还有着相夫教子和缔造家风的使命，倘若只是前者，和禽畜是无异的。因为呵护子女这个活儿，连老母鸡都会干，甚至比人还干得好。可是要论相夫教子和家风养成，非好女人莫属了。

我这个人属于存在主义者，实事求是，既面对现实，又不无憧憬，思想上对己对人比较中庸。我讨厌虚伪，尽力做到不虚伪，不像有的人明显的虚伪，特别虚伪。

他（她）都能披着一层皮两层皮，去到社会上，见人说人话，见鬼说鬼话，特虚伪的一个人，脸上堆着笑，心里却特阴暗。他（她）对外头这样，对家人对亲友都这样。

我随母亲火暴脾气，三句话说不到一起就会炸。但是我们都是让人一看就懂的人，不是虚伪的、伪装的人，明里暗里两个样。我们在尘世里，简单、率性地过活。

我只是实事求是地写出来。像我的母亲，伟大与偏狭集于一身，我相信就算是伟人也是这样吧，患难时表现出大无畏、大格局，日常琐屑里也表现得小计较、小家子气。

人是矛盾体，伟大与偏狭、善良与邪恶、人性与兽性，就么共存着、冲突着，这是抹杀不了的事实存在。从人类学、生物学和社会学以及心理学等层面去探析，皆能得出如此结论。

但是，人终归还是人，尤是愈来愈步入晚年，除了人性，还有时会有那么点神性，而女人比男人更为接近神性。女人直觉很厉害，男人要甘拜下风。

亲人是人不是神，因为真实和完整，我们对他们更加热爱了。活生生的一个人，有血有肉的，我们热爱他（她）的优点，也要包容同时也要容忍他（她）的不足之处。

因为亲人，在一定时候和一些方面，恰恰是我们的投影，他们是我们的镜像，互为映衬，这就是一家人，你中有我，我中有你，完完整整的一家人。

2021.02.08

正阳桥

来昆山这座城市12年了，正阳桥是我心中情感的地标。刚刚和苏北的一位好兄弟通了电话，是在正阳桥边上的馄饨店，老山塘馄饨店，毗邻老妪鸭血粉丝。

前些年，几乎每个周末，我都是两腿绑扎8千克沙包，从马鞍山西路走到正阳桥。我也曾经从硅湖校区走到上海，行程是大约8千米。

到正阳桥，看看桥下，看看游船。2008年我刚来时，娄江两岸还是淤泥水草，2009年始，就开始改造整治了，木栈道，木躺椅，尼龙绳，景观灯等陆续都配置了。

我喜欢亲水平台，正阳桥这边，两岸都是。我算是亲眼见证它的改观。我想，它也体察我，一定也是。桥下娄江水，脉脉向东流。它是从陆姓祖籍地苏州那边流过来的。

娄江，西起苏州娄门，东至昆山、太仓交界的草庐村，下接浏河。它先是流经工业园区娄葑街道，然后吴中区，再相城区，又转跨塘镇，走斜塘街道，穿唯亭街道，过昆山，全长53.13千米。

一座城市，有了水，跟人有了魂一样，我常常这么想。尘土飞扬，空气憋闷，再繁华的城，也干瘪，不水灵，一副被抽空了的皮囊，空有华丽的图样。

娄江水跟鹿城人性格一样，不急躁，缓缓的，我比较喜欢。本地人对它的呵护，我是看在眼里的，也记在心上的，对它的感情与日俱增。

正阳桥是我心灵的栖息地，这是娄江的人文氛围决定的。每每周末和节假日，我几乎都要到正阳桥上停留一下，不仅仅是憩息，也许还有其他。

正阳桥北首，沿震川西路往东走不远，就是震川园。归有光是谁啊？他是这鹿城人，生于1507年1月6日，卒于1571年2月7日，字熙甫，别号震川，又号项脊生，世称"震川先生"。

归有光著名的散文《项脊轩志》就镌刻于震川园。他崇尚唐宋古文，其文风格朴实，感情真挚，是明代"唐宋派"代表作家，被称为"今之欧阳修"，后人称赞其散文为"明文第一"。

归有光可谓大器晚成。他会试落第8次，徙居嘉定安亭江上，读书谈道，学徒众多，边教边学边继续应试，60岁方成进士，历长兴知县、顺德通判、南京太仆寺丞等官职。

归有光耿介正直、不事权贵的品格，表现在他整个人生的各个方面。在古文领域里，他始终坚持己见，不为群言所惑，敢于与当时统治文坛的所谓权威相抗争。

我欣赏和钦佩他的品格，尤是其文风，他把日常生活中的琐事引进了严肃的"载道"之古文中来，使之更密切地和生活联系起来，使其文成为有源之水，清新流动。

所以他的文章读来情真意切，平易近人，给人以真情实感，尤其是一些叙述家庭琐事或亲旧的生死聚散的短文，朴素简洁、悱恻动人，"使览者恻然有隐"，比如著名的选入高中语文课本的《项脊轩志》。

正阳桥北首，沿震川西路往西走，江畔壁刻有顾炎武的妇孺皆知的名句：天下兴亡，匹夫有责。到了昆山，对出自这位昆山人的这句经典有了更加感性的认知。

顾炎武（1613年7月15日—1682年2月15日），昆山千灯人，本名顾绛，字宁人，人称亭林先生。马鞍山东路上的亭林公园应该是纪念他而命名的吧。

顾炎武是明末清初杰出的思想家、经学家、史地学家和音韵学家，与黄宗羲、王夫之并称为明末清初"三大儒"。

"三大儒"讲求经世致用，强调现实关怀，是对宋明理学一意超越追求的一种拨正，这是宋代以来理学探索的一次重大的转向。

虽有小桥流水，也不全是风花雪月。鹿城人不急不缓地过着日子，但骨子里跟水一样，柔顺但不柔弱，一路走来，借势而为，时势造就了英雄。

昆山40年改革之路，于江苏率先，在国人心目中是"小城里做出了大文章"，而正阳桥，是这一切的见证者。但是无论社会再怎么发展，无论景致再怎么改变，它作为我心中的地标这一点却永远无法改变。

2021.01.30

男人要哭就哭吧

> 在我年少的时候
>
> 身边的人说不可以流泪
>
> 在我成熟了以后
>
> 对镜子说我不可以后悔
>
> 在一个范围不停地徘徊
>
> 心在生命线上不断地轮回
>
> 人在日日夜夜撑着面具睡
>
> 我心力交瘁
>
> 明明流泪的时候
>
> 却忘了眼睛怎样去流泪
>
> 明明后悔的时候
>
> 却忘了心里怎样去后悔
>
> 无形的压力压得我好累

这是刘德华的歌《男人哭吧不是罪》里的一段歌词，说出了男人的不容易。从前听到一位女性国际影星说，做个女人难，做个名女人更难，做个单身名女人更更难，这句话收获了不少女人心里的共情，也博得不少男人的同情。是啊，女人天生是弱者，是被疼爱被呵护的，受苦遭难的女人更值得同情，女人的眼泪似水淌，再硬的岩石都能把它泡软。

女人难，可是男人容易吗？更不容易！男人的压力是无形的，女人的压力是有形的；女人的心深似海，男人的心如浮萍；女人心，海底针，你轻易够不着摸不到；男人志，硬似铁，坚如钢，但是心却是软的，也是致命的弱点，有心计无心计的女人都知道。

女人在泪水里变得坚强，男人却在女人的眼泪里软弱。也许，那个时候，男人的面具会一点一点被扯下。但是，还是不行，死要面子活受罪，是天下男人"第一罪"。

男人不轻易哭，我以为捋一捋有以下原因：一是要么真的坚强，要么装作坚强；二是未到伤心时，男儿有泪不轻弹，只是未到伤心处；三是不见棺材不掉泪，这种人性格倔强执拗；四是性情古怪，心理变态，无共情心；五是傻子或痴呆。

平常，我遇到几种情况会想流泪：一是见女人流泪；二是看电影，伤心处引发共情；三是读一首入心的诗歌；四是读一篇惊心的散文或随笔；五是风大沙子进眼睛。

如下是心里在流泪的情状：一是看亲友远去，或莫名的疏离，或由熟悉渐渐到陌路；二是被人误会或误解，百口莫能辩；三是见他人有难，却爱莫能助；四是心头万般话语，却无人可倾诉。

多少风霜，多少沧桑，都化在经年累月的磨砺中，期盼友情，渴望爱情，希望能遇上一颗同样知己的心。有一年夏天，我在老家火车站广场看见一位外地男人抱着话筒在声嘶力竭地喊着童安格的《把根留住》：

"擦干心中的血和泪痕，留住我们的根，一年过了一年，啊一生只为这一天，让血脉再相连，擦干心中的血和泪痕，留住我们的根。"

男人没有安全感，心如浮萍，好似永远没有根。有根，又怕留不住，心里永远在漂流，哪里是尽头。一路欢欣一路歌，外人看到的只是表面的风光，其实背后昂首甩发拭泪，留给风，只有风知道。

2021.01.15

拍

寒冬到了，我钻进被窝，打开空调暖风，还是觉得冷。我坐起身来，用手拍打被子，一下两下三下，被子贴身了。

这时候，我总想起奶奶，奶奶就是这样轻轻拍打被子，把空隙拍掉，把被子压紧实了、贴身了，就暖和了。

我从几岁起就是奶奶搂着睡的，都是奶奶把被窝焐热，然后偎在她怀里，听她讲故事。

好几次，都是奶奶把被我踢散的被子披紧。她的粗糙的手掌，带着温暖，轻轻地拍打着我的背，哄我入睡。

奶奶是个爱干净的人，她除了经常洗衣服外，还经常拍打衣上的灰尘，或用手，或用干毛巾抽打。

她更多的动作是拍，轻轻的，一下两下三下，还有扫，扫屋内，扫屋外，扫院子，以及整理，理衣服，理家什。

她的梳发，是有生活仪式感的，我以为。阳光轻柔地抚着她的已然雪白的长发上，这80多载的如瀑似的长发。她的脸上一片恬淡，略有些肃穆。

寒冷的冬夜，我想起奶奶，一种温馨，别样的温暖，从身上到心上，轻轻地袭来。我甚至能感觉到她的体温，她的漾满暖意的眼神。

2020.12.16

我爱上了一位姑娘

天知道，我是对她仅仅有好感，还是一种爱情？我不想弄得太清楚，我不想把这个新鲜的念头搞得支离和破碎。

我是个喜新又无比恋旧的人。对于前者，大多人都有，后者倒是不一定多。我以为两者兼备，方为真、善和美。

我先是被她的年轻外表所吸引，朝气蓬勃，如同竹编围栏上攀援而上的浴着阳光的牵牛花，风拂花瓣，展翅欲飞，生动而又富有活力。

后来，我发现，我更爱她的善良，她的落落大方，在盛开与凋落之间，她能如此沉着与淡定。毋庸讳言，她的风度翩翩，已是最好的证明。

我跟自己说，不必再想她，这是份节外生枝的感情。我想试着摆脱，可是如同缠绕成一团的线，找不到线头，急得我一身是汗。

好在她没有觉察，谢天谢地，我不想惹她笑话。我只是偷偷地看着，看她看别人的眼神，是不是跟看我一样的神秘莫测，可能捕捉到一丝丝甜蜜？

2020.11.28

单身与好色

前两天听朋友说的一句话，可谓如雷贯耳，一鸣惊人。他说，人要好色，说明没毛病，是身心健康的，否则（心理）有问题，我虽惊奇但当即表示赞同。

然后，聊着聊着，聊到了单身，熟悉的人有哪个单身？为什么单身？单身，好色吗？有的不但色不好，还排斥，甚至憎厌。那他（她）是同性恋吗？也可能是，也可能不是，双性恋的更与之无关。我与朋友都不是喜欢打听个人隐私的人，只是从人性的角度去关心和关注的。

窈窕淑女，君子好逑，男大当婚，女大当嫁。若是大了未婚或是大了未嫁，情愿单着，你管得着吗？是管不着的，尽管父母家人和亲友，同学和邻居等，有些非议。

好色不一定就是好有性事，目光所及，心悦灵欢，也是乐事。秀色可餐，美人美酒美食，总是联系于一起的。食色，性也，都是正常不过的人性中的需求。

当然，好色引发的情欲也不是什么丢人见不得人的事，除非心理变态，一种是纵欲，毫无节度，滥交乱搞；一种是性冷淡，对正常生理需要刻意去克制和压抑，性排斥。

弗洛伊德就说过，"禁欲对身体是有害的，严重者男女皆可出现神经症病状，如失眠、食欲不振、性格孤僻、易发'无名火'等，这是一种性抑郁的表现。"

王小波的遗孀、性学家和社会学家李银河先生在一篇关于"性和性爱"的文章引用了弗洛伊德这段话，她以此佐证人人皆需正常性爱，否则不健康。

李银河自从王小波走了后，更是大胆地以惊世骇俗的言行示人。我同意她的观点和做法，因为她讲得有道有理，是大实话，从人性层面去讲的。

单身不一定好色，好色不一定是单身；好色不一定好性，好性不光是好色。

李银河有个伴侣，是"女"的"男"性，生理上是女的，但心理上是男的。我想，这与其说是生活上的伴侣，其实更多的是精神、身心上契合的伴侣，超脱了色和性，以及普通人一时难以理解的道德，因为欺骗自己的感受也是"缺德"。

至于好色不好色，与单身不单身有多大关系，也不是我等以专业论题去考证的。但凡正常的人，好个色，是人性之需求。有人好色，装作不好色，才是大毛病，不坦诚的毛病。

不好色又不好性，那最是麻烦，没辙了。麻木又冷酷的人，或不是人，生理心理上都欠缺，有一定程度的缺陷，或过度自我、自怜、自爱、自恋。

或遇到挫折和打击，死心塌地情愿单着一辈子，也与他人无关。只要身心健康，心安理得，晚上睡觉也香，这也够了，怕只怕形单影只，茕茕独立，一夜多梦。

我在春天于鹿城购《单身社会》。据此书的描述，现在单身人士越来越多，在美国独居人数占美国总人口的28%，在一些欧洲国家，瑞典、挪威、芬兰、丹麦，独居人数占全国人口的40%到45%。

这些数据还在增长中，中国也有越来越多的人喜欢独居，还有好多人想，但没有办法和条件，终归未实现。其实，就时间空间而论，你想单身，追求独立，不矛盾的，因为思想是你的，身体更是。我不是要鼓励你去出轨，那不是目的，问题是你先看看你自己，是否毫无顾忌，敢想敢说敢干，就像李银河先生，敢干，冒天下之"道德人士"之大不韪而"不道德"。其实不与自己"缺德"，就是对他人"有德"。

2020.10.12

一见钟情

我很容易对姑娘一见钟情，这一点我心知肚明。我要承认，我的心眼儿不坏，所以说，我的许许多多的爱情都胎死腹中，还没出生就已宣告结束。

这怪不得别人。我曾试着责怪生我的母亲，为何叫我这般容易动情？自作多情，总不是什么好事，因为所钟情姑娘的不理解到头来还是留下自己黯然伤心。

但是，任有多少次失败都不能挫折我前行的动力，再有多少次坎坷都不能磨灭我追求的信念，对鲜活的事物总是充满了好奇，被吸引。

生活中那些不可或缺但又不可及的隐喻，总是让人趋之若鹜。我变得毫无自主，不由自己。低叹的语气就如雾水里的一根羽毛，轻盈但又沉重。窗玻璃后面的微笑，暧昧不明但又温暖如春。

我的姑娘，我渴盼相见又希望分离，我记不住你的美丽，我很内疚也很伤心。但是一颗心好，比金子还贵重，也让人忘不了。善良而充满良知的内心，永远敏感而又年轻。

生我的是我的母亲，养我的是我父亲的母亲，我的曾经年轻的祖母，她是我记忆深处的第一个女人，她疼我呵我，给我讲了很多很多做人的道理。我想我至今不负人心，都是记住了祖母的教诲和叮咛。一见钟情不光是目光所及，而是充满爱意之心在美丽事物上的投映。

2022.04.26

江南雨

在江南，雨是常见的，好像不常下点雨，就不能说它是江南了，这不是矫情，是它的性情，特有的，它的柔情似水的一面，自自然然。

我不大喜欢苏北以及苏北以北北方的干涩，还有干涩带来的枯燥，或黄沙扑面，或尘土漫天，天与地上下茫茫一片，无有了界限。这蛮荒似的浑沌，当然不及江南的灵动。

其实，人的性格也如同这天气，各具情态，丰富多彩，或粗犷如西北大漠的风，壮怀激烈，宏阔高亢，有力铿锵；或细腻温柔如江南细雨，雨脚轻蹑，润物无声，洇湿了本是浓墨重彩的江南画卷。

我想起江南以南，数年前，我曾于粤地工作，彼地亦多雨，但雨脚急促而猛烈，雨水是往下倾泻的，如注一般，谈不上诗意。江河湖被灌满了，就发洪水，一旦突然决了堤，想跑都来不及。

在粤地，我也偶遇过不常见的细雨霏霏，看见不知名的长腿短喙小鸟，于浓密柣果树枝叶间，逡巡穿梭，啼啭嬉戏。远处，青山巍巍，寺塔尖顶或隐或现。

江南的雨，绵绵不绝，雨声小叩窗扉，也敲击着游子的心，"丛菊两开他日泪，孤舟一系故园心"（杜甫《秋兴八首（其一）》），雨声虽无激越，但更令人思绪缠绵，辗转反侧，故土之思油然而生。

2020.09.17

不正经

今天鹿城天气有些怪，一边出大太阳，一边下着大雨，车的前窗上，斑斓缤纷的雨点，洒落在玻璃上，润泽而又饱满。

说是东边日出西边雨，道是无晴却有晴，这满是太阳满是雨，又作何讲？

真是不正经的天气，又哭又笑的。老天，老不正经的。可是这个样子，好过苏北，好过北方，我以为是。

江南河汉湖沟多，雾气氤氲弥漫，雨水下得急，来得多，差不多了，就停了，然后太阳冒出头，阳光洒下来，让你晾晒一下梅雨天落下的霉气。

我当然喜欢，甚至是偏爱如此的天气，这不正经的天气随和自然，让人心头熨帖舒服。轻轻松松地到了夏秋之交，习风徐徐，雨水或急或缓，但每一滴雨点都是既温热又沁凉的。

春风不识字，无故乱翻书。风也不正经吗，不是的，它是正经的。可是不正经的人就说它不正经。风是正经的，因为它真实。

天气正经不正经，都是人看的。但是，我也发现，它再不正经，好过人的假正经，欲哭还笑，都是一种装。伪装是极大的不正经。

其实，不正经也没什么不好啊，生活本来就跟哈哈镜一样，你对它笑，它也对你笑；你对它哭，它也对你哭。从小到大，从大到老，它都在那里影射着你。

老不正经好过倚老卖老，老了就老了，还有些不甘心，因为自觉还年轻。所以，心情有时跟这江南的天气和情境似的，或渔歌唱晚，或雨意朦胧，正好携侣醉后散发弄只扁舟，"小舟从此逝，江海寄余生"。

2020.09.03

旅行的自由

正如有目的的交友是带有功利性的友谊，倘若旅行也目标性很强，我以为旅行也就失去了意义。

真正的旅行，应是自由的，它无任何的牵绊，来一场说走就走的旅行，跟风一样，带着云一般的心情，轻松而又无比的自在。

说心里话，我以为旅行纯粹是个人的一件私事，私下里个人去做的事，我不大喜欢团队旅游。

香港的一位诗友杨慧思女士嗔怪她的旅友说，工作时在一起，出外休闲还在一起，烦不烦哪？呵呵，知道她是开玩笑的。慧思是香港一中学国文教师，随行到珠海游玩的是她办公室同事。几年前在深圳工作时，我们约好在珠海会面，慧思同好友从香港来到珠海。那两天，我们聚餐、谈诗，讲工作和生活中的趣闻。

我们是在台湾《秋水》诗刊组织的诗友聚会中认识的，私交甚好的有广东的山豆、沈阳的万琦、北京的姜寻和南京的卓琦培，还有香港的杨慧思以及台湾的风信子等。

在《孤独经济：你不知道一个人生活有多快乐》这篇文章里，作者夏言引用了马尔克斯在《百年孤独》里的一段文字："生命从来不曾离开孤独而独立存在。无论是我们出生、成长、相爱，还是成功、失败，直到最后的最后，孤独犹如影子一样存在于生命一隅。"

人的真正的自由最好是在孤独中产生的。人生又何曾不是一场孤独的旅行？李白说："夫天地者，万物之逆旅也；光阴者，百代之过客也。"（《春夜宴桃李园序》）道出了人生的真谛。

我如今无论到哪里，还是想享受一个人的来去自由，尽管孤独的确如影随形，但是它也是自由的，是自由的孤独。一个人若不能独处，还遑论什么自由？

是的，孤独业已是我抵御外界风化的屏障。我尽用尽享，个中情致滋味非可与外人道。

孤独而不落寞，全在于心灵的丰富，以远离和鄙弃浅薄。

2019.09.15

我的朋友

我的朋友，有许多人。我的朋友圈，不尽相同。他们和我，因为性格有相近或相补，很简单。他们多是很仗义、很坦诚的。

我的朋友，有清洁工兄弟老张大哥，他为人豪爽，我向他求助过，当时我养的一只黑猫跑丢了，他就到处帮我留意，从地下车库的角角落落到各个楼梯间，都帮我找了个遍。今年端午节，我特意带了几只粽子和咸鸭蛋给他。东西不多，聊表心意。我有快递包装盒等废旧物品，都要折好叠好送给老张大哥。

张兄是我刚工作时的同事，他很有文采，人也很正直，在我人生遇挫时，他的暖心的话语令我至今难以忘怀。他虽位居一单位主要领导岗位，但从不居功自傲，盛气凌人，反而谦恭诚恳，平易近人，最要紧的是，他的骨子里还是文人气节，重情谊，讲仁义。

还有几位从事工业的朋友，他们是工人，从童年少年时我们就一直过往至今，无话不谈，知心知己，我与他们在一起时很是轻松平常，兄弟情，感兹念兹。

我的文史哲艺术界的朋友，亦各具情态，他们都是一帮偏好形而上的学问的友人。我会记住人家的优点长处，放大了供自个儿学习。

当然，个别人的短板也对我是个提醒，比如个别搞艺术的除了为钱就是炫技，人文素养不敢苟同，个别人还经不住夸，夸他后从此舍我其谁，其实，再看其作品，不过尔尔。

倘若弄艺术的，一旦沾上了铜臭味，那就无异于艺术生命的自戕。他的作品无有了高雅，少了文人士大夫的亮节，掺和了市井烟火的俗气。

朋友中特别一提的是张姐对我的关怀，她一直对我呵护有加。她曾经安慰我勉励我的一句话都已逾30年了，我还难忘，她说："人呵，不是累死的，是窝囊死的。"

要知道她已是有相当资历的领导了，但从不端什么架子，对待朋友和蔼可亲，她毕竟有着丰厚的文化涵养，不似有的芝麻小官，却穷人乍富挺腰凸肚，整天端着恁大的架子，装腔作势，对人爱理不理的。

当然，若是我的朋友成了后一种，我是不想再接近的，因为担心犯恶心，不过不必担心，我的朋友成了这样的是没有的。

记得小时候，见父亲在路上和许多人打招呼，讶异又赞叹他认识的人多朋友多，父亲笑笑：只是认识而已呵。

朋友千千万，知心有几人，有的人跟你交朋友，是奔着你的单纯，光重感情不讲原则，甚而迁就他人。我知道自己这样，我也知道哪些人会那样。这种人叫作用人朝前，不用人朝后，是过河拆桥的人，就算是不拆桥也把桥晾在那，不修不补不闻不问，需要时候，就突击两下：有事又找到你了。

你说这种朋友还处不处？我几次下决心不理他，但总是狠不下心，但是一见到他无甚诚意、敷衍，虚与委蛇着我，我又怪替自己憋屈的。

2019.07.30

一首歌

我在大雨刚停的夜晚

一个人游荡

经过一个又一个橱窗

只想等天亮

面对就要失去的爱情

有一点释怀有一点彷徨

最怕的其实是孤单

你像一个小小的太阳

有一种温暖

总是让我将要冰冷的心

有地方取暖

我是多么习惯地向你

要一点友善和许多依赖

修补我脆弱的情感

你总是微笑如花

总是看我沉醉和绝望

我却迟迟都没发现真爱

原来在身旁

你应该被呵护被珍惜被认真被深爱

被捧在手掌心上

像一艘从来都不曾靠岸的船

终于有了你的港湾

你应该更自私更贪心更坚持更明白

将我的心全部霸占

你给我从来不奢望回报的爱

让我好好地对待

这首张宇的歌《小小的太阳》，至今我还常常听呵，是你最喜欢唱的歌，我的好兄弟。我从中渐渐听出了你的痛和苦，你的累，还有你的无奈。

怎样的一首歌呢，有些温情但更多的是暧昧和不明。爱情就是折磨吗？也不完全是吧。爱情就是一种感觉，遵从自己内心的那份感觉呵。

你的酸楚，那种孤独和无助，不知她能否给予救赎，我不知道，斯人已逝。你和她，那种惺惺相惜的互怜互助，留下了温馨的回忆。

这个夏日的夜晚，我在酒后，又念起你。诗和酒是日常的佐餐，对抗世俗的唯一。至情至亲，至爱的奢求，只交付于文字。

一切归于平寂，我的兄弟，世间只是一场戏，你方唱罢我登场，唯有卸幕后的真实是可遇不可求的，你我都曾表达过这个意愿。

我知道，从来没有要求过高，一种小小的微不足道的爱，一点点阳光，些许的温暖，让有些孤单而又冷冰的心，感到友爱和温暖。

2020.07.18

兄弟

于这绵绵细雨的天气，我还会想起你，兄弟，好兄弟，我的思想上十分契合的兄弟。

这紧一阵慢一阵的雨脚，像极了一首诗的韵律，思念的诗，感伤的诗，无限追忆的诗，追忆我的好兄弟。

不知道你现在可否安好？无有俗世的累，无有凡夫的苦，这尘世上的喜怒哀乐，都与你不再相干。

我知道你的一首诗的玉成，都浸着你的心血。你是诗，诗就是你。于这平凡不过的日子里你活出了自我，不是别的。

一叶草的卑微和高贵，风都知道。世俗的强势摧毁了肉身，但是它内心的强大丝毫无损，它永远根植于大地，它是不朽的化身。

这绵绵不绝的雨夜，思念如看不见扯不断的线一样的没有尽头。兄弟，我的好兄弟，人生得一知己足矣。

2020.07.15

爱情的匪夷所思

谁能说清什么是爱情？你找到爱情了吗？目前的身边的，是你最终要寻找的爱情吗？你苦苦寻觅的，痴痴追求的爱情？

20世纪70年代奥地利女作家英格堡·巴赫曼（Ingeborg Bachmann）就发出呼喊："爱情，你如何向我解释？"是啊，"爱情"有定义吗？

莎士比亚说过：爱情就因为误解结合，最终又因了解而分开。我比较认同这句话，爱情是找到自己的那一半，爱情是契合，不是谋合，更非苟合。

爱情其实是爱自己，自然而然地爱，去寻觅自我，发现自我。所以，有的人自己变了，就以为爱的人变了，爱情的成因也会发生改变。

20世纪30年代有一个女人叫莎乐美，是俄罗斯圣彼得堡人，她美丽、妩媚、个性鲜明，有思想，思想敏锐。她坚持要做自己，不婚不嫁。

"她是一位征服天才的女性，是俄罗斯流亡贵族的掌上明珠，有怀疑上帝的叛逆，是才华横溢的作家、特立独行的女权主义者；她为尼采所深爱、受弗洛伊德赏识、与里尔克同居同游。"（引自"百度词条"）

尼采，宣称上帝已死，要做"超人"。他最著名的格言是："那杀不死我的，使我更加坚强。"他内心异常强大，但他一见到莎乐美就彻底沦陷了，可莎乐美当时只想做她自己，不想把自己交给任何一个男人。

莎乐美觉得上帝都不放在眼里，男人就更不能。她不接受任何一个男人的爱，决不谈婚论嫁。其实莎乐美是爱自己，她有强盛的自恋欲。

有一张著名的照片，是莎乐美手持一根皮鞭，坐在马车里。尼采和他们俩共同的朋友保尔在前面佯装拉车，摄于瑞士卢塞恩城照相馆的这张照片，莎乐美有专门文字记述这一事件。

莎乐美在《男人的天使，自己的上帝》一书里写道：我半蹲在马车上，挥舞着鞭儿做着驱赶状，尼采手扶车辕，仰着头在偷笑；保尔面对镜头，拉着边套，表情很不自然。

尼采在他的专著《查拉图斯特拉如是说》一书中借老妇人之口写下了这么一段话："你到女人那里去？千万别忘记带上你的鞭子！"后来，这句话就被人们演绎成那幅照片的说明。

"尼采首先想到的是结婚，只是在这一目的没有达到后，才说发展这种精神友谊。说什么精神友谊，实际上还不是想用时间换空间，最终把女人弄上床。"（莎乐美《男人的天使，自己的上帝》）

尼采因为莎乐美疯了，因为莎乐美对他不温不火的，有些玩暧昧。只陪他爬爬山吹吹风游游泳。"伟大而可怜"的尼采欲说还休，欲罢不能，他后来终于彻底疯癫了，大街上见到马夫用鞭子抽打着马，他冲上去抱着马脖子就痛哭失声。

这就是莎乐美，自小就心智早熟。在她的青少年时代，对她帮助最大、影响最大的男人是牧师基洛特，从1878年冬到1879年，在短短的几个月内，两人过从甚密。实际上莎乐美已然将基洛特视为人生的启蒙导师。

莎乐美从基洛特那里学习了宗教史、宗教比较学、宗教社会学、宗教教义、哲学、逻辑学、文学、戏剧等课程，并广泛阅读了笛卡尔、帕斯卡、席勒、歌德、康德、克尔凯郭尔、卢梭、伏尔泰、费希特、叔本华等人的著作。

她在这几个月里所学到的东西相当于一般大学生几年的所学，为她在宗教和哲学方面的修为打下了坚实的基础。她坚持创作，写诗歌，写随笔。

莎乐美的强大自恋直到遇上诗人里尔克，在里尔克的"疯狂"面前被"击碎"，因为里尔克太疯狂了，他狂热地不可救药地爱上了这位大他十几岁的才女老姑娘。

这位向每一个拜倒于她石榴裙下的追求者宣称不婚不嫁的女权主义者，以同居同游欧洲来回报里尔克，和里尔克钻草垛、滚床单，这个才女老姑娘着实迷倒了孤僻而又内心敏感的里尔克。

有人把爱情献给事业，终生未娶或不嫁，情愿一辈子单身，像柏拉图、笛卡尔、斯宾诺莎、康德、叔本华、克尔凯郭尔、尼采、维特根斯坦、诺贝尔、爱因斯坦、金岳霖、贝多芬、牛顿和米开朗琪罗等。

有人把爱情献给动物，如叔本华和卷毛狗，金岳霖和大公鸡，蒙田和猫。甚至，在多情人这里，与植物也有了爱情，亚里士多德就说，植物也有灵魂的。中国有个"梅妻鹤子"的故事，说北宋初年有位叫林逋的，是个隐逸诗人。他幼时刻苦好学，通晓经史百家，性格孤高自好，喜恬淡，不趋荣利。长大后，他漫游江淮，40余岁后隐居杭州西湖，结庐孤山，常驾小舟遍游西湖诸寺庙，与高僧诗友相往还。他以湖山为伴，相传20余年足不及城市，以布衣终身。每逢客至，叫门童纵鹤放飞，林逋见鹤必棹舟归来。

"然吾志之所适，非室家也，非功名富贵也，只觉青山绿水与我情相宜。"林逋终生不仕不娶，无子，唯喜植梅养鹤，自谓"以梅为妻，以鹤为子"，人称"梅妻鹤子"。

还有人延展了爱情的内涵：博爱，泛爱。法国的哲学家萨特和波伏娃这一对情人就有个君子协议，那就是互相爱恋，但决不干涉和剥夺对方与他人发生性爱的自由。

波伏娃不甘心只做一个女人，她还倡议要做男女之外的"第二性"，正如王小波的遗孀、著名社会学家和性学专家李银河教授，她否认自己现在的伴侣是同性，而是女人生理但是具有男人心理和性格的"他者"。

令人唏嘘和扼腕的是徐志摩，这位情诗高手，不知能否算得上情场老手，30

岁出头年纪轻轻就飞机失事失去了生命。他是为了陆小曼四下奔波挣课时费才如此这般的。

他苦苦追求的林徽因，最终被梁启超大公子梁思成得手。林徽因是才女，但因其是经商家庭出来的女子，可能更务实些。她感觉徐志摩整天风花雪月，情话连篇，过日子可能不大靠谱，于是就忍痛割爱，选择了同样研学建筑的梁思成。

林徽因的诗歌和散文写得真好，我读过，很喜欢，能看出她不仅仅是美丽端庄气质不俗，还有不凡的聪慧和机智，可惜也是在人过中年就因肺疾离世，也许在另一个世界里又和徐志摩一起像从前一样同台对戏呢。

说到林徽因，我又想起一个人，当年他一直迷恋着林，他就是前文提到的金岳霖，北京大学哲学系教授。他的财产除了书，还有一只大公鸡。

他带着他的公鸡就住在林徽因家，与梁和林一家人同吃，林徽因对他也好，所以金对林的爱始终不渝。经年过后，有一天，金约了一大帮子人到饭店聚餐。

金岳霖郑重地端起酒杯，对着正纳着闷顶着一头雾水的众友道："今天我请诸位来，是因为今日是徽因的生日！"其时林徽因已过世多年。众人闻听此言，不免感慨连连。

爱情无有对与错，好与坏，爱就爱了，也许结果并不重要，爱的历程最为珍贵，而此历程，多是苦恋，要忍受煎熬和折磨，有时因相思苦而身心交瘁，有时又欲罢不能而痛不欲生。

吴宓就是这样，他似乎一直在追求"不确定"的爱情，哪怕跟豪猪一样也行呵，寻找到跟同伴合适的距离，把控一下就好，可是他没有。

这位著名的文学评论家、国学大师和诗人，竟将自己的整个后半生交付苦恋一个人中去度过，这个女人叫毛彦文，吴为毛写了足足5大本日记记述对毛的追求与思念。

而1987年，"九十岁的毛彦文写了一本自传《往事》。我们发现吴宓只是其中一节的内容。"其实毛彦文对吴宓是很了解的，对他的为人还是非常赞赏的。

"吴君是一位文人学者，心地善良，为人拘谨，有正义感，有浓厚的书生气兼有几分浪漫气息……"毛彦文评价道，只是"两人都像尼采说的豪猪，靠得太近会互相刺痛对方，离得太远吧，又觉得冷"。（史元明《好德好色——吴宓的坎坷人生》）

20世纪末，毛彦文已逾百岁，一名大陆学者到台湾见到她，并告知吴宓在日记中经常提到她，她说为什么提到我？学者答因为吴宓喜欢你。

毛彦文淡淡地说：他是书呆子，单相思！其实毛彦文不是不爱吴宓，她只是在回避。当年她为了追求自己的真爱，逃婚，反对裹足，写新诗，留学美国，于她身上表现出非凡的胆识和不羁的人性。她和吴宓互相爱着，又较量着，时代新女性遇上传统老学究，注定观点无有契合之处，有的、相同的地方就是绝不向对方低头。两人本已谈婚论嫁，却又都不肯迁就往一个地方走。

两个都是在感情上有过创伤，都有故事的人，不能相互体恤，而是指责，甚而责骂对方。可是当毛彦文提出分手时，吴宓又"难过得要死要活，觉得整个世界就是地狱"。（史元明《好德好色——吴宓的坎坷人生》）

吴宓最说不清道不明的就是他的爱情观，他将爱情看作一种形而上的精神追求，舍弃很多世俗的乐趣，而他的女友又往往到达不了这个精神高度，所以常常误会他。

"在吴宓的爱情观中，爱情和宗教是合二为一的关系，即他常说的宗教是爱情的最后归宿，爱情之高尚真挚热烈则无异宗教，所以吴宓觉得敬爱女人与敬爱上帝或佛是一体无二的。"（史元明《好德好色——吴宓的坎坷人生》）

吴宓确乎天真、单纯，他遇上了心仪的，就毫无掩饰和不避讳"交代"和其他女人的来往"秘事"。他以为自己够真诚够伟大，说到底，是不懂女人的心思和特性，将所有的女人都当作圣女了，而不是看成一个活生生的、懂嫉妒、会吃醋的人。

他不知道，要接纳他的"真诚和伟大，是需要大境界和大胸襟才行的。一般市井之流嘴上还能谈谈真诚、伟大，但是，十有八九都是叶公好龙"。（史元明《好德好色——吴宓的坎坷人生》）

眼下世界在变，"爱"字无心了，成了"爱"。不用心爱，光用情。情也是要发自内心，否则就光是"青"，爱得青头紫脸，爱得五彩斑斓。

任何一个女人再雅致，她也要过俗世生活。书生文人往往拔高了对女人的考量，按照心中的不实的偶像去塑造"女神"，自然会产生失望，希望也随之落空。

周国平先生说，当男人大谈特谈人生的时候，而只懂人生的女人正务实地把温暖的乳汁源源不断地送进婴儿的口里。所以，这也就是鲜花往往插在牛粪上，野兽配美女，好汉无好妻，懒汉登花枝，时势造出的当代英雄级大款、资本牛人，多能抱得美人归。

2022.04.19

醉酒是一种病

我又醉了，醉得头脑不糊涂，思路更开阔了；醉得眼睛不散光，看人更清楚了。

别人看你醉了，就说你醉了。我说是有些多了，确实醉了，不似他人明明醉了却要说不多没醉，正如嘴上说没病的人实际上已病入膏肓。我不是这样，我大方承认，我常醉常病，醉酒就是一种病。

我生理上有缺陷，心理上也不完整不健康，我的情感也有缺失。我不知道该怎么形容目前我的状况。

我个人现在很不喜欢集体聚餐，正如我不喜欢集体旅游，这种饭局类似于表演，叫逢场作戏，我几乎是硬着头皮参加的。

我是一百个不情愿，座上人都互相客气，实际上多少在掩饰着猜忌。有些领导在装腔作势，看下属溜须拍马，抢说好话，而有的下级也会附和，甚而打压同事讨好上司。

这才是病得不轻。我要给自个儿打防疫针，一不小心喝多了，酒后吐了真言，麻烦就大了。有人吐了黄水也不吐真言。

我对酒产生敏感和依赖已有30年，与其说借酒浇愁不如说借酒壮胆，因为从小胆怯，不喜与人交际，尤是成人，就是感觉不如小动物和小孩子看了叫人喜欢，见到讨厌的人既不敢怒又不敢言，更学不会对他装出一副笑脸，心里想的全写在脸上。

带着如此不健全的情感和心绪，我就坐到了酒席上，开始提醒自己莫要入戏太深，因为自己没有演技，要保持理性和清醒，可以借机多向他人观摩学习。

人生是江湖，翻脸如翻书。有的人城府深，演技好，泰山压顶也不动声色；有的人冷眼旁观，见机行事，暗中算计；有的人八面玲珑，左右逢源，做"乡愿"。

　　我很庆幸自己醉了病了，但是没患上红眼病、嫉妒病和猜忌症，只是偶尔焦虑症、抑郁症和躁狂症发作。我对照了一下，应该属于疯癫，间歇性疯癫。

　　我又对照了一下时下表面上都看起来十足健康自信的人，这个信心朝天的世界，我感到自己不太正常，跟好多人不一样。

　　不过，我醉里又在想：到底谁有病？帕斯卡说过："人类必然会疯癫到这种地步，即不疯癫也只是另一种形式的疯癫。"到底谁有病？

　　这是否正如中世纪诗人德尚所预言的："我们胆怯而软弱，贪婪、衰老、出言不逊。我环视左右，皆是愚人。末日即将来临，一切皆显病态。"

2020.07.06

第四辑：哲思的启迪

　　我既非智者，亦非傻子。我体会到一些快乐，不值一提；我活着，这生活给我最大的乐趣。

　　　　　　　　——莫里斯·布朗肖

思考时的快感

我要承认，阅读是我思考的肇始，在阅读的过程中，思考的火花，四下迸溅。我既紧张又喜悦，难以言表的心情，天知道是多么好。

阳光明媚天气好，是我感官应该享受的时刻。我把自己带向户外，让我全身袒露和舒展。我的发肤，我的四肢，任阳光抚弄，而我乐在其中。

而当雨季来临之际，我的皮肤收紧，但我的心灵，则如水里的莲，有渴望张舒的快感。雨脚轻叩窗扉，和着一阵阵的心跳。我简直要迷醉了，因我陷入了深沉的思考。

2020.09.24

感恩及祈福

我知道，没有先辈亲人的养育及教导，怎么能有今天的福报？！我感此念此，祭奠追思仪式后，我含着泪水，在异乡的大地上祈福。

我的故去的亲人，面带着笑容，我的知觉能感受到他们的呵护和祝福。

他们并没有走，更不会走远。他们就在身边，给我以内心的熨帖和鼓励。

头上三尺有神明，我的亲人，那永不磨灭的星光，可都是你的眼睛？

尘世如此喧嚣和浮躁，而我，还能做到安宁和处变不惊吗？

我的心如同秋水，祥和而又平静。天高地阔，我向远行的大雁追问生命的意义。

草木一秋，人生一世。除了感恩和祈福，我不知道，我还应该做些什么。

2022.04.19

时光静美

这个清晨，透过窗户向外看到的还是雾霭重重，天阴得有些凝重。我忘了阳光什么时候开始照耀的，快到10点钟的时候吧，太阳完全出来了，一切都明亮起来。

平房上的瓦亮了，树叶亮了，花亮了，鸟声亮了，猫的眼睛亮了，空气在流动里发着亮光。

那一刻，我的心里自在极了，名誉、声望、钱财，什么身份，什么地位，都忘却了，我能记得的唯有这静静流淌着的时光。

除了生与死，这其中的爱，还有什么能与之比拟？没有。时光静美，我安心享受着上天的赐予和无尽的爱。

2021.05.23

河床

小时候，我最喜欢沙和土，赤脚踩在沙上，或沁凉或滚热，一直渗透到心底。

掬一把沙粒，细细的软软的，柔柔的让人感到亲切。把沙子揉按于皮肤上，跟妈妈的手掌抚摸一样熨帖。

河床上布满了沙粒，间或加以礁石，到处可见水流冲刷的痕迹，一脚踏下去留下的沙窝里，汩汩汪出一泓水来。

十指连心。我眼看着细小的沙粒于指缝里慢慢落下，在趾间轻轻地摩擦，心底被眼前玫瑰红的夕阳余晖抹上了一层亮艳。

"一沙一世界，一花一天堂，双手握无限，刹那是永恒。"英国浪漫主义诗人威廉·布莱克在长诗《天真的语言》中作如是说。

189

一江春水向东流。流水洗濯和荡涤了多少陈年旧事、喜怒哀愁？岸边丛生的乱石要被多少激情的浪花打击和磨砺？

我的河床，我的童年的记忆。记忆中的河床，是心里最柔软的那块地方。在那里，我感觉到细柔的沙粒，其间可以看到绵延不绝的水渍，还有看不见头的鲜花与荆棘。

2019.10.21

哲学是我日常的生活方式

我一直以为，我是用两种或者三种的眼光来看待这个世界的，请不要误解。

我不是故意想要这样的，实在是身不由己——应该说心不由己，似乎更为合适。

既在尘世，就有各种应对，对人对禽对兽，对花对草对树木，对时空和虚无。

我还看到另一面，或者另两面，美的和丑的，庞大的和渺小的，宏阔的和狭隘的。

我尽力用超越和提炼的手段，来对待生活，这鸡零狗碎的不堪一击的现实生活。

我雪藏于心，留一片冰洁玉清，我没有也无法过高要求自己。

大多时候我游走于边缘，无法周全，只求神灵的理解和原谅。我的有血有肉的生命，还要呼吸。

哲学是神灵的使者，它有使命，它的莅临事实上观照着我的一言一行。

"以一种宁静而有限的眼光来看这个世界，并对所看到的世界感到满足，对于求知事物的渴望，以及对各种限度的疑问——所有这些都是哲学。"德国哲学家雅斯贝尔斯从来就是孤独和孱弱的。但是正因为如此，他才能以一定的距离感，去观察和发现有时令他恐惧的世界的表象以及本质，尤其是对人的探究，探究人自身的生存意义和存在的真谛。

我以两种抑或三种哲学的眼光去观摩大自然和人类。如果说人类就是社会的主要组成部分，我以为有些族群组织的社会反在倒退，因为直立的双腿，已经用于爬行。有的人已然成为两栖或者三栖动物，肢体愈发茁壮发达，双目炯炯有神，冒出火花，脑子也更加灵光，善于算计。唯愚者如我，木讷笨拙，昏昏欲睡。我无趣地看着这个缺乏鲜活的生机的世界和人类社会，倒是那些微小的生物——"再小的生命也是命"——盎然蓬勃，真实、自由而独立。

马克斯·韦伯在《以学术为志业》中说道："灵魂不经过寂寞与清苦之火的锻打，完全炼不出任何有价值的东西来。"

我愈发热爱大自然，那么生动，那么鲜活，花的璀璨，叶的浓郁，根的结实，都使我流连忘返。

我的哲学之树，于季节更迭、岁月轮转里，葳蕤茂盛，伴生命常青。

2019.09.05

生活的隐喻

我于生活漫散中看到另一种东西，那或是一种声音，或是一种可感的实在的虚无，柔软而又坚硬。

一朵丝瓜花于陋屋檐边摇曳生姿，阳光里洋溢着新鲜而又妩媚的香气。细风里旋舞着一只小小的黄蜂，它正在研判着未来的方向。不同于风里上升的那张纸片，它来也无踪，去也无迹。我艳羡它的自由。

我时常于喧嚣里感受到安静。我喜欢这种安静，喜欢独享和守望。虽然没有花的璀璨，但我此时还是能感觉到身心像盛开的花一样舒展和开放。

这真是一个自然天成的福分呵。我从不主动去奢求什么，从不。平庸无奇的生活，对于你、我和他都是一样。

我始终感到神秘的幸福，尽管也伴随着些许的不安，二者也许相伴相生，总是于不经意处得以显现。记住：不要去苛求，看见抑或看不见，可感或是不可捉摸，似又存在着一种设定。我听从内心的声音和来自神祇的暗示。

2020.09.10

五四断想

我常常感觉自己未老，还是18岁的年龄，一颗心总梦想生出翅膀，向着诗和远方飞翔。

文怀沙、黄永玉和许渊冲等一众老汉，就是永远的"不老翁"，我好羡慕和钦佩他们，即使银发飘飘，也还雄心勃勃，雄风不减当年。

文怀沙值九秩之年，在一次记者招待会上，还给一位青春洋溢的女记者作诗，表达爱意。黄永玉也是年逾九旬，竟买了跑车，邀约林青霞坐上车，然后一路飞驰"狂奔"。

你看，谈一场说走就走的爱情，也是有趣好玩。1964年，60岁的波兰作家贡布罗维奇在巴黎附近的洛雅蒙，邂逅了加拿大女学生玛丽·丽塔·拉布罗塞。这天早晨，贡布罗维奇吃早餐时，突然就站起来，转过身来走向丽塔，接着他就当着面露惊愕的众人的面问她是否愿意随他浪迹天涯。至于去西班牙，去意大利，或去法国南部，还不是很确定，他说还在寻找最有利于他的健康的气候。这个孤单而怪异的老头引起了丽塔的兴趣，她同意跟他浪迹天涯。4年后，他俩结为夫妻，定居旺斯。

看呵，这些老家伙，他们或于文学界，或于艺术界，发现美，创造美，一生追随着美。他们知道和懂得真正的美，永远年轻，有活力，不会衰老。

科学大咖如杨振宁，已逾八旬，遇见二十又八之翁帆这个妙龄女郎，"上帝送来的礼物"，他喜不自禁，也情不自禁。人逢喜事精神爽，老杨真的是中了天大的一个奖。

老了又怎么样？不是有人说过吗：有的人在18岁的时候就该埋了，因为他未老先衰，活着跟没活没有什么两样，他的朝气与活力都见鬼去了。相反，苏东坡说，老夫聊发少年狂。有的"老夫"就不是老夫，是少年，逆生长，越活越年轻，八九十岁了，却始终葆有一颗年轻的心，跟18岁的时候没有两样。

2021.05.04

一个人的世界

一个人的世界，可以很大，大到广袤无垠，大到无边无际，大到还可以再大。

一个人的世界，也可很小，小到细如针尖，小到窄似针眼，小到不能再小。

这是个怎样的世界呵，有河流山川，有海洋礁岩，有鲜花盛开，有美丽草原。在苏东坡看来，"人生如逆旅，我亦是行人"，人生就是一场不能回头的跋涉，而对诗和远方的眷念，让我们始终不能停下跋涉的脚步。路途上，也许会有星辰暗淡的夜晚，也许会雨雪霏霏，风雨交加，久久见不到阳光灿烂。你的双目，会遮蒙上一层阴翳，没有一丝光线。但你不会停下脚步，只能一路向前。

一个人的世界呢，全在于心底，心中有天地，这个世界就会广阔无比，比海洋，比大地，比天空还要无限。

2021.05.29

人生的闲暇

有一次，我跟一同事共同赴一友人的晚宴。我说前天邀你喝酒，你没来。他说谁请的，我说是我啊。他问为什么请啊，我说玩玩呵。他若有所思。他的心思我懂，嘴上想说什么我也知道，就是请酒要带有目的的。请人吃饭要花钱，这钱哪能白花？

我笑言：人生在世，也许就是吃喝玩乐四个字呢。他又眨巴一下眼。挣钱不就是用来花的吗？他看着我，嘴角泛起一丝笑意。

不知他是否同意我的意见，我对人生意义的感性认知，不知他能同意几分。他长得瘦削，看得出来，比我精明。我比很多人都愚笨，反应迟钝。

是否精明人目的性都很强？做什么都要有目的性？诚然，太简单，无"目的性"也不好，为了吃饭而吃饭，无甚情趣，吃饱喝足就行，也没有意思。我以为，权且让功利心走开，给自由自在的闲暇留点空间。人是需要闲情逸致的。人终究是人，喝点酒，吃点菜，谈个情，说个爱，不香吗？

所以，亚里士多德在《政治学》中说："人的本性谋求的不仅是能够胜任劳作，而且是能够安然享有闲暇。这里我们需要再次强调，闲暇是全部人生的唯一本原。假如两者都是必需的，那么闲暇也比劳作更为可取，并是后者的目的，于是应思考，闲暇时人们应该做些什么。"

我们现在使用的英语"school"一词即源于古希腊语，原意是"度过闲暇的地方"，可见，对于希腊人来说，闲暇和求知有天然的联系。这又是另外的话题：人于闲暇时才产生思想。

叔本华也说："要真心探究哲学，我们的精神思想必须处于真正悠闲、自得的状态之中。我们的精神思想不能追随任何实际的目的，亦即不能受到意欲的指挥。"

我要想说的是，人终究是人，会思考才是人，不是光会说话，光会做工，还能算计。人还要有感情，要有知心倾诉，还有对知己倾听。

"忙"，这个字，左边"心"，右边"亡"，忙得要命，心死了。做什么都带着目的，吃饭也是，也忙，快吃快吃快吃，也不喝酒，一点情趣没有。

2021.07.16

生活的践习者

我于日常的平凡里发现了生活的朗诵者、歌唱者、书写者，还有描绘者和实践者（手作者）。他们离我们不远，就在我们身边。他们都是生活的歌颂者。他们做工、吃饭、睡觉，但同时诵诗、唱歌和手作。

人为什么活着？又为什么阻挠、不让自己活（自杀）？好死不如赖活着，说"赖活"是真的"赖活"着吗？凡说自己"赖活着"的，他一定不赖活；反之，常常说自己活得很好的，往往并不怎么样，他的生活质量是挂在口头上的。他是活给别人看的，他没有自我。而智者不。对他们来说，生活就是练习，灵性的觉醒、慧心智能会引导他们通往直觉之路。

与整合心理学接触应该是30年前了。20世纪90年代我买了本《一味》。我要承认，作者的形象先吸引了我。他的头比我还光，戴一副眼镜，看起来睿智、豁达和敞亮。我也被他笔下的充满着禅意的文字打动，乐得浸淫在其中。

前些天购了肯·威尔伯的《生活就像练习》，与《一味》《灵性的觉醒》是一套。它们互为补充，相辅相成。

威尔伯不愧是整合学创始者，超个人心理学最重要的思想家和发言人。他从意识、心智、身体和灵魂等方面出发，整合西方心理学与东方智慧，观点独到，见识深刻。

我周遭的生活里跟威尔伯一样的实践者也有很多。他们体识自己和认知世界，整合了自己的身心，已经臻于化境。正如我前文提到的霍如东、薄祥波等一样，他们固然是生活的歌颂者，但是更应该被人们所歌颂。一根芦苇微不足道和渺小，但是真正的智者，会在风语中听到他们，感受到他们。

2022.03.25

风口子

没承想，江南的春风竟这般锋利，柔柔的却暗藏杀机，真是温柔乡里磨刀霍霍。

我的手上和脚上都开了风口子，皮开肉绽的，血汪汪的触目惊心，一闪一跳的疼。

南方江湖多，风里潮气重。这不是要你的血，而是要你的命，杀人于无声无形。

"二月春风似剪刀"，这把刀确实厉害。贺知章眼里亮堂，看得明白，借柳树发发感叹，估计他手上脚上也开了不少风口子。

2022.02.26

三月的情景

一粒也许厌世的种子，陷入泥土，冷冰的心却被泥土的暖意所融化。它内心升腾起希望，逐渐萌芽。朔风里的坐立不安，如今被气定神闲所替代。曾经荒芜的土地，慢慢变成了鲜花的原野。

也许在三月里，就要这样，一面在春风里瞭望，一面在实地上脚踏，让坚硬的心结随着时间自我化解。

三月里，我感受万物亲如一家。春风从不慢待每一个人。我的心里发出爱的声音之前，已经有璀璨绽放于指尖。

春天的风物从来说不清楚，但是只有一点，可人的美妙流连在唇间。人们欲言又止，而我目光如炬。

2022.02.12

心疼一盏路灯

从夜幕降临，到朝阳升起，它就一直站在这里，我为它心疼。

它就这样一直睁大眼睛，为人们带来光明。人们尽享着福利，但没人去关心。

无论寒冬，还是酷暑；无论风雨，还是丽日晴空，它都执持一个信念，不改初心。

一个真的有情人呵，会把万物看作亲人。我就这样为它心疼。看似冷峻的身躯，却藏着一颗火热的心。

2022.02.14

词语的又一个隐喻

词语的艰难，我很有体会。它在世间的面目，一些人看不惯。

世人德行有深有浅，我不知道，是谁还能同词语一样，保持着本色不变。

词语是我的朋友，我从没有把它使唤。尽管，我以为熟稔，尊重是前提。

我的爱人们，我的那些小孩，我的故乡的亲人，哪一个词语，不能给以内心的温暖？

我时常会想念我的一些朋友，通过词语，我们走到一起，词语使我们灵魂贴近。

有的心仪的词语，珍藏在记忆的深处，有的却如蝶翅一样在脑海里飞舞盘旋。

词语在世相斑驳里保持着独立，坚守着它的本色，虽然艰难，但是高贵。它是唯一。

2021.12.12

远和近

20世纪80年代，我到徐州读师范，那年16岁。

从东海县火车站上了绿皮火车，到徐州要坐上大半天时间。当时觉得很远很远。

20世纪70年代，我曾见过一些亲戚，父母介绍说三大叔、四大舅、七大姑和八大姨。那年我五六岁。从父母介绍亲戚时的语气，我感到温暖。亲人这么多，觉得很亲近。

如今人到中年，走过许多许多地方，也见过很多很多人，再亲再近的，也恍然觉得咫尺是天涯，很远很远。

2022.01.24

认知差

（一）

人与人之间的差距到底在哪里呢？是财富吗？是所谓的身份地位，还是其他？

出差或假期回苏北时，我经常会邀约同学和亲友们聚一聚，笑曰：顺便看看你，再把我送给你看看。

有的人就说，工资高啊，拿钱多啊，钱来得容易啊云云，要不，怎么常常请客？这有的人指的是极个别人。

我也就笑笑。我常请人吃饭，喝几杯，并非多有钱，而是觉得有情趣，心里快乐，比他人请我客还要快乐。

我不是矫情，这是真的，所谓穷大方，不过如此吧。

故友许兄曾经与一吹嘘自己怎么怎么富有的人聊天。他反问之：你这么有钱，没见你请过客啊？这厮闻言，脸色顿变，足底抹油一溜烟蹿出去好远的。这厮就是那类不要脸专占人家便宜的代表。

极个别人为什么会以为好客的人是钱多得用不了？原来是他的认知出了问题，他只是眼里有请客，而不是去"看看"这请客的人。

自私的人，他的认知是自我的；心理阴暗的人，他的认知也不会明亮有光彩，它是灰色的，更是消极的负面的。

而我对自己和他人的认知是，既不妄自菲薄，也不妄自尊大。他人再好，也有不比我的地方；他人再不好，也有值得我学习的地方。

男人之间的认知也许以财富和权势等论英雄，要么最不济的也是以体格高大威猛魁梧，暂时称雄；而女人呢，可能以相貌身材，或衣品包包等，比优劣。

认知与环境有关。我与一些朋友在一起叙谈，无不言身边人与物或事，即使激情澎湃，畅享诗和远方，后来还是很快回到起点。

生活一地鸡毛，重在认知。有人行走在谷底，但他能常常仰头看看天上；有人看似高居在云端，其实他的心底塞满了淤泥。

2021.12.05

（二）

所以，你发现没有？经常请客吃饭的，多不是太富有的，而富有的往往不怎么请客，所以，开豪车的就常去赴骑电瓶车人请的客。

前几天，朋友请吃饭，喝的是"舍得"。这白酒以前喝过，还可以，醇厚，余味有些甘甜。

这酒名字好玩呵，有一定含义，有舍才有得，有舍不一定有得。舍是舍，得是得。有人光舍，没想去得，有人光想得，从来不想舍。

我在鹿城这边已逾十载，处了一些知心至交，有学校里的同事兄弟，也有社会上的同道好友。我们经常三五天聚在一起，小酌几杯，谁也不去计较谁，不谈舍，也不言得，能坐到一起就是缘分。

经年以来，不论苏南抑或苏北，我一向对人抱以期望，期望人善，期望人好，可是最后往往是失望，大多数好，个别的，是驴屎蛋子——外面光。

多年不见，有的人，以为他好，其实，是认知出了问题。他的认知出了问题，我的也是。后来，狗改不了吃屎是我重新对他的认知。我还以为他能人模狗样呢，果然是我对其的认知发生了谬误，被其假象蒙蔽，我愈对他好，他反而愈生疑。真是君子坦荡荡，小人长戚戚。这种人，我根本看不起他。与其交往，要画上一个句号，不屑再提。在我心目中，他不如一只猫能善解人意；不比一张纸能让我写让我画，让我直抒胸臆。

2021.12.06

（三）

认知与环境有关。环境影响人，环境造就人，环境改变人。环境可分为自然环境和社会环境等。

假如一个人孤身在大沙漠里，待上一个星期，他的认知和在绿洲里又是不一样的，和在茫茫的一望无际的大海上漂流也是不一样的。

除了自然环境，还有社会环境，而社会环境包括职业、身份以及待遇和体制等，虽然是后天的，但对人的认知影响更大。

有一部电影叫《浪潮》，赖纳·文格尔是影片的主人公，他是德国某所高中的老师，该学校正在进行"国家体制"的主题活动周。由于他最喜欢的"无政府主义"课被另一位老师捷足先登，因此他只能主讲"独裁统治"的课程。

对于自由散漫的学生们来说，任何课程都只是为了学分而已。他们在课上大声聊天，无心听讲。为了吸引学生认真听课，文格尔别出心裁提出了假想"独裁"的实验。在为期一周的实验中，文格尔被置于至高无上的地位，学生们对他要绝对服从。从最初的玩乐心态开始，这些青年男女渐渐沉湎于这个名为"浪潮"的组织中，他们体会到集体和纪律的重要性，却在不知不觉中滑向了"独裁"与"纳粹"的深渊。

国外在考验人性上，还做过好多实验，比如在监狱里，把犯人分成两组，一组扮狱卒，一组就是犯人。结果实验开始不久，就被叫停，因为扮狱卒的犯人穿上制服后，完全沉浸于角色中，拼命把犯人那组往死里整。

认知与环境有关，认知与特定环境里形成的习惯息息相关。惯性思维影响着一个人的认知。驴被蒙上眼推磨就只知道转圈圈，还有牛耕地，也是。

2021.12.06

（四）

"鸡汤告诉你，自律很重要，控制不了自己体重的人，控制不了人生。但认知告诉你，过度苛求自己跳出舒适区，最后会陷入更深度的焦虑，因为没有稳定的自知和自信，自律就是自我限制、自我压迫、自我批判。"

畅销书作家周桂伊在《认知差：你比人生赢家差在哪？》里如是说。周桂伊是谁呢？她写的这本书这次我又找出来，想接着去年没读完的地方再读一读。

周桂伊是"80后"作家，14岁时，她出版了人生第一部中篇小说《风中的影子》，被收录在1999年作家出版社出版的"炫女生系列丛书"中。17岁，她在第五届新概念作文大赛上获得二等奖。18岁开始，她几乎每周都与各类明星、企业家、艺术家面对面，长期供稿于《ELLE》《时尚COSMO》《乐活LOHAS》《瑞丽》等杂志。胡歌、刘雯、高圆圆、杨澜……你一定在各类杂志上读过她的人物采访而不自知，而她只是将文字作为魔法和玩具，既写红尘痴男怨女、励志鸡汤感悟，也为苹果公司App做电影音乐解读，为上市公司做企业背书。她用写作这个方式，记录自己的生活。30岁，她出版畅销书《心若宁静，便是幸福》。2015年11月，她创办了公众号"伊姐看电影"，半年用户达到30万，分享光影中的亲子、婚姻和爱的故事，目前公众号粉丝已达百万。

这是位知性女性，文字既有女生特有的感性，也兼具一定的逻辑性。她的思路是清晰的，思维是跳跃的，她的"认知力"高人一等。

"自律源于清醒的自我认知，首先是对对抗之事精准地衡量，对自己能力合理地估算。"她对"认知"做出了"认知"，她的元认知。

周桂伊明确地揭开了心灵鸡汤的真实面目，正如开头所说的那段话："鸡汤告诉你，'你穷，因为你不够努力''不要做公主，去做女王'。但仔细一想，前者违背了'付出和获得之间拥有严格对等关系'的逻辑；后者姿态强硬，却有自尊虚伪的嫌疑。但认知会告诉你，所谓成长，只有一个标准：心智模式已经完全应该升级到一个新的境界，学会去做一个内在的裁判。"（《认知差：你比人生赢家差在哪？》）

人与人之间的差距在哪里？就是认知力。你是一味地自以为是，还是自惭形秽？你是因为恐惧而逃避，还是由于认清人生的不确定性，而大胆迎上去？

"好的一生，是不断去掉被害者和弱者思维，处理好我与自己、与他人、与世界关系的一生。所以，本质上，所有的人生赢家终身只在做一件事——不断提升自己的认知。"（《认知差：你比人生赢家差在哪？》）

如何提高自己的认知呢？伊姐提了四条建议：

第一条，学一些心理学。心理学会帮助你认清自我，对世界的认知，很大程度建立在自我认知这个层面。

第二条，勇敢经历。因为不同的感知，是新的认知迭代的前提和必须，把双腿放在人群里，不要回避真实的生活。

第三条，热爱阅读。阅读是了解这个世界最好也是成本最低的方式。

第四条，善于反思。对过去的困惑做一些反思，找到一些经验，并反复练习，在下一个情景里，你会避开旧的思维陷阱。

2021.12.07

（五）

"鸡汤告诉你，中产阶层教育是终局，你每日惶恐如何当一个足够好的父母，过度付出怕失去自我，不付出怕失去道义。但认知告诉你，对血缘关系的纽带过分地依赖，源于过分恐惧，是一种退化。因为时代变了，真正革除古代养儿防老那种类似风险对冲的需求，我们就得到平静，让自己的生命体验更加完整，才是现代育儿的意义。"（《认知差：你比人生赢家差在哪？》）

这是周桂伊在《认知差》里谈到的教育问题。教育事关千家万户的事。可怜天下父母心，为了儿女子孙后代的成长和发展，简直操碎了心。

我就想，从我18岁踏上教育工作岗位起，我热爱教育，探讨教育，教育到底要培养什么？其真正目的是什么？怎么做教育？

雅斯贝尔斯在《什么是教育》里，以其对教育的洞见，认为教育不是知识的堆集和智识的训练，而是人的教育，灵魂的教育，整全的教育。他提倡苏格拉底式的教育方式，强调师生间的平等尊重、互相照亮；他强调教育的目的是保持独立自由的个人意志以及对真理的不懈追求，并提出了本真的教育的方法。

师道固然尊严，但可贵的是教学相长。直到今天，从小学到中学，然后到高校，历经近40年，我与施教对象由童年到少年，再陪伴至青年，见证了他们的身心成长与发展。他们都是活泼的人，而非一排排死气沉沉的名单，是一个个鲜活的个例，而非一台台冷冰冰的机器。

昨日与弟弟家小侄儿通话，我说你要读文史哲，他说正在读。他是学理工科的，某些方面技能可能不太缺，但是人文素养亟须补充。

我跟他说，人文与科学两样，正如硬币两面，缺一不可。他说是的，意识到了。他说就算再忙，每天都要读半小时书。

读书使他了解了很多事，尤是明白了好多道理。他还结合实际谈到在一些实习单位，见到车间主管一天到晚冷冰冰的样子。"我们戏称为和机械待多了，他没人文气息了。"侄儿如是说。我说君子不器，他说是的。他的认知力已经具备。察人观事，条分缕析，有自己的发现和主见。

2021.12.08

（六）

黄永玉有一幅漫画，画的是生肖鼠，边上留白是这只小鼠的话：我很丑，但我妈喜欢。

哈哈哈，我乐了，这只小鼠可爱至极。现在细思，它的认知力可以的，它有自知之明，还能知彼，这个彼就是它的娘。估计它的娘认知力也可以，比小鼠还那个。在一定的时候，有其母必有其子，母亲的影响力是巨大的。

可见，培养和提升自己的认知力多么重要。要突破原生家庭的影响桎梏，是要费几番努力的。首先要具备一定的认知力，除了勇气和信心。

有好多男人为了自己所谓的事业当甩手掌柜，乐见女人带孩子，把孩子教育这个大业撂给女人担起来。我就很担心，因为有的女人连心智都不够成熟，何以担当？于是，就出现了虎妈、羊妈。这些都是不正常的。要么把子女教育弄成犯人押送和看管，要么把子女捧上天，恨不得送到云端，你真行！你最棒！行在哪里，棒在何处？你要教育孩子面对现实，承认差距。不行就不行，不棒也没什么了不起，做个普通人好了。

教育是科学，有规律，要讲方法；教育是一门艺术，要有技巧，不是光说棍棒底下出秀才，或者说只说自己孩子好，好得像一朵花，什么老师教导呵，亲友帮助呵，全都抹干净，到头来，孩子会成为空心人，没有感恩心的人，对自己没有认知，对他人缺乏认可。自高自大，膨胀得就要爆炸。这样的孩子想想就觉得真是可怕。

认知力差的人，品质也不会好到哪里去，除了实用主义者，一心想着自己，自私自利，还有机会主义者，有好处就上，见不得吃一点亏。你要培养和锤炼孩子的认知力，先审视自我有否"认知"，也即认知的认知，元认知，再认知母或父，再再认知自我。

2021.12.09

（七）

有些急功近利的父母，他们在生意上急功近利，也把子女教育看作生意，看这桩买卖的投入合不合算，是否能够赢利。生意人都不想赔本，于是，他们念着生意经，心里的算盘打得咔咔响，小九九算得清，他们只盯着孩子成绩，只要成绩上来了，就皆大欢喜。于是，孩子成了只会拼成绩的机器。他没有感情，没有心理，没有自己的想法，若有，感情也是畸形的，心理也是不健康的。如此父母亲手栽培的果树就只会结出恶果，最终只能自己吞下，孩子们带着畸形感情和变态心理，成为人格不健全的孩子，他或她终要反抗，要奋争，活出自己。由怨生恨，乃至沦为杀父弑母的凶手。也有的小小年纪，斗不过父母，干脆自己先毁了自己吧，所以就酿出一个个悲剧。

这并非危言耸听，许多地方已经有活生生的真实案例，中学生不堪管制雇凶杀亲，连小学生也有了。对此有些父母意识到了，有些父母还我行我素，浑浑噩噩。

随着年龄的增长，阅读量的增加，见闻阅历的拓宽，有的孩子能提高认知，自发自觉自知，突破原生家庭的桎梏影响，但童年的影子还会一直伴随左右。

著名的奥地利心理学家阿尔弗雷德·阿德勒有句名言，马尔克斯也说过吧：幸运的人一生都被童年治愈，不幸的人一生都在治愈童年。原生家庭父母影响的重要性可见一斑。

英国著名数学家、逻辑学家、哲学家怀特海在论述"教育的目的"时说，教育的目的不在于传授知识，而在于启迪学生的智慧——"教育的全部目的就是使人具有活跃的智慧"，这是一个比传授知识更伟大、更有重要意义的目的。

现代教育把知识和智慧对立起来，只注重知识灌输，不重视智慧的启迪，培养了大量的书呆子。这些书呆子，其实就是缺乏认知的废才。

2021.12.12

语言的隐喻

（一）

我有时对语言十分讨厌。我喜爱沉默，情愿沉溺于沉默，就不想言说。

语言有着坚硬的外壳，它极其顽固，语不惊人死不休。语言固有的张力，常常制造出离奇，而沉默不会，沉默极其圆滑。在巨大的沉默里，有一个极小的核，它是沉默的实质，它是真实。

语言是虚伪的家伙，不论怎么说，他都不怀好意，他就是个坏人，彻头彻尾的坏，一肚子坏水。

我害怕言说，一旦言说，我就为自己担心，担心掉进语言的陷阱。陷阱深不可测，就像人心不可叵测。

语言一旦暴露在空气里，多半就披上了虚假的外衣，表面上华丽，实际上空洞。你不妨试探其语气，就能听出软弱无力。

沉默是金，有多么大的定力，就有多么大的底气。我喜欢沉默，这比金子还要珍贵的另一种语言。这种语言，使我想起生命里不可或缺的盐。

2021.11.27

（二）

我不怀疑，我们心存着诸多爱意，可一旦张口言说，这爱意还存有多少，我就心生怀疑了。

奥地利哲学家维特根斯坦对于沉默这样表达：凡是可以说的东西，都可以说清楚；凡是不可说的，我们就应该保持沉默。他给语言和沉默，如此下了定义。

我配合着拿"爱"举例子。当你反复地想，甚而一遍一遍地问自己，更蠢的是问他人：我到底还爱不爱，爱还在不在？答案就是爱已消失殆尽，空留一声叹息，甚至叹息都是多余的奢望。只有沉默，才是最好的收场。

2021.11.28

领悟力

从一朵鲜花，能领悟春天的新鲜和美妙；从一个微笑，能领悟内心的善良和温暖。女人具有了领悟力，能对人和事多些理解和包容；男人具有领悟力，能对事态及问题把握和洞明。

领悟力真的很重要。究竟什么是领悟力呢？是否人人都具有领悟力呢？答案是否。有首歌就叫《领悟》，里面有这么两句：这何尝不是一种领悟，让你把自己看清楚。

领悟力，来自观察力，你要学会观察。观察他人，重在自观，凝视内心。

领悟力还来自学习力。学习力重在有同心和移情，体察他人，观摩自我，擅于接纳和包容。

文科男女若是真心实意地热爱文学，他们的领悟力是具备的；理工男女，若具人文情怀，领悟力也是强的。

清清爽爽的、笑点低的女孩，领悟力是很丰富的；大大方方、热心肠的男生，初具侠肝义胆，他的领悟力胜于常人。

2021.09.15

一个旅行者的梦

好久没有出去旅行了，前年还计划好到广西、广东和四川等地去探望同学好友呢。最近想好了要到深圳、汕头等地去故地重游，看看曾经工作过的地方，结果新冠肺炎疫情一波刚算平息，一波又起了，计划是泡了汤，但还是一直记在心上。

我有时比较享受背上包就出门，奔向车站或机场的感觉，让熟悉的陌生，愈行愈远。我时常面对着地图，想象着到A地，再到B地，然后在C地，于城市抑或乡村，与其风土人情，融为一体。

诚然，旅行者的梦，由近而远，是一种路程的长度，更是个人思绪和情感深度的拓展，比如从雅典、巴黎，再到意大利，寻找的是古罗马的痕迹；到了德国柏林，就一定要到哲人小镇。

德国哲学家康德一辈子没走出居住的小镇，他最远的旅行没有超过100英里，只是到邻镇串了一次门。法国思想家蒙田也是，他一辈子没有几次出过远门，但却对于人际交往认知深刻。他在《论三种交往》中，写明了自己最喜欢的三种交往，一是与正派和能干的人交往，二是与正派的美女交往，三是与书籍交往。蒙田不出门，但几乎每天都不缺少这样的经历。

我赞同蒙田所说的："旅行我觉得还是一种有益的锻炼，见到陌生新奇的事物，心灵会处于不停的活跃状态。"但他却有整整20年待在自己的房间里。

"生活全看我是如何把它造就。旅行者本身就是旅行。我们看到的，并不是我们所看到的，而是我们自己。"（葡萄牙诗人、作家费尔南多·佩索阿语）

我很喜欢费尔南多·佩索阿的这段话，只要存在就行，存在意味着创造。这里的存在不是简单的存在，而是葆有一颗灵魂。

有灵魂才能有想象，有想象才能有创造。"这就是为什么说我想象它们，我就是在创造它们。如果我创造它们，它们就存在。如果它们存在，那么我看见它们就像我看见别的景观。所以干吗要旅行呢？在马德里，在柏林，在波斯，在中国，在南极和北极，我在什么地方可以有异于内在的我？可以感受到我特别不同的感受？"

旅行者本身就是旅行。世界上只有一种确定，就是对于不确定的确定。所以，旅行者的旅行计划，终究是对自身不确定的一种确定。

2021.09.05

总有一种感觉

不经意间，稍纵即逝的一种感觉油然而来。是风，又不是。这是一种熟悉的而又亲切、温热的感觉，它从童年里，从少年里，有些发黄的斑驳的记忆中来，像风一样扑面而来。

下雨天，读书时，坐在窗前，就是这种感觉。那时的书籍纸张粗糙，字迹还好，只是油墨味有些重。空气里流溢着莫名的快乐抑或伤感。书案上有一杯茶，茶气袅袅，茶香浓郁。翻开书页，字里行间，有想象，有诗歌和远方，有期盼和希望。

人约黄昏后的期待，似已渐行渐远。时代变迁，声声慢，不再是心里的挂牵；世间的快车，带走了许许多多的思念。

烙在脑际里的从前，那么深，那么浅，高一脚低一脚的，不经意间，浮现出来，就如时下的秋天，一行行鸿雁，在空旷的天际依稀闪现。

2021.08.30

情趣

我愈来愈感到，情趣是多么的重要。一个人是否有情趣，决定着他是否可爱、好玩。我说对一个人的感觉，闻其言，观其行，如果味同嚼蜡，无趣至极，那可太不好玩。

情趣与性别无关。我以前会觉得一个小女子多么可爱，天生一首诗，上帝的可心的造物，可是现在我觉得有无情趣决定了她的风姿是否迷人。

一个女子，是否雅致，抑或庸俗不堪，就看有无情趣。喜爱文艺的，是有情；热爱生活的，是有趣。她是诗与画的结合，一曲流畅的音乐。

饶有情趣的男子，如诗如画，更是一杯烈酒。他让你亲近，让你迷恋，让你欲罢不能。迷人的风情就在于他有趣的灵魂。

情趣与长相无关。一个人再漂亮好看，也有所谓的爱好，可是他（她）就是在独享，他（她）的语言、情感和思想，从不跟他人分享，这就无趣了。一个人不怎么好看漂亮，可是他（她）随和，随意而又率性，喜悦抑或忧伤，都能与朋友分享，那么他（她）就很好玩，极有情趣。

同样，情趣与金钱无关。有些所谓的有钱人往往没有情趣，或是有了些小钱，就知道吃与喝，把肚皮撑满，别的也干不了，因为不会干。他去旅游，其实不能叫旅，充其量算游，换个地方吃喝而已。他没有审美力，说不出什么美来好来，只说好和美，但好在哪，美又在哪，不知道。

我看人，观其相，寻共情，觅情趣，无论胖瘦俊丑，尊卑富穷，都不重要，抛开俗世的表象，回归灵魂的真相。

有趣的人有五心：童心，纯朴、率直、率意和率性；玩心，给自己灵魂自由空间的放飞；爱心，爱护自己，体恤他人，具有敏感细腻的共情力；痴心，对人和物迷恋、执念和专一，具有专注力；诗心，会欣赏，会审美，懂得和领略诗情画意，具有审美力和联想力等。人有这五心，或五力，则情趣盎然，忙碌中也有休闲，自己能支配时间。只有可怜虫，累死累活只知道抱怨。

2021.07.25

语言

> 语言是唯一的故乡。
>
> ——米沃什

偶尔回到家乡，扑面而来的除了熟稔的风尘，便是叫人耳热心跳的乡音了。

今早电话里问候一兄长，多年的友情，开口轻唤我名，心头登时温热，仿佛一股暖流涌过。经年的浓郁情谊，已化作了亲情。

贺知章说，乡音未改鬓毛衰。吐纳家乡的语音，品尝家乡的饭菜，呼吸家乡的空气，让我这个游子的心缓缓舒展、熨平，如一片春风里绿意盎然的树叶。

应该说，大多离家的人不会改了乡音，即使再长时间未回，也不会改了乡音。有少数人改了，就是说他（她）从此不再说家乡话了，而是操着一口京片子或其他洋腔洋调的普通话，尽管带有一点点乡音的词根。不知道他们是怎么想的，我不是他们，所以我不懂，百思不得其解。有的人改得很快，改得干脆，也改得彻底，好像让自己跟以前决个裂似的，要做个了断和清算。

乡音是直抵灵魂的，好比桥梁，当下连接着过去出生地，让我们知道"我是谁""我从哪里来"。人类最著名的哲学命题的答案就在这里。如果前两个不明白去怎么回答，那这最后一个"我要往哪里去"，估计就更懵懂了。

面对曾经家乡的人，闻其操持异语，不免心生同情和悲悯，没了乡音，他们就像只有半个灵魂在外飘着。回乡的路还在，而且变得更宽了，可是他们的归来却是杳然无期。

2018.09.22

焦虑，不过如此

（一）

一个人的焦虑，不光是平常时间里的局促不安，还有对于事物趋于完美的追求。其实，又何必这样呢？这个世界正是由快与慢，急与缓，好与坏，善与恶，洁净与肮脏，整齐与凌乱，刚硬与柔软等组成的啊。

从来就没有一个绝对的世界，一个人与爱人也是这样，相对的粗犷与细腻，耿直与委婉，小心与大意，甚至邋遢与讲究，喜欢高高在上与乐于低声下气，等等，它们是矛盾，却统一在一起。

没有快，哪有慢？没有好，哪有坏？极善催生了恶，以至于善恶难辨。难辨就难辨吧，暧昧不明和模糊不清，有时胜过锱铢必较和缜密思考。

正如极受欢迎的英国经济学家蒂姆·哈福德所说，如果我们只受秩序驱使，错过的是更广阔的天地，这个世界的杂乱无章、无法测量、不协调、即兴、缺憾、不连贯、粗糙、凌乱、随意、模棱两可、暧昧不明、麻烦、变化多端，甚至肮脏，也是这个世界的组成部分。

所以，不要用一根无形的绳去捆绑自己，松开吧，松开、放下；深呼吸吧，呼吸、透口气。不要那么紧张，放松些、再放松些，直到心底里通透亮堂。

舒畅了，让恐惧见鬼去吧。恐惧自身就是胆小鬼，不信试试，把恐惧就放到光明处，让它自惭形秽。

任何能引起情绪波动的不良念头都会无地自容，因为它任何时候都无立足之地，一时产生了也站不住脚。

2021.05.06

（二）

古代有个杞人，就有着巨大的焦虑症，因为他忧天。周国平先生说他是个哲学家，我同意，不过我不大欣赏这个哲学家，还是因为他焦虑。

我以为，从焦虑范围、焦虑类型和焦虑程度等可以小结出这几种焦虑：职业焦虑、情感焦虑、人际焦虑、身体焦虑和身份焦虑等。

先说职业焦虑。农民和工人的焦虑相对少，商贩的焦虑多，教师比上不足，比下有余。

再看情感焦虑。因分离、孤独、疏远、背叛、叛逆和对抗等情绪，引发的情感饥渴症，就是情感焦虑。亲情、爱情和友情，各有差强人意的时候，有时会很让人焦虑，甚至让人开始怀疑人生。

再说人际焦虑。20世纪的奥地利哲学家马丁·布伯在《我与你》里指出，真正决定一个人存在的东西，绝不是"我思"，也不是与自我对立的种种客体，关键在于他自己同世界上各种存在物和事件发生关系的方式。

"我和你"的关系是"我和它"的关系的实质，以符合天道的内心道德准则去处理"我和它"的关系就是在接近"你"。

（三）

人们的焦虑，我自身全有，轻重程度不同罢了。除了职业焦虑、身份焦虑等少一点，其他如情感焦虑、身体焦虑等无时无地不在影响着我。

所谓身体焦虑，顾名思义，即受伤痛、病残等对身体侵害带来的焦虑。随着年龄日增，肌体一天天老化，代谢功能下降，肢体协调力减弱，心有余而力不足，自然焦躁和产生各种顾虑。

什么是身份焦虑？举个例子，我们每次坐火车，都要刷身份证，人手一证，大家都是有身份的人，我是谁，我从哪里来，要到哪里去，只要在检票机上一刷，机器核验通过，表明正在检票的就是我，不是别人。可是，机器有时也会出现故障，如果核验老是通不过，人们就会浮躁焦虑起来，只好走人工通道，这时工作人员会用肉眼上下左右打量你，他想知道你是你吗？可能弄得你自己也整不会了。

我从哪里来？有的人活了一辈子，可能都不知祖籍在哪里。我是差不多过了半生才知道陆家祖籍苏州南门，可是先父本是中原甚至再以北的人氏托付给一个苏北人抱养的。人的原生地是个谜，人本就是个谜，一切都是个谜，风来风往都藏着谜，历史过往也是，焦虑也是，有名头的没名头的都是。

除了以上几种可名的焦虑，我们还有很多未名焦虑，即莫名其妙的焦虑，一种内心的困扰和挣扎，那是思想和情感以及肉体感官等混杂而生的混合焦虑。

2021.05.11

五一抒怀

我见过学校里搞清洁的阿姨，她们的笑容最为亲切和真实，率直的话语，不加丝毫的掩饰；我见过小区里垃圾集中投放点的阿叔和大妈，粗糙的双手，整理好垃圾和废品，有条不紊，一丝不苟；我还见过手捏钢丝刷，身穿粗布褂，在公厕里做着保洁工作的大婶，温和恬静的笑容，感染和影响着每一个人。

我想到了杨绛，当年她被造反派从文学研究的岗位上揪下来，被罚去打扫公厕。她从家里拿了洗衣粉和肥皂，把厕所里的每一处，都细心进行了擦拭。

杨绛先生从文字搬运、脑力的劳动，转为卫生保洁、体力的劳动，她是那么平心静气，那么从容，真是"举止雍容"。

对这样的人，谁的目光里敢含有鄙夷？最为底层的人民，普通和平凡，但他们的果毅和勇敢，没有谁能相比。

我抒怀，我讴歌劳动者，他们是世界上最美的人，最光荣的人。工人、农民，以及普通得不能再普通的老百姓，却都秉持着一颗金子般的心，对他们，我怎能不肃然起敬？

2021.05.02

确定

古罗马作家老普林尼（Pliny the Elder）说，只有一件事是确定的，那就是没有任何事是确定的。

这世上哪种事物是确定的？没有。不确定的事物，典型的如天气或者爱情。

对不确定的确定可能就是认命。

我确定爱你，但一经说出，又充满了一种不够确定，一种玄机。我不确定爱你，这句话是确定。

你确定爱我吗？从见到我的那一天起？你是否跟我一样，忘记了时间，颠覆了黑夜和白天的概念？

你看，时间也是不确定的。我对说出这句话充满了确定。我活在时间里，又游离于时间之外。

距离也从来没有确定。你我之间是远还是近？远在天边，还是近在眼前？从见到你的那一天起，我就隐隐感到，爱从来没有确定，这一点毋庸置疑。

我对说出这句话充满了确定。是的，对不确定的确定，就是一种人生态度，是一个宿命。

2021.10.23

空谷回音

我的诗文多是写给自己的，至于写给世人的，那是它们的副产品。

就跟葡萄牙诗人佩索阿一样，他唯一爱上的一个姑娘最终离他而去，他终身未娶，可是却写下了大量的爱情诗。他在沉默里写作，在沉默里思考，在沉默里完成自己对自己的告白。一个人真正地爱上一个人，终究是爱上他自己。爱他的心思，爱他的情感，爱他的灵魂的另一半。

其实，佩索阿早就知道，爱情很难。他几乎足不出户，写情诗和情书，还使用很多异名。所有这些与其说是写给情人的，不如说是写给他自己的。他知道，找到这俗世上真正契合的灵魂，那是奢求，对此他早就不抱有太大的幻想。他只是写，只有写。他不指望有什么回音，在这个俗不可耐，但又不得不委身于其中的尘世里，更不奢谈结果。他敢爱，无人能应。曾有过一生中最爱，那这一生中又复何求。

他很知足。在文字里，他结识了好多知己，虽然就是不同的自己，抑或对自己不同时期的认知。这是否就像是一个人，于一定的高处，对着远方的那一片群山，大大小小、高高低低的山峰，喊上几声的空谷回音？

2021.04.02

清风徐徐

这世上没有任何人可以永远沽名钓誉，他（她）的美好的声名与正面的影响，与其优良的品行紧密相连。

无私的巨大的付出，不一定当时就得到回报，但好人一生平安，吃亏是福，众人的称许则是最为公允正义的评判。

相反，小人作祟，巧施伎俩，不择手段，有再多的利益侵占，不知感恩，不觉耻羞，只会让世人为之哂笑。

清风不识字，但清风扑面，知道冷暖。这世间最为奢侈但又最是珍贵的就是清风带来的空气了，清风徐来，心旷神怡。

但我前半生已是清风许久，做够了这清风。清风识字还好，不被"字"欺，但它不识字，所以被"字"要欺就欺。

我想做寒流，有着自己冷静的抉择和鲜明的主张，用摧枯拉朽般的气势，横扫世上一切害人虫，全无敌，敌杀死，死光光。

我经过研究发现，往往于一个集体，一个社团，抑或一个家庭里，有的极为善良，有的就非常邪恶；有的乐于奉献，有的就极为贪婪；有的是英雄好汉，有的就是败类混蛋。

也许这是"道"之所存的必然。正与反，善与恶，好与坏，忠与奸，一枚硬币的两面。相向而生的，是一种背反规律吗？也许有一天，要矫枉务必过正，才能月明风清吧。

2021.03.23

孤独是美丽的

记得多少年前，读过一篇文章，一位坚持参加自考者写的感受，今天中午，突然想起这句话：孤独是美丽的。

我承认，我有时也确实很孤独。孤独是正常的，我以为自己确实应该如此。孤独是不能与他人分享的，一旦分享，就不能叫作孤独了，孤独就不存在了。如果确实能够分享，这个孤独就根本不是孤独，它其实是孤单。

孤独纯粹是个人的一种状态抑或行为，它是安静的，又是躁动的，像静水深流，安静的水面下，是躁动不安的涡流。

你看孤独不仅仅是有沉着的风度，更兼具富有内涵的深度。它不是不屑于去表现，而是知道即使表现了也无人能去理解。

我承认我很孤独。我有时包容一切，有时又排斥所有。我曾经对人不尽地倾诉，以及对事无限地期许，但最终总是失望。

有的人心，临近深渊，即是深渊，而有的人性呢，则如履薄冰，根本经不起时间的考验。阳光就是照妖镜，一切真相都会现形。

我想离这二者远一些，有几次就在想，即使哪一天我真的一无所有了，但我还有丰实的内心以及看开一切，一以贯之的品行。

我知道，孤独是美丽的，它不同于空虚和孤单。有的人感觉很孤单，那是因为他空虚，无所事事，或无所付出，找不到灵魂的去向。

空虚纯粹是肉体上的飘零，它是迷幻一样的虚无，漫无边际、无着无落的，跟梦游魂灵一般。所以，他是孤单的。而我的孤独，与其不可同日而语。我非常充实，即使之前的失去，也带来了意料之中的回馈，那是世人公允的称许。

我的孤独，感觉美丽，他的孤单，人说可耻。我的孤独，远如寥廓宇宙中的晨星，兀自发着光芒，恒久地在那里坚守；近似院落里的春桃，即便只有三五只蕾苞，也殷殷守望春光的到来。那个怒放的时刻，像焚心般的燃烧，会让人世间这小小的一隅焕发出璀璨的光彩！

2021.03.17

天道和人道

我小时候就怕警察。那时候孩子们要是淘气，大人就会说，让狼把你叼走。大人每次都这样说，但狼一次也没来。后来，家长改口说，让公安局抓你，这就让人有些害怕。从前放的电影《黑三角》，就是讲公安人员抓女特务的，那时候警察叫公安。

我现在见警察也害怕。可能电影电视看多了，看《无间道》和《流氓大亨》，我知道，流氓也有好人，警察也有坏蛋。换句话说，警察不都是好人，流氓也不都是坏蛋。

不过仔细想想，警察抓坏人，没什么可怕的，我又不是坏人。可是又想，有坏警察会抓好人啊，所以，还是对警察有些害怕。

相对来说，我就不怕解放军，不但不怕，还喜爱他们，喜爱那一身绿军装，喜爱五角星，喜爱他们整齐的队伍，喜爱他们雄壮有力的步伐。

说起来，解放军对我有恩，在我10岁左右吧，遇上解放军行军借宿，住我家隔壁邻人的房子。在这期间，军医免费为村民看病，我的患有关节炎的腿，就是军医用针灸治好的。

我奶奶常提这事，说解放军好，要报恩，然后每天晚上搂着我，讲关于孝与不孝的故事，说有个小孩子对奶奶不尽孝，不给吃的，还用鸡屎骗奶奶，结果天上打雷，不孝子被劈死了。

我奶奶可真是洗脑大师，她几乎一晚不落，讲这些关于孝与不孝的故事。她适合做思想工作，我小时候的头脑里装满了她灌输的思想。

记得16岁那年，冬天，我从徐州那边的师范学校回来，口袋里装着庆祝元旦联欢晚会上发的牛肉干和糖块，舍不得吃，带回来给奶奶吃，再分给妈妈、妹妹和弟弟。就这样，从小被奶奶培养长大而熏陶出的孝顺、怜悯和共情心，直到如今，还在。

记得刚参加工作那会儿，我在家乡某小学做班主任，带语文课。有一天早上，教职工在做晨操，正好有一位当警察的家长来找我，想了解一下他孩子的情况。我停下晨操，出来接待这位警察家长。这时，其他人都看到了，有个别老头和官太太教师同事，乜斜着眼看我，他们彼此交换着诡异的眼神：看，警察来找"他"了。

这几位官太太，平常里伪善、虚伪，虽为教师，但内心里极不光明，尤是看青年人不顺眼，像我等喜欢抱着吉他唱歌，穿着喇叭裤跳舞的，她们更是嗤之以鼻。

如今，时代变迁，天地早已是另一番模样，但我始终还保有一颗"不安分的心"，是激情，是冲动？抑或不甘心、不认输？也许是对现实不满的一种反应吧。但是，我会始终奉"命"信"道"。我奶奶一生善良，虽保守但正直。她讲故事时，面容圣洁、表情坚定。她要我们信天道，要有敬畏之心，我深深地被她影响。

像警察等掌握国家公权力的人，若是敬畏天道，遵守人道，必会"顺道"；而若是离经叛道，德不配位，则必遭天谴。我说的是个别坏警察。

2021.03.02

姑娘如草

时近三月，江南美景，让我想起韩愈的《早春呈水部张十八员外》：天街小雨润如酥，草色遥看近却无。最是一年春好处，绝胜烟柳满皇都。

蒙蒙烟雨，最令人心醉，烟雨里的草色，忽有忽无，忽隐忽现，忽近忽远，朦朦胧胧的美，缥缈不定，带有一点点的神秘。

如此美景，江南烟雨，细雨小巷，再遇个手撑油纸伞，丁香一样的姑娘。我敢肯定，这情境不仅仅是诗人戴望舒一个人的想往，也是许多男人的日思夜想。

不过呵，现在的好多姑娘，离远看还行，一走近，真是让人失望，若再一张口说话，就真的完蛋了，怎一个俗字了得。

我想到草，茅草、野草、芳草。有人用家花没有野花香来隐喻情人的好。我说用花比喻女人，第一位是天才，再这样打比方，就是，呵呵。

我不想被人说是蠢才。我说姑娘是草，这个叫法是不是新鲜？也确实，遍地是草，剪不断理还乱的茅草，长势还凶狠彪悍，简直是疯长。

前年，在苏北的一个小区门口见到七八个约莫十四五岁的女孩，斜坐在电动车上，一人嘴里叼着一支烟，在路灯映照下，烟头上火星一闪一闪。

从前说，十步之内必有芳草。芳草是什么？香草呵，薰衣草、迷迭香、百里香和藿香，都是芳草。芳草伊人呵，这些芳草不仅悦人心目，更主要是沁人心脾呵。

可惜芳草愈来愈少了。距今两千多年前的屈原在《离骚》里就喊了："何昔日之芳草兮，今直为此萧艾也？岂其有他故兮，莫好修之害也！"

意思是：为什么从前的这些芳草，现在简直成了荒蒿野艾？这难道还有别的缘故？都是不爱好修身洁净所造成的祸害啊！

2021.02.24

苦难的内涵和外延

既见光明，又何须惧怕黑暗？我相信，有多少苦难，今后就会有多少幸福相伴。幸福就在未来的路上，苦难是暂时的考验。

若是这苦难，发生于肉体，包含筋骨，则是凤凰之涅槃。若又是这苦难，发生于精神，好比裂肺撕心般自我挣扎，则是黎明前要挣脱的黑暗。

如果在以前，说这话，连我自己都不信。我也不会说这话。这心灵鸡汤式的话语，我本来就很反感，但是，现在我信了，更加信。

苦难使人性尽显。我乐于交往落难的朋友，以及下台的干部，前者从繁华走向平易和简单，后者去除了面具，不再伪装，真切可亲的面目得到了还原。

苦难，使有情有义之人，团结得更加紧密，情谊更加亲密。毋庸置疑，血管里的热血，无论什么时候，都滋润着一颗滚烫的心。

同样是苦难，无情无义之人，只会与你分崩离析，其冷血和残酷，不符合一个"人"的定义，哀哀怨怨的样子，像极了一个可怜虫。

其实，我发现，不论苦难有多苦，无论苦难又有多难，总会过去的。苦难的过后必是无尽的甜美，正如荆棘丛中怒放的蔷薇花瓣。

2021.03.08

旧识和新知

前几天，和一位同窗至交一起吃饭。他说我善于学习和接受新知识，能与时俱进。我说是的，这一点我不否认。

小女也问过我一次，说和我交谈聊天，能找到共同话题，为什么？她是"00后"，能得到她的认可和首肯，我自然开心。

为什么？是啊，为什么？我自问。我喜欢新生事物，关注新鲜事，有一颗好奇心。我对这个世界时时心生诧异，不由会纠察和诘问。

这个世界上，每一天都是新的，今天和昨天不同，而明天要发生的又会充满不确定性。至于变幻的网络，不断更新的网络名词，让人目不暇接，无所适从。此时，我想到老家院里的那口小井，40多米深，泥沙多，碱大，要想喝上清水，就必须常淘常新。旧识和新知的关系不正是这样的吗？

2021.02.21

三分长相

朋友说，其实文龙长得还蛮好看的，就是不爱打扮。这位胡兄不是胡说，我相信。后来，一照镜子，就想起他这句话。

三分长相，七分打扮，胡兄说的这个意思我懂。我想起他夸我，就有些沾沾自喜。有谁不喜欢人夸呵？我就喜欢，要喜欢好几天。

诚然，人过中年，有些发福，脸型和身材都有些走样，这也是自然规律。人慢慢变老了，这是自然而然的，世上从来没有长生不老的。单口相声演员方清平有个段子说，有一天，人长生不老了，都活几万年了，夫妻之间那些话翻来覆去说几亿遍了，相看也不仅不是两不厌了，而是周围凡是熟悉的换着过都轮过好几遍了。活腻了的就托关系到医院求医生"弄死算了"。医生无奈摊开手说，没办法，要有这种药，他早就吃了。他也过够了。

这当然是个笑话。世上从来无长生不老，人终归要老的。美人迟暮，鲜花一样的美女早晚也要凋落。想想，就叫人有些感慨。

我到底美不美，好不好看，自然不是光胡兄说了算。我自知不完美，看看如今的黄晓明呵，王一博呵，马嘉祺呵，那才叫帅气，我怎好跟人家这些"人精"比外表。

柔美如女子的美少年，在一定层面上，更惹人爱怜。奥斯卡·王尔德是19世纪英国最伟大的作家与艺术家之一，以其剧作和诗歌等闻名，是唯美主义的代表人物。王尔德当时爱上了昆斯伯理侯爵的儿子阿尔弗莱德·道格拉斯，后者是位柔美少年，换作今天，妥妥的一枚"小鲜肉"。

其实，谁爱谁，怎么爱，都是自由的。情人眼里出西施，每个人的眼光不一样，怎一个情字了得。有情加上美感，怎么看怎么喜欢。

老顽童黄永玉在《给孩子的动物寓言》里写道，"小老鼠说，我丑，但我妈喜欢。"他说得真好玩，丑抑或美，真不是哪一个人说了算的。

但是要谈到大众审美，我还真是有几句话再讲，比如小时候盼望穿新衣服，妈妈怕新衣服被弄脏，就找件旧衣服罩住新衣服，你说，能让人开心吗？

旧的套住新的也不是说就不是美了，但确实让人心里不太舒服。正如我买来一盆花，老妈怕水弄湿弄脏地板，用一只塑料袋垫在花盆下头。

老妈是实用主义者，她不懂审美。在她眼里，女子大眼睛、小嘴巴就是美。她应该知道，女子最美在心地，要善良，最好还要有一定的思想。

三分长相，七分思想，有了思想，人的魅力就出来了。思想又从哪里来呢？那就是读书。你读读苏轼在《和董传留别》这首诗的头两句——"粗缯大布裹生涯，腹有诗书气自华"，就明白了。

诗人说在平常的生活之中我们没有锦衣华服，只能身着粗制的布衣，但是这又有什么关系呢？因为在我们读书人的心中有着诸多别人所不知道的知识，而这些知识便自然能够让我们气质出众、光彩照人。

2021.02.14

被子现象学

立夏后，气温较往年不热反而有些冷，这气候跟如今的人一样，都不太正常。

我说的是夜里，还有凌晨。晚上睡下，自然是有些热的，但又不太热。江南雨水多，到处氤氲着雾气，湿漉漉的。

我看不大清夜里的自己，被子盖着多少身体，是一半，还是2/3抑或1/3？谁知道呢？没人注意我，除了我自己。

我在冷热中不断变换自己，不管多少种姿势，横竖、反正都是我。我想到了一个哲学推论：实体、本体抑或裸体，都是一体的。

我想买床夏被，要学学怎么好照顾自己。选择什么样的图案，有点煞费苦心。不过因为色弱，也省去了许多麻烦。有时，模糊比清晰好。

至于重量，要选个几斤几两，有些费思量，轻了好，还是重的妙？不可承受之轻，抑或举重若轻？轻的就冷吗，重的就好过轻？火炉旁不着一丝一缕，保你身体先渗出汗，再冒出油，再再烤个焦脆。身上若是有遮拦，愈厚愈烤不透。多一层好过少一层。被子呢，也是如此吧，好像又不是，因为季节多变换。

对，因为季节多变换。不过，这季节有些乱，乱花迷人眼，一日如一年，一夜有夏寒。这个神经质的天。

2021.05.19

比较

活一天，写一篇，我会尽心和尽力。我不会干别的，我很笨，我就写、写、写。

看到一个姑娘，她很勤奋，为了生计，奔波辗转，我很感动，也有些心疼。

她的行动，激发我要更加努力的冲动。

一个小子，南北奔走，为了生意，劳心劳力，我很钦佩。他的奋斗，使我对劳动者的赞美更加真实和生动。

活一天睡一天，这是懒惰人。活着是为了吃饭，吃饭是为了活着。前者是懈怠者的座右铭，后一句是奋斗者的鞭策语。

我只会写，我不会做生意，更不会去挣大钱。我生来就笨，反应很慢，朋友说我迟钝，是的，往往比别人慢了不止两拍。但是，我不去和人比，我就尽力做好我自己，平平凡凡的。我和谁都不比，更不去争，你是你，我就是我。

杨绛翻译的一首诗，我很喜欢：

我和谁都不争，和谁争我都不屑
我爱大自然，其次是艺术
我双手烤着生命之火取暖
火萎了，我也准备走了

这是英国诗人兰德晚年写的一首小诗《生与死》。诗人不愿意也不屑于和别人争抢，有了自己的追求和热爱，便不会被世俗的眼光所羁绊住，有一种超然物外，傲视群雄的意思。

"您不觉得和别人比较就是在贬低自己吗？我觉得，只是我个人这么觉得，如果一个人对自己的做法很有把握，那么他就不会太在乎别人是怎么想的，也不会想着和别人比较。

"人是独立存在的，是为了自己而存在的。别人怎样对我们来说并没有那么重要，根本就没有必要把他们当作竞争对手，尤其是那些平庸之辈。"

《亲爱的普鲁斯特今夜将要离开》里面的这两段话，我又想引用一次，说得好，很实在。你是你，我为什么要和你比，不去比。

比较，使人产生焦虑和烦躁；比较，会使人烦恼，生出不安。现在人人都感觉累，基本上是和他人比较出来的。

2021.02.28

不合时宜

我不适宜在外讲授，怕他们听不懂，不是我狂妄，真的是这样，因为我的不合时宜的讲话，他们理解不了。

我也不适宜讲话，没开口脸先红。不如写字，一个人怎么想，就怎么写，想到什么就写出来什么，不用那么多顾虑。

不用顾虑太多，起码不用看人的脸色，还要揣摩人家的心思，哪句话爱听哪句话不爱听，煞费苦心。我不想勉强自己。

钱钟书把自己比作下蛋的母鸡，我同意，因为写作真的就跟母鸡下蛋一样，受精、怀胎、分娩，自然而然。一旦有蛋，到时候就下。

如果让母鸡当众表演怎么下蛋，不由得它不想：我今天下什么蛋呢？众口难调，壳厚些还是薄些？还有某些人胃口大，巴望我给下个双黄蛋呢。蛋没下，心就乱了。下个蛋本是自自然然、顺其自然的本分和本能，到这里却成了愉悦大众的表演秀，甚而满足了某些人的窥探癖。大众可能要的就是一种满足，满足于刺激，满足于新鲜感，满足于过把瘾。我又不是人来疯，我无法满足他们。

2020.12.13

我们的孩子

黎巴嫩诗人纪伯伦说："你的孩子不属于你，他们是生命的渴望，是生命自己的儿女，经由你生，与你相伴，却有自己独立的轨迹……"

孩子的心，是一颗颗露珠，透明、纯真，但也娇弱，一张张笑脸，是太阳映于其中的光辉；泪挂腮边，是风雨侵袭之后的无助的无声呐喊。

孩子属于我们，是我们所哺育，需要我们陪伴，那一颗颗露珠般的敏感的心，一个个最纯真的灵魂，一张张最璀璨的笑脸，是上天给我们的最好礼物。其实，他们是你的另一个自己。孩子的心，与你心心相印，你感觉到了吗？岂止是心，你的一颦一笑，你的一举一动，甚而喜悦抑或伤心，无不联系在一起。

2020.12.08

真善美

这个世界的本质究竟是什么？求真？真又是什么？是理抑或气，是有抑或无，是好还是坏？众说纷纭，莫衷一是。

现象学、新现象学，还有其他，背后要揭示的又是什么？维特根斯坦说，能说清楚的就说，不能说清楚的说不出来的，就保持沉默。

形而上学究竟又是否具有高深的意义？是窥其堂奥还是故弄玄虚？是叫人柳暗花明还是让人山重水复，不知东西？也许，愈是想明白想赋予意义，反而愈是陷入无所理喻的境地。

荀子的性恶论与孟子的性善论，二者并非对立。我以为，人心还是向善的，所谓性恶心善，人的兽性作祟，使人做出不人道的事来。

恩格斯、毛姆以及弗洛姆等对人性的复杂性作过分析，国学大师诸人对此也多有论述。古往今来，中西比较，人性里的人性，以及兽性，交合争斗，而指引人向上向善的则为神性。于此基础上，产生了对价值观的思考和判断。蔡元培说，以审美替代宗教。一个国家无有信仰，天下纷乱，熙来攘往，失去了方向。

一个家庭呢？一个人呢？缺失了对美的对好的追求判断力，纷纭扰攘，是非争执，更会迷乱方向，这已经不是信仰不信仰的问题了，而关系到向前和向上的进步以及提升。

2020.11.30

金钱的概念

有人忘记了金钱是为人所用的，它是工具。人是人，人不是器，不是工具，永远不是。被金钱追迫着走的人，已经沦为工具的工具。

挣钱看能力，只要你钱来得路子正，证明你能力确实强。花钱看素养，一堆钱，不知道怎么花，也可怜。吃也吃了，喝也喝了，但食欲也是毕竟有限的。

怎么玩，玩什么呢？周游世界？知识有限，就看到高楼的高，广场的广，大厦的大。古老的古呢？美丽的美呢？诗情领略了吗？画意鉴赏了吗？可怜的人，独少了一颗审美的心。

视金钱如粪土，说说容易，做起来很难。但是，我知道有一个人做到了，他就是维特根斯坦。对待金钱的态度，谁都比不上维特根斯坦。

直到今天，乃至以后，对待金钱的态度，恐怕也难有人能出其右。他的做法令人百思不得其解，竟然把应该继承的几亿欧元的家族遗产部分放弃了，部分散了出去。

路德维希·维特根斯坦（Ludwig Wittgenstein，1889—1951）又是谁呢？他出生于奥地利，后入英国籍。是哲学家、数理逻辑学家，语言哲学的奠基人，20世纪最有影响的哲学家之一。

维特根斯坦家族是欧洲最显赫的豪门家族之一，有着超过数百年的悠久历史，其家族产业遍及钢铁、铁路、轮胎、金融和建筑业，对整个世界的影响更是涉及政治、经济、文化和哲学等诸多领域。在世界近代史上，除了罗斯柴尔德家族以外，还没有哪个家族的影响力能够如此之大，如此之广。

这位伟大的哲学家被很多现代研究者认为是一位与康德并肩的人物。他在哲学上的贡献是很多哲学家毕其一生之力也无法达到的。他对哲学的信心和用力非常决绝，正如放弃继承财产非要再给自己签个"永远放弃不准反悔"的字句那样坚决。

早年的维特根斯坦深受托尔斯泰影响，把苦难当作自我救赎的机遇。在一战的战场上，他一度拒绝晋升，后来又要求上级将他派到最危险的地方。1916年，他如愿被派去死守一座常遭敌军攻击的瞭望塔。他说："和死神贴近些，也许会给我的生命带来光亮。"

战争结束后，维特根斯坦继续着自己的圣徒之路，他完成了"经济自杀"，将父亲遗赠的财产散尽，一部分给了哥哥姐姐，一部分给了艺术家们，包括建筑师卢斯、画家科柯施卡、诗人里尔克等。他当过助理园丁，晚上睡在大棚里。后来，他去山村小学教书，穿着旧军装给孩子们讲建筑学、植物学和动物学。他从维也纳带去显微镜，做了台蒸汽发动机，甚至想给小学生讲高等数学。再后来，他独自到靠近大海的山上盖了小房子，远离人群，埋头搞起哲学来。维特根斯坦的举止，让人们想起了哲学史上另一位圣徒斯宾诺莎，后者放弃了贵族头衔，靠磨光学镜片为生。

一个像他那样的人，能否过上一种良好的、充满意义的，也就是幸福的生活？光是这个具有决定意义的问题就始终折磨着维特根斯坦，使他内心充满怀疑。现在他变成了个赤贫的男人，开始了他的"心满意足的不幸"。你看，他为了"幸福的生活"，放弃了价值几亿欧元的财产，情愿靠着微薄的薪水、亲友的馈赠和救济来维持生存。他无有固定的住房，直到临终，还是借住于一位好友医生的家中。

维特根斯坦对于金钱的理解，一是将之看淡，简直不值一提；二是为我所用，使之发挥最大意义。在这一思想基础上，他把毕生精力都献给了他最钟情的哲学事业。

2020.10.23

犀利之外

前几天，有两位朋友先后跟我说，也写写我吧。我笑笑说：还没到时候。他们说我最近微信朋友圈里写的东西很是犀利，得罪人啊，你怎么也敢写。

是啊，毫不留情面，当然当事人读来不爽，应该不太舒服，所以，借此机会，我先跟你说声对不起，是我引起你的不安，我跟你道歉。

其实，我也从不放过自己，写别人虚伪，我也不例外，我也说过违心的话，做过违心的事，虽然少，但也足以引起我的不安。但我对自己愤怒之外也有过歉疚和谅解。

在面对雅典人即将处死自己的命运时，苏格拉底向所有人宣告："未经审视的生活不值得一过。"愚蠢的雅典人不珍爱自己的智者，情愿浑浑噩噩过着猪狗一样的生活。

智者总是伴着思考过活，思考已然成为一种必不可少的生活方式。推己及人，在审视自身、寻找自我、改善自我的同时，他在关注与自我发生关系的周遭环境，人和事。

我不及智者，但我深知与之的距离，有时觉得近在咫尺，有时又感觉遥不可及。我既不沾沾自喜，更不沮丧灰心。我忠实于自己的心灵，于日常生活中能不时回归内心。

之所以如此，我要感恩我的亲人和友人，还有素不相识的陌生人，他们带给我很多很多的不一样不一般的感受。除了感恩，当然也有一些不被尊重不被理解的郁闷。

可是，我更感激我自己。我的优点和长处，自然不值一提，因为已然化为抵御和对抗外界生活的力量。我的不安来自对外界人和事的敏感。

2020.10.12

幸福的定义

到底什么是幸福呵？幸福的滋味究竟是怎样的？对于幸福这个概念，每个人的认知和理解程度应该不尽相同吧？

我想起小时候，我得到的每一件玩具——塑料娃娃、万花筒、铝制小飞机、摇晃脑袋的皮制小牛——都带来了满满的幸福感。渐渐长大后，纸牌、玻璃球、洋火枪又成了最佳的玩伴。

再后来，老师的表扬，同学投来的羡慕的夹杂着嫉妒的目光，心仪的女生偶尔的惊鸿一瞥，晚自习后悄悄摸到橱窗前看自己张贴于光荣榜上的照片，这些更能带给我幸福感。

由从前的斥责和责怪，甚而体罚，父亲慢慢转变了对待我的态度，我开始了平等对话。我和他几乎并肩走在大街上，他指点着比画着，让我观察各色人等，这个大概是我对社会学认知的肇始吧。

海德堡大学哲学系教授安东·科赫说："幸福是得到你一直追求的东西和目标，但因为目标总是在未来，而我们总是活在当下，所以不幸福是人性的基本设定。如果我们能到达时间的终点，并且留在那里，是否就会永远幸福呢？"

我以为，幸福是个体对外界事物在内心产生影响的一种感受方式，抑或一种生活态度与个体所独有的世界观、价值观、人生观和爱情观等。

德国诗人荷尔德林的幸福观是这样的："某一种对更美好生活的向往同样也对我们内心的幸福感产生强大的影响。"就如移居江南小城，时时体味岁月静好的幽雅，这种幸福感，我与陶渊明与有荣焉。"昔欲居南村，非为卜其宅。闻多素心人，乐与数晨夕。"（陶渊明《移居二首其一》）在《移居二首其二》里，陶渊明又抒胸怀："春秋多佳日，登高赋新诗。过门更相呼，有酒斟酌之。农务各自归，闲暇辄相思。相思则披衣，言笑无厌时。此理将不胜？无为忽去兹。衣食当须纪，力耕不吾欺。"

做快乐的事，快乐地做事，安居乐业，小富即安，每每心中感受到"小确幸"，这就是幸福。

古希腊"七贤"之一、哲学家、诗人和政治家梭伦对于幸福的定义是这样的：中等收入（财富）、没有疾病、心情舒畅、有好儿孙和寿终正寝。

其实，咱们国人也讲究的五福恰好与梭伦对幸福的主张有不谋而合之处，这五福是长寿、富贵、康宁、好德和善终。五福俱在，当然是最为理想的状态。

我以为，幸福是一种"现在的""当时的"状态，但它是动态的，非静止不动的，一潭死水显然不是"幸福的"。所以，幸福又是一种能力，为了"幸福"而"幸福"的内驱力。哈佛大学教授泰勒·本·沙哈尔曾在哈佛《幸福课》上讲到，幸福其实是一种能力，是一种方法。

幸福应该是人使自身的存在的意义得到彰显，呈现出较为圆满的状态。幸福是生命意义的证明。

2019.09.10

静美

我喜爱这种感觉，我承认，我在独享，就是现在，一场骤雨过后，墨绿的叶在灯光下泛着亮。欧式躺椅，卧于这路灯下，安静而又独立。

太阳能路灯感觉不同于其他，带着太阳的光和热，把它的能量延续和传递到这个夜晚。它试图能够看透斜倚过来的那棵青春石榴。是的，它还未成熟，正在雨水中酝酿着生命的秘密。

香椿枝叶也显婆娑，长长的叶片上滚着水珠，在灯光下招摇。

你看这一切是多么静美。我想起心上人微微抿起的双唇，以及恬淡温和的面容。我的爱人，安静而又祥和。她是简单的，是素净的，是静怡和美的。

多么难得的时刻呵，除了心与心的律动发出的声音，万籁俱寂，神我合一。这一切都发生在一场不期而遇的阵雨之后，自然而然，没有任何预设。

在你的静美面前我能变得如此和平，不仅毫无叛逆，反而愈加通情达理，对万物生起怜悯之心。

静美的人，具备一颗静美的心和一双静美的眼睛。我甘心永远守望着，秉持着，在静美中感受生命的真谛。

2019.07.25

远的和近的

年纪愈来愈大了，远的反而近了，感觉愈来愈清晰；近的反而变得陌生。这个年纪了，不会去刻意吧，顺其自然，距离不再是问题，我们的目光足够逾越所有的距离。

我所有的爱，此刻毫无保留，从不吝啬任何一个，不求回应，哪怕无动于衷。我的内心，感觉着你心声的律动，我的亲人。

空无的心境，了却的时空，我怎样去寻求那永恒不变的感情定律？

远和近，大和小，模糊和清晰，包括其中的爱以及痛，还有回味的苦涩，淡淡的甜蜜。

我的爱，我的亲人，既不远，也不近，或是心牵梦萦，或是瞩目星空。

永远有一双眼睛，忽远又忽近，于经年迷云中透出光曦。

2019.07.18

担当

我看不起没有担当的人。这样的人，是软骨头，是扶不上墙的泥巴，是墙头草，随风倒。我也曾接触过或交际过或正在交往着无有担当的人。一个人，担当非常重要，尤其是男人，担当应当成为其做人处事立世的根本。

举个简单例子，他和同伴们一起出门，同伴在外遇事，他一看，跑得比谁都快，脚底抹了油一样，生怕沾上事。这种人无谓担当。

无有担当的人，是机会主义者，满脑的小农意识，他善于见风转舵，他与坏人恶人为友，甚而一个鼻孔出气，为的是图个机会拣个便宜。他这种人，会在关键时候置亲友不顾，只想着自己能否得到好处。

担当是一种责任，对自己的关注，对他人的呵护。担当，不是说说就算的，有时要付出代价甚至牺牲，而且是长远的，自始至终的，因为担当是爱憎分明的，它绝不是"乡愿"，好坏不分。

和稀泥做老好人产生的危害，有时很坏，它往往迁就和纵容了坏人或恶人，却对好人造成了一定程度的伤害，最后会带来亲者痛仇者快的不良局面。

孔子说的"乡愿"，就是好好先生，貌似忠厚而其实没有原则。他谁都不得罪，譬如他看到有人吵架，就说你们都不要吵了，你们两个都对。

傅佩荣教授说，这种息事宁人、做和事佬的态度将导致是非善恶不分，只想着大家凑合着继续过日子算了。这个乡愿是不真诚的人。

担当无谓豪言和壮语，更不论花言和巧语。凡明智、大智慧的男人，见多识广，他却甘于平常低调，比如我"认识"的许多大师朋友，他们说话少，就如四季不言，自行运转。他们的担当即实干。

北京大学哲学教授金岳霖先生，在某天请朋友们到酒楼一坐，众人正纳闷揣测金请客为了哪端，金岳霖一脸正经地说："今天是徽因的生日。"其时林徽因已过世多年。闻此言真是令人唏嘘。

担当是一种大智慧，是胆魄、是气度、是仁义礼智信。梁启超在《中国之武士道》里列举了春秋战国时代之英雄谱，其中孔子居首位。在梁任公看来，"儒学"和"道理"是武士道之核心。日本人新渡户稻造在《武士道》一书中阐释了武士道的核心即是"义"。武士道的哲学意味所要表达的宗旨就是：仁义礼智信，即仁爱、果敢、礼仪、智慧和信义等。

担当与外物比如财富、权势和地位等无关。有人财富再怎么丰盈，他却无有担当；有人有权有势，为一方权贵，但也没有担当。他们德不配位。

担当意味着一种道和理。遵循道和理，即有良心和良知，无论卑微抑或高贵。拯救一个民族和疗愈一颗受伤的心是平等的，同样的贡献，完成了同一个使命。

所以，担当无论大和小，对万物有一种与生俱来的情义，包括对天对地，对草对木，对山对水，对人对物，对你热爱着的每一个人，包括对你抚养的一只小猫，你的脚边匍匐着的一根小草。

社会地位高本可以有更大的担当，有人却不是这样，他惹来骂声一片，因为他德不配位。能否担当与地位高低似乎又关系不大，所谓身份低下的人却勇于和敢于担当，他的品质和人格因担当行为而熠熠生辉。

2020.08.04

孤独

我承认我常常孤单，尤其是在夏日的雨夜，闻雨点叩击窗扉，仿如离人于月夜骑马走在青石板巷发出的嘚嘚的渐行渐远的马蹄声。

孤单关涉情感层面，它介于思想与肉体之间，属于感情需求，不及的呵护，不到的理解，都是构成孤单的要素。

如果说我孤单，我想不是孤僻就好，只是因缘不能际会，我有我的前程，你有你的方向，我们不在一条同一的路上。

孤单，降格以求，可能就是寂寞了，而寂寞的前提是空虚，这多是涉关生理层面的。我冷，我苦，我痛，滚滚红尘，我感觉似是绝路。

谁抚我不冷，叫我不苦，让我不痛？我不知道。我还是我，我还是独自品味尘世生活中的孤掌无鸣。

我无有强烈的孤独感，尽管从表面看，读书是孤独的，习字是孤独的，思考是孤独的，甚而谈笑也是孤独的。

终究，孤独是思想上的，无关无切，无痛无痒；孤独是痛苦的，但又是快乐而又自足的。

究竟人来到世上就是无功而返。但是什么又是"功"呢？那个内在的渴求，无人能够释解和满足。

2020.07.21

母鸡下蛋

我写作，如同母鸡下蛋，有蛋就下，至于大小，俊丑还是胖瘦，甚而单黄双黄，可不是我能决定得了的。

我都爱它们，毫无疑问，毕竟是亲生的，不是别的，是我自己的蛋，没经过人工的手。它是纯的、原生的。为了它们，我当然也用了全力。

人们拿去欣赏，乃至品尝，至于美学效果，味道如何，就不是我的事了。萝卜青菜，各有所爱，仁者见仁，智者见智，众口最为难调。

但是，有一点我敢保证，我这亲生的蛋，是健康的蛋，绿色天然、无公害的。我不喜欢人工合成，下蛋就下蛋，搞那么多事干吗，不似有的鸡，弄那么多事，先研究要下什么蛋，煞有介事的，多大、多小，皮厚、皮薄。有的鸡研究一辈子单黄双黄，就没见其下几个像样的蛋。

还有的，没下蛋，先吆喝来一大群鸡，大鸡小鸡老鸡幼鸡，听说还有名鸡，资深名鸡，总之是一大堆鸡。然后，主持鸡开场白：为什么要下蛋，下蛋的社会影响及其深远意义云云。接着，资深名鸡致下蛋辞，主名鸡宣读下蛋规则和程序，次名鸡介绍主角：今天要下蛋鸡的生平简介以及光辉历程，然后就开始下蛋。全场瞩目，下蛋鸡的脸更红了，本来就憋得慌，再使劲也没见屁屁那里有动静。半晌午过去了，主持鸡宣布：主角身体不适，需要休息，可是话音刚落，只听一声闷的屁响，一个软皮蛋蛋滑将下来！

人间童话《下蛋鸡的故事》叙述至此，听说还有伏笔有彩蛋：那日的主角下蛋鸡，因为肚肚不争气，产了软皮蛋，羞惭难当，忙请资深名鸡助阵忽悠说：软皮蛋也是蛋，难得的软皮蛋！

有人吃了蛋想认识一下母鸡，我觉得无此必要。钱钟书说："假如你吃了个鸡蛋，觉得不错，何必要认识那下蛋的母鸡呢？"不就是回绝想认识一下他的外国女记者吗？

这位美国女士读了学者钱钟书的书，十分敬佩，要登门拜访。钱钟书在电话中对她说了上述的一番话。我以为他说得在理。只要觉得蛋好吃就行，没有必要认识母鸡。

安心做一只母鸡，安心下蛋，吃自己吃的，想自己想的，唱自己唱的，下自己的蛋，一般无事不乱跑，更不指手画脚，妄评他鸡的蛋蛋，那与己无关。

全心全意下自己的蛋，让别的鸡说去吧，多下蛋，下好蛋，是非功过，让后来鸡评说。人生如逆旅，鸡程多坎坷，珍惜复珍惜。时光很短，光阴似箭，但（蛋）争朝夕，不长吁短叹。

2020.06.14

爱情的哲学

爱与不爱，都不是你和我去决定，是由一种叫作"爱情"的来判断亲密抑或疏离。

我看见我的爱，于灯火阑珊处，或是记忆的斑驳之处，在那不由谁来确定的时间，以及未曾确定的地点。

也许，与爱情从未曾谋面，但我知道，真正的爱情一经说破，虽然多日心中的积郁如释重负，但亦如泄了气的皮球，顿时失去了勇敢活跃的内力。

经年未遇爱情，正如荒废已久的田垄，或泥质板结，或土壤稀松，暴雨抑或细流都无法释放内心的块垒，此时很渴望一场春风，带来岚雾中的蒙眬。

我也曾梦见我的梦，或是遇见，或是错过，或是渴盼，或是失落。梦里还是梦外，似乎不由得我自己去主宰。

2020.05.23

我的国

我不是王，但我拥有一个国。我的国度里，山河水草，雄壮丰美，稻田边水车在旋转，小溪里少女在濯足。

对于每一位造访者，我都拱手欢迎，这里所有的一切，对于他们来说，都新鲜无比。我也并不感到平淡无奇。

我亲手缔造每一寸土地，打造每一处风景，山川河流，田垄沟渠，茂盛的树木，葳蕤的蔓藤，漫坡遍野的疯长的草花，无不相映成趣。

我的国度，那位小溪里濯足的少女叫作"诗"。她的眉根，她的发际，无不透出娇羞和妩媚。

我爱她的活泼灵动，她的翩翩俊俏的身影，与其周边风景，相得益彰。她的歌声美妙悦耳，闻之动情。我爱听。

溪边洗衣的妇人，我唤"哲"。她虽显老态，但风韵犹存。她忽而坐下，忽而立起，坐在那，凝神专心地翻转一件件新旧布匹，倏忽立于斯，则展眉舒心，衣袂飘飘。她的目光如炬。她的举手投足，既有大家风范，又兼小家碧玉。我爱看。

那座美丽芬芳的花园，鲜花璀璨，馥郁袭人。凉亭下和风习习，一妙龄端坐抚琴，纤纤玉指，轻抚琴弦。她是哲的表亲，虽貌不惊人，但也眉目清丽，婉约多情，尤为心地善良，体恤他人。我爱称她"欣"。

我的国不大，但也无明标的国境，因为跨越了时空，逾过了种族。不以肤色来判别，更不以血统来区分。

2020.05.24

诗人与天才

真正的诗人，应该是与天命连在一起的，他在尘世上以人的形象示人，可是却是神一般的存在。

昨日偶读佩索阿的《阿尔伯特·卡埃罗》，书中说："只有散文能够修改，诗歌从来不可补救。""我的诗句是自然的，因为它们就是这样写出来的……追求韵脚与节奏的诗歌是狗娘养的，不合法。"

我记得柏拉图好像也说过类似的话。诗歌不可修改，凡自然流露出来，必真心实情，真情实感，一经修改就烙上了矫饰和伪装的痕迹。

兰波是，海子是，顾城是，骆一禾是，张枣是，我所认识的许卫球也是。在他生前，他也多次为诗作被迫修改而苦恼和愤懑。

"一位不为人所知的天才可以尽情享受无名与天才两相对照而带来的微喜，而且，当他想到只要他愿意便可成名，他便可以用他最好的尺度，亦即他自己，来衡量他的价值。"

卫球兄不曾出版什么诗集，只是零星诗作发表于《星星》和《扬子江诗刊》等，但是这用生命谱就的诗章，带着热量和光芒，永存于这世上。

在《只有散文能够修改》中，阿尔伯特·卡埃罗还写了一首诗，可以清楚地读到诗人对出版的看法："如果我年少夭亡，不曾出版一本书，不曾看到我的诗句印成铅字。如果你们因为我的缘故而忧伤，我恳求你们不要忧伤……但是它们不能因为美丽而等待刊印，因为根须深埋在土地下，而花儿盛放在空气中与目光前。必须用力才会如此。没有什么可以阻止。"

佩索阿发出过"成为诗人不是我的野心而是我独处的方式"的心声，许卫球以诗的方式来表达生活，甚至活得就是诗，半生为诗，他写道：

"并非全家老小的整体迁徙，如东非角马踏过马拉河，奔向湿润之地，又非帝王蝶那番悲壮，用五代之躯完成一次轮回。更多是分散各地的兄弟姐妹汇聚于树根一般的老父母，而家在哪里，似乎只是个价格问题。""潮水般的人群也涌向名山大川，他们从来都是与神仙一起过年。我这样的一如往常，在无人街想到和谁打个招呼。想到一些过于忧愁的人，从不愿离开老家的娃。"（许卫球自选诗N首之《春节》）

佩索阿塑造的导师卡埃罗教导门徒与读者：不需要为应该是没有是的一切感到担忧或难过。从某种意义上来说，正是生前的无名成就了诗人的名声。

"他落寞地生活，无名地死去。在神秘主义者看来，这是导师的特征。"如卡埃罗一般的无名与落寞，是诗人佩索阿的殷切期望，唯有如此，他才真切地体认到自己的天才，并在现实中以肉身的形式成全导师的形象。

佩索阿生于1888年6月13日，卒于1935年11月29日。近一个世纪后，许卫球生于1973年12月27日，2020年4月15日去世。其人生定格于第47个春秋。短暂的人生中，他可曾洞悉神灵般的内心存在？这个神秘主义者，诗人的化身，存在主义的信奉者，孤独、落寞、寂寂无名，但渴望内心自由。他给世人留下了谜一样的追问。

2020.05.31

论爱的自由

我的爱，当然由我自己决定。我可以根据感觉和认知，决定爱的远近。如果，我看着你，就快乐无比，那么这可能就是最佳的距离。

我是一个存在主义者。在爱的自由上，我毫不吝啬。尽管经历过荒诞和无趣，但我还是相信爱。只要爱，就会爱。时间应该不是问题。

看着爱情一个个远去，也是替她们真心高兴，毕竟未曾言及，爱还不著一个字，反正又不是我一个人伤心。伤心的知己，更为难得。

其实，爱情的事实一旦木已成舟，爱的成分还有多少，真是值得怀疑。我倒觉得，立于乡村的田边，想象着丰收的稻米，浓烈芳香、馥郁四溢，这种感觉倒更像是爱。

2020.06.02

论天才于俗世里的几种形态

我并非天才，但我能感觉到天才的存在。天道和才情集于一身的，毕竟少之又少，但我能感觉到。

在这不堪的俗世里，我看见天才以平凡的面目混迹于人群中，带着上天赋予的才情和道义，去做工，去恋爱，去交友。

司空见惯的是平庸的人群，熙熙攘攘，衣着朴素而又随意，于街衢闹市，或于茶肆酒馆，高谈阔论，指点人生。

至于另一种人类，则为装腔作势者，以为高人一等，穿着体面的衣裳，言谈举止间诠释了虚伪和伪善，貌似指点江山，其实在招摇撞骗。

而天才则避于一隅，他于生活中困窘透顶，不合时宜的谈吐常惹得世人讥笑或冷嘲热讽。

我不属于天才，但也不同于那类人。我以本我过活，自我反思，用超我去克服身上的累赘和担负，更不用说神性的指引和昭示，则是我的另一半闪耀的光辉。

2020.06.07

女子如诗

自古女子即为"好"，好女子就是好上加好。孔子说，"唯女子与小人为难养也，近之则不逊，远之则怨。"对此我是保留至少一半意见的。他说得太为绝对。

好女子让人如沐春风，很是养眼。我指的不光是指外貌，而是气质，内在的素养。好女子，一举手一投足，就是一道美丽的风景线。若是她再善轻歌曼舞，吟诗诵词，则为女神。自古英雄不爱江山爱美人，其实，他是借着这爱，给自己一种情怀，一种慰藉，以及爱这世界的勇气。

男人无一不爱妙龄女，但女人容颜易逝，"凝眉枉对小轩窗，理云鬟，贴花黄"，但女人哪能光靠补妆留住芳华？妆补、食补、药补，只为伊人。女为悦己者容吗？也不全是，她不为顾影自怜，为的是找回那份信心，曾经沧海难为水的那种决绝的勇气。

有谁会想到"补心"？比如，一颗诗心。国学大师顾随先生的得意弟子叶嘉莹女士，历经战乱磨难，流浪辗转，就始终保有一颗诗心，一颗健康的灵动的诗心。

叶嘉莹先生被邀至《朗读者》这个节目，虽已年过九旬，但依然气质高雅，端庄大方，精神矍铄，给人们留下了非常深刻的印象。她本就出身书香世家，热爱古典文化，唐诗宋词元曲，传统文化的因子浸淫于她的血液里，她的生命中，"一生都与古典诗词谈着恋爱"。

叶嘉莹先生就是这样葆有一颗鲜活滚烫的诗心，从海内走向海外，又从海外归来，为延续中华传统文化的薪火，不懈努力。她曾荣获2015—2016年度"影响世界华人终身成就奖"与2018年"最美教师"称号。

好女子如叶先生的，再有杨绛，"我和谁都不争，和谁争我都不屑；我爱大自然，其次是艺术；我双手烤着生命之火取暖；火萎了，我也准备走了。"杨先生心中默念着兰德的这首诗，被革命小将造反派剪成阴阳头，罚去擦洗厕所。她一边细心地清理马桶上的污垢，一边翻译《堂吉诃德》。她的脸上云淡风轻，无有怨恨。她有一颗诗心，对生活的热爱，如同一束荒原上的火苗，愈燃愈烈，又如暗夜里的灯，照出一片光明。

好上加好的女子，即非平常女子，而是伟女子了，不能平视，要高山仰止，我敬佩之。女人如诗，这是多么旷达开阔的心地才有的辽远清高的境界呵。

2020.06.15

女人如花

都说女人如花，就为了这句话，我对女人深表同情。之所以要这么说，一是因为我天生就有难得的同情心，不光对女人，还有万事和万物。

再有呢，我以前就说过，男人的一半是女人，我这不是随便说说的，亚当和夏娃本是上帝用一个泥团捏成后，一分为二的。所以，对于女人，我也有着可贵的共情心，比如她流着泪，我的眼里也汪着水；再比如她抽口烟，一仰脖子一杯酒干个底朝天，我一下子就认定她是我的好姐妹，更是好兄弟。

其他呢，说起来我就有些心里隐隐作痛了。女人容颜易逝，第一个说女人如花的天才该杀，因为他打的这个比方太真实了，真实得太残酷，太无情。

说起花，不知怎么的，我想到樱花，絮然的一生，凄美的结局，若有武士陪伴，倒也不枉虚度，不会寂寞，静默里凋零，兀自枝头溢发芬芳。

可怜一世英雄，遇美人迟暮。2000多年前的屈原就感叹"惟草木之零落兮，恐美人之迟暮"。屈大夫是感叹郑袖的美姿流转，悄然消逝，还是怀恋楚怀王的隆恩浩荡，寸断柔肠？

世上没有哪样东西能够留住，永远保持原样，什么都留不住。女人如花，花开花谢，春去秋来，多少零落，多少飘逝，又有多少芳香如故？

2020.06.15

自由的荒谬

你仔细看看动物，一只猫，一只狗，一只鸟都行，或者动物园里哪个庞然大物，如美洲狮或长颈鹿！你一定会看到，它们一个个都那样自然，没有一个动物发窘，它们都不会手足无措，它们不想奉承你，吸引你，它们不做戏。它们显露的是本来面貌，就像草木山石，日月星辰，你懂吗？

——黑塞《荒原狼》

看乡下邻居用木棍把试图钻出塑网的鸡的腿砸瘸了，她以为她比鸡还自由，可她不知道，在鸡的眼里，除了愤怒，还有鄙视：身为人类你们同样被圈在更大的网里。

动物园里也一样，人们观赏着动物，岂知也同样在被动物们观赏。

何为自由？何为真实的自由？真正的自由远远超乎人们的想象。中外古今，人们从未停止探讨和思考，甚或毕生追求着自由。

歌德说："一个人只要宣称自己是自由的，就会同时感到他是受限制的。如果你敢于宣称自己是受限制的，你就会感到自己是自由的。"

西塞罗是古罗马著名政治家、演说家、雄辩家、法学家和哲学家，他对于自由有着自己深刻的体悟："谁因为害怕贫穷而放弃比财富更加富贵的自由，谁就只好永远做奴隶。"

费斯克说："思想的自由就是最高的独立。"世人无有不渴望和向往着自由。

爱的艺术大师弗洛姆对"自由"的阐释是与"自我意志"连系在一起的（注意是"连系"而非"联系"）："意志是自由自在的，人实现了他的意志，也等于实现了他自己，而这种自我实现对个人来说是一种最大的满足。"

"为了享有自由，我们必须控制自己。"一代才女伍尔夫发出喟叹。她到最后终于没能控制自己，或者说，又是最好地控制了自己，让自己永远地摆脱了焦虑和生活的桎梏，留下这句发人深思的话语。

我喜欢途中逗留火车站广场或候车室，或读读书，或看看人，都是自由的，尽管，时间是有限和固定的。

从大的方面来讲，人类貌似自由的，可是在时间面前，却永远是囚徒，这一点，谁也不能否认。

《降临》与其说是一部科幻电影，不如说是一部哲学电影，关乎自由意志、宿命、轮回、悲剧、顿悟……我们相信我们是可以选择的，是拥有自由意志的。

然而，任何人都无法挣脱的一个枷锁是时间，在这个由过去、现在和未来构成的永恒深渊里，我们只是可怜的囚徒，我们什么都不曾拥有。

"如果你能看到自己的一生，由始至终，你会做些改变吗？"影片结尾，路易斯问她未来的丈夫。

2018.07.09

经事

思接千载，我自觉古人伟大之处就是把好多道理都说透说破了，今人明理者，自知之明，莫不是经事后悟出来的。

不识好歹之徒，若少不更事。其实，童心可贵之至，又至纯至真，孩子们可没经历过什么事呢。世事洞明皆学问，人情练达即文章，人的一生就是从求知到实践，再回到反思。

孩子的成长过程，即为经一事长一智，在挫折和教训中成长，收获了观察力、分析力和判断力等，以及不屈不挠的意志、坚定的毅力和持久恒定的耐心。

偶读唐代刘禹锡的《酬乐天咏老见示》这首诗，颇有感慨："人谁不顾老，老去有谁怜。身瘦带频减，发稀冠自偏。废书缘惜眼，多灸为随年。经事还谙事，阅人如阅川。细思皆幸矣，下此便翛然。莫道桑榆晚，为霞尚满天。"

翻译成今天的话去说，是这个意思：人谁不害怕衰老，老了又有谁来怜惜？身体日渐消瘦衣带也越收越紧，头发稀少戴正了的帽子也总是偏斜到一边。不再看书是为了爱惜眼睛，经常用艾灸是因为年迈力衰诸病多缠。经历过的世事见多识也就广，阅历人生如同积水成川一样。细细想来老了也有好的一面，克服了对老的忧虑就会心情畅快无挂也无牵。不要说日落时光照桑榆树端已近傍晚，它的霞光余晖照样可以映红满天。

"遇事虚怀观一是，与人和气察群言"，这是毛泽东生前非常喜爱的明朝大忠臣杨继盛的两句诗，他说："诗言志，椒山（杨继盛号椒山）先生有此志，乃有此诗。这一点并无惊天动地处，但从平易处见精深，这样的诗才是中国格律诗的精品。"

一个人遇事了，无论是干部还是群众，不管是青年抑或老叟，都要静气和虚心，摒弃浮躁和骄傲，要静下心，更要沉住气，正如岳麓书院中悬挂的晚清风云人物、同治和光绪两朝皇帝师父翁同龢所书的一副对联所说，"每临大事有静气，不信今时无古贤"。自古以来的贤圣之人，也都是大气之人，越是遇到惊天动地之事，越能心静如水，沉着应对。

2020.11.17

思想的力量

英国诗人亚历山大·蒲柏有一首充满哲理思考的悖论诗《论人》："犹豫不决，要灵还是要肉，生下只为死亡，思考只为犯错；他的理智如此，不管是想多想少，一样是无知……"

"人类一思考，上帝就发笑"。我想，人类要不思考，上帝是不是照样发笑？而且还加上偷偷的叫作窃笑。

人和动物的根本区别是人会思考，我不知道，假如哪一天人类丧失了思考的功能，或者叫能力，会怎么样，会天下太平抑或天下大乱？

人类因为具有思考的能力，才得以说"人话"，让人们之间交流沟通能听得懂的"人话"。

精神病患者或精神病人的"思考"或者说是胡思乱想，往往不经大脑，所以才说出胡言乱语，叫作谵语。

俄国心理学家列夫·维果茨基在《思维与语言》里指出，思维和语言是人类反映现实的意识形态中两个互相联系的方面，它们的统一构成人类所特有的语言思维形式。

思维是人脑的机能，是对外部现实的反映；语言则是实现思维、巩固和传达思维成果即思想的工具。马克思也认为，语言是思维本身的要素，思想的生命表现的要素；语言是思想的直接现实。所以，善于表达，同时勤于思考，最起码可以防止老年痴呆。痴呆是一种智力的丧失，并因此影响到记忆、学习、注意力、思考和语言能力。

独立思考会拥有自己的思想，而思想也并非"空想"，它说不定还会令其成为现实呢。

也许神奇就在于此，思想的力量几乎无所不能。法国人埃米尔·库埃和弗洛伊德是同时期的心理学家，前者独自发现了催眠术和自我暗示法，并将之理论化。库埃说："显然，通过思想，我们成为我们的物理有机体的绝对主人，如许多世纪以前古代人指出的那样，思想或暗示能够也确实导致了疾病或治愈了疾病。"

库埃同时宣称，心灵可以把任何它想的东西变成现实——它可以想象自己健康、富有、幸福，或者想象自己悲惨、生病、贫穷，只要重复这些词就可以。

诚然，正面的正当的思想，即时下流行的所谓"正能量"，我看好的多是格言警句。每天或者每周，能在脑中过上几遍这些东西，人的精气神就有了改观。

2019.11.24

谈特质

有时听到一群人说某人：他很怪，其实，这个怪就是某人的特质，与众不同的，自己独有的特质。

男人不坏，女人不爱，这里的坏，也是特质。"坏"字要加引号，因为说坏，其实可能不坏，女人是法官，她心里明白。

我喜欢读特质文字，喜欢诗人用他们特质的文字摹写的自己眼里的特质世界，如海子的麦田、顾城的云彩和花朵，还有马雁的、张枣的和王小妮的。

再看哲学家的特质人生，他们才是真正过着哲学生活，因为义无反顾地选择了独一无二的哲学的生活方式。古希腊犬儒主义哲学家第欧根尼住在一个木桶里，他拥有的所有财产，包括这个木桶、一件斗篷、一支棍子和一个面包袋。有一次，马其顿国王亚历山大大帝访问他，问他需要什么，并保证会兑现他的愿望，第欧根尼回答道："我希望你闪到一边去，不要遮住我的阳光。"亚历山大大帝后来说："我若不是亚历山大，我愿是第欧根尼。"他是倾羡第欧根尼这自由、无拘无束的生活呢。第欧根尼有时就躺在光溜溜的地上，赤着脚，胡子拉碴的，半裸着身子，模样活像个乞丐或疯子。可他就是他，而不是别的什么人。

过着特质生活的哲学家还有维特根斯坦，他上山入海，离群索居，终生未娶；康德的生活单调、枯燥，规律如钟表；克尔凯郭尔设计自己人生，规划人生道路的诸阶段。最为悲剧但又最为强势的是尼采，他携日神和酒神，否定上帝，敢跟天地叫板。他爱俄罗斯美女莎乐美爱得发了疯。疯就疯了，没什么了不起。

我的身边不乏特质的人，特质的性情，特质的人格，他们中有天才，有疯子，有酒鬼，还有赌徒，包括妓女。再怎么样，都好过不温不火，不冷不热的人生。要是不喝不抽，不喊不叫，不骂不打，不疯不癫，那就是个活死人。

2021.06.27

可怕的坦诚

我的坦诚，叫有些人感到可怕，因为太多的实话没有掩饰，还揭去了伤疤，看到真实的血和肉和黑夜里绽放的花。它究竟存在着的。在世人故作视而不见的盲区，它存在着，冷凛、漠然，于阳光照不到的地方兀自泛着清冽。

如果把目光转向太阳，你会被光刺得睁不开眼，煊赫的世人也是一样，他们粉饰太平，歌功颂德，口里千篇一律，却无一句真言。

有一种笑脸，那么伪善，我仅仅注视一眼，就看到了他的真实的一面，局促、狭隘，夹带着猥琐的敏感，令人不寒而栗。

我把坦诚视为生命，不诚不生，不善不存。这真实的冷清，胜过虚妄的繁华。没有廉价的欢笑，唯有宝贵的冷静和思考。

德国哲学家雅斯贝尔斯说过："人能作为不干净的灵魂——对他毫无触动的不干净，也不愿从那里挣扎出去，而是漫不经心地继续生活在污秽中——人能在不诚实中看到最纯粹的东西吗？"

坦诚来自内心深处的那个灵魂，如今，有的人早已丢掉了灵魂，或者仍有的，也是被狗或狼吃掉了大半，支离破碎，残缺不全。可怜又可悲的人，成了行尸，成了走肉。

2022.04.07

漫不经心

我喜欢漫不经心这样的一种状态。我也喜欢和我一样漫不经心的人。就是那么漫不经心。无论对人，还是待事，都是如此，那么的不严肃，不正经，胡思乱想的，谁都不放在眼里。

我这里不是说狂妄的意思，是说似看非看，或者熟视无睹，看也不是正眼看，看也不用心看，大大咧咧地，稀里马哈地，那么一副不正经的样子，一天到晚都是这副样子，也不怕讨人嫌。

漫不经心与年龄无关，与俊丑无关，更与穷富无关。有的人愁钱多，不知道该怎么花，他不会花；有的人愁钱赚得不够多，一天到晚愁着眉苦着脸，怎么也高兴不起来。他会跟人家比，人家怎么那么有钱？我却是个穷光蛋，他越想越焦虑，心急如焚，心尖上爬了几百只蚂蚁，在争着噬咬这颗永不满足的心。他一旦听到钱这个字，或者有钱到手了，立马高兴起来，可是这股高兴劲儿持续不了多久，就又恢复了原状。

所以，我说了半天，还是感觉漫不经心好，什么也不用在乎，没心没肺的样子，美滋滋的傻样。

听说傻人自有傻福，我想也是哦。那些貌似精明过头的人，实则井底之蛙，自鸣得意，但他目力所见，就巴掌大的天。

"而道貌岸然、一本正经之人，往往叫我发笑。因为在他们中间，你几乎找不到一个严肃思考过人生的人。"（周国平语）

美国思想家爱默生引用罗马帝国时代的希腊哲学家普鲁塔克的话说："研究哲理而外表不像研究哲理，在嬉笑中做成别人严肃认真地做的事，这是最高的智慧。"

漫不经心是最高的智慧吗？你只管漫不经心，一点负担没有，全身心放松，一切随它去了。你看，说说容易，做起来却不简单。

2021.10.25

思考

我思考着我的思考。我在寻求它，我在发现它，我在审视它，我在接纳它，然后试着慢慢地拥抱着它。

我的思考来有踪去有影，它有家。它就在家的门口静静地候我，端详而大方。

它的静美无人能比。它是感性的，然而更多的充满着理性；它也是知性的，因为它的智慧、想象和坚韧无比丰富和强大。它尽知天性，识透人心，参透人生。

大度和雍容是它的迷人气质，举手投足间，微风轻飏，神采飞扬。

它是"思考"不是"算计"，"算计"是那个小商小贩小小妇人之识，谈不上谋见，只能说是盘算。它不若"算计"会患得患失，锱铢必较。

它是简单的但又是深刻的，简单得如一杯清水样的单纯透明。若说它的深刻，肤浅和浮躁一定会逃之夭夭，就像枝繁叶茂的大树一定会有扎得很深的根。

所以刁滑精明，善于钻营不是它的特质，它是大智若愚。是的，我喜欢它的呆萌。

我乐于和它一起发呆，介于冥想和走神之间，任思绪神游。

周国平曾这样描绘其发呆的情境："发呆是一个人从周围的世界抽出身来，回到自己，回到更深邃的存在。在发呆的时刻，我们调整情绪，修复心灵，积累感觉，酝酿思想。"

我的思考是那么的美丽和迷人，我几乎每天沉迷于其中，感受着它的魅力，它的温度，它的平常然而又带些神秘的氛围。

2019.07.23

第五辑：读书的意义

不要在外面的世界徘徊，真理就在内心世界，你要回到内心世界去。而读书，就是将我们带回自己的内心世界，找到真实自我、开始觉醒的过程。

——奥古斯丁

读书散记

自由的思想

我喜欢漫无目的地走，或走着，这个无目的不光是指去处无甚目标，还有头脑里的思想也无甚实际着处，正如我不喜跟团旅游，我爱独行。王小妮在《看看这世界》里说她到了巴黎，大家都蜂拥看蒙娜丽莎，于是诗人跟她文字一样的随心随意："先去卢浮宫，那个似笑非笑的蒙娜丽莎太扫兴……开始被内心的自由引导，不再听从行程表的了。"

王小妮于是独自"到蓬皮杜中心前广场闲待了半天，听流浪歌手轮番演唱。跑到罗丹家的院子深处躺椅上看天空，在沿河的旧书摊翻翻年代久远的画报书刊，去圣心教堂后面观摩水平参差不齐旧街头艺人给游人画像"。

王小妮是空的，完全是放空的，我现在也是。走，走着。风来，迎着风，接着风，送走风，顺眼瞧一下花开未开，有不知名的鸟儿在树木草丛间鸣啭。鸟儿是自由的吧，最起码当下是。我和它言语不通，不然会悄然上前，试着轻声询它从哪里来。

说到语言，有人说只有人类有，动物没有，经过科学论证的理由是人能回述以往发生的事或结识的人，有任意性和创造性云云。

我要说你不是鸟，你怎么能懂鸟？鸟的语言？鸟是有语言的。动物都有。有些所谓专家论证来论证去的"鸟语"，反而不若真的鸟语好听、易懂。

鸟语花香，同声相求，共情知心，哪还需要什么言语不言语？"抛弃了行程表，才发现了巴黎天空的特别，云团匆匆，又盛大又多变，更值得久看……"我也跟小妮一样有着流云一样的自由的思路，沿着这样的思路走到小河边，遇见去年工人植下的菖蒲。适时水落下去，菖蒲根部有草色青青。"花草有四雅，兰花淡雅，菊花高雅，水仙素雅，菖蒲清雅。"文徵明的后人文震亨在《长物志》里如此评述。

陆游有诗云："雁山菖蒲昆山石，陈叟持来慰幽寂。"昆山石就是昆石，又名巧石、玲珑石，与灵璧石、太湖石、英石同被誉为"中国四大名石"。菖蒲与昆山石，雅致花草衬托玲珑巧石该是文人骚客的最爱了。尤其这蒲草，虽貌不惊人，但不事雕饰，本心随性。

2020.03.12

处世之态度

这个题目是临时想到的，之所以如此，得要提到一本书：《教育：一场惊人的旅行》。昨晚用了近三个小时的时间，我几乎一口气读完。

史金霞老师从体制内到体制外，又从体制外回到体制内，再从体制内回到体制外，比我有勇气，我只有前一种经历。

她是个有爱的人。有人说，母鸡也有爱，这话不错，但是史老师不但有爱，重要的是会爱，她爱学生，她爱自己的孩子。

她说要像爱学生一样爱自己的孩子，这就对了。爱学生，是职业道德，也是一种艺术。讲爱，不光是要爱，更要会去爱。

要会爱，首先弄清楚什么是爱？"什么是爱？这其实很简单。凡是提高、充实、丰富我们生活的东西就是爱。通向一切高度和深度的东西就是爱。"（卡夫卡语）

我想起刚刚读到的《父亲梁漱溟》里梁培宽回忆梁先生对其子的期望："志趣勿趋于低俗，识见勿流于浅薄。"

爱孩子，母鸡都会，但孩子毕竟不是小鸡，不是低级动物，也是有血有肉有情感的高级动物，是独立个体，心里渴望真正独立。

史老师说要像爱学生一样爱自己孩子，要补偿孩子童年时因自己过多关注工作而对她匮乏的爱，所以，她教孩子学习写诗、作文和绘画，"找到了确立她生命的三样东西：诗歌、绘画和音乐"。她还让孩子有个疏通情绪的管道。她把王小波说过的一句话作为追求的生活目标："一个人只拥有此生此世是不够的，他还应该拥有诗意的世界。"史老师用了17年"辗转流离"带着女儿筱寒步入了这个"诗意的世界"。

"就像王小波笔下那只特立独行的猪一样，若不想被别人设置你的生活，你就要自己明白你想要过什么样的生活，你就要自己清楚如何实现你的理想，你就

要有能力抵抗、捍卫并且创造。"（史金霞《教育：一场惊人的旅行》）

而对于史老师自身来说，为找到这个"诗意的世界"，她"做教师24年，换过大大小小6所学校，从乡村到城市，从北方到南方，从公办到民办又回到公办，没有任何一个环境是非常美好的"。

我用了近三个小时读下来，读出了爱意绵长，情深意重，对孩子和老父的愧疚以及感恩，对学生、同事、好友、兄弟姐妹的疼爱、呵护和依恋。

我还读到了史老师对社会转型期大环境下教育制度的愤懑，对故乡的怨其不争，尤是人文风情和市井环境叫她郁闷和不快。

我有许多许多的同感，作为教育人，史老师的经历不可谓不丰富，学养不可谓不博识，我很佩服，她热爱阅读的书籍我也几乎都热爱，她开列的书单，我也记下了一些，很快就会放进购物车。可是，作为未曾谋面的同道中人，我又似乎也有一些话要跟她说。

史老师，读了你的"惊人的旅行"，我是提着一口气的，我感觉到了你的急促、繁密和焦虑的脚步，感到你比较疲累，该缓和一下了，处世的态度，不光是入世的节奏，不要忘了还有出世的状态。

谢谢史老师，你的朋友说得没错，他当时"在走廊上，看着楼下万家灯火"，问你为什么不学吸烟，你该适时点上一支烟，再斟上一杯酒，听听音乐，或诵读一下里尔克的诗，或者，望着冀中的故土，流着眼泪，狠狠地干杯！

2020.03.15

不屈之意志

每每遇到困顿，我会去想遭际不幸的那些人和事，这并非矫情，更不是幸灾乐祸。

其实，每个人都或多或少存有这样的心理，遇到人家红了走了好运了，心想这事要摊上我多好，希望我也快快撞上这般好运；反之，他人遇难了，就侥幸起来：哎呀，多可怜呵，还好不是我，希望我不要如此。老天爷呵……请保佑我吧！

若干年前，就读过这么一句话："我一直在哭，一直在哭，哭我没有鞋穿，直到有一天，我看到了有人没有脚……"这句话是海伦·凯勒说的。海伦·凯勒是美国著名的女作家、教育家、慈善家、社会活动家。她在《海伦·凯勒自传》

里描述了她在没有光明、没有声音的黑暗静寂的世界里，苦苦摸索的心履历程。

凯勒在幼儿时期就不幸失聪失明，就如同一个没鞋穿的孩子，在冬天冰冷彻骨的大街上赤脚行走一样，生活对于她来说是一件极其困难的事情。但是她乐观积极，勇于面对生活，不因自己的生理缺陷而放弃对生活的热爱和追求，这正是她遇见"没有脚"的人时的内心想法。

生理上没有脚固然生活不够方便，心理上失去了"脚"，就失去了支撑和立足点，身心便会失衡，从而消沉一蹶不振。

2020.03.17

生命之意义

倘若有人问我生命有甚意义，我说无甚意义，顶多一个屁，你说有它就有，你不说有，它可能连一个屁也不是。

近日读《弗兰克尔自传》和《活出生命的意义》，更是颇多感慨。人怎么活着，为什么而活，多取决于个人对这个世界的态度以及认知，与他人关系不是太大。

弗兰克尔是被关押并先后辗转了四个集中营的犹太人，他的父母、妻子、哥哥，全都死于毒气室中，只有他和妹妹幸存。

弗兰克尔作为一名心理学家，他所创立的以意义治疗和存在分析命名的心理治疗被称为继弗洛伊德的心理分析、阿德勒的个体心理学之后的维也纳第三心理治疗学派。他让自己超越了绝大多数人都熬受不起的苦难，更将自己的经验与学术结合，使其独创的"意义治疗"有了更大的纵深与生命制高点。

弗兰克尔67岁时仍决心学习驾驶飞机，并在几个月后领到驾照，80岁时还登上了阿尔卑斯山。他创作的《活出生命的意义》一书，光在美国就已发行73版，销量已过1200万册，被翻译成24种语言。

"人'有能力'保留他的精神自由及心智的独立，即便是身心于恐怖如斯的压力下，亦无不同。所拥有的任何东西，都可以被剥夺，唯独人性最后的自由，也就是在任何境遇中选择一己态度和生活方式的自由，不能被剥夺。"

弗兰克尔的伟大胸襟、无穷智慧，尤其是顽强毅力和坚定信念，就像灵魂导师对世人心灵发出的呼唤，堪称人类灵魂的守夜人。

他是人们心中完成不可完成之事的典范。"生命的意义在于每个人、每一天、每一刻都是不同的，因此重要的不是生命意义的普遍性，而是特定时刻每个人特殊的生命意义……每个人都有自己独特的使命。这个使命是他无法替代的，生命也不可能重来。"

因此，弗兰克尔发现可能找寻到生命意义的三个途径：工作（做有意义的事）、爱（关爱他人）以及拥有克服困难的勇气。苦难本身毫无意义，但我们可以通过自身对苦难的反应赋予其意义。

有一首歌有时听来会禁不住泪盈满眶，这就是黄家驹的《光辉岁月》。Beyond的主唱黄家驹在报纸上读到被困狱中的曼德拉的故事，引起了他内心的共鸣。在黄家驹看来，曼德拉的精神内涵是关于抗争与希望，这与Beyond在香港艰辛打拼的背景不谋而合，于是黄家驹就创作了《光辉岁月》这首歌曲以敬献和纪念曼德拉。

对待人生的态度决定着人生的意义，各人不同，人各有异。人生的态度即为人们常说的人生观，人生观又关联着价值观，从而达成世界观。

梁漱溟在《东西文化及其哲学》里把人们的人生态度大略分为三种：

一是"逐求"的人生态度。人于现实生活中逐求不已，欲望的满足就是最大幸福。

二是"厌离"的人生态度。以为人生是苦，乃产生一种厌离人世的态度。发挥此种思想最到家的为佛家。

三是"郑重"的人生态度。以自觉的力量郑重地去生活，而非赖外力的催逼或刺激。发挥这种思想最到家的为儒家。

2020.03.22

读书笔记

文字和艺术的发生

最近休息时我是这样打发时光的：半坐半躺在床上，膝盖上交替喷上云南白药气雾剂。然后，打开《诗艺》或是《小径分岔的花园》，要么就是《与博尔赫斯在一起的日子》。博尔赫斯称得上一位语言文字大师。他在营造属于自己的文字迷宫之前，曾有潜入他人迷宫的丰富经历。

我的膝是酒后受伤的。那天晚上喝了大约5斤黄酒，酒后的10多个小时，我也在迷宫里。等到北边窗帘上日光明彻，满屋的亮堂，已是翌日近午了。

"一定要等到正确的人来阅读，书中的文字——或者是文字背后的诗意，因为文字本身也只不过是符号而已——这才会获得新生，而文字就在此刻获得了新生。"（博尔赫斯《诗之谜》）

对于我来说，平常的生活，日常的司空见惯，我偏不这么去想，不这么去看。谜题是表面的假象，而真实的意义，可能就在谜底。

阿根廷作家费尔南德斯说：我写作的原因是因为写作能够帮助我思考。而我最满意和痴迷的是自由的梦里神思的状态。

能够"意识到自己正在失去意识""我会自言自语些无意义的话，看到新的地方，让自己顺着梦境的斜坡下滑"。博尔赫斯特别喜欢睡着之前的那几分钟，介乎清醒和睡眠状态之间。

2019.10.08

诗歌是一种状态

那是七月的一个夜晚，酒醉神迷的，我为自己营造了一座迷宫。诚然，座上客不止于我。

该发生的总会发生，这没什么可讲的，也毋须多讲。

"何时姊妹再相逢，雷电轰轰雨蒙蒙？""且等烽烟静四陲，败军高奏凯歌回。"《麦克白》里女巫的对白真真好玩，莎士比亚以诗歌的对话形式请出三姊妹。

博尔赫斯在《诗之谜》里说，诗与语言都不只是沟通的媒介，也可以是一种激情，一种喜悦——当理解到这个道理的时候，我不认为我真的了解这几个字，不过却感受到内心起了一些变化。

这不是知识上的变化，而是发生在我整个人身上的变化，发生在我这血肉之躯的变化。

每次脑际涌上诗歌的灵感，心头就波澜起伏，按捺不住汹涌的喜悦。如果说，我每天，每时每刻都有变化，所有的改变都要拜诗歌以及艺术所赐。

但是诗是什么呢？"真是无法用其他文字去下定义。这就像我们无法为咖啡的味道下定义，或是无法为红色黄色，无法为愤怒、爱与仇恨，或是日出日落……来下定义一样。这些东西的感受已经深藏在我们的内心当中，这些感受只有通过我们共有的符号来表达。既然如此，我们干吗还需要其他的文字？"

也许就像我们曾经多次的感受，就是色彩、场景、味道和声音等，似曾相识，但是总是说不清楚究竟为什么会这样。

博氏还引用了圣·奥古斯丁的话：时间是什么呢？如果别人没问我这个问题的时候，我是知道答案的。不过如果有人问我时间是什么的话，这时我就不知道了。

2019.10.09

诗人的信条

在博尔赫斯《诗艺》的最后一讲"诗人的信条"里，我对他的上半部分的观点非常赞同。

我和诗友卫球君曾经探讨过这个问题，那就是诗歌作品不要轻易去修改。"如果要我对作家提出建言的话（不过我不认为他们会需要我的建议，因为每个人都要去发掘出属于自己的东西），我只会这么说：我会要求他们尽可能地不要矫饰自己的作品。我不认为矫揉造作的修补会对文章带来什么好处。时间一到，我们就会知道自己该做些什么了——那时你会听到你真实的声音，还有你自己的旋律。同时我也不认为小幅度的校订修正会有什么用。"

我以为写作纯粹是个人的私家活，它不关碍谁，只做好自己，想它所想的，写它所想的。

"我在写作的时候是不会考虑到读者的（因为读者不过是个想象的角色），我也不会考虑到我自己（或许这是因为我也不过是另一个想象的角色罢了），我想的是我要尽力传达我的心声，而且尽量不要搞砸了。"（博尔赫斯《诗艺》）

博氏这番感慨使我想起他的那一段话，对于究竟为什么而写作，为谁去写作，他作出了很好的回答：写作永远是小众化的——如果是真的写作者，而非伪者。

"我并非是为了少数精选的读者而写作的，这种人对我毫无意义。我也并非是为了那个谄媚的柏拉图式的整体，它被称为'群众'。我并不相信这两种抽象的东西，它们只被煽动家们所喜欢。我写作，是为了我自己和我的朋友们；我写作，是为了让光阴的流逝使我安心。"（博尔赫斯《沙之书》）

博氏的如上观点我是百分百的赞同，但是既然写作自始至终是"写给自己和朋友们的"，那就首先是以我手写我心，以我心思我想。

他的下半部分提出的观点我就不大同意了，"我认为当代文学的罪过就是自我意识太重了。比方说，我觉得法国文学是世界上最伟大的文学之一（我不认为有人可以怀疑这种说法），不过却也觉得，法国作家的自我意识普遍都太过鲜明了。法国作家通常都会先界定自我，然后才会开始了解到他想要写些什么。"

恰恰相反，我以为加缪和萨特等非但毫不避讳对自我内心的袒露的描述，而且还对来世、今生，乃至未来（也可能是宿命）都一一交代出来。

博氏的上下两个观点是相互矛盾的，其实，你中有我，我中有你，世界不是单一的。

"我在写作的时候（我本人当然不是一个很客观的例子，我不过是要提出一些警省而已），我会试着把自己忘掉。我会忘掉我个人的成长环境。我就曾经试过，我不会把自己当作'南美洲的作家'，我只不过是想要试着传达出我的梦想而已。如果这个梦想不是那么绮丽的话（我个人的情况通常都是如此），我也不会想要美化我的梦想，或者是想要了解它。"（博尔赫斯《诗艺》）

博氏口口声声说要忘掉"我"，可是他却反复地又一一地数点了他的属于他自己的那个"我"。真是顾左而言右，口是心非，一不小心又会上了他的当。

2019.10.12

车站书店

每次到高铁站，我都会想到旅友书屋去看看，买本《人物周刊》或是《看天下》，此外，《南风窗》《三联生活周刊》也是必看的。

我发现，对于我来说，只要进了书店，就没有了时间概念，说是候车，我能候上一天都没问题，反正在哪都是看，看看读读，读读写写。

还好，一个车站，有这么一间书店，就有了些人文气，不然光是奶茶、咖啡，要么是肯德基、麦当劳，或者狗不理，真让人喘不过气来。

曾记得，老家苏北东海县的那个不大的火车站，北广场有个小书亭，不大点儿，是邮局的书报代销点，顺带卖些饮料、香烟和纸巾什么的。

我当初还请店主帮忙代销过一本诗集，我的诗作被选在其中。我常悄悄看着，看有多少人会去买。还好，看的人不少，当然买的人也不多。

纯文学的书销路就是不太好，诗歌和散文，读的人愈来愈少，人们还是喜欢看《故事会》和《中华传奇》等，床头文学，猎艳呵猎奇呵，总是吸引太多人的眼球。

雅俗共赏吧，这样想想就对了。物质和精神，最好有兼得，因为人要吃饭，可是吃饱了没事干，还是要回到精神上来，不然跟猪狗有什么区别。

毛姆说："养成读书的习惯，就给自己建造了一座逃避人生不幸的避难所。"而我以为，读书后再养成思考和写作的习惯，无疑是给自己邀请了一位心灵按摩师。

当然，各人感受不一定十分相同，但七八分是应该"殊途同归"的，毕竟读书和写作，是关乎精神、思想、灵魂这些形而上的事情的。

2022.04.18

读书的好处

每每接触到青年学子，我就苦口婆心说：要多读书哦。不然以后工作了结婚了生子了，就没有时间和精力来读书了。青年学子们大多半信半疑，或作沉思状，或作神游状，少有作顿悟状的。就这样吧，后来我想了一下，我在他们这年纪不也是荒唐，几近颓废地度过吗？

如今手机、自媒体，人皆拥之用之，其他多媒体如天罗地网包围着众生。乱花渐欲迷人眼，不光是小孩，还有懵懂青年，强说愁的少年，就连成人也不甘寂寞和落后，都是随时随地捧着个手机，怎么能静下心来读书呵。

其实，我刚19岁工作那会儿，改革开放也没几年，但是人们思想已经开始解放了，满大街音响轰炸起来，迪斯科摇摆起来，不久，霹雳舞也跳起来。其时，难得有安宁的心绪，喝酒，抽烟，恋爱，打架，无所不用其极，反正认为有的是时间。

但是，有件事算是唤醒了我，不然，浑浑噩噩不知今夕为何夕呢，这就是读书。也许是父亲酷爱读书的基因产生的传承，我爱读书。受他的影响，养成读书和思考的良好习惯，于我当下的"三观"形成都有裨益。

一个好读书的人，不仅仅知识面宽，见识广，而且能够激发思考，辨析判断，增强解决问题的能力。还有，对自己对他人认知，不会过于幼稚，看清自我，识得他人。"不经检视的人生不值得活"（苏格拉底语），读书促成我对自己的人生过往进行回顾和检视，"穷则独善其身，达则兼济天下"（孟子语），也就是明确做人的方向和人生的目标。

读书还有一个好处，就是明白了不读书的人为什么跟读书人不一样，不读书有什么"坏处"，会产生哪些"坏影响"。经常读书的人，眼神是透明清澈的，因为其心胸是达观的；不读书的人，眼神是混沌的，因为其心胸是狭隘的沉闷的。

读书的人有大智慧，不过多计较，比较能想得开，当然，有时会认个死理，能较劲，但更多的是知道进退有度；不读书的人玩的是小聪明，玩的是小伎俩，经不住时间和事件的考验，像纸包不住火，早晚会露馅儿。

当然，什么都不是绝对的，忠厚诚实的农民或者善良的村妇也许读书很少，甚至不读书，但是他们守住了做人的底线，心中有本"仁义"——朴素的无字之书。

唤醒我心灵神知的还有诗歌和文章的写作，其实又是读书的反馈和补充，也许和老牛吃草后的反刍有些类似呢。

读书将忠诚、厚道的道德品质世世代代传下去，认真读书，学习前人优秀品质，可以使家族长久地发展下去。"忠厚传家久，诗书继世长"，历史和现实反复证明，端蒙养、重家教，良好的家风、家教和家庭建设有利于引导家庭成员遵守家庭道德规范，形成父慈子孝、兄友弟恭、夫义妇顺、勤俭持家、和睦友善的家庭氛围。

当下社会，时代造就了许许多多企业家，现在都叫"土豪"了。有的土豪家里应有尽有，但就是差一样东西，书，家里找不出一本文史哲的书，要么武侠小说或床头秘籍之类的书还有几本。有的土豪最先教自家孩子的是老人头——钞票是他家孩子的第一本教科书。这般土豪自己也不读诗书，他天天读老人头，谈老人头，想老人头，梦老人头。

"不学诗，无以言；不学礼，无以立"，诗书饱读，自然知书识礼，通达事理，人亦笃诚厚道，忠实善良，谦恭礼让，为人交友，处事创业，自然贵人频现。

2019.09.02

我为什么热爱读书

现在有些人都难得想起去读书了，因为他们认为又花钱又费时间的，还要专门有个书房什么的场所，太一本正经了。

还有，他们说你知道的我也知道呀，你看手机上什么都有，还有电视也整天轰轰轰的，所以学习和获取知识就用不着去读什么书了，对于读不读书就更不以为然。

可是，我觉得，这是不一样的，网络信息提供的多是碎片化的，不完整的知识，看得多了，甚至能扰乱你的信息系统和判断机制。手机、电脑和其他多媒体除了提供检索和视听享受之外，不会助你思考，或者说不会带来较为深度的思索。

知识跟文化是两码事，如果你觉得你了解得够多，认为习得了一种文化，那是谬误了。须知，知识要转变成文化，还是要靠读书，这是唯一的无他的途经。因为，纸质文本，字里行间，会给人创造思考的空间。

"三日不读书，便觉语言无味，面目可憎。"（黄庭坚语）人只顾吃喝玩乐，不去思考，那与爬行动物还有什么区别？人要活得像个人，就要不断地读书和思考。

苏轼有首诗叫《和董传留别》："粗缯大布裹生涯，腹有诗书气自华。"这是该诗的开头。生活中身上衣着粗衣劣布，但肚子里有学问，自然气质光彩夺人。读书和不读书，读书多和读书少，身上表现出的气质和内在素养绝对是不一样的。

当然，要读好书，经典的书籍。所谓经典，就是已经得到举世公认的有价值的书籍。读经典书籍，不啻与大师对话，看大师们对同样的问题是怎么想的，又怎么说的，甚而怎么做的。

不必等待什么，随时随地皆可以读书，只要一书在手，哪怕是在闹市街头，都可以安心读，就如毛泽东当年于最喧嚣处读书，借此自我考验和印证其自制力。

凝神读书时，心里很安静，呼吸也轻了，和外界暂时隔绝，隔开了喧嚣和吵闹，只听见自己与自己对话。

我最喜于绿皮火车上读书，火车走得慢，书也读得慢，不耽误去想。所以，有时竟然希望目的地或终点站远些，再远些。倘若有一天不读书，就感觉心神飘忽不定或者若有所失，怅然至极。

2018.11.30

我"讨厌"读书

我"讨厌"读书，我怕自己专注，专注得不能分心，我想三心二意，读书却不让我分散注意力，所以，我"讨厌"读书。

我不懂人情世故，我喜欢简单和单纯，害怕复杂和烦琐，这个世界远比书本上写的凶险和可怕。但我还是"讨厌"读书。

我"讨厌"读书，我很笨，我光知道男欢女爱，可是我不会谈情说爱，不知道怎么去讨人欢心，也不会观色察言，看别人是否喜欢。

我"讨厌"读书，世上还有那么些美酒多么多的美女，我却要在读书上浪费时间和精力，所谓的美文叫我大费周章，是不是够傻?

我"讨厌"读书，我书呆子气已经十足，书中自有颜如玉，书中自有黄金屋，纯粹骗人的鬼话。君不见，都是野兽配美女。

正所谓好汉没好妻，懒汉登花枝，鲜花需要牛粪供给养料，不论这花名贵不名贵，什么喇叭花、狗尾巴草，或者风骚如水性杨花。

我"讨厌"读书，怕自己一不留神就会遇上"名流大咖"，比如遇见周树人，那个鲁迅，我可能会向他致个意，然后再敬个礼，说他是犟骨头硬骨头一个。这是一个坏人说他坏，恨之入骨，好人却说他好，爱之极深，为之痛彻心扉的怪老头儿。他头脑一根筋，执拗、倔犟和傲气。

回头想一想，我是不是也很顽固?像头犟驴?所以，我更"讨厌"读书，我怕思想受他人影响，我不想自己头脑成了他人的跑马场。

我"讨厌"读书，归根到底，我讨厌自己，讨厌爱读书的那个我。可是，那个不讨厌读书的我眼中的"讨厌"读书的我，究竟又是怎样的呢?

2021.11.02

自由是一种感受

英国天才少女珍妮特·温特森说："其实真正让我得到小块自由的是书籍本身，如果没有书籍，我就不可能体验到这些自由。"

是的，读书使我神游，每每展卷，那些字里行间，我就有了心的栖息地，不再浮躁，摆脱了喧嚣，即便身处闹市，也感觉时间停止。

有一年，我从南方回来，准备考研。其实，我是打算给自己放个假的。我来到一座叫作桃花涧的山里，这里云淡风轻，流水潺潺。

我带了一本《四级英语词汇手册》，从A单词背起吧。单词之间是有联系的，前缀后缀能使意思改变，运用联想可以理解个中意义。

对另一种语言的学习，让我很享受。世界上语言之起源，我想都是一样的，开始是简单的发音，比如喊叫，后来出现表达固定意思的声音，人们在狩猎时借以互相沟通，传递信号。再后来，逐渐地人们在社会生活和生产活动中的沟通和交流越来越多，越来越复杂，就逐渐形成了语言。

昨天看一篇短文，讲阿拉伯语言之美妙，比如埃及人说话，他们不说早上好，而是说"送你一个玫瑰花一样的早晨""祝你拥有个奶油般的早上"。恋爱中的埃及人，更是情话高手，他们不直说"我想你"，而是说"你使我感到寂寞"（沃哈希塔尼）。在机场，常常听到送行者对将上飞机的人说"乘着吉祥鸟飞吧"，即"一路平安"之意。

现在的阿语文学作品继承了古典优美的传统，难怪埃及现代诗人艾哈迈德·邵基说："将种种最崇高品质馈赠给语言的人，也将美之秘密馈赠给阿拉伯语。"

不想扯远了，再回到桃花涧。晚风里，我在石头上铺开宣纸，毛笔蘸墨，轻轻点水。观摩山势和树形，我把心情渲染出来。

就这样，诵读英语，观摩画画，然后下山，洗冷水澡，晚上到文武学校演武场，看学员们的武术训练，感受到一种紧张与舒缓结合的节奏美。

2021.08.06

橘子不是唯一的水果

　　《橘子不是唯一的水果》这本书，我买了两本，一本送给外甥阳阳，一本留给自己阅读和收藏。

　　这本书是天才少女珍妮特·温特森创作的。她是英国当代作家，20世纪50年代生人，自小遭遗弃于福利院，由笃信基督教的家庭收养。她16岁离家出走，此后靠在殡仪馆、精神病院等地兼职完成了在牛津大学的学业。《橘子不是唯一的水果》是其处女作，获英国惠特布莱德小说首作大奖。

　　2016年，她入选BBC"100位杰出女性"。她的作品被改编成很多热门剧集，曾获英国电影学院奖最佳戏剧奖、戛纳最佳剧本奖等多项大奖，她本人也成为大英帝国勋章获得者。

　　阳阳上初一，暑期后初二，这书适合他。我读了网上对这位天才少女的简要介绍，就被她吸引，我要读她的文字。看得出来阳阳也对她很好奇。

　　有些人的经历本身就是一本书。他或她，对于我来说是个谜，而我喜欢探寻人心的奥秘，人心变化的旅程。周国平先生有一次也好像说过，他喜读哲学家传记，或者蒙田作品一样的随笔。我也是，尤其喜欢尼采那样的不成所谓体系的经典章句。

　　我尤其喜欢活得"不一般""不平常"，甚至"不正常"的诗人、艺术家、哲学家等人写的文字，跟着他们的经历去探寻思想旅程。

　　我愿意把读书时最为快乐的心情分享给孩子们。我对阳阳说，正如提笔即是练字时，不动笔墨不读书，这书可以随意写，随意画，它是你的。

　　此时，阳阳放下手上的也是我推荐给他的《张晓风散文集》，打开了《橘子不是唯一的水果》。

　　这本书对于他来说，显然吸引力更大一些。光看书名，就让人产生疑问，为什么橘子不是唯一的水果？当然不是，可作者又为什么要这么说呢？

　　这是温特森用的一个隐喻。橘子暗示固定不变的生活，可人生充满了许许多多变数、不确定性，充满了很多别的可能。人生的精彩恰恰在这些不确定性里。

人生不止一种活法吧。

2021.08.02

说再见

国人似乎在有些地方不说再见，比如医院，还有药店等，有点敏感。

在读《与苏格拉底吃早餐》这本书时候，我了解到了"再见"的真实含义，外国人对"再见"之敏感更见一斑。

在西班牙语中再见是Adiós（to God），这是最常用的"再见"，有一路平安的意思，但是又带有"后会无期"的感觉，就是对不是很熟的人说的再见，双方可能再次相见也可能不会再见面了，把再见的可能性交给上帝了。

Vaya usted con dios，这是天主教文化里的再见，意思是即使我们不再见面了，我都希望你最终能够去天堂，在表达再见的同时，也表达一种美好的祝愿。

法语中再见是adieu（也是to God的意思）。英语中的再见是good bye或God be with you。这些不同语言的"再见"有一个共同点，就是把分别之人托付到上帝之手去保护，谁都不知道在双方分开之后会发生什么，但不管怎么说，我希望上帝保佑你。

你看"再见"比单纯的只是告别，被赋予了多少广泛的含义，分别之后，还能否再见，有多少不确定性呵。

2021.06.30

叹花成荫

好花不与殢香人，浪粼粼。

又恐春风归去绿成荫，玉钿何处寻。

木兰双桨梦中云，小横陈。

漫向孤山山下觅盈盈，翠禽啼一春。

近读《十四个诗人》（黄晓丹著），遇南宋姜夔的一首词《鬲溪梅令·丙辰冬自无锡归作此寓意》，读来颇多玩味。

姜夔（约1155—约1221），字尧章，号白石道人，汉族，饶州鄱阳（今江西省鄱阳县）人，南宋文学家、音乐家。他少年孤贫，屡试不第，终生未仕，一生转徙江湖，靠卖字和朋友接济为生。

姜夔多才多艺，精通音律，能自度曲，其词格律严密，素以空灵含蓄著称。姜夔对诗词、散文、书法、音乐，无不精善，是继苏轼之后又一难得的艺术全才。

姜夔词题材广泛，有感时、抒怀、咏物、恋情、写景、游记、交游和酬赠等。他在词中记叙了自己流浪漂泊的羁旅生活，抒发自己不得壮志及情场失意的苦闷心情，显现其超凡脱俗、飘然不群，有如孤云野鹤般的鲜明个性。

美好的春天往往短暂，稍纵即逝，就如姜夔的虽曲折但又有着一段美好的人生。他与知音知己，难得一遇，相逢惜缘，共度佳辰。当然，曲终人散去，复空留他一人。

暮春时节，最难将息，一串串榆钱落在院子里，伴随桃花点点，落英缤纷。我立于风中，惆怅满腹地看花谢凋零，春归何处。杜工部说："一片花飞减却春，风飘万点正愁人。且看欲尽花经眼，莫厌伤多酒入唇。"（《曲江二首》）辛弃疾说："满眼不堪三月暮，举头已觉千山绿。但试将、一纸寄来书，从头读。"（《满江红·敲碎离愁》）辛稼轩还说："风前欲劝春光住，春在城南芳草路。未随流落水边花，且作飘零泥上絮。"（《玉楼春·风前欲劝春光住》）

春天在哪里？在青翠的田野上，在垂下的绿丝绦中，在乍暖还寒的溪水里，在一川烟草，满城风絮，梅子黄时的淅淅沥沥的细雨里。"飘零疏酒盏，离别宽衣带……春去也，飞红万点愁如海。"（秦观《千秋岁·水边沙外》）这样的离情和别绪，都归与春风，都把与酒盏。

宋人朱淑真说："楼外垂杨千万缕，欲系青春，少住春还去……把酒送春春不语，黄昏却下潇潇雨。"（《蝶恋花·送春》）

年华易逝，青春易老，从不通俗务到看尽冷暖，少年不识愁滋味，爱上层楼还说愁，希望挽留住春天的脚步，多留些美好时光，但无情使人愁，借酒浇愁愁更愁，无可奈何花落去，映衬潇潇细雨、昏暗黄昏的背景，刻画出内心对春天深深的依恋和不舍，惜春爱春恋春之情跃然纸上。

"春归何处？寂寞无行路。若有人知春去处，唤取归来同住。"（黄庭坚《清平乐·春归何处》）黄山谷词写得好，字也洒脱，字词如其人，超凡脱俗，清新俊雅。

现代学生最喜欢的诗人之一苏轼的伤春词写得最是打动人，"春色三分，二分尘土，一分流水。细看来，不是杨花，点点是离人泪。"（《水龙吟·次韵章质夫杨花词》）

真是好花不长开，好景不常在呵。叹花成荫花期短，满堂芬芳成追忆。《叹花》是唐朝杜牧的一首伤春惜春佳作：

自是寻春去校迟，不须惆怅怨芳时。
狂风落尽深红色，绿叶成阴子满枝。

短短四句，但信息量很大，除了感叹花落成阴外，还有"感时花溅泪，恨别鸟惊心"（杜甫《春望》）的托物寄情之意。

诗言情，诗言志，关于此诗，有一个传说故事，说杜牧游湖州时，遇一民间女子，年10余岁，风姿绰约，被杜牧看中。杜牧与其母相约再过10年来娶。14年后，杜牧始出为湖州刺史，结果这时女子已嫁人3年，生2子，杜牧感叹其事，故作此诗。

这个传说不一定如实，但此诗以叹花来寄托男女之情，是大致可以肯定的，它表现的是诗人本为浪漫期许但又不如意时的一种惆怅懊丧之情。

"中国的古代诗歌非常看重跳出此刻的局限，以联通古今的方式观照存在……我既是一个现在热闹生活的我，又是一个从未来看待终将死去的我，还是永恒不变的生命流动体中的一员。"（《十四个诗人》）现今的人都只是着眼于过好当下的生活，只有诗人和哲学家会停下来询问：我们的经历在漫长的历史中，是不是一轮轮重复？

"有些人从不去想自己出生之前和死去之后的事，那和他们无关……但另一些人可能处于一种更有知觉的状态，好像有第三只眼，既能够感受到现在这个时

间点上的自己，又能够跳出这个时间点思考未来的人如何看自己。"（《十四个诗人》）

"……这种跳出去看的能力有时候会带来痛苦，在觉得一切都还不错的时候，它告诉你这是短暂的。可是在另一些时候，它又会带来慰藉，建构起一个关于过去时间与未来时间的框架，帮我们找到某种超越一时一刻成败悲观之上永恒性的东西，那大概就是古往今来人类精神在某些层面的共通感。我们相信这种共通感会留存到未来。"（《十四个诗人》）

诵读那些古诗词，真的会产生一些共通感，落花流水，离情别意。再于夜深人静时，听一首略带感伤的音乐，不禁万般情绪涌上心头，思接千载，与姜夔对酌，同苏轼对诗，各携知音，岂不快哉幸哉？

2021.04.08

激情说

笛卡尔有"激情说"。在《论灵魂的激情》里，他认为，人是由物质和灵魂两种实体构成的，灵魂的特征是能思而无广延，身体则有广延而不能思。

灵魂一旦具有激情，它就能调动身体，比如老百姓说的"兔子急了也咬人""狗急跳墙"等，你看激情可以激发潜能。

当然，兔子和狗都是低级动物，作为高级动物的人呢，那更是有过之而不及呵，比如说"热恋中的情人们都是诗人"，也是激情使然呵。一位母亲为救汽车辗压下的孩子，情急之下，竟能把汽车抬起来，这对她这个平时手无缚鸡之力的女子来说本是不敢想象的事情。

我以为，激情是个中性词，说不清楚是好还是不好，依我看，有比没有好。我自以为有激情，也欣赏和喜欢有激情的人。有激情的人大多容易被感动，表情也丰富，甚至夸张一些，但都是真实的内心激情的流露。

激情，诗人要有，作家要有，画家也要有，艺术家都要有，有激情，激动，激愤，情激之下，才会有灵感迸发，思想激奋，才会有不同凡响的作品诞生，所谓悲愤出诗人呵。至于死气沉沉、死水一潭的所谓艺术家，充其量只是个匠，照葫芦画瓢的匠。他只是鹦鹉学舌，模仿和复制，没有创新创造，更奢谈超过、超越了。

灵魂有善恶，而由灵魂产生的激情亦是，笛卡尔在《论灵魂的激情》里，也阐述了这一点。我想到南京大屠杀中，两个日本军官展开谁先杀满一百个中国人的杀人比赛，把灵魂里的"恶"带来的激情发挥得淋漓尽致。

我也相信人是善恶兼具的，有人今天推人下河，明天就可能跳水救人。人本就是个矛盾体，这就要看理性的能力，自我控制的意志。

我是信奉爱的。爱的激情是由灵魂的善激发生成的，爱能带给人快乐，因为"由我们自己达成的善会给我们一种内心的满足，这是所有激情中最甜美的一种，相反，由我们发的恶则会导致一种懊恼的激情，在所有激情中它是最苦涩的"。（笛卡尔《论灵魂的激情》第63条"自我满足和懊恼"）

总之，笛卡尔认为，激情从本性上来说都是好的，由此，他把人生善恶的责任归结为灵魂自身的能力，而灵魂的这种能力首先取决于对事物的理性认识，以及对自己意愿的支配，即加强意志对激情的控制。

2021.02.28

和孩子们谈读书

所到之处，我都会劝人读书，也不知会不会惹起人家的反感。假期里，和家长以及学生在一起，我发觉关于读书的话题不多。他们谈的要么是谁谁谁做生意挣了多少钱，要么是谁谁谁弄直播发了财。后来，我转变了话题，谈起人生，人生关键转折点只有几步。我想到路遥的《人生》，我问读过吗，他们都摇摇头。

你看，都不大读书了，正是读书年龄也不读书，更甭提成年人了。也许是多年职业习惯使然吧，一有机会，我就建议和劝说孩子们读书。

对于成年人，我是不抱多大希望的，尤是40岁以上的人，有的被江湖烟火熏染得油腻油滑了，有的跟茅坑里的石头一样，又臭又硬。都是无可救药的。

我是尝到读书的甜头的，若是几天不读书，我就感觉浑噩不堪。或者说找不着北，没有方向感。生活失去了厚重，着力点变得虚无，我感到头重脚轻。

有的家长要孩子们读书，自己却不带头，不能以身作则，他没有尝到读书的甜头，他只是泛泛地给孩子提要求。为什么读，读什么，怎么读，他是不知道的。

读书真是大有裨益，太有好处了，书里有社会学、哲学、心理学和历史学等。读书可以启智，可以明理，可以晓大义。它教你辨方向，可以抓住主要矛盾，分析问题和解决问题。

苏轼在《和董传留别》的诗首联就是："粗缯大布裹生涯，腹有诗书气自华"，将读书人的气质与修养表现了出来，同样是人，以貌取人不可取，举止言谈见分晓。

读书也是一门艺术，是一门学问，不是说手里捧本书说呵我读书了，不是的。不要带着功利心去读书。

以下是笔者收集的关于读书的正确方法的古人诗句，希望对正在读书的孩子们有所启迪：

"寒夜读书忘却眠，锦衾香烬炉无烟"（袁枚《寒夜》），说的是读书要忘我和专注。

"读书切戒在慌忙，涵泳工夫兴味长"（陆九渊《读书》），说的读书重在耐心品味。

"书味在胸中，甘于饮陈酒"（袁枚《遣怀杂诗》），说的是读书有滋有味，比饮陈年好酒还甘甜。

"当怒读则喜，当病读则痊"（杨循吉《题书橱》），说的是读书能疗伤，愤怒的时候读书可以转换情绪为高兴，有病的时候读书可以很快痊愈。

"读书破万卷，下笔如有神"（杜甫《奉赠韦左丞丈二十二韵》），说的是读书助力写作。

"观书老眼明如镜，论事惊人胆满躯"（辛弃疾《送湖南部曲》），说的是读书知是非，明事理。

"卖却屋边三亩地，添成窗下一床书"（杜荀鹤《书斋即事》），说的是读书人舍得掏钱，即使倾囊也愿意，到最后买书成瘾。

"读书谓已多，抚事知不足"（王安石《寄吴冲卿》），这两句诗的意思是：自我感觉读的书已经有很多了，但是处理事情却感觉知识还是不够。

"旧书不厌百回读，熟读深思子自知"（苏轼《送安惇秀才失解西归》），说的是读书要反复读，要熟读、细读和精读。

"读书如树木，不可求骤长"（法式善《读书》），说的是读书不可急于求成。

"书卷多情似故人，晨昏忧乐每相亲"（于谦《观书》），说的是要带有感情去读书和藏书。

"书到用时方恨少，事非经过不知难"，这是《警世贤文》之勤奋篇的两句诗，说的是读书要趁早。

"黑发不知勤学早，白首方悔读书迟"，（颜真卿《劝学》），说的是读书要趁年轻。

最后要说的是，要真读书，而非假读书。清朝刘岩《杂诗》云："有书堆数仞，不如读盈寸。读书虽可喜，何如躬践履。"光是藏有很多的书，却是"高束焉，庋藏焉"，以至"素蟫灰丝时蒙卷轴"，不去读它，这就失去书的意义，正如当今有的土豪暴发户弄一书橱，做做附庸风雅的样子。

当然，读与不读，读多读少，因人因情境而异，但是不读，书里的精华一无所知，不能从前人的成果中汲取经验教训，书再多也是白费，即便书少，但能精磨研读也大有意义，正所谓"心头书要多，案头书要少"。做什么事情，都要讲究实效，不要只讲求形式，只顾摆样子。这就是带有平常心去读书。

2021.02.15

读书之形而上

"士大夫三日不读书，则礼义不交于胸中，便觉言语无味，面目可憎。"北宋著名文学家、书法家、江西诗派开山之祖黄庭坚说得在理。

几天不读书，只觉得活得不像人，生活找不着北，一直在沟底行走，没有机会抬头看看天。一旦读了书，哪怕只是读了几行文字，心也会慢慢静下来，目光愈来愈清晰，思路亦愈来愈开阔，尘世里的迷茫逐渐被阳光驱散和照亮。

　　读书的意义和好处不须多讲，读书的方式因人而异，但是有个问题很是重要，那就是读什么书和怎么读的问题，不处理好此问题，等于白说。

　　读书要有选择。我是选择文史哲之类的书籍来读。近年围绕着自己的专业去重点读文学和哲学。我喜欢随笔类的文学和哲学结合的著作，比如尼采的、加缪的、蒙田的、叔本华和海德格尔的等，有时还反复读。

　　励志的所谓鸡汤类的书我是坚决不读的，什么"速决速会"等投机取巧的书，厚黑的书更不读，因为读那类的书感觉像吃渣滓，或是锯木屑，既乏味又无甚意义。

　　读书要带脑子。我跟自己要求，要边读边思，边思边读，要学会联想。我把喜欢的或是觉得重点的抄写在扉页上，重温时可以提示自己阅读的思路。

　　读书要记笔记，要有回顾。我以为弄个笔记本，像从前那样，有些不适合我，因为平时包包里东西够多，手机、钥匙、钱包等，对了，还有口罩，眼下要天天戴，已经够烦的了，所以，我就直接抄记在书的扉页上，简单省事，直截了当，方便回忆回顾和查阅。或者，再将喜欢中的喜欢，重点里的重点，记在手机备忘录上，也是个办法。

　　读书要和写作结合。读了，记了，也想了，不写点什么就觉得少了什么。我读故我在，我在故我思，我思故我在，我写故我在，我在故我写呵。

　　当然，写作不能做文抄公，更不做搬运工。有人摘录所谓格言警语、妙词佳句，几乎整篇都是堆砌，还有人干脆大段整篇直接搬过来使用，这样是对他人，也是对自己不负责的。

　　原创的好，自己的东西，自己心里头想的，脑子里思的，他人没想到的，他人没写过的，这才好。读书和写作，是思想的碰撞，是矛盾里的统一，是嘈杂里的安静。

　　我读书，直到读出人，读出理，读出道，读出情。

2020.8.9

第六辑：艺术的魅力

经由艺术，也唯有经由艺术，我们才
能免于玷污真实存在的污秽。

——奥斯卡·王尔德

我与书画

（一）

我对书画有一种特殊的感情，它们于我的精神世界里占有很大的很重要的一部分，抑或说，书画文化因子已然渗透在我的血液里，成为我生命历程中不可或缺的要素。

少时，身高不及桌，看父亲为乡邻写对联，自此认识毛笔、墨汁，红红的对联纸映红了简陋的茅草屋的四壁。

8岁始吧，父亲即教我握笔，临帖，我偏爱柳公权体，于是就临《玄秘塔碑》，柳体的爽利挺秀，如玉树临风般的卓然风姿，吸引了我。本来我生性好动的，和小伙伴们爬树、潜水，到屋檐下掏鸟窝，样样不输他人，一旦握起毛笔了，心里就安静下来了，而且"蝉噪林愈静，鸟鸣山更幽"。炎炎夏日，我在院里那棵大榆树下，伏案临帖，全然听不到聒噪不休的蝉叫鸟鸣。裤兜里揣着一副弹弓，下课时间到了，我就找些不大不小的石子，然后引弓射蝉。这样一静一动的固定动作，相互转换，差不多持续到初一吧，此时功课紧了，临帖练字才暂止。至此，已临过《玄秘塔碑》《多宝塔碑》《颜勤礼碑》《麻姑仙坛记》等碑帖。

其实，学书法不一定非要自楷体入手，按照中国书法史发展进程，不妨从篆书下手。篆书是由甲骨文演变而来的一种文字，分大篆和小篆，秦以前的古文及籀文称之为大篆，而小篆是秦始皇统一天下之后所使用的文字。学书法不妨从小篆开始，学习它的用笔中锋圆转，线条粗细变化不大，欣赏、领略和把握其遒劲、圆润的美。王羲之曾不止一次告诫其子王献之："勿播于外，缄之秘之。学篆籀，工省而易成。"（《笔势论》十二章）李世民为此点赞，在他为《晋书》写的《王羲之传》中，历数各家书法之短，唯独赞王羲之曰："详察古今，精研篆、素，尽善尽美，其惟王逸少乎！"

书法，书法，最要紧的是用笔的方法，即通常人们所说的笔法，而有些人过于强调间架结构，似有不妥，只关注"像不像"，是注重形似了，其中省略轻视的笔法却是支撑神似的重要因素。

在中国书法史上，除了王羲之、颜真卿、苏东坡等人以外，还有一个影响最为深远的人物就是元代书法家赵孟頫。赵孟頫在《定武兰亭跋》中提出："书法以用笔为上，而结字亦须工。盖结字因时相传，用笔千古不易。"这是赵孟頫在学习书法中一步一步摸索出来的成功经验。

赵孟頫认为，书法的根本是用笔，并不是字形结构，因为字形结构在每一个时代都有它各自的不同，但用笔的笔法却是永远不会变的。

赵孟頫在书法学习中，是通过自己的体悟感受，总结出来了书法的用笔特点，也得到了后世的认可，成为学习书法的一个经典方法。他对篆隶书法都研习较深，如《峄山碑》《石鼓文》等，这些碑帖都是用笔的最好教材。当然，赵氏最终的书法成就主要在楷书和行书，但篆、隶却是这些书体的根本。

学篆通古，乃知文字；学篆通源，乃知五体；学篆通道，乃知气韵。篆书是书道至极。清代书法专著《书法正传》中说："古人以书名者，必通篆籀，篆籀所以为诸体之本。"明代书法家丰坊著《书诀》有言："古大家之书，必通篆籀，然后结构纯古，使转劲逸，伯喈（三国曹魏时文学家、书法家蔡邕字）以下尽然。米元章（宋代大书法家米芾字元章）称谢安石《中郎帖》、颜鲁公（颜真卿，唐代宗时官至吏部尚书、太子太师，封鲁郡公，因名）《争坐》书有篆籀气象，乃其证也。"

蔡邕在其作《篆势》一文中赞美篆书道："处篇籍之首目，粲彬彬其可观，摘华艳于素，为学艺之范先。"王羲之还说，草书亦复须篆势、八分、古隶相杂。

康有为在《广艺舟双楫》中说："精于篆者能竖。"一切书体都离不开竖，也就是说，只要是学书法之人，都得先学篆书。

在我国篆书、隶书、楷书、行书、草书五体书中，篆书位居首位，充分说明了它与其他四种书体的关系，其他四种书体皆由篆书衍变而来。

还因为文字亦由篆体文字发展而来，"六书"体系之下，造字方法造出来的最基础的字也是篆体字，这是很重要的一点，这决定了文字的初生的原生态美是从篆书发源的。

2019.10.26

（二）

诗书画，我个人喜爱这里三字并立，读来亲切可人，诗中有画，画中有诗，书画同源。古代有许多书画家，都承认"书画同源"之说。

最早发现这个道理的是元代大画家兼书法家赵孟頫，他在一幅流传甚广的名画上题诗道："石如飞白木如籀，写竹还应八法通。若也有人能会此，须知书画本来同。"在这里，赵孟頫强调的是：中国绘画应以"写"代"描"，以书法的笔法画画。而在画史上，以先秦诸子所谓的"河图洛书"为书画同源的依据，唐代张彦远《历代名画记·叙画之源流》中说："颉有四目，仰观垂象。因俪乌龟之迹，遂定书字之形。造化不能藏其秘，故天雨粟；灵怪不能遁其形，故鬼夜哭。是时也，书画同体而未分，象制肇始而犹略。无以传其意，故有书，无以见其形，故有画。"此为最早的"书画同源"说。

《殷契》甲骨文，其体制间架，既是书法，又是图画，近人郑午昌说商代"是可谓书画混合时代"。

中国书法和中国绘画确实颇有渊源，其产生与发展，可谓你中有我，我中有你，相辅相成，相携并进。

在近现代中国画坛上，陆抑非先生是一位文涵中西、艺冠书画的著名花鸟画家，在他90年的多彩人生中，这两个鲜明的特质集于一身，是其他画家所没有或者说是难以企及的。吴昌硕先生以书法入画，其画具有金石味道，陆抑非是反其道而行之，用画之笔墨去书写，故其字颇具画味，如枯藤、竹竿、荷叶，婀娜多姿，趣味十足。陆抑非画花卉叶子的勾线则采用了书法的线条，十分优美飘逸。他有句名言："字是画出来的好，而画是写出来的妙。"道出了他对书画同源的真知灼见。

我喜欢那种空灵的，或是带有些飘逸和隽永意味的文人画。鸿篇巨制也好，各有各的味道。但是小品，方寸之间见品位和性情。

文人画，也称"士大夫写意画""士夫画"，泛指中国封建社会中文人、士大夫的绘画，别于民间和宫廷画院的绘画。

文人画始于唐代王维，兴盛于宋元，画者一般回避社会现实，多取材于山水、花木，以抒发个人"性灵"。

文人画标榜"士气""逸品"，讲求笔墨情趣，脱略形似，强调神韵，并重视书法、文学等修养及画中意境之表达，对传统美育思想及水墨、写意等技法的发展，颇有影响。

近代陈衡恪认为："文人画有四个要素：人品、学问、才情和思想。具此四者，乃能完善。"我亦以为是，因为具有文心、诗情、画意，才得命名为文人画，诚如元代画家吴镇所云："墨戏之作，盖士大夫词翰之余，适一时之兴趣。"

王爱君在美术文献《中国文人画》里记载：文人画与一般的画家画、院体画、禅画，甚或政教宣传画都不相同，它是文人雅士们的心灵事业，借绘画以抒泄文人们胸中之逸气，并不求工整与形似，也不讲目的与价值，只是随兴所至，表之笔情墨趣，写写文人墨客心府灵境。

文人画与作家画（指专业画家的作品）不同，清代画家盛大士《溪山卧游录》中云："画有士人之画，有作家之画。士人之画妙而不必求工；作家之画，工而不必画妙，故与其工而不妙，不若妙而不工。"

士大夫画与士人画，都是文人画之别称，由此可知，文人画，不在于工整细致，不在于形似甜美，而在于画里画外的那股妙趣，达到所谓"妙不可言"之境地。

陈师曾在《中国文人画之研究》中说得甚是中肯，曰："画中带有文学性质，含有文人趣味，不在画中考研艺术上之功夫，必须于画外看出许多文人之感想，此乃所谓文人画。"

文人画最显著的，是因文人适一时之兴，伸纸戏墨，在画中有书卷气，在画外也有文人那股耐人寻味的气息。

苏轼在《文与可画筼筜谷偃竹记》里写道："振笔直遂，以追其所见，如兔起鹘落，稍纵则逝矣。"

我对于书画，还是以为皆属灵感艺术，跟诗歌有相通之处，如南宋诗人陆游的《文章》所言：

文章本天成，妙手偶得之。
粹然无疵瑕，岂复须人为。

当然，光有灵感也不行，还要及时落实实践下来，所谓"崆峒访道至湘湖，万卷诗书看转愚。踏破铁鞋无觅处，得来全不费工夫"（夏元鼎《绝句》），要表达的意思其实是说要想做学问，死读书是没有意义的，只有在实践中，踏破铁鞋才能寻得真谛。书画也是如此，临写不辍，方能上进。

谈到"实践"，其实陆游也有首诗最能表达之，这就是《冬夜读书示子聿》：

古人学问无遗力，少壮工夫老始成。

纸上得来终觉浅，绝知此事要躬行。

一切的技能习得和掌握，必经"拳不离手，曲不离口"。

2019.11.26

（三）

我以为，书画既为艺术，情致的表达是为关键。凡艺术，可以定义为"人类以创造美为主要目的的技术及其产品"，艺术需要技术，但不是技术。艺术是个人感情的真实体现，艺术是为自己而创作，艺术是自由的。

学者李二和在《流浪的梦》里说："艺术是人类生存状态的特殊显现和高度浓缩与提炼，是最终表达与揭示生命真谛的灵魂奇遇。"鲁迅先生这样认为：画家所画的，雕塑家所雕塑的，"表面上是一张画、一个雕像，其实是他的思想和人格的表现"。这是因为艺术活动总是伴随着情感，这是欲望、兴趣、个性的具体的心理表现，也是对对象能否满足自身欲望的价值评判。

其实，对于我来说，最重要的是情感表达，诗歌随笔以及书画创作等文学艺术，带给我一种情感上的宣泄出口，我与它们是"灵魂奇遇"，或者说是一种事物象征上的寄托，一个生命意义上的隐喻，是我时常追念伟大父爱的一种方式。自出生始，映入我眼帘的就是那写满泥巴墙的行楷字，年关临近时的对联，用来临摹的花鸟虫草画册，这都是拜先父所赐，他是我爱上学习书画的启蒙恩师。他的钢笔字、粉笔字和毛笔字，大多是写楷书，行楷和行书亦不少，草书少。他的绘画作品多是用粉笔画在墙上的白描，或是画在纸上的花鸟草虫，再就是漫画。我记得当时他有几本自己的画册，我常偷偷翻看。

俄国作家列夫·托尔斯泰就曾在他的《论艺术》中指出：文艺创作是艺术

家在自己的心里唤起曾一度体验过的感情并且在唤起这种感情之后，用动作、线条、色彩、声音及言词所表达的形象来传达出这种感情，使别人也能体验到同样的感情——这就是艺术活动。

情感主宰着艺术活动的整个过程，贯串在艺术创作的整个心理过程之中，比如完成一幅书画作品，从开始前的预备，包括预见和准备，然后创作，最后整理收尾，创作者的精气神是贯通始终的，情感或浓烈或淡泊抑或起伏跌宕，皆跃然纸上。

中国书画，同为线条艺术，更是综合艺术的体现，它们是造型艺术、视觉艺术和文学艺术等融合，甚而从背后走上前台，尝试现场表演。

我是色弱，色彩对我来说更为敏感。我偏爱黄色、橙色和蓝色等暖冷色调，不如此，就觉不够生动。所以在我看来，绘画作品要么淡雅平宜，要么就重彩渲染，炫然夺目。

2019.12.13

国学之年

早上读了《书法究竟是什么？且听一个良心中国人的呼声！》这篇文章，文中大意说，当今95%以上的书法家整天在抄古人的诗词歌赋，充作自己的作品，这些人手上是有些笔墨，可是肚里连根文化草也拿不出来，有好多所谓的书画大师，只会玩弄技法，没有文化底子作支撑，所以作品是一片热闹，却无甚么内涵，尤题字落款，肚里有无干货，是否捉襟见肘，可见分明。

要想书画作品有内涵和品位，先是创作者要有内涵和品位，最好是能练得一身童子功。

其实，就算不是书画创作，其他艺术工作者，如琴师、雕塑师、舞者、歌者等，如能熟习诗词歌赋，我相信，他（她）的作品，无论是静态的还是动态的，是有声的还是无声的，所呈现出的是有形抑或无形的，都会呈现一种状态，有内涵有品位，有质感，不媚俗，不低级，不迎合。

我很感恩父亲，在我和妹妹弟弟很小时候就指导我们诵读经典。20世纪70年代，书籍本就不多，不像现在铺天盖地，那时唐诗、宋词、经史子集更少了，父亲用钢板刻印，选辑古诗小文，装订成册，发给我们，教导诵读。

古诗，多是选辑五言绝句，如北宋诗人梅尧臣的《陶者》：

陶尽门前土，屋上无片瓦。
十指不沾泥，鳞鳞居大厦。

这首诗很现实，很有社会学的意义在里面。再有唐代大诗人王维的《杂诗》：

君自故乡来，应知故乡事。
来日绮窗前，寒梅著花未？

读后，很让人产生对故乡的思念依恋之情，蕴含家国情怀。还有，唐朝王之涣的《登鹳雀楼》，读来气势磅礴："白日依山尽，黄河入海流。欲穷千里目，更上一层楼。"冬天到了，下雪了，我们吟诵起王安石的《梅花》："墙角数枝梅，凌寒独自开，遥知不是雪，为有暗香来。"

这些朗朗上口的小诗至今时常涌上脑际，变幻出一幅接着一幅动人的画面。

父亲还教导我们诵读《三字经》《百家姓》《弟子规》等，到了中学和师范时，我始诵读《论语》《道德经》《大学》《孟子》等。

诵读国学经典，诗词曲赋，经史子集，不仅能学到天文地理历史等方面的知识，而且能增加对自身的认知，对内心的观照，对事物的看法，对问题的分析，学会辩证地对待人和事，包括得与失，悲与喜，多与少，远和近，大和小，等等。对天人合一，对万物涵盖宇宙，对人生来往追问，都有丰厚的收获。

"不学诗，无以言；不学礼，无以立"，童年时就能浸淫传统文化，由启蒙到汲取智慧，这一点我要再次深深感恩敬爱的父亲大人。

2022.04.19

书画之缘

由描红到临帖，我渐渐地对书法产生了兴趣，当然当时并不知道书法为何物，只是叫写毛笔字。

到了中学阶段，临帖就暂停了，因为当时学习任务非常重，也可能是受到父亲对我态度和看法的转变所感动，他不再单单很严厉地待我，而是和我谈心、沟通多一些了，所以学习上主动了。他带我上街，看拉平板车的师傅负重前行，步履缓慢，车把上扎扣的毛巾已被汗水浸透，父亲指指车夫：不好好学习，将来像他们一样，做苦力哦。

母亲也时常带我到田里帮她拔草，提水，拉粪肥，播种，割麦（稻），背，扛，抱，顶，真是面朝黄土背朝天。大约10岁起，我就拥有了一套量身定做的农活家什，小锄、小耙子、簸箕、镰刀等。他们说，在屋里读书好，还是在田里干活好？不好好学习，这田到时分我一块种。经过风吹日晒雨淋水泡的体验，我毅然地选择了前者，于是学习上拼命起来。

毛笔字临帖到初三是暂停了，可是在写好钢笔字上却始终没随便，相反较之前更认真起来，平时数理化作业的书写不光汉字就是数字字母都一笔一画地写好。语文作业就不消说了，尤是作文，即使洋洋洒洒六七大页之多，千把字左右，每字每笔每画都老老实实待在格子中间。

后来教学生习字时，就会与他们达成共识：认认真真写字，踏踏实实做人。

师范3年练习书法临习不辍，多以楷体为主，其他书体极少，直到走上教师岗位，参加无锡书法艺术专科学校的书法专业学习，才较为全面系统地练习其他一些字体，当时学习了《篆书概论》《行书概论》等书法概论系列，以及《中国书法史》等，临摹学习了《龙门二十品》《石门颂》《西狭颂》《张迁碑》《史晨碑》《兰亭序》《张旭古诗四帖》《怀素自叙帖》等著名碑帖。

犹记彼时临写《怀素自叙帖》于宣纸上后张贴环室四壁，访者注目，余喜不自胜，无以言表。

2022.04.19

写作的好处

我首先坦诚地承认我常常焦虑，无法经常保持心静如水。身处焦虑的年代，我中毒很深，无法躲过。

白昼喧嚣，而黑夜可能稍微好过些。归宿的归宿，息眠的息眠，各有各的去处。而我于夜深人静时，倾闻天籁，兼听心音。

写作是我表达情绪的一种方式。在写作时无话不说，是自己对自己负责的一种态度。我不会自己对自己隐瞒，记录下自己内心的发声，或是卑微的，或是渺小的，甚而微不足道的，可能大多时候既无波澜壮阔的豪迈，又无鸟语花香的美好，溪水潺潺的悠闲，更无花前月下，人约黄昏后的浪漫，但如此的写作是弥足珍贵的，因为它是真实的，独一无二的。

我写我的快乐和忧伤，孤独和彷徨，向往以及惆怅，人生得意时的马蹄疾，酒逢知己醉酣时的须尽欢，写不尽人间的悲欢，说不完生老病死的人生苦短，有多少无奈，最后化作长吁和短叹。

"清庙之歌，一倡而三叹也。"（《荀子·礼论》）写作不为讨好谁，只要三五知音足也。

2019.11.13

写作之心

美国诗人约翰·阿什贝利说，问我为什么要写作，我的回答是我不知道我为什么要写作。德国作家斯特凡·赫尔姆林说，人不是因为担心死而从事写作，而是担心死后没留下什么痕迹。

我自小就爱唐诗宋词，就爱读优美的散文。我也想写，成为一名作家是青春时的梦想。

"我认为，写作的真正原因，并不在已成为作家者的声誉中，而存在于其青春时代的梦幻中。"英国作家威廉·博伊德如是说。

写作之时，我的心是如此的自由，抛开世俗的羁绊，一颗自由自在的灵魂，在精神世界里歌唱。

《文心雕龙》有语："文之思也，其神远矣。故寂然疑虑，思接千载；悄然动容，视通万里；吟咏之间，吐纳珠玉之声；眉睫之前，卷舒风云之色；其思理之致乎。故思理为妙，神与物游……此盖驭文之首术，谋篇之大端。"专心致志地思考，思绪连接古今，心为所动，情为所感，自是动人心弦，于是，感觉上自己仿佛可以看到千里之外的不同风光。

写作者，也是现实记录者，要带着一双诚实的眼睛，去发现，去记录生活；写作者，还是超现实手绘者，废墟上的花，一双没有玷污过的手，都会被赋予特别的意义；写作者，是无声的歌者，而汉字就像方块音符，千百年来一直在人们的现实世界和精神世界里被吟唱。

2022.04.19

音乐之声

我热爱音乐，声乐、鼓乐和弦乐等器乐，都喜欢，虽不擅创作，但懂得欣赏。声乐，有余音绕梁；鼓乐，叫人振奋激荡；弦乐，丝丝入耳，扣人心弦。

我的母亲年轻时就好唱歌，曾于插秧农作时唱《天仙配》里"夫妻双双把家还"，还唱电影《洪湖赤卫队》里韩英在牢狱里思念妈妈的歌。她的嗓音亮丽悠扬，一开嗓，就吸引了田间地头农人争相张望，侧耳倾听。他们一边劳作，一边欣赏，露出赞许的笑容。

我和妹妹弟弟都随老妈喜欢唱歌，先不说唱得怎样，能开口唱，字正腔圆就好。我们都认同唱歌能直抒胸臆。

二舅当初在家乡的剧团工作，他扮相英俊，嗓音响亮，常演梁山伯。每逢登台，总是博得喝彩声一片。经年过后，他不唱了，但生活还要继续，养老又顾小，外婆寿过九秩，表弟妹先后成家。二舅是老了，可是每当看到他，我总想起那个在嘶嘶咧咧的马灯下，英俊扮相的后生闪亮登台，一亮嗓子霎时技压全场的场面。

二舅和老妈都属草根阶层，不知什么叫作高雅，更不懂何为阳春白雪，但是民间老百姓知道，下里巴人的音乐是最真实的，最接地气的，所以也是最动听最受欢迎的。

我妈和二舅他们没接受过什么系统的声乐训练，他们只是用心，用情，唱出对生活的一种感受，一种理解。

礼、乐、射、御、书、数是我国古代六艺，也是儒家弟子要掌握的六项技能。礼，礼节，礼仪；乐，音乐，歌唱和弹奏或打击的本领；射，射箭的技术；御，驾驶马车的技术；书，指书法；数，指算数。可见，中国不仅仅是诗的国度，我国同样也是"乐"的厚土。孔子非常重视音乐对人心的陶冶作用。讲学前，行程中，他常常鼓瑟而歌，"在齐闻韶，三月不知肉味"，可见音乐的美感使人的自然情绪得到净化，使人的精神得到超越。

荀子后来继承了孔子的观点，认为音乐对陶冶人心作用很大，在人性的形成和变化过程中，"夫声乐之入人也深，其化人也速。"（《荀子·乐论》）相对于其他艺术形式，音乐更能打动人的心灵，使人的精神得到洗礼和净化。

古今中外，对音乐的意义认知，有些则上升到形而上的层面，如贝多芬说，音乐是比一切智慧，一切哲学更高的启示。西方哲学家笛卡尔、斯宾诺莎、莱布尼茨都写过关于音乐的文章，除了康德和洛克明确表示不喜欢音乐外，大多数哲学家都喜欢音乐。波普曾经宣称："音乐是支配我生命的主旋律。"在这些爱好音乐的哲学家中，叔本华擅吹长笛，穆勒和尼采以弹钢琴见长，维特根斯坦爱吹单簧管。尼采长大后在写给母亲的信中说，在我听不到音乐的地方，一切对我来说都是死寂的。没有音乐，生活就是一种错误。

对音乐的理解，用生命去慧悟，弘一法师就是这样。法师俗名李叔同，民国著名音乐教育家，他是真不简单，出家前，他的音乐，无论唱，还是弹，就是创作，都是不同凡响。

> 长亭外，古道边，芳草碧连天。
> 晚风拂柳笛声残，夕阳山外山。
> 天之涯，地之角，知交半零落。

一壶浊酒尽余欢，今宵别梦寒。

问君此去几时来，来时莫徘徊。

天之涯，地之角，知交半零落。

人生难得是欢聚，惟有别离多。

由他作词的这首《送别》还风行流传至今呢。

世人说，李叔同教音乐，比音乐老师好；他教美术，比美术老师好；他的诗歌和书画，都堪称孤绝。

如果你注意下一衣带水的邻人日本，还有朝鲜、韩国等，他们可是边饮酒边歌舞呢，自自然然，毫无忸怩矫揉造作之态，语调高昂而婉转，令人闻之动容。

其实，我们中国古代早已有席间饮酒听歌唱歌的习惯和风俗，"与君歌一曲，请君为我倾耳听"，李白在吟诵《将进酒》时，一定也是像我们今天一样，慷慨激昂，抑扬顿挫吧。

当然，他们当年吹拉弹唱，是琴瑟、鼓筝伴奏，而今天我们则是卡拉OK，但都是情之所至，兴之所至。不过说心里话，我还是喜欢清唱，那是一个真和纯，一点修饰不带的，原汁原味。歌为心声，不要掺假为最好。

我读师范时，琴棋书画，三字一话（粉笔字、钢笔字、毛笔字和普通话），这些是必修课，属教师童子功。我们上音乐课是每人一个琴室，一台风琴。那时钢琴不多见，风琴是鸦片战争后，随赞美诗和基督教传入中国的。我们双脚踏板，双手揿琴键，反复练习，曲谱翻烂了，童子功也打下了。

当然，音乐欣赏和体验这东西确实也要一定天赋的，有的扯开嗓子，声嘶力竭，在调上还好，不在调上真是难以入耳，鬼哭狼嚎。

20年前，在北京偶遇著名音乐人左小祖咒，小礼帽戴着，光喝酒不吃菜。应邀到他单身公寓听他灌的碟带，一听都没有准调。

左小祖咒来自咱们江苏，他创作的曲调源自苏南苏北民间吹鼓手艺人的作品，在说唱之间，一般人接受不了，大家可以百度一下，左小祖咒的《小莉》。那时左是北京酒吧地下歌手，如今获奖频频。贾樟柯还多次请他为电影作词作曲呢。

2022.04.15

书画的奥秘

我喜欢艺术，喜欢书画，尤为欣赏的是写意画，特别是大写意的。

所谓写意，就是不要写实。写实，有时不是写美，而是写丑，比如苏北某乡镇的一个名为"石榴"的雕塑，真实得够丑，还弄了半边"剖开"的，紫红的颜色是夺人眼球的鲜艳，但是太俗太土，无有生机。因为太写实了，显得俗气和呆板，哪有一星点"艺术"的造型和意境呵？

书画艺术，亦是另一种"塑形"和达意。关于其意境和气韵，我一直很欣赏陆抑非先生的这句话：字是画出来的好，而画是写出来的妙。他说出色的大写意花鸟画家，多半是书法家。

关于书画之间的关系，我们耳熟能详的是书画同源。为什么同源？除了都是线条艺术，恐怕还有其他。诗书画同源，添了个"诗"字，似乎更便于理解书画的关系了。三者皆讲究意境、情境和境界，画里有诗，诗中有画，"明月松间照，清泉石上流"（王维《山居秋暝》）分明是一幅山间美景图，而移步换景，美景如画，又能让人不禁心荡神怡，沉浸于画意中，引发出诗情来。诗书画，都有澎湃的激情，铿锵的韵律和节奏。

所以，苏轼在《东坡题跋》下卷《书摩诘蓝田烟雨图》评论王维的作品中指出："味摩诘之诗，诗中有画；观摩诘之画，画中有诗。"

潘天寿先生教导说："每天早自修时间，千万别忘记必须练书法一小时。""宁可三日不作画，不可一日不练字"。我也以为，书画艺术，书为基础。

陆抑非先生的成就亦证实，凡是出色的大写意花鸟画家，大都是书法家，所以大写意画是写出来的，并不是画出来的。其他画亦然。

"绘画以用笔为上，可通过练习书法，强化用笔的训练。"陆抑非在青年时期于绘画就有一定名声，但他因此更强调书画同源。他提醒自己说："书法对于画有重要影响，不注意书法的练习，就很难画出中国画的韵味来，很难体现中国画深沉的艺术意蕴。就不能立体地去欣赏它。"（《陆抑非画语录》）

我个人的性格还是喜爱恣意洒脱些的书画，书以草法，画以写意。国画家马钝先生的山水画作，笔墨挥洒，亦循法度。马钝学傅抱石，但不拘泥"抱石"，更非模仿"抱石"。傅抱石作画左手把盏，右手持笔，运筹帷幄，挥洒自如。马先生能得其真传，实乃得其精气神也。尤是他以书法入画，既有线条，又无线条，线条藏于线条里，点、线和面，构成了节奏明快的画，蕴意隽永的诗，激情飞扬的乐。

2020.12.19

骂并非真骂

今天午时读《流沙河讲古诗十九首》。第十四首讲：

回车驾言迈，悠悠涉长道。
四顾何茫茫，东风摇百草。
所遇无故物，焉得不速老。
盛衰各有时，立身苦不早。
人生非金石，岂能长寿考？
奄忽随物化，荣名以为宝。

这首诗写的是一个有一定社会地位的人，大概是在社会上，或者是在官场上，受到了什么委屈，感到非常失落。这一天他驾着马车出门，突然心情烦躁，不想去了，就喊马车掉转头朝郊外跑。到了郊外，他触景生情，发了一通感慨。

"……最后他还是醒悟了：哦，人生本来就是这样短，不可能永恒，不要去追求那些虚妄的东西，要珍惜自己的名声，至少不要走了以后拿给人家骂，说那个狗日的东西坏得很，把我们整安逸了！"

我又看了一下流沙河的照片，这么文质彬彬的一个人，也骂了。有些不大信，但还是骂了，骂得突兀，可是在理哦。

由这"狗日的"想起"他妈的"，国骂，想起鲁迅这位"骂人"高手，他的文字中的多少种骂法，他是国骂的发明家、创造家和改革家。其实，何止鲁迅，我相信，国人多少都骂过，就是嘴上不骂也心里骂。国骂，符合国情的骂，带有中国特色的骂。

我这几天心里就在骂，因为新冠肺炎疫情吗？有一点，但也有些习惯了，见惯不怪。气愤会骂，看不惯会骂，受窝囊气会骂，累了会骂，甚至兴奋起来也会骂，还有莫名的骂，骂人骂事骂空气，有时连自己也骂。

骂人还是数女人会骂，她先是敢骂，然后会骂，尤是农村的妇女，现在称大妈的，真会骂，两人手指着对方跺脚对阵骂，也有手持镰刀坐地砍着地骂，还有拍着手跳着骂，以及村头村尾村中央游走骂。声调铿锵悠长，顿挫抑扬。

我小时候就见过一个大妈，特能骂，谁家倒霉的那只鸡不小心贪嘴越界偷啄她的菜，她把鸡一条腿砸瘸了不说，还全庄里游走着骂。她先是把鸡主人家祖宗八代都问候一遍，又慰问一遍下一代，然后还预知人家的将来，骂得声色俱厉，骂得唾沫横飞。

我也会骂人，不能全说受人家的影响，大概骨子里基因里就带有会骂的成分，比如现在，"狗日的，今天得再去测一下血糖，身上一些地方痒"。

诚然，有时候的骂并非是真的骂，它要么发挥引申了骂的含义，或隐喻，或干脆是叹词助语气而已，与哎哟喂类似。

曾获全国优秀短篇小说奖的刘恒的《狗日的粮食》这篇小说里说："食，人与生俱来的本能之一，在那个生存资料极为匮乏的年代，求生的本能便占据了首要地位。"一句"狗日的"，透着的是无奈、绝望。

2022.03.18

诗歌的练习

诗的来源

说起诗歌，人们往往以为多么高深，甚至神秘，而事实上，诗歌来源于生活，又高于生活，它是朴素的，更是华贵的。

作为诗歌大国，中国最早的诗歌总集是距今2500多年的《诗经》。但是，有些人认为中国最早的第一首诗是4000年前的《击壤歌》：

日出而作，日入而息。
凿井而饮，耕田而食。
帝力于我何有哉！

《击壤歌》是第一首可考的古诗，也是第一首歌曲。诗歌表达的主旨是歌颂和赞美自由。太阳升起我上工，日落西山我下班，自己凿井取水喝，自己耕种有粮吃。这种日子自由、放松，手握权力的帝王位置对我来说又算什么呢？自己动手，就可丰衣足食。独立自主，自力更生，不求人，岂不乐哉？

其实，中国乃至世界最早的一首诗还要追溯到上古的歌谣《弹歌》，距今4600多年前。这首诗被公认为文学史上第一首古诗，也就是诗歌的源头。

"断竹，续竹；飞土，逐宾"，这首《弹歌》通篇只有短短的8个字，可是每一个字都铿锵有力，同时也表达了劳动人们的智慧。

而我以为人类最早最早的诗歌，还是由劳动人民张口而来的歌谣，再早就是人类劳作时的号子，"杭育杭育——杭育杭育"。这是诗，更是歌。

诗创作的前提和原则

诗歌这种体裁比较特殊，它不同于散文和小说，它不是普通的句子分行和罗列，它有规律的，不论古体诗抑或现代诗。

诗言志。首先诗歌要有一个主题，表达一个意思，围绕一个主题一个中心，歌之咏之。

有的所谓诗歌，主题不鲜明不突出，中心模糊，让人读了半天也不知所云，全因为作者说了半天自己先糊涂。

诗言情。诗歌创作者心中要有爱，善待万物，心思细密，能多愁和善感，能感触到生活中的诗情画意。

有些人，就是个空心人，只关注钱物，重视物质，他受着外在的奴役，身心是不自由的，精神生活是零，是没有灵魂的空心人。这种无灵无魂无趣无味的空心人，甭指望他还能咏出一两句诗歌，即便是平常里说话表达都成问题，因为他无爱，若有，也是只对自己爱，而非身外万物。

诗言物。言之有物，不空洞，不喊口号，不熬鸡汤，既言物，但不光平铺直叙，能尽力跌宕起伏，一波三折。

2022.01.12

诗歌的真正面目和实际效用

诗歌产生于劳动人民，也服务于芸芸众生。它有时看起来高大上，似乎不可接近的高冷和深不可测的神秘，其实这是对诗歌的误解。

在所有文学体裁中，诗歌最能直抒胸臆，无论焦虑抑或郁闷，诗歌都能帮助排解。一首诗歌是一剂良药，比如李白的《将进酒》：

……
天生我材必有用，千金散尽还复来。
烹羊宰牛且为乐，会须一饮三百杯
……
五花马，千金裘，
呼儿将出换美酒，与尔同销万古愁。

还有刘邦的《大风歌》：

大风起兮云飞扬，
威加海内兮归故乡，
安得猛士兮守四方！

还有曹操的《龟虽寿》：

神龟虽寿，犹有竟时；
腾蛇乘雾，终为土灰。
老骥伏枥，志在千里；
烈士暮年，壮心不已。

盈缩之期，不但在天；

养怡之福，可得永年。

幸甚至哉，歌以咏志。

我以为曹操的这首《龟虽寿》还有养生益寿之功效，如果每天能诵读上两遍三遍，你一定会上下通气，扬眉吐气，一扫胸中块垒。

有些人对诵读和吟咏诗歌的冷嘲热讽：真是酸腐！整天弄些没用的，饭都吃不饱，还风花雪月？就一傻子！我说你才是傻子，猪一头，驴一只，只知道吃喝拉撒，打喷嚏、放屁和交配。没有精神生活，失去了灵魂，跟动物有什么区别？

表面看有用的，其实最没用；表面看没用的，其实有大用。注重文学艺术和精神生活的人，活得才是个人。

诗歌的内在

一是有节奏感，不拖沓，"我来是因为我爱，我爱是因为你的存在"（陆文龙《大理的风花雪月》），不是说：我爱你啊所以我来了云云。

二是简捷，不拖泥带水，"命运可以走出冬天，记忆又怎能忘却严寒。春天是个流泪的季节，你别忘了打伞。"（汪国真《记忆》）

三是超脱。诗来源于生活，又高于生活，"我背着孩子"，这不叫诗；"我的背上驮着未来和希望"，这叫诗。

四有审美。诗歌是美的产物，里尔克指导情人莎乐美写诗，把"露珠在树枝上"改成"露珠在葡萄藤上闪亮"，这样就美多了。

有人见到再美的风景，只会说："他奶奶的，这么美！"毫无审美力。他缺乏观察力。再加上文化水平有限，你叫他能形容出什么？

2022.01.13

诗歌的外显

在中华传统文化典籍里，我们会读到古人的一些关于言语、说话表达以及对于交往礼仪的观点，比如"不学诗，无以言；不学礼，无以立"。

一个人如果只会说粗话、大话，甚至谎话，那他就不是说人话。做人不说人话，怎么在人与人之间正常交往呢？而注重礼仪，则为内外素养之集中体现。

作为最为高度精练之文学体裁的诗歌，其特点就表现在语言上，简捷、明快而又抒情，既惜字如金，又不失表达的义旨。其间，假以技巧的使用，比如《诗经》的赋比兴的手法等。铺陈直叙加以排比可以直奔主题；倒装、比喻、比拟、借代和夸张等修辞手法，更强调意象性。

"你的弯眉像月亮，你的明眸深似海"是比喻，还有"我爱你，爱着你，就像老鼠爱大米……"当代诗歌表达，是一种比拟，诙谐幽默，甚至还带点无厘头。

再看毛泽东的《七律·长征》：

红军不怕远征难，万水千山只等闲。
五岭逶迤腾细浪，乌蒙磅礴走泥丸。
金沙水拍云崖暖，大渡桥横铁索寒。
更喜岷山千里雪，三军过后尽开颜。

再看毛泽东的《十六字令三首》：

山，快马加鞭未下鞍。
惊回首，离天三尺三。

山，倒海翻江卷巨澜。
奔腾急，万马战犹酣。

山，刺破青天锷未残。
天欲堕，赖以拄其间。

这两首诗可以读出多么大的气势，多么大的雄心壮志，诗用比喻、夸张等修辞手法表现了红军战士的英勇、豪迈，大无畏的革命精神。

另外，诗歌就是要充分调动起发散思维，运用联想，由一物及他物，由一物及多物等，起承转合，一咏三叹，会有余音绕梁之效果。

诗歌还要有趣味，不仅仅要朗朗上口，最好再具有一定的趣味性，不能干巴巴，读来味同嚼蜡。诗要有趣味，首先诗人要有趣味。

格局·品位和情趣

被兄长骂了"昏"的周作人的文章，我是不愿读的，文如其人，不知感恩又对兄长不敬的、只一味迁就女人的人，文字一定虚弱冷寒，无甚可读可取之处的。

周的情趣一定是卑微的，甚而猥琐得可怜，他的品位自然也不高。他只图自家有个安适的书斋，女人也不要找他的麻烦。所以，周的格局是不会大的。他只要有个小小的安乐窝就行。"我就是周作人，不是其他人。"他想他只是个小男人，正巧有个会写文章会骂人的兄长呵。这个鲁迅，他已和他绝交。

生活里我们还会听到：我就是个卖肉的，我就是个搬砖的，我就是个种地的，我就是个教书的。有此说法的，持有此观点和理念的，估计他的格局也比"小男人"周作人大不到哪里去。

至于格局，我以为它和品位以及情趣，这三者之间不是矛盾的，应是互补、互为促进的、相辅相成的。当然，至于其间辩证关系，个中细节也耐人寻味，还是要看各人的理解，各人的境界吧。

个人的修为，应是天性的、文化的和社会的，但是上天似乎又不是绝对的公平的，所以人各有志，各行其道，也是正常不过，没什么可奇怪的。

可是，可以不甘心啊，比如，我是个种地的，我可以把地种出和他人不同的花样，我不为种地而种地，我要不一般地种地，种地不一般，我种出自己独一无二的地。

我就是个教书的。记得中学时，一位老师的备课本多年来一直没换。估计她的教学经验只是教学经历的重复，教了20年，就是20个1年而已。她没有长进，也不会有。所以，她从始至终依然只是个教书的，一辈子就只是个教书的，而不是别的。她一般地教书，教书一般，谈不上情趣，因为没有激情，更遑论格局，因为她根本不去追求什么格调和品位。

那位卖肉的北大高才生呢？我以为作秀的成分多些。他就不如另一位引人注目的卖肉哥，让人起着更多的敬意，因为他的真实和真诚，他一边卖肉，一边练毛笔字。

还有那工地搬砖哥，也是。他在工地上休息时，就习字，打开字帖，铺开纸张，提起毛笔，饱蘸墨汁，横平竖直，就操练起来。他全然忘了还有工地，他还要搬砖，他忘了自己是谁。

这是美丽的风景，最能打动人心。你看卖肉哥，抑或搬砖哥，看他们卖肉或搬砖间隙，还坚持练书法，学写字。他们都是认真的，认真对照着字帖，一笔一画地临写，很有仪式感，令人为之动容。

2021.03.29

莲的舒卷

始终跟随自己、忠心不渝的，首属我们的身体。有谁能够经常观看、触摸我们的身体？不遗余力地去关注它、热爱它——我们的自己的身体。

有一年春天，我应约于北京师范大学做访问学者，在心理学部参加了一场关于身体的舞动治疗，这个项目是由琳达晓乔女士指导的。

琳达晓乔是美国执证高级心理咨询师、美国认证高级舞动治疗师，是美国最大的行为健康医院——阿勒克山行为健康医院中心主任、专业教育学院及实习研究生院的高级督导。

头次接触到舞动治疗，感到新鲜、好玩，但我知道每个人的身体里一定隐藏着好多好多信息和信号，如果能够运用一种或多种方式去认识和认知它，你会发现许多意想不到的奇迹。

为了加深对这次活动的理解，我后来专门购买了琳达晓乔女士所著的《舞动：以肢体创意开启心理疗愈之旅》，她在这本书里全面、系统地阐述了诸如弗洛伊德、埃里克森、蔡斯、拉班、芭田妮芙、凯斯腾伯格等大师的舞动基本理论及基本疗法。

回想那次几乎零距离的接触，舞动治疗给我的感受，奇妙丰富、不可言喻，我第一次认真关注我的身体，虽然短短几天，但于身体，到心理，乃至灵性层面，我开始了一次有意义的探寻。

今年春天，我又购得《身体的历史》，这本书论述从文艺复兴到启蒙运动时期身体的历史，全书从宗教、医学、文学、性和体育锻炼等各个角度，展现了"现代"身体出现的过程，认为在这一时期身体经历了一种双重张力：既突出集体的强制性，又强调个体的解放。

《身体的历史》煌煌三大卷，时间跨度从文艺复兴时期一直到20世纪，从宗教、艺术、医学、性、卫生、屠杀和暴力、体育、表演等各个角度论述了身体的文化史，全方位地展示了西方社会的变化对人类身体的自我认知和影响。

女生的初潮，男生的第一次遗精，以及由此而来的手淫，无不是对身体中欲的觉醒的一种响应。当然，这对比以后的成长过程，还只是一个开始。

心理问题的形成从来都不是单方面因素构成的，是身、心、灵相互影响、持续运作的过程，身体有身体的智慧、心理有心理的智慧、灵性有灵性的智慧。

健康的生命需要身、心、灵三者的和谐而统一。身体是心理和灵性的载体，也是心理活动和灵性产物的基础，透过千变万化的身体动作，有助于唤醒和升华我们的整个精神世界。

再回到那次令我难忘的舞动治疗。舞动治疗是通过身体动作分析，借助身体律动参与，整合身体、情绪、认知的一种表达性治疗，舞动着的身体传达出极其丰富的个人信息。

我们的身体在舞动时，身体能量从静止到流动，在整个身体里窜来窜去，可以激活潜意识，可以触碰灵性。我们当时都很忘我。在故我、忘我，又"有我"地舞动着的身体里，我们不但可以遇见当下的自己，还可能遇见潜意识中的自己，也许还能遇见灵性中未知的自己。

人们常说的肢体语言，也许就是通过动作表达出我们身体里的记忆，不管是好的记忆还是有些糟糕的想法，以及心理上存有的对现实的接纳和抵触，直到舞动起来，间以音乐、绘画和戏剧手法等辅助，从身体开始，由外向内，再返回，打开记忆。一些平时和日常里纠结及缠绕我们的"隐喻"被渐渐放大，然后缩小，直到消失。

2020.10.17

我始终在写作之外

"当然啦，河水一直都在流动，因此河水也一直都在改变。""人不能两次踏入同一条河流。"这是古希腊哲学家赫拉克利特说的一个古老的著名的隐喻。时间是在流逝着的，改变着的，"一切皆流，无物常住"，没有什么可以永远是原来的样子。

这位距今2500年前的哲学家用其一生践行着他的"变"抑或"不变"的哲学。他出生在伊奥尼亚地区的爱菲斯城邦的王族家庭里，本来应该继承王位，但是他将王位让给了他的兄弟，自己跑到女神阿尔迪美斯庙附近隐居起来。

据说，波斯国王大流士曾经写信邀请他去波斯宫廷教导希腊文化，赫拉克利特傲慢地拒绝了，他不想"改变"自己，他想做他"变"和"不变"的自己。

请让我再借用一下博尔赫斯在《诗艺》里引用的圣·奥古斯丁的话："时间是什么呢？如果别人没问我这个问题的时候，我是知道答案的。不过如果有人问我时间是什么的话，这时我就不知道了。"我想就此谈谈我的那些写作，当有人将作品中的文字，或通篇阅览，或断章取义，想来捕捉我的身影，他是枉费力气的，因为他想到我的时候，我早已不在那里。文字的背后，背后的背后，我的身影早已湮没于时间的河流中。我一直在走。

我的写作，正是于写作之外，它不在之中，即是说，如同自然界中植物先开花后结果一样，其实"果"早已先孕育于"花"中。一粒种子岂非是一树"果"？

有人试用浅薄甚而庸俗的目光审视我的写作，进而对号入座，我想令他失望。他的短视的目光，所及之处，皆为止于水面上的浮萍。

"根据我们的经验，时间永远是赫拉克利特所说的河流，我们始终得遵循这一古老的比喻。"（《博尔赫斯口述》）深水静流，我的写作亦是。

我的写作永远不在时间之中，与时代相关不多，它于时间之外，"这个永恒的源头是超越时间的，既不在时间之先，也不在时间之后，它在时间之外。这可能已留在生命冲动之中。"（《博尔赫斯口述》）

我想我的写作亦不过如此。可是当我说这句话的时候，我思故我在，抑或我在故我思，早已不再那么重要，因为我可能已不是我。

2020.07.07

写作方法论：兼谈我的随笔写作

我喜随笔写作，可以自由任意思想，不受内容和形式上的约束，可以跨越时间、空间上的限制，自由自在地表达。

随笔于严格意义上不属散文，它和散文有着一定的联系，但亦有质的区别。有人说散文是形散神不散，我要说，随笔是形散神亦散。

不要企图拿固有的所谓审美格式去"框"它，更不要以所谓什么文字标准去"核"它，它就是它，它一直是它本身，不是别的。

我之对待写作，正如春耕秋收，一朝播种，然后孕育，到发芽开花，直至结果，自自然然的事情，无有做作。它究竟是我自己的事情，我完全听从我内心的声音。尽管猝不及防，来到这个世界，在这个世界，要承受和面对另一些猝不及防的遭际，正如卡夫卡说伍尔夫："用一只手挡住命运的袭击，另一只手匆匆在纸上记下自己的东西。"它是宝贵的，比什么都珍贵！因为是真实的。

我选择了随笔，正如命运选择了我，都是真实的，尽管有些时候感觉很凛冽也很残酷。我于随笔，无形亦有形，无神亦有神，心思缥缈但它始终存在。

随笔，形散神亦散，它是对生活和时代状况于思想中的映射，它就这样真实地呈现，没有修饰，不存刻意，更遑谈掩饰抑或回避。

它就是它，不是别的。它不会梳洗妆扮，讨好逢迎于你，更不会矫情地献媚于你。它在你面前，平和而又亲切，低缓而又坚决。

它是自由地铺张，但又有节制。它的拓展和延伸于语义之外，要看你的领悟是否够上它的表达。领悟它的"散"，正是需要你的集中和"不散"。

2020.04.07

艺术、哲学和灵魂

经由艺术，也唯有经由艺术，我们才能免于玷污真实存在的污秽。

——奥斯卡·王尔德

"离群索居者不是野兽，便是神灵。"（亚里士多德语）尼采又作进一步阐释：还有第三种情形，必须同时是二者——哲学家。

"音乐的魅力可以使一个人对不能感觉的事物有所感觉，对理解不了的事有所理解，使不可能的事变为可能。"（列夫·托尔斯泰）

你看，喜爱音乐和善于思考，浸淫于艺术和哲学的神光里，我是多么的幸福。

生活的准则教我守着规矩，凡事要一板一眼地死磕着去做，而艺术则使我拥有一个不羁的灵魂。

高贵的灵魂，不合时宜不适流俗的行为，他们往往超越平凡的生活，不同凡响。

梭罗指出："那些自以为是的，只知道要按照他们的规范，来规规矩矩地生活的人，往往接受不了他们毫不理解的事物的价值。"

我忽然也萌动了思考：生活足够繁重，我是否能够脚步轻松地走过？

如同保罗·高更在南太平洋时的那个预言一样：会有那么一天，他们把我们当成神话人物，或是报纸上杜撰的传奇。

流浪的人往往带着一个不羁的灵魂。流浪的歌者凭借歌声放开心中的羁绊，梦想就长出了翅膀，飞翔在公园、广场和大街小巷。

如果你丧失了灵魂，纵然你得到整个世界，又有何用？

2018.07.21

电影课及其他

（一）

我喜欢看电影，有时候会邀上学生或者友人一起看电影，大多时候我会自己一个人去看。

如果说小时候喜欢看电影，目的很单纯，纯粹是娱乐，看个热闹，大多是被其中的故事情节所吸引；慢慢地，随着年龄的增长，看电影引发的思考也逐渐地多了起来。带着一种思考探索去看电影，常常会有意外的收获。

比如国产电影的"脸谱化"被打破以后，好人坏人辨识难度也加大了，所以你得动脑子想啊：这究竟是好人还是坏人呵？过去，坏人一上来就能看出是个坏人，贼眉鼠眼，尖嘴猴腮，要么大腹便便，目光奸诈或者再带着猥琐，总之长着一张欠揍的嘴脸。如今，坏人会伪装了，装成好人，好人也能潜伏在坏人堆里，港台电影里叫作内奸或者线人，这要看你站在哪个立场上。

看电影最多的时候，是在童年。记得骑在妈妈脖子上看的《红灯记》，大约五六岁的样子吧，人山人海的，不如此，哪能看得到呢。后来经常和小伙伴们戏玩，模仿《奇袭白虎团》和《智取威虎山》里的情节，装扮志愿军悄悄从背后干掉美国哨兵，或者装扮杨子荣戏弄座山雕。

后来经常看电影就是在师范里，在学校的大礼堂里或者在校外西边的打麦场上，每逢周四晚上，晚自习就是看电影，我们晚饭后就赶紧搬了凳子去场地抢占位置。

我还记得看《少林寺》第一遍是在凌晨两点钟，其时《少林寺》正国内外热映，我们都守在学校大礼堂里，熬了差不多一夜，至凌晨，电影胶片才传过来。

我相信，起初发明家发明电影可能是记录、记载事件的，附加上娱乐和休闲等功能，如今，电影被赋予承载了更多的功用，一些大学里开设了电影课，戏剧影视学院不用说，应视为必修课了，其他大多是选修课吧。北京师范大学等高校还会定期举办"大学生电影节"呢。

比起小说或报告文学等文本，电影有声有色有形，更生动直观，现场感强列。人生来就是群聚动物，爱凑在一起，图个热闹，最好闹出些动静来，大家都开心。

当然，小说或报告文学等文本，则能引发人拓展想象空间，激发思考，这是电影代替不了的，因为观看电影，思考力可能会跟着导演的思路走，然后逐渐失去独立的判断能力。

2019.12.09

（二）

我个人偏爱战争片，尤是基于史实的反映巨大战役的片子，宏大壮阔，能让人热血沸腾，当然，还有夹杂于其中的爱情、友情和亲情，也时时牵动着人心。战争年代再怎么残酷无情，但是人性不会泯灭，哪怕只是一点点小小的火星。

欧美的一些什么漫威系列的科幻大片，如《钢铁侠》《蜘蛛侠》《X战警》《金刚狼》和《蚁人》等，一直到《复仇者联盟》系列，几乎片片不落。

昆山保利影院的IMAX是当时为数不多的超宽大银幕，视觉音效震撼无比，若再加上3D效果，更是如临其境，肾上腺素急速飙升。我很享受那个过程。

当然，我还喜爱一些蕴含着哲学思考的，对爱情，对人生，对于生命发出拷问的影片，比如《罗拉快跑》，其中还用了蒙太奇手法，从重复蒙太奇到隐喻蒙太奇再到对比蒙太奇和交叉蒙太奇等。

我那天又把《罗拉快跑》在电脑上看了一遍，看那个红发女孩在20分钟内要弄到10万马克跑去解救男友。她的3次奔跑隐喻了人生选择的多种可能性。

紧接着，那天下午，我又把早就想看的《海上钢琴师》看了，看那个内心狂热又冷静，还有对未知的世界充满胆怯的天才钢琴师。这个天才钢琴师在船上出生，一直到最后伴随着船沉没，始终没下过船。可能对于他来说，船是心中的唯一的一片绿地，一个专属于自我的理想国。尽管，他钟情于一个女孩，女孩下船时告诉了他自己的地址。但是，当他整理收拾好行装，走到舷梯的末端时，他停住了。望着离码头不远的高楼大厦，他想象着纵横交错的街衢巷道，错综复杂，"永远没有尽头"，他迟疑了，停下了脚步，随即向大海扔下了帽子。他害怕了，还是熟悉的轮船来得安全和可靠。至于大海，因为司空见惯，唯有漂在海上，才能跟偎依亲人一样。

2019.12.14

写作是我生命的延续

我一直就没有停止过思考，思绪的灵光哪怕停留过一秒，也感到是电光石火般闪亮。

具象的事物在现实中，比如一堵墙，再高大一些，也好比是虚无。

我能看见前方，前方的那边，想象力比什么都强大，其他无可匹敌。

多么高大的树，风过枝梢，根系也能感觉得到，哪怕隐藏得够深。

我不断地思考，来自生活的用心和无意。

好多随笔都是在路上写的，在途中等人或候车的间隙，比如我现在在北京北海北地铁站里，中午人少些，不似昨天下午人挤人，除了黄人，还有黑人和白人。

我不是有意去细分人种，是因为白的高，黑的真黑，一眼就看出来了，而且是在排队买票的时候，他们正好又都在前头。

地铁列车来了，声音先到，隆隆的，地皮都跳起来，脚底有些麻。

看身边的人，常常会想起那两句著名的诗："人群中这些面孔幽灵般显现；湿漉漉的黑枝条上朵朵花瓣。"（庞德《地铁车站》）

周围的"幽灵花瓣"于我只是立体的画面，不是别的。

我只是在思考，地铁车站，偶遇的人和事，列车飞驰而过，可能裹挟着过去，连同现在，冲进未来的存在和时间里。

新潮现代而又陈旧腐朽的都城，混杂着重口味。

我换乘了3条地铁线到达国家博物馆，去看"虢季子白盘"。

虢季子白盘是商周时期的盛水器，晚清时期出土于宝鸡，现收藏于中国国家博物馆，是镇馆之宝。盘的形制奇特，似一大浴缸，为圆角长方形，四只曲尺形足，口大底小，略呈放射形，使器物避免了粗笨感，四壁各有两只衔环兽首耳，口沿饰一圈窃曲纹，下为波带纹。

更好玩的是盘内底部有铭文111字，讲述虢国国君子白奉王命征伐西北狁狁，荣立战功，周宣王为其设宴庆功，并赐弓马之物，虢季子因而做盘以为纪念。铭文语言洗练，字体端庄，是金文中的书家法本。

北师大书法院博士生导师倪文东教授特别提到它，因为上面的铭文是我们也要临写的内容。最主要是它够庞大，跟个大浴缸似的，吸引你驻足，不看才是傻瓜。为了观瞻这件宝物，我放弃了午休，但感到很充实，又连走带跑，还兼顾了运动。

回来时坐地铁按原线路返回，一号线、四号线、六号线，换3次，最后到北海北回来。

你看，我一五一十地记下我的所看所想，我的感受，我的表达。多年以后，我相信，我还会读这个表达，而有所表达的表达。不正是我生命的延续吗？我想正是。再次感谢文字，我心爱之物。

2018.07.28

大书法

（一）

我是带着和别人不大一样的想法到京师去参加书法高级研修班学习的。

珠海文辉兄说，书法，涵有书艺、书技和书道，此说正合我意。

我是感受着大书法文化的。

有些人，一味地以擅于捉笔在手，娴熟弄技而沾沾自喜，沉浸于一方小天地，四尺、六尺，再多铺于地面横扫竖刷，唯对真正的书法文化，个中况味，不知所以然。这种人，姑且称之为"字匠"，为炫技而炫技，为写而写。

对于书艺，尤是书道，即书法思想、书法哲学，或书法形而上的东西，无思无想，不悟不得。

我心中自有一片书法天地，8岁时即在家父督导下描红和临帖，濡染笔墨韵味。书字里的点画线条，如影随形，经年不忘。

后来我参加了无锡书法艺术专科学校的书法专业学习，这是全国第一所，也是唯一一所书法学校。

书法，文化的体现，在于先要有国学（古汉语）、文学、文字学、史学、美学乃至哲学等支撑，否则空洞而薄寡。

我最爱《祭侄文稿》，线条点画遒劲有力。刚正不阿，视死如归的颜鲁公，若遇，我会如王小波所说的那样，不但要和他握手，还要向他鞠躬的。

至于王右军，见之，也如王小波所说的，不想和他握手，《兰亭集序》写得太中正了，好人说它好，坏人也说它不坏，妍丽得令人生腻，中庸得叫人恶心。

小女与我皆爱米芾。米芾是北宋书法家、画家、书画理论家，与蔡襄、苏轼、黄庭坚合称"宋四家"。他祖籍山西，然后迁居湖北襄阳，后曾定居润州（今江苏镇江），能诗文，擅书画，精鉴别，书画自成一家，创立了"米点山水"。

米芾个性怪异，举止癫狂，遇石称"兄"，膜拜不已，因而人称"米颠"。被宋徽宗召为书画学博士，又称"米襄阳""米南宫"。

如此性情中人的米兄若活于当代，我定携酒拜访，与之痛饮。向其讨教一二，索求墨宝，一字一画皆视之珍品。

张旭是唐朝开元、天宝间吴（今江苏苏州）人，字伯高，一字季明，汉族，曾官常熟县尉、金吾长史，善草书，性好酒，世称张颠，其草书当时与李白诗歌、裴文剑舞并称"三绝"，诗亦别具一格，以七绝见长。与李白、贺知章等人共列"饮中八仙"。

张旭创造了"狂草书"，传世书迹有《肚痛帖》《古诗四帖》等，其书法变化自如，表现出开阔的胸怀和丰富的想象力，人称"草圣"。

张旭每次饮酒醉时就草书，挥笔大叫，将头浸入墨汁中用头书写，世上人称他为"张颠"。酒醒后看见自己用头写的字，认为它神异而不可重新得到。

将草书进一步发扬光大的是僧人怀素，他的草书被称为"狂草"，用笔圆劲有力，使转如环，奔放流畅，一气呵成，和张旭齐名，有"张颠素狂"或"颠张醉素"之称，对后世影响极为深远。

怀素也能作诗，与李白、杜甫、苏涣等诗人都有交往。好饮酒，每当饮酒兴起，不分墙壁、衣物、器皿，任意挥写，时人谓之"醉僧"。

怀素的草书以篆书入笔，藏锋内转，瘦硬圆通，用笔迅疾，气势宏大，虽然狂放，但并没有为追求新奇而无视法度，相反，他的草书严谨，结字简练，体现独特的草书艺术风格。

吾爱"颠张醉素"这二位性情中人，他们心无芥蒂，激情满怀，放浪形骸，落拓不羁，可尊为知心达己。

2022.04.19

（二）

另外，我还爱黄山谷的草书，诗人的情怀，灵动的线条，痛快淋漓。

苏轼说，我书意造本无法，书初无意于佳乃佳。

自古书法大家，诗文为先，后有书艺，乃因书法是情感的表达。无诗无文，无情无义之人，只会生出无味道之作。

所以凡书法大家，诗书画（或兼印）都有所打通后，味道尽进，也就使作品生机有趣，鲜活烂漫了。

在黄宾虹的大量文献和语录中，很多言及书法与笔墨的实际功用，而在说绘画用笔时，又莫不和书法、书体相并论。就是单纯论墨法时，他也强调墨法本于笔法，笔法来源于书法，至理相通。

在黄宾虹的许多文论、谈话、题跋中，见得最多的就是书法与笔墨、书法与笔法、书法与画法的言论。我推崇黄宾虹关于"吾尝以山水作字，而以字作画"的叙论。

陆抑非先生是一位花鸟画大家，又是一位书法大家，而更重要的是，他还是一位通悟画理，试图打通书、画、诗等艺术门类并在见识方面有超人造诣的书画学者。

"字是画出来的好，而画是写出来的妙"，陆抑非先生临习创作诗书画，得出这样的感悟。以他丰厚的书法功力积累，开始尝试着以书法入画——抑或是他所说的"画是写出来的妙"，我极同意此说。

前不久，看微信朋友圈一些人列举出丑书图片作品，实在无语。"丑书"不皆为"丑"，古人已为之，当有傅山、杨维桢等。

杨维桢（1296—1370），元末明初著名诗人、文学家、书画家和戏曲家，字廉夫，号铁崖、铁笛道人，又号铁心道人、铁冠道人、铁龙道人、梅花道人等，晚年自号老铁、抱遗老人、东维子，绍兴路诸暨州枫桥全堂（今浙江省绍兴市诸暨市枫桥镇全堂村）人，与陆居仁、钱惟善合称为"元末三高士"。

杨维桢性情耿直，后以冒犯元朝丞相达识帖睦迩而徙居松江（今属上海市），筑园圃蓬台，门上写着榜文："客至不下楼，恕老懒；见客不答礼，恕老病；客问事不对，恕老默；发言无所避，恕老迂；饮酒不辍车，恕老狂。"

杨维桢在松江时与张堰杨谦、廊下陆居仁、吕巷吕良佐等交往甚深，吟咏唱和，诗赋相乐。吕良佐倡设"应奎文会"，他为主评，与天下文人墨客切磋诗文，一时天下学士慕名前来赴会者，不可胜计。

杨维桢周游山水，头戴华阳巾，身披羽衣，坐于船上吹笛，或呼侍儿唱歌，酒酣以后，婆娑起舞，似神仙中人。你看，这就是高士的风度，贵族的气质，浪漫的情调。

杨维桢的书法作品之所以有"丑书"之名，是因为他的书法作品与当时的主流书法艺术格格不入，他的字往往大小不一，墨浓淡枯湿间杂，不求平整而求奇侧险峻，可以说他是另辟蹊径，开辟了新的书法审美方向，而绝不是真的丑。今人所谓的"丑书"，不知所云，不知所终，更像是天书，已经背离了文字表意的初衷，那才叫一个"丑"字。所谓的老干部体、江湖体等，也都是丑陋至极，俗不可耐，如此不值一提，有品位之士皆嗤之以鼻。

2018.08.05

我与传统文化

每每忆念起父亲，总觉得他有"士人"之风。他衣虽素朴但整洁，食虽简单但不怨，从没听到他对生活环境和遭际的抱怨。

《论语·里仁篇》里有这样几句话："子曰：'士志于道，而耻恶衣恶食者，未足与议也。'"

孔子说："士人有志于真理，却又以穿旧衣吃劣食为耻辱，这样的人，不值得与他谈论真理。"

而我父亲不但不耻于"旧衣劣食"，反而以此为"荣"，以之为乐事。他曾自制凉鞋，用旧车轮大皮和钉子，裁剪粘贴装订而成，虽说看起来显得笨拙了些，但结实耐用。

当初不谙世事，总以为父亲穿戴整肃，性情耿介，现在以为父亲是有晋人竹林七贤清风洒逸之风度，不入浊流，独清濯而不自傲。

那些年，父亲命我诵读古诗文经典，习练诸名家碑帖，耳濡目染，不经意间，传统文化因子已渗透进我的血液里骨髓里，剔不掉剐不尽。这血液这骨髓浇灌成长起来的大树，根深蒂固，枝繁叶茂，就如旧器物一般，岁月经年，历久弥新。

不论是从政、经商还是其他什么种种家庭，论家风，我以为，还是以传统文化经典为出发点，方为根本。做一个有中华民族气节、中国气派、中国气象的当代"士人"，方为站得高望得远。

忠厚传家久，诗书继世长，兹言甚是。

2018.11.28

第七辑：教育的奇迹

问题不在于教他各种学问，而在于培养他爱好学问的兴趣，而且在这种兴趣充分增长起来的时候，教他以研究学问的方法。

——让·雅各·卢梭

童心说

(一)

当我把十几尾2至3公分的小鱼鱼放进客厅里的小水槽时，我的心里也舒畅起来。小鱼鱼欢快地游动，似乎也表达着一种同样的心情。

我这个人，自以为童心未泯。有时把阳台上从三四公分大喂养到如今，已经十几公分的大乌龟，用两手自两边轻轻捏提起来。

我说龟儿子龟儿子，你是怎么想的呢？把你们养这么大，也不叫声爸爸。龟儿子把湿漉漉的爪子轻轻搭我手背上，两只小眼瞅我。

动物愈来愈有灵性，比如你对着一条狗凝视，它也对你。当然不是对着恶犬，动不动龇牙怒目的，以及狗仗人势、欺软怕硬的那种。

成年后的中华田园猫刁钻狡猾。满月后抱养，不如满月前哺养大，它有浓烈的感恩心，它对你不仅仅是有奶就是娘，因为它刚能睁开眼，观察世界。你不仅是娘，简直就是它的整个世界。

记得30年前，邻居家一只猫刚做了妈妈，就被鼠药毒死了，留下几只小猫。可怜呵，几个小孤儿，还没满月，站都站不稳，眼刚刚能勉强睁开。我领养了一只，花色的，我用左手轻轻把住它软绵的小身子，右手持一勺我熬的稀米粥。刚开始，要小心撬开它的嘴，把米粥往里面倒。后来，它尝到了香味和甜味，而且我有意掺和些牛奶在里面，那个奶香味，吸引了它。接着，勺子只要往嘴上一碰，它的嘴巴就张开老大。

只要能吃东西，就好养活了。小花猫能吃，大口大口吞咽米粥和牛奶。肚子撑得圆滚滚的，像个粘上胡须和尾巴的小皮球，我唤她丑丑。丑丑其实不丑，还很耐看。因为顽强活下来了，它的精气神较母乳喂大的，反而有一种坚韧和灵动劲儿，这从它的一双炯炯有神的大眼睛就能看出来。

2020.12.04

（二）

而一般的英国短毛猫，不只是有奶就是娘，简直有粮就是亲娘。我家就有一只，谁摸都可以摸，谁抱都能抱，好得一点脾气没有，简直大众情猫。

不过，我们全家都喜欢，因为它毕竟没脾气，温顺得很，特黏人。当然，它较田园猫聪明，能看人识人，善于察言观色。只要我在家，它第一个会黏我。我不在，它就黏其他人。人家不高兴了，大声一些，它止住步子，大毛眼瞪着你。它一定在脑回路里分析：什么情况？今天感觉不喵（妙）！STOP！

好久没看动画片了，记得以前的《铁臂阿童木》《聪明的一休》和《猫和老鼠》等，几乎一集不落。去年看《哪吒之魔童降世》，看得热血沸腾，国产动画片扬眉吐气了。

还记得十几年前看的卡通电影《海底总动员》，我当时于粤东一所学校任职学生管理工作，我把这部电影反复播放，让全校孩子们都认识了单纯幼稚、历经劫难、遍尝惊险的小丑鱼尼莫。

李贽在《童心说》里指出，世上一切物质和精神皆是只存在于"真心"之中。什么是"真心"呢？就是童心、初心、最初一念之本心，即不受外界影响的"我"的心。

充斥着暴力和色情的动画片，就是外界的外力，通过反复灌输，其间精神和思想，就刺激着孩童的初心，"真心"渐渐被蒙蔽。取而代之的是暴力心、色情心抑或功利心。

人之初，有初心；有真心，方为真人。初心和真心，即为童心，未受外界、自然界和物质界以及精神界之影响。我提到的精神界是否包含李贽所言之儒家学说呢？李贽对于儒家学说，尤是宋明理学等强调说理十分反感。他坚持以为人性是肇始于人的本心、初心和童心的。包括人的情感以及人的行为。人要被解放，而非限制。

李贽的另类讲学就体现了他的"真心"和初心的思想。李贽讲学跟别的先生不一样。别的先生只收男孩，他偏偏要男女收在一起教；别人都要求孩子走路要轻，说话莫大声。而李贽偏要他们蹦蹦跳跳翻跟斗，大声读书震天吼。

2020.12.07

（三）

有童心不一定有好心，有好心是好人，但不一定是"好的人"。好人不一定有好报。"好的人"最终一定有善报。

什么是"好的人"呢？在《善的脆弱性：古希腊悲剧与哲学中的运气与理论》里，玛莎·C.纳斯鲍姆对"好的人"进行了定义，他不是人们平常所说的"好人"，并非通常意义上的"好人"，甚至也不是康德所说的"好的意志"的道德行动者。

《善的脆弱性》里指出，要真正成为一个"好的人"，也并非那么容易。要做好各种准备。"要有一种对于世界的开放性、一种信任自己难以控制的无常事物的能力，尽管那些事物会使得你在格外极端的环境中被击得粉碎，而陷入那种环境还不是你自己的错。"

好心办坏事，就是指那通常意义上的"好人"。热心助人，善心待人，但是遇到了短视眼，不领情。而这往往又多是不可控因素。因为你无法自主去选择。所以要不光做"好人"，更要做"好的人"。

好的人，其实拥有每个人所拥有的善恶两面，善恶本就同体同源。所谓外在的善，即金钱、荣誉和名声。换个角度看，这不也是"平常的恶"吗，即贪婪、浮名和虚荣。

善的脆弱性好不过一株良好的植物，尽管比金子还要珍贵。现在的儿童即从前的少年，当今的少年即从前的青年，成熟期都提前了6至8年。20世纪说初中时期是"危险期"，如今小学四至六年级，就可能会有心理、情绪和情感以及带来的不良行为。

十年树木，百年树人，教育是关系人一辈子的大事。甚至关系到几辈子。一点也耽误不得。让孩子到有利于他（她）成长的环境中去，任何的、所有的投资都值得。要知道在孩子教育上的回报是无穷的、不可估量的。呵护爱惜孩子，其实是保护孩子始终保有一颗童心。

2020.12.06

（四）

人渐渐大了老了。小时候感觉时间过得很慢，巴望过年，好有肉吃有鱼吃。

看到人家恋爱结婚生子，感觉离自己很远，跟自己不相干，发生于自己身上就是不可能。

后来，参加了工作，还是青春萌动的18岁，还是懵懵懂懂的。接着，打了N次架，谈了N次恋爱，结交了N个兄弟，见识了N个女人，吃了N次亏。

再接着，走了N个地方，换了N个单位。这期间，作了N场报告，也听了N场报告。读了N本书，记了N本笔记，引发了N个思考，生发了N种思想。但是，纵使跋涉千山和万水，历经人事与世情，出入风雨和是非，始终初心不改，童心永存。

一只飞翔的鸟，一朵浮游的云；一只翩跹的蝴蝶，一条一天到晚游泳的鱼；一只受伤的流浪的小猫……无不引发我心荡神怡，浮想联翩。或沉思，或任泪滴静静滑落。

诚然，有童心不一定有爱心，有爱心不一定有善心。比如疼惜自己宠物的纳粹，杀犹太人却不眨眼。再有美丽的少女或姑娘，也爱小猫和小狗狗，其实对人，对待同类心却如毒蝎。当然，人若没有童心，则不会有爱心；没有爱心，则不会有善心。无有善心，则生恶。所以，李贽说："岂非以假人言假言而事假事、文假文乎？盖其人既假，则无所不假矣。"

这假大空的言语与做事，作文与做人，是平常的恶，也是能害死人的"根本的恶"。假对假，大对大，空对空。胡言乱语，任性妄为，置诚信和规则于不顾。

"天下之至文，未有不出于童心焉者也。苟童心常存，则道理不行，闻见不立，无时不文，无人不文，无一样创制体格文字而非文者。"（李贽《童心说》）这段话是什么意思呢？就是：即使是天下的绝妙文章，因被假人忽视埋没而后人无从得知的，不知有多少。原因何在？因为天下的好文章，没有不是发自童心的。如果童心常在，那些所谓的闻见、道理就会失去立足之地，那么，任何时代，任何人，任何体裁都可以写出极好的作品来。

于是，我秉持童心，金子般珍贵，但也露珠样的脆弱，只有边珍惜边呵护吧。我手写我心，我心葆童真。童心，初始的本意和真心，最可贵的最动人的良知。

2020.12.08

虚荣的教育

虚荣的教育，来自虚荣的学校，注重的是大楼大不大，校园靓不靓；招聘教师要看你文凭高不高，人长得帅不帅。

虚荣的学校实施的教育专门迎合追慕虚荣的家长。先是分快慢班，或叫英才班，或叫实验班。把孩子划分成了三六九等。

而虚荣的家长可分为两类，一类是自以为自家孩子什么都要是优秀的，不优秀不行。孩子之所以优秀全是他（她）凭自己的努力，老师和他人的助力可以忽略不计。

倘若在某个方面不够优秀突出，问题一定不在孩子身上，而在外部。因为孩子一生下来就是最优秀的，或者说在肚子里就已经是最优秀的了。

另外一类虚荣的家长，是走另一个极端。认为自己孩子什么都不行，考学没考好，叫他（她）抬不起头，没面子。于是，虎爸或虎妈诞生了，夫妻混合双打，可怜的孩子从此遭了罪，整天生活在水深火热之中。如果在虚荣学校再遇上个虚荣老师，孩子简直就成了热锅上的蚂蚁，从此暗无天日。

相对来说，第一种家长往往很固执，顽固不化。因为其虚荣心根深蒂固，加之认知水平低，所以，抱定一种想法：儿子或女儿是世界上最最优秀的，舍我其谁。若你不和我一样认为，那么一定是你出了问题，一定是你在嫉妒！

虚荣的教育，不是在基础上、根基上去关注人的发展，而是一味追求所谓高大上，中小学和高校，都存有如此问题。

曾于某知名高校访学和考察，观学生写字，不成体统。老师板书也令人担忧。认认真真写字，踏踏实实做人。字如其人，字是一个人的脸面。字是门面。写好字多么重要。

昨日中午喜宴，昔日学生的女儿彬彬有礼，温文尔雅。这孩子多年学书习字带来的益处可见一斑。学书习字，修身养性，有些人到老年方才悟之。

虚荣的教育不切实际，追慕虚荣的家长，好高骛远，孩子羽毛未丰，就硬要撑着他飞；或是把孩子天天架在火上烤，烤得有皮没毛。"样样争第一！"无异于火上浇油。

早在1931年12月2日，梅贻琦在就职国立清华大学校长演讲中就提出"所谓大学者，非谓有大楼之谓也，有大师之谓也"。优秀的大学在于它有杰出的教师，而不是有多么豪华的建筑。

所以建议"虚荣"的学校多关注下教师的提升和发展，多注重学生的基本的做人、做事和做学问的涵养以及本领的修为及达成。

在学会说话、学会写字、学会一样或几样乐器或培养爱好等诸多方面，下下功夫。中国人会说中国话会写中国字，应该不算过分吧。不学诗，无以言；不学礼，无以立。古人早已有言在先。今日学子，甭说来段即兴演讲了，连张请假条都写得不合规范。

对于追慕虚荣的家长呢，进一言，算是建议，凡事要切合实际。肯定孩子优点，更要看到其不足。不可一味溺爱护犊子，妄自尊大。当然更不能认为孩子一无是处，妄自菲薄。

2019.07.29

家教重在母教

《三字经》是南宋时的启蒙课本，先父在我6岁时就要我诵读。我记得里面有这么一句："养不教，父之过。教不严，师之惰。"教，是引导，指教，点拨等意思，就是说孩子的教育，首先是父亲的事情；要求不严，就是老师的问题。

其实，过去，女子无才便是德，男尊女卑，女人没有进学堂受教育的机会。女子自己都没受过教育，怎么能有资历教育孩子呢？所以《三字经》里才说"养不教，父之过"，这里也有些轻视、看不起做母亲的意思。

"养不教，父之过；教不严，师之惰。"过去是没有妈妈的事，可是到今天，全是当妈的事了。当爸爸的外面要应酬，早出晚归，孩子没醒他出门，孩子睡着他回来了。两头都看不到。

做老师的呢，有的"惰师"，就把家庭作业在微信群或QQ群里一发，算是给家长派任务，督促写好批好改好订正好。不然，连孩子一起批评。你这家长是怎么当的？！

家长压力大，其实就是妈妈压力大。不过想想，"慈母手中线，游子身上衣""岳母刺字，精忠报国"。古今中外，凡伟大的人物，多有优秀母亲或优秀祖母、优秀外婆。

同样在《三字经》里，说"昔孟母，择邻处。子不学，断机杼"。讲的就是孟子的母亲教育孟子的故事。"孟子之少也，既学而归，孟母方绩，问曰：'学何所至矣？'孟子曰：'自若也。'孟母以刀断其织。孟子惧而问其故。孟母曰：'子之废学，若我断斯织也。'"（《列女传》）

翻译成现代的语言就是：孟子小的时候，有一次放学回家，他的母亲正在织布，见他回来便问道："学习怎么样了？"孟子漫不经心地回答说："跟过去一样。"孟母见他无所谓的样子，十分恼火，就用剪刀把织好的布剪断。孟子见状害怕极了，就问他母亲："为什么要发这样大的火？"孟母说："你荒废学业，如同我剪断这布一样。"

而"择邻处"，就是著名的"孟母三迁"。孟子母亲为了孟子有个好的学习环境，一而再，再而三，一口气搬了三次家。当然，"三迁"的"三"本是虚指，是多次的意思，但是孟母确实就搬了三次家。

当然，这跟现在的抢买学区房不可同日而语的，孟母是用心用情用意的。不排除时下家长也有这样的，但更多的以为用钱就可以，买学区房，然后上名校。以为上了名校，就会有名师名校长了，这是错误认知。

再说孟母三迁。昔孟子少时，父早丧，母仇氏守节。居住之所近于墓，孟子学为丧葬，躄踊痛哭之事。母曰："此非所以居子也。"乃去，遂迁居市旁，孟子又嬉为贾人炫卖之事，母曰："此又非所以居子也。"舍市，近于屠，孟子学为买卖屠杀之事。（《三字经注解备要》）母又曰："是亦非所以居子矣。"继而迁于学宫之旁。每月朔望，官员入文庙，行礼跪拜，揖让进退，孟子见了，一一习记。孟母曰："此真可以居子也。"遂居于此。（《三字经注解备要》）

把这文言文译成现代的话就是：从前孟子小时候，父亲早早地死去了，母亲守节没有改嫁。有一次，他们住在墓地旁边。孟子就和邻居的小孩一起学着大人跪拜、哭号的样子，玩起办理丧事的游戏。孟子的妈妈看到了，就皱起眉头：不行！我不能让我的孩子住在这里了！孟子的妈妈就带着孟子搬到市集旁边去住。

到了市集，孟子又和邻居的小孩，学起了商人做生意的样子。一会儿鞠躬欢迎客人，一会儿招待客人，一会儿和客人讨价还价，表演得像极了！孟子的妈妈知道了，又皱皱眉头：这个地方也不适合我的孩子居住！于是，他们又搬家了。

离开市集，他们居住在临近屠户的地方，孟子又学起了卖肉买肉、屠宰牲畜的样子。孟子的妈妈又说：这地方也不适合我的孩子居住。

这一次，他们搬到了文庙，就是学堂学校附近。孟子注意到官员进退文庙恭敬有礼，就跟着学习，开始变得守秩序、懂礼貌、喜读书、爱思考。这个时候，孟子的妈妈很满意地点着头说：这才是我儿子应该待的地方呀！

"'夫君子学以立名，问则广知，是以居则安宁，动则远害。今而废之，是不免于厮役，而无以离于祸患也……'孟子惧，旦夕勤学不息，师事子思，遂成天下之名儒。君子谓孟母知为人母之道矣。"（《列女传》）

有德行的人学习是为了树立名声，求问才能增长知识，因此，平时能平安无事，做起事来就可以避开祸害。如果现在荒废了学业，就不免于做下贱的劳役，而且难于避免祸患。这和依靠织布而生存有什么不一样的呢？

假如中途废弃而不做，哪能使她的儿子有衣服穿并且长期不缺乏粮食呢？女子若失去她赖以生存的技艺，男子若对修养德行懈怠，那么不是去做小偷，就是被俘虏被奴役。

孟子听后吓了一跳，自此，从早到晚勤学不止，把子思当作老师，终于成为天下有名的大儒。有德行的人认为孟母懂得做母亲的法则。

孟母的心血和工夫没有白费，她的家庭教育是富有成效的，前提是要付出很多努力，纺织、三迁，观察、规劝等。

2022.04.18

字里字外能塑人

如今，随着手机和电脑的普及，人们都不用笔写字了。我说的是用"笔"。字虽写，但用手指头，而且千人一面，全是一样的字体。

"不学诗，无以言；不学礼，无以立。"不学儒，不知礼义廉耻。不学艺，不知审美。不学写字的人，往往会不守规则，因为不知章法。

认认真真写字，规规矩矩做人。字如其人。有的人，为了一己私利，见利忘义。可以完全不要规矩。他的字可以写得伸胳膊踢腿。因为他天马行空惯了。不妨先看看自己的字，是否端正。

有的人，自从上学写钢笔字起，就没写过几个正楷字。他（她）的字是龙飞凤舞的，行书草书一齐上，一起飞，一起舞，一笔一画，横平竖直的规则，被践踏得面目全非，一塌糊涂。

要好好写字，写端正的字，写有规章的字。写端正或能符合规章的字，能塑人。它对于习惯、性格以及思想和行为既有所约束，又能让人获得真正意义上的自由。

写字能陶冶身心，养心。培养着细心，耐心和用心。写字呵护精气神，养神。写字培养专注，全神贯注，让人学会做什么都能聚精会神。写字塑养人格，养性，于性格塑造和情绪管理等方面提醒和纠偏矫正。

其次是怡情。写字会使人有情有义、用情和会动情。现在孩子们都生活于"快餐文化"里，没有时间去好好思考，麻木了，不会感动。你见过有多少读书或观影，流下眼泪的？写字，习练书法能健身，舒筋活络，舒气血，健脾性。一支毛笔在手，大臂带动小臂，力与气达于指尖，运行至笔尖，或软如线，或硬比钢。

当然，习练书法，如果光注重字形笔法等技术技能的掌握，那也会沦为"器"。一定要有相关书法文化的辅成，而这文化多是指人文学科。

有一本书叫《艺术：让人成为人》，作者是人文学教授理查德·加纳罗和特尔玛·阿特休勒。这本书是掌握人文学知识的必备图书，启蒙心智的入门图书。人非草木，人非禽兽，这本书教你"成为人"。

这本书基本包括了艺术的所有表达形式，如文学、美术、戏剧、音乐、舞蹈、电影等，以及艺术表达的主题，如宗教、道德、幸福、爱情、生死、自然、自由等。

这里的艺术是包括文学的，文学即人学。光说音体美，固然育人审美，但求真施善方面则很有欠缺。它更偏颇于"术"，所以大多成为"器"。而且这本书是两个西方人写的，它缺少对"书法"、写字艺术的叙述。书法是中国独有的一门奇妙艺术，字里方寸见乾坤。中国书法的内外功夫，博大精深，西方人是永远不能领略个中堂奥的。

汉字的诞生起源，来于生活实践，丰富的汉语言文化提供了汉字生长的沃土。诗词歌赋，活跃着汉字的内涵与意义，字是语言的家。

我买了《柳公权》水写字帖，以及毛笔和水碟给外甥阳阳。我是先和他商量的，他很爽快地答应了。我这个外甥目前是家人当中最小的孩子，暑期过后升入初二。他聪明机灵，数学好。他偏于抽象思维。感性、感觉和感情的塑造与丰富恰逢其时。这个年龄段的孩子，不能单纯把其视为小孩子，要当作"小大人"。我曾与他交流过，我跟他说，愿意做的去做，不愿意做的更要去做，这就叫成熟。

相较起学科学习，我更关注其身心的健康、性格的塑成。一个人身心健康是做人的基础和保证。身心健康了，他的行为才会正当、向上。青少年习字很重要，书法已列入中考考核计分内容，确实，习练书法，对于一个人成长的种种好处，文中已列出。我以为写字意义的外延更为重要。

写字，习练书法，是熏陶身心健康的有益有效方法，可以事半功倍，可以不断对思想、情绪和行为塑形、纠偏和矫正，养怡之福。

2021.07.30

六一随想

我要感恩我的童年，让我的童年像个童年。泥巴、沙土，柳笛、芦苇，蚱蜢、知了，都是我的童年伙伴，不可或缺的伙伴。

这是怎样的情趣自得啊，每天晚上，前后左右，四邻的小伙伴们，不约而同来到一个地方：某某家和某某家的大巷口，大伙儿集结地。开始玩捉迷藏的游戏，一声开始，小伙伴们哧溜一下跑得无影无踪，有的躲进棒秸（玉米秸）丛里，有的爬到树上，有的甚至爬跳进废弃的猪圈里。大家都憋住一股气，尤是眼看着快要被发现时，更是大气不敢喘。向上甘岭英雄们学习吧，一直等到对方领头的宣布：出来吧，你们赢了！

等到月光亮一些的时候，我们会发现彼此的头发上、衣服上，都沾上了草叶、树叶，还有鸡毛、鸭毛和鹅毛。大伙儿也不互相取笑，因为彼此都差不离。

玩得太晚了，大人们嘴里喊着大毛、二狗就出来寻人，脾气急些的或用手拧着耳朵往家拽，或手里提根柳树条，往屁股上抽打。机灵些反应快的，赶紧一溜烟往家里跑。

夏天到了，我和小伙伴们就会光着屁股下河洗澡，我学会游泳的代价就是多喝了几次水。由河边浅滩向河中心试探，水漫过腰际，再到脖颈，好奇、刺激和恐惧，在已知和未知处。

记得女孩子们爬树赛过男孩子，我学会爬树，就是学她们的。先爬小树，双手把树干搂着，身体向下坠，两只脚趾死死扒住树皮，然后手和脚差不多同时向上方腾挪。

我向大伙伴学会了打弹弓，打得还蛮准。打麻雀，打蝉。把皮筋烧化了，固定在竹竿头上去粘知了。机灵些的蝉，一有风吹叶动，嗖的一下飞了。笨拙些的，竹竿捅了它几下，屁股一抬，撒泡尿飘我们脸上，又爬两步，换个地方。

你看，比起现在的孩子们，我当时是多么幸运和幸福。曾记得八九岁时还有照片，可惜丢失了见不到了，但童年时的快乐却永远留存在记忆深处。那时的脸上总是带着笑，笑是最迷人的、最美丽的，当然，这是自然而然的笑，发自内心的笑，纯然的愉悦，简单的快乐。

童年的时光，是一种特有的、一生难得的情趣。童年有幸，快乐无比；童年不幸，可能会给一生的遭际定下基调，烙上印记。

"活得最有意义的人，并非年岁最长者，而是对生活最有感受的人。"（卢梭语）感受又是哪来的呢？是童年。著名心理学家阿德勒曾经说过，"幸运的人一生都被童年治愈，不幸的人一生都在治愈童年"。幸或不幸，是谁决定的呢？谁又能来决定呢？

2021.05.31

女人与家风

当今社会，能干的女人有很多，但一个贤惠、贤能又贤明的女子，难得。

贤明，贤惠而又明事理，明是非。一个贤明的女人，在家庭，能与男人共知感恩，知荣辱，知进退。知感恩，知父母养育恩，惜兄弟手足情，懂亲友相和谐，待人接物，知性、大方，大气和大度。知荣辱，不与他人攀比，看淡得失，不求全责备，既与你同道并肩憧憬光荣与梦想，又与你不离不弃珍惜和挥洒失败与泪水。她不是去埋怨男人，更不金钱荣华富贵至上，不扭曲价值观和金钱观，她知进退，利益面前，不属自己的该放手放手，从不觊觎占有。她真诚，适时进退。

一个贤明的女人，爱你自然也会爱你的家人。倘若她只爱她自己，说爱你，就值得怀疑了。还是不是贤明，这也不用问，可能连贤惠都称不上。一个贤明的女人，自然贤能。她谈吐多少有度，她做事拿捏有分寸。她不过分逞强，更不霸道戾气。薄施脂粉，妆容略为精致。指上腕上置一配饰可也，而非穿金戴银，叮当作响。

不论贤明、贤能还是贤惠，前提都是一个贤字。有品位，有修养，具大气，识大体。女子若兰，举止谈吐温文尔雅，待人处世彬彬有礼，进退有度。若则庸俗不堪，奸诈狡黠，处处咄咄逼人，甚至和男人逞强斗狠，挑唆他人之间陷入纷争，此女非良善，而是极恶了。

希望在经济发展快节奏的今天，有贤德有贤良有贤明的女子更多些。笔者，也并非思想保守之当代古董，也不是男尊女卑主义者，更非说女子无才便是德。相反，本人更乐于结识和交往有思想有情感有作为的女子，当然前提是要善良和懂得礼让，她由内到外都散发着美丽的光芒。

2022.04.13

何谓书香门第

古人云：忠厚传家久，诗书继世长。古往今来，只是注重累积钱财的朱门往往酒肉臭，而积善有余庆的草庐却是书卷香。这是因为豪门深宅并非就是名门望族，而名门望族亦非尽是书香人家。书香门第，重在书香，书香重在书，书又重在读。因此对于什么是书香门第，可能有个误区。以为摆满书，就是书香门第，错！书要用来看和读的，不是用来做做样子的。

忠厚靠传，诗书靠继，谁来传，谁来继？女人传，女人继。女人往往是书香门第的重要推手。国学大师南怀瑾说，家庭教育重在母教。母亲是孩子的首任老师，她的独特地位无人能够代替，这个首任老师当得不容易，她要言传，更要身教。所以，从女孩到女子，从女子到女人，从女人到母亲，角色身份的变换意味着责任和义务的更替。你做好准备了吗？

能生会生，不一定能养会养，更不一定能育会育。怎么办？要学习，学习当妈妈，学会做母亲，学习当老师。当老师先要爱学习吧，爱学习先要爱读书吧。读什么书，读哪些书，怎么读书，先要想好这些问题。

中国传统文化，古诗词赋，经典典籍，是取之不尽用之不竭的宝藏，可以甄别学习和接受。此外选好古今中外，人文社科、自然科学、文化艺术等。

"学而不思则罔，思而不学则殆。"读了书还要有思考，能善思。"我思故我在""未经审视的人生不值一过"，思考，你的境界就会提高。

你会告诉孩子要常常找找自我，观视自我，审察自我，检讨自我，从而自我提醒，自我矫正，自我促进。你在启迪孩子的同时，也启示了自己。

18世纪法国思想家卢梭曾经说过："无论就男性或女性，我认为实际上只能划分为两类人：有思想的人和没有思想的人，之所以有这种区别，差不多完全要归因于教育。"到这里，就应该知道，人师和经师的区别。你是光注重知识和技能的学习，功利化、应试型教育，还是教其学习思考，学会做人的综合素质教育。

读书多了，思考深了，你和孩子就能明辨是非了。什么当做，什么不当做，有个准则。天地良心，道在心中。人在做，天在看，举头三尺有神明。

"有两样东西，越是经常而持久地对它们进行反复思考，它们就越是使心灵充满常新而日益增长的惊赞和敬畏：我头上的星空和我心中的道德法则。"这是德国哲学家康德说的一段话，跟咱们中华传统文化里的儒家教育思想是不是一致的？

"教育培养的是人的灵魂""学生是充满活力的，教育的目的在于促进和引导学生的自我发展""艺术之于生活，就像阳光之于外物"，这些都是英国的哲学家和教育家怀特海所竭力倡导和主张的。读书之余，就是动手实践，可以艺体辅之。有琅琅读书声，再有淙淙丝弦音，孔子推崇的六艺，礼、乐、射、御、书、数，是周朝贵族教育体系中的六种技能，意为礼节、音乐、射骑技术、驾驭马车的技术，书法和算数。

而现代呢，读书、诵诗、习字、绘画、音乐、舞蹈、手工和种植养殖等，新时代新六艺。家长也要学习提升，培养气质，锤炼技能，提升素养。

"纸上得来终觉浅，绝知此事要躬行。"陆游不仅仅是个诗人，还是个教育实践家。他这两句诗可以说概括了职业院校理论加实技的教育理念。

最后，再赘述几句，除了备好书，读好书，写字非常重要。字如其人，字是一个人的脸面，一个家庭的门面，认认真真写字，踏踏实实做人。

2022.04.01

我陪你玩

那一年暑期前，我从南方回到苏北。我先是辞掉工作，因为祖母摔伤，她先是拄拐，后来卧床不起，我实在放心不下，不能再远走了。

这时，一位帮祖母诊疗的亲戚，托我带一下她的孩子。孩子上初二，男孩。当时很叛逆，上网、早恋，经常不回家，有时干脆就在网吧里过夜。这位亲戚开个诊所不容易，因为她待人诚恳，医术好，临床经验又丰富，所以寻她就医问诊的患者很多，她有时忙得饭都顾不上去吃。

我见到了她的孩子——毛毛。那天中午，我去请她给我祖母打针，毛毛刚睡醒起来。我观察了一下，他眼神迷离，也许是还睡意朦胧，沉浸在网络游戏里。毛毛的妈妈就跟他介绍我，说是语文老师，当过好几所学校校长，喜爱诗书画，还会武术，家院里还吊着大沙袋呢，你可以跟陆老师去看看玩玩。

毛毛向我看看，打量了一番，咧嘴笑了一下：好啊。我知道他喜欢语文，还喜欢看武打片，对武术散打比较感兴趣，他的心眼儿不坏。毛毛在我家那几天，我带他打沙袋，看电影，用弹弓打蝉，余下时间就是东一句西一句地胡侃。我发现他还很健谈，我的心里有了底。

我请他教我打游戏，他看我很谦虚，答应教我，于是我们又到网吧里实操一番。很快，作为师父，他对我这个徒弟的表现非常满意。就这样过去一周，突然有一天，他说我的英语作业还没做。我一听心里一喜，但不动声色，嘴上说不忙不忙，先玩好了再说，他说好吧。过了两天，他又想起英语作业，说一点没做呢。我说不急不急，再接着玩，他不讲什么了。我趁机问他英语都学什么，用的什么教材，他说是牛津英语。我说要不明天一起看看，正好我也准备考研，回顾一下单词语法什么的。他点点头。我们又聊起英语文学，扯起汉语母语。他背诵起喜爱的古诗词。

做了几天英语作业，又一起研习了几道数学题，我说毛毛，人外有人天外有天，我帮你介绍位朋友老师，叫赵博士，文武双全，他的英文和数学水平了得，还会唱歌、说单口相声。这时赵博士闪亮登场，我的朋友赵君当时正于北方一师范大学就读教育学博士。赵性格开朗，能言善道，能说会笑。他事先明了我的意思，所以积极配合。在诊所楼上，他表演二起脚踹飞沙袋老高，毛毛惊得合不上嘴。他俩很快就成了好友，毛毛缠着赵博士学练二起脚，还要听单口相声，学唱歌。那天中午，毛毛妈妈专门烧了几个菜，我们仨还喝了啤酒。毛毛非常开心。

赵博士励志考研读博的故事，我边侍候祖母边备考的例子，感染着毛毛。他那段时间，若有所思。我跟毛毛说，赵博士是你赵哥，啥也不用客气，电话留好，都好哥们儿，有啥想法随时可问。

我对毛毛妈妈说，你啥事都可以说，就是不要谈学习。当然，其他事也尽量少说，不说。你的角色跟我们不一样，说出话的效果当然也不一样。

我又推荐毛毛几本字帖，以习练毛笔字，还有水墨画册，毛毛就尝试着把他喜爱的几首古诗词，用书画写出来画下来。我又帮他刻了一枚章，盖好，他的书画作品完成了。毛毛喜不自禁，看着张贴在床头的自己创作的诗书画作品，我知道他开始产生成就感了。文学艺术的魅力是无穷的，它能熏陶一个人的素养，甚至能改变一个人的心态和观念。

我和毛毛还一起到湖里游泳，一起划船，一起到电影院看大片，我们什么都聊，他也什么都肯跟我讲。我们谈生活、谈友谊、谈学习，分享快乐和烦恼，分享回忆与憧憬。

一个暑假过去了，毛毛已养成了早睡早起，生活学习有规律的良好习惯。他每天要诵读古诗词，默念书写英文单词，习练几个毛笔字，打打沙袋，练练二起脚、扫蹚腿，分组做俯卧撑和仰卧起坐。晚上看部英文剧，练练口语，他还会哼唱几首英文歌呢，他的目光不再游离不定，而是透着坚定、专注和热情。

毛毛渐渐顺利度过了少年成长的"危险期"，后来，他考上了南方的一所大专院校，学的是交通运输专业，毕业后分配到长三角的高速路上负责路面和桥梁建设及维护。

再后来，我接到了他的婚礼请柬，我们离得不远，他自驾车带着未婚妻到我工作的学校来看我，我真心为他高兴。

2022.04.19

感念师恩

念起恩师，脑中常会定格一些镜头，比如上海某地铁站出口，一位精神矍铄、目光有神的老者立在那里，不知等了多久。我是个路盲，不记路，还不分东西南北，尤其到了外地。我来看望恩师黄秋涛先生，却让他在车站好等。

黄老师是教我语文的，他讲起课来特别有激情。从上海支援苏北来到东海，身上仅存的大城市人气质早已化为一种"贵族精神"：善良、正直和孤标傲世。

每每讲课，黄老师都是认真细致地板书，瘦削但有力的手臂在黑板上上下左右挥动。课上，即使个别同学分神了、不注意听讲了，黄老师扶扶眼镜，盯了他一下，用略带有上海口音的普通话说了几句，不是大而化之，而是提醒想想在田里劳作的父母是多么不易："你还不认真学，对得起他们吗？"

同学们都很尊重和敬佩黄老师。黄老师讲课时，教室里除了他的慷慨激昂、铿锵有力的声音之外，不再有别的声响。

有一个中秋节夜晚，我搬了把椅子到院子外，专门观察天空月亮的变化。描摹实景，再加以联想。我盯着月亮、云彩，好久好久。第二天，黄老师就在班上又读起我的习作来，我又高兴又紧张。"不注意听，你能写得出来吗？！"黄老师大概听到了一丝议论声音。

有幸能够得到华东师范大学中文系高材生黄秋涛先生的教诲，此生足矣。这不知该不该要感谢那个特别的时代呢？

我的写作兴趣越来越浓。以至于到了师范学习，语文教师张西泉先生常读我的习作，张老师很高的个头，看起来朴实敦厚，他是苏州大学中文系毕业的。

与我中学时的恩师汪时卉女士见面也是我毕业30年后了，在南京火车站，从地下负一层到地上二层，半天好找。我们相互打了几个电话，约好到标志物前站好，可是还是"找不着北"。还是先听见她大声喊着我的名字，就跟当年唤我去办公室抱作业本时一样，高亢洪亮。我转身，再转身，就见红光满面、留着齐耳短发的汪老师，快步向我走来。

那天汪老师和我讲了好多话，我们在车站麦当劳店点了小点心和饮料，后来她竟然还要争着付账。都说杨绛先生有少女相，我看汪老师也是的。面色红润，嗓音洪亮，不亚于当年呢。

在西双湖中学，汪老师英语教学特别好，人也长得洋气、漂亮。"我很怀念东海的地瓜煎饼。"汪老师带着温馨的回忆看我。我回到东海后，到处打听寻找，最后在牛山小学东边巷子里央求一家烙煎饼的，多放地瓜，加工了一些，寄给了汪老师。

还有中学时的李广信主任，他是多才多艺的。前几年得知他已故去的消息，心里好生难过。记得李主任常常在考试前的动员会上，跟我们讲天文地理，讲中外古今历史，讲自然科学，讲人文，要我们勤思考多阅读。尤其是讲养生保健知识，教我们怎样睡好吃好，消除学习紧张带来的疲劳等。

后来听父亲说，李主任擅书法、懂中医，还练过武术。他是"文武兼备"呢。其实，后来我知道，李主任这是给我们讲授"通识"这门课呢。

小时候我就不喜数学。头脑愚笨，转不过弯来。感觉阿拉伯数字还有那些字母，都冷冰冰的，不如方块汉字好玩，有温度。孙本令老师数学讲得好，浅显易懂。代数繁几何难，这是他常挂在嘴边的话。看他拎把大三角板在黑板上证明几何题，近1米9的个头儿晃来晃去，又画线条又写字母的，蛮好玩的。

《再见吧！妈妈》这首歌，是跟当时我初二的班主任熊铁老师学的，他教音乐课，他上课幽默风趣。我小时就喜爱音乐。也许是受会唱歌的母亲影响吧。记得上小学时，就有一位倪老师，烫着卷发。她先用一双大眼睛向我们扫了一下，然后打开琴盖，一阵悠扬的乐声响起来。后来到了师范，音乐课上到琴房，一人一台风琴练习。每每那时候，我就想熊老师边踏边弹边唱《再见吧！妈妈》。还有倪老师的卷发、大眼，以及有些老旧的风琴。

喜欢叼着大烟斗的于老师也是教过我英语的，在汪老师之前。记得有一次英语考得不理想，我哭了，父亲急了，就带我到于老师家里补习。于老师不紧不慢地先把烟丝填进烟斗，又用手指按实。然后划火，慢条斯理地说，从哪开始呢？

上体育课最怕跳山羊，那时候裤子小又少，万一跳不过去，裆会绽线裂开，难堪。好在代体育课的倪老师性格随和，声音特磁性，那时不知这叫共鸣。下雨天最喜欢听他在教室里讲故事。他讲的关于"啥"的故事，都快40年了，我也没忘。

北方人管蛇叫蛇，可南方人管蛇叫"啥"。北方人到南方，没见过蛇，就问卖的是啥，南方人回答：我卖的就是"啥"。发音不同闹的误会，这个笑话，当时真是给我们紧张的学习氛围带来了轻松和愉悦。

有个性的老师更是留给学生印象深。每每忆起师范生活，总是会想到潘西龙老师。他讲《记一次大型的泥石流》课文时，先伸出右手，然后拇指食指中指紧捏于一起，随着口中"记一次大型的泥石流"念出，右手迅速在空中旋转半圆，画半个圈。与之相对应的是，他的后面几绺头发总是翻卷朝上，与前面手势正好呈呼应。他见我们笑，以为点赞，声调立刻提升了上去。课间，教室内外就响起"记一次大型的泥石流"，同学们仿着潘老师，手势在空中翻转、画圈，一阵阵笑声此起彼伏。

我还会常常想起陈渊博老师、庄连科老师、王长胜老师、薄政奎老师、薄政洲老师、刘兰英老师和娄新华老师等。

2018.11.22

教育是唤醒

无知的人并不是没有学问的人，而是不明了自己的人。当一个有学问的人依赖书本、知识和权威，借着它们以获取了解，那么他便是愚蠢的。了解是由自我认识而来，而自我认识，乃是一个人明白他自己的整个心理过程。因此，教育的真正意义是自我了解，因为整个生活汇聚于我们每个人的身心。

——克里希那穆提

前些时日，师范同窗守武兄做客昆山，兄弟俩品尝着奥灶面。席间，平常少有言语的他，聊起《红楼梦》来：人物命运之安排早已在前文诗词里揭示出来了，人之宿命论，是成立的。

也许正如待兄如言，人生之逆旅，冥冥之中有所安排。

想想我再次来到北师大，参加全国第七届书法骨干教师研修班学习，距教育学专业博士研究生班毕业已有两年了。

也许是带着一种别样的心情，更是怀着一份期待，责任和使命始终催促着。历经年，不敢忘。

对书法，对艺术，对体育，先父早有言传身教。岁月流转，生活多艰，幸有此存于身心，内化于外，抵抗不甘。

边学边教，边教边学，教学相长。言行、思想，皆组成生活工作日常。尤记起，20世纪80年代，报读当时中国唯一的一所开设书法专业的学校：无锡书法艺术专科学校。

跟春天里播种萌芽开花一样，慢慢地，花蕾绽放后就孕育出厚丰的果实来。甚或不止如此，是在初收的果实里选育，以播种新的希望。

"教育并非只是获取知识，聚集事实，将之编集汇合；教育是把生活当作一个整体而明白其中的意义。"（克里希那穆提）

和他们不同，我不仅仅限于学书技法，是把业已融入思想和生活中的书法艺术或书法文化，传统文化中的一种，乃至与之亲密相关的国画、国学等，再次"重温"，应该说"唤醒"可能此时更契合我的心情。

正因为我了解自己，我确信我具备这项能力。"我知道我自己一无所知"，这就使自己提醒自己"不积跬步，无以至千里；不积小流，无以成江海"。

"教育的功用在于培养完整的人，具有智慧的人，而智慧是对于根本事物、现在存在的事物的了解能力。所谓教育，便是在自己以及别人身上唤醒这项能力。正确的教育来自我们自身的改造，我们必须再教育自己。正确的教育来自我们对自身的改造。对于真正关怀教育的父母和教师，其主要的问题是如何培育一个完整的个人，要做到这件事，显然教育者本身必须是个完整的人。"（克里希那穆提）

印度哲人克里希那穆提的一个个文字，无不闪耀着生命活力的光芒。不需要谁去死记硬背，你只须葆有一颗虔诚而又敏感的心灵。

2018.07.17

再说教育

经常有家长朋友问我有关孩子的教育问题，因为他们觉得我从小学到中学，现在大学高校任教，30年从事教育的经历，应该能够在子女教育方面给他们提供很有价值的参考经验。

前些天有个饭店老板还电话询问孩子老是坐不住该怎么办，我问这种情况有多长时间了，她说好几年了，很发愁，束手无策。

是的，我从事教育工作的确时间够长，教育对象也在变化，经验方面肯定也贮备了不少。倘若再加上自身十几年受教育被教育的经历，那至今有40多年与教育沾边。

其实，比较起来，后者，即被教育，接受教育的经历，给自己带来了深刻的体悟。因为我知道孩子们需要什么。

以我亲身经历，我以为孩子们在这些方面一定不能或缺：诗词（国学）、书画、体育、音乐以及闲暇。闲暇就是包含游戏和户外旅游等。这些教育内容可以说是奠定了一个人成为"人"的成长基础，乃至终生受用。

至于国学，中华传统文化经典，还有书法和国画，孩子们诵读学习，临帖绘写。因为潜移默化，慢慢的渗透，跟春雨润物一样，血液里骨子里都有了这些中华文化的因子。

因为诵读经典，有感恩心，有责任心，有羞愧心。学会了对自己负责，对他人负责，对社会负责。

传统的才是国际的，有了中国气派，再学些外语或者其他工作和生活方面需要的知识以及技能。当然体育不能少，"文明其精神，野蛮其体魄。"（鲁迅语）还有音乐啊，艺术鉴赏等，都属于美育的范畴，它们可以丰富人的内心，"艺术，让人成为人"，使灵魂回归，不会飘游。

一个完整的、全人教育系统，就慢慢形成了。在这个系统下培养和教育出来的孩子，将来步入社会，能很好地立足，然后可持续健康发展是没有问题的。

再说回前文提到的闲暇、休闲，我以为必不可少。要知道人终究是人，古希腊最早开设的课程就专门有"闲暇"。

人可以发个呆，人要遐想，要思考。"未经审视的人生不值得一过"，苏格拉底告诉世人，人还是要经常自我审视，什么时候都不能忘记自己是什么样的人。这样的人生似乎才更有意义。

2018.11.22

哲学与教育

有一天，我与小外甥聊天，他是我妹家的二孩，上初一，很聪明，成绩不错，但脾气有些急，会冲动，也有点执拗。

这个年龄段的孩子现在就是这样，叛逆期提前了，也是所谓的危险期。孩子这时候的心理状况、玩伴情况等，就要特别注意了。这是他的行为习惯养成、世界观和价值观形成的萌芽时期，亦为关键期。

有心的家长会很关注孩子的身心成长，只关注成绩肯定是不行的，身心健康了，做好其他事才有了根本的保证和保障。心理若是出了问题，对自身从来又没有一个清晰客观的认知，懵懂糊涂，再加之环境以及家庭里一些不良因素等影响，孩子会出现更多的困惑、不解，内心产生矛盾和冲突。

没人给他指点迷津，只是一张张板着的面孔在严肃地讲着大道理。他愈听愈反感，于是由矛盾心理，转为愤懑心情。他要穿起铠甲，甚至身上长出刺，要对抗这世界。他充满疑问，但更多的是诱惑，物欲的渴求、感官的刺激，乱了少年的心。

我跟外甥说，一个人其实有三个我，本我、自我和超我。好冲动的多是本我，能控制自己不易冲动的是自我，积极向上，满满正能量，有远大目标和理想的是超我。

他认真地听，神情专注。对于他来说，应是新鲜的话题。接着，我这做舅舅的又结合某些事例现身说法，尽量使语言生动形象，让道理通俗易懂。

看得出来，这番话很有效果。第二天，我和他聊起来，关于三个我，他说本我、自我和超我。目光炯炯，神色飞扬，他似乎若有所悟。

2021.07.04

教育就是培养敏感

关注教育的纪录片制作人邓康延说，教育是培养人的敏感。教育的达成目标，无非是人们常说的"双基"和"三维"。双基即基本知识和基础技能。三维就是情感、态度和价值观。

双基，基本知识和基本技能，通过学习文本，听说读写，或加上考（实际上也是以考代练），如此这般反复习练，日积月累，课堂内外，从而达到知识和技能的丰富和掌握。对了，听说读写外，还应加上"思"，老师讲得再好，不思考，不领悟，光是机械应用，不消化，原样照搬，过后又不巩固，所谓学得快，忘得也快。

这些都还好办，双基的学习和掌握，只要针对如上述的不足之处加以注意和弥补，"学而时习之，不亦乐乎"，反复习练，在习练中思考，在思考中巩固和强化，则事半功倍也。

而三维目标就不那么好说了，可是它又恰恰是最重要的。先做人，后做事。三维目标没搞好，双基掌握得越好，对社会的作用就越要打个问号。因为教育"好人"不成，反而培养出了"废人"。

三维目标究竟怎么样来达成呢？这个问题其实并不新鲜。科学与人文要并举，方能培养出综合素质好的人才。

美国诗人、思想家、文学家爱默生，他的著述和言论关注人类的命运、力量和修养等问题，被称为"美国的孔子"，同时也被认为是确立美国文化精神的代表人物。他写的《修养》一诗：

规则和教师岂可培养

我们恭候得半个上帝

他必须如音乐般

容易激动而敏感

他感受得到

大地和天空微妙的影响

他感受得到

男子和少女眼神的触摸

可是，在他淳朴的心灵深处

未来和往昔迅速融合

而世界浮荡的命运

重铸在他自己的模子上

　　教育要培养人的敏感，培养人的同情心、怜悯之心，以及洞察力，学习和把握人与自然、人与人、人与社会之间的关系。除此以外，敏感还会带来幻想和想象，"幻想的幸福最为幸福"，敢干的前提是要敢想。

2018.05.09

大语文

文学是人学。

——高尔基

　　笔者以为，《大学语文》或者"大语文"作为必修，应为首选。培养大学生语文素养，对于他们走上职场是多么大的帮助啊！

　　语文，语和文，从字面上理解是语言和文字，扩延之，乃口语表达，能说流利流畅的普通话，言辞达意，口齿清晰，表达明确。

　　文字，可以引为写作，即书面语的表达。说句玩笑话，当今快节奏的时代，孩子们谈恋爱连写情书都省了。手指一撦，短信、微信、视频全搞定了。

　　傅佩荣，美国耶鲁大学哲学博士，曾任台湾大学哲学系主任兼哲学研究所所长。2009年5月，在央视《百家讲坛》主讲"孟子的智慧"。他在《哲学与人生》这本书里就谈到他在美国的时候，发现有些华人家庭每到周末就会开车带小孩去上中文课。他觉得很好奇，于是就请教一位朋友为什么要让小孩学中文。当初他们到美国的时候，恨不得英文能够讲得比中文好。这位朋友告诉他：如果小孩只学英文不学中文，言行就会跟美国人一样！可见，语言、文字不只是工具而已，其中还包含了许多价值观念、文化特性。

中国传统文化强调孝顺的重要性，中文里面经常会提到"孝顺"这个词，英文中则没有这个词。因此孩子在学习中文时，潜移默化之下自然就会比较"孝顺"了。

所以，学好语文，尤是国学，不仅仅是说好话，会写文章，还关涉做人。"不学诗，无以言；不学礼，无以立。"老祖宗留下的宝贝不能丢弃。

2017年，中共中央办公厅、国务院办公厅印发了《关于实施中华优秀传统文化传承发展工程的意见》，并发出通知，要求各地区各部门结合实际认真贯彻落实。文件要求，"实施中国传统节日振兴工程，丰富春节、元宵、清明、端午、七夕、中秋、重阳等传统节日文化内涵"。中国情人节"七夕"首次写进中办国办文件。

如果教育主管部门能把国语国学作为大学高校必修课，教学生说好话、写好字、作好文，学生的综合素养，尤其是人文素养一定会有较大的提升。

据悉，教育部在统编中小学语文教材里大大增加古诗文数量。小学统编《语文》教材共编排了129篇古诗文，约占总篇目数的30%。其中，古诗词112首、文言文14篇、古典名著3篇。除古诗词、古代寓言、神话传说、历史故事外，还从《三字经》《百家姓》《千字文》《弟子规》等传统蒙学读物中，选取符合当今时代特点、具有积极意义的内容。

初中有古诗文132篇，也比以前略有增加，从《诗经》到清代诗歌，从诸子散文、历史散文、唐宋古文到明清小品，均有呈现。

语文、国语作为必修，文学、艺术、历史、哲学等，宏旨博大的选题作为选修。唐诗宋词元曲多美呵。一个人若能坚持每日诵读吟咏，他（她）的胸襟和精气神会有多宽广，多么提振呵。

倘若，在大学阶段，正值"三观"逐渐形成之际，再重温最美的最富有涵养的国学传统文化，培养出多是谦谦君子和窈窕淑女，这可能才是通识加专才培养出来的人才。

《易经·系辞》有一句："形而上者谓之道，形而下者谓之器。"能胸怀天下忧国民，博识多闻有深度，这样的全人全才世上难得呵。或许是当今教育的目标与方向。

2019.11.09

随叫随到

前些天和我的学生晓东一家吃饭。晓东是我刚参加教育工作时的第一届学生。他为人诚挚、心无芥蒂，属典型的性情中人，我很欣赏他。晓东的妻子小孙人长得漂亮，眉清目秀、待人诚恳，心直口快，比较知性，既有职业女性的干练和精明，但也不乏相夫教子的贤妻良母的家庭素养。他们的孩子小朱同学，上小学，聪明、活泼。围绕孩子的教育问题，他们夫妻俩既有通融契合的地方，也有相互探讨的火花的碰撞。

看到他们，我想到了如今孩子的教育问题。许多小家庭里，一般做父亲的较为率直随性，或曰大大咧咧的，于孩子的成人成性等方面产生影响，这种影响多是潜移默化的。

而母亲于孩子的习惯习性等方面有意用力，在有效时间利用和良好习惯培养等方面，着力用心，日复一日，不厌其烦，以期习惯成为自然。

综合来看，父亲母亲的生理心理和性格因素带来的角色定位，决定了彼此双方对孩子的各自侧重点的影响和培养。我以为二者都很重要，缺一不可。

倘若偏于一方，或放任自流，则会"大意失荆州"；或管教苛刻，则流于教条死板。既让孩子身心快乐和自由，又能对其有一定约束，使其逐渐养成的良好习惯得到保障。

依本人自从事中小学基础教育，到如今的高校教育，对一个人的成长脉络，比较认知清晰一些。"一个人"的成长路径，他（她）如何成为一个人？如何成为一个有温度、有良心、有意志和有韧性的人？

晓东说起他的老爸，老朱是本地公检法系统德高望重的老领导，为人正直。他见到有些人老是在桌上炫耀自家孩子怎么怎么样，又上了什么名校，拿多少高薪。老朱就说了一句话：你们的孩子了不起呵！我家的孩子很平凡。但是我现在随时可以叫他们来陪个酒，你们的能吗？你知道他们在哪呢？能随叫随到吗？！

我头次听到这样的话，心里很是感动，也引发很多触动。老朱的话朴实，但富含哲意。我们培养的是有热心有温情的活生生的"人"，而非冷冰冰的"器"。

2020.10.16

教育应回归到做人

（一）

要办怎样的大学，培养什么样的人才？换句话说，大学究竟要如何去办呢？什么样的人才才是真正的人才呢？

先来看一个人，读一本书吧。我断断续续地用了3周时间把《心件：大学校长说教育》读完。初识了这本书的作者郭位，认知了他心目中的大学和人才。

郭位教授，1951年出生于中国台湾，系统科学、可靠度工程专家，美国国家工程院院士、台湾"中央研究院"院士、香港科学院创院院士、俄罗斯工程院外籍院士，香港城市大学校长、大学杰出教授。虽然郭教授以理工科学术背景出生，但他人文素养深厚，学识博广。能独立思考。

郭位以社会需要及问题导向研究为本推动大学教育，尤是致力于教学研究，以科学实证、实事求是的方法首开先河，剖析教学与研究的关系，并受邀在世界50余所大学讲授教学研究成果。

郭位在出版的著作《心件：大学校长说教育》中从高等教育国际化、教研合一、质量与评鉴、创意与创新四个方面，阐述高教理念及港、台、内地高等教育该努力的方向。其中"心件"指的是"教育者与教育相关人士的一种心态，一种专业精神和文化，一种行为习惯和思维模式，一种需要学习、沉淀的气质"。

郭位指出教研并重、产学结合、多元化、唯才是用、分层负责、同侪评比、教授主理学务（非校务）等，是高等教育成功的重要因素，他认为，高等教育如果能够做到提升教研投入，倡导自由竞争；检讨高教执行方式，铲除利益冲突；政策导向，专家掌舵，远离纳管，许多问题都可以迎刃而解。

郭位充分利用其在美国大学及香港城市大学校长的领导地位，致力于中美大学间的联合办学，共同培养本科生与博士生。

这本书吸引我的地方在于：一是郭将港澳台地区大学教育作一对比和分析；二是他将国内大学教育与国外作一对比和分析；三是他的对于大学教育的定位；四是他的人才标准的制订和培养；等等。

2019.10.05

（二）

著名学者、北大教授钱理群曾于北大演讲时指出：大学里培养出精致的利己主义者。所谓精致，就是会算计，善伪装。谁能想到他之前的伪装如此逼真。

钱教授还讲了一个亲历的事例：比如说吧，一天我去上课，看到一个学生坐在第一排，他对我点头微笑很有礼貌，然后我开始讲课。在一个老师讲课的时候，他对教学效果是有一些期待的，讲到哪里学生会有什么样的反应，等等。

因此，我很快就注意到，这个学生总能够及时地作出反应，点头、微笑等，就是说他听懂我的课了，我很高兴，我就注意到这个学生了。

下课后他就迫不及待地跑到我的面前来，说："钱老师，今天的课讲得真好啊！"说这样的话，我是有警惕的，我也遇到很多人对我的课大加赞扬，但我总是有些怀疑，他是真懂了，还是不过是吹捧而已。

但是，这个学生不同，他把我讲得好在哪里，说得头头是道，讲得全在点子上，说明他都听懂了，我自然也就放心，不再警惕了。

而且老实说，老师讲的东西被学生听懂了，这是多大的快乐！于是我对这个学生有了一个好感。如此一次，两次，三次，我对他的好感与日俱增。

到第四次他来了："钱先生，我要到美国去留学（课程），请你给我写推荐书。"你说我怎么办？欣然同意！但是，写完之后，这个学生不见了，再也不出现了。

于是我就明白了，他以前那些点头微笑等，全是投资！这就是鲁迅说的"精神的资本家"，投资收获了我的推荐书，然后就"拜拜"了，因为你对他已经没用了。

不要只注意提高自己的智力水平，而忽略了人格的塑造。这是一个绝对的利己主义者，他的一切行为，都从利益出发，而且是精心设计。

但是他是高智商、高水平，他所做的一切都合理合法，我能批评他吗？我能发脾气吗？我发脾气显得我小气，一个学生请你帮忙有什么不可以？这个学生有这个水平啊。但是，我确实有上当受骗之感，我有苦难言。

这样绝对的、精致的利己主义者，他们的问题的要害，就在于没有信仰，没有超越一己私利的大关怀，大悲悯，责任感和承担意识，就必然将个人的私欲作为唯一的追求、目标。

这些人自以为很聪明，却恰恰"聪明反被聪明误"，从个人来说，其实是将自己套在"名缰利锁"之中，是自我的庸俗化。

（三）

时代再怎么进步，经济再怎么发展，文化不能缺失的。文化落后了，甚而缺失了，就会出问题，而且是大问题。

文化文化，以文化人，文化与教育，密切相关。无论是中小学，抑或大学，学习文化，才能搞好教育。我这里说的文化，不是单指学科课程，而是通识。

而于此通识里，我特别要提到语文。许多大学里不重视，甚至不开这门课。作为一个中国人，国语、语文不好好学，却拼命去学外语，弄外文。大学毕业拿学位要考试达到英语等级。走上社会了，评职称，还要考英语。国语，语文，可以忽略不计。

学习语文有啥用？！实际有大用。看起来没用，因为不是什么科技发明，不是科研攻关，有奖项奖金可获可拿。但是，它可以使你拓展眼界，开阔视野，走的路更长更宽更远。

书香门第

（一）

相继读完了《我的父亲张大千》《我的父亲冯友兰》和《我的父亲梁漱溟》这三本书。掩卷细思，感慨良多。

张大千的随和率性，冯友兰的迁就和妥协，梁漱溟的倔犟和耿介。一个个个性鲜明，形象鲜活，尤是家庭氛围衬托，于是活灵活现，跃然纸上。

我亦念起先父，先父的直率率性，或温雅含蓄，或达观开朗，兼而有之。但是，我也能早早觉察出他的忧思和焦虑来。

张大千的女儿为原配所生，她善良老实，聪明好学，心思敏锐，她能感触到父亲张大千的感情世界，父母感情生活并不和谐幸福。

她自称嫡女，但对父亲其他三个妻子以及他们所诞的子女很是尊重，并不另眼看待，这一点，主要是父亲张大千的学养深厚地熏染着她。

在张大千先生心目中，人无高低贵贱之分，一律视作平等。他本就乐善好施，比如他赠画给身边的工人和饭馆的服务员等，但凡开口的，基本上无有拒之门外的。

画品人品，人品艺品。大千大气，作品气韵方不俗，高质大雅。大千先生为人从艺行事之风尤为世人称道。由此可见一斑。

先父是有儒家风范，又兼之魏晋气度的文人，他的藏书在我的眼里是取之不尽、用之不竭的宝藏，这宝藏也使他有了独立于世的思想。

2020.03.20

（二）

大千的女儿张心庆女士对于父亲时常挂于嘴上的感恩的教诲铭记在心。长兄当父，长嫂当母，张大千从小到大的生活、学习等诸方面都是几位兄长帮助度过和完成的。

尤是其三嫂罗正明，7岁到张家做童养媳，10岁时大千出生，她成天背着。家里特别贫困，饿了就从地里捡红苕根煮熟给他吃，三嫂情愿空着肚子。有时看大千哭得厉害，就狠下心拉下脸向邻居大娘要口奶吃。一个小姑娘，拖着个小弟弟，成天背着哄着，真是一刻也离不开，大千把这些点点滴滴的爱都记在心间。

张大千始终想着，长大后一定要报答三嫂的养育之恩。所以，他对"长兄当父，长嫂当母"的体会最深。后来每年开了画展，卖画赚钱后，就给哥嫂们买最好的东西孝敬他们。

大千先生的浓烈的人文情怀渗透内化于绘画，笔端流淌着爱和感恩，也因此，才使其画作大气，有内涵和厚实的中国传统文化的底蕴，有文人气。

先父陆守常先生于20世纪40年代在襁褓里和亲生父母从中原以北逃难至苏北连云港，被东海县的一户陆姓人家收养。祖父不幸早逝，唯祖母视为己出，独自抚养成人。

先父待祖母亦是孝敬，早晚要请安。自我记事起，祖母就常讲先父从小时候就如何如何孝敬长辈。那个年代常闹饥荒，学校发点豆饼先父都舍不得吃，一定要带回来给祖母吃。

再看张大千先生谦逊诚恳，很尊重他人，其女心庆回忆道，家里有三位给父亲裱画的师傅，根据年龄的不同，家人对他们的称呼也有差异，但决不容许直呼其名。

曾记我自六七岁起，先父守常先生带我每每遇亲朋好友，总要先示我该怎么称呼。而他于询问人家籍贯住址时，会以"您府上哪里"尊称。直至我上了师范，先父每次来信问候，总以"文龙吾儿"为首，读来至感亲切和安慰。信中总嘱我要尊师长、敬同学，要谦虚好学。一辈同学三辈亲，凡于年长之学友，务必称为兄长，不可轻薄造次。

2020.03.27

（三）

难以想象先父于襁褓被他的亲生父母自中原以北，带到开封府，然后一路向东辗转，最后寄养于黄海之滨的东海县陆姓人家。

早先我也不知道先父和祖母的关系，但不是亲生胜于亲生。在先父的身上一点也看不出来他因此的情绪表达，看不出来，对于自己究竟是"谁"，先父无有期艾和怨忿。

梁漱溟的长子培宽和次子培恕在《父亲梁漱溟》里编进了《我的自学小史》一文，是梁漱溟生前撰写的小传，其中有"我生在这样一个家庭"。追根溯源，梁漱溟先生原是属蒙古族。

早于数年前，我到内蒙古鄂尔多斯，发现那里风土人情这般熟悉和亲切，言谈举止，豪爽大气，真切诚恳。当地朋友说，我有些像他们。

2013年，我到北京师范大学读博士，来自北方的同学有几位竟然就"格外关注"我的眉骨和眼窝，其中一位是搞艺术设计的，她说我就是北方民族的。

先父身上士风气浓些，倒是有儒家风范，他平时衣着不甚讲究，在夏天，自制胶皮凉鞋；冬天，就穿劳保棉鞋；春秋天，都是穿浆洗得发亮发白的劳动布工作服。头发梳理得一丝不乱，口袋里永远有一块手帕，先父擤擦鼻涕都很讲究，卫生又文雅。他一边吃饭一边轻轻翻动书页的声音还犹闻于耳。

虽说先父儒雅内敛，但性格也是刚正不阿，豪爽正直。我就亲眼见他冷嘲当时的当权派，也直接拍过桌子。他看不惯那些趾高气扬，尾巴都能翘上天的得势者。

而于我，我骨子里的犟劲，血液里的刚强，性格里的率直，情感里的挚切，更趋于北方。至于偶尔的善感和多愁，可能多来自母亲的性情了。

在我5岁时，举家迁至县城西郊的东蔡村，这又是一个城乡接合的地区。好人很多，坏人也不少。那时我小，还不懂，长大后慢慢就知道了。

2020.04.03

（四）

我至今夹菜只夹对着我这边的盘子里的菜，不会把筷子伸到别人面前的盘子里，这是基本礼仪。先父于我6岁时，就教导过。有次吃饭时和女儿聊起夹菜礼仪，我问谁教你的，她说爸爸您呵。我颇欣慰，也为她高兴，因为她不会把筷头伸到别人跟前菜里，惹人生厌和反感。

张大千的女儿心庆女士在《我的父亲张大千》里回忆说："爸爸特别注重仪表，不许我们当众抠鼻子、挖耳朵、剔牙齿。如果他看见谁这样做，也不说话，瞪两眼就把我们吓坏了。所以，注意仪表的良好习惯我一直保持到现在。"

我也不喜欢别人帮我夹菜，热情可以理解，但是筷头上的口水实在让人难以接受。我不喜欢。当然，我也不给别人夹菜，君可自取，各取所需。所谓萝卜青菜，各有所爱。我以为自助餐就蛮好的。至于时下倡导的分餐制，若达不到条件也没关系，只要有公勺公筷就行。

小时候，先父就教导：长辈不动筷子，晚辈不准先吃。待长辈落座，晚辈再坐下。吃完饭，还要举起碗和筷子，说声："……您慢吃（或慢用）。"

心庆女士描述得更详细："吃完饭，还要按辈分，挨个儿说：'三叔慢吃，三妗慢吃，爸爸慢吃，哥哥慢吃……'"（《我的父亲张大千》）

前些年，伴小女赴考，于西安拜望国画家马钝老师。马老师自连云港东海随儿迁居西安已有时日，多年不见他，一直于心头念念。马老师的令郎马雷是我刚参加工作时的首届学生，如今是获奖频频的创意设计师，很有自己的思想，人文情怀浓烈。

马钝老师具有齐鲁风范，为人豪爽直率，但又细腻体贴。他的绘画作品和他为人一样，既有"北派"山水的雄浑，又有"南派"山水的秀润。

都说文如其人，画如其人，马老师的书画作品，我最看重的是崇尚自然，真诚质朴，同时又不乏韵致灵动，神逸妙扬。他的画才真正是"写"出来的。用他的真情和实意。

一幅完美的书画作品，人文思想基于技能，但胜于技能。需要技能，但又不拘泥于技能，这就是成功。颜真卿的《祭侄书》为何历经弥久还散发着不朽的光芒？！

是晚，马老师一大家子三世同堂，热情接待我和小女。席间，马雷家的一儿一女，两个宝贝，值垂髫之年，特别惹人喜爱，不但聪颖灵敏，还尤有礼貌，体现出良好的家教和家风。

2020.04.11

（五）

我个人偏见，家有文史哲，重在学习文史哲的氛围和风气，才称得上书香门第。光有数理化，不能说是书香门第。因为文史哲习研的是"人"，而数理化则偏于"器"。

书香门第人家培养的是人，要成人，而非动辄望子成龙，望女成凤。又考了第一名！又获得什么奖！我家孩子从小就聪明！讨人喜欢！急功近利的家长以拿名次和获奖等外在因素来评判和考量孩子，全不注重孩子综合素质的培养。

学自然科学的一定要读文史哲，否则不成善人、完人、完整的人。社会科学是研究人研究社会的，光埋头搞自然科学，连自己是个什么人都忘了，他搞的研究不会大，更不会好。

凡近现代成大家者，无不自小就熟读经史子集，吟诗习书。把中华传统经典读好，把方块汉字写好，这不单单是知识和技能的传承，更重要的是熏陶和培养一种华夏气派，一种家国情怀。

"立德、立功、立言"，是书香门第勉励后世子弟做人成才，造福于民，奉献于社会的宏旨。家风、家训等皆出于此。"三立"缺一不可，相辅相成，既为互补，才为完整。

2020.05.05

（六）

张大千的女儿心庆回忆她爸爸曾告诉她："养猫、养狗也得像对待小孩一样，不能玩一下就把它丢在一边，脏了要给它弄干净，饿了要喂它吃，要有耐心，不能嫌弃。"

孩子们的爱心和同情心就这样一点一滴地培养起来了。真正的爱，是爱的全部，爱的包容，而非爱的偏狭，爱的挑剔。

爱小动物是这样，爱一个人，爱一个家，爱社会，爱生活，爱世界，爱世上所有的事物，又何尝不是呢？

心庆的母亲是张大千的第一任夫人，她和张大千属于包办婚姻，并无感情，张大千也很少和她有什么感情上的交流和沟通。

在心庆看来，"他俩都有说不出来的苦。不过，母亲的气度还比较大，心态也比较平和。她时常说：'既然父母做主，把我嫁给了你爸，我就要把这个家担起来。他喜欢的人，我当然要学着去爱她们；她的儿女，理所当然也是我的儿女，我要用心去抚养他们。'"

她真是说到做到，张大千去敦煌的3年，心庆的母亲不光照顾好自己孩子，连其他夫人的孩子共5姐妹的吃喝穿戴，上学读书，所有一切全都一手操持。她一心一意全力做好家务，敬老爱小，偶尔感到冷清伤感，但从没阻挠和干扰张大千的国画创作。她给了张大千一个充分的自由空间。

书香门第，如同一本无字的书，书写着人心和人性，氤氲和流动着真实的情感。不虚伪，不矫饰，更不做假。从而认知爱，学会爱，珍惜爱。

心庆的母亲是个好女人，善良的女人，任劳任怨的女人。张大千能成为闻名海内外的国画大师，实在是离不开她的支持，甘愿在背后的默默付出。

也许那个年代这种包办的或者媒妁之言的婚姻太多，人们于家庭生活里逐渐麻木，沿着惯性的固定轨道在走。如此的一地鸡毛，这可能就是生活中不堪承受也要承受的"轻"吧。

贺岁大片《囧妈》，有几个镜头我是流着眼泪看的。徐峥和他的这位囧妈妈，与我和我的妈妈很像很像，我也气她说过父亲就是被你气死的类似的话。

我曾于前文提起先父，他于家庭生活里感情的缺失，那种隐忍的痛苦，我能觉察出来。母亲几乎不识字，勤劳、善良，但不聪明，也就谈不上什么智慧。而先父先是青少年时读了师范，1966年因当时国家困难学校解散。后又参加徐州师范大学（现易名为江苏师范大学）中文系大专函授。他遗留下来的王力的四册全集《古代汉语》和中外文学史等书上，圈勾画写，密密麻麻。

母亲自知和先父说不到一起，没有共同语言，所以可能就自卑。一个人自卑以后有几种表现：一是少言寡语，只闷头干活；二是有时有意耍蛮，好掩饰内心的慌乱和不安。母亲的表现是后一种，自我六七岁记事起，母亲的脾气就很不好。父亲的心思又极细腻，甚而敏感，我当时就能体察出他默默回避走出家门时的那种孤单和落寞。

徐峥的囧妈歇斯底里地冲着徐峥哭喊，也是在发泄她的心底多年郁积的苦闷。这苦闷里有自怨自艾，也有一种强势衰微以后的失落。

我的母亲现在变化得愈来愈好，不再怎么执拗，通达晓理了，明辨是非了，对人和事的认知及判断也渐智慧和敏锐些了，这可能也是我常常与她沟通对话带来的结果。也可能是先父走了以后，她经历了许许多多的人和事，给她的教训逼迫她去识人和知事。因此，大是大非面前，她能明智和理性起来了。

一直以来，我的性情多随她，率直感性，动情时常常不由得流泪。容易轻信他人，与人为善，待人真心真诚，不掺虚假。所以，对有些人就"易犯糊涂"，"原则和感情拎不清"。

但是，书香门第家庭里应该永远讲感情的。在感情的基础之上再去谈什么原

则。一家子都是生意人的家庭多是讲什么"原则"的，其脑子里都是"交换"和
"交易"等概念。

也许我讲得有些绝对，但我接触到人和事跟我证明了，我迫使自己相信了。
因为我眼见得有的人家，本来仅存的诗词歌赋和琴棋书画熏陶的风气受到了经济
势力的冲击。

如果说穷人的孩子早当家，我在全县城最早办起作文辅导班，是为了挣笔
盖房的钱，这也是迫不得已，何况指导孩子习作，又是我喜欢的事。我并没有
走远。

钱是用的，只是工具，是手段，它不是目的。它的意义就在此。我到今天还
这样认为。可是社会转型期到了，"钱"的价值就被无限放大了。

尤是书香门第受到了人和事的冲击，放置不下安静的书桌，营造不了纯净的
心境。不再有书香，而是掺杂了铜臭。不复有浓浓的纯纯的亲情，而是相互戒备
和提防。

正如书院遭到了破坏一样，损毁的不单单是书籍和建筑，最主要的是历史悠
久的文化、文明，那弥漫了五千年的书香，可否还能纯正地"余音绕梁"？

当然，谁都跟钱无仇。何况再有诗心诗情和画意，也总归要吃饭。还要照看
好这副混迹于市的臭皮囊。即使有诗性智慧，神灵关照，也还要自谋生路，在尘
世上飘摇。

我结交朋友不论职业、年龄以及性别，心与心能找到融合点就好。我也有
做个体户的朋友，商人并非一定要在商言商，他们少年青年时的文学梦始终萦绕
着，牵系着，他们没忘了商人首先是个"人"。

2020.05.09

（七）

罗曼·罗兰说："生活中只有一种英雄主义，那就是在认清生活的真相之后
依然热爱生活。"这可真是生活的勇士和强者。

那么，我们可不可以这样讲，每一位亲人于自己生命轨迹刻下烙印，在我们
认知他的长处以及不足之后，依然深爱着他。这是牢不可破的牵系，究竟是一生
一世的陪伴。

老鬼在其母亲杨沫的唇上留下了最后的吻迹。此时，杨沫已安然长眠。他对

着这位人前人后判若两人的母亲，生下孩子后不管不问丢到乡下任凭"苍蝇爬满了屁股"的心如冰块一样冷硬的母亲，选择了谅解。

杨沫的《青春之歌》，在那个非常的时期给她带来了表象上的鲜花和荣誉。其儿老鬼在非常年代又著《血色黄昏》，带血带泪，但书香的实质里弥漫着人性的真味。

徐峥在《囧妈》里入戏很深，多次拍摄停止了，可泪水却还在流，他呆怔着。在他喊着妈妈从车站拖拽着大包小包奔向白茫茫的一片雪地时，我想起水花花的稻田。

那是童年时，见母亲于田里久久未归，我一直寻到水稻田边。此时月光映着水田，明晃晃的一片。蛙声阵阵，此起彼伏。田里却空无一人，我心里唤着妈妈。

还有一次，父亲走后，母亲刚30多岁，还年轻着，她的一个亲姐劝她改嫁，她心里也是矛盾着。其时我16岁，妹妹13岁，弟弟12岁。我刚考进师范的第一个学期。

母亲焦躁着、矛盾着、慌乱着。我的性格和脾气多随她。当时又是那种情境，心头都压抑着。有时就口不择言。记得那天和她因为什么事口角起来，她生气出门了。

见她很晚还没回来，我就会往坏处想，愈想愈怕，愈怕愈想。万千悔意涌上心头。然后眼里含着泪去寻她。到河边，到前边的铁路货场，到西双湖畔。

记忆的闸门打开，又回到那天的夜，是最为漫长的夜。只听得老家大娘养的那几只大鹅一直在耳边叫着。一宿辗转反侧，总以为是个梦。

那天被大舅先带着到医院见过父亲最后一面后，我流着泪站在医院里东边小广场上，左右臂各拥抱着妹妹和弟弟，仰起头，望着满天的繁星。

我在一夜之间长大了。那种情结催生着"长兄当父"，尽管只比他们大几岁。凡做长兄或做长姐的，能理解这种感受，尤是过早丧父或丧母的家庭里。弟和妹也许不够懂，因为他们永远没有机会去体识。

先父在我很小的时候就教示诵读古诗词和《三字经》《百家姓》《弟子规》等，也许是一种预知下的安排，让我上了师范，然后留下一家老小，让我和母亲担起了这份重负。

2020.05.12

（八）

昨晚和母亲通了电话，新冠肺炎疫情当头，人在外地，没能回去。她表示理解，前段时间她还经常劝我不要回去。其实都有几个月未见了，她很想见到我。

母亲已过古稀之年，身体还算硬朗。她的性格和脾气变得愈来愈圆融。对于周边的人或事大多秉持随和通达和包容的态度，较为淡然一些了。

"我本善良，又兼爱"，母亲如今就是这样的处世待人。她心直口快，心无芥蒂，想到什么说什么。所以，她现在有不少谈得来的"伙伴"。看她开心，我只要一回去就请她的"伙伴们"一起到饭店餐馆里撮上一顿。

母亲和他们在一起有说有笑，更开心了。饭后再到歌厅去高歌一曲。自我小时记事起，就知晓母亲有一副清亮干净的好嗓音。

我今天突然想到，假若母亲当年真的听从她姐姐的劝说改嫁了，把兄妹仨都推给祖母，她完全可以过上轻松自在的幸福生活，不必为我们吃了那么多的苦，受了那么些的累。

假如真的那样，这个家庭的格局可能就要彻底改变了。家不再是家，人不再是完整的人。书再香，无人去读，也不复书香。都散了。有妈才有家呵。

1985年，我19岁，师范毕业后，被分配到了县实验小学。开始拿工资了，有了收入。现在我在想，假若当初我光为了自己，把先后为家人们医疗和建房等花掉的7万多元钱都用来投资和消费，又能怎样？

20世纪的80年代末到90年代初，这7万元，相当于现在的多少钱呢？70万元？值了吧。恐怕还不止。我对数字一直不太敏感。是被人和社会逼的，算了笔账。

我是花钱马大哈不太在乎的人，尤其是为亲人。记得1989年吧，祖母因胆囊切除手术急需用钱，我毫不犹豫地把准备给自己筹备婚事的6000多元钱都交到医院。

过去20年了，那时的6000元相当于现在的多少钱呢？我说这些不是说后悔这么做，一点都不，相反，在16年前年逾八旬的祖母不慎把髋骨摔裂，当时应该动个手术，可是没有。祖母卧床一个多月后走了。

这才是我最为后悔的一件事。没做手术，一是咨询了医生，说是年龄大了，做手术有危险；还有一个主要原因就是，我当时没有钱。有钱我一定给她做手术。只要她能活下来。

那年的元宵节夜晚，烟花齐鸣，天空中五彩斑斓。祖母躺在床上，我陪在床边。她的眼皮无力地合着。等到她的侄子和侄媳以及侄女来了，给她穿衣服时，她的眼角里流下了最后一滴泪水。

人是乌龟壳，钱是王八蛋，老百姓的戏言是有一定道理的。这个钱呵，叫多少人为之痴迷为之疯狂。为了钱，也没错，因为人要生存。但是一天到晚想着钱，或是有了钱也不轻易付出，才是王八蛋。

有的人，早上睁眼就想，晚上上床还想。白天就不要说了，满脑子都是。朝思暮想的。司马迁在《史记》里虽然写道，"天下熙熙，皆为利来，天下攘攘，皆为利往"，但是也要有个度呵。

"仓廪实而知礼节，衣食足而知荣辱。"但是不知足的人，他（她）是有贪欲的。有贪欲的人是永远自私的，不知感恩的。他（她）的人性少，兽性居多。占有欲和掠夺欲强烈。

他（她）的钱是一个子儿不会给他人用的。就是钱再多也不会。为富不仁就是这个道理。而书香门第出身的子弟，却恰恰相反，说"视钱财如粪土"，那是清高，但"穷则独善其身，达则兼济天下"，是能够做到的。

2020.05.12

忆西双湖中学

（一）

一看校名就可知道，这所学校依傍于东海县最大的人工建成的水库西双湖。南北两个湖，远观，烟波浩渺，一览无际；近看，波光粼粼，清澈见底。

我们时常于午间或周末休息日，去湖边玩耍。或游泳扎猛子，或任小鱼在身边游来游去，胆大的在身上啄食。岸边石缝里有虾和蟹进进出出。

彼时，教室的窗台上摆放着许多玻璃罐头瓶。小鱼小虾小蟹在里面游来游去。一同学课间玩心难耐，竟提了个小桶跑去湖边捉了一桶小蟹。回来后因迟到被罚站，但庆幸"战利品"没有被没收。

对于母校的一切一切，现在回忆都感到温馨。废旧煤渣铺就的跑道，食堂前夏天里从井口渗出丝丝凉意的深井。大门里东侧不大的传达室，是我和成瑜兄等住了3年的宿舍。

难忘记忆深处的木桶，铁勺刮擦木桶的声音。打饭了，打饭了！宿舍长提着装满粥的木桶，挨个儿碗里分。同学们就着咸菜吃煎饼，家庭条件好些的有白馒头吃。

大贯庄的竹华兄带老咸菜来，他会分我吃。我们一起到操场上，白馒头就着长长的萝卜缨子咸菜，真是世上难得的美味。至今想起来，还口中生津。

守运兄爱好绘画，他精心绘制的素描，竟能明暗面对比突出，很有立体感。他发明的用手指刮擦表现出物体的"阴影"的手法，很是生动直观。他很聪明，又好学。

最为难忘的当然是那些恩师了。西双湖中学虽然地处县城最西边，位置有些偏，但是这不妨碍出名师、出教育家。他们在办学条件简陋的情况下，照样兢兢业业，一丝不苟，尽心竭力。

经师易遇，人师难求。恩师们不光教我们知识，带我们学文化，他们身上的丰厚的人文情怀，感染和影响着我们，直到今天，还时时地内化着我们的思想、情感和意志，外化为匡时济世的行为。

担任教务处负责人的李广信主任，不仅国学底蕴深厚，还是个书法家。同时，因出生于中医世家，他对中医也是如数家珍。他祖籍山东，个头高大微胖，嗓门大，声音高亢有力。

记得在备战中考的师生动员大会上，李主任除了讲学习方法外，还特别提到每晚要泡脚，他要我们把脚放在温水里，左右手互抚摩脚掌心，各转数十下；还指导我们按摩头部；等等。

我之所以走上文学创作的道路，热爱至极，乐此不疲，一方面是受先父的影响和教导，另一方面还要感激黄秋涛老师。他是从上海来到苏北支教的。一位华东师大的中文系高才生，于这城郊乡村中学，默默奉献着光和热。

黄老师经常把我的习作在课堂上当作范文去读。那个时刻，我坐在下面，真是又激动又紧张。有个别同学不注意听了，黄老师厉喝一声，你能写好吗？！还不注意听！迅即严厉的目光从眼镜后面盯住他。

听黄老师读我的作文，除了满足虚荣心外，我的写作的信心被大大的激发了。我骄傲但不自大，我更爱文学了，默默地下定决心要写好文章，不负师恩，不负岁月。

每次拿着圆规和三角板进教室的是孙本令老师。他说代数繁几何难，只要认真既不繁也不难。他上数学课，言语形象生动，诙谐有趣。他兼任我们班主任。一米八五的大个头儿，高大威猛，但和我们常常聊起家常，又随性温和。

汪时卉老师，我们的英语老师，她长相美丽又有才气。那时我任英语课代表，我去办公室抱作业本都不敢正视她，因为她的脸庞玉一样的白皙，精致的五官搭配，透出一种高雅的气质。她是男生心目中的女神。

2020.08.16

（二）

西双湖中学不仅仅是我们的母校，还承载着一代又一代人难以忘却的记忆。像前文记录的恩师黄老师和汪老师，他们分别来自上海和南京。是自愿或跟随父母到苏北支教或支援的。

前些年，我思念情切，几经辗转，终于联系上两位恩师。黄老师居于沪上，尽享天伦，我携小女前去拜望。见到恩师师母身体康健，精神矍铄，心中甚慰。

到省城探望恩师汪老师，颇有戏剧性。与汪老师约好在南京火车站见面。我从火车站楼下到楼上，又从楼上到楼下，再到地下负一层。乘电梯反复上上下下，心里头想着汪老师会从哪里来。

已20多年未见，她还能认出我吗？那末，她呢？恩师当年青春年少，美丽优雅，如今经久岁月，又会留有多少沧桑痕迹呢？她还好吧？

不知过了多久，一如在西双湖中学校园内的那声召唤在耳边响起：陆文龙。我循声望去，汪老师，是汪老师！她洋溢着满脸笑容，依旧步履轻快，性情开朗。

两位恩师无疑是令人敬重钦佩的学人，他们身上体现出严谨的治学态度，勤勉的育人精神，以及乐观豁达的处世风格，使我等受益匪浅，受用终生。

后来再去沪上探望黄老师，他说要去电梯口接我。一位年逾七旬的老人，我怎忍心让他去接我？我忙推辞。可是那天一出电梯口，就见他站在电梯口等我，心里涌起一阵阵感动。

一所名不见经传的乡村中学，可能依傍了双湖的风水，竟名师迭见。这是我们当时没想到的。真是一生的幸运呵。恩师们富有才华，卓尔不群。

教英语的于老师，我们都叫他于老头。于老头喜欢叼着大烟斗，今天想来，有点像萨特。他带我初一的英语课。当时我的基础不是太好，父亲就骑车带我到于老师家里补习，于老师从字母的发音开始一遍一遍地帮我纠正练习。

正因老师们的敬业，学子的努力，西双湖中学的教学成绩一直在全县处领先地位。我读到初三年级升学考，当年考上师范的中榜人数是全县最多的。

记得初一到初二吧，我们的音体美和史地等课程从没停过。现在想来，更觉幸运。留下了多少温馨的回忆呵。教历史的史老师年龄大，比较胖。他讲清军首领跟起义领袖说：赶快投降吧！过来我们这边，给你当乖（官）。

史老师是南方人，普通话发音不准。我在周末回家后，把大胖子历史老师的形貌讲与父亲听：手摇蒲扇，着一的确良白衬衣，下摆纽扣脱开露出白肚皮。父听完，说他也教过我历史呢。哦，原来这胖子老师竟有些来头呢。

关于体育课有一个不成文的规定，下雨天不用到室外上课，改在教室里听老师讲故事。所以，我们都喜欢下雨天，可以听相老师讲故事讲小笑话。

有一天下了雨，我们都老实听话地在教室里坐好，静静地等着相老师。教体育的相老师个头不高，但嗓音浑厚，底气足。只听见门外传来一声清嗓的咳嗽，相老师大步流星地走进教室。只见他脖颈上挂着哨子，身着蓝色带白杠条的运动服，脚上一双小白鞋白得耀眼。他又清了嗓子，开始给我们讲关于"啥"的故事。我们屏住呼吸，静静享受着相老师带有磁性的男中音。

2020.08.17

（三）

南方有个蛇贩子卖蛇，有人没见过蛇，就好奇问他这是啥？蛇贩子说这是啥（蛇）。因为南方人发音把"She"叫作"Sha"。然后外地人再问，蛇贩子又答。反复数次，两人脸越来越红，越来越难看，就差点扭打到一起了。

相老师讲完这一笑话，看我们早已笑得前仰后合，他先不笑，然后微微一笑。体育老师会讲故事，能说笑话。我们喜欢相老师。呵呵，我们喜欢下雨天。

我们还喜欢一位老师，喜欢他的课，盼着他上课。《再见吧！妈妈》这首歌至今还回荡在耳边。熊铁老师是南方人。但他长相粗犷，浓密的络腮胡子，壮实的体格。与他的名字"铁"真是名副其实。

每当熊老师示范唱起《再见吧！妈妈》，雄厚的男中音在教室里响起，仿佛一场战事即将拉开序幕，即将奔赴战场的士兵唱给妈妈听。他忍着离别的忧伤，为妈妈拭去脸上的泪花。

我们一次次被感动。熊老师把这首歌演绎得非常生动，我分明看见有泪光在他眼里闪亮。他是多才多艺的人，也是多情多义的人。其时，我们也有所耳闻他的家事。

因被分配至苏北地区支教，当时条件艰苦，教师地位很低，尤是男教师婚姻问题往往都解决得"草率"。所以包括熊老师在内的教师婚姻就是凑合着过日子吧。

他的婚姻不是太幸福吧，我们当时是懵懂少年，但也以为熊老师是音乐王子，理应有个音乐或艺术"王子妃"吧。其实不然，师母根本与艺术搭不上边。我们很同情熊老师，为他抱不平。

再后来，听说他调到海州师范学校，我曾去拜望他。再后来，他到借调我的工作单位张湾乡政府去找我，不巧我下村了。乡党委的负责组织工作的红阳兄代我接待他，红阳兄是性情中人。

我从驻队村里回来后，留下熊老师多住了几天。我能感觉到他的隐忍，对于感情生活的缺憾，他的孤独，不被俗众理解的要背负的骂名，我很同情他。

现在听说"西双湖中学"改名字了，当初把西双湖中学强制从双湖边上迁址至县城东隅，原址上建起某某县外国语学校。

呜呼，西双湖中学，当年自双湖边迁出，我是不知。某日念及母校，至此，那大路两边的茂盛的梧桐树还在，可是行至大门口，发觉校名已换作"某某县外国语学校"，心里失落感顿增。母校不见了。后来听说搬到老教育局旁边教师进修学校里了。寄人篱下，情何以堪？为何要如此这般对待我们的母校？！一所建校已逾半个世纪的学校！

如今，干脆直接改名，抹去了这所创建了半个世纪的学校的历史。改为某某县第一实验中学，第一在哪里？实验为哪般？

2020.08.19

从传统文化里的语言谈起

（一）

前些时候，有位女孩在网络上和我聊天。我这个人不太会聊天，有时聊着聊着会三句话不离本行，无非又是关于教育啊艺术啊什么的，自己都感觉有些单调和无聊。

持续了两三天吧，不知从什么时候开始，她说："陆公子！"我有些一愣怔。"辉姑娘！"我马上答她，然后一笑。真好玩。她是古装电视剧看多了？要么是武侠小说？呵呵。

但是，感觉这语言挺有感觉的。虽说半文半白，但有韵味，亦富内涵。我想"辉姑娘"不光是觉得好玩和新鲜吧。她说，她喜欢传统文化，感觉这样的语言挺受用的，很雅致。

翻译人员要求"信达雅"，所谓信达雅，即"翻译作品内容忠实于原文谓信，文辞畅达谓达，有文采谓雅"（语出严复《天演论》）。译文不仅仅要忠实于原作，还要文通字顺，流畅自然。以区别于粗言俗语。

中秋前夕，收到台湾友人的祝辞，"节日快乐！阖府幸福！"这个"阖府"听来较"阖家"温雅些、和气些。"阖家"发音虽然脆生，但闻之太过于直接、生硬。台湾同胞与我们长着同样的黄皮肤，一样的脸，说着写着同样的语言和文字，相同的风俗习惯，分明是同宗同祖，都是龙的传人。这是任何时候任何地方任何人都无法改变的。

看看传统文化的根脉和传承吧。爱新觉罗·毓鋆，跨世纪最后一位经学家，这位大半生都在台湾的前清王爷，近代最传奇的人物。高龄106岁，读书100年，授课60载。

毓老自幼受宫廷教育，及长又师事陈宝琛（皇储之家庭老师、宣统帝之太傅）、郑孝胥、罗振玉、柯劭忞（蒙古史学者）、王国维、康有为、梁启超和叶玉麟诸先生，习经史子集之学。另有英国人庄士敦先生（Reginald Johnston）授西洋之学。

及至台湾后，毓老宣扬中华文化60余年，述而不作，及门弟子有上万人之多，遍及海内外与各行业。毓老一生倡经世致用之学并注重对时势之分析，为四书五经、诸子百家注入了真实的生命和生机。

毓老初至台湾时几乎是深居简出，过着隐士般的生活。1971年在台北创设了"天德黉舍"（后改为"奉元书院"）从事私人讲学的事业。

毓老的教育是从儒家思想入手，他特别重视《大学》《中庸》《论语》《孟子》等四书的教学，所以在"黉舍"读书，要等上过一年的四书班，才算在"黉舍"入了学籍，也才能选读五经或诸子等其他课程。

毓老格外注重儒家思想，他教育学生从外在道德的实践，最终达到内在从心所欲不逾矩的仁义行最高境界。在20世纪70年代，毓老的"天德黉舍"从周一到周五每天晚上都有开课。周一上《易经》，周二上"四书"，周三上《春秋繁露》，周四上"诗、书、礼"，周五上"子书"，包含老子、庄子、荀子、韩非子、孙子、管子等先秦诸子，并涉及《资治通鉴》及《人物志》。

直到2008年，毓老还以103岁之高龄登坛授课，后生小子敢不勉哉。学子皆为铭记奉元书院的院训：学由不迁怒，不贰过，臻圣王至德；苑育仁者相，帝者师，履一平要道。

当然，正如明代音韵学家陈第所说："时有古今，地有南北，字有更革，音有转移，亦势所必也。"数百年前的古人尚且有这样的认知，知道语言是在不断变化的，如果我们作为现代人却还冥顽不灵，非要说某个方言就是百分之百的古音，那实在未免太过荒谬了。

2022.04.07

（二）

21世纪的今天，倘若于现实生活中太咬文嚼字，之乎者也，也是迂腐不堪，掉书袋。什么又是掉书袋呢？掉书袋的意思是指人爱卖弄才学，说话或写文章好引用古书言词来卖弄自己的学识渊博。

现在常常称那些说话好引经据典、卖弄学问的人为"掉书袋"。掉书袋中的"掉"意思就是摆动、摇动，故意、有意于众人面前炫耀，大有吸引人眼球之心理。

　　"掉书袋"这个词的出处是《南唐书·彭利用传》："利用对家人稚子，下逮奴隶，言必据书史，断言破句，以代常谈，俗谓之'掉书袋'。"这和"语不惊人死不休"大相径庭。一言方出，举座皆惊。从发声到吐字，再到念词，一气呵成。不说字字珠玑，也是妙语佳句，世间难得。

　　当然，一篇文章里或一本书里，从头到中间再到尾，通篇或整本，都是掉书袋，不光酸了人家的牙，还会恶心到人，因为拾人牙慧，喝了或吃了他人的残羹剩饭，味道能好？！

　　太讲究了不好，老学究毕竟不入世故常情，岂能不食人间烟火哉？但不讲究了更不好，不论青红皂白，也不看人，看对象，直喷，没婉转，一派粗言和俗语，甚而胡言和乱语。

　　20多年前，我到内蒙古鄂尔多斯参加台湾《秋水诗刊》社组织的诗人笔会，结识了来自中国台湾和香港的诗人涂静怡、琹川、杨慧思和风信子等人，他们谈吐举止，彬彬有礼，温文尔雅。台湾学者们秉承家学渊源，怀着家国情怀，于宝岛热土上传播国学，薪火相传。

　　爱新觉罗·毓鋆、胡适、傅斯年、林语堂、钱穆、方东美、徐复观、牟宗三、陈鼓应和南怀瑾等一代大师，教学和写作勤奋不辍，于文化于思想，深耕细耘，筑基造厦，或脚踏实地，或高屋建瓴。

　　再有后来者如叶嘉莹、傅佩荣、曾仕强和龚鹏程等，或于古诗词，或于中西哲学，或于经史子集等，多有建树。推及台湾地区，经典的学习、理解和运用。

　　夏日里，我读台湾学者龚鹏程的《四十自述》，捧读不及三五页，竟然页页有生僻冷字，真是汗颜。龚先生的国学底子该有多厚实。

　　20世纪，台湾的中小学教科书里，文言文和古诗词占有很大的比例。台湾从小学一年级开始，全年200天授课时间，规定《国文》要占到正规学习时间的30%。其次，逐步提高文言文的教学分量，比如初一上学期文言文占课文的20%，以后每学期递增10%，到初三下学期占到60%。

　　另外，书法也是初中国文的必修课，平均每两周一课时，学生每天要练习毛笔字。比如在《纲要》的能力指标中就要求："欣赏名家（欧颜柳褚）碑帖，辨识各种书体特色""用硬笔、毛笔写出正确而美观的硬笔字、毛笔字""能欣赏书法的行款、布局、行气"。书法成绩计入国文成绩中。

2020.10.07

（三）

中华传统文化可以说注重实践哲学，比如行孝守悌，可说是十分自然的事，并不须用尽脑力去学习。孔子曾说，"孝悌也者，其为仁之本与！"人如蒙蔽本心，不孝不悌，必然无法立身处世。

反之，如果人人都能扩充良知良能，那么家庭自然和谐圆满，社会自然和谐安定。这是其他种族、其他国家文化实在无法替代的，也是无可比拟的。

"高等学校要创造条件，面向全体大学生开设中国语文课。"（《国家"十一五"时期文化发展规划纲要》）有的高校做到了，而且做得很好，把《大学语文》设为必修课。有的高校，开都不开，直接取消。开它干啥？没用处。老祖宗语言都忘了，意味着"背叛"。"背叛"了历史，"背叛"了根本。汉语都学不好，却津津乐道于外国语。有的学生假条都不会写，写了要么格式乱、不规范，而且错别字连篇。写的字更甭提了，硬笔字都写得跟鳖爬的一样，歪七扭八，惨不忍睹。

认认真真写字，踏踏实实做人。这是老祖宗传下来的基本技能啊。

2022.04.07

孩子们都是哲学家

（一）

我很乐意先把这几句话抄写在这里："他还是我爸爸，不过，他同时也是一只鸟。""一切事物都会变化，有个鸟爸爸是好是坏，关键在我们如何对待。爸爸变成一只鸟，我们也要随之变化。鸟爸爸有鸟爸爸的好处。人生苦短，我们不能永远忧愁，应该同鸟爸爸一起开心。"

这是日本电影《杀妻总动员》里那个小男孩说的一段话。他面对着父亲被催眠师弄得认为自己是一只鸟之后，催眠师又意外死去，全家人以为过一阵子会恢复，可是父亲毫无恢复的迹象，执着地做着一只鸟。

父亲整天伸长两只胳膊作展翅状，蹲伏下身体，贴地面挪步，口中吹着口哨。这个样子令妻女明里暗里着急落泪。但是上小学的儿子可不这么看，他是最先接受这个事实的，他也曾经难受过痛苦过，在同学中尴尬过，但他还是接受了。

花无百日红，人无千日好。世上人和事哪有一成不变的道理呢。面对着家人的变化，作为亲人之一他也在变。其实也没变，就是爱没变，如果说变，就是更爱了，爱的程度更深了。变的是方法、形式抑或技巧。

当然小男孩可没想这么多。他很简单，也很纯粹，在他眼里，爸爸是爸爸，也是一只鸟，但是开心最重要，何况鸟爸爸是好是坏谁也说不清，关键在于看待的态度。果然，"鸟爸爸"后来真的飞了起来，还救了一个想要跳楼自杀的人。他展"翅"飞过高楼，飞过儿子的学校。儿子画的"爸爸"在蓝天上和鸟儿一起飞翔的绘画还被贴在了教室里。

2019.09.16

（二）

"我不记得了。"小男孩淡淡地应答。他妈妈问他：还记得以前和爸爸在轻井泽抓过蝴蝶吗？可是，当他跟随妈妈回到新爸爸的老家时，那只在墓地出现的黄色的蝴蝶竟一直跟随着他飞过来。他悄悄走出院子，对着天空说："今天我看到了黄色的蝴蝶，与爸爸在轻井泽抓到的一模一样。我长大以后，也要和爸爸一样，成为一名钢琴调律师。要是不行的话，那就成为一名医生。"

我在看日本导演是枝裕和的《步履不停》这部电影时，有一种感受愈来愈强烈，就是在生活中人群里那种"活着"的意味，危机感里的求生意识。

电影里，小男孩叫厚司。厚司的爸爸去世后，妈妈再婚了。厚司不像其他孩子那样活泼，有些严肃沉默。但其实厚司什么都不曾忘记，只是不想让别人知道，他担心自己的惦念会引起亲人的忧虑。他坦然接受了新的生活、新的爸爸和新的家庭，这也是一种本能的自我保护吧。

2019.09.16

（三）

当两个异性成人之间产生罅隙或分居或离异后，这个成人之间的游戏多数会裹挟着他们的"附加产品"——孩子。

孩子是无辜的，我时常感到无奈而又忧伤。想到这些孩子那无助和忧虑的眼神，心似要碎了。我喜欢孩子，那些孩童善良纯真，彼时，他们就像折了翼的天使。

可是，有的孩子的承受力又是成人们所不及的，究其根本这是他们的"爱"的能力，一旦激发了，会引发出无穷尽的能量。他们看待人，看待社会，对待这个世界，往往让人出乎意料。

日本电影《奇迹》，是导演是枝裕和的又一杰作。如《步履不停》一样，他的电影都是如轻风徐徐般娓娓道来，但又深深地打动人心。平平淡淡的日常生活透出的温情，很容易拨动我们心底深处的情弦。

航一和龙之介两兄弟因为父母离异而天各一方。小学六年级的航一跟着妈妈住在鹿儿岛娘家，小两岁的龙之介则跟着当乐手的爸爸生活在福冈的博德。兄弟俩一直想方设法让父母和好，希望一家四口能再度团聚。

最让人心疼的是我看了几遍的那个镜头，一个生活细节中的形象特写——弟弟龙之介正对着摄像机拼命吞咽着塞鼓了嘴巴的食物，眼睛里掠过一丝丝惊恐、紧张和不安。他的背后，是妈妈在指责爸爸第三次失业后冲过去缠打爸爸。哥哥航一站在他们旁边着急地喊叫。

兄弟俩先后听说了一个消息：贯通鹿儿岛和博德的九州岛新干线即将全线开通，开通那天，从博德南下的飞燕号和从鹿儿岛北上的樱花号首次交错而过的瞬间将会发生奇迹，据说那是时速高达260千米的交错，会产生巨大的能量，目击这一刻的人能够实现他的愿望。

航一非常高兴，认为看到了一家重聚的希望，他立刻和同学阿佑、阿真一起查地图，查出列车交错点是在熊本，于是又和弟弟龙之介约好一起到熊本。

可是当他们看到两列高速列车交会的那一刻，他们并没有许"当初"定下的愿。本来航一最希望火山爆发，城市湮没，这就能迫使妈妈搬迁到爸爸和弟弟生活的城市去，一家四口就能团聚了。但是，当铁路上的工作人员告诉他们，当年火山爆发死了50多人后，航一最终选择了在火车交会时不喊出自己原来的"愿望",他想起热爱音乐的爸爸曾对他说过:"我希望航一啊,不要总是盯着自己生活看,还要(向外看),比如关注音乐,或者这个世界。"最后,他没有许愿,对弟弟龙之介说:"对不起,比起家庭,我还是选择了世界。"不能因为自己的"心愿",一己之私,而让他人受到伤害,航一作出了自己的选择。

而弟弟龙之介呢,他天性乐观开朗,虽然在爸妈的吵闹中受到惊扰,但是很快作出了自己的"调整"。龙之介学会了种菜,种妈妈喜欢吃的蚕豆,他对妈妈"喜欢就着蚕豆喝啤酒"的习惯记得很牢。他在伴随父亲赶场音乐会的过程中愈来愈成熟和独立。他改变了"不吃卷心菜"的坏习惯,他在适应着环境,改变着自己。他的许愿也不是当初和哥哥约好的"火山爆发然后家庭团聚"。从后面的情节中我们可以推判出龙之介许的愿是什么。爸爸说:"乐队被福冈电视台邀约拍摄录制节目。"他说:"你们乐队要谢谢我了。多亏我了吧。"

孩子的天真、纯朴和善良,像一张白纸一样,既简单明了,但又潜力巨大。他们天生都是哲学家,一出生来到这个世界,就带着好奇、疑惑和惊叹。

2019.09.18

与妹妹谈写作及其他

我的妹妹陆文春,幼承庭训,热爱文艺,更是为人善良,待人以诚,性情爽直,举止大方,心直口快,天生一副热心肠,不辱书香之门风。

妹妹多才多艺,能写会画,她学的会的还不少。除了爱好写作,她还接受过系统的绘画训练,掌握了素描和色彩等基本技能等。她的英语也蛮好的。

虽说当初受家庭变故和其他一些因素的影响,她没能上成大学,但是后来报名参加电大成人教育的学习,最终也顺利地读完了大学教育专业,拿到了毕业证书。

前些时候,她又拾起了笔,继续她的写作梦。她很勤奋,进步也很大。目前看,即使学中文专业的也不一定能写过她。

文无定法。文章可以有多种写法,看你想要怎么表达,我在此不想多赘述。这次和我妹主要谈文章的修改。文如其人,她的性格直,文章往往一写而就。但是,文章还是改出来的好。我说妹,文章不厌百回改,叶圣陶先生说过,文章写好之后,要多读多思多改。文章是写出来的,好文章却是改出来的。

"莫话诗中事,诗中难更无。吟安一个字,捻断数茎须。险觅天应闷,狂搜海亦枯。不同文赋易，为著者之乎。"这首《苦吟》是唐朝诗人卢延让的创作体会谈，大意是："诗歌创作的甘苦说也说不清楚，你也许根本想象不到它的难处。每次作诗，为锤炼诗句，常捻断几多髭须，换得境界层出，真是殚思竭虑。想狂言绝世纵令大海也怕肠枯。写诗不同文赋那样容易，弄些个之乎者也胡乱凑够篇幅。"

而唐朝的贾岛素有"苦吟诗人"之名号，他的《题诗后》可谓家喻户晓："两句三年得，一吟双泪流。知音如不赏，归卧故山秋。"

还是贾岛，我们才有了"推敲"这个生动的词汇。相传他曾作诗《题李凝幽居》，"鸟宿池边树，僧推月下门"，后觉不妥，想改为"敲"，但发现两个字各有千秋，在马上捉摸不定，不慎撞入了做大官同时也是诗人的韩愈的车队里，最后还是在韩愈的点拨下，确定改为"僧敲月下门"了。

王安石写《泊船瓜州》时，因一句"春风又（ ）江南岸"，由"到"改为"过"，又改成"入""满"，这样改了十几次后，才找到"绿"字，让我们看到了流传千古的名句。

《红楼梦》的作者曹雪芹"披阅十载，增删五次"，"字字看来皆是血，十年辛苦不寻常"。所以，大部头改成小部头，长文精减至短章，需要辛苦，更要有勇气和胆量。

据记载，俄罗斯大文豪列夫·托尔斯泰的长篇巨著《战争与和平》改过7遍。《安娜·卡列尼娜》写了5年，仅开头部分就修改了20次。鲁迅先生的散文《藤野先生》全文不足4000字，改动地方却达160多处。钱钟书先生的《围城》作过多次修改，涉及内容变动达上千处，包括典故、比喻的运用、结构的调整、部分描写的删除、外语原文及音译等。

有的人写完文章后，一写了之，一推了之，不看不读，更不改，导致错别字连篇，标点符号随意乱用。有的一逗到底，全是逗号，只到最后一句没忘了用个句号。

中高考语文科目的考核里，作文所占的分数不低，几乎占一半。对书写的整洁度有要求，出现一个错别字和一处标点符号使用错误都要各扣去1分，可见其重要程度。

一篇好文章，能一下子抓住人的当然是语句，语言的表述非常重要，语不惊人死不休嘛。怎么表达有许多种选择，就看你运用的能力，运用的艺术技巧。

语言是思想的外壳。思想再怎么惊世骇俗，没有语言的支撑，它也会成为荒谬和虚无。

一个人自出生始，多年来，已习得了独有的语言习惯，形成了一套固有的语言系统，它能被打破和改变吗？能。我觉得自己就在改变。我的口里包含着五花八门的语言，包括朴素的，华丽的，平淡的，壮观的，浅显的以及深刻的。

我以为这也真的有些荒唐和虚无，但细思起来更多的还是神秘。我个人喜欢带有一丝丝神秘的语言，那种引人因为不明就里，产生一窥堂奥的冲动的语言。

阿根廷诗人、小说家、散文家博尔赫斯用美妙的带有神秘主义的语言，营造了无比瑰丽的精神花园。在他奇异的意象里，语言的熠熠生辉，如宝石一样。

女诗人余秀华用《穿过大半个中国去睡你》这首诗，惊天动地，获取了爱情。她脑残情却健全，毅然决然地告别了麦田和菜园，搬到了车水马龙的城里。进了城，她还进了体制内的文联。她貌不惊人，但语言却惊世骇俗。真是个诗坛上的"妖女"。这就好比一个人可以貌不惊人，但一亮嗓却歌声悠扬，婉约动听。真是唱的比说的好听。

诚然，世界上本就无一蹴而就的事情，文学创作亦是。它有累和苦，更有寂寞；它是一个人的心旅，或对他人的感召，对知心的寻觅，或对自我的救赎。

除了寂寞、孤独和辛苦，写作的枯燥和单调，就体现在文章的修改中。你能否正确而清晰认知自我，是否有勇气和胆量去面对自己，就在对文字的推敲里，对自我的否定中。

也许，妹妹没想得太多，她只是想写。写吧，只要想写，就写。有了写作的激情就够了，一直保持，保持到再创作，再再创作，不要松懈。好文章终究最后还是靠改出来的。

2021.04.28

写字·歌·好心情

（一）

前些天，有位家长问我，孩子正上小学，好动、坐不住，做作业注意力不集中、拖拉磨蹭，该怎么办？我思索片刻，脱口而答：可以让他练练书法。这里主要指软笔书法，练写毛笔字。

接着，我又问他，孩子心理上有无什么问题吗？她没正面答我，只是说，单亲家庭。她在昆山，孩子一直放在老家那边，平时爷爷奶奶带着。我知晓了这个孩子的成长和生活背景，基本上能推断出他的心理来，包括他的所思所想和所作所为。

这样的孩子，感觉他的心外面应该已经包裹上了一层茧，不愿示人，把心愿藏得够深。怎么让孩子打开心扉？先以自由想象、自由发挥的艺术去消除他的不安、焦虑和恐惧。我以为，《艺术：让人成为人》这本书讲得真好，"艺术，让人成为人"。艺术是动心的、动情的，感怀的、有感的。所以，对一个人进行艺术的熏陶和培养，就是栽培一个人的人性、人心和人情。

而作为有血有肉的中国人，当然首先要用中国本土艺术去感染孩子们。这方面我有亲身的体会。8岁始，先父就命我临帖，先以柳公权《玄秘塔碑》临起，再习颜真卿，后至师范，再习褚遂良等诸体。参加工作后，我在给学生上课后的业余时间报考无锡书法艺术专科学校学习，在3年里系统学习书法理论，同时遍临诸体，尤喜隶书和草书。今，我虽感书艺未有多大长进，但随岁增，觉书法和中国画于养生、修身养性方面大有裨益，体悟倍增。唯不敢私享，遂与同道者共勉。

先不说书法，且论写字。中国字是方块字，象形字，形声字，一字一义或多义，线条多变，间架结构或方正中稳或险中取胜。但是，一笔一画，一撇一捺自是书法抑或写字的根本。所以，原在中小学教孩子们习字时，我常说："认认真真写字，踏踏实实做人。"对于习字，学习书法的好处不须多说。但是，以笔者个人感悟和体会，结合学员和家长及社会各阶层的反映，有如下几点，一并详述：

一是可以使人心静，主治多动症。多动症是现在社会少儿中比较常见的病症之一，产生的原因是多方面的，其一是食品的原因，营养过剩、肉食为主造成孩子精力旺盛，有的食品中添加剂又太多，不少含激素，并带有兴奋功效，这是造成孩子多动症的一个重要原因。还有电视传媒中的刺激性暴力、计算机游戏的激烈引发了孩子敏感、好动与不安定。而孩子间的互相交往、影响又使患多动症的数量增加，病症加重。

实践证明，书写专心致志，去除杂念，心平气静，可以舒筋活血，促进肌体的新陈代谢，既怡情养性，又保健益寿。由此可知，书法是一种对人很有益的健康活动。

在练习、临摹过程中进行相对"静"的长期训练，会在潜移默化中让孩子适应这种安静、舒缓的节奏。国内关于针对特殊需求学生之书法治疗处理方案的研究显示：过动儿童、情绪困扰儿童与听障儿童通过书法治疗均有相当的疗效。

二是确保力稳，可以治散漫习惯。若非集中贯穿心力、臂力、肘力、腕力乃至指力，要想完成一个方方正正的汉字书写，几乎是不可能的。要坐有姿、立有势、运有方，才能挥洒自如，且力透纸背。

三是培养细心，治疗马虎粗心的毛病。动笔之前先思考，上下左右有先后，结构比例不失调，点画多少要看清，细心运笔不可少。

四是弘扬志毅，治疗软弱毛病，锤炼意志力。一个汉字的书写，从提笔到落笔，再到运笔，提按顿挫，都需要一定的气力。线条拉动起来，要有毅力，否则不会流畅和生动，滞涩只会冷硬丑。

五是求美，写字可以培养正确审美观。因为书法艺术具有认识、教育和审美功能。首先，它以"美"来打动欣赏者心灵，给人以美的熏陶，从而感染人、陶冶人，使人们在美的艺术形式里去惩恶扬善、纯净心灵，潜移默化地改变自己、改变环境。

真正意义上的书法学习，还应包括文字学、历史学、文学及其他艺术门类的知识，加之临帖和创作等修身养性的功夫，它使人们能正确认识自然造化的演变和万物生灵的运动，摒除内心世界的杂念，改变不良习惯，在潜移默化中教育人去追求美好事物，崇尚高尚情操，达到美好境界。

六是体健，主治虚疲，可治亚健康。因为书法有养生的作用，这是不少学书法的人的共识。有人把书法写字的这些作用总结成四句话："洗笔调墨四体松，预想字形神思凝。神气贯注全息动，赏心悦目乐无穷。"

所谓"洗笔调墨四体松"，是书法养生的第一阶段。在这一阶段，通过洗笔、调墨等预备动作，疏通全身气血经络；"预想字形神思凝"，是书法养生的第二阶段。这时就要思想集中，把意识调节到最佳状态，这样才能进入形象思维，就会顿觉心旷神怡，气力强健；"神气贯注全息动"，是书法养生的第三阶段。把神、气贯注于书法运动的全过程，关键要做到神领笔毫、气运于手，以此带动全身的活动。这个阶段可以说是书法运动的最实质性阶段；"赏心悦目乐无穷"，是书法养生的第四阶段。好的作品可以赏心悦目，令人乐在其中。学习书法，可以从自己的创造中得到满足感，心境也随之得到一种超然与净化，达到心绪舒畅。

具体来说，书法的养生功效可以分为看不见的"静"功和看得见的"动"功两方面。练习书法要求全身心地投入，一心一意，排除杂念，平稳呼吸，意守丹田，将自身的感受，通过柔软的毛笔，把刚劲有力的字写在纸上，这本身就是一种气功。

练习书法时思想高度集中，甚至可以达到忘我的境界，心情和思想都融入文字的意境当中，对眼前或身边发生的不愉快事情视而不见、听而不闻，从而进入既轻松又舒适的状态，没有了妄念和烦恼，精神获得享受，因而有益身心健康。倘若能持之以恒，还能达到意念集中，襟怀坦荡，身心愉悦的境界。

根据中医经络学说，手挥笔管，可摩动"足三里"这个强壮穴。我们常用的五指执笔法，非但可把字写得刚劲有力，而且，通过手指活动能调和气血、活络关节、平衡阴阳、有益身体，促进生命活力。

七是气和，写字具有不可忽视的心理保健作用。王羲之《笔法诀》说："夫欲书之时，当收视反听，绝虑凝神。心正气和，则契于去妙；心神不正，字则欹斜；志气不和，书必颠覆……"元代书论家陈绎曾在《翰林要诀》说："喜则气和而字舒，怒则气粗而字险，哀则气郁而字敛，乐则气平而字丽。情有重轻，则字之敛舒、险丽亦有浅深，变化无穷。"

不同的心理状态会使人受到不同的影响暗示，写出的字也各不相同。斟酌挥毫，展纸推敲，常使书家费却一番心机，带来轻度的疲劳。事实上当人的体力或脑力处于轻度疲劳时，机体恰好处于最积极的活动状态。

书法活动是一种动静过程，清代书法理论家蒋骥在《续书法论》中说："端坐作书，四肢之力俱到，惟力愈大，而运笔益轻灵。"这犹如打一套柔中有刚、松中有紧的太极拳，使人舒展肌体，通筋活血。

窗明几净，清雅安适，点缀三二盆花，入砚蘸墨，风神潇洒，真是"纸上春风笔上升"。何乔潘《心术篇》曰："书者，抒也，散也，抒胸中气，散心中郁也，故书家每得以无疾而寿。"（据阿佐《说艺道术》）

八是神安，经医学临床试验证明，书法可用于心理疾病治疗。比如，行书适合于抑郁症、强迫症、自卑、手足麻痹、脑血栓患者等。行书字体灵活多变，多顺势而为，一带而过，从而赋予它生动活泼的性格，可培养灵活性和应变能力。因此，行书，尤为合适于培养灵活性和应变能力，适合于强迫性人格者作长期的心理训练。

篆书（小篆），适于治疗焦虑、紧张狂躁者，用于心理调节，亦适合于A型性格者、高血压者、冠心病者作为长期的行为训练作业。小篆的笔画分布均匀对称，结构环抱精密，具有团聚内向的精神。篆书藏头护尾，内含筋骨、力在字中，表现出含蓄美，而它章法平正划一，又给人以整齐美，适合于作为长期行为的训练作业。

隶书，有秦隶、汉隶之分，适合于培养人的柔性，不良情绪的缓慢释放。隶书笔画一波三折，曲中有直，充满着曲线美和柔性美；隶书形象丰满，书写从容涵泳；隶书中庸柔顺，活泼中有稳重、轻松中有浑厚；隶书撇捺如刀出鞘，点如高山坠石之气势，坚如山松之坚拔，因此，隶书适合于调节情绪焦躁不安、固执偏执。

草书，有章草、今草和狂草之分，适合于情绪压抑、忧郁者抒情达性之用。草书体势放纵，笔势连绵回绕，离合聚散，大起大落，变化无穷，有的如春风拂柳，婀娜多姿，有的如万马奔腾，气势雄放，故生机勃勃、勾连不断的草书尤为合适于情绪压抑、忧郁者抒情达性之用。

楷书，适合于焦虑紧张、恐惧症、疑病症、冠心病、高血压、心律失常者心理调节。楷书端庄工整，结构紧密，四满方正。对于培养循规蹈矩的人格必有潜移默化的作用。楷书提按、行顿如松如钟，沉着稳健、适合于焦虑紧张、恐惧症、疑病症、冠心病、高血压、心律失常者等病症。

九是写字可使人长寿。历史事实也证明，书法对于人的健康长寿的确有一定作用。有位书法家曾经作过统计，发现从古到今的书法家大多都是高寿。从汉代至清代，在那个人类平均寿命25岁至40岁的时代，书法家们的平均寿命约80岁，例如，唐代的柳公权87岁，欧阳询84岁，虞世南80岁，元代的杨维祯74岁，明代的文徵明89岁，清代的梁同书92岁，何绍基74岁……

从清末到新中国成立之前，当时人类平均寿命为40岁至62岁，而著名书法家们平均寿命则达到了88岁；进入现代，著名书画家们平均寿命已经超过90岁，例如齐白石、黄宾虹、何香凝、章士钊均享寿90岁以上，朱屺瞻、苏局仙、孙墨佛等更上了百岁高寿。

关于书法的妙用（书法治疗）的理论和事实（临床）证明，以科学验证人文，是真理硬币的两面，呈现完整，不是空穴来风。

练习书法是一种很好的精神享受。它是一项全身运动，写字时涉及全身30多个关节和50多块肌肉。笔运于指，指运于腕，腕运于肘，肘运于肩。书写的过程就像打太极拳，是一种持之以恒的锻炼过程。

2019.02.14

（二）

书法神妙自有功效，来看关于书法的几首诗词吧。

清颂碑流异代芳，真书天骨最开张。
小人何处通温清，一字千金泪数行。
———启功《论书一首》

心正能教笔不欹，古来书法独公知。
颜筋柳骨留萧寺，总是甘棠去后思
———宋·周必大《送张端明赴召》

人生识字忧患始，姓名粗记可以休。
何用草书夸神速，开卷惝恍令人愁。

我尝好之每自笑，君有此病何年瘳。
自言其中有至乐，适意无异逍遥游。
近者作堂名醉墨，如饮美酒销百忧。
乃知柳子语不妄，病嗜土炭如珍羞。
君于此艺亦云至，堆墙败笔如山丘。
兴来一挥百纸尽，骏马倏忽踏九州。
我书意造本无法，点画信手烦推求。
胡为议论独见假，只字片纸皆藏收。
不减钟张君自足，下方罗赵我亦优。
不须临池更苦学，完取绢素充衾裯。

——宋·苏轼《石苍舒醉墨堂》

兰亭茧纸入昭陵，世间遗迹犹龙腾。
颜公变法出新意，细筋入骨如秋鹰。
徐家父子亦秀绝，字外出力中藏棱。
峄山传刻典刑在，千载笔法留阳冰。
杜陵评书贵瘦硬，此谕未公吾不凭。
短长肥瘦各有态，玉环飞燕谁敢憎。
吴兴太守真好古，购买断缺挥缣缯。
龟跌入座螭隐壁，空斋昼静闻登登。
奇踪散出走吴越，胜事传说夸友朋。
书来乞诗要自写，为把栗尾书溪藤。
后来视今犹视昔，过眼百世如风灯。
他年刘郎忆贺监，还道同时须服膺。

——宋·苏轼《孙莘老求墨妙亭诗》

胸中磊落藏五兵，欲试无路空峥嵘。
酒为旗鼓笔刀槊，势从天落银河倾。
端溪石池浓作墨，烛光相射飞纵横。
须臾收卷复把酒，如见万里烟尘清。

丈夫身在要有立，逆虏运尽行当平。

何时夜出五原塞，不闻人语闻鞭声。

——宋·陆游《题醉中所作草书卷后》

歌，可理解为诗歌，也可以理解为歌曲。诵读诗，创作诗。子曰："不学诗，无以言；不学礼，无以立。"学书法之人一定要学诗（词），因为书法并非是封闭的，非无源之水，这个"水"就是传统文化，所谓大书法文化。关于中国书法之特点、规律、内涵诸等要素皆蕴于其中。

2019.02.14

（三）

中国书法之美妙在于汉字之好之美之绝。鲁讯曾说："我国文字具有三美：意美以感心，音美以感耳，形美以感目。"书法艺术的形式美是通过有规律的组合线条作用于纸上而形成的，学生可以自觉地去手摹心追，去自觉感受流动的线条的美，也感受到，写好字并非高不可攀，因为它就在眼前。

此外，书法的内在美更需要学生去审视，因为每一个字的点捺都有生命的顿挫，每一根线条的流走都有人性的重量和质感，学生透过文字的痕迹可以感受到书法者的喜怒哀乐与悲欢情愁，感受其中的魅力。

有一点要说明一下，书法是在大美术范畴里的，因为皆为线条艺术，所以书画同源，因此我特别赞同著名画家陆抑非先生的一个说法："善画者皆善书。"陆抑非越到后来对这一古训体会越深。他认为，要达到"信手拈来"的境地，对于一位中国画家来说，书法的功力是必不可缺的。

陆抑非最后把这一体会提炼成为两句格言："字是画出来的好，而画是写出来的妙。"借鉴中国画的优秀传统精神和技法，对景写生，进行形象记忆以锻炼默写能力，以及以书法入画，这就是陆抑非花鸟画创作之所以能够推陈出新的艺术基础。陆抑非将自己的所悟所得提炼为一枚闲章，"先师古人后师造化"。要知道在近现代中国画坛上，陆抑非是一位文涵中西、艺冠书画的著名花鸟画家。他先后担任中国美术学院教授、研究生导师，西泠书画院副院长，常熟书画院名誉院长，西泠印社首批顾问等。

我们常说诗歌、歌诗、歌唱、吟哦，也就是说诗本是唱出来的好，古已有之，由来已久，而音乐养心怡情，早已有科学论据证明。

2019.02.14

愤怒的小大人

最近，发生在我身边的一些事情使我更加意识到，少年儿童的教育不可忽视，有些做为父母的，实在是糊涂甚而愚蠢。要知道，不能把小孩视作小孩，要看作"小大人"，因为他有想法，有情感，有情绪。他的喜怒哀乐不比大人少一样。

一位女性亲属说自己正上初中的儿子叛逆。我说你也叛逆，都年过半百了，心智还不成熟，还处于叛逆期。我没给她留情面，因为我几乎是看着她长大的。她从小就不听话，我行我素的，长大了还这样，父母话不听，他人话不听，只由着自己性子来。她的心眼儿不坏，有时很诚实，有时要些小滑头，当然她不会去损人利己，或者损人不利己，她就是个性使然，始终不服人管。她很自我，只关注孩子成绩，其他不管或少管。我说你不对，孩子的心里想法你了解吗？他开心吗？快乐吗？他有好多疑惑，好多问题；他的处境，一点都不容易。

单亲家庭或情况复杂的家庭，因为家庭出现变故，对孩子产生的伤害一定会有的，只是有的孩子会表现出来，有的孩子有意压在心底。但是一味沉默比较可怕，若是能倾诉出来，那是好事。不过，我相信，孩子处理问题能力也是比较强的，包括自我对话沟通，协调好自己与内心的关系。

有句话说，孩子是成人之父，就是说孩子有许多地方值得我们成人学习。其实，我们做父母的一定要学会倾听，倾听就是最好的学习方式。

有的家长不让孩子说话，吃饭时不准说，学习时不准说，孩子们没有说话机会，只听父母说讲，纯粹一言堂，耳提面命，不听不行。于是，孩子的压力愈来愈大，内心的郁闷愈积愈多，愤懑、不满，又伤心、无奈和无助。他这个时候需要"说话"，想有人听他倾诉，而不是一天到晚被监督、被命令、被强迫。

河南周口的一个高中男生雇凶杀父杀姐案就是一个令人痛心的血的教训。平时，这个孩子喜爱打篮球，和同学开玩笑，看起来开朗、阳光，根本看不出来还有"阴暗的内心"。他在贴吧里也坦承自我有阴暗面，想做极端之事，因为压力太大了。他有这些想法，谁知道？爸爸吗？姐姐吗？都没有。要是有，也不会有惨案发生。

谁能走进问题孩子的内心？他们在应试教育里看似失败者，为什么？能听听他们真实想法吗？他们等待被倾诉，期待有人来倾听，而不是一味管制、强迫。

多一些真正的关心，关心心灵，关心灵魂，让孩子们心口如一，表里如一，让他们身心都健康，对他们施以完整的、全人的教育，尤其是在童年到少年，少年到青年的过渡阶段，更应该格外注意。

2022.04.29

适合的教育

（一）

什么是最好的教育？怎样的教育才叫优质的教育？有标准答案吗，没有，没有固定、唯一的答案。

我以为，适合自己的教育才是最好的教育。我在这里表述的是结合我的受教以及从教感受和经验来谈的，我的健康、责任、使命，以及自助的快乐和助人的愉悦，让我受用终生。

我该是最早走上职业教育和职业发展之路的。初中毕业时16岁，我考上了师范，学习怎样去当一位合格的小学教师，自此开始了我的"苜蓿生涯"（据宋代《古今诗话》记载，唐朝的薛令之做随侍太子的右庶子时，待遇菲薄，他就在墙上题了一首诗，前四句是："朝日正团团，照见先生盘。盘中何所有？苜蓿长阑干。"阑干，纵横错乱的样子。后来用"苜蓿生涯"形容塾师、教师的清苦生活——编者注）。

我当时成绩很好，但初三一毕业就读了中师，不是像其他被中考选拔后上了高中的同学，他们有一部分还考进了重点大学。可是，我不后悔，因为适合自己的就是最好的。

在这里当然要感恩先父的远见与卓识，他了解我的性格。在他看来，我这么感性的人，自然不好去从政和经商，还是去从教吧。与小孩子和小动物打交道，是天底下最快乐的。

父亲托人把我从村小直接安排到乡驻地初中读书，换了个新环境，一个较高起点，一个优质平台。我心无旁骛，从顽皮少年逆袭为勤奋学霸。后来，我历经中学到高校，一直教语文，做管理，再教授传统文化，指导学生制订学习和生活计划，指导他们做职业生涯规划，殚精竭虑，乐此不疲。

这几年，亲友们的孩子纷纷到苏南来就读升造，我时常和他们在一起，能感受到他们的健康、快乐，尤其是适于其成长和发展的环境带来的那份自信。亲友们把这些孩子托付给我，来到苏南，远离了曾经浮躁、贪玩的同伴，换了一个崭新的环境，与来自四面八方、五湖四海的学习伙伴一起接受职业教育，学习职业技能。

其实，不论原先基础是牢固抑或薄弱，选择适合自己的就是最好的。亲友的孩子们自从接受了职业教育，不再是枯燥的单调的填鸭式的理论学习，而是结合实践技能提升锻炼，培养综合素质。他们很快乐，很健康，理论在课堂学习，技能实践在实训基地。读读书，做做题，动动手，尤是社团活动，琴棋书画，武术轮滑，演讲戏剧，汉服文化，手工插花，真是丰富多彩，让人应接不暇。

2021.05.17

（二）

这个世界上，只有更好的教育，没有最好的教育，因为受教者个体不是统一的，个性各异，各具情态，正如百花园里的花朵一样，姹紫嫣红，争奇斗艳。

说起争和斗，现在想想，不是很好。我于中学时，为争得全校第一，曾经凌晨3点多钟，在宿舍同学还熟睡时就爬起来，用食堂前深井里的冰水搓把脸，然后到教室里背英语单词。

如果想象一下，来个假设，我一直走进高中，考上所谓重点大学，然后再学，再争再斗，或愈战愈勇，或遭受打击信心受挫，从此一败涂地，一蹶不振。

不好，我不喜欢那样，我对现在的自己很满意。我以为，上了中师，我的真正的潜能就此得到了挖掘和发挥、发展，尤其是我的天性得到呵护和保存，使我可以享受生活，享受累并快乐着。

我感谢、感恩中师的那3年时光，我学习了三字一话（钢笔字、毛笔字和粉笔字以及普通话），琴棋书画等。综合素质的培养，对文学艺术的热爱，使我对工作和生活的认识更进了一层。

我欣赏和孩子民主式相处的家长，不喜欢所谓虎爸虎妈那种霸道式的家长。孩子的健康和快乐是最大的前提。孩子不快乐了，他（她）自然会去发泄、泄愤，伤害自己，也伤害他人。

孩子们在爱的名义下受到强压管制，日积月累，情绪就走上了极端。他们要把压得自己喘不过气的大山推翻，再踩上一只脚，心里才会爽。于是，平常被压制的"自我"此时得到凸显。推翻大山，消灭权威，去争取解放，换取自由的身心的奔放。但可能让他们始料不及的是，这一切是用血的代价换来的。那几位已永远不能发声的所谓权威家长可能于生命终结之际方才能有所领悟。

真是人间悲剧呵，本来这一切是可以避免的。当然从目前的教育现状来看，已有较大改观，那就是从应试教育向素质教育转化已有些成效。应试机制相应的改进，呈现的不再是千军万马过独木桥的局面，尤其是国家这几年为加快加强职业教育的发展和高职院校的建设，多次举办和召开了职业教育主题的专题工作会议，从党中央、国务院到教育部也先后出台了相关的政策文件，同时，为了贯彻落实《教育部、财政部关于实施国家示范性高等职业院校建设计划加快高等职业教育改革与发展的意见》（教高〔2006〕14号）文件精神，有关方面加强了引导高中毕业生和中职毕业生向优质高等职业院校合理分流的工作，提升了高等职业教育的生源质量。

由高等职业院校在高考前组织命题、考试、评卷、划定录取最低控制分数线，确定录取名单，直接报省教育考试院核准备案录取，这种招生形式就叫作高职院校"单独招生"，参加单独招生考试录取的考生与参加高考录取的考生享受同等待遇。

高等职业院校实行单独招生最早开始于2007年，命题主体单位由国家示范性高职院校逐步扩展到国家骨干高职院校、各省级示范性高职院校、国家高等职业教育综合改革试验区内高职院校。国家层面上实行的高职院校单招，江苏省排在首列。

国家如此重视职业教育是明智之举，因为提高国民基本素养势在必行。学术研究型人才固然重要，但技能适用型人才更为需要。这就出现了在职场上高学历但低技能或零技能的研究型人才，竞争不过低学历但高技能的适用型人才的状况。随着国家战略转移，长三角成了金三角，各路技能精英云集，据悉，上海的一个高级钳工月薪最低在两万元呢。所以，近几年，因职业专科学生在就业竞争市场上凭学历毕业证书，尤其是技能证书而抢手，所以好多学术型本科院校主动要求降格为职业教育专科院校。

如此情势，也影响和改变了一些家长的教育观和人才观。他们逐渐明白，不是非要上名校上重点大学，而是选择适合孩子自身实际的学校，让孩子健康、自信和快乐地学习、锻炼和发展，方为明智和富有远见之举。

2021.05.16

（三）

笔者从教多年，和许多家长都有接触和往来，总结一下，有这么几种类型的家长值得反思：一是自以为是，唯我独尊的家长。老虎屁股摸不得，认为自己什么都对，自己的孩子什么都好，他人说不得；二是盲目无知，但又不去学习，不求上进的家长。他们要求孩子做到的，自己却做不到；三是一知半解，鹦鹉学舌的家长。在网络上、电视上学得几个教育方面的名词，就瞎说一通，自以为什么都懂。

错误的家庭教育表现有如此几种：一是一味捧杀，天天夸，缺失挫折教育；二是一味棒打，天天骂，缺失爱的教育和赏识教育；三是对孩子不管不问，做甩手掌柜，孩子感觉到有家没有爱，有家没有妈。

教育是一门科学，也是一门艺术。教育的规律可循，但又很是复杂，因为人是变化着的，环境和情况也随时在变。孩子都是小大人，作为管理者，我们一方面对他发声提要求，另一面又要倾听要尊重。

明智的负责任的家长会清楚，孩子的问题永远是大问题，孩子的事情永远是大事情，不能含糊，不能马虎，更不能耽误。更为明智的家长会认知到，不能一味向孩子要成绩要发展，而是要一边鼓励一边支持，因地制宜、因时制宜去寻求机遇和外援，就像父亲当年把我从村小联中托人帮忙直接转到乡政府驻地中学一样。

选择什么样的教育，什么样的学校，其实应该先从孩子的自身情况出发，而非其他。

选择什么学校，不是一厢情愿，更非强扭的瓜要甜，要考虑孩子的实际情况。笔者于苏南高职高专院校，看到本来理论知识基础薄弱的孩子，很阳光很快乐，他们动手实践能力强，照样能成人成才，在职场竞争中立于不败之地。

不能让孩子输在起跑线上，其实这句话是个伪命题，起跑线在哪？究竟哪条线是起跑线？学习是终生的，过去说活到老学到老，如今改成活到死学到死了，因为一个人只要具备了学习力，那他就会生命不息，学习不止。所以说，只要选择了适合孩子自身实际的教育模式，让他掌握和具备了学习力，那他一定也会自信、自强、自立。随着我国教育跟国际接轨，德国和东南亚等国先进的职业教育理念也逐渐被社会认同和接受。以精细化制造业著称于世的德国，从小学起就加强职业教育，因此德国工人的技术能力在全世界都是首屈一指的。东南亚的一些国家也是，职业教育的加强不是光挂在口头上说说，他们在中小学，甚至幼儿园，学前儿童的教育里，就融入职业教育的理念，比如开设家政课和手工课等。

我国近来对职业教育也加大了发展的力度，先后召开和举办了职教专题会议及活动，出台了一系列扶持政策，于选拔人才方面，打破一张试卷定终身的僵化的应试机制，而是不拘一格降人才，出台了高职院校单招制度，这可是过去一些军警院校才享有的特别待遇。

家长们也开始逐渐认识到，不读书不好，读死书死读书也不好，只有让孩子健康、快乐，适合其身心自由发展的教育才是最需要的教育。这是最为明智的家长，也是真正对孩子负责任的家长。我在职业院校施教中发现，许多家长的焦虑随着孩子的焦虑减少而减少了，对职业教育由轻视、冷眼旁观，甚而歧视，到关注，继而拥护赞成，甚至情有独钟了。他们不像有些动辄就逼孩子去拼所谓名校的家长，以满足其虚荣而又自私的心，把本来家里应有的爱转化成了恨，恨铁难成钢，结果到头来就发生了悲剧，前文提到的数起弑亲案就说明了这一点。

有爱有情有义的家庭里，因为选择了适合孩子的教育，孩子变得更健康了，更快乐了，更阳光了；过去上网成瘾，甚而陷入早恋、叛逆等泥淖里不能自拔的孩子，到如今成为了阳光少年、有志有作为的青年，这是家庭之幸，更是国家之幸。

2021.05.23

（四）

到底什么是最好的教育？凡事凡物要相对来说，没有比较，就没有鉴别，也有人戏谑称，没有比较就没有伤害。

其实，谈不上伤害，凡是存在的，都是合理的。所有的一切都要张弛有度，什么东西再好，过度了，失衡了，就会物极必反，向着相反的方面去发展。

近些年的留学潮席卷了华夏大地，留学生愈来愈低龄化，本来是送到国外读大学，如今中学生，甚而小学生也送。要知道中外基础教育实在大不相同，尤是与欧美比较，欧美的教育注重学生们动手实践能力的培养，轻做题，重研究，注重学生们查阅资料，写小论文，做小课题研究的能力。而我们出去的孩子更擅长读背记，死做题，最后的结果是，国内孩子都被训练成了学霸和考神，国外孩子在学科考试方面与我们孩子一比试，往往一败涂地，甘拜下风。

前几年，英国曾派中小学教师到上海学习，观摩中国的基础教育工作。他们发现，在课堂纪律、习惯养成等方面，中国孩子确实听话、乖巧，做事严谨认真，这是他们的孩子所不及的。

中国孩子学霸多，考神多，在国际学科考试比赛中，国外孩子考不过中国孩子，这是事实，说明中国孩子在死记硬背方面，确实了得。诚然，外国孩子要学习中国孩子的勤奋、踏实、严谨和遵守规矩，而中国孩子则要学习国外孩子的活泼、开朗、创新和富有活力。要取长补短，互相学习，不能一棍子打死，单说谁好谁又不好。

我以为，国人崇洋媚外不可取，妄自菲薄不能要，但沾沾自喜，妄自尊大更不好。凡事讲章法更讲度，没有一味的对与错，凡事都可以尝试，把握个度就好。

2021.05.24

第八辑：人性的奥秘

　　卑鄙与伟大，恶毒与善良，仇恨与热爱，是可以互不排斥地并存在同一颗心里。

　　人不是单一的好或坏，每个人都是高尚与平凡、善良与邪恶的混合物。

——毛姆

你很美

我想，我的感受还是要记录下来，因为那是一种难忘的感受，被尊重、信任和温暖。从那一刻起，我就知道你，不仅仅是一名干部，一个最基层的领导，同时，你是一个公仆，更是一个好的人。

所谓"好的人"，就是有大智慧、大格局、大方向和大胸怀，有担当有责任，有一副侠肝义胆和热血心肠，谨奉信条，但也有勇气和担当。

什么是"好的人"呢？在《善的脆弱性：古希腊悲剧与哲学中的运气与理论》里，玛莎·C.纳斯鲍姆进行了定义，他不是人们平常所说的"好人"，并非通常意义上的"好人"，甚至也不是康德所说的"好的意志"的道德行动者。

"好的人"，是一个勇敢地面对自己作为人类存在者的真实处境，不断地追求人所特有的价值的个体，所以他不是"老好人"，更不是"乡愿"，因为无论老好人抑或乡愿，皆无有担当，无有责任。

你就是没有在"平庸的恶"跟前丧失对个人价值的坚守，你捍卫了尊严，但你尊重他人。你是美丽与威严并重，粗略与细腻兼存。

那天，我递上一叠表格，其中有一张填写内容，个别部门有异见。你排除异见，选择信任，从你的目光里，我读到了温暖。

为了让自己乐业，我要先让自己和家人安居。迁移安定户口，我用了很多时间，跑了不少天。再付出，都是对的，是你给了肯定的答案。

你秉承尽心尽力服务的理念，为市民排忧解难，朴实、友善、亲切，毫无违和感，更没有陌生、隔阂与疏离。

我是个普通的文字搬运工，我想表达我对一个人接触后的敏感印象，带有温度的字里行间，是我的最为真切的感受。你是"好的人"。

许晶晶，一位普通的社区干部，但你美丽、大方，不同凡响。我相信，跟你的名字一样，你的心也水晶般"晶晶"闪亮。

2022.04.30

想起如东

他就是这样的一个人，诗人、能人、才人，也是痴人、傻人。

他在苏北一座县城的城郊，不算偏隅，但不喧闹。他的心地宽阔，灵魂安静。

他一边写诗歌，一边去洗车。他在"如东酒楼"里炒菜，在包间边上习书。他专习毛体，笔走龙蛇，笔透纸背，刻画出他骨血里的浪漫、不羁和风流洒脱。

正如诗人里尔克所说的那样，"建立起一座庙宇，在你们的听觉深处"，如东亦是。

他的朗诵声情并茂，感染在场的每一个人，在场者闻之无不动容，灵魂被深深触动。

多么难得的一个人，于物欲之流横行的今日，在粗砺生硬的环境里，他独立着，他存在着。

他的《二月》写道：

岸上林如旧，田间一色枯。
唯将去年草，呵手试新锄。

他的《见人偷我板栗得句》：

秋草深深没双膝，郊园板栗正当宜。
谁人不问来偷取，忽忆少陵扑枣诗。

昨日又读黄灿然的《全是世界，全是物质》，就更是想起如东，以为如东不仅仅是诗人、书法家，他更是生活实践家。他只视生活为生活，而生活之上，是他的驻留的目光，希望的光芒。

世界全是诗，物质全是诗，

从我睁开眼睛的那一刻起，

我的赤裸是诗，窗帘飘动是诗，

我妻子上班前的身体是诗，

我上班前穿衣服穿袜子穿鞋时

小狗小小的不安是诗，

我对她的爱和怜悯是诗，

我亲到街上是诗，水果档是诗，

菜市场是诗，茶餐厅是诗，

小巷新开的补习社是诗，

我边走边想起女儿是诗，

路上比我穷苦的人是诗，

他们手中的工具是诗，

他们眼里的忧伤是诗，

白云是诗，太古城是诗，

太古城的小公园是诗，

小公园躺着菲佣是诗，

她们不在时是诗，她们在的地方是诗，

上班是诗，上班的人群是诗，

巴士站排队的乘客是诗，

我加入他们的行列是诗，

被男人和女人顾盼的年轻母亲

和她们手里牵着的小男孩小女孩是诗，

巴士是诗，巴士以弧形驶上高速公路是诗，

高速公路是诗，从车窗望出去的九龙半岛是诗，

鲤鱼门是诗，维多利亚港是诗，

铜锣湾避风塘是诗，渔船游艇是诗，

我下车是诗，在红绿灯前用生硬的广东话

跟我打招呼的那位叫贾长老的白人传教士是诗，

他信主得救是诗，我没信主也得救是诗，

不信主不得或得救是诗，

太阳下一切是诗，阴天下一切是诗，

全是诗。

而我的诗一页页一行行

全是世界，全是物质。

    我想请如东朗诵这首黄灿然的《全是世界，全是物质》，你最有资格，黄灿然在香港，一个非常商业的地方。而你在苏北，粗砺却也细腻，瘠薄却也厚实，其人其事，老实人、厚道人，但是最有慧心的人。

2022.03.07

再见薄兄

    又一次见到祥波兄，还是那样的精神，我再次慕羡，再次被吸引，其身上洋溢着达观和积极向上，超群不凡的气宇轩昂。

    不仅如此，祥波兄的诗心慧能体现在他的一句句语言上，包括肢体，举手投足间，透着军人的风范，更是经年生活的历练。

    谈笑间，他吟诗诵词，妙语连珠，随之自然而然地朗诵，或低旋委婉，或慷慨激昂，奋发高亢，神情专注，绘声绘色，夺人耳目。那样一种气场，驱散了骨子里的慵懒，击碎了生活中的俗相。祥波兄的目光，睿智明亮，我从中读到了他内心对真善美的追求和热望。

    他的书法，谨守规矩章法，但又有丰富变化，书如其人，内外皆有法度，严谨收敛，但又灵动清秀，承传统但不守旧，循古意但不刻意。观祥波兄现场书写，是一次不可多得的享受，只见他凝神，扬眉，屏息，吐气，执笔纵横，自如从容。

    如其诵诗，忽高忽低，或重或轻，张弛有度，抑扬顿挫，声音极富感染力，往往一首或一曲古诗词赋诵读完毕，还存余音绕梁。

    每见每闻，薄兄站如松，坐如钟，行如风，声之激昂铿锵，就以为与有肝胆人共事，内心欣慰丰实，视其为知音和知心。

从薄兄身上，我看到了人的希望。他在含饴弄孙，享天伦之乐的同时，还念念不忘秉持和坚守自己的梦想。

固然，每个人都会渐渐老去，但唯独有梦想者不同。"你以为，你老了……人家看你都是……"我极不喜听这句话，极不赞同这种人，这是实用主义者的嘴脸和论调。他自己不做梦，也不让他人做梦，哪怕是白日梦。一个舍弃梦想的人，不啻失掉了灵魂的行尸走肉。

一个始终有梦想的人，是有一个饱满和坚实追求的灵魂的真正的人，既有踏实勤奋的劳作日常，又有浪漫遐想的休闲时光。

"人充满劳绩，但还诗意的安居于这块大地之上。我真想证明，就连璀璨的星空也不比人纯洁，人被称作神明的形象。大地之上可有尺规？绝无。"（德·荷尔德林）

2022.03.09

潘先生

潘先生是我的一位好友。他是南方人。但他高大的个头，直率的谈吐，豪爽的气度，往往让人觉得他是个北方的汉子。

我想说的，不只是这一点。潘先生是20世纪一所名校的理工男，对于理工男，世人往往持有一种偏见，就是不大懂人情世故，不太解人文风情，当今谓之"直男"。

上周某个晚上，兄弟好友几人小酌。席间潘兄忆起故友许君。许君是位诗人。潘兄谈到关于许君的往事，对其个性印象和为人处事等等，颇为动容。

文如其人。潘兄以对许君的诗作及其阅人观，表达了他的细密而柔腻的人文情怀。他能体恤他者，敬服能者，也可看出潘先生博大宽广的胸怀气度。

所谓世事洞明皆学问，人情练达即文章。把世间的事弄懂了处处都有学问，把人情世故摸透了处处都是文章。潘兄言语挚诚，畅意舒怀，有时点到为止，叫人回味深思。

潘先生言必道谢。他是谦谦君子，温润如玉。他谈起初至鹿城，几遇良师益友，贵人多有相助。如今，时有多年，但此情此景，仍历历在目。

三人行，必有吾师焉。于潘先生，我多有倾听。一面是隔行如隔山，工商企业管理等领域，我是陌生，也很好奇；另一面是，愈年长愈觉空和虚，就想着实实在在地学点东西。

而遇潘兄，潘卫东先生，就提供了这样的好机会。称兄亦为良师益友，得之足矣。感恩潘先生，也感激引见的伟忠兄。其他陪伴左右，一众兄弟，在此一并抱拳。

2021.06.06

女人与天性

周国平先生说，男人在一起，多会谈女人，而女人在一起，则会谈饮食、谈服饰，很少有谈男人。

我要说的是，女人在一起，也会谈男人。我曾经问过一些女人：你们在一起谈不谈我们男人？她们都笑：也会。

其实，异性之间不仅相互吸引，也相互排斥。我这里讲的是不一样的异性之间，比如智慧的男子遇着看似精明的女人。

貌似精明的女人，其实跟驴一样愚蠢，甚至比驴还蠢。她一心要向男人看齐，甚至要过之而无不及。诚然，有的男人确实让人看轻。她跟驴一样，鼻子里向外喷气：她不服气！她就这样蠢，至少她不聪明，自以为聪明。她尽用愚蠢的举动来证明。她不知道席勒说过：女人最大的魅力就在于天性纯正。

什么是女人纯正的天性呢？善良、温柔和祥和，闪耀着母性的神圣光辉。周国平在一篇关于女人的文章里说："一个女人愈是富有活泼的直觉，未受污染的感性，就愈具女性智慧的魅力。"

无疑，我不是女权主义者，更不是大男子主义者，我属中庸。我在家排行长兄，说话做事皆为中庸，我哪边都不偏袒，没有纯粹的好或不好。

有的女人抽象思维、逻辑思维也具有，但直觉和感性似乎更胜一筹，倘若再遇上看起来乖巧可爱的女孩，我还会说：你不用写诗，你就是一首诗。

可是，假若遇上一个看似精明的女人，口里东一句西一句，夸夸其谈，那真的让人难受，"一个不能使男人感到轻松的女人，即使她是聪明的，至少她做得很蠢。"（周国平语）

跟女人一起谈诗歌，我觉得还可以试试，跟女人一起谈哲学，我就有些吃力了，因为她尽说着没头没脑的话，我有些懵。

眼见她掉进逻辑抽象思维的乱网里，拼命挣扎，陷入窘境，我很同情，却是无力去帮助解救她。我很着急，我只有跺脚、扼腕。

一个好端端的，本应天性纯正的女人，却要因为不甘人后，尤是居于男人后，做出许多匪夷所思的事情来，叫人怜惜，更叫人痛心。

其实，天性纯正，不光是思维上直觉、感性，心理和气质上母性，品质上善良、温柔，还意味着言行举止上，充满着简单、祥和以及宁静。

我现在注意一个女人，五官长相不是最为重要的，重要的是观察她眼眸里是否明亮有神，面容上有无光辉，有没有那种本该象牙色般纯净的慈祥的光芒。

2021.10.27

动物志

某市市郊有个村，村子靠国道，地势好，交通便捷，村头有座已显凋敝的动物园，门牌上油漆斑驳，依稀可见"旺得动物园"字样。

旺得动物园老板，村邻都唤他乳名二狗子，媳妇人称狐狸精，三个儿子名叫大叫驴、二叫驴和三叫驴，因生下来少奶水，饥饿难耐，能扯嗓子喊叫而得名。

二狗子年幼时父母先后生病故去，成了孤儿，后来靠吃百家饭长大，上学的学费还是大伙儿给凑的，后来狐狸精过门，也是乡亲们给操办的。

狐狸精来自邻村，年轻时有点姿色，一张嘴巴甜，不了解的以为她是真心实意，对人嘘寒问暖，时间久了被人识破，就知道这婆娘对人是当面一套，背后一套，做作得虚情和假意，根本就不是个好鸟。

一日天晴，动物们各自捧扶或抚摩着饿瘪的肚皮，在一起晒太阳，听说饿了可以吃阳光充饥，大伙儿都想试试。

过午时，大伙儿七零八落的，捋着或挠着微微发热的头发和肚皮，你看着我，我瞅着你，长吁短叹，你一句我一句地，打开了话匣子。

河马有些学问：旺得是忘德，二狗子这小子是缺德呵，他忘记自己是怎么长大的了，长大了，翅膀硬了，忘本了。看他对待村人的态度，真是叫人失望，那可都是他救命恩人哪。

狼：乡亲们背后骂他们夫妻俩狼心狗肺，我听了心里就不舒服。我们狼族其实内心很重情义二字，团队合作齐心着呢，不像有些人类，一个人一条龙，一群人一条虫。

狗：同意表哥的话。狗肺，骂人偏把俺们也带上了，俺们哪点不比他二狗子强？啊呸！二狗子，起个小名还不忘侮辱俺们一下。

狗气得唾口唾沫，又忿忿地接着：俺们狗，比有的人强得太多，猪狗不如，这是对俺们狗族的侮辱。有的人不如狗，是一定的了，比如二狗子，不知感恩，忘恩负义，你说他叫个什么东西？狗无比忠诚，知恩感恩，狗不嫌家贫，人呢，儿能不嫌母丑吗？

他就不是个东西！憨厚敦实的猪接过狗的话头，本该膘肥体壮的猪，如今饿得皮包骨头。二狗子和狐狸精每天尽用菜市场捡来的白菜帮子打发它。

说到菜，跛腿鸭气得呷呷大半天，原来它的一条腿就是被狐狸精砸瘸的。本来它饿得红了眼，没办法，遛到狐狸精占村人土地弄的菜园里，啄了青菜还没几口，就被狐狸精发现了。

那个女人是个疯子，叫她狐狸精真是玷污了俺们家族的名号。白毛一身雪似的狐狸抖抖身上的露水，仔细看下，柔滑的白毛正窸窸窣窣地脱落。它又是几乎一夜没睡。自从它的伴侣被二狗子卖与一商人做皮毛衣，它就失眠了，整日整夜陷入焦虑和思念，郁郁寡欢。

杀人犯！老实巴交的驴叫起来，他俩都是吃人不吐骨头的大坏蛋。不知将来他们的孩子会怎样，希望不要跟他们学坏。还大叫驴、二叫驴三叫驴呢，我们驴族是能叫能喊，那是我们直抒胸臆的表达，是真性情的流露。这三个娃是饿红眼的，是救命的哭喊，岂能混为一谈。

狗：其实，这两人再恁黑心，对乡亲负义忘恩，做出许多令人不齿的事来，我也是看不起他们。但是我依然牢记使命，忠于职守。

狼：是的，表兄给力！乡亲们口头上奚落二狗子和狐狸精的狼心狗肺，该改一改了。狗的肺狼的心，如今比他们人类的干净百倍！

河马扶了扶大鼻梁上的眼镜，慢条斯理地说：二狗子、狐狸精真不是东西，想当初，动物园还是乡亲们给搭建的呢。怎么样呵，发达时候，门票对乡亲照卖不误，两口子数钱数得手发软。那时候，开好车，吃好饭，鼻孔朝天，眼珠翻着向上看，哪管你乡亲恩人家的困难。他人有难，他们帮助过几次？一次没有。

河马见多识广，识人无数，它的话语，语气不重，但往往掷地有声：如今，行情不行，二狗子、狐狸精又对乡亲们低眉顺眼，装着一副可怜样。

呵呸，真让人恶心！一直默不作声的东北虎，一声怒吼，声震四野。这两个什么东西，说狐假虎威，还不如我们狐狸兄弟呢，论表演，他们演技都拙劣。

狐狸不好意思地吐一吐舌头：虎爷英明。其实，俺们狐狸从没有害人心，狐假虎威，是民间人们编造的脚本，人类向来喜欢杜撰，望文生义，尤其是以貌取人。说到狐狸精，也是人们常常骂人的三个字，俺们要感激蒲松龄大人，是他给俺们正名，把形象扶正。狐族向来重情专一，终生不渝，哪像二狗子家的狐狸精，水性杨花，生性妖冶，向来有奶就是娘，只要有利就上，见利忘义，不知羞耻二字。

那娘儿们只进不出，跟貔貅一样，河马接过话头，二狗子乐见自家娘儿们这样，他可以沾光，利用这娘儿们尽做缺德事，他在表面上做个好人。

人在做，天在看；举头三尺有神明；得道多助，失道寡助；不是不报，时辰未到。河马一连串的警语格言。

夕阳西下，天色渐晚，大伙儿"吃"下的阳光，已消化得差不多了，今夜又是难熬。大伙儿神色黯然，各怀心思，相互垂怜。

话说二狗子和狐狸精，此时正在与商界人士洽谈：拆除动物园，开发大楼盘。这俩货色，就钻钱眼儿了。乡亲们嗤之以鼻，不屑置辩。

2021.08.27

狐狸精

前些天，与同事一起吃饭。性情率直的一哥们儿酒意中脱口：女人都是狐狸精！

席间有女宾，她嘿嘿嘿地笑。我见有些尴尬，就说狐狸精并不都是坏的，比如《聊斋志异》里的那些狐狸精，多好呵，陪穷书生读书，红袖添香，秉烛陪读。

她们不嫌贫爱富，从不计较身份地位权势啥的。她们心地善良，也爱憎分明，很有骨气。

人类自诩站在食物链最顶端，自以为是，看不起动物，对动物指手画脚，评头论足。其实，人类在退化，还浑然不知。

什么都有正反两面，有好有坏，有善有恶。坏人恶人，比鬼还坏还恶。鬼也分善鬼和恶鬼。

我敢说动物本来都是好的，你不要去招惹它，人类偏偏要去猎杀。你杀人家妻儿老小，人家能不找你寻仇？

动物比人好，"人还不如狗！"N年前的一次诗人聚会上，来自东北的一个哥们儿说得铿锵有力，慷慨激昂。

狗知感恩，知道报答。翻眼狗也有，翻脸比翻书快，有的跑江湖的女人男人就是这样，端起碗来吃肉，放下筷子骂娘。

稻盛和夫说，不要与不知感恩的亲人来往。你看，亲人，有血缘关系的亲人，血真的一定浓于水吗？

为什么有的老人宁愿把财产捐出去，或者留给保姆，而不愿给自己子女，因为有的子女是白眼狼或翻眼狗。

其实，狼知道感恩，四川的一个女孩就专门跑到大西北，抱养了一个狼崽子，养大以后，把狼放回到大自然里，结果，经久日月，其间，人与狼都相互想念。再见到时，狼对她还是百般亲热，百般依恋。

狼心狗肺，这个成语今天看来，是错的。人心叵测，人心不足蛇吞象，永远是对的，人不比狼或狗。

所以，我们就常常见到，守着空巢的老人们情愿养条小狗或者几只小猫，也不想与白眼狼、翻眼狗般的儿女们有什么交集来往。

狼和狗比人还要有人性。其实，人性又算什么呢，人性是人心的折射，人心都坏了，还指望人性能好吗？

2021.12.04

爱笑的女子

昨晚读了《真实的幸福》这本书，作者是马丁·塞利格曼，他是积极心理学创建人，被公认为"积极心理学之父"，国际积极心理协会（IPPA）终身荣誉主席。

在这本书里，我读到"爱笑的女人更幸福"这个章节，感到很有意思。塞利格曼以实验提供论据，证明爱笑的女人，真心真实爱笑的女人，比一般人更为幸福。

他首先指出，微笑有两种，一种叫作"杜乡微笑"，这一命名是用来纪念发现它的法国人杜乡。这种微笑指的是发自内心的微笑，嘴角上扬，眼尾纹出现，而牵动这些地方的肌肉非常难以用意志加以控制。

另一种微笑，叫作"官夫人剪彩的微笑"，这种微笑不是发自内心的，没有杜乡微笑的特点，与其说是快乐，倒不如说是低等灵长类动物受到惊吓时的表情，也就是中国人所谓的"皮笑肉不笑"。

有经验的、受过训练的心理学家可以很快区分出杜乡微笑和非杜乡微笑。加州大学伯克利分校的克特纳和哈克研究了密尔斯学院1960年毕业照上的141个女生，除了3名女生不笑，其余都是微笑。这些微笑者中，有一半是杜乡微笑。研究者分别在这些女生27岁、43岁以及52岁时访问她们，询问她们的婚姻状况，对生命的满意程度等。

1990年时，新接手的研究者就开始怀疑能否从毕业照中预测出这些人的婚姻生活，结果他们惊讶地发现，拥有杜乡微笑的女生一般来说更可能结婚，并能长期维持婚姻，在以后的30年中也过得比较如意。

有意思的是，研究者曾思考过是否拥有杜乡微笑的人本来就比较漂亮，是她们的美貌，而不是真诚的微笑，决定了她们未来生活的幸福度。

所以接着，研究者又回头去作美貌的评估，结果发现美貌跟婚姻是否美满、生命是否完美无关，就是靠真诚的微笑，一个女人就会很幸福。

都说回眸一笑百媚生，这话不会假，粲然而笑的女子，眉开眼笑，是美丽的。而杜乡微笑，是真实的，是善良的，是坦诚的，自然是最为美丽的。

2021.08.29

致敬爱笑的姑娘

以我个人来讲，和他人一样，也是喜欢容貌漂亮，形态迷人的姑娘。

只是随着时间的推移，我看人的目光渐渐挑剔，包括看自己也是，不分彼与此。

我自始至终地欣赏自然而然一直爱笑的姑娘，这种来自内心，发自肺腑的笑，是一种善良。

笑靥是最为美丽的，自然而然的笑而不是皮笑肉不笑，最能打动人。假笑、奸笑、阴笑，还有狞笑，笑得我都想犯恶心。

呵，呸！我讨厌一本正经的假模假样，忸怩作态，搔首弄姿，做足了伪装。我喜欢真实，这不可多得。

在这世俗化的社会，好似人人都在忙，忙得顾不上笑一笑，开心地笑一笑，真诚地笑一笑，自然而然地笑一笑。

有时发觉哪个姑娘爱笑，真是觉得找到了奇珍异宝，那不自觉地喜上眉梢，弯弯略为上翘的嘴角，眸子里波光的灵动，是心底里真诚爱意的传送。

2021.08.27

过度的女人

有的朋友说，很关注我微信朋友圈里关于女人的文字，可以看出来，他不仅是有心人，还是极其热爱生活的有情有义之人。

如果说，年轻时关注美女，现在更关注的是女人。这是怎样的一个群体呵。

看女人，看起来简单，其实很不简单。

我常常想，造物主真有他的，世界上有阴阳，有公母，有雌雄，有男女，有正负两极。为何要有相对？相存共生？

其实，天地为元，一元生阴阳两仪，阳又分太阳和少阳，阴分太阴和少阴，是为四象，所以天地万事万物都有阴阳之分，阴阳同时存在，既相生又相克。

我还想，如果这个世界光有男人，那有多么单调，世界成了座庙。反之，光有女人，也一定够热闹的，这个庵里，三个女人一台戏，一天要上演多少台戏呢？

有的女人一生下来就想当家，她就想位居他人之上。现在她终于实现了她的愿望，成了王。可是女人堆里，个个成精，一个比一个强。没有男人，女人可以充分发挥潜能。潜能的力量是巨大的。河东狮吼，胆大的男人都要抖三抖，胆小的，直吓得屁滚尿流。

波伏娃不想做女人，她说自己压根儿就不是女人。站在女人堆里，她不同流合污，想比男人还男人。在《第二性》里，她还替女人们打抱不平。

她说女人天生并不是女人，谁说她就一定是个女人？生理结构可以忽略不计，其他方面，哪点比不上男人？哪点比不上？她正告男人：不要戴有色眼镜看女人。

我是个男人，自然关注女人。当然，如果遇到波伏娃，我会不会是萨特，说不准。我倒是羡慕他，能遇上波伏娃，相亲相爱，如胶似漆，一旦分开，我行我素，又互不干涉。

和波伏娃一起喝个咖啡，点上烟，吸几口，吐几个烟圈，再来杯红酒。至于哲学问题，先不急着讨论。昨晚床第之欢，已解决了大半。语言永远落后于实践。

这样的知己、情人之欢，和兄弟之谊，到哪里去觅？首先波伏娃是萨特的幸运，她放下女人的身架，全身心把萨特接纳。萨特是波伏娃的福分，他是贵人。

我敬佩资中筠、杨绛、波伏娃、西蒙娜·薇依和阿伦特等，这些女中豪杰，有思想，有抱负，要尊称先生。至于花枝招展，见识短浅的，那是花瓶摆设无疑了。

所以说，女人不只是出得厅堂，进得厨房，女人照样可以经天纬地，胸怀天下，也不是一天到晚唠叨，斤斤计较。女人不是小鸡肚肠。女人比男人差的哪样？嗯？

女人也可以大块吃肉，大口喝酒，照样可以声调高亢，慷慨激昂，和男人一样，做什么都可以做到极致，床上床下，家里家外，性爱和事业都可以淋漓酣畅。

其实，这个世界，五颜六色，才是丰富多彩。存在即为合理。以上几位女先生思想深刻，毫不逊于男人，乃人中之龙凤。相较之下，比娘儿们还娘儿们的小男人，真是造物的失误，明明一颗雄心，怎奈生出这畸形之物？一看皱眉头，二看犯恶心，没有第三次看。

诚然，"凡事勿过度"，古希腊圣城德尔斐神殿上刻了三句著名箴言，这是其中一句，还有两句是"认识你自己""生存和毁灭就在一瞬间"。

生活里，我们也见过不少"过度"的女人，不是泼辣了，而是凶悍，人称母老虎还不足以形容到位，要呼"母夜叉"即夜叉婆，才可充分表达。

著名人文学者、北大教授钱理群在一次演讲中说："本世纪以来，我们的妇女都'雄化'了，妇女身上没有平和、优美、慈爱，剩下的是对男人的专制。最近几十年，更有了恶性的发展，过去女性身上的那种高贵、雍容、文雅都不复存在，变得越来越粗俗了。"

天生女子应该是个"好"，不论深刻不深刻，肤浅不肤浅，损人利己还是不利己，要人畜无害，不要害人终害己。言行一致，诚恳真挚，进退有度，品学兼优，这样女子才是真的"好"。

2021.08.07

西北姑娘

我偏爱西北的姑娘，感到她们像风一样，没有做作，没有矫情。自自然然，像坡上的树林，鲜明清新。

她们没有含羞的表情，却透着委婉的温存；没有妖娆的风姿，却又散发着迷人的韵致；吐字清晰干净，但不妨碍她欲语还休的一丝神秘。

正是西北素朴却又旖旎的风景，造就了她们的恪守传统，但又不拘一格的气质和粗犷、豪放、大气的独特的情致，像西北风裹挟的高亢民歌，情感的浓烈又像青稞酒的醇郁。

其实，一个女人的风情万种，就在于善良、温存，以及发自内心的真诚。凡五官端正，甚而姿色出众，却满口谎言，行为不端，她是丑陋的，令人憎厌的。

我渐渐发现，有的女人真的和男人"平等"，坏男人有的恶品质，她都一样不少，甚至女版的恶人更恶，外表鲜亮动人，具有欺骗性，实足坏事做尽，杀伤力更大。

一个好的人，好的女人，她不光是风彩照人，她还自怜、自爱，不自私；自信、自强，不自我。她知道，女人的美丽，不只在外表，真正迷人的气质，是来自内心人文素养的修为。

2021.08.07

情绪管理

性格决定命运。而性格的形成，虽说天性难违，但其实后天是可以塑造的，因为其中的情绪成分是可控的。

有的人情绪管理得好，很到位，就是人家说的情商怎么怎么高；有的人管理不好情绪，任由情绪滋生蔓延，属于撒手不管。

情绪又分为好情绪和坏情绪，凡此种种，皆应把握和掌控一个度，适量适度，都有好处，若无把控，自己就会成了情绪的奴隶，让情绪牵着鼻子走；任由情绪作祟，则会信马由缰，或步至悬崖，跌入深谷，比如得意忘形、乐极生悲。

好情绪来了，极为亢奋，歇斯底里，让人见了匪夷所思。或绝望沮丧、悲观消极，这种坏情绪负面影响极大，它对一个人的心理造成损伤，对人的情感交流和沟通，对个人身心行为、家庭和谐，及团队的向心力等都会造成严重破坏。再有暴跳如雷、气急败坏，这种坏情绪的表现为生活中最为常见，其表现形式为：对他人或物体采用语言暴力、肢体暴力以及破坏性极强的攻击行为，造成的后果是：自己心情不爽，叫他人也不好受。这种坏情绪如同瘟疫，极具传染性。它的最坏的后果是，终能酿成个人甚而整个家庭的悲剧。

究其具体原因，有如下几种：一是个人综合素养差；二是原生家庭和社会环境等影响；三是童年遭际的焦虑于生长期的阶段影响；四是耐挫力差；五是因疾病，或生理缺陷，带来心理失衡；等等。

情绪管理与道德有关，也不单单与道德有关。好情绪把握好度，是鼓舞人心的正能量，使人积极向上，它能呵护人、带动人、团结人和帮助人。

自私有两种，两种意义上的自私，一种是利益占有的自私，另一种叫情绪自私。自己有了坏情绪，脾气极大，想发就发，歇斯底里，暴跳如雷，毫不顾及他人内心感受。

这种情绪管理不能自控之人，自己时时处处觉得受"委屈"，全世界就他（她）最委屈，就他（她）最辛苦，就他（她）最操心，就他（她）最美最好。

别人真的"委屈"了，刚说两句，他（她）还偏又不让人家说，要赖蛮横，只准自家发泄，泄私愤，叫啊喊啊跳啊，情绪完全失控。

奉劝这种人不妨多对着镜子，看看自己脸上的表情，对自己吹胡子瞪眼，咆哮几次，大喊大叫，鬼哭狼嚎，再微笑几次，尽量自然一些，笑容不要硬挤，否则时间久了，就难得有真心实意的笑了。

2021.07.30

万物皆有灵

笔者在《爱情之解构》里说道："爱情和情爱有什么不同？性爱和情爱呢？'在天愿作比翼鸟，在地愿为连理枝'，国人含蓄，话不明说，拿动、植物去比拟。地老天荒，海枯石烂，除了拿动物植物去衬托垫底，表明心迹，还于时间上空间上，也不留余地，如'日月同在，生死相依'。"

如上也可说明了人类对不确定的爱情，内心焦虑，甚而带有恐惧，充满了不自信。人在感情方面的脆弱以及空洞，还不如动、植物那般的根深蒂固，牢不可破。

万物皆有灵性，爱情不应该仅仅是人类的情感代名词，因为不仅仅人类会有感情，动物界的情感反而更为浓烈和忠贞。有些动物非常的痴情，一生中只会认定一个伴侣，甚至如果它的伴侣死去，它就会离开自己的群体，孤独一生，或是跟随伴侣也惆怅抑郁而死去。

天上比翼鸟双飞，水里鸳鸯鸭戏游，国人常因民间传说鸳鸯一旦配对，终身相伴，即使一方不幸死亡，另一方也不再寻觅新的配偶，而是孤独凄凉地度过余生，将其视为爱情的象征，是一夫一妻、相亲相爱、白头偕老的表率。

据统计，90%以上的鸟类属于一夫一妻制的动物，其中就包括天鹅，姿态优雅的天鹅总是出双入对。多数天鹅都是一夫一妻制，一旦确定伴侣，则相伴终生，形影不离。

天鹅求偶的行为丰富，雌雄会趋于一致地做出相同的动作，还会体贴地互相梳理羽毛。当一只天鹅去世后，另一只就会变得郁郁寡欢，有的绝食殉情。

丹顶鹤是真正的爱情鸟，是鸟类中"一夫一妻"制的代表，真可谓不离不弃、相濡以沫了。双方引颈对歌对舞，你来我往，一旦婚配成对，偕老至终。

海鸥也是世界上最为痴情的鸟，它们一辈子只跟一个伴侣在一起，如果一只海鸥先死去，另一只则会不停地盘旋在大海的上空呼唤伴侣的归来，直至用尽力气掉进海里而死。

人们总是说"狼心狗肺"，这个词其实是错的，狼这么痴情，怎么会是狼心狗肺呢？两只狼一旦成了夫妻，就会终生坚守这种关系，从此繁衍生息，绝没有再另寻配偶的可能，即使一只狼死去了，另一只也终生不会再寻找新的伙伴。

狗也忠诚啊，它有一颗感恩心。俗话说狗不嫌家贫，儿不嫌母丑。前者狗能做到，后者人都能做到做好吗？我持怀疑态度。

人类往往做不到做不好事情，就在那里胡说一通，竭尽指鹿为马，颠倒黑白，造谣扯空，无事生非之能事。近来研究发现，鸳鸯并不像人类编造的那样终生不渝，鸳鸯在生活中并非总是成对生活的，配偶更非终身不变，在鸳鸯的群体中，雌鸟也往往多于雄鸟。所以，人类看好的模范夫妻鸳鸯恰恰最好出轨，或红杏出墙，或风流成性，雌雄都没闲着。

而人称"狐狸精"的狐狸们，恰恰是很专情的动物。野狐狸很忠贞于一夫一妻制，一个死掉后，另一个会不再寻求伴侣。可笑的是"狐狸精"这个词却被人类用来形容对爱情不贞的人。人把自己用过的屎盆子扣到无辜的"狐狸"身上，自己一身毛，偏说他人是妖怪，贼喊捉贼。

在此致敬蒲松龄，《聊斋志异》是绝响绝唱，是对人类的挑战和揭穿，虚伪的人类，比不上所谓的妖、怪和精。动物比人类真实。

看不起动物，个个以为自己高人一等，站在食物链顶端，目中无人，不识万物，终要被呼呼打脸。万物皆有灵性，人类早该醒醒了。

2021.08.27

品质抑或个性

我们说，一个人为另一个人辩护，本来品质上劣迹斑斑，做出一件件损人利己的丑事来，却语其乃个性使然，真是令人贻笑大方。

所谓品质，是品位、气质、内涵和修养等的总谓，人之品质高下，从言谈举止、装束打扮，尤是为人处世等，会显现出来。

而所谓个性，是指独立的特别的个体性格和气质，它是指个体对自己的思想以及由此产生的行为负责，对他人对社会谈不上有多大的负面影响，更谈不到有什么损害。

而品质则不然，有人就会混淆视听，把品质和个性混为一谈，不知其所用心，是有意还是无意。我想不是他"昏"，就是揣着明白装糊涂，这叫"混"，比如某人言语粗鲁，庸俗不堪，他说叫直率。这能叫直率吗？直率是心口如一，心地坦荡。心里想到什么就说什么，但前提是心里想的是干净的，是纯粹的。行为不端，他说叫任性。这叫任性吗？任性是指纯粹对他人负责也对自己负责的个人行为，不损害他人利益是前提。而行为不端，是在不良居心的指使下，做出损人利己，或损人不利己的令人不齿的行为。同样，居心不良不能叫深沉，深沉是思想纯粹但深刻，他发出的声音是低沉的，而居心不良的功利心发出的声音则是尖刻的和锐利的。急功近利，快刀伤人。着装低俗，低俗不堪，叫作俗不可耐，而不能叫作随和或称作素朴。浓妆艳抹和"天然去雕饰"，能是一样吗？后者是"清水出芙蓉"，前者只能是"半夜要作妖"！

人人都是人，全因披着一张张人皮，可是何谓真人，并非长得像人，而是灵魂，是人独有的。灵魂也有不同，有孤标傲世的高贵，也有龌龊不堪的下贱。

我亲眼看见，高贵的和下贱的，不是所谓社会身份的不同，而是灵魂的差异。有的人，再怎么有钱，也还是下贱，因为他（她）披着一张人皮，灵魂却龌龊不堪。

呜呼，禽兽不如。此时，不是论个性，而要讲品质。品质矣，个性乎，岂可混为一谈。动物界有个性，静如处子，动如脱兔。人类则谓品质，是低劣败坏，千夫所指，遗臭万年，还是高风亮节，万世称颂？

2021.04.06

忧郁的剖析

（一）

17世纪的英国，有一位叫罗伯特·伯顿的，是一个学问渊博而性情古怪之人，他于1593年进入牛津大学，至1602年方得到学位，历时9年，因为自从他入学后到1599年，一直重病缠身，深深体会了忧郁的滋味。

这几天我读《天理与上帝：诠释学视角下的中西文化交流》（吴莉苇，宗教文化出版社），里面专门讲到伯顿的《忧郁症的剖析》。

忧郁，望文生义，自然是忧愁加上抑郁，所以叫作忧郁。忧郁症和抑郁症之间有甚联系和区别呢？我专门到网上查阅了相关资料。江苏省人民医院临床心理科李勇医师作出解答："抑郁症是目前大众都能接受的一个书面词汇，在西方词汇翻译过来也是抑郁症。忧郁症就是中国先人比较通俗易读的称呼，包含了两个特点，忧愁和抑郁。这两者之间实际上区别不是太大，一个是学术名词，一个是通俗名词，都代表同一种疾病。"

其实，不论忧郁还是抑郁，都有郁郁寡欢、闷闷不乐的意思，但是抑郁的焦虑使得人更成为矛盾体，或一时快乐无比，或一时垂头丧气；或幽默风趣，或沉默寡言。

18世纪后期研究伯顿的伍德评价他的性格时说："很多人以为他是个严苛的学人，一个忧郁却又幽默的人，而其他一些了解他的人就认为他是个无比诚实、直来直往且心怀仁爱之人。他的陪伴令人快乐无比、情趣盎然又青春勃发。他那个时代再没有人比他更善于信手拈来并巧妙灵活地在一般论述中插入诗句或古典作家的格言，这使得他的陪伴更让人喜爱，后来这种做法成为牛津大学的风尚。"

谁能知道就是这样的一个人，却患有忧郁症，正如一座浮于水面上的冰山，谁能知道水面下的情形。潜在的未知，正是我们时时抑或将来要面临的真正威胁。

我是A型血的人。A型血的人性格常处于中度的焦虑状态中，不断给自己施加时间压力，总为自己制定最后期限。处于焦虑状态，我是体会到的，几乎每天千字左右的随笔写作，是我对付焦虑的主要手段。

另外，根据有关材料，结合自我观察，再加以自我分析，我的气质应该为抑郁质占比多，因为从小到大，我好多想法和表现都比较符合抑郁质的特点。

抑郁质的人一般表现为行为孤僻、不太合群、观察细致、非常敏感、表情腼腆、多愁善感、行动迟缓、优柔寡断，具有明显的内倾性。

我属内向的，一般场合不大肯说话的那种，尤是一群人中有一人能夸夸其谈、口吐莲花、口若悬河，我就更不爱讲话了。就是开会时主持或领导叫发言，常常话到嘴边了，又咽回去了。

2021.01.22

（二）

在深圳某教育集团董事长召集的校长园长会议上，董事长问大家民办校管理要创新理念，是什么呢？我想到"经营学校"四个字。我没说，怕说不对。

董事长看看大家，一字一顿地说：经营学校。他是粤北贫困山区小学教师出身，后来辞职做建筑和装修等生意，赚了钱，办起了幼儿园和学校，利用贷款和集资，滚动发展，逐渐形成规模化办学。

我读过《自卑与超越》，它是个体心理学的先驱阿德勒的代表作。阿尔弗雷德·阿德勒，是一位奥地利的精神病学家和心理学家。

阿德勒命途多舛，从小体弱多病，个子很小，驼背，还是个学渣，"矮、矬、穷"三样就占了两样。虽然家里经济条件还算不错，但是长辈们经常都拿他与长得又高又帅的哥哥作比较，他感到非常自卑。

阿德勒运气还很差，两次被车撞，5岁的时候还得了肺炎，差点就告别人世。就是这样一个身体不好，运气不好，学习也不好的小朋友后来成功逆袭，成了班上的尖子生。

因为小时候经常生病，他就立志当医生，考上了维也纳大学的医学博士，后来得到了全世界最出名的心理学家弗洛伊德的赏识，跟着他学习了9年，成为了弗洛伊德主持的维也纳精神分析协会的核心成员。

但是，他们两个之间并不一直都是相亲相爱的师徒关系。阿德勒是学派内部第一个反对弗洛伊德心理学体系的人，他觉得弗洛伊德把什么都和性冲动联系在一起实在是太扯淡了，于是连发3篇论文批判昔日的老师，然后带着一些追随者自立门户，创立了个体心理学，终成一代大师。

所以，阿德勒的人生经历本身就是一部激动人心的逆袭教材，这段经历也自然催生出了他自己的心理学理论，那就是强调个体于社会里努力发掘自己的潜能，发挥积极作用，一定会改变自我。

弗洛伊德认为，人的命运是由我们的生物本能所决定的，而阿德勒则强调社会因素对于人们的影响，认为我们每个人并非被本能和过去所禁锢，我们完全可以重新定义过去，通过自己的努力实现自我的完善，获得想要的人生和幸福。

我们每个人生活在这个世界上，要面临三大人生课题，分别是生存问题、人际关系问题和爱情（婚姻）问题，一个人要收获完满的人生，必须在完美地解决这三大问题的基础上实现。

要解决这三大问题，就需要我们热爱所生活的社会，积极地投入到与他人的合作之中，在发展自己的同时，也使别人获得发展，进而让这个世界更加和谐。

从这点来看，阿德勒的个体心理学与我国传承数千年的儒家思想所倡导的"修身、达己、达人、大同"有异曲同工之妙。这也正如阿德勒自己所说的，"只要人们努力的方向是有益的，最终便会趋于统一"，即所谓"殊途同归"。

所以阿德勒认为，儿童在五六岁时，对于人生的看法就已经定型，这应该就是国人常说的"三岁看大，七岁看老"的说法。还有一句古话是"三岁定八十"，这里的"三"和"七"指的都不是孩子具体的年龄，而是指根据孩子幼时的行为方式能够判断孩子未来的发展，如今被证实有一定的科学依据。

童年乃至少年经受的被伤害的阴影，我还能觉察出来，一直觉得它如影随形，伴随着进入我的生活和工作中。后来交友、恋爱和结婚，它还时不时冒出来。

在一段较长的时期里，我患上了强迫症，把办培训班、卖书报和挂历的钱，以及省吃俭用的工资，都放进银行里存起来，攒着要盖房子。我把存折放在一个大纸箱装的棉被里，放在最下层。白天上班，晚上回来后都要翻出来看几遍，反复看。明明刚看完，就想它还在不在。上班之前，一定要看几遍，门锁好没？反复看，反复锁。不过我没反复洗手，反复洗手是心理疾患强迫症的典型案例，也许那时钱对我是最重要的吧。

因为父亲走了，留下了年迈的祖母，有病要医；留下了幼小的妹和弟，要成长，要有饭吃，要有衣穿，要有学上，要有房住，还要嫁娶成家。

"生活的不确定性正是我们希望的来源。"我对于阿德勒的这句话既欣喜又担忧，欣喜的是看不到既定的未来，是充满着向往和憧憬，叫我渴望，但是个中的不确定因素又让人心生忐忑。

加拿大作家帕特里夏·皮尔逊在《焦虑简史》里写道："你知道吗？达尔文在晚年一直压抑着愈发自制的惊恐感；谁能洞悉丁尼生或叶芝所感知到的恐惧？艾瑞莎·弗兰克林在舞台中间歌唱、贝克汉姆在球场上大秀技艺，在他们的喜悦和优雅的外表底下，难道真的没有隐藏着一丝丝恐惧？"

阿尔弗雷德·丁尼生是英国维多利亚时代最受欢迎及最具特色的诗人，他的诗歌准确地反映了他那个时代占主导地位的看法及兴趣，这是任何时代的英国诗人都无法比拟的。

"如今我们已经年老力衰，再也不见当年的风采。历历往事如烟，岁月如冰霜，命运多塞，常使英雄心寒气短，但豪情不减。我将不懈努力求索，战斗到永远。"这是丁尼生创作的诗歌《尤利西斯》。

在著名电影《007大破天幕危机》里，M夫人在听证会上朗读丁尼生的这首诗。电影里翻译的版本是："虽然我们的力量已不如当初，已远非昔日移天动地的雄姿，但我们仍是我们，英雄的心尽管被时间消磨，被命运削弱，我们的意志坚强如故，坚持着奋斗、探索、寻求，而不屈服。"

2021.01.23

（三）

20世纪80年代，命运之神指示我遇到了诗歌，是诗歌拯救了我，恐惧、焦虑和对于不确定带来的忧郁等，于诗歌里得以平抑和疗愈，再辅之以书画鉴赏和创作，我的情况有了很大改善。

当然，武术和运动也必不可少，我要感恩先父让我从小就爱上运动，尤是武术。虽然不是我的专业，但是文化是有相通之处的，我所钦佩的李小龙，截拳道的创始人，他于武术技击上的创新和发展，与他大学所修的哲学专业是分不开的。

所以，我常常对学生们讲，要"文明其精神，野蛮其体魄"，记住鲁迅这句话，唯此，性格和人格、身体和心灵，方为健康和完整。毛泽东少年时洗冷水澡和游学四方，开展社会调查，他是一面实践学习，一面锤炼意志呢。

2020年12月17日，在通过联合国教科文组织的审议后，太极拳被正式列入人类非物质文化遗产代表名录，真是让人欣慰。这项优秀的文化运动，不仅是中国的，也是世界的，是全人类的。

太极拳不仅仅是一项运动，它还是一个心理疗愈的有效方式，对人的心理、情绪以及思想和行为都有很好的矫正。它是辩证哲学，于静与动、快与慢之中，带你获求一种身心灵的平衡。

2021.01.24

（四）

对于孤独二字的诠释，我也有发言权的。毛泽东说，书读得越多越蠢，是针对书呆子说的吧。或者，他说这个话，是当时政治斗争的需要吧。有人看不起他，因为他没出过洋留过学，肚里没有洋墨水，加之小学教师出身，学历也就中师，当时共产国际派来的几个人，当然瞧不起他，"土包子"是专门为他封的。其实，毛泽东，这个"土包子"，正是好读书，使他有了"指路明灯"，不至于在山沟里，尤是黑暗里摸索太久，因为比别人看得清楚，所以就能先走出来。

先走出愚昧山沟沟的人，是明确方向的人。知识即美德，美德即知识，苏格拉底被雅典城众恶所围困，这是无知的恶。富有学识，尤其是敏锐的思想，是最大的善。

书籍、知识、思想，使人心灵丰富，也叫人心生孤独，因为他的思想提升了，但是还要面对俗世，还要生活，除了一日三餐，照料好这副臭皮囊外，甚而有嫁娶、生子、持家、守业、传承的担当。

一边在提升，一边在下沉，所以才有了卡伦·霍妮的《我们内心的冲突》《我们时代的神经症人格》和荣格的《寻求灵魂的现代人》心理学三部曲。天才和疯子皆近在咫尺。

我是存在主义者，我关注人，我关注状态，更关注心灵。人终其一生都在寻觅，有人追逐金钱财富，再有多少也从不满足，有人却觅寻另一半、另一个自己，乐此不疲。

我常常胡思乱想，人的由来和起源、人的语言、人的思想，为什么今天人们都成了这个样子。也许是杞人忧天，充满了焦虑情绪，所以，我以为都要进行精神分析。

从童年到少年到青年，到壮年中年，到迈入老年，复归童年。阿德勒曾说："幸运的人一生都被童年治愈，不幸的人一生都在治愈童年。"

傅聪，这位《傅雷家书》里的主角，他对当下的感受是，一个艺术家，永远要保持赤子之心。真正伟大的艺术家都是孤独的，只有孤独才能创造一个新的世界，让这个新的世界去温暖、安慰更多孤独之人。

还好，孤独，但不孤单，更无孤僻之感。我有时独自享受这份孤独，乐在其中。尽管内心有冲突，灵魂有挣扎，但毕竟生活要继续，日子还要过下去。

2021.01.27

绝交

最近两三年，我渐渐与过去的朋友有了距离感，尽管心生些许不安，但我又不能对自己欺骗，所以，就是这样吧。

该接受还是要接受，现实就是现实，正如这天气，谁能知道昨天还是阳光明媚，结果夜里就下了瓢泼大雨。

我小结了一下，有两种人，我不打算结交和深处的，一种是太自私的人，另一种是太自我的人。这两种人，往往两种特质集于一身。

太自私的人，就是自私得过了头。其实每个人出于保护自我的本能，先想到自己，是再正常不过的，至于舍己为人，大公无私等说法是值得商榷的，因为人身上是有兽性的，恩格斯就肯定地指出过这一点。但是人又毕竟是人，尤是感情丰沛之人，人性十足，他（她）对待亲友是发自内心的呵护。很自私的人，他（她）只是想到他（她）自己。以前我说过对自己孩子好，这是连老母鸡都会做到的话。这是动物本能。不算什么优点，可是太自私的人，连老母鸡也不如。他（她）谁也不疼不爱，心里只有他（她）自己。如果说爱，他（她）的所谓的爱也是自私的。他（她）是爱他（她）自己：孩子呵，你怎么样？你不在身边，我好可怜。你看看，表面上是想和爱孩子，其实还是想着他（她）自己。

太自私的人，就会太自我。他（她）不知哪里来的底气，说话和做事总是凌驾于他人之上，端出一副高高在上的架子，傲气十足，盛气凌人的样子犹如皇上驾到。可是，这种人，因为读书和修养不够，却又不时露出破绽，正如一个人的衣着，表面上光鲜亮丽，但怎么能掩饰住自身的劣迹斑斑？

我想与这两种人逐渐拉开距离，趁我还看得清楚，离他们远一些，尽量不要靠近。太自私太自我，正如一把双刃剑，太危险。

2020.11.20

人性中的恶与善

人在得意时，会充分展示兽性，沉湎于感官的享受。得意会忘形，变得狂妄、目中无人，再张扬不加抑制，则会无法无天，不守天道，不讲伦理。

而人在发生灾难、战争时候，落难时候，人性则会回归，显露出来，因为"四心"和"四端"（孟子语）的唤醒，他（她）要实行自救。在这之前，先要进行一番灵魂的救赎。

兽性抑或人性，都是深藏于潜意识里的因子，有时你中有我，我中有你。但人毕竟是灵性动物，有感情，所以在兽性的"恶"里，还是存有"善"的"四心"和"四端"的。

我之所以喜唱臧天朔的《朋友》，因为我晓知人是集人性和兽性于一身的。"……朋友啊朋友，你可曾想起了我，如果你正享受幸福，请你忘记我；朋友啊朋友，你可曾记起了我，如果你正承受不幸，请你告诉我。"

当你"春风得意马蹄疾，飞黄腾达鸡犬升"时，我不想靠近你，我只会祝福和默祷，平安就好，然后想你一切都好，只是有些小小担心，小心聚拢你身边的甜言和蜜语，面带粲然的有些虚假的微笑。

我不想去凑热闹，更遑论巴结和奉承。我过得很是充实，平淡是真。我有许许多多的知心朋友。我把伟人们视作知已，向他们倾诉心声，读他们留下的文字，字字珠玑，个中意涵，真是取之不尽，用之不竭。

"贫穷说话牙无力，富贵骄人鼻有声。有钱需记无钱时，落难何曾见几人。人来求我三春雨，我求别人六月霜。"（无名氏作）人间善恶好坏百态，此诗尽显。有钱好办事，没钱你再费力都没人理你。"有钱需记无钱时"是教人居安思危，别有钱的时候就只顾快活，高朋满座，没钱时看你身边还有几个人。"人来求我三春雨，我求别人六月霜"，"六月霜"是指世态炎凉。我帮人容易，求人帮我难上加难。人是集兽性、人性和神性于一身的。人是感情动物，也是势利动物。

其实，我以为，人在得意时须清醒，要居安思危；人于落难时需安慰，要雪中送炭。前者是警示勉励自我，后者则是将心比心，乐于助人。

蒙田《文集》第一卷中有这样的话："毕达哥拉斯派认为善是确定的和有限的，恶则是无限的和不确定的。千百条道路都错过了洁白，唯有一条道路通向洁白。"

我是先确信人性中的恶的先天存在及其顽固，我也认知到人性中善的美好和难忘。所以，还要时时提防"人生得意须尽欢"时，小人的嫉妒和中伤；还要未雨绸缪，等"屋漏偏逢连夜雨"，不幸落难时，对恶人的幸灾乐祸和落井下石要有所防范。

2020.10.26

人要有"三心二意"

生而为人，对于究竟什么是人，可能麻木得不行了。因为思维成了惯性，一切都被世俗和人情推着往前走，不知进退。

　　我想，该回头还是要回头，有时退是为了更好地进。有时对己、对人、对事，要发出拷问，可能是为了更清晰地对世界有个认知：何以为人？

　　我以为，天地之间，要以为人，具三心与二意（义），方为完整。一个大写的人，上有天，下有地，顶天立地。虽为方寸，但也乾坤。如何存真？

　　首要是常怀敬畏之心。对天对地，对长辈，对父母，对尊长，对公序良俗，对道义，对天地良心，要心存良知，对良知存有敬畏。

　　现在人不缺进取之心，上进之心，奋争之心，唯有敬畏之心不存，胆子贼大，什么都敢说，什么都敢干，没有什么是他（她）不敢干的，无有怕的。

　　二是常怀感恩之心。常怀感恩之心的人，时时会提醒自己不可忘恩和忘本，常常勉励自己不辜负不忘却。感恩之心，是源头之水，长流常清。

　　常怀感恩之心的人，会经常遇上贵人，会有贵人相助，智者和高人指点迷津。

　　还有羞耻之心。知耻者近乎勇，一个人一旦没有了羞耻之心，是很可怕的，他（她）已然丧失了做人的根本。不知羞和耻，什么都能做，也敢做。

　　他（她）把人格和尊严肆意践踏，完全不当回事，为了金钱和财富，为了私利，不惜出卖灵魂和良心。他（她）的目光里满是贪欲和邪念。

　　还有二意（义），即情意和道义。情意就是善良和良知，同情和博爱，体恤和帮助。一个具有情意之人，方为真人和善人。一个具有责任、义务、担当和奉献等特质的人，是有人文情怀，有襟怀抱负，对社会有贡献的人，正所谓铁肩担道义，妙手著文章。

　　孟子的"四端"，是儒家称应有的四种德行，即：恻隐之心，仁之端也；羞恶之心，义之端也；辞让之心，礼之端也；是非之心，智之端也。我都很赞同。但也有保留，因为我见识了人性，人性中的恶和善并存。恶字当头，欲念为首，不知人之为人。善念仅存，或为最后一点希望，是人类原罪之救赎。

　　奥古斯丁在《忏悔录》里揭示了人性中恶的原罪，婴儿争抢着母亲的乳头，"可见婴儿的纯洁不过是肢体的稚弱，而不是本心的无辜。我见过也体验到孩子的妒忌：还不会说话，就面若死灰，眼光狠狠盯着一同吃奶的孩子。"

2020.10.18

好的人和精的人

"好的人"，有大智慧、大格局、大方向和大胸怀。他有担当有责任，有一副侠肝义胆和热血心肠。他谨奉信条，从无字处读书，与有肝胆人共事。

"精的人"，有小聪明、小伎俩、小肚鸡肠和小小算计。他无有方向，只会信马由缰。他的这种性情，往往一时兴起，常常头脑发热，意气用事，对规则会有一定的破坏性影响，从而改变事业和人生之走向。

精的人，世人往往称之"人精"，说是情商高，实则小聪明，聪明反被聪明误，因之不读书不思考，尤其是遇事不反思。反思之重要，不光是避免二次失误。差之毫厘，失之千里，意义远大。

什么是"好的人"呢？在《善的脆弱性：古希腊悲剧与哲学中的运气与理论》里，玛莎·C.纳斯鲍姆进行了定义，他不是人们平常所说的"好人"，并非通常意义上的"好人"，甚至也不是康德所说的"好的意志"的道德行动者。

"好的人"，是一个勇敢地面对自己作为人类存在者的真实处境，不断地追求人所特有的价值的个体，所以他不是"老好人"，更不是"乡愿"，因为无论老好人抑或乡愿，皆无有担当，无有责任。

纳斯鲍姆是新斯多噶派政治学家和道德哲学家，1975年获得哈佛大学哲学博士学位，曾先后任教于哈佛大学和布朗大学，现为芝加哥大学法学和伦理学教授，曾任美国哲学协会中部分会主席。

人类总是竭立追求善的生活，尤是外在的善，总是想方设法尽可能避免或缓解因为自己无法控制的因素而遭受的伤害。

假如"好的人"与"精的人"一时交会，"好的人"依然往"好的"方面去想去做，至于"精的人"会受到多大多深的影响，就不得而知了。

但是，要真正成为一个"好的人"，也并非那么容易，要做好各种准备，"要有一种对于世界的开放性、一种信任自己难以控制的无常事物的能力，尽管那些事物会使得你在格外极端的环境中被击得粉碎，而陷入那种环境还不是你自己的错。"

纳斯鲍姆更进一步指出，伦理生活的人类，在于更像一株植物（一种极为脆弱但其独特之美又与其脆弱性不可分离的东西），而不是一颗宝石。而"好的生活"是由各种各样的实现活动、友谊和爱情之类的关系性的善以及某些外在的善构成的。

所谓外在的善，即金钱、荣誉和名声，而诗人（尤为悲剧诗人）反而格外珍惜高贵品格和美德行为，是因之于人类生活中相对稳定（其实甚而恒久、永恒）。亚里士多德之所以认为基于品格的友爱胜于以彼此有用或相互取乐为基础的友爱，在很大程度上也是因为前一种友爱更加稳定。

凌晨时分，我昨晚读的《善的脆弱性：古希腊悲剧与哲学中的运气与理论》关于"好的人"的文字文句就不时浮现于脑际，由"好的人"我想到"精的人"。"好的人"，真正难求，而"精的人"比比皆是。再披衣展读纳斯鲍姆的文字，更是觉得这两种人有云泥之别。

2020.12.05

我心目中的女人

我的祖母对我影响最深，她的影像牢牢地镌刻在我的心上。

我在多篇文章中写到祖母，《女子学堂》专为她写。我以为，她善良、忍让、无私、大爱。她举止从容、气度娴雅，最要紧的是，她顾大局，识大体。她识人很准，谁的气度品质如何，在她面前掩饰不来的。她的内心热情，可面上冷静。她心里有一个数，不多说，但是能看透你，不是光能读懂你。

哪怕装得再像，你挽紧她胳膊，脸上堆满笑，嘴里抹满蜜，对她嘘寒问暖，类似这种虚假的演戏的人再会装，她也不会被迷乱。

祖母读书不多，可毕竟出生大户人家，聪慧、机敏、秀外慧中，你能骗得了她？所以，虚假的人，也不会，也不敢，在她面前演戏也演不来。祖母虽说对人乐善好施，但也爱憎分明。

所以说，祖母是我心目中最重要的，对我生命历程，世界观和价值观等产生重要影响的一个女人。其实，不光是我，我的母亲，历经磨难，也受祖母的影响很深。母亲也善良、包容、淳厚，就像她每天在田地里劳动接触到的泥土一样真实、原始和纯朴。母亲不装，也不会装，哪怕是应该装，也不去装。她是如此的真和善。但是和祖母不同的是，母亲在待人接物上，有时太实在，近乎愚善。

母亲轻易就动感情，因为她容易被假象迷惑，哪怕两次三次，经过反复提醒，才方明白。正因为她这样，所以有的心地不端之徒才会一次一次欺凌她，不尊重她，不拿她当回事。好在最后，母亲最终在大是大非上，能尊重事实，坚持正义，公正其所言所行，坚守了做人的底线，捍卫了尊严。

我的妹妹，她几乎是母亲的翻版，也是对人好，是那种不设防的好，愚善的好，还仗义，爱打抱不平。她的优点也是缺点，言多必有失，说话不给人留情面，让人有故意出丑出洋相之嫌，所以人们会埋怨她，甚至忌恨她。

妹妹最先成家。有了自己家庭后，她对家庭对子女也是尽责了，更没忘尽孝，对母亲，她尽心呵护，母亲感受到了女儿是贴身小棉袄的幸福感。

有了小家庭，不忘大家庭，这是否也是"不忘初心"啊？毕竟母亲和我，妹妹，弟弟，咱们一起从苦难中走出来的。

人在现实社会，心直口快，谁能理解？谁能接受？所以，我妹，像人们所说的，要少讲话为好，讲了，也要注意些分寸啊。

我的内心对妻子充满了感激，不光是感激她对我的好，几乎无私的好，最主要是她对我祖母的好，对我母亲的好，对我妹妹的好，对我弟弟的好。嫁我之前和嫁我之后，都一样的好，始终的好。

还没跟我定亲，妻就拿出她的工资为我家买建材盖房。1995年那年建材昂贵，妻一分不留把工资全拿出来给我，记得当时是两个月的工资全拿出来了。她无怨无艾，不多言语，只默默地做，一味地付出。可却又不居功自傲。照理说，她在家事上很有话语权的，可是她不说。

从几次建房，到为我为弟弟张罗喜事，为祖母治病，等等。1992年到1997年，都是妻的支持，与我共同想办法，省吃俭用，前前后后为这个大家庭共拿出了7万多元钱，那时候的钱，相当于现在上百万元了吧，其实，我以为多少钱都只是个概念，重在它的意义。

祖母住院动手术，妻在旁伺候，端屎倒尿。母亲生病，妻又跑前忙后，不敢耽误。家里农忙，妻和母亲一起，带上小女，一起播种，施肥，打药，拔草，收割。

那天，母亲和我挖树塘时，她望着田边长得茂盛无比高大挺拔的白杨树说，是家珍和秋子跟我一起挖树坑栽的！

左邻右舍，前村后院，乃至亲朋好友，凡了解的，无不说她的好。她的好口碑是她的好品行换来的，她的无私付出，她的任劳任怨，尤是以德报怨深孚众望。

妻和我母亲的关系甚为亲密，想想我都为之感动。妻的身体不大好，出外治疗时间久了，母亲每每想起就流下眼泪，然后跟我打听她什么时候能回去一趟。那次妻看完病回去，刚拉开门，母亲就上来抱住她，哽咽得半天说不出话。

一般来说，媳妇和婆婆的关系都很微妙，好多都处理得不太好，那是因为首先媳妇做得不够好，这样的媳妇还真不少，她首先心态没调整好，有的心态本来就不好，也就谈不上调整不调整，因为你永远无法叫醒一个装睡的人。

有的媳妇，她是这样想的：第一，我嫁你儿子，和你儿子过，你们跟我没多大关系；第二，只要我和你儿子过得好，你们好不好跟我也没多大关系；第三，我和你儿子过不太好，你们也不要过得好，我会时不时去闹闹（啃老）。

这样的媳妇看起来聪明，实则蠢到家，她忘了，儿子和他的娘，血浓于水，孝子希望看到你对他老娘好，他会千般万般对你好。

真正爱一个人，就会爱他的家人，否则，这个爱，究竟爱你还是爱她自己，就值得怀疑了。这种夫妻，多半会"夫妻本是同林鸟，大难临头各自飞"，因为心中都有鬼，这个鬼就是小算盘小九九，私字当头。

出差借道回到老家，母亲总是忍不住地说想家珍，很想她。我说放心，家珍她挺好的。妻以她的真和善，为这个大家无私付出，但又从不去计较什么，她做得最多，所以妻和母亲产生了情感上的共鸣。她们是以心换心，心就贴紧心。

婶婶杨红见多识广，极为聪慧，善于识人，她说，家珍就不孬，老实人，默默无语，只知道关心人和做事情。

婶婶杨红是我祖母兄弟家侄媳，说话做事雷厉风行，快人快语。她顾大局，识大体，最令我难忘的是，为我祖母办丧事时，她亲自挽袖刷锅洗碗，摘菜打水，连饭都顾不上吃，水也顾不上喝。

2018.01.04

爱情和婚姻

"爱情是一种病，婚姻是治疗这种病的药。重点是，病好了之后，一辈子还要吃这种药。"诺贝尔文学奖得主帕慕克这样阐释婚姻和爱情。

帕慕克这样讲，还真有些意思，以前光听说过，婚姻是爱情的坟墓云云，而帕慕克的这个说法却新鲜。他也真够敏锐的。

由此，联想到，病的重还是轻，诊断对了还好，只怕弄错了。有人爱错了就是误诊了，诊错病，吃错药。当时幼稚，要么疯癫，要么失明，看错人，然后嫁错了，或是娶错了。

总之是爱错了，辨错方向了，吃错药了，错了一辈子，病了一辈子，吃错药一辈子，糊里糊涂一辈子，被误诊了一辈子，耽误了一辈子，直到葬送终生。

"有的人三十岁就死了，八十岁才埋。"这句话形容有些人浑浑噩噩，麻木不仁，无所事事，不求上进，无所追求，其实，这句话用来形容有些人的婚姻也较为恰当。

名存实亡，同床异梦，盲目的爱情带来错误的婚姻，对于双方来说都是一种折磨。与其自欺欺人，还不如好聚好散。

为伊消得人憔悴，憔悴得值，憔悴得心甘。你是鸾，她是凤，你是琴，她是瑟。鸾凤和鸣，琴瑟和谐，天作之合。怕只怕，你是鸾，她又不知是什么鸟，甭谈"凤凰于飞，和鸣锵锵"了，就是平常的我唱你随都差落了节奏，不鸣锵锵，一鸣噪声。你是琴呵，高山配流水，余音韵依依，哪想到她是一块木，无心又无真情，雕龙画凤，浓妆艳抹全是伪装，其实唯独少了灵魂。

琴瑟本应和鸣，但你是琴，她非瑟，怎能和鸣？从此后，你再怎么抚你的琴，奈何无有美妙回应，唯有乱耳之杂音。

2020.01.19

要怎样去爱

有人说，爱就是了。你爱我，我爱你。你爱他，他爱你。她爱我，我爱她。

爱就一个字，但是不好写。古时的"爱"，有"心"，如今的"爱"，没"心"。没有了心的爱，只有干巴的皮跟骨，没有了感受和感情，少了感动和感激，甚而感恩。

我爱你，因为我需要你；我需要你，因为我爱你。这两句话，是著名德裔美籍心理学家、精神分析学家、哲学家艾里希·弗洛姆说的。前一句是不成熟的、幼稚的爱，后一句则是成熟的爱。

天真的、孩童式的爱情遵循下列原则：我爱，因为我被人爱。成熟的爱的原则是：我被人爱，因为我爱人。

如果我确实爱一个人，那么我也爱其他的人，我就会爱世界，爱生活。如果我能对一个人说"我爱你"，我也应该可以说："我在你身上爱所有的人，爱世界，也爱我自己。"

"我来，是因为我爱；我爱，是因为你的存在"，这是笔者在20多年前到云南大理后创作的诗歌《我来因为我爱》的开头几句，当时发表在《广州青年报》和《秋水诗刊》（台湾）上。

我爱，是因为你的存在。真正的爱着对方，双方相互真爱，是希望对方的存在，也就是活着，而且是"只要你过得比我好"。台湾知名作家蒋晓云说，爱人在不在比爱不爱重要多了。

爱，本自感性处来，最终要归于理性的表达和行动。

浅薄的人说，爱即占有，包括财物、物产和人，爱成了自私的、狭隘的物质化身。而丰富的人则以为，爱首先是给予，而非得到。

爱也实在是一门艺术，自有着丰富而深刻的内涵。真爱的人们，给予对方以心灵的自由，思想的富足，供养着爱情的清泉，永不枯涸。

要想知道她（他）是否对你是真爱，有个最简单的判断方法，那就是，看她（他）是否爱你的家人，因为你的父母你的兄弟姐妹，包括不怎么新的不怎么大的老房子老院子，院子里的几棵树，几只鸡，几条狗和几只猫咪咪，都是你的所爱。爱你所爱，顺情应理。

有句诗意的话说，爱你，爱你的全世界。是啊，遇到真爱的人，全世界在他（她）眼里都是亲切的。

曾经有一位诗人写道：自从有了女儿，看所有的一切，都像亲生的。

我想，这大概也就是爱的力量使然吧。

2022.04.19再读改

好人和坏人

昨日到乡下探望亲戚，中午在守柱叔家吃饭。守柱叔性情随和，他说，我这人待人实诚，村里人大都说我这人还不错。得到这个评价，我也就满意了。

也有个别人不待见我，不说我好，守柱叔脸色一沉，突然凝重起来。喜爱吹笛子拉二胡的这位叔，一派天真烂漫，性情耿直的样子。

我忙安慰他：叔呵，记得孔子说过的，如果一个人全村人都说他好，其实不能算一个好人，他是个乡愿。真正的好人，是好人说他好，坏人说他坏的人。

守柱叔的脸上又见晴朗，眉间展舒了，真是一个艺术家的本真特质呵。

这样呵，好，这样呵。他忙不迭地微笑着连声说。

曾经听朋友笑言：坏人不想死。的确，千年乌龟万年王八，所谓好人不长寿，坏人过千年。

好人往往待人诚恳，率直简单，一腔热血。他不带防备心理，所以，常使自己陷入被动危险的境地。

而坏人心机重重，用心险恶，甚而歹毒，他时刻保持警醒，以使自己始终处于主动领先的情势，所以，能先发制人，要么有意后发亦制人。

好人多用心谋事，坏人是用计谋人。好人以真情待人，坏人用假意唬人。

所以，好人往往会率真甚至较真，得罪人，而坏人处事圆滑，八面玲珑，得势得人。

行文至此，我一时语塞，不知该如何收尾了。好人天下尽是，坏人层出不穷。

坏人做坏事常常会得逞，好人却时时遭受暗算中阴箭。

人在做，天在看，天是国人百姓心中的正义神祇。举头三尺有神明，我始终相信如果一个人干坏事，上天迟早会对他惩罚的。人可欺，天不可欺。我们时时刻刻检讨自己的起心动念、所作所为，要止恶行善。

2019.07.17

第九辑：存在之谜

人是一个奥秘，应该破解它。哪怕为
此付出一生的代价，也不要说枉费时间。
我探索这个奥秘，因为我想成为人。

——陀思妥耶夫斯基

孤独与荒诞

我经常会对人声喧嚣心生厌恶和反感，这种情景于闹市街头常有，每次碰到就想迅速逃离出去。只有独身在斗室内，我才会得以安静。或者说，在斗室内，认真地阅读一本书或写几个毛笔字，心就平静下来了。

当我望向极度慷慨的阳光，或者干脆就沐浴于其中，听到浓荫里飞扬出的几声悦耳的鸟鸣，我就感到很幸福。世界与我融为一体，我与世界心心相通。

美丽与不屑，宁静与乖张，幸福的微妙掺杂于一地鸡毛，这真是让人烦恼而往往欲罢不能的事情，明知无异于饮鸩止渴，可是却又都趋之若鹜。

"获取幸福的错误方法，莫过于追求花天酒地的生活，原因就在于我们企图把悲惨的人生变成接连不断的快感、欢乐和享受，这样，幻灭感就会接踵而至；与这种生活必然伴随而至的还有人与人的相互撒谎和哄骗。生活在社交人群当中必然要求人们相互迁就和忍让；因此，人们聚会的场面越大，就越容易变得枯燥乏味。"（叔本华语）。

叔本华继承多少遗产我不知道，但是我知道他一日三餐不用愁，吃饱喝足了还去遛一下狗狗。

对叔本华的上述认知，我没有任何异议，更不会去追求他说的"花天酒地的生活"，因为我没有任何遗产可继承，要为稻粱谋。我的追求幸福的方法就是独处，这一点与叔本华的想法完全一致，"只有当一个人独处的时候，他才可以完全成为自己。谁要是不热爱独处，那他也就是不热爱自由，因为只有当一个人独处的时候，他才是自由的"。

"在独处的时候，一个可怜虫就会感受到自己的全部可怜之处，而一个具有丰富思想的人只会感觉到自己丰富的思想。"（叔本华语）

老叔对"孤独"的理解被上升到一定的高度，孤独和自由已然不成为表象，而是意志。

上升抑或沉沦，忠实还是背叛，外在的引诱和内心的反抗，交错纠结，盘根错节。愈是孤独，愈是荒诞，反之亦然。

"如果一个人身体的孤独和精神的孤独互相对应，那反倒对他大有好处。否则，跟与己不同的人进行频繁的交往会扰乱心神，并被夺走自我，而对此损失他并不会得到任何补偿。"（叔本华语）

看样子，老叔的体悟不仅仅限于他经常要去吃火腿的那个小店，他也必须要穿过若干条街道，顺带遛遛狗狗，这样也就不知不觉地过了闹市口。

如此说来，我和老叔对于"孤独"的理解也有吻合之处，不限于一个两个点。最起码的，我在边缘人生也看到了不远的"荒诞"。

2018.12.05

存在主义的自由

一个存在主义者，真正的，面对必须要作出的选择，他会选择他要的选择，虽然千头万绪，千变万化，但是不忘始终，不离其宗。

诚然，选择有主动选择的时候，也有被动选择的时候，彼时，在看似被动选择里，再主动选择坦然接受的理由。

没有什么能吓退和阻挡存在主义者主动选择前行的脚步，没有。也许迂回，也是不可避免的主动选择的部分。

在"存在主义者幸福"的辞典里，往往能看到一对对反义词，但是主动选择的权利，始终牢牢掌握在存在主义者的手里，才有一次次化险为夷，柳暗花明。"沉舟侧畔千帆过，病树前头万木春"，存在主义的大旗，就一直在希望的前方飘引。

即使一场风暴的来临，飞沙走石，动地惊天，存在主义者在大惊失色的世人面前，也是处变不惊，因为他的主动选择，偏居于风暴的中心。

2022.02.28

存在主义救了我

（一）

把裤子褪下去！

什么？

裤子褪到脚！

哦……

他的不太标准的普通话，听起来有些费劲，加之有些紧张，我承认，内心有一丝丝恐惧。他又抓住我的胳膊，叫我侧卧，不准乱动。

我乖乖地任他摆布。在他眼里，只不过又是一个等候做检查的普通病号而已。走廊里担架上躺着三个人，都是盖着薄被，内裤都褪到脚的。

我蜷缩在那里，感觉失去了自主，没有定力，像水面上漂着的萍，没有根。偶尔听到护士和医生们的低低的说笑声，冲淡了一点空气里的凝重。

尽管有很多不自在，我还是安静地乖乖侧躺着。一名护士过来挂药水，拍左手找不到血管好扎针，又换右手，扎上了。后来打麻醉就是直接把麻醉药注射到这药水里的。

一开始不知道，我以为是麻醉药水，左等右等，也不见自己有睡意，检查室门边的牌子上的"抢救"两字一直晃眼，丝毫不见模糊。

叫我褪裤子的人又过来了。他把我推进检查室。医生问：叫什么？几岁了？我一一回答。一个护士就过来往胳膊上挂的小瓶里加注麻醉药。

不一会儿，我就什么也不知道了。等被家人叫醒后，发现四围里挡着布帘，头顶上灯光炫目。我拉上裤子，心里想着检查结果。

还好，有惊无险，只是"小芝麻大一块"息肉而已，悬着的心总算放下来了。我后来又仔细地研究了检查报告单上的内容，包括标点，我都读了好几遍。这是身体状况的鉴定，不会自欺欺人，我当然重视。还想好好活着。有好多事情还没做完，我要把它们完成。

连续两天，喝了3包泻药，最后拉的只是淡黄透明水。我想起初生婴儿的便便，又回到了原生状态。也许半生就要有这么一次。

凤凰涅槃，从头开始，不要再活300年，30年就行了，可以读好多书，思考很多东西，再搬运些文字，表个情达个意。

2021.12.24

（二）

经过思考，我还是看透了烦恼、沮丧、失望甚而恐惧的实质，正因它们的存在，才能映衬出快乐、愉悦、憧憬和勇敢的感受。

在《存在主义世界的幸福——写给心理治疗师的哲学书》里，我看到了幸福的定义，幸福不只是欢笑、成功、团聚，哭泣、失败、分离也同样是幸福。

它打开了生活的另一扇窗，指引我们发掘自己的潜力，看到不一样的自己，不一样的世界，不一样的幸福。

启功先生60岁在病床上写下《清平调》，在70岁时，他又检点自己的平生，深刻地剖析自己，还写下了一首《沁园春》：

检点平生，往日全非，百事无聊。

计幼时孤露，中年坎坷，如今渐老，幻想俱抛。

半世生涯，教书卖画，不过闲吹乞食箫。

谁似我，真有名无实，饭桶脓包。

偶然弄些蹊跷，像博学多闻见解超。

笑左翻右找，东拼西凑，繁繁琐琐，絮絮叨叨。

这样文章，人人会作，惭愧篇篇稿费高。

从此后，守收摊歇业，再不胡抄。

启功先生的淡然深深地感染了我，他之所以能是大家，就是这种云淡风轻的人生观、生死观，打动人心。他能从不确定里找到"确定"。

维特根斯坦说，世界不是由事物组成的，而是由事实组成，而事实充满着不确定性。人的生死、贫富、疾病和健康以及悲欢离合等，到头来谁又能躲得过去？没有人能，没有。

除了焦虑和沮丧，就是抑郁又能怎么样？正如梅洛·庞蒂曾经说过的，我们需要通过活着这种亲身体验来发现如何赋予生存以意义。

"只有通过活着这种方式，并在这一活着的过程中与种种困苦抗争，人们才可以获得少许幸福和快乐。"（《存在主义世界的幸福——写给心理治疗师的哲学书》）

克尔凯郭尔对此也略有体会："感到沮丧失望是一种没有限度的益处和优点。沮丧失望并非最大的不幸和悲哀，崩溃才是。"

2022.01.02

好奇心

我对这个世界，永远保持一颗好奇心。真的，包括对我自己。

我以为自己是个谜，一直没有答案。我常常拷问自己，从来没有间断。

我有时看向四周，那些同类，差不多的语言，差不多的表情、动作，他们是否与我一样，也有一颗好奇心呢？对此，我又充满好奇。好奇于他们还有没有好奇。

好奇似乎专属于孩提时代，成年人的心，太深沉了或者干脆浮浅，深似海，浅如滩。

而我偏不，尽管人过中年，我好奇于自己，我好奇于自己的好奇，我好奇于好奇的好奇，我好奇于好奇的好奇的好奇。

好奇于人，好奇于物，好奇于景，好奇于情，好奇于诗，好奇于远方，好奇于这个世界，好奇于这个世界的无数个好奇。

古希腊哲学家苏格拉底说：我唯一知道的，就是我一无所知。你看，他始终葆有一颗年轻的、怀疑的和好奇的心。

和他一样，我对他也充满着好奇。凡言说自己已知的，其实是无知。要知道，世界是永远无法抵达之谜。

世界不是事物构成的，它由无数个事实组成，维特根斯坦所言极是。事实又怎么能认识得清楚呢？我还是好奇。

2021.11.27

长不大的小孩

（一）

每个人心中都有一个小孩，一个长不大的小孩，不管你承认还是不承认，他都一直在。包括我，我也不能够例外，我也是慢慢才发现他的。

他喂养多年，但永远不会长大。他有时候顺从，但大多时候叛逆。有定力的人不去多理他，让他自己惯着由着自己。

定力不强的就要遭他的罪了，他的任性和执拗，使人倔强，一定要和外界产生对抗，否则，彰显不出存在感和安全感。

他的焦躁和恐慌，使人情绪产生焦虑和易变，说变脸就变脸，态度以及心绪，都会上他的当，被他牵着鼻子走。

他的自我和自私与生俱来，不能否认。因为他自大，所以凡事不会跟你商量。他又自卑，常常陷入迷惘，找不着北，所以又会产生恐慌。

最要紧的是闻声色变，全因他的恐惧和不安。这个永远长不大的孩子，来吧，拥抱他吧，连同他的不安。相安无事呵，我的小孩。

2019.08.15

（二）

我的心里，有个长不大的小孩，从我有意识的那天起，他就一直在。

不论我是否想起他，他都始终在。他伴着心智，不知是我的心智影响着他，还是他影响着我的心智。

我觉得这个问题并不重要。重要的是，他一直都在，从没有离开过，甚至连离开的念头都不存在。

哦，我的小孩，一个长不大的小孩。说起喂养，我有些惭愧，有的时候会忘记他，我的记性不好。

好在他并不怪我，他理解我，毕竟在一起多少年了，心贴心的。除了他，还有谁能比他更贴心呢？没有，还是他。

我就知道，我开心喜悦时，他在我心里雀跃欢呼。他的开心胜过我的开心，他的喜悦胜过我的喜悦。而当我忧愁、沮丧的时候，他比我还要伤心和难过。16岁那年父亲走了，猝不及防的消息使我一直不敢相信是真的。

直至见到他冰冷地躺在那里，我还是问自己这是真的吗。我听见心里的那个小孩已经在哭泣，他只是在刻意压低着声音。

那一夜，我几乎没睡，刚被困意合上眼皮，就又被惊醒。院子里的大鹅一直在叫着。那几天，心头的小孩也一直在哭，从早到晚地哭。

就跟纪德当年一样，伤心欲绝，仿佛被世界一脚踢开，冷不丁地抛弃了。其实，周围什么都没有改变，没有。

现在想想，我的小孩，心中的小孩，谁是我的至爱，他就是。这么多年，不离不弃，始终如一，我亲爱的小孩。

2021.08.25

下一站

我就感到日子不好不坏，跟这南方的天气一样，时而阳光普照，时而细雨淅沥。

我没有过多的想法，更谈不上什么奢望，过着这样平淡的生活，就是本分的自我。

昨天的傍晚，从城西往城中赶，一踏上公交，我就选了个独立的座位坐好。我打量了一下前后和左右，人人都戴着口罩。

我大多时候喜欢独来独往，偶尔照顾一下社交。这特殊的时期，人人都做好了防护。"他人即是地狱"吗？

这条路线我可以说，熟悉得过于单调，包括人行道路旁的树木花草，景致的枯燥。不过还好，月异日新是这座城市的特质。我喜欢这样的面貌，代表了生机、新鲜和活力。一泓秋水，映出了澄碧的天空，又是心与心的交映。

下一站上来的人会是谁？长得美不美？我以为，这不是我一个人的想法。看他们的眼神，就是这样的心理。我只觉得好玩，因为比较新鲜。其实，我与他人有一点不同，我更关注不可确定。

过了上一站，来到下一站。下下一站又有谁？就是不好确定。这短途的旅行就添了一层层神秘。

2021.08.20

我的精神导师

（一）

时至今日，我发现了自己的又一个秘密。那就是，我的心灵和精神之秘密是与这个世界紧紧相联的。我本是个神秘主义者。

这个世界不是由事物构成的，而是由事实构成的。当然，维特根斯坦也知道，事物本就是运动的，而事实也非一成不变。

这时，我遇到了纪德。世界是无数个秘密组成的，过去的，现在的和未来的秘密。我这样想着的时候，纪德带着他的全部或一部分秘密，来到了这里。

萨特和加缪，一对既和谐又对立的朋友，由亲密到疏离，从不先退让。但是，以纪德为圭臬，他们是一致的。

"身后宽宽的林荫路，空寂无人，笼罩在神秘之中，凡是这样的夜晚，我总像喝醉了酒，沉入暗影憧憧、奇幻谲诡的梦乡。在沉入梦乡之前模模糊糊地想，有梦境，此外，还有第二现实。"（纪德语）

2021.07.16

（二）

我欣赏坦诚和真实，讨厌撒谎，满口谎言的人，就比如空洞洞的被气撑起的塑料巨兽，除了虚张声势，别无长物。

个别男人，谎话连篇，嘴里跑火车，专门去糊弄涉世未深的小姑娘，或是挂名学者，学术上不端，尽掺假，扯了虎皮做大旗。

没有自己思想的人，他当然要去扯谎，通过一番编造，好自圆其说，或是从老祖宗遗留下的故纸堆里，翻出几页发黄长斑的纸来，抄上几行，复制粘贴作文章。

至于有的女子，装作幼稚单纯，还楚楚可怜，抑或搔首弄姿，花枝招展，对待坦诚和真挚，还是谎话连篇，终究心术不端。

"与其受到爱戴而并非其人，还不如受人憎恶而还自己的真面目。"（纪德语）我的已故友人许兄曾斥之：骗子！都是骗子！他对娱乐场合的女子愤然道。

是的，要真实，不要掩藏，哪怕真的不一定美，甚而残酷，但终究是自己。纪德以为，一个人正是通过矛盾，才表现出他的坦诚。

真，不一定就要善和美；脏和乱，并非一定会差。反复无常只是表面现象，其实正好应合一种深藏的连贯性。

"无论处于什么心态，哪怕心律不齐，哪怕狂跳不已，但始终是他那颗坦诚的心。"（纪德《如果种子不死》）

2021.07.18

（三）

只有忘掉自己，才能真正认识自己。纪德一生都处于矛盾但又最终统一的状态中。他的强烈而深刻的心理洞察力，使他成为20世纪法国最重要的诗人、思想家和作家。

换言之，只有忘掉家人，才能认清家人；直至忘掉这个世界，你就更会看清这世界的广博与微妙。我如此以为。

"我思、我信、我感觉、故我在。"纪德持续地思考，不断地肯定，又否定和推翻自己。他边矛盾，边统一，就这样推进。

"我是异端中的异端，总受各种离经叛道、思想的深奥隐晦和抵牾分歧所吸引。一种思想，唯其与众不同，才引起我的兴趣。"（纪德《人间食粮》）

我读纪德，如读我自己，不只是身世的相同，更多是思想的契合。纪德说，他写作是想流芳百世。后来，他自我否定如此说法，但一语已成真。

我也想到，我的写作不是给同时代人读的。而是下一时代，甚至下下一个时代。谁知道呢，我思，我想，我对什么都半信半疑。我惑，我感，故我在。

2021.07.13

（四）

一只母鸡，下了蛋，下就下了。它从不会去想下个能"流芳百世"的蛋蛋，下蛋是它的分内事，它以为，一切都从做好分内事出发。

有蛋就下，无蛋就去遛弯儿、玩玩，就这么简单。一只本本分分的鸡，当然也勤奋，一个一个蛋蛋，接而连三地不停地下。

钱钟书先生曾跟一位想见他的外国女记者打了个比方，就说自己是只下蛋的母鸡。他说人们吃蛋就好，没必要认识这只母鸡。

我以为，我的写作亦然，只是与这母鸡不同之处在于，我曾和纪德一样，也想着"流芳百世"。先父曾言：人过留名，雁过留声。不要美名远播，也要臭名昭著。

诚然，也要看立于何方角度。好人都说好，自是美誉；坏人说你坏，则为"臭名"。我听从内心，以心灵的体察去甄别好坏与善恶。

前提是真实，以事实的真相去昭告世人，以内心秉持的良知去记述。这里的良知，是笛卡尔的生理学的良知。

2021.07.15

局限性

我是从什么时候开始，认识到亲人的局限性的？这里的亲人是先从父母开始的，然后是其他人。

曾几何时，之前，从幼时记事起，都以为父母说得都对，做得都对，跟外人偶尔有些龃龉，也以为全是外人的错，父母哪能有错。

也是偶尔的一天，一天的某个偶尔的时间，就想到了，亲人就是人，没什么特别的，除了有联结的血缘关系，还能有什么。是的，有感情，比外人多，仅此而已。

母子连心，母子情应该是天下最为难得的珍贵的情义吧，可有的母亲，竟然能舍弃孩子离家出走，为了自己所谓的幸福，什么都可以抛下，不惜骨肉之情。

情就是这么脆弱，有时在现实面前不堪一击。当然，重情的人依然重情，因为是人，人非草木，孰能无情。有情，烈如酒，淡如水，都是情。

认知到亲人的局限性，就是从"情"字出发去看的。看他对家人、对外人是否真实、诚挚和感恩，以及待人接物采取的行动方式等来判别的。

母亲感性重情，她不读书不看报，从前少有自己独立的思考，对人和事的认知，是全凭道听途说和经验，尤是教训，来积累和自我纠偏的。我在拙文《母亲的伟大与偏狭》里记述过。

自6岁时开始有较为清晰的记忆起，对先父有断断续续差不多10年的伴随时光。他对我由声色俱厉逐渐转为和颜悦色，从命令要求到对话沟通，他的变化是明显的。

以我现在越世的眼光来看，先父达观但又很敏感，他一面乐观，一面又有许多纠结。他不知道自己到底是从哪里来的。

收养他的祖母至他离开，也没有告诉他他的身世，所以，他找不到自我，身世和身份都是个未曾解开的谜。在他的笑容里，隐约藏着卡夫卡式的阴郁和不快。

他的离世，使我一夜之间改变了自我，从有些颓然、内心的挣扎，到坦然接受现实，获得一种解脱，加之天生随母亲的性格，变得更加感性和细腻。这是一个单纯而又复杂的我。

通过自我观察和自我分析，对自我就渐渐有了愈来愈清晰的认知，由这认知，再延伸和扩展到他人，尤是父母、兄弟和姐妹、亲朋好友。

其实，父母是子女的一面镜子。这个镜像里有你我他。你要想很好地接近自己，观察自己，分析自己，就先从父母开始，观察这个镜像。要毫不留情地，观察这个镜像，然后再内观，两相比较，可能有颓然，有失落，但是经过一番挣扎，到解脱，最后可能收获的是坦然以及随之而来的释然。

2021.05.26

自由

何谓自由？何谓真正的自由？动辄把自由挂在嘴边的人自由吗？他其实并不自由。

是否自由是由灵魂决定的。看一个人是否自由，要先看他是否有一个自由的心灵，而有的人连灵魂都缺失，更遑论心灵的自由？

缺失灵魂的人，成了空壳，何谓自由？他顶多是一具行尸走肉。如果说之前有灵魂，现在他的灵魂已被出卖，或者萎缩得可怜，可以忽略不计。

"真正的自由不是你想做什么就做什么，而是你不想做什么就不做什么。"卢梭在《社会契约论》里如是说。这个五一长假，我是足不出户，读了3本书。我阅读，我自由。3本书可能少了些，但我已用心。况且这几本书都是平常购得后想读而一直未读的，我终于把它们读完了，我的身心如此安静和愉悦。

同时，我愈来愈发现，我写作之前简要罗列的纲要，几乎都能在前人那里找到依据，比如这篇《自由》，一下子就让我想到前文刚刚引用的卢梭说过的著名的那句话。

我思考，我自由，我思故我在，在思考里找到自我，"唯独在这些孤独和沉思默想的时刻，我才是真正的我，才是和我的天性相符的我，我才既无忧烦又无羁束。"（卢梭《一个孤独散步者的遐想》）

我写作，我自由。每当我指尖在手机屏幕上画下一个个文字，我的思绪如泉水般汩汩喷涌流淌，我的心鲜活无比。我的写作助我心灵插上翅膀，放飞翱翔。

我出行，我自由，一个人的心旅，梦想着诗和远方。卢梭在《爱弥儿》里写道："我们在路上不是像驿夫那样追赶路程，而是像旅行家似的沿途观赏。"

"我们心中不只是想到一个起点和终点，而且还想到起点和终点之间相隔的距离。对我们来说，旅行的本身就是一种乐趣。"我也因此梦着有这样的旅行。

最后，我要说到卢梭关于自由的最著名的那句话："人是生而自由的，但却无往不在枷锁之中。自以为是其他一切的主人的人，反而比其他一切更是奴隶。"（卢梭《社会契约论》）

2021.05.05

后 记

　　6年前，有朋友看我在朋友圈发的第一篇随笔，就问我想干什么？我答他，好玩呗。就是这样。

　　后来，几乎每天都要写一篇随笔。不写不太好受，写了心里舒服。其实不在于写，而是想，想在先。

　　我有好多好多疑问。年龄愈大，疑问愈多。好多事情弄不明白，就这样想着、思考着。似是而非的答案，似非而是的飘忽着。这个世界就是个谜。

　　其实，我不想也行。做个不思考的人，不知道是不是比猪快乐？王小波好像说过，猪是快乐的，因为它没有忧虑，它不知道生与死？

　　其实，猪究竟快乐不快乐，还是只有它自己知道。谁也代替不了它。过去如果说它不知道生与死，现在好像不是那么回事了。我就看见过，一头猪为了救下屠宰场上刀下的同伴，硬是把屠夫拱顶得惊慌乱窜。

　　诸如此类，我就会胡思乱想。常拿动物和人来比较。我承认，头脑里一思考，就会有烦恼。因为本来就苦恼，好多问题整不明白，结果一思考，就更烦恼了。

　　实际上，我可以有多种选择。选择快乐，选择无忧无虑，不要自找罪受，但是，我控制不住。可能因为我究竟还不是猪。

　　所以，就这样接受吧。经过思考，我还是看透了烦恼、沮丧、失望等的实质，正因它们的存在，才能反衬出快乐、愉悦、憧憬的感受。

　　在"存在主义"这本辞典里，我看到了幸福的定义，幸福不只是欢笑、成功、团聚，还有哭泣、失败和分离，这些反义词的构成，让我们做出抉择的过程，可能才是揭示幸福的真谛。它打开了生活的另一扇窗，指引我们发掘自己的潜力，看到不一样的自己，不一样的世界，不一样的幸福。

当然，我们从未知地方，来到这个世界，或遇见母亲、父亲，或祖母、祖父，或其他亲人，或友敌，我们都要心怀感恩。感恩命运，感恩生活，感恩同伴，也要感恩对手。

我尤其要感恩关心和帮助过我的亲友，我会铭记在心。唯有贵人相助，才能说有点小小的成就。没有他们一直以来的帮助、鼓励和支持，就没有我的今天。

苏北东海，齐鲁大地，忘不了父老乡亲。我考上师范那年，临上火车前，自己家里本就困难，但还是硬往我行李里塞钱的政学二哥，叫我感怀至今，没齿难忘。

一直关心我、呵护我的叔叔霍如迟，他是位富于人文情怀的企业家，也是位熟稔传统文化于生活中知行合一的生活哲学家。

还有小姨奶家的姨叔们，他们为人善良、勤奋踏实，于我有很多的帮助。还有知书明理、富有才情的表叔伏广明和霍智良，正直爽快的表哥霍政印等。

姨叔骆礼全，也可谓知行合一之典范。我们很谈得来。他有实践，更有思想，于人生、社会与世界有很多感悟和理解。他对家庭教育也有独到的理解。

表弟孙丙科言行利索爽直，不愧是军人出身。还有表弟孙丙宝，为人正直仗义，对人古道热肠。丙才表弟多年不见，一日晤见就说出我几十年前曾用的笔名"老刀"，我心生感动。他是个看似粗犷孔武但心底细腻温柔之人。

又念及我的出生地，如今因建高铁拆迁而永远消逝的小陆庄，留下美好童年的地方。她在心中，始终永存。

想起我老家的几位勤劳能干的兄长，怀念已故的知书达礼的姑母、慈祥的大娘、爽直的文利大哥和善良的二嫂，同样坚强而又达观的二娘。他们给我的童年，烙刻下美好的印记。

还有先父的高足李心宜、霍振会、孙丙青、蒋勇、霍政干和韦有志等，也都给予过我许许多多的关心、帮助和支持。

我家的很多亲戚，在农忙季节，丢下自家的农活也要到我家帮收帮种。腿脚不便，但大气有大志的大四姨弟，竟多次开着手扶拖拉机跑上近百里之远到我家支援。

如今远在海南的表妹相解和表弟相成，他们勤恳耐劳；姨弟文宝和文贵，踏实能干。常让我心生感动的是，相成弟几次在我家急需用人时也搭手帮忙。

在东海的那些知心至交，儿时少年玩伴，庄志强、陈国华、陆文军、段培健、高振兴、陈昌松、孙汉州、朱光浩、韩振华、徐东、谢明、吴曙光、晏军、冯东升、苏飞、陈永生、刘为民、孙希智、刘秀、刘春燕和苗恩楠等，不时把酒言欢，其乐融融。

谢明兄与我谈诗论画，他说"你的随笔是原创吧"，究其"原创"也道出了他对"真"的渴求。他对文学和艺术的识见，融合了对生活的独到的体悟和感触。我欣羡他是知行合一。甚而对生命的所在意义，也发出了带着哲思的追问。

高振兴兄是个敦厚、质朴的汉子，我与他相识也近40个春秋。如今他已在商业上颇有建树、有所成就。他开设的"振兴超市"以货真、品优和价实取信于民，口碑甚好。

李广文、仲浩、薄彩劲、佘广阔、赵绍连、苗现昌、吴金龙、丁涛、冯寿彩、徐东、张国庆、朱向东和单华东等兄弟，每次我一回东海，都欢聚一堂，叙谈甚欢。道不尽的是情谊，或是一种道义使然。这个道义，就是兄弟之间的坦诚和真挚。

曾经有幸与东海县诗词楹联协会会长张怀军、秘书长陈宗照以及石守增老师，还有中国摄影家协会的多才多艺的张岚发兄和具有一副好歌喉、激情澎湃的于泗溪兄，欢聚一堂，吟诵诗词，念怀家国，歌以咏志，赋及言意，不亦快哉。

感恩曾在西双湖中学教我英语的汪时卉老师，追念已故的恩师黄秋涛先生，念中学同窗校友，任守运、郇东林、姜恩付、汤成瑜、张建国、张振洋、马锐、王伟、霍忠义马军、葛勇、韦有高和刘少东等。

于北京发展的沈国防兄，他再忙，都要浏览下我的朋友圈，我真是感念他的热心、爱护和坚持，这份情谊，是对我的鼓励和鞭策。虽好久未见，但如在身边。

念及师范同窗，知心至交，上下铺的兄弟，赵专、吴星光、王德栋、侍守武、王永民、段立庆、丁广林、张金辉、周庚友、戚成诗、王万水、王庆军、李开成、卜庆安、李方案、王吉廷、姚贵雪、李振营、田军和谭永等等。

以及经常关心关注我文字的同窗姐妹，牛彩凤、郭艳玲、徐宏、杜景荣、范益琨和苗新花，以及居于山东的徐凌云，都是热心肠的好姐姐好妹妹。

深切缅念同窗至交纽玉强兄、李祥山兄和周景雨兄，英年早逝，令兄弟们扼腕叹息。或尝尽人间疾苦，如今得以解脱，是悲痛抑或欣慰？

及忆参加工作后于县实验小学结交的兄弟同仁，刘金星、王军、刘晋、张欣、曹杰、孟凡华、李广文、张德玉、王斌、孙克学、王正斌、王泰成、沈国庆、周彬、章儒岗、张道强、李跃虎、蒋焱、谢千里和王用兵等等。

怎能忘记，自从我18岁参加工作以来，一直对我关怀和鼓励的张岚荣大姐，对我妹妹和弟弟的上学，也给予了许多的帮助和支持。至今，心头还盈满感激之情。

及念起孔庆亚兄，铜山师范的大师兄，虽在政府机关，但他为人厚道，待人古道热肠。具有浓烈的人文情怀。念兹在兹，无日或忘。

难以忘怀，借调到张湾乡政府工作期间，对我关心、帮助和支持过的领导、同仁和兄弟们，张爱民、方原、石红阳、徐维斌、刘廷富、袁清华、孙正云、孙龙香、张玉退、章延府、史明、刘光化、沈卫华、刘明亮、陈文利和穆家魏等等。

在东海县石榴镇工作时结交的好兄弟们，徐光、臧传宝、陈磊扬、陈海波、张文宜、于维溪、李春利、李跃进、付吉荣、王亮和李冬等。忆峥嵘岁月，念醇酽情怀。

还有刚参加工作，我的首届学生，刘春、魏礼静、朱晓东、尹宁、徐云鹏、宋鹏、马雷、陈飞、王英、徐艳、单华芳、陈飞、朱凌艳、袁春平、陶勇、洪敏、张清、陶峰、李彦、王晓琪、李新艳、陈艳玲和张海宁等，逾卅载，还情意绵绵，飞鸿不断。

我的这些学生，都挺优秀的。刘春正直仗义，勇于担当。他是国家机关干部，为人谦逊、朴实。他待人热心热情。不论男女老幼，不分高低贵贱，他都一样对待，是个品性很优质的人。

晓东为人豪爽，他重情重义，古道热肠，慷慨大方，也很有思想。对待社会、人和事，都很有自己的独到的见解。他是善于独立思考的。

礼静为人善良，待人诚恳真挚。尹宁阳光帅气，积极向上，大气磅礴，志在四方。云鹏勤劳笃实，又富于智慧，尤在事业上能勇抓商机，屡获佳绩。宋鹏于春节时还不忘给我发了祝福语，心生温暖和感动。

马雷多才多艺，能画又能写。他为东海县高铁站精心设计，美观大气。秉持对故乡的热爱，以优美感人的文字，创作出版了好几本散文随笔集。

王英比其他同学稍年长，她这个"大姐"做得相当出色。她的厨艺非常好。凡自外地回东海，她都会精心地弄上一桌菜，还包好水饺，邀约我和同学们去品尝、餐叙。

徐艳和华芳等，也是朴实、勤恳，待人非常热诚。做人做事很大方，有气度。我自苏南回到苏北出差或探亲，她们都和其他同学一起，邀约我聚上一聚。

想起马钝老师，我就心生敬意。他的身上体现出张大千一般的大家风范，这要来源于他的洒脱磊落、博大的胸襟和宽广的心怀。

犹记14年前，马钝老师知我将迁居苏南，慨然赠我书画数幅，我非常感动。马老师作品传承傅派，又有创新，成就斐然，国内外知名。

但是马钝老师从不以名人自居，他之所以名闻遐迩，不仅仅是书艺和画技，主要是做人的品质，人品永远要先于画品。

张大千不吝身份，多次赠画与普通市民，甚而工人和佣仆，马钝老师就是这样的人，艺术大家，不是被金钱役使了心灵，而是秉持艺术和人文高于俗世的理念。

再有乡亲前辈、兄长和发少，薄政戈、霍如东、戚文革、周红和伏建华等，我们之间交往，友谊之树，历久弥新。从不掺杂任何经济利益，真情实意，洁雅纯净。

以及情投意合，或对酒当歌，吟诗弄赋，或挥毫泼墨，抒发胸臆，一众亲朋好友，薄祥波、霍如东、陈宗照、石守增、王高建、刘相良和李新强等等。

在东海县人民医院行政宣传岗位上兢兢业业、勤勤恳恳又多才多艺的肖保进兄，为人正直，待人热心热情；及在徐州安居乐业的宗玉海。都是我心心念念的故交好友。

连云港城，黄海之滨，在卫生系统担当要职，才能突出的潘端伟兄，以及朴实厚道的杨干成兄，还有待人诚挚的金凤勇兄，每每聚首，厚谊深情。

及至苏南鹿城，也结识了不少知心兄弟姐妹。比如陆春元、仇伟忠、陈华、许卫峰、曹益鸣、黄兰文、田玉勇、徐挺军、马菊明、陆峰、潘卫东、元斌、徐青松、何旭、布贵虎、苏小刚、孔维强、黄浩、赵朝桂、张丹阳、程云飞、高峰、李桂明、刘廷亮、柴周、许一平、韩波、韩冬红、刘亚武、夏杰、炯华、邹爱亮、王林、张培培、余菲菲和包海丽等。

兰文君和我专题着墨记叙的潘卫东兄一样，虽为理工科出身，但他人文素养也很丰厚。我们能谈到一起。爱好相同，都对音乐情有独钟。他唱歌，可谓声情并茂，很能打动人心。

我结交朋友兄弟，不以所谓俗世的地位和身份去论英雄。诚然，他们或是有一定成就的企业家，或为政府机关领导，或为教师，或工人、商贩、快车司机、服务员，或保安等。我处人首先看中的是重情重义的性情中人。

不论距离远近，识见略同，是心与心的律动。杨文民、张英（山豆）、金凤勇、孙静、陆野、陈会兰、吉芳芳、尹刚、尹娟、刘利玲、李维雄等天南地北和四面八方的亲友，不时关注我的文字，心生感动。

杨文民兄为《左岸风文学》掌舵者，他不为俗务所困所累，视精神为最崇高之事业追求。君为吾贵人之一。《左岸风文学》园地里，百花齐放，百家争鸣。

张英（山豆）是我认识已逾40年的好兄弟。他是来自内蒙古的一条汉子。性情豪爽，诗歌写得好，在医院管理方面也是专家。常年在卫计委干部培训中心以及清华大学、浙江大学和华中科技大学等多所大学主办的医院院长高级研修班讲授医院管理课程。

与北京师范大学的缘分今生已是结下，难忘教育学博士班深造、哲学院访学以及书法院进修的经历，拜访和结识了国内外知名专家教授以及来自五湖四海的同道和同学们。

北京师范大学哲学学院外国哲学研究所所长、博士生导师李红教授，以及罗松涛、王成兵、梁亦斌、沈湘平、蒋丽梅、田智忠和章伟文等教授的不吝赐教。

与蒋沣、李小畅、覃辉银、张建兵、王章峰、方文霞和孙瑞等同学、同道或校友们的交流研讨，沟通互动，受益匪浅，

有幸于北京师范大学艺术与传媒学院教授、博士生导师、中国书法家协会理事倪文东教授、四川美术学院范功教授以及西安工业大学艺术与传媒学院书法系傅汝明教授和田涛老师等，聆听教诲，研习书艺。

与李风忠、曹正阳、覃德文、何在华、马士龙、张贵明、梁华权和陆玉丹等来自五湖四海的同道，相互切磋，进行书艺探讨。至今，心心念念，时有互通和互动。

感谢昆山市作协常务副主席、市书画院副院长盛永明先生给我的关心和帮助，虽为南方人，但他性格直爽，待人诚挚热情，可谓德艺双馨。

还有原昆山市书协主席俞建良先生，他为人温和敦厚，学养丰厚宽博。他勤于笔耕，著书立说，抒情达意，泼墨挥毫，丰厚文化内涵，乃大家风范，也是我等学习的标杆。

从苏北到粤南，两次辞去中小学校长职务至苏南高校谋职。这也是我对自己的人生事业规划，既然干教育，就要从基础教育干到高等教育，干到头，干了"人的一生"。

自天真幼童到懵懂少年，再到硕美青年，循"人的一生"轨迹，找一找规律，探寻人的奥秘。

曾记得，学院近10位领导组织对新晋的人员进行面试，其时分管学生管理工作的副院长朱友华教授、学生处长徐光明教授和人事处陈燕处长等，就教育理念以及学生管理工作等与我答问。

郑家泰教授、黄涛副院长、钱勤元校长，以及合并至工学院的原汽车工程系，曾经负责学生管理工作，现已退休的李乐群教授等，都给了我很多关心、指导和帮助。

从南京师范大学被聘请到登云学院的李乐群教授，为人善良、待人诚挚、热心助人，她常常帮助同事和同学们，扶危济困，不遗余力。她是位纯粹的只是付出而不计回报的"好的人"。

难以忘怀，负责学院后勤基建的池铭主任，他在10多年前对我期望的话语。当时我和本家妹妹陆体艳在好同事、好兄弟周少卿家里做客。池铭君听说我爱写作，就问是否有诗集，还说等待我的诗文集早日出版。他的这些话一直萦绕在我的耳边。

副校长徐伟、陈长伟、校长助理罗瑜，人事处、教务处、学生处、环安卫、总务后勤、各二级学院的领导和同事好友，陈燕、朱翠芳、梁瑞雪、陈更贵、杨开华、苏琼瑶、杨美玲、王林智、俞力、郭梁、王争、王闪闪、王金凤、何玉勤、王小雷、邱小龙、张文杰、周靓、程国、王农乐、梁英子、徐建平、陆静、徐木子、徐新海、杜吉萍、周晓瑜、齐元虎、张小红、毛念琪和李旭灿等都曾以不同的方式给予我许多鼓励、支持和帮助。

通识教育中心，是我以为最能培养"人"的所在，尤是"真人"，关乎人的灵魂、人的精气神。大学生做人处事，一定要有"通识"。

承蒙通识教育中心的仇有望主任、刘银景副主任，以及晋职兄弟院校发展的辛玉玲主任，还有李爽、赖艳、孙少卿、陈睿、石霞、马树燕等领导和同仁好友的关心、鼓励和帮助。尤是对我文字的关注。

体育育人，人文情怀。我是语文老师，但也很是喜欢体育和艺术。尤是体育老师，我能在其身上感受到真实、直率、质朴和亲切。有缘与体育教研室的罗亮主任、江晨曦、于秋野、徐康、施萍和郝士凤等同仁好友，由相遇到相识，由相识到相知，引为知交。

不敢忘怀，曾经为了学校的可持续发展，南征北战，上下求索，同甘苦，共欢笑，现在或曾经在招生办的好兄弟们，张宏根、苏红滔、周爽、周扬、王甫红、王磊、吴虎、胡洁、桂荣进、纪文中、宋志安和胡兴军等，以及知性聪慧的顾培丽和朱雨涵等两位好妹妹。

值得一提的是，有几位同是汉语言文学专业的同仁好友李新斌、曹殿道和陈润等，以及虽从事高数教学，但是擅写诗歌的曹建老师，我们常在一起饮酒赋诗，歌咏诵读，不亦快哉。

行文至此，我又不禁追念起亡友许卫球兄，卫球兄正直大义，他的诗歌意象瑰丽奇崛，常常带人步入胜境。他走了，走进了属于他的诗国，半生为诗终不悔。

学院里青年才俊胡鹏远、刘俊红、侯延华、彭培培、张晔庚和陈沛等待人以诚，对工作认真负责，对学生热情周到服务。对我的文字也时有关注。与其接触和相处，我在他们身上感受到青春、活力和上进的精神。

登云学院的常务副校长王振州先生、校办任启全主任和环安卫中心王一兆主任等，也都给予我许多关心、帮助和支持，能够时时感受到他们的儒雅风范，以及亲和作风。

曾为同事，如今另谋高就的好兄弟仲崇进、吴冰淇、周洪福、邢应利、周中元、徐叶军、程训峰、范圣振和吴华玉等，以及齐鲁乡亲刘福和潘纪龙以及来自大西北的王贵仓，他们都于兄弟院校任职，耿直豪爽，慷慨激昂。我们时常联络互动，或对酒当歌，把盏千杯；或吟诗诵词，追忆年华似水。

还要感谢几位可爱的女生，王薇薇、王雪、李靖宇、刘海红和仇晶晶等，是她们在我出差时，精心照顾我收养的两只可爱的猫咪，小花和小黑。

还有我的学生，家乡亲友的子弟，葛星铭、骆有伟、吴昃轩、朱思源、狄东健、张威、高守昌、李宝顺、张正正、张帅、浦蕊琪、程琦媛、张可蓉、王军、孙嘉浩、韩煜、陈泽涛、赵元铭、黄瑛杰、单欣怡、张晨曦、吴书淇、吴书家和王一诺等，对我的写作能持续给以关注。课余时间帮我整理工作室。在此一并致谢。

以及我的老乡，也是多年老友了，现在浙江丽水党校任职的赵伟，虽为教育学博士，但于文史哲，尤是生活国学的研究和探讨，勤奋笃实，作品丰厚，其言其行，堪为吾表。

还要感谢我的家人，女儿陆秋子在整理文章、文字和拍摄照片等方面为我提供支持和帮助，使得本书增添不少生动和可读。

2023-03-11于昆山思常书院